古典文獻研究輯刊

四 編

曾永義 主編

第 7 冊

西遊故事與內丹功法的轉換
——以《西遊原旨》為例

王婉甄 著

國家圖書館出版品預行編目資料

西遊故事與內丹功法的轉換──以《西遊原旨》為例／王婉甄
著 ── 初版 ── 新北市：花木蘭文化出版社，2012〔民101〕
目 2+346 面：19×26 公分
（古典文學研究輯刊　四編：第 7 冊）
ISBN：978-986-254-756-4（精裝）
1. 西遊記 2. 研究考訂
820.8　　　　　　　　　　　　　　　　101001733

ISBN-978-986-254-756-4

古典文學研究輯刊
四 編 第 七 冊　　　　　　　ISBN：978-986-254-756-4

西遊故事與內丹功法的轉換──以《西遊原旨》爲例

作　　者	王婉甄	
主　　編	曾永義	
總 編 輯	杜潔祥	
出　　版	花木蘭文化出版社	
發 行 所	花木蘭文化出版社	
發 行 人	高小娟	
聯絡地址	新北市永和區中正路五九五號七樓之三	
	電話：02-2923-1455／傳眞：02-2923-1452	
網　　址	http://www.huamulan.tw 信箱 sut81518@ms59.hinet.net	
印　　刷	普羅文化出版廣告事業	
初　　版	2012 年 3 月	
定　　價	四編 32 冊（精裝）新台幣 52,000 元	

西遊故事與內丹功法的轉換
——以《西遊原旨》為例

王婉甄　著

作者簡介

王婉甄，淡江大學中國文學博士，現任清雲科技大學通識教育中心專任助理教授。碩士論文以「道教文化」為主要研究範疇，撰有《李道純道教思想研究》。博士論文則在道教文化的基礎上，關注《西遊記》評點。本書為作者 96 年博士畢業論文，此次刊行僅作文句上的修訂，未作資料增補。

提　要

　　本論文不在強調道教詮釋的重要性，也無意將《西遊記》就此定位成道教解讀。只是道教既是文化的一環，過去又較少將《西遊記》與道教文化結合，因此本文嘗試結合小說與道教，從《西遊原旨》出發，提供《西遊記》文化研究一個新的可能。

　　本論題的提出，主要是透過劉一明的閱讀，重新省思《西遊記》的多樣詮釋。首先，《西遊原旨》是攀附在《西遊記》文本下而產生，因此有較多的篇幅討論《西遊記》故事的演變，希望從中了解《西遊記》在百回本寫定之前，究竟加入了哪些足堪內丹詮釋的文字或寓意。其次，從劉一明的《西遊原旨》切入，一方面從《原旨》本與世德堂本故事版本的兩相對照，發現《西遊原旨》的實用取向，高過於文學欣賞。甚至在整個形式與篇章的刪減，都相當程度的呈現「實用」特色。另一方面，再從劉一明對《西遊記》的內丹解讀，透過文字與符號的轉譯，結合《西遊》故事與內丹思想，成為一種新的小說詮釋。最後則討論劉一明將小說與內丹轉換過程中，所呈現出的文化特色或詮釋意義，希望能夠從不同的研究路向，看待劉一明的《西遊記》解讀。

目次

第一章 緒 論

第一節 《西遊記》的故事演變

　　《西遊記》是唐玄奘領同四個弟子，由長安往西天取經的歷險故事。雖然對故事撰作者與內容寓意的討論，從清代以來方興未艾，說法紛陳。但一般相信，目前所見《西遊記》是經過長期累積、演化的故事定本，而非一人一時所成的長篇鉅作。

一、史實與傳記

　　玄奘俗姓陳，本名褘，漢大丘長仲弓之後。隋煬帝大業年間出家為僧。因感於佛典譯文多有訛謬，遂西行取經以參驗之。《舊唐書》記載此段史實：

> 僧玄奘，姓陳氏，洛州偃師人。大業末出家，博涉經論。嘗謂翻譯
> 者多有訛謬，故就西域，廣求異本以參驗之。<u>貞觀初，隨商人往遊</u>
> <u>西域</u>。玄奘既辯博出羣，所在必為講釋論難，蕃人遠近咸尊伏之。
> 在西域十七年，經百餘國，悉解其國之語，仍採其山川謠俗，土地
> 所有，撰《西域記》十二卷。<u>貞觀十九年，歸至京師</u>。太宗見之，
> 大悅，與之談論。於是詔將梵本六百五十七部於弘福寺翻譯，仍敕
> 右僕射房玄齡、太子左庶子許敬宗，廣召碩學沙門五十餘人，相助
> 整比。
>
> 高宗在東宮為文德太后追福，<u>造慈恩寺及翻經院</u>，內出大幡，敕《九
> 部樂》及京城諸寺幡蓋眾伎，送玄奘及所翻經像、諸高僧等入住慈

恩寺。顯慶元年，高宗又令左僕射于志寧，侍中許敬宗、中書令來
濟、李義府、杜正倫，黃門侍郎薛元超等，共潤色玄奘所定之經。
國子博士范義碩、太子洗馬郭瑜、弘文館學士高若思等，助加翻譯。
凡成七十五部，奏上之。後以京城人眾競來禮謁，玄奘乃奏請逐靜
翻譯，敕乃移於宜君山故玉華宮。六年卒，時年五十六，歸葬於白
鹿原，士女送葬者數萬人。〔註1〕

又根據《大唐故三藏玄奘法師行狀》記載：

<u>貞觀三年</u>，將欲首塗，又求祥應。乃夜夢見大海中，有蘇迷盧山，
極為麗嚴。意欲登山，而洪濤汹湧，不以為懼，乃決意而入。忽見
蓮花，踊乎波外，應足而生。須臾至山，又峻峭不可上，踊身自騰，
有搏颷，扶而上昇。至頂，四望廓然，無復擁礙。喜而寤焉，遂即
行矣。時年二十九也。〔註2〕

玄奘在占得祥應瑞兆後，貞觀三年（629）動身西行取經。途中歷經伊吾國、
高昌國、阿耆尼國……等諸國土，〔註3〕「貞觀十年（636），沙門玄奘至其國，
將梵本經論六百餘部而歸」，〔註4〕貞觀十九年（645）返還京師，歷時十七年。
太宗下詔於弘福寺翻譯玄奘所帶回的六百五十七部梵典，〔註5〕並廣召碩學沙
門協助。玄奘更奉詔將西行所見所聞，撰成《大唐西域記》十二卷，完成於
貞觀二十年（646）秋天。〔註6〕高宗朝則另建「慈恩寺」與「翻經院」，供玄
奘與諸高僧入住並翻譯經典。又於顯慶元年（656），召集學士高儒協同潤色

〔註1〕 〔後晉〕劉昫等：《新校本舊唐書·列傳·方伎》（台北：鼎文書局，1976年），
卷一百九十一，頁5109。

〔註2〕 〔唐〕冥詳撰，《大正新脩大藏經》第99冊（台北：中華佛教文化館大藏經
委員會，1957年），頁214。

〔註3〕 據光中法師整理，玄奘取經之行，來回共經歷132處郡望國土。見光中法師
編：《大唐玄奘三藏傳史彙編·本傳法師西行所經諸國索引表》（台北：財團
法人佛陀教育基金會，2006年），頁305。

〔註4〕 《新校本舊唐書·列傳·西戎》，卷一百九十八，頁5307。

〔註5〕 「大乘經二百二十四部，大乘論一百九十二部，上座部經律論一十四部，大
眾部經律論一十五部，三彌底部經律論一十五部，彌沙塞部經律論二十二部，
迦葉臂邪部經律論一十七部，法密部經律論四十二部，說一切有部經律論六
十七部，因論三十六部，聲論一十三部，凡五百二十夾，六百五十七部。」〔唐〕
玄奘：《大唐西域記》（台北：台灣印經處，1955年），卷十二，頁190。

〔註6〕 「（貞觀）二十年秋七月，絕筆殺青，文成油素，塵黷聖鑒，詎稱天規。……
庶斯地志，補闕山經，頒左史之書事，備職方之遍舉。」《大唐西域記》，卷
十二，頁191。

翻譯。從太宗與高宗的舉措可知，唐皇室對玄奘取經、譯經的重視。

顯慶四年（659）十月，玄奘移居玉華宮，持續譯經事業。玄奘於顯慶五年（660）春，開始翻譯《大般若經》六百卷。在龍朔三年（663）冬譯成後，身力衰竭，卒於隔年（麟德元年，664）二月。〔註7〕終其一生，「所翻經論合七十四部，總一千三百三十八卷。又錄造俱胝畫像、彌勒像各一千幀，又造塑像十俱胝。又抄寫《能斷般若》、《藥師》、《六門陀羅尼》等經各一十部。供養悲敬二田各萬餘人，燒百千燈，贖數萬生。」。〔註8〕

玄奘弟子釋慧立、釋彥悰所編寫之《大唐大慈恩寺三藏法師傳》，將玄奘一生從皈依佛門、取經歷程，乃至譯典而終，描寫得極為詳細。〔註9〕《法師傳》共十卷，成書於唐。據序文可知，玄奘感慨經書之魯魚亥豕，聞疑傳疑，「遂發憤忘食，履險若夷。輕萬死以涉葱河，重一言而之奈苑。鷲山猴沼，仰勝迹以瞻奇；鹿野仙城，訪遺編於蠹簡。」因此玄奘自貞觀三年出發，歷經「春秋寒暑，一十七年；耳目見聞，百三十國」，〔註10〕取得大小二乘、三藏梵本等共六百五十六部，於貞觀十九年返還長安。

〔註7〕「……至龍朔三年冬十月二十三日，功畢絕筆，合成六百卷，稱為《大般若經》焉。合掌歡喜告徒眾曰：『此經於漢地有緣，玄奘來此玉華者，經之力也。向在京師，諸緣牽亂，豈有了時？今得終訖，並是諸佛冥加龍天擁祐，此乃鎮國之典，人天大寶。……』法師翻《般若》後，自覺身力衰竭，知無常將至。謂門人曰：『吾來玉華，本緣般若。今經事既終，吾生涯亦盡。……』」〔唐〕釋慧立、釋彥悰：《大唐大慈恩寺三藏法師傳》，《續修四庫全書》1286冊（上海：上海古籍出版社，1995年），卷十，總頁161。又，「……法師病時，檢校翻經，使人許玄備以其年（麟德元年，664）二月三日奏云：『法師因損足得病。』至其月七日，敕中御府宜遣醫人將藥往看。所司即差供奉醫人張德志、程桃捧將藥急赴。比至，法師已終，醫藥不及。……」同書，總頁165。

〔註8〕同前註，卷十，總頁163。關於玄奘所譯成之佛典卷數，尚有其他不同說法。《大唐故三藏玄奘法師行狀》：「若斯法師，還國以來，于今二十載，合翻梵本七十五部，譯為唐言，總一千三百四十一卷。尚有五百八十二部，未譯見翻者。」頁220。《續高僧傳·京師大慈恩寺釋玄奘傳》：「因既臥疾，開目閉目見大蓮花鮮白而至，又見偉相知生佛前。命僧讀所翻經論名目已，總有七十三部，一千三百三十卷。」〔唐〕釋道宣撰，《大正新脩大藏經》第100冊，卷四，頁458。《開元釋教錄·玄奘傳》：「奘自貞觀十九年乙巳，於弘福寺創啟梵文，訖靈德元年甲子，終於玉華宮寺，凡二十載。總出大小乘經律論等合七十五部，一千三百三十五卷，又別撰《西域記》一部。」〔唐〕智昇撰，《大正新脩大藏經》第109冊，卷八，頁560。

〔註9〕為求行文方便，後文簡稱為《法師傳》。

〔註10〕同前註，序文，總頁2。

綜觀《法師傳》，除了細載經歷諸國說經傳法之行程，也不乏有「至誠通神」之事蹟。如玄奘原欲通過長八百餘里的沙河，取徑野馬泉，然後西行。未料行百餘里後，先是迷途失道，後是打翻水袋，又加以行資用罄，心中甚是茫然失措。但是玄奘依然無所畏懼，繼續西行。走了四夜五日後，因口乾腹飢，幾乎隕絕。玄奘於是默念「觀音」名號，祈禱菩薩以救苦為務。因為至誠，心心無輟，奇蹟遂現：

> 至第五夜半，忽有涼風觸身，冷快如沐寒水，遂得目明，馬亦能起。體既蘇息，得少睡眠。即於睡中夢一大神，長數丈，執戟麾曰：「何不強行而更臥也？」法師驚寤進發，行可十里。馬忽異路，制之不迴。經數里，忽見青草數畝，下馬恣食。去草十步，欲迴轉，又到一池水，甘澄鏡澈，即而就飲。身命重全，人馬俱得蘇息。計此應非舊水草，固是菩薩慈悲為生，其至誠通神，皆此類也。〔註11〕

因為觀音菩薩的慈悲與指引，玄奘與馬匹得以稍歇，更在行走兩日之後，出得流沙，到達伊吾國（今新疆哈密縣），得到高昌國（今新疆吐魯番縣）國王麴文泰的供養等。又如玄奘經過迦畢試境（今阿富汗喀布爾東北部），國中諸僧競相邀住。玄奘留住小乘寺，名沙落迦，相傳是漢天子質子於此地時所建造。起造之時，質子曾藏珍寶於佛院東門南大神王腳下，作為修補伽藍之用。曾有惡王貪暴，率眾搶奪僧寶。大神頂上之鸚鵡鳥像，振羽驚鳴，地表大動，嚇阻了惡王與眾軍。只是當寺院頹敗，寺僧欲取珍寶變賣以修繕寺院時，地表仍是震吼，無人敢近。直至玄奘蒞臨，寺僧共請法師焚香祝禱：

> ……法師共到神所，焚香告曰：「質子原藏此寶，擬營功德。今開施用，誠是其時。願鑒无妄之心，少戢威嚴之德。如蒙許者，奘自觀開，稱知斤數以付所司，如法修造，不令虛費。唯神之靈，願垂體察。」言訖，命人掘之，夷然无患。深七八尺，得一大銅器，中有黃金數百斤，明珠數十顆。大眾歡喜，無不嗟伏。〔註12〕

因為玄奘的虔心禱告，沙落迦寺的寺僧，得以順利挖掘漢皇質子藏收之珍寶，作為修繕寺院之資。又是玄奘「至誠通神」之一例。簡言之，《法師傳》有傳記般的記史載事外，又加上神通事蹟，讓玄奘西行取經的經歷，增添如故事般的曲折情節。

〔註11〕同前註，卷一，總頁11。
〔註12〕同前註，卷二，總頁25。

　　若將《西遊記》與《法師傳》相互比較，似乎有沿襲的軌跡。玄奘啟程之初，有胡人石槃陀受戒皈依，欲送玄奘過五烽。只是未到玉門關，石槃陀已經反悔並返家，僅留玄奘獨自一人，騎馬西行。期間環境險惡，屢經危難。離開第四烽後，烽官王伯隴指示玄奘往野馬泉取水，《法師傳》記載：

> 從是已去，即莫賀延磧，長八百餘里，古曰沙河。上无飛鳥，下无走獸，復無水草。是時，顧影唯一，但念<u>觀音菩薩</u>及《般若心經》。初法師在蜀，見一病人，身瘡臭穢，衣服破汙。愍將向寺，施與衣服飲食之直。病者慙愧，乃<u>授法師此經</u>，因常誦習。至沙河間，逢諸惡鬼，奇狀異類，遶人前後。雖念觀音，不能令去。及誦此《經》，發聲皆散，在危獲濟，實所憑焉。〔註13〕

玄奘在蜀地曾經慈心救濟一個衣服破污、身體臭穢的病人。病人感念玄奘的施與，遂將《心經》〔註14〕授予玄奘。西行期間，經歷沙河，杳無人煙，

〔註13〕同前註，卷一，總頁 11。

〔註14〕「玄奘漢譯本的全名為《般若波羅蜜多心經》，簡稱《般若心經》或《心經》，也有稱《摩訶般若波羅蜜多心經》。若從現代通行梵文看，无『大』，也就是沒有『摩訶』（mahā）二字。」見林光明編著：《梵藏心經自學》（台北：嘉豐出版社，2004 年），頁 42。整理葉阿月《新譯般若心經超越智慧的完成》與林光明《梵藏心經自學》的說法，《般若波羅蜜多心經》的梵文是「Prajñāpāramitā-hṛdaya-sūtra」。「般若」是梵文「Pra-jñā」的音譯，意譯為「智慧」，但與一般所謂的「智慧」不同。可以解釋為「最高智慧」，代表的是覺知生命本質的超越智慧。「波羅蜜多」是梵文「pāramitā」的音譯，可將其拆解為 pāram（彼岸）與 itā（到達），意譯為「到達彼岸」，並衍伸解釋為「超越智慧的完成」。「hṛdaya」或音譯為「訶梨陀」，意譯為心或精神，「表示此《般若心經》是《大般若經》六百卷的心，精要，或中心。」「sūtra」或音譯為「修多羅」，意譯為「經」。簡要來說，《般若波羅蜜多心經》是要人覺知生命的「空」，既完成自我的解脫自在，也要將此大悲心推擴到世間一切苦痛，進而達到真理的智慧，完成圓滿的人生——成佛。以上說法參見葉阿月：《新譯般若心經超越智慧的完成》（台北：新文豐出版社，1980 年），頁 20 至頁 24。林光明：《梵藏心經自學》，頁 40 至頁 48。

《西遊記》在定型的過程，不同故事版本提到《般若心經》有不同的說法。《法師傳》稱之為「般若心經」（卷一，總頁 11），《大唐三藏取經詩話·轉至香林寺受心經處第十六》稱為「多心經」（卷下，頁 44），《太平廣記》也稱為「多心經」（卷九十二，總頁 606），世德堂本以後之百回本《西遊記》皆稱為「多心經」（第十九回）。

周止菴《般若波羅蜜多心經詮注》一書中，認為「多心經」是誤稱：「古來誤稱多心經者，約有二義。一，以心字屬上文，為『般若波羅蜜多心』之簡稱，如唐《新羅崔致遠法藏和尚傳》『《多心》雖小不輕，疏出塵中經義』，注曰：『般若波羅蜜多心經，多心屬上，心是般若之心，略云多心。』此特簡稱費

只念「觀音菩薩」名號與《心經》。尤其念《心經》時，惡鬼異類皆能消散，是危難時所憑依。據此推衍，《西遊記》中唐三藏與悟空在雲棧洞收伏八戒後，三眾來到烏斯藏界浮屠山中，遇上了烏巢禪師。三藏因問禪師西天大雷音寺路途有多遠，禪師便授予《摩訶般若波羅蜜多心經》一卷，並告誡三藏：「若遇魔障之處，但念此經，自無傷害。」〔註15〕此後行程，舉凡遭逢高山險要或妖邪阻路，唐三藏總是口念《心經》以求安定。不同的是，《法師傳》是因為玄奘慈心救渡病人而得《心經》，《西遊記》是烏巢禪師主動授予《心經》以解魔難。相同的則是，《心經》成為玄奘與唐三藏危難時的重要依憑。除了《心經》外，《法師傳》中玄奘遇到困難，也會念「觀音菩薩」名號。但是《西遊記》中，觀音菩薩不再只是名號而已。觀音菩薩在故事之初，銜如來佛祖之命，偕同惠岸行者，東往長安尋找取經人。取經人成行後，每每危急之時，悟空總是上界尋求觀音菩薩協助。如第十七回，觀音同往黑風山收伏黑熊怪，並帶回落伽山做「守山大神」。〔註16〕又如第二十四回，悟空將五莊觀鎮元大仙的人參樹推倒，當他遍訪福祿壽三星、東華帝君、瀛洲九老等，最後還是由觀音菩薩的淨瓶甘露，救活了人參樹，化解取經人之難。諸如此類，觀音菩薩從《法師傳》的名號稱誦，化作《西遊記》中實際化危解難的重要角色。

　　此外，《法師傳》中，玄奘行經高昌國，受到高昌國王麴文泰的高度禮遇。

解，意尚不謬。二，因什師舊譯，依巴利語無尾音，作波羅蜜，新譯作『波羅蜜多』。後人遂以多字為別有含義，有作禪定之『定』字解者，則大誤矣。經文言『波羅蜜多』者凡五處作定字解，即不可通。」《般若波羅蜜多心經詮注》（台北：財團法人佛陀教育基金會，2006年），頁33。

吳言生《〈西遊記〉佛經篇目及〈多心經〉稱謂考辨》，考察「心經」名稱後認為：「將般若蜜多心經拆開來讀，稱為『多心經』的，則是自唐代開始就一直存在的現象，而絕不像時人所批評，是《西遊記》作者不懂佛教而作的拆讀。」〈《西遊記》佛經篇目及〈多心經〉稱謂考辨〉，《世界宗教研究》2003第4期，頁41。

總此，《摩訶般若波羅蜜多心經》、《般若心經》、《多心經》或《心經》，皆指同一佛教經典，卻在各故事版本中有不同稱謂。為求行文清晰，引文部份照錄原典所用，敘述部分則以「心經」統括之。

〔註15〕世德堂本《西遊記》，《古本小說集成》（上海：上海古籍出版社，1990年），卷四，第十九回，頁50，總頁461。世德堂本《西遊記》，是明萬曆年間世德堂刊印，為目前所見最早的百回本，故以此為討論底本。後文將針對世德堂本《西遊記》詳細說明。

〔註16〕同前註，卷四，第十七回，頁29，總頁419。

停留十多天後，玄奘辭行繼續未竟之取經路程，未料高昌國王強留之。《法師傳》記載玄奘與高昌國王爭執到結交的過程：

> 法師報曰：「王（高昌王麴文泰）之深心，豈待屢言然後知也？但玄奘西來爲法，法既未得，不可中停。以是敬辭，願王相體。又大王纂修勝業，位爲人主，非唯蒼生恃仰，固亦釋教依憑，理在助揚，豈宜爲礙？」王曰：「弟子亦不敢障礙。直以國无導師，故屈留法師以引愚迷耳。」法師皆辭不許。王乃動色，攘袂大言曰：「弟子有異塗處師，師安能自去？或定相留，或送師還國，請自思之，相順猶勝。」法師報曰：「玄奘來者爲乎大法，今逢爲障，只可骨被王留，識神未必留也。」因嗚咽不復能言。王亦不納，更使增加供養。每日進食，王躬捧槃。法師既被停留，違阻先志，遂誓不食以感其心。於是端坐，水漿不涉於口三日。至第四日，王覺法師氣息漸惙，深生愧懼，乃稽首禮謝云：「任師西行，乞垂早食。」法師恐其不實，要王指日爲言。王曰：「若須爾者，請共對佛更結因緣。」遂共入道場禮佛，對母張太妃，<u>共法師約爲兄弟</u>，任師求法。還日請住此國三年受弟子供養。……〔註17〕

玄奘與高昌國王結拜成兄弟，並爲之修書二十四封，作爲西域通行資格一段，胡適認爲：「《西遊記》中的唐太宗與玄奘結拜爲弟兄，故玄奘以『唐御弟』的資格西行，這一件事必是從高昌國這一段因緣脫胎出來的。」〔註18〕除「結爲兄弟」外，《西遊記》第四十回，悟空請得文殊菩薩降服青毛獅怪，救得烏雞國王後，烏雞國自請爲臣，祈請三藏爲君，「那三藏那裡肯受，一心只是要拜佛求經」。〔註19〕後烏雞國君臣又獻上金銀綢緞，作爲酬恩之用，「那三藏分毫不受，只是倒換關文，催悟空等背馬早行」，國王不捨的說：「師父呵！到西天經回之日，是必還到寡人界內一顧。」〔註20〕似乎有麴文泰「還日請住此國三年受弟子供養」的影子。又如第七十九回，南極壽翁座騎白鹿下凡，化作比丘國國丈爲亂，被悟空與八戒降服。比丘國王苦留取經人未果，遂拿出散金碎銀，奉爲路費。只是「唐僧堅辭，分文不受。國王無已，命擺鑾

〔註17〕《大唐大慈恩寺三藏法師傳》，卷一，總頁13。
〔註18〕胡適：《西遊記考證》（台北：遠流出版社，1994年），頁43。
〔註19〕世德堂本《西遊記》，卷八，第四十回，頁54，總頁993。
〔註20〕同前註，頁55，總頁994。

駕，請唐僧端坐鳳輦龍車，王與嬪后俱推輪轉轂，方送出朝。六街三市，百姓群黎，亦皆盞添淨水，爐降眞香，又送出城。」〔註21〕諸如此類，皆爲《西遊記》中，唐三藏一行被國君留住卻不爲所動的故事情節，或可視爲《法師傳》高昌國王等情節之延伸。另，徐朔方整理《法師傳》、《大唐西域記》和百回本《西遊記》在情節上的承繼性，〔註22〕提到《西遊記》第二十二回流沙河的描寫，來自《法師傳》卷一「莫賀延磧，長八百餘里，古曰沙河。上无飛鳥，下无走獸，復無水草」〔註23〕的景象。小說中的小雷音寺與小西天之名，可能得名於《法師傳》的小王舍城，只是邪正有別。《法師傳》卷四所記的西大女國，可以說是小說西梁女國的原型。《法師傳》卷二提到的「無底枉坑」，被小說的陷空山無底洞所承襲。

整體而言，從《舊唐書》的玄奘記傳，發展到《法師傳》「至誠通神」，玄奘的西行取經，逐漸增添神異色彩。然而這種宗教式的感應與神通，似乎也提供小說創作的取材來源。因此將《法師傳》與《西遊記》若干情節對照，便指向了《西遊記》在取經、歷險的故事架構上，有來自《大唐大慈恩寺法師傳》的可能。

二、故事與戲劇

徐朔方認爲，「小說不見得都是直接取材於《西域記》和《法師傳》，而是其中某些內容進入傳說領域，通過變文、平話、雜劇等多種樣式，形成承上啓下的長鏈，最後才寫定爲《西遊記》。」〔註24〕換言之，《西遊記》從史實、傳記的客觀記載，融攝了傳說、神話或想像的元素，逐漸發展成目前所見的《西遊記》故事定本。

（一）至遲南宋・《大唐三藏取經詩話》

《大唐三藏取經詩話》應該是寺院俗講的底本，故事由十七個章節組合而成，長短不一。〔註25〕除闕漏的第一節與第八節不論，最短的是〈入沉香

〔註21〕同前註，卷十六，第七十九回，頁51，總頁2033。
〔註22〕徐朔方：〈論西遊記的成書〉，《小說考信編》（上海：上海古籍出版社，1997年），頁317至頁319。
〔註23〕《大唐大慈恩寺三藏法師傳》，卷一，總頁11。
〔註24〕同前註，頁317。
〔註25〕李時人、蔡鏡浩校注：《大唐三藏取經詩話校注》（北京：中華書局，1997年）。爲求行文方便，後文簡稱《取經詩話》。

國第十二〉，僅有 75 字；最長篇幅則是〈到陝西王長者妻殺兒處第十七〉，共有 1604 字。

第一節故事全關。〈行程遇猴行者處第二〉從玄奘法師一行六人西行取經開始寫起，偶然遇上「花果山紫雲洞八萬四千銅頭鐵額獼猴王」〔註26〕變化的白衣秀才，前來協助法師化解禍難，完成取經志業。法師應允同行，並改稱白衣秀才爲「猴行者」，自此取經成爲七人。猴行者有神通，既能知玄奘過去世曾經兩度取經未果，也作法讓取經僧人同赴北方大梵天王水晶宮齋宴，玄奘因而獲得大梵天王所贈之隱形帽、金環錫杖以及鉢盂。西行一路，取經僧人安然經過香山之寺、蛇子國、獅子林、樹人國、長坑、大蛇嶺、火類坳，還遇上白虎精爭戰、九條馗頭鼉龍作怪、深沙神阻路、女人國王留僧等折難，最後來到西天竺國的福仙寺。玄奘焚香祝禱後，獲得經文 5048 卷，只無《心經》。返唐途中，一行人在「盤律國香林市」內借宿。定光佛化身僧侶，傳授《心經》，囑咐玄奘等人回到唐朝，當建請皇王造寺院、崇佛法。並預告七人，將於七月十五日，返還天堂。到京之後，皇帝百里迎接，共車回朝，皇帝封玄奘爲「三藏法師」。七月十五午時五刻，天降採蓮舡，七人遂望正西登空成仙。

關於《大唐三藏取經詩話》成書年代的考訂，（1）有認爲「成書於晚唐五代」。如李時人、蔡鏡浩〈大唐三藏取經詩話成書時代考辨〉一文，從《取經詩話》的「體制和表現形式」、「具體內容和思想傾向」以及「語言現象」三方面歸納，認爲「唐代寺院『俗講』什麼時候開始講三藏取經故事還不能確定，但是傳世《取經詩話》的最後寫定時間不會晚於晚唐、五代。」〔註27〕（2）又有認爲是「北宋中後期作品」。張錦池認爲以詩代話除受變文影響外，也受到《本事詩》一類的詩話影響；又，定光佛授《多心經》給玄奘並反覆囑咐一段，是宋代限制僧、寺的反映。因此，張錦池提出：「《取經詩話》極有可能來自仁宗年間寺院僧人的『俗講』，而最後寫定於『俗講』僧人可以離開寺院到『瓦子』宣講的宋徽宗年間，是北宋中後期的作品。」〔註28〕（3）另有「成書於南宋」之說。王國維《取經詩話》跋文，認爲卷末的「中瓦子

〔註26〕《大唐三藏取經詩話校注·行程遇猴行者處第二》，卷上，頁 3。
〔註27〕原載於《徐州師範學院學報》1982 年第三期，現收於《大唐三藏取經詩話校注》附錄二，頁 58 至頁 85。
〔註28〕張錦池：〈《大唐取經詩話》成書年代考論〉，《西遊記考論》修訂本（哈爾濱：黑龍江教育出版社，2003 年），頁 23。

張家印」，就是吳自牧《夢梁錄》之張官人經史子集文籍鋪，而「中瓦子」是南宋臨安府街名，故判定爲「宋槧」。〔註29〕游國恩則直言：「南宋的《大唐三藏取經詩話》開始把各種神話與取經故事串聯起來，形式近乎寺院的『俗講』。」〔註30〕（4）魯迅承「南宋」之說，但將年代略爲往後修正到「元初」，說：「張家爲宋時臨安書鋪，世因以爲宋刊，然逮於元朝，張家亦爲無恙，則此書或爲元人撰，未可知矣。」〔註31〕

　　雖然刊刻年代並非等同成書年代，但王國維以刻書的書坊來界定成書年代，是個相對保守的說法。李、蔡之文，首先從敦煌保存下來的唐、五代變文，發現情節和場面轉換時會用「處」字，與《取經詩話》十二個「……處」的標題形式，有若干符合。其次，以《取經詩話》書中人物有「以詩代話」的表現形式來看，唐、五代變化廣泛採用，而宋人話本則完全消失。再者，從詞彙的使用習慣，《取經詩話》與變文中的「長者」都代表「富貴」……等。舉證甚爲完備。張錦池的考證除整理舊說外，尙查考敦煌佛門浮雕、壁畫等文物，以及〈入大梵天王宮第三〉內容所呈現的僧制問題，認爲《取經詩話》的成書上限「不會早於北宋前期，甚至不會早於仁宗年間」。張文又從劉後村的詩作、榆林窟的壁畫，以及《取經詩話》的體制分析，認爲其成書的下限「不會晚於南宋立國之君高宗年間」。最後從《取經詩話》未引用《太平廣記》的玄奘取經故事，以及「詩話」代表的時代印記等，張文將成書時間界定在「不早於仁宗年間寺院的『俗講』僧人之手，是北宋中後期的作品」。〔註32〕《取經詩話》成書年代之所以眾說紛陳，導因於無直接證據確認。但從以上諸說至少可以認定，最晚在南宋已經出現《取經詩話》，也就是南宋時應該已經出現「取經煩猴行者」的取經故事了。〔註33〕

〔註29〕〈王國維跋〉，《大唐三藏取經詩話校注》附錄一，頁55

〔註30〕游國恩等：《中國文學史·第六章西遊記》（香港：中國圖書刊行社，1986年），第4冊，頁87。

〔註31〕魯迅：《中國小說史略·第十三篇宋元之擬話本》（台北：里仁書局，2000年），頁104。

〔註32〕關於張錦池對於《大唐取經詩話》的討論，可參張錦池：〈《大唐取經詩話》成書年代考論〉，頁3～28。

〔註33〕王國良從「書名原始」、「作品屬性」、「撰者身份」、「成書年代」、「刊印時間」、「刊刻先後」等角度，整理與討論《大唐取經詩話》，足供參證。王國良：〈有關《大唐三藏取經詩話》的一些問題〉，《古典文學》第13集（台北：臺灣學生書局，1995年），頁105～134。

　　若將《取經詩話》與《西遊記》的內容故事作比較：從故事架構言，《取經詩話》與《西遊記》都是取經人在西行路上，遇難歷險後，取得5048卷經文，然後登天成佛的過程。途中每遇危難阻礙，化解者可能是猴行者，也可能是天上神仙。但無論解決者是誰，都讓玄奘法師一路歷險而不危險。比較《取經詩話》與《西遊記》兩者，無論是取經角色或故事情節，都有相似之處。從取經角色言之，首先是猴行者護衛玄奘法師取經的模式已經出現。所不同的是，《取經詩話》的猴行者，是「花果山紫雲洞八萬四千銅頭鐵額獼猴王」〔註34〕所變化成的白衣秀才，被玄奘改呼「猴行者」。《西遊記》的猴王，則從大石中迸裂而生，原居於花果山水濂洞，被如來收伏在五行山下，皈依唐僧後，改稱為「孫行者」。〔註35〕其次是沙僧形象的逐漸浮現。《取經詩話》中，取經一行人遇上深沙神。深沙神對玄奘法師說：「項下是和尚兩度被我喫你，袋得枯骨在此。」〔註36〕與《西遊記》「將骷髏兒掛在頭項下」〔註37〕的沙悟淨形象，幾乎相同。有別的是，《取經詩話》的深沙神，被玄奘法師斥責後，化作一道金橋，讓取經人安然渡河。並乞請取經人能在佛前薦拔超度，使之離苦得福。《西遊記》的沙僧，則在觀音菩薩摩頂受戒後，皈依佛門，成為伴隨唐僧取經的徒弟。而請唐僧在佛前美言的，則是在通天河馱負取經人渡河的大白黿。《取經詩話》尚未出現豬八戒與龍馬。

　　就故事情節而言，《取經詩話》中，當一行人來到西王母池，見蟠桃結實纍纍，玄奘慫恿猴行者偷桃，說：「願今日蟠桃結實，可偷三五個喫。」猴行者回答：「我因八百歲時偷喫十顆，被王母捉下，左肋判八百，右肋判三千鐵棒，配在花果山紫雲洞。至今肋下尚痛。我今定是不敢偷喫也。」〔註38〕正說間，有三桃掉入水中，猴行者拿出七千年才能長成、形狀酷似孩童的蟠桃給玄奘吃，法師心懷敬畏不願意吃。《西遊記》與此有關情節，一可見第五回。孫悟空因權管蟠桃園，見蟠桃熟透，遂支開土地、力士等人，然後偷得蟠桃吃用，因而引起大鬧天宮等一連串事件。二可見第二十四回。取經一行到達萬壽山五莊觀，明月、清風奉鎮元大仙之命，端人參果給唐僧吃。人參果三千年一開花，三千年一結果，再三千年才熟成，唐僧因果子模樣像小孩，拒

〔註34〕《大唐三藏取經詩話校注‧行程遇猴行者處第二》，卷上，頁3。
〔註35〕世德堂本《西遊記》，卷三，第十四回，頁41，總頁319。
〔註36〕《大唐三藏取經詩話校注‧〔題原缺〕第八》，卷中，頁23。
〔註37〕世德堂本《西遊記》，卷二，第八回，頁29，總頁181。
〔註38〕《大唐三藏取經詩話校注‧入王母池之處第十一》，卷中，頁23。

絕食用。相同的是，行者都曾因偷食蟠桃被處罰，三藏也以果子形似嬰孩而不食。行者部分不同的是，《取經詩話》中，猴行者受到王母判以鐵棒輪打，因而發配花果山紫雲洞。《西遊記》則因偷桃事件引發天宮大亂，孫行者被如來收伏後，壓在五行山下。法師部分不同的是，《取經詩話》的玄奘雖慫恿猴行者偷蟠桃，待蟠桃自然掉落後，卻因狀似嬰兒不食。《西遊記》的唐僧則是行經五莊觀，鎮元大仙招待人參果，因果實模樣而不食。

再者，《取經詩話》中的猴行者有神通，能知過去未來事。他曾對玄奘法師預告前行路險：「前去路途盡是虎狼蛇兔之處，逢人不語，萬種恓惶。此去人煙都是邪法。」〔註39〕《西遊記》中，唐僧在浮屠山遇上烏巢禪師，定要問個西方路程，烏巢禪師才笑說：

> 道路不難行，試聽我吩咐。千山千水深，多瘴多魔處。若遇接天崖，
> 放心休恐怖。行來摩耳巖，側著腳踪步。仔細黑松林，妖狐多截路。
> 精靈滿國城，魔主盈山住。老虎作琴堂，蒼狼為主簿。獅象盡稱王，
> 虎豹皆作御。野豬挑擔子，水怪前頭遇。多年老石猴，那里懷嗔怒。
> 你問那相識，他知西去路。〔註40〕

悟空也說「不必問他，問我便了。」〔註41〕顯見悟空已經預知西行路上多魔難，但真正具體警示的卻是烏巢禪師。此外，烏巢禪師還授與唐僧《心經》，消障解難。而《取經詩話》中玄奘獲《心經》，是取得經藏回長安的途中，在盤律國香林市內借宿時，定光佛化作手執金鐶杖的僧人，對法師說：

> 授汝《心經》歸朝，切須護惜。此經上達天宮，下管地府，陰陽莫
> 測，慎誤輕傳。薄福眾生，故難承受。〔註42〕

惟此《心經》非消除魔障之用，而是「上達天宮，下管地府，陰陽莫測」的神妙經典，與取經途中的驅邪避難無關。（參見附錄表一：《大唐三藏取經詩話》故事內容表）

胡適認為《取經詩話》的出現，「可以知道在南宋時，民間已有一種《唐三藏取經》的小說，完全是神話的，完全脫離玄奘取經的真實故事。這部書確是《西遊記》的祖宗。」〔註43〕相較於胡適的觀點，徐朔方對照兩書，含

〔註39〕同前註，〈入香山寺第四〉，卷上，頁10。
〔註40〕世德堂本《西遊記》，卷四，第十九回，頁50，總頁462。
〔註41〕同前註，頁51，總頁463。
〔註42〕《大唐三藏取經詩話・轉至香林寺受心經處第十六》，卷下，頁44。
〔註43〕胡適：《西遊記考證》，頁52。

蓄的認為「《取經詩話》的若干素材被《西遊記》所<u>繼承發展</u>」，〔註44〕但也同樣強調兩書的差異。胡士瑩以為敘述方法、取經人數、故事情節少有關聯，因此《取經詩話》「不是《西遊記》的藍本」，〔註45〕不過是取經故事廣泛流傳後的偶然相同。黃永年則從主角仍是法師、深沙神未隨西行、豬八戒未出現以及路途魔難的陋劣，認為「除〈入王母池〉想偷蟠桃跟鎮元觀偷人參果有點淵源外，和百回本《西遊記》<u>全無相通之處</u>。」〔註46〕本文整理《取經詩話》與《西遊記》後歸結：就故事架構而言，都是以玄奘法師為主的取經人，西行遭逢魔難的歷險故事。雖然故事的鋪陳與素材仍有諸多相異處，但人物塑造上，已出現相似孫悟空的猴行者，類同沙悟淨的深沙神。情節方面，則從預告前行凶險、蟠桃故事、妖精肚中作怪、女人國際遇、取經後升天……等，可窺見兩者若干同質。因此本文認同徐朔方「繼承發展」的說法，認為《西遊記》的故事框架在《取經詩話》時已經初步成型。

（二）元・吳昌齡《唐三藏西天取經》雜劇

吳昌齡所作《唐三藏西天取經》，未見全本。據鄭明娳的說法，今尚存〈回回迎僧〉與〈諸侯餞別〉〔註47〕。《納書楹曲譜》所輯與《西遊記》有關的曲辭，有一則是〈回回〉：

> （沽美酒）與唐王修佛力……你便取經到俺西天得這西夏國小回回，你想波嗒師父他怎肯來到俺這裡，行了些沒爹娘的□田地。
>
> （太平令）……師父你便遠路紅塵也，那不避受盡了幾場兒日炙價風，吹□離了<u>中華得這佛國</u>，恁便來到俺這裡獅蠻的田地。……
>
> （隨尾）俺只見黑洞洞征雲起，更那堪，昏慘慘霧了天日，<u>願恁個大唐師父取經回，再沒有外道邪魔可也近得你</u>。〔註48〕

〔註44〕徐朔方：〈論西遊記的成書〉，《小說考信編》，頁 322。
〔註45〕胡士瑩：〈現存的宋人話本〉，《話本小說概論》（北京：中華書局，1980 年），第七章，頁 198。
〔註46〕黃永年：〈論《西遊記》的成書經過和版本源流——《西遊證道書》點校前言〉，《文史探微》（北京：中華書局，2000 年），頁 547。
〔註47〕「元吳昌齡撰。殘存二折：（1）回回迎僧，見收於『萬壑清音』、『北詞廣正譜』、『九宮大成南北詞宮譜』、『納書楹曲譜』、『綴白裘』、『集成曲譜』等中。（2）諸侯餞別，見收於『納書楹曲譜』、『綴白裘』、『集成曲譜』、『六也曲譜』等中。」鄭明娳：《西遊記探源・緒論》（台北：里仁書局，2003 年），頁 6。
〔註48〕〈回回〉，葉堂編：《納書楹曲譜》，王秋桂主編《善本戲曲叢刊》（台北：臺灣學生書局，1984 年），續集卷三，頁 963。

為唐王修佛力而往西天取經，所指的法師應該就是唐三藏。從曲辭「願恁個大唐師父取經回，再沒有外道邪魔可也近得你」，可推知法師取經過程，應該有段歷險故事。還有一則是〈餞行〉：

（醉中天）幢幡上泥金字上寫著三藏是大唐師，鼓樂喧闐夾道……

（金盞兒）纔吟罷送行詩，似歌徹斷腸詞。人生世，聚首難。長似何用，晝夜細縈思。一心懷遠恨，千丈繫游絲，想尉遲敬德怎比得少年時。……不能辭奉聖旨，餞取吾師，望慈悲賜取法名兒。

（煞尾）……今後演佛法、掌戒律、興諸寺，謹遵著吾師法語教旨。

若俺把豪氣消磨，善性來使，俺只是年年來此看松枝。〔註49〕

從辭中尉遲敬德感慨當年，希望三藏法師慈悲，賜取法名，以及消磨豪氣、使善性、「年年來此看松枝」等，似乎與楊訥《楊東來批評西遊記》第五齣〈詔餞西行〉相似。該故事寫秦叔寶、房玄齡、尉遲恭奉敕送玄奘登程取經。尉遲恭皈依玄奘，玄奘為他起法名寶林。玄奘並折一枝松插在路邊並說：「我若取經回，松枝往東向。」尉遲恭要三藏好好保重，還說：「俺眾人年年來看此松枝。」〔註50〕

以上兩則都與唐三藏有關，另外一則是與孫悟空有關：

（採茶歌）……花果山有神祇，水簾洞影幽微，則聽得春風桃李杜鵑啼眼慧，休愁紅日晚，心明何怕黑雲迷。

（元鶴鳴聽）……這廝睄神謊鬼，銅筋鐵骨，火眼金睛。偷玉皇仙酒、盜老子金丹，他去那眾魔君，眾魔君中佔第一。他是驪山老母親兄弟，支無祈是他姊妹。

（烏夜啼）一觔斗十萬八千里，勢如飛。一觔斗十萬八千里，勢如飛。神力通天，誰敢和他做勍敵。雖師父西赴靈山會，沿路驅馳……他有混世的愆，彌天的罪，取經回來正果圓寂。

（煞尾）將心猿緊緊牢拴繫，把意馬頻頻急控馳。一個走如風，一個腳似飛，到西天取經回來到大唐，方是你。〔註51〕

這一段描繪孫悟空的文字，無論是偷仙酒、盜金丹，或者是與驪山老母、支

〔註49〕〈餞行〉，《納書楹曲譜》，補遺卷二，頁1735。

〔註50〕〔明〕楊訥：《楊東來先生批評西遊記》，《續修四庫全書》1766冊，卷二，第五齣，頁27，總頁182。為求行文方便，後文簡稱「楊訥雜劇」。

〔註51〕〈定心〉，《納書楹曲譜》，補遺卷二，頁1747。

無祈是兄弟姊妹等，都與楊訥雜劇第十齣〈收孫演咒〉相似。尤其是（煞尾）一段，兩者完全相同。因爲未見全本，無法得知詳細故事。但從這幾段的高度相似，無怪乎楊訥雜劇經常被誤以爲吳昌齡所作。

（三）明初・楊訥《楊東來批評西遊記》雜劇

楊景賢一作楊景言，後改名訥，約明太祖洪武年間在世。他的著作《楊東來批評西遊記》雜劇，共有六卷二十四齣，故事規模與《西遊》相似。簡單來說，大致分爲：第一齣至第四齣，江流兒與陳光蕊故事；第六齣與第七齣，三藏法師奉詔取經及百姓送行；第八齣到第二十齣，三藏啓程前往西方、天神護佑收三徒、歷險除難等；第二十一齣至第二十四齣，到達西天、取得經卷後送回東土。途中玄奘法師收伏龍馬爲座騎（第七齣）、通天大聖鬧天宮後皈依觀音（第九齣與第十齣）、沙和尚歸化（第十一齣前半）、豬八戒成爲取經護法（第十三齣至第十六齣），遭遇的妖邪折難有黃風山銀額將軍（第十一齣後半）、火龍變化的紅孩兒（第十二齣）、女人國婚配（第十七齣）、火焰山鐵扇公主阻路（第十八齣至第二十齣）。

整體來看，故事架構仍然是唐僧西行遇難除難，取經東返，最後證得果位入靈山。與之前故事較爲不同的是，行者似乎取代三藏，成爲西行路途的主導者。行者在整本雜劇的中段才出現，也就是第九齣與第十齣。雖然從故事篇幅來看，行者本傳既比不上玄奘出身的四齣，也比不上豬八戒歸化的四齣。但從角色的重要性，則有過之而無不及。行者加入團隊之後，首先成爲取經障礙的排除者。遇上沙和尚，他並未動手，只是威恩並濟的勸說：「你放心隨我師父，西天取經回來，都得正果朝元，卻不好來？若不從呵，我耳朵裡取生出金棍來，打的你稀爛。」沙僧只好回話說：「也罷！降了罷！」〔註52〕沙僧歸降後，取經人走到了金鼎國界。行者隨處晃盪，卻在黑風洞遇上豬八戒假扮朱郎，騙走了裴太公之女海棠。從事件的偵查、幫助海棠傳話並協助返家、告誡裴朱兩家成親、喬裝成海棠引誘豬八戒、會見觀音請灌口二郎神相助等，都憑藉行者之力。唐僧不過在行者問裴太公女兒是否名叫海棠時，串場說著：「你這胡孫，又惹事了？你怎麼知道？」〔註53〕或者，行者要去求見觀世音時，對行者說：「吾弟用心，慈悲大度方成道，嗜欲休貪是出家。小

〔註52〕楊訥：《楊東來先生批評西遊記》，卷三，第十一齣，頁48，總頁187。
〔註53〕同前註，卷四，第十五齣，頁66，總頁191。

心在意，疾去早回。」〔註54〕換言之，凡是取經路上遭遇到的凶險，都是行者出面化解，或者拜請觀音協助。其次，行者逐漸成爲旅途的指揮者。行者會告誡三藏不要多管閒事，例如在山林中遇到紅孩兒變成的迷路小孩要人馱負，行者就對三藏說：「師父，山林妖怪極多，不要多管。」〔註55〕來到金鼎國界，行者對三藏說：「這是火輪金鼎國界，正是徒弟丈人家裡。此間妖怪極多，師父並不要閑管。」〔註56〕行程中若有難題，也得藉行者之力。例如不知道騙走裴海棠的妖怪來歷，就找來土地；〔註57〕行經火焰山，行者想向鐵扇公主借扇，卻不知道她的住處，就拘來山神。〔註58〕諸如此類，唐僧雖然還是取經主角，但路途遇險的情節愈是多樣豐富，行者的角色也就愈吃重。

不過與百回本《西遊記》中的行者角色相比，除了名號不同外，雜劇中的行者降妖武功較不出色。當他面對妖怪，很少獨力化解，通常都是告請觀音協助。例如火龍變化成紅孩兒，拜求觀音請來世尊佛；收伏豬八戒，請觀音找來二郎神；女人國王強迫三藏婚配，韋馱天尊奉觀音法旨前來協助；火焰山遇上鐵扇公主，也是由觀音遣雷、電、風、雨暨水部箕水豹、壁水㺄、參水猿等前去協助。甚至，觀音在海外蓬萊三島組成「保會」，〔註59〕確保唐僧取經一路無事。此外，雜劇中的行者也沒有預知能力。三藏收了行者後，是山神預告流沙河之難；韋馱天尊在三藏夢中，預告了女人國的障礙；離開女人國後，是採藥仙人預告火焰山鐵扇公主一事。而百回本中，行者能知過去、未來事，火眼金睛可看穿妖魔鬼怪，變化手段多樣。行者的神通與能力，隨著《西遊》故事的演變而增強不少。除了行者外，南海觀音也從雜劇開始，扮演著重要角色。前文已提及雜劇中，悟空求告的都是觀音，觀音更是「保會」中的發起人。而百回本中，銜如來佛祖之命往東土尋找取經人，正是觀音。觀音院的黑熊怪、流沙水怪、紅孩兒、陳家莊靈感大王……等，也是由觀音菩薩收伏。因此，從故事內容來看，行者與觀音，分別扮演著取經主導者與取經協助者的重要角色。

另外一個值得討論的問題是，雜劇中出現江流兒的故事。世德堂本《西

〔註54〕 同前註，頁69，總頁192。
〔註55〕 同前註，卷三，第十二齣，頁51，總頁188。
〔註56〕 同前註，卷三，第十三齣，頁61，總頁190。
〔註57〕 同前註，卷四，第十五齣，頁69，總頁192。
〔註58〕 同前註，卷五，第十八齣，頁84，總頁196。
〔註59〕 同前註，卷二，第八齣，頁34，總頁183。觀音共邀集十位保官簽署，保唐僧沿路無事。分別是：觀音、李天王、那吒、灌口二郎、九曜星辰、華光天王、木叉行者、韋馱天尊、火龍太子以及迴來大權脩利。

遊記》是目前所見最早的百回本，並沒有江流兒故事的著錄。但可從第十一
回、第九十九回歸納得知。相關說法可見後文「簡本《西遊記》」的討論。明
刊本《西遊》故事中，朱鼎臣的《鼎鍥全相唐三藏西遊記傳》第四卷第 19 至
第 26 則，內容就是陳光蕊與江流兒。〔註60〕清康熙年間，署名汪象旭、黃周
星校評的《新鐫出像古本西遊證道書》，〔註61〕江流兒的故事出現在第九回。
之後的清刊百回本《西遊記》，都沿襲《證道書》之例，保存了江流兒的故事。

　　雜劇中的第一齣至第四齣，寫得就是江流兒故事。陳光蕊偕妻殷氏赴任途
中，遭到水賊劉洪的殺害，推入江中。陳光蕊曾經救了龍王所變化的金色鯉魚，
因此當他沉入江中，龍王也保護他身體不壞，歷時十八年。殷氏當時已懷有八
個月身孕，為保護孩子，暫時歸順劉洪。等孩子出世後，為避免事端，劉洪強
迫殷氏將孩子拋入江中。殷氏將孩子放入梳匣，用血寫下孩子的生月年紀，起
名江流，放入水中任其四處漂流。這個孩子被一漁人撈起，送到金山寺丹霞禪
師處養成，也就是後來取經的玄奘法師。十八年後，玄奘與母親相認，並在丹
霞禪師的協助下，至洪州太守虞世南處告狀。官吏擒得劉洪後，虞世南判推劉
洪入江，並剖腹以獻陳光蕊。正當殷氏與玄奘在河邊祭拜，龍王馱著陳光蕊現
身。與此同時，觀音出雲端囑咐說：「長安城中今夏大旱，可著玄奘赴京師祈雨
救民。我佛有五千四十八卷大藏金經要來東土，單等玄奘來。」又對虞世南說：
「老僧國祚安寧，陳光蕊全家封贈，唐三藏西天取經。」〔註62〕

　　與《證道書》相較，架構大致相同，但情節有部分差異。例如雜劇中的

〔註60〕《鼎鍥全相唐三藏西遊傳》，通常稱為《唐三藏西遊釋厄傳》，署有「羊城沖懷
　　　　朱鼎臣編輯，書林蓮台劉永茂繡梓」，收於《古本小說集成》。該書與江流兒有
　　　　關的則目分別是：〈唐太宗詔開南省〉、〈陳光蕊及第成婚〉、〈劉洪謀死陳光蕊〉、
　　　　〈小龍王救醒陳光蕊〉、〈殷小姐思夫生子〉、〈江流和尚思報本〉、〈小姐囑兒尋
　　　　殷相〉、〈殷丞相為婿報仇〉等 8 則。為求行文方便，後文簡稱「朱本」。
〔註61〕《新鐫出像古本西遊證道書》，又稱《西遊證道書》，題為「鍾山黃太鴻笑蒼
　　　　子、西陵汪象旭澹漪子同箋評」，收於《古本小說集成》。原來世德堂本《西
　　　　遊記》的回目是：第九回〈袁守成妙算無私曲，老龍王拙計犯天條〉、第十回
　　　　〈二將軍宮門鎮鬼，唐太宗地府還魂〉、第十一回〈還受生唐王尊善果，度孤
　　　　魂蕭瑀正空門〉、第十二回〈玄奘秉誠建大會，觀音顯像化金蟬。自《西遊證
　　　　道書》開始的清刊本《西遊記》，把江流兒的故事插入第九回，再將原來九至
　　　　十二回的故事重整成三回，遂變成：第九回〈陳光蕊赴任逢災，江流僧復讎
　　　　報本〉、第十回〈老龍王拙計犯天條，魏丞相遺書托冥吏〉、第十一回〈遊地
　　　　府太宗還魂，進瓜果劉全續配〉、第十二回〈玄奘秉誠建大會，觀音顯像化金
　　　　蟬〉。關於重整後內容的變化，將於本書第二章第一節討論。
〔註62〕《楊東來先生批評西遊記》，卷一，第四齣，頁 20，總頁 180。

玄奘是「西天毗盧伽尊者，將托化於中國海州弘農縣陳光蕊家爲子，長大後將往天竺，取大藏金經五千四十八卷」。〔註63〕《證道書》的三藏，則是遭貶謫的金蟬子下凡，被金山寺法明長老收養，取了乳名江流，受戒後法名玄奘。應允西天取經後，由太宗賜號三藏。又如雜劇中的殷氏，是大將殷開山之女，在劉洪的脅迫下，才將孩子放入水流。保護江流的，是奉觀音法旨的龍王及水卒。《證道書》的殷氏，名字叫溫嬌，也稱作滿堂嬌，是丞相殷開山的女兒。南極星君曾奉觀音法旨，囑咐用心保護孩子。因此當劉洪要淹殺孩子，殷氏咬下孩子左小指以爲驗記，用血書寫下父母姓名來歷，安置在江邊撿拾的木板上，順水流去。諸如此類，或可視作《證道書》江流兒故事的可能來源。

　　鄭明娳針對陳光蕊、江流兒故事與朱本、《證道書》之間的關係，有詳實的比對與討論，她認爲：「雜劇中的安排較朱本（案：指朱鼎臣《西遊釋厄傳》）合情理，尤於日期的設計，更爲著意。……至於文字的流暢，尤高出朱本許多，處處顯得成熟完整些。」〔註64〕鄭振鐸則評價《楊東來先生批評西遊記》說：「此劇所述的事實與後來的小說（楊、吳二氏的）頗不相同，然已建立了他們的骨幹，較之宋人的《取經詩話》，則已高明得不少了」〔註65〕徐朔方則將《西遊記》的成熟，歸功於民間文學的累積，他認爲：「《西遊記》的成書曾受到元代其他累積型集體創作的小說戲曲的影響。……沒有深厚的民間文學傳統作爲背景，《西遊記》雜劇和小說的出現都是難以想像。」〔註66〕比較雜劇《西遊記》與百回本《西遊記》、《證道書》第九回，雖然沒有證據說明情節內容的「直接相承」，但至少可以看到雜劇《西遊記》在《西遊》故事變化中，應該是個重要的環節。（參見附錄表二：《楊東來批評西遊記》故事內容表）

（四）明中、末期《銷釋真空寶卷》的《西遊》故事

　　「寶卷」之名出現於元代，淵源於唐代佛教的俗講，是一種佛教通俗化眾的說唱形式。明代前期是佛教寶卷發展時期，但正德年（1506～1521）以後，各種新興的民間宗教多倚稱佛教，它們均以寶卷爲佈道書，編製了大量

〔註63〕同前註，第一齣，頁1，總頁175。

〔註64〕鄭明娳：〈陳光蕊、江流兒故事與西遊記〉，《古典文學》第3集，頁318，1981年12月。

〔註65〕鄭振鐸：〈西遊記雜劇〉，《中國文學研究》（北京，人民文學出版社，2000年），頁557。按：鄭文誤將《西遊記雜劇》的作者視爲吳昌齡。

〔註66〕徐朔方：〈論西遊記的成書〉，《小説考信編》，頁330。

寶卷。〔註67〕民初出土的《銷釋眞空寶卷》，目前所見是關本。

就現存的內容猜測，可能是宗教家欲透過講經的方式，闡揚「皈依佛，永不墮於地獄」、「皈依法，永不墮於餓鬼」、「皈依僧，永不墮於傍生」〔註68〕的概念，因此在〈開經偈〉之後，舉《西遊記》故事參證。茲將文字抄錄如下：

> 三世諸佛不可量，波尋諸佛入涅槃。留下生老病死苦，釋迦不免也無常。老君住世爛陽鄉，燒丹煉藥有誰強。留下金木水火土，老君不免也無常。大成至聖文宣王，亙古亙今論文章。留下仁義禮智信，夫子不免也無常。道冠儒履釋迦裟，三教元來總一家。江南枳殼江北橘，春來都放一般花。唐僧西天去取經，一去十萬八千程。昔日如來眞口眼，致今拈起又重新。正觀殿上說唐僧，發願西天去取經。唐聖主，燒寶香，三參九轉。祝香停，排鑾駕，送離金門。將領定，孫行者，齊天大聖。豬八戒，沙和尚，四聖隨根。正遇著，火焰山，黑松林過。見妖精，和鬼怪，往兩成羣。羅刹女，鐵扇子，降下雷露。流沙河，紅孩兒，地勇夫人。牛魔王，蜘蛛精，設人洞去。南海裡，觀世音，救出唐僧。說師父，好佛法，神通廣大。誰敢去，佛國裡，去取眞經。滅法國，顯神通，僧道鬥聖。勇師力，降邪魔，披剃爲僧。兜率天，彌勒佛，願聽法旨。極樂國，火龍駒，白馬馱經。從東土，到西天，十萬餘里。戲世洞，女兒國，匿了唐僧。到西天，望聖人，懇懃禮拜。告我佛，發慈悲，開大沙門。開寶藏，取眞經，三乘經典。暫時間，一刹那，離了雷音。取眞經，回東土，得見帝王。告我佛，求懺悔，放大光明。到東土，獻眞經，唐王大喜。金神會，開寶藏，字字分明。佛面猶如淨滿月，亦如千日放光明。圓光普照於十方，喜捨慈悲皆具足。〔註69〕

從本段起文的「三世諸佛不可量」至「春來都放一般花」，既提釋迦、老君、夫子，更是明白提到「道冠儒履釋迦裟」、「三教原來總一家」、「春來都放一般花」等，可知應該是宋元以後「三教合一」下的產物。

〔註67〕喻松青：〈明清時期的民間秘密宗教〉，《民間秘密宗教經卷研究》（台北：聯經出版事業公司，1994 年），頁 1 至頁 33。

〔註68〕《銷釋眞空寶卷》，《寶卷》初集冊 19（太原：山西人民出版社，1994 年），頁 261。

〔註69〕引文中逗號，標誌《寶卷》原文的「分句」；句號，則標誌《寶卷》原文的「分行」。

就內容來看，取經僧人為唐僧、孫行者、豬八戒、沙和尚，以及馱經的白馬，和《西遊記》已經完全相同。而文中所經歷的精怪魍魎，則有火焰山、羅剎女、鐵扇子、牛魔王（以上第五十九回至第六十一回）、黑松林（第二十八回至第三十一回）、流沙河（第二十二回）、紅孩兒（第四十回至第四十二回）、地勇夫人（勇當為湧，第八十回至第八十三回）、蜘蛛精（第七十二回至第七十三回）、滅法國（第八十四回）、僧道鬥聖（應指車遲國，第四十四回至第四十六回）、女兒國（第五十四回）、戲世洞（音同稀柿衚，第六十七回）等，已經涵括《西遊記》二十三個回目的故事。其次，提及南海觀世音救唐僧（分別有第十五回鷹愁澗收龍馬、第十六回至第十七回的觀音院失卻袈裟、第二十二回收伏流沙水怪、第二十四回至第二十六回五莊觀救活人參樹、第四十七回至第四十九回陳家莊收伏金鯉魚、第六十八回至第七十一回麒麟山收賽太歲等）、兜率天老君出手（第五十回至第五十二回降服獨角兕大王）、彌勒佛縛妖魔（第六十五回至第六十六回小雷音降黃眉老佛），除去與精怪重複者，又另外涵括了《西遊記》二十二回故事。再者，文中唐僧「發願西天去取經」、唐聖主「排鑾駕，送離金門」、「孫行者，齊天大聖」等，應該是《西遊記》前十二回的縮影，而「到西天，望聖人，慇懃禮拜」、「暫時間，一剎那，離了雷音」等，也同於《西遊記》第一百回，八大金剛使了陣香風，「把他四眾不一日送至東土，漸漸望見長安」。〔註70〕整體而言，《銷釋真空寶卷》這段偈贊，與百回本《西遊記》故事有相當的雷同，難怪胡適認為《銷釋真空寶卷》是摘錄自吳承恩《西遊記》。

根據胡適考證，孔子被稱作「大成至聖文宣王」，是元成祖大德十一年（1307）給孔子加的謚號，成書應該不會早於大德十年；其次從「真空和尚」的註錄，以及比較卷中唐僧取經的內容，胡適認為「此卷大概作於吳承恩的《西遊記》流傳之後」，而且不能早於明萬曆中期。〔註71〕車錫倫考察內容後提出，「卷中大量出現明代中葉以後民間宗就所使用的特殊用語」、「卷中一再提到無為法」，所以《銷釋真空寶卷》應該來自於「無為教」。〔註72〕車氏也

〔註70〕世德堂本《西遊記》，卷二十，第一百回，頁50，總頁2528。

〔註71〕胡適：〈跋《銷釋真空寶卷》〉，《胡適文集8》（北京：北京大學出版社，1998年），頁499至頁504。

〔註72〕「無為教」是康熙年間，張保太在雲南所創立的。崇奉的是彌勒和龍華三會，在中國的西南地區最為流行。又稱作無極教、大乘教、龍華會、西來教……等。見喻松青：〈明清時期的民間秘密宗教〉，《民間秘密宗教經卷研究》，頁19。

從胡適的說法，認爲成書年代應該在明代後期。〔註73〕

　　與《銷釋眞空寶卷》情節相似的寶卷，還有《佛門西遊慈悲寶卷道場》。文中也將孔子稱作「大成至聖文宣王」。車錫倫考察演唱形態，認爲應該是元代的作品。寶卷的十六句偈贊是：

> 三世諸佛不可量，缽尋諸佛入涅槃。留下生老病死苦，釋迦不免也
> 無常。老君住在南陽鄉，燒丹煉藥有誰強。留下金木水火土，老君
> 不免也無常。大成至聖文宣王，亙古亙今教文章。留下仁義禮智信，
> 夫子不免也無常。貞觀殿上說唐僧，發願西天去取經。大乘教典傳
> 東土，亙古宣揚至迄今。〔註74〕

將兩者相比，《銷釋眞空寶卷》前十二句，相異的有三處：「缽尋」異於「波尋」，「老君住在南陽鄉」異爲「老君住世爛陽鄉」、「教文章」異爲「論文章」，其餘相同。此外，《佛門西遊慈悲寶卷道場》的第十三、十四句「貞觀殿上說唐僧，發願西天去取經」，也出現在《銷釋眞空寶卷》的第二十一句與二十二句。

　　從車錫倫的研究來看，《佛門西遊慈悲寶卷道場》有貞觀三年太宗因孽龍索命遊地府、玄奘開壇建水陸大會、唐王與玄奘結盟爲御弟並派往西天取經等事，也敘述取經路上，玄奘收了孫悟空、豬八戒、沙僧和火龍太子。在妖魔阻路方面，《佛門西遊慈悲寶卷道場》提到黑松嶺、火焰山、狼虎塔（《西遊記》與塔有關的是第六十二回至第六十三回祭賽國掃塔，並無狼虎塔）、黃蜂怪（可能指黃風怪，第二十回至第二十一回）、女人國、子母河（第五十三回）、車池國（池當爲遲）、流沙惡水、黑熊攔路、白龜擺渡（第四十七至第四十九回）、蜘蛛精、紅孩兒、火焰盆（出處未知）等十三處，不僅與百回本《西遊記》相關，兩本寶卷共同提及者也有九處。解難者是南海觀世音，取得經卷返回長安後，三藏四眾也都升天獲證果位，也與《西遊記》相似。〔註75〕另外，值得注意的是，《佛門西遊慈悲寶卷道場》中，馱經的龍馬是「南方火龍白馬」，與《楊東來先生批評西遊記》中的南海沙劫老龍第三子火龍，形象相似。或許楊訥曾見過此本，也或許明初之前，流傳著以火龍化爲白馬形象馱經的《西遊記》故事。

　　《寶卷》多爲民間宗教宣揚教理教義的傳本，如同善書一般，故事的承

〔註73〕車錫倫：〈中國最早的寶卷〉，《中國文哲研究通訊》6 卷 3 期，頁 50，1996
　　　　年 9 月。
〔註74〕轉引自車錫倫：〈中國寶卷的形成及其演唱型態〉，收於《信仰、教化、娛樂
　　　　──中國寶卷研究及其他》（台北：臺灣學生書局，2002 年），頁 81。
〔註75〕同前註：頁 80 至頁 84。

襲與傳抄，是極爲常見的情況。從《銷釋眞空寶卷》與《佛門西遊慈悲寶卷道場》來看，這兩本《寶卷》若不是有直接相承的關係，就是有同一個來源。

（五）類書的記載

「類書」是一種採輯群書，然後將各種材料分類彙編的工具書。因爲這類書籍的輯錄與抄引，保存不少散失的古籍佚文。而與《西遊記》有關的故事，也可從類書中尋繹。

1、宋·《太平廣記》

宋初李昉等人奉敕，在太平興國六年（981）正式雕印的《太平廣記》，輯有玄奘相關的故事：

> 沙門玄奘俗姓陳，偃師縣人也。幼聰慧，有操行。唐武德初，往西域取經。行至罽賓國，道險，虎豹不可過。奘不知爲計，乃鑽房門而坐。至夕開門，見一老僧，頭面瘡痍，身體膿血，牀上獨坐，莫知來由。奘乃禮拜勤求，僧口授《多心經》一卷，令奘誦之。遂得山川平易，道路開闢，虎豹藏形，魔鬼潛跡。遂至佛國，取經六百餘部而歸。其《多心經》至今誦之。初奘將往西域，於靈巖寺見有松一樹。奘立於庭，以手摩其枝曰：「吾西去求佛教，汝可西長；若吾歸，即却東迴，使吾弟子知之。及去，其枝年年西指，約長數丈。一年忽東迴，門人弟子曰：「教主歸矣。」乃西迎之，奘果還。至今衆謂此松爲「摩頂松」。〔註76〕

此段故事係《太平廣記》引自李冗《獨異志》及劉肅《大唐新語》。自「初奘將往西域，於靈巖寺見有松一樹」之後，當從《獨異志》抄錄。《獨異志》三卷，「雜錄古事，亦及唐代瑣聞，大抵語怪者居多」。〔註77〕該書記有「摩頂松」一段：

> 唐初有僧玄奘，往西域取經，一去十七年。始去之日，於齊州靈巖寺院，有松一本，立於庭。奘以手摩其枝曰：「吾西去求佛教，汝可西長。若歸，即此枝東向，使吾門人弟子知之。」及去，年年西指，

〔註76〕〔宋〕李昉：《太平廣記·異僧六·玄奘》（台北：文史哲出版社，1987年），卷九十二，總頁606。據《舊唐書·列傳·方伎》與玄奘傳記等，玄奘啓程時間應爲「貞觀三年」，此處以玄奘「唐武德初，往西域取經」，當是誤植。

〔註77〕〈四庫全書提要·獨異志〉，附於《獨異志》後，《百部叢書集成》初編（台北：藝文印書館，1965年）。

約長數丈。一年，忽東向指。門人弟子曰：「教主歸矣。」乃西迎之，

奘果還歸，得佛經六百部。至今眾謂此之摩頂松。〔註78〕

與此文相較，《太平廣記》因前文已提及玄奘取經一事，故刪去重複部分。除此之外，情節幾乎相同。「摩頂松」的故事，在《楊東來先生批評西遊記》、百回本《西遊記》等都被收錄。《獨異志》另記有玄奘取經途中之軼聞一則。〔註79〕

　　另一書《大唐新語》，共十三卷，係採摭「國初迄于大曆，事關政教，言涉文詞，道可師模，志將存」〔註80〕之事。其〈記異第二十八〉載玄奘行止：

沙門玄奘俗姓陳，偃師人。少聰敏，有操行。<u>貞觀三年</u>因疾而挺志，往五天竺國。凡經十七歲，至貞觀十九年二月十日方到長安。足所親踐者，一百一十國。探求佛法，咸根究源，凡得經論六百五十七部，佛舍利拜佛像等甚多。京城士女迎之，塡城隘郭。時太宗在東都，乃留德經像弘福寺，有瑞氣徘徊，像上移晷乃滅。遂請駕，并將異方奇物朝謁。太宗謂之曰：「法師行後造弘福寺，其處雖小，禪院虛靜，可謂翻譯之所。」太宗御製〈聖教序〉。高宗時爲太子，又作〈述聖記〉並勒於碑。麟德中，終於坊郡玉華寺。玄奘撰《西域記》十二卷，見行於代。著作郎敬播爲之序。〔註81〕

以《太平廣記》引文與之相較，僅「沙門玄奘俗姓陳，偃師縣人也。幼聰慧，有操行」與「取經六百餘部而歸」相類。其餘如武德初取經、遇險無計、遇上老僧授《多心經》等記載，皆非《獨異志》或《大唐新語》之文。《太平廣記》所載內容，可能還有其他參考來源。

2、元·《朴通事諺解》

　　《朴通事》是朝鮮時代的漢語教材，成書於元末。而《朴通事諺解》則爲崔世珍注音翻譯的版本，所根據的是1483年經中國使臣葛貴等修改過的本子，相當於明憲宗成化十九年。〔註82〕書中與《西遊記》有關的故事，是從

〔註78〕《獨異志》，卷上，頁16。

〔註79〕「唐初，僧玄奘志西域取經，入維摩詰方丈室。及歸，將書年月於壁。染翰欲書，日行數千百步，終不及墻。」同前註，頁3。

〔註80〕《大唐新語·序》，《百部叢書集成》初編，頁1。

〔註81〕同前註，卷十三，頁5。

〔註82〕據朝鮮《李朝實錄》成宗十一年（1480）記載，侍讀官李昌臣曾說《老乞大》與《朴通事》兩書，「乃元朝時語」。見〈老乞大諺解·解題〉，汪維輝

鑄佛像的對話開始。其中提及唐三藏西天取經，經過惡山險水難走，怪物妖精侵害。在「惡物刁蹶」下，有崔世珍註解：

> 《音義》云：「刁，難也；蹶，顛仆而不能行也。今按法師往西天時，初到師陀國界，遇猛虎毒蛇之害，次遇黑熊精、黃風怪、地湧夫人、蜘蛛精、獅子怪、多目怪、紅孩兒怪，幾死僅免。又過棘鈞洞、火炎山、薄屎洞、女人國及諸惡山險水，怪害患苦，不知其幾，即所謂刁蹶也。詳見《西遊記》。」〔註83〕

就其所載內容，以精怪而言，《西遊記》中趁觀音院大火搶奪袈裟的，正是黑熊變化的黑風洞黑風大王（第十六回、第十七回）；黃風嶺上作怪的黃毛貂鼠，就是黃風大王（第二十回、第二十一回）；推烏雞國王落井的終南山全真，爲青毛獅所變化（第三十七回至第三十九回）；讓唐僧在枯松澗火雲洞落難的，是牛魔王之子紅孩兒（第四十回至第四十二回）；悟空識破盤絲洞蜘蛛女怪之計，協助女怪復仇的，則是百眼魔君變化的黃花觀道士（第七十二回、第七十三回）；陷空山無底洞求婚配的金鼻白老鼠，自稱地湧夫人（第八十回至第八十三回）。以地方而言，唐僧在西梁女人國被留婚（第五十四回）、悟空火焰（炎）山三調芭蕉扇（第五十九回至第六十一回）。「棘鈞洞」和「薄屎洞」《西遊記》中並未出現，以名相來看，可能是是三藏談詩之荊棘嶺（第六十四回）和污穢的稀柿衕（第六十七回）。雖然所提之精怪地名多與《西遊記》同，但不知故事情節相似否。

　　書中又提到「唐三藏引孫行者到車遲國，和伯眼大仙鬥聖」一段。首先，在「唐三藏引孫行者」下，有註解：

> 孫行者，行者，僧未經關給度牒者，謂之僧行，亦曰行者。《西遊記》云：西域有花果山，山下有水簾洞，洞前有鐵板橋，橋下有萬丈澗，澗邊有萬箇小洞，洞裡多猴。有老猴精，號齊天大聖，神通廣大，入天宮先桃園偷蟠桃，又偷老君靈丹藥，又去王母宮偷王母繡仙衣一套，來設慶仙衣會。老君、王母具奏於玉帝，傳宣李天王，引領天兵十萬及諸神將至花果山，與大聖相戰失利。巡山大力鬼上告天王，舉

編《朝鮮時代漢語教科書叢刊》第 1 冊（北京：中華書局，2005 年），頁 53。

〔註83〕《朴通事諺解》，《朝鮮時代漢語教科書叢刊》第 1 冊，卷下，頁 285。據〈解題〉之說，註解部分乃是「崔世珍所作《朴通事集覽》的內容打散後附注於各詞句之下」。同該書，頁 209。

—24—

灌州灌江口神曰小聖二郎，可使拿獲。天王遣太子木叉，與大力鬼王
請二郎神，領神兵圍花果山。眾猴出戰皆敗，大聖被執當死。觀音上
請於玉帝，免死。令巨靈神押大聖前往下方去，乃於花果山石縫內納
身，下截畫如來押字封著。使山神土地鎮守，飢食鐵丸，渴飲銅汁。
「待我往東土尋取經之人，經過此山，觀大聖，肯隨往西天，則此時
可放。」其後唐太宗勅玄奘法師往西天取經，路經此山，見此猴精壓
在石縫，去其佛押出之，以爲徒弟，賜法名吾空，改號爲孫行者。與
沙和尚及黑豬精朱八戒偕往，在路降妖去恠，救師脫難，皆是孫行者
神通之力也。法師到西天，受經三藏。東還，法師證果栴檀佛如來，
孫行者證果大力王菩薩，朱八戒正果香華會上淨壇使者。〔註84〕

從「西域有花果山」以下至「洞裡多猴」，與《西遊記》第一回石猴勇闖瀑布泉，
找著「花果山福地水簾洞」〔註85〕而成眾猴領袖，改稱「美猴王」的情節相同。
《朴通事諺解》的情節較爲簡略，並未交代猴王成爲「齊天大聖」的過程。《西
遊記》則自第一回至第四回，安排猴王從師須菩提並起名孫悟空、龍宮取武器
盔甲、地府強銷死籍的過程，待天庭招安，孫悟空卻嫌弼馬溫官小，重回花果
山自立爲「齊天大聖」。〔註86〕玉帝遣李天王與三太子討伐，無功而返，只好降
旨封作齊天大聖，「權管那蟠桃園」。〔註87〕也因爲管理蟠桃園，悟空有機會擾
亂蟠桃盛會，偷服老君的九轉金丹，大鬧天宮。玉帝遂遣天兵天將，調度二郎
神等下界捉拿。混戰中，孫悟空被老君金剛琢擊中就逮。這正與《諺解》所載
「入天宮先桃園偷蟠桃」至「飢食鐵丸，渴飲銅汁」的情節大致相似。不同的
是，《西遊記》中的孫悟空，並沒有「王母宮偷王母繡仙衣一套，來設慶仙衣會」
一段。其次，孫悟空免死的原因非觀音請命，而是「莫想傷及其身」。〔註88〕再
者，《西遊記》還有八卦爐烹煉一段，然後才是被如來佛祖壓在五指所化的「五
行山」下。總上，雖然《朴通事諺解》在取經人證得果位的封號與《西遊記》
不盡相同，〔註89〕但此段註解，幾乎可說是《西遊記》的故事大綱。

〔註84〕《朴通事諺解》，卷下，頁 292。
〔註85〕世德堂本《西遊記》，卷一，第一回，頁 5，總頁 10。
〔註86〕同前註，第四回，頁 42，總頁 83。
〔註87〕同前註，卷一，第五回，頁 50，總頁 99。
〔註88〕同前註，卷二，第七回，頁 13，總頁 147。
〔註89〕《西遊記》中，唐僧爲旃檀功德佛，悟空爲鬪戰勝佛，豬八戒爲淨壇使者，
沙悟淨爲金身羅漢，白馬則爲八部天龍馬。

其次故事本文中,有孫悟空在車遲國與伯眼大仙鬥法一段。車遲國王原本好善且恭敬佛法,但國中有個燒金子道人,即伯眼大仙,定要奴役和尚,蓋三清大殿,起羅天大醮。三藏一行人因投宿智海禪寺,知道事情經過。行者先是到羅天醮場胡鬧,再與伯眼大仙爭賭鬥聖,分別是靜坐、櫃中猜物、滾油洗澡與割頭再接四項。最後由行者獲勝,伯眼大仙現出虎精本形。將此故事對照《西遊記》第四十四回至第四十六回,同樣是取經人在車遲國遇上毀佛之事,並與國師賭鬥的過程。不同的是,《朴通事諺解》中三藏投宿的是智海禪寺,《西遊記》則掛單智淵寺。就參與賭鬥的人數,《朴通事諺解》除三藏與行者外,對手主要是伯眼大仙及其徒弟虎皮。《西遊記》中,除行者外,八戒、沙僧一起喬裝三清,破壞醮儀。但賭鬥過程,八戒與沙僧在旁觀戰。對手則是三個國師老道士,虎力大王、鹿力大王,以及羊力大王。就賭鬥內容,《朴通事諺解》有靜坐等四個項目,《西遊記》先是與虎力比賽祈雨,然後是雲梯顯聖(虎力・靜坐)、隔板猜枚(鹿力與虎力・猜物)、砍頭安上(虎力)、剖腹剜心(鹿力)、滾油洗澡(羊力),在土地、神祇與冷龍的協助下,行者贏得賭鬥,而道士分別現出黃虎、白鹿與羚羊之相。

總的來看,《朴通事諺解》所記載的故事,在情節鋪敘與內容轉折,的確遜於《西遊記》。若以《朴通事諺解》的成書年代推測,可能當時中國有本情節較為簡略的《西遊記》,故事與百回本《西遊記》頗為相似。換言之,《朴通事諺解》所抄錄的故事版本,可能是百回本《西遊記》的前身。然而僅憑註解與車遲國故事,無法論斷。因為,也有可能是編撰者抄錄故事為漢語教材時,材料摘取上的必然簡化與改動。

3、明・《永樂大典》

明成祖永樂年間編纂而成的《永樂大典》,在第一三一三九卷,「送」字韻下的「夢」字類,收有〈夢斬涇河龍〉故事,並註明《西遊記》。〔註90〕故事記載著長安城西南有條涇河,有兩個漁夫李定與張稍,在河邊閒聊。李定對著張稍說著,長安城西門有個喚作「神言山人」的神相袁守成,每天指導下網方位,百下百著。巡水的夜叉無意聽見後,立即通報涇河龍王。龍王化身為白衣秀士入城,問得下雨時辰與數量,兩人並以五十兩銀為罰金。回到水晶宮的龍王,接到黃巾力士帶來玉帝聖旨,詔曰:

〔註90〕 〔明〕解縉等:《永樂大典》(北京:中華書局,1998 年),卷一萬三千一百三十九,頁 8,總頁 5688。

你是八河都總涇河龍，教來日辰時布雲，午時升雷，未時下雨，申時雨足。〔註91〕

未料聖旨所言，全應了袁守成之說。爲贏得賭金，龍王剋扣雨量後，又化作白衣秀士入城評理。袁守成點破龍王身份，告知隔日午時，將由唐丞相魏徵執刑。除非見得唐皇行說勸救，否則命在旦夕。於是龍王將前事詳述，跪拜請託唐皇救命。唐皇想用緩兵之計拖延，遂召來魏徵下棋。就在將近午時，魏徵閉目不動，直至未時才醒。原來魏徵在閉眼的刹那，斬了涇河龍，「正喚作魏徵夢斬涇河龍」。〔註92〕此段故事從張稍、李定河邊對話，至唐王召魏徵對奕，也出現在《西遊記》第九回；魏徵夢斬涇河龍段，則在第十回前半段。

就情節架構來說，《永樂大典》所引故事，與《西遊記》大致相同。不同之處在《永樂大典》的李定與張稍都是漁夫，炫耀百下百著的人是李定；《西遊記》中，李定是樵子，張稍是漁夫，說起袁守誠神算（案：《西遊記》作誠）的是張稍。而兩人閒聊之前，還有大段的詩句聯吟，情節上較爲繁複。此外，《西遊記》玉帝旨意是：

辰時布雲，巳時發雷，午時下雨，未時雨足，共得水三尺三寸零四十八點。〔註93〕

只在時辰上有些許不同，雨量則相同。整體來說，《永樂大典》和《西遊記》在魏徵斬涇河龍故事上，僅是情節繁簡略有差異而已，架構完全相同。

總的來說，從傳記資料的衍申，再經由文學的想像與創作，雜揉民間的傳說，逐漸擴充了《西遊記》的故事內容。以《心經》爲例，玄奘受《心經》一事，前可承自《法師傳》。玄奘因爲慈心救濟一個老病人，因此得受《心經》，而且變成玄奘行程中，發生危難的重要依靠。到了《取經詩話》第十六，玄奘到天竺國取得5048卷後，卻獨缺《心經》。要等到回程經過盤律國香林寺，才由定光佛化作老僧面授。《太平廣記》的記載則是，玄奘無計解決危險，只好拜求一個生病的老和尚。於是老和尚口授《心經》，此後玄奘就不再遇險歷難。三者情節上雖有不同，但從《法師傳》的「誦此《經》，發聲皆散」、《太平廣記》的「口授《多心經》」、《取經詩話》的「手執金鐶杖，袖出《多心經》」，乃至百回本《西遊記》烏巢禪師的《心經》，都能看到故事發展的軌跡。更可以據此證

〔註91〕同前註，頁9，總頁5689。
〔註92〕同前註。
〔註93〕世德堂本《西遊記》，卷二，第九回，頁42，總頁205。

明，百回《西遊記》的寫定，是從史實到想像的過程，絕非一人一時可完成。

三、簡本與繁本

取經故事發展到明代中期以後，幾乎定型。明代刊行的《西遊記》，有情節較爲簡潔的《鼎鍥全相唐三藏西遊傳》、《唐三藏出身全傳》，也有百回故事的世德堂刊本《新繡出像官板大字西遊記》、閩齋堂刊本《新刻增補批評全像西遊記》與《李卓吾評本西遊記》。只是目前所見最早的百回本是世德堂本《西遊記》，在文字敘述與情節舖敘上都臻於成熟，世德堂本之前是否另有祖本？而簡本與繁本之間，究竟是據簡本架構擴充爲繁本故事？還是因商業刊行原因精簡繁本故事爲簡本？又是個糾結不清的問題。

（一）簡本《西遊記》

朱鼎臣本《西遊釋厄傳》，有十卷 67 則故事；陽至和本《唐三藏出身全傳》，有四卷 40 則故事。兩本《西遊記》的篇幅，都比目前通行的百回本《西遊》來得少，所以被稱爲「簡本」。

1、明·朱鼎臣《鼎鍥全相唐三藏西遊傳》

《鼎鍥全相唐三藏西遊傳》，通常稱爲《唐三藏西遊釋厄傳》。卷一甲集署有「羊城沖懷朱鼎臣編輯，書林蓮台劉永茂繡梓」。[註94] 編纂者是朱鼎臣，字沖懷，生於羊城，明嘉靖末年至萬曆年間在世，著作還有《南海觀世音菩薩出身修行傳》、《新刻音釋旁訓評林演義三國志傳》等。其中南海觀音修行的故事，與《西遊記》故事相近。

朱本《西遊記》以天干爲序，分爲十卷 67 則故事，未明確標出則數，但以「●」區隔。第 1 則至第 4 則故事，是石猴求學菩提師，學會變化、取得姓名的過程。第 5 則、第 6 則，寫孫悟空鬧龍宮與地府，被龍王與冥王告到玉帝處。第 7 則至第 9 則，從孫悟空封弼馬溫，到自稱齊天大聖，第一次被天將討伐。第 10 則至第 16 則，悟空偷蟠桃、仙酒、大鬧天宮等過程，第二次被天將討伐，最後被如來佛壓於五行山下。第 19 則至第 26 則，全寫陳光蕊與江流兒故事，爲玄奘本傳。第 27 則至第 39 則，從老龍王犯天條開始，敘述唐太宗入冥、還魂、設壇建水陸大會，到玄奘奉旨西行取經的過程。第 40 則至第 65 則，詳述唐僧取經路途中的所有經歷。有收伏三徒與白馬，如悟空皈依（第 42 則至第

[註94]《唐三藏西遊釋厄傳》，收於《古本小説集成》，甲集，卷一，頁 1，總頁 1。

45 則）、收玉龍三太子爲腳力（第 46 則至第 47 則）、高老莊八戒皈依（第 48 則至第 49 則）與流沙河沙僧皈依（第 52 則）；也有妖魔邪祟的阻撓，如伯欽打虎救三藏（第 40 則至第 41 則）、靈吉菩薩協助收伏黃風嶺黃尾貂鼠（第 50 則至 51 則）、白骨精作怪（第 55 則）、老君協助降服蓮花洞金角與銀角（第 58 則至第 60 則）……等。最後，三藏還是在三徒與白馬的保護下，順利見佛求得經卷，返回中土，然後升天證得果位（第 66 則至第 67 則）。世德堂本有的故事，卻未見於朱本的，則有烏雞國驅逐青毛獅怪、車遲國與三力賭鬥以及通天河受阻於金色鯉魚等三處。由此來看，朱本《西遊記》雖然只有 67 則故事，但情節架構、回目順序與故事編排來說，與世德堂本都極爲相似。（參見附錄表三：朱本、陽本《西遊記》故事內容表）

朱本最大的特色在於：在第 19 則至第 26 則加入了江流兒的故事，可視爲玄奘本傳。朱本江流兒故事，同楊訥雜劇架構相似，敘述玄奘出生前，父母在赴江州州主一職途中，慘遭水賊劉洪、李彪的侵害。玄奘父親陳光蕊被推入水中，母親殷氏則被水賊強佔。玄奘是金山寺法明和尙撫養長大，十八年後才相認。

世德堂本雖然沒有完整的江流兒故事，但是可以從情節中抽繹出相關線索。首先太宗請魏徵、蕭瑀與張道源等人，選擇一位有大德行者設壇建水陸大會時，他們選上了玄奘，有篇介紹的韻文：

> 靈通本諱號金蟬，只爲無心聽佛講。轉托塵凡苦受摩，降生世俗遭羅網。投胎落地救逢凶，未出之前臨惡黨。父是海州陳狀元，外公總管當朝長。出身命犯落紅星，順水隨波逐浪泱。海島金山有大緣，遷安和尙將他養。年方十八認親娘，特赴京都求外長。總管開山調大軍，洪州勦寇諸凶黨。狀元光蕊脫天羅，子父相逢堪賀獎。復謁當今受主恩，靈烟閣上賢名響。恩官不受願爲僧，洪福沙門將道訪。小字江流古佛兒，法名喚作陳玄奘。〔註95〕

又說：

> 當日對眾舉出玄奘法師，這個人自幼爲僧，出娘胎就持齋受戒。他外公是當朝一路總管殷開山。他父親陳光蕊，中狀元，官拜文淵殿大學士。一心不愛榮華，只喜修持寂滅。……〔註96〕

〔註95〕世德堂本《西遊記》，卷三，第十一回，頁 12，總頁 262。
〔註96〕同前註。

第九十九回的觀音菩薩所看的災難簿子上，也記載著：

> 蒙差揭諦皈依旨，謹記唐僧難數清。金蟬遭貶第一難，出胎幾殺第二難，滿月拋江第三難，尋親報冤第四難。〔註97〕

由此可歸結，世德堂本中的玄奘，前世是無心聽講佛經的金蟬子。他的父親是陳光蕊，「海州弘農聚賢莊人氏」；〔註98〕母親則是一路總管殷開山之女。陳光蕊偕同殷氏赴洪洲就任途中「被水賊傷身」，母親「被水賊欺佔」，三個月後生下玄奘。〔註99〕因為水賊的逼迫，殷氏將剛滿月的玄奘放入江流中。後來被金山寺遷安和尚收養，十八年後玄奘母子才得以相認，陳光蕊冤屈也才被平反。

楊訥雜劇中卷一的第一齣至第四齣，就是江流兒故事。前文已論及，此處不再贅述。茲將從楊訥雜劇、朱本與世德堂本三本的江流兒情節，製成表格比較如下：

	楊訥雜劇	朱鼎臣本	世德堂本
玄奘前世	西天毘盧伽尊者將托化於中國。	太白金星奉玉帝金旨所送。	如來佛祖徒弟，無心聽講佛經的金蟬子。
父親	陳蕚字光蕊，淮陰海州弘農人。	陳蕚，字光蕊，海州弘農（也寫作濃）縣人，狀元。	陳光蕊，海州弘農聚賢莊人氏。狀元，官拜文淵殿大學士。
母親	大將殷開山之女，受害時懷有八個月身孕。	丞相殷開山之女滿堂嬌，受害時將生產。	一路總管殷開山之女，受害後三個月生下玄奘。
水流細節	殷氏將孩子放入梳匣，把金釵折成兩股繫縛在孩子身上。咬破自己小拇指，用血寫下孩子的生月年紀，起名江流。	金山寺住持（南極星君領觀音法旨所化）領走，非水流。	將剛滿月的玄奘放入江流。
赴任處	洪州知府。	江州州主。	洪洲。
收養者	金山寺丹霞禪師，起法名玄奘。	金山寺法明和尚，起名江流，又起法名三藏。	金山寺遷安和尚。
加害者	劉洪。	劉洪、李彪。	水賊。
平反者	洪州太守虞世南。	殷丞相。	殷開山調大軍。

〔註97〕同前註，卷二十，第九十九回，頁42，總頁2511。
〔註98〕同前註，卷三，第十四回，頁43，總頁324。
〔註99〕同前註，卷八，第三十七回，頁18，總頁922。

　　將三個故事簡單比較，首先三本都相同的：（1）玄奘都非凡俗之身。楊訥雜劇玄奘是毘盧伽尊者托化，朱本是太白金君奉玉帝金旨送給殷氏，世德堂本則是貶謫的金蟬子。（2）玄奘的父親是陳光蕊，海州弘農人，世德堂本更細微的寫「據賢莊人氏」。（3）玄奘母親是殷開山之女，遭害時都將生產。相異的是楊訥雜劇殷開山是大將，朱本是丞相，世德堂本則是一路總管。（4）收養的和尚都隸屬金山寺，楊訥雜劇是丹霞禪師，朱本是法明禪師，世德堂本則是遷安和尚。（5）玄奘最終都因爲觀音的勸化，西行取經。其次，朱本與楊訥雜劇相同的部分，僅有加害陳光蕊的的水賊是劉洪，但朱本又多了李彪。朱本與世德堂本相同的，則是玄奘透過外祖父殷開山，平反父母的冤屈。整體來看，朱本與楊訥雜劇、世德堂本的江流兒故事，有相當的關係。只是楊訥雜劇與世德堂本在情節上看起來相對完整，朱本在敘述江流兒故事時，情節有較多的矛盾。例如將玄奘帶走撫養的是奉觀音法旨、南極星君所變化的金山寺住持，並未有拋入江中的情節，法明和尚卻將玄奘起名「江流」。〔註100〕再者，南極星君帶走玄奘時，並未說起將玄奘交給誰，殷氏某日回想往事，竟有「我的兒子托孤金山寺長老」〔註101〕的說法。

　　另外，朱本的成書過程，應該有來自楊訥雜劇，或者與楊訥雜劇相同來源的啓發。例如朱本47則，提到悟空與玄奘來到鷹愁澗，有條龍把玄奘的馬與行李吃掉。而這條龍是觀音菩薩勸化、「敖閏龍王玉龍三太子」，〔註102〕與世德堂本相同。但朱本的則目卻是〈孫行者降服火龍〉。反觀楊訥雜劇，做爲三藏腳力的龍馬，「本爲南海沙劫駝老龍第三子」，又稱「火龍三太子」。〔註103〕雖是孤證，或可說明朱本則目上的「火龍」，有來自「火龍三太子」的可能。

2、明‧陽至和《唐三藏出身全傳》

　　《新鍥唐三藏出身全傳》，也稱《唐三藏出身全傳》。卷一署有「齊雲陽至和編，天水趙毓眞校，芝潭朱蒼嶺梓」，〔註104〕爲《四遊記》之一。編者陽至和，除了知道是明末齊雲人外，具體經歷不詳。

　　陽本《西遊記》共四卷40則故事，未明列則數，而是以「○」區隔。整

〔註100〕朱本《西遊記》，卷四，丁集，〈江流和尚思報本〉，頁11，總頁207。
〔註101〕同前註，頁14，總頁212。
〔註102〕同前註。互見世德堂本《西遊記》，卷三，第十五回，頁58，總頁349。
〔註103〕《楊東來先生批評西遊記》，卷二，第七齣，頁30，總頁182。
〔註104〕《新鍥唐三藏出身全傳》，收於《古本小說集成》，卷一，頁1，總頁1。陽至和有作「楊致和」。爲求行文方便，以下簡稱「陽本」。

體而言，陽本《西遊記》與世德堂本《西遊記》的回目順序完全相同，情節繁簡不同。陽本前 14 則，恰好與世德堂本《西遊記》的前 14 回，一一相對；第 15 則以後，陽本可能在同一則故事中，容納多個世德堂本《西遊記》的情節。例如陽本《西遊記》第 22 則至第 23 則，內容是行者偷吃人參果、推倒人參樹，被鎮元大仙捉拿懲罰的過程。又在第 23 則後半，提到白骨精作怪，使得三藏怒逐悟空。同樣的故事情節，世德堂本則從第二十四回至第二十六回，詳述悟空偷果推樹，到四處尋求活樹醫方的過程。白虎嶺白骨精戲弄唐僧的故事，則在世德堂本第二十七回。又如陽本《西遊記》第 31 則，則目〈唐三藏收妖過河〉。若對應世德堂本，則是紅孩兒用計擄走唐僧（第四十回至第四十二回），與西海龍王敖順父子協助捉鼉怪（第四十三回）兩個故事。類似的故事結構，在陽本《西遊記》的後半部更是明顯。例如第 36 則〈題聖印彌勒佛收妖〉，則目是「彌勒佛收妖」，因此有泰半篇幅敘述黃眉大王虛設小雷音，被彌勒佛收服的過程，相當於世德堂本第六十五回至第六十六回。但同一則故事的前半段，則容納了火焰山悟空借芭蕉扇（第五十九回至第六十一回）、祭賽國除九頭蟲救僧眾（第六十二回至第六十三回）、荊棘嶺樹精迷惑唐僧（第六十四回）等故事。又如第 37 則〈三藏過朱紫獅駝二國〉，就包涵了稀屎洞大蛇攔路（第六十七回）、朱紫國觀音協助降服金毛犼（第六十八回至第七十一回）、誤入盤絲洞（第七十二回）、黃花觀多目怪毒害八戒沙僧（第七十三回）、獅駝國文殊、普賢、如來除三妖（第七十一回至第七十四回）等。

世德堂本的故事，僅有三回未在陽本出現。一個是世德堂本第三十六回，取經人行經寶林寺，遇上僧官無禮。在悟空威嚇下，一行人順利夜宿寶林寺，也才引出烏雞國王喊冤一事。陽本在第 29 則開端，寫著：

> 四人徑至山門外，見上寫有寶林寺三字。四眾徑入法堂，與本寺僧人禮畢話完。僧人獻上茶飯，整治鋪蓋，伏侍四人就寢。三藏睡至三更時候，夢中聞得禪堂外叫聲：師父救命。……三藏問：「你是何方人氏？」那人道：「我是烏雞中國王，到此四十里。……」〔註105〕

與世德堂本相同，三藏在寶林寺借宿，也才有被害死的烏雞國王前來喊冤。只是陽本在描寫上比較簡略，世德堂本中有關僧官刁難、三藏師徒對月吟詩等情節，都未在陽本《西遊記》中出現。與此相類的，還有世德堂本第八十四回。故事敘述取經一行來到滅法國，該國國王要殺掉一萬個和尚，正差四

〔註105〕陽本《西遊記》，卷三，〈唐三藏夢鬼訴冤〉，頁 14，總頁 208。

個。悟空用計，將皇宮內院，五府六部等有品職者，全部剃成光頭。後來國王等人皈依唐僧，三藏遂把滅法國，改成「欽法國」，〔註106〕倒換關文，繼續西行。陽本在第 38 則〈三藏歷經諸難已滿〉，從陷空洞女怪手中救回唐僧後，「日夜星馳，走過欽法國，又至隱霧山折岳連環洞，有一南山大王……」，〔註107〕僅提到被唐僧改過名的「欽法國」三字，沒有其他情節。另一個爲世德堂本第八十七回，故事提到天竺國外郡鳳仙郡，因爲該郡郡侯曾經冒犯天地，被玉帝重罰三年不下雨。悟空了解事情始末後，勸郡侯啓建道場，家家念佛，遂得甘雨滂沱。陽本也只是在悟空收拾艾葉花皮豹子精後，將祈雨的鳳仙郡與玉華縣待客館中的暴紗亭混用，提到行者「又保師父西行到了天竺國鳳仙郡，安歇暴紗亭」，〔註108〕然後接著敘述兵器失落的故事。由此，陽本雖然故事編排的順序與世德堂本相仿，但是從同則中涵括多個世德堂本故事，以及缺而不提的三回可知，陽本《西遊記》的故事內容較世德堂本簡略。（參見附錄表三：朱本、陽本《西遊記》故事內容表）

　　針對陽、朱二本間的關係，又有不同的討論。（1）陽本抄朱本之說，以鄭振鐸爲代表。鄭氏在「朱、陽二本，當皆出於吳氏《西遊記》」〔註109〕的前提下，比較兩本〈唐三藏逐去孫行者〉的文字，發現僅有幾個字的差別，而其他卷次文字雷同者，也在十之九以上，「顯然可見陽本是較晚於朱本。爲了較晚出，故遂較爲齊整；不像朱本那麼樣的頭太大，腳太細小。」〔註110〕（2）朱本因襲陽本且參考百回本，以黃永年爲代表。黃氏在「簡本只是用百回本刪節改寫」的前提下，核查朱本〈孫行者收伏妖魔〉，孫悟空收伏金角、銀角後的兩首收場詩，認爲朱本是照抄陽本故事後，發現陽本沒有敘述收伏金角、銀角後的結局，遂將已刪去的青獅精故事的收場詩，改爲交代金角、銀角的收場詩。黃永年認爲，「像這樣既抄襲又作改動的地方，在朱本裡絕不只一處」。〔註111〕（3）保守推測而不作定論者，如柳存仁。他比對內容後，認爲兩者回目幾乎相同，內容文字上有絕大部分相同，只是朱本文字較陽本詳細，

〔註106〕世德堂本《西遊記》，卷十七，第八十五回，頁53，總頁2165。
〔註107〕陽本《西遊記》，卷四，〈三藏歷經諸難已滿〉，頁31，總頁275。
〔註108〕同前註。
〔註109〕鄭振鐸：〈西遊記的演化〉，《中國文學研究》上冊（北京，人民文學出版社，2000年），頁259。
〔註110〕同前註，頁264。
〔註111〕黃永年：〈論《西遊記》的成書經過和版本源流——《西遊證道書》點校前言〉，頁558。

因此柳存仁推測：「《西遊記傳》刪削《釋厄傳》的，同樣也可以說是《釋厄傳》把《西遊記傳》的文字擴大了的，兩者都有可能。」〔註112〕鄭明娳則交叉比對朱本、陽本與世德堂本之間的異同，認爲「朱陽二本前半各刪節自某種接近世本的繁本，這些部分，朱陽之間互無抄襲的痕跡……後半也可能分別抄自同一個祖本」。〔註113〕

（二）百回本的刊行

西遊取經發展成百回故事，無論是在遣辭用字、情節敘述或者韻文謀篇上，都有了更細緻與周延的成果。明代以後，乃至清刊本，也多採自百回本故事。

1、明·世德堂本《西遊記》

《新刻出像官板大字西遊記》，二十卷，每卷題有「華陽洞天主人校，金陵世德堂梓行」。書前有秣陵陳元之的〈刊西遊記序〉，他說：

> 《西遊》一書，不知其何人所爲。或曰出今天潢何侯王之國，或曰出八公之徒，或曰出王自製。余覽其意，近跅弛滑稽之雄，厄言漫衍之爲也。舊有敘余讀一過，亦不著其姓氏作者之名，豈嫌其丘里之言與？其敘以爲，猻，猻也，以爲心之神。馬，馬也，以爲意之馳。八戒，其所戒八也，以爲肝氣之木。沙，流沙，以爲腎氣之水。三藏，藏神藏聲藏氣之三藏，以爲郛郭之主。魔，魔，以爲口耳鼻舌身意、恐怖顛倒幻想之障。故魔以心生，亦以心攝。是故攝心以攝魔，攝魔以還理，還理以歸之太初，即心無可攝，此其以爲道之成耳。此其書直寓言者哉？彼以爲大丹之數也，東生西成，故西以爲紀。彼以爲濁世不可以莊語也，故委蛇以浮世。委蛇不可以爲教也，故微言以中道理；道之言不可以入俗也，故浪謔笑虐以恣肆。

〔註112〕柳存仁：〈四遊記的明刻本·附錄：跋唐三藏西遊釋厄傳〉，《和風堂文集》（上海：上海古籍出版社，1991年），下冊，頁1300。鄭明娳認爲：「柳存仁力持陽本抄朱本之說。」《西遊記探源》，頁118。係因所參考之文章，原文爲：「……只是《釋厄傳》較詳細，《記傳》嫌簡略罷了。這些地方，我以爲我們可以下一個斷語說，是《西遊記傳》刪削《釋厄傳》的。」原收於柳存仁：《倫敦所見中國小說書目提要》（台北：鳳凰出版社，1974年），頁206。只是當作者刊行《和風堂文集》時，「因近年學者們新材料的發現，曾作部分更動」，故在說法上略有修正。見該書頁1318。

〔註113〕鄭明娳：《西遊記探源》，頁123。詳細的比對資料，可參見該書頁91至頁122。

笑譴不可以見世也，故流連比類以明意。於是其言始參差而諔詭可
觀，謬悠荒唐，無端崖涯矣。而譚言微中，有作者之心，傲世之意，
夫不可沒已。〔註114〕

這篇序文首先提到《西遊記》「不知其何人所爲」，而且在此版本之前，應該
還有一篇《西遊記》的序文，或者說是《西遊記》的版本，但舊有的敘文對
作者也是隻字未提。其次，陳元之用了相當的篇幅討論舊敘作者對於《西遊
記》的看法。舊敘作者對於《西遊記》，除了對四眾白馬角色的解釋外，還以
「東生西成」的概念解釋書名《西遊記》的由來，並藉以說明悟空除魔障是
爲了到得西天取經，因此「以心攝魔」，目的就是爲了「還理」，而此理就是
「大丹之理」。還得大丹之理，則大道可成。或許就是因爲舊敘看法的「比類
明意」，與陳元之不盡相同，因此陳元之才會提到《西遊記》的內容是「踸弛
滑稽」、「厄言漫衍」，也就是隨性、詼諧有趣的故事而已。從序文雖然無法了
解舊敘作者是誰，不過可知道的是，至少在世德堂本《西遊記》以前，已出
現內丹與《西遊記》繫聯的詮釋觀點。

　　陳元之序文篇末所署的時間是「壬辰夏端四月」，黃永年以金陵唐氏世德
堂爲明萬曆年間刊刻小說戲曲著名的書坊，據版式及世德堂本刊刻的其他作
品推論，本書應爲明代萬曆年間刊本，而且是萬曆十五年前後。另外，黃永
年又輔以陳元之序言同出現楊閩齋刊本、周弘祖《古今書刻》保留《西遊記》
初刻痕跡等，證明在此之前應另有更早版本。因此黃永年認爲：

　　（陳元之序）如未經世德堂本改動過，則這個「壬辰」應是明嘉靖
　　十一年（1532）而不是一個周甲以後的萬曆二十年（1592），這嘉靖
　　十一年也就是帶陳序的百回原本第二次刻本的刊刻年份。〔註115〕

但也有不同的看法，孫楷第認爲世德堂本是萬曆二十年刊本，而且是初刻本。
〔註116〕承襲此說的學者尚有徐朔方，他認爲：「據孫楷第的考察，壬辰當是萬
曆二十年。可從。」〔註117〕無論「壬辰」是嘉靖十一年或萬曆二十年，世德
堂本《西遊記》都是目前有年代可考的最早百回本。

〔註114〕世德堂本《西遊記》，頁1，總頁2。
〔註115〕黃永年：〈論《西遊記》的成書經過和版本源流──《西遊證道書》點校前言〉，
　　　　頁562至頁567。
〔註116〕孫楷第：《日本東京所見小說書目》（台北：鳳凰出版社，1974年），卷四，
　　　　明清部，頁74。
〔註117〕徐朔方：〈論西遊記的成書〉，《小說考信編》，頁330。

2、明：楊閩齋本《西遊記》

《新鐫全像西遊記傳》是「書林楊閩齋梓行」，同樣是「華陽洞天主人校」，也有「秣陵陳元之」序。以「月到天心處，風來水面時，一般清意味，料得少人知」爲卷名，所以全書共二十卷，一百回。

序末署「時癸卯夏念一日」。孫楷第查考「清白堂」書肆所刻小說之時間推斷：

> 清白堂乃閩建書林至萬曆末猶世守弗替。「閩齋」乃楊起元字。起元
> 刻《三國志》在萬曆三十八年，則此《西遊記》殆亦刻於萬曆間耳。
> 序云「時癸卯夏念一日」，似即萬曆三十一年。〔註118〕

此外，本書書題不一，封面稱作《新鐫全像西遊記傳》，陳元之序稱〈全像西遊記序〉，目錄則稱《新鐫京版全像西遊記》；出版商署名的雜亂，有「閩書林楊閩齋梓」、「清白堂楊閩齋梓」、「建書林楊閩齋梓行」……等，顯示了此版本應該是兩種以上版本的覆刻。徐朔方更是從陳元之序文的大段錯簡與不連貫，發現本書應該是世德堂本的仿刻本。內容上，「它也有少量的刪節，主要是韻文，正文的刪減很少。同清代覆刻本相比，可說基本上對原本是忠實的。」〔註119〕

3、明：《李卓吾評本西遊記》

另一明刊百回本是《李卓吾評本西遊記》，〔註120〕是明刊本中僅見的評點書籍。書名稱爲「李卓吾評本」，但有學者考證，應該出自於葉晝之手。〔註121〕這樣的說法雖然沒有達成共識，但是一般都認定評本與李卓吾無關。從版本來說，孫楷第以刻工「劉君裕」推測，李評本應是明泰昌天啓年間所刻（1620～1627）。又據卷首幔亭過客〈題辭〉，書中又出現「令昭」、「白賓」兩個墨章，孫楷第以此推斷，序文作者應是袁于令。〔註122〕李評本與世德堂本的關係，徐朔方則認爲：「以常情而論，此書出版當遲於世德堂本，但它所用的底本是否比世德堂本略早、同時或略遲則難說」。〔註123〕黃永年則直接認爲，「李評本的正

〔註118〕孫楷第：《日本東京所見小說書目》，卷四，明清部，頁73。

〔註119〕徐朔方：《新鐫全像西遊記傳‧前言》，《古本小說集成》，頁1。

〔註120〕陳先行、包于飛校點：《李卓吾評本西遊記》（上海：上海古籍出版社，1997年）。爲求行文方便，後文簡稱「李評本」或李評本《西遊記》。

〔註121〕見錢西言《戲瑕》、盛于斯《修庵影語》、周亮工《因樹屋書影》等。

〔註122〕孫楷第：《日本東京所見小說書目》，卷四，頁77。

〔註123〕徐朔方：〈前言〉，《李卓吾評本西遊記》，頁5。

文只是用世德堂本翻刻」。〔註 124〕總言之，此版本與世德堂本相當接近。若非承襲世德堂本，則可能有一共同或相近祖本。

　　袁于令〈題辭〉中，並未討論《西遊記》作者的問題，但提出了對《西遊記》的看法：

> 文不幻不文，幻不極不幻。是知天下極幻之事，乃極真之事；極幻之理，迺極真之理。故言真不如言幻，言佛不如言魔。魔非他，即我也。我化為佛，未佛皆魔。魔與佛力齊而位逼，絲髮之微，關頭匪細。摧挫之極，心性不驚。此《西遊記》之所以作也。說者以為寓五行生剋之理，玄門修煉之道。余謂三教已括於一部，能讀是書者于其變化橫生之處引而伸之，何境不通？何道不洽？而必問玄機於玉匱，探禪蘊於龍藏，乃始有得于心也哉？至於文章之妙，《西遊》、《水滸》實並馳中原。……故閒居之士，不可一日無此書。〔註 125〕

序文中的「說者以為」，可能如同口語的「有人說」，單純是一種修辭方式。但至少在李評本刊刻之前，已經出現了世德堂本，也出現了陳元之提到的比類明意的「舊敘」。因此，「說者」不知道是陳元之的序，還是陳元之看到的「舊敘」，還是坊間傳言，但無論是何種情況，都可以推測當時可能已出現《西遊記》蘊含生剋、修煉等道教意涵的討論。只是袁于令似乎不全同意「大丹成道」之說，因為他認為「魔非他，即我也」，才是重要主旨。即便故事內容「三教已括於一部」，也不必將關注焦點放諸「玄機」或「禪蘊」，應該從「變化橫生處」自行引申，必有所得。

　　序文後有〈凡例〉，標示著批評原則。分別是「批著眼處」，藉以說明性命微旨、身心要語；「批猴處」，贊行者頑皮、出人意表；「批趣處」，評悟空等三人之獸狀冷語等；「總評處」，以嘻笑怒罵之言，與道學之說相表裡；最後是「碎評處」，尋繹謔言中的正言真語。就形式看，行文中會出現小字夾註，回目總批則放在每回最後。

　　明刊繁、簡本的先後，與朱本、陽本的關係一樣，是學術界未能定論的問題。有說是百回本早於簡本。如胡適以為：「是一個妄人刪割吳承恩的《西遊記》，

〔註 124〕黃永年：〈論《西遊記》的成書經過和版本源流──《西遊證道書》點校前言〉，頁 570。

〔註 125〕〔明〕袁于令〈題辭〉，《李卓吾評本西遊記》，頁 1。

勉強縮小篇幅，湊足《四遊記》之數的。」〔註126〕鄭振鐸則認為：「……全都是本於吳承恩本《西遊記》而寫的。或可以說，全都是吳氏書的刪本。」〔註127〕魯迅一開始提出：「又有一百回本《西遊記》，蓋出於四十一回本《西遊記傳》之後，而今特盛行，且以為元初道士丘處機作。」〔註128〕但後來遵從鄭振鐸的看法。孫楷第到東京見到朱本《西遊記》，「頗疑是書為節本」。只是後來在肯定吳承恩是百回本《西遊記》作者的前提之下，認為朱本晚出；並「統觀全書，與明諸百回本比，除陳光蕊事此有彼無外，餘僅繁簡之異，西行諸難，前後節次，以及精怪名稱，故事關目，無一不同。倘是祖本，焉能若是！」〔註129〕黃永年也認為，「簡本只能是百回本的刪節改寫本。」〔註130〕相反的，有說是簡本早於百回本。如柳存仁以文學史的流變原則，「簡單的東西產生於前，複雜的、承襲而修飾的、龐大的作品出現在後」，〔註131〕認為「百回本《西遊記》對《釋厄傳》及《西遊記（傳）》實際上都有所承襲，而皆出它們之後。」〔註132〕而鄭明娳從西遊故事的演進過程，否定前兩種說法：「朱、陽二本雖然不是世本的節本；但也不可能是世本的祖本。」〔註133〕

（三）繁簡本的比較

相較朱本、陽本與世本的關係，可以先從「則目名稱」來看。朱本與陽本的則目形式，都是一則一句，如第1則朱本是「大道育生源流出」，陽本為「孫悟空得仙賜姓」。世德堂本的回目是一回兩句，如第一回「靈根孕育源流出，心性修持大道生」。

（1）以朱本與世德堂本比較，可分為前後兩部分：前半是朱本的前47則，共48句，〔註134〕所描述的故事相當於世德堂本的前十五回。則目相同的

〔註126〕胡適：〈跋《四遊記》本的《西遊記傳》〉，《胡適古典文學研究論集》（上海：上海古籍出版社，1988年），頁935。
〔註127〕鄭振鐸：〈西遊記的演化〉，頁257。
〔註128〕魯迅：《中國小說史略》，《魯迅小說史論文集》（台北：里仁書局，2000年），頁143。
〔註129〕孫楷第：《日本東京所見小說書目》，卷四，頁83。
〔註130〕黃永年：〈論《西遊記》的成書經過和版本源流——《西遊證道書》點校前言〉，頁552。
〔註131〕柳存仁：〈四遊記的明刻本〉，頁1283。
〔註132〕柳存仁：〈四遊記的明刻本·附錄：跋唐三藏西遊釋厄傳〉，頁1304。
〔註133〕鄭明娳：《西遊記探源》，頁123。
〔註134〕第10則則目是僅見的對句形式：「亂蟠桃大聖偷丹 反天宮諸神捉怪」。

有 20 句，約佔朱本前 47 則的 42%；若以世德堂本十五回 30 句計算，相同的高達 67%。後半從第 48 則以後至第 67 則，則目上無一與世德堂本同。值得注意的是，朱本第 10 則，是全書則目僅見的兩句形式，又恰與世德堂本第八回「我佛造經傳極樂，觀音奉旨上長安」完全相同，可見朱本的前半段與世德堂本可能有相當的繫聯。

（2）以陽本與世德堂本比較，在則目部份，完全不同。但是陽本的第 9 則「魏徵夢斬老龍」，卻與《永樂大典》輯錄故事的標題相同。

（3）再以朱本與陽本的比較來看，朱本自第 48 則以後的 20 則則目，雖然與世德堂本無關，卻與陽本全部相同。朱本第 48 則至第 60 則，與陽本第 16 則至第 28 則相同；朱本第 64 則至第 67 與陽本第 37 則至第 40 則相同。散見的還有，朱本第 61 則與陽本第 31 則、朱本第 62 則與陽本第 33 則、朱本第 63 則與陽本第 35 則。之所以有「散見」，原因是陽本第 29 則與第 30 則是烏雞國故事、第 32 則是車遲國與通天河的故事，恰好朱本未著錄。另外，兩本皆有的故事，因為分隔的不同，也產生些微差距。例如女人國婚配、蠍子精色誘唐僧等故事，朱本放在第 62 則「觀音老君收伏妖魔」，陽本另立第 34 則「昴日星官收蠍精」；朱本將六耳彌猴、火焰山、祭賽國、荊棘嶺與小雷音等故事，同入第 63 則「孫行者被弭猴紊亂」；陽本則把六耳彌猴故事獨立一則，為第 35 則「孫行者被弭猴紊亂」，其他故事另收錄同一則，即第 36 則「題聖印彌勒佛收妖」。

簡單就「則目名稱」歸結三本的關係，朱本前 47 則應該與世德堂本回目有關，後 20 則與陽本完全相同。陽本前 15 則，除了第 9 則「魏徵夢斬涇河龍」與《永樂大典》標目相同外，與世德堂本全都不同。陽本第 16 則以後的 25 則，除了前述第 29 則、第 30 則、第 32 則、第 34 則、第 35 則等，其餘與朱本同。但是陽本在回目上，與世德堂本全不同。（參見附錄表四：繁簡本《西遊記》回目比較表）

其次，從取材內容來看，朱本與陽本在結構、故事的順序上，與世德堂本故事大致相同。以朱本與世德堂本比較，朱本第 19 則至第 26 則，較世德堂本多了江流兒的完整故事。因為江流兒可見的完整情節，曾經出現在楊訥雜劇中。再以朱本第 47「孫行者降服火龍」的則目來看，或許朱本成書過程曾參考過楊訥雜劇，或與楊訥雜劇有共同來源。另外，朱本也比世德堂本少了烏雞國、通天河、金平府觀燈等故事。以陽本與世德堂本比較，陽本前 14 則，正是世德堂本的前十四回；陽本與世德堂本都沒有江流兒的故事；在故

事的編排上，除了「寶林寺」、「欽法國」、「鳳仙郡」只是略提地名，沒有實
質故事內容外，取經一行所遇上的妖邪順序與事件都相同，只是情節的繁簡
不同。再以朱本與陽本比較，朱本比陽本多了江流兒故事，陽本因爲與世德
堂本取材相似，所以同樣的比朱本多出烏雞國、通天河、金平府觀燈等故事。

再者，在文字敍述上，朱本與陽本在則目相同的部分，似乎有互爲參考
的可能。例如陽本第 17 則，唐僧與悟空在高老莊收了八戒後，來到了一座巍
峨高山，唐僧拍馬往山頂上走去。陽本寫著「話分兩頭，又聽下回分解」後，
緊接著一段韻文：

> 道路已難行，巔崖見險谷。前面黑松林，虎豹皆作御。野豬挑擔子，
> 水怪前頭遇。多年老石猴，那里懷嗔怒。你問那相識，他知西去路。
> 〔註 135〕

下文緊接著又寫：「行者聞言冷笑，那禪師化作金光徑上鳥窠而去，長老拜
謝。……只得請師父上馬下山，往西而去。」〔註 136〕情節上不合理處在於：
已經提到「下回分解」，卻繼起一段韻文與敍述。其次，前文也沒有交代揭示
韻文的人，但長老卻要「拜謝」這位飛上鳥窠的「禪師」。再者，因爲前行文
沒有提及，所以不知道這篇韻文出現的意義。但八戒卻對悟空說：「這禪師也
曉得過去未來之事，但看他水怪前頭遇這句話，不知驗否？」〔註 137〕顯然將
韻文定位爲指路預言。又，果眞在在流沙河收了妖，也沒有對「禪師預言」
有任何的呼應。陽本這段文字的突兀與不合理，在朱本第 49〈三藏收伏豬八
戒〉中，除了陽本韻文的「虎豹皆作御」，朱本作「虎豹皆住宿」外，其餘全
同。包含則目最後的詩結：「豬妖受戒拜三藏，從今改惡悉從良。路逢禪師指
去路，三人同程往西方。」也是完全相同。若再比較陽本第 38 則與朱本第 65
則，其中第一段與「比尼國」沙孩童取心肝煉丹有關的故事：

> 卻說唐僧師徒行至比尼國，聞說國王寵愛一新妃，縱色過度，<u>元神</u>

〔註 135〕陽本《西遊記》，卷二，〈唐三藏收伏八戒〉，頁 29，總頁 132。世德堂本第
十九回鳥巢禪師的預言是：「道路不難行，試聽我吩咐。千山千水深，多瘴
多魔處。若遇接天崖，放心休恐怖。行來摩耳巖，側著腳踪步。仔細黑松
林，妖狐多截路。精靈滿國城，魔主盈山住。老虎作琴堂，蒼狼爲主簿。
<u>獅象盡稱王，虎豹皆作御。野豬挑擔子，水怪前頭遇。多年老石猴，那里
懷嗔怒。你問那相識，他知西去路。</u>」世德堂本《西遊記》，卷四，第十九
回，頁 50，總頁 462。

〔註 136〕陽本《西遊記》，卷二，〈唐三藏收伏八戒〉，頁 30，總頁 133。

〔註 137〕同前註。

消瘦（X）。請得一眞人煉丹，要孩兒心肝調藥，一國孩兒盡皆遭災（殃）。三藏聞言垂淚。行者道：「師父莫哭，此道人必是妖精，我和你進國換關文，定要識破此事。」二人進朝，投下關文，只見國王新妃與道人（僧人）同坐，正要活（X）取孩童（兒）心肝。行者且不下關文，忙罵妖道無知（大罵妖道）：「你惑君害民，罪孽何诓？」將欲舉棒，（X）那妖化陰風把新妃一起攝去。國王忙問原因，行者道：「我是大唐僧人，到此改換關文。見你被二妖迷惑，我今識破他計（X），他故化陰風而去。」國王道：「你既識妖，可捉得麼？」行者道：「我立時就拿來。」言畢（我當與你收滅），遂駕觔斗而去。且不說一國君臣驚駭，只說行者（X）隨陰風趕去，趕至草坡，與二妖大戰三合。被行者一棒打死，卻是一個白鹿精，一個白狐精。行者帶二精回見國王，國王又愧又喜，（X）深感行者除妖救民，欲留師徒坐筵，三藏靳辭（師徒辭行）。〔註138〕

陽本與朱本這段故事的文字，雖然有部分出入，但是差異不大。或可由禪師韻文與此段文字推測，朱本與陽本在則目相同的部分，若非互爲參考，就是抄錄的來源相同。

　　整體來看，朱本的第 45 則與陽本第 14 則可做爲分野。朱本第 45 則與陽本第 14 則之前，無論在則目名稱或內容取材，應各有參考的底本，未必來自世德堂本。朱本第 46 則與陽本第 15 則以後，不只是則目名稱相同，連故事的段落與編排，都有著相同的樣貌。由此可推測，朱本與陽本的後半段內容，應該有互爲參考，或者來源相同的可能。至於簡本與百回本的關係，從較早的楊訥雜劇、《朴通事諺解》教材內容，與《永樂大典》佚文，可以推測至晚在明初，已經出現相當於百回本的《西遊》故事，雖然情節繁簡未必相同，但至少初步成型。因此，本論文傾向接受鄭明娳的說法，亦即「世本的改訂完成者，大可不必以過分簡略的陽本朱本來改寫擴大《西遊記》，而能逕取其他繁本以臻其功。」〔註139〕

〔註138〕同前註，卷四，〈三藏歷盡諸難已滿〉，頁 29，總頁 272。朱本《西遊記》，卷十，癸集，〈三藏歷盡諸難已滿〉，頁 19，總頁 547。以陽本爲底本，即大字標楷體部分；校之以朱本，即小字括弧部分。標楷體下註底線者，表示兩本不同處。若註記（X），即表示朱本無。又，世德堂本作「比丘國」。

〔註139〕鄭明娳：《西遊記探源》，頁 123。

四、寓言與內丹

　　清刊本《西遊記》與之前的《西遊記》最大的不同，在於除了刊行故事情節外，評註者嘗試加入個人的閱讀見解。有趣的是，清刊本不同的閱讀者，都將《西遊記》的主題指向心性煉養與道教內丹。回目出現金公、木母、嬰兒、妊女……等內丹名詞，內容中摻雜著夾脊、鉛汞、玄關等詞彙，故事裡還有全真傳教詩篇，都標誌著《西遊記》定型的過程，可能有道教化的傾向。

（一）汪象旭、黃周星評《西遊證道書》

　　《新鐫出像古本西遊證道書》又稱《西遊證道書》，題爲「鍾山黃太鴻笑蒼子、西陵汪象旭澹漪子同箋評」，爲康熙初年（1663～1666）刊本，是最早的清刊本。卷首有署名「天曆己巳（元明宗天曆二年，1329）翰林學士臨川邵庵虞集」的序：

> 余浮湛史館，鹿鹿丹鉛。一日，有衡嶽紫瓊道人持老友危敬夫手札來謁。余與流連浹月，道人將歸，乃出一帙示余曰：「此國初丘長春眞君所纂《西遊記》也，敢乞公一序以傳。」余受而讀之，見書中所載乃唐伭奘法師取經事蹟。……〔註140〕

序文之後更附入〈丘長春眞君傳〉以及〈玄奘取經事蹟〉二篇文章。《證道書》之後的評註者，大致承襲這樣的看法，認爲《西遊記》是丘處機所撰。此外，《證道書》也在第九回加入朱本第 19 則至第 26 則的江流兒故事，並將原來百回本的第九回至第十二回故事，重組簡編。這樣的故事順序與架構，都爲清刊本所承襲。

　　根據徐朔方先生從《元史》虞集本傳的官職資料發現：

> 他的本職翰林直學士的官階是從三品，而翰林學士的官階是正二品，兩者相差三級（正二品、從二品、正三品），本人寫的序不可能有這樣的差錯，肯定是偽作。〔註141〕

我們無從查考汪象旭附入虞集序文時，是否確知眞偽，只是影響所及，讓明刊本不知所從出的《西遊記》作者問題，從此在《證道書》以後的清刊本中定論。而《證道書》第九回至第十二回故事重組改動，也成爲清刊本的共同特色。所以孫楷第評論此書時說：

〔註140〕〔清〕汪象旭、黃周星：《西遊證道書》，《古本小說集成》。爲求行文方便，後文簡稱《證道書》。
〔註141〕徐朔方：〈論《西遊記》的成書・後記一〉，頁 339。

> 汪氏此書，雖刻於清初，而關係卻甚巨：目爲「證道書」，而開後來
> 悟一子等之箋注附會；以爲邱長春作，使後此二百餘年世人不復知
> 吳承恩之名；自謂得古本，增撰第九回陳光蕊事，自此遂爲《西遊
> 記》定本也。〔註142〕

從故事版本的流傳、作者的確認，以及小說評點的角度來看，刻於清初的《證道書》，所形成的「決定」，遠遠超過其他《西遊記》版本，的確是「關係甚巨」。

（二）陳士斌《西遊真詮》

《西遊眞詮》題作「山陰悟一子陳士斌允生甫詮解」，書前有「康熙丙子中秋西堂老人尤侗」之序文，應在康熙三十五年（1696）即有刊本。尤侗序說：

> 夫西遊取經，如來教之也，而世傳爲丘長春之作。〔註143〕

陳士斌在肯定丘處機爲作者的前提下，爲了避免有志修道的人，被紕謬所困惑，以金丹修持作爲詮釋要點，「揭數百年藝視之《西遊》，示千萬世知音之嚮往」，所以「不得不逐節剖正，以指迷津」。〔註144〕

（三）張書紳《新說西遊記》

《新說西遊記》評註者爲「西河張書紳」，有自序一篇，最晚在乾隆戊辰年（十三年，1748）已成書。序文之後有〈全部西遊記目錄賦〉、〈新說西遊記全部經書題目錄共二十五篇〉、〈中節氣秉所拘人欲所蔽則有時而昏目錄共計二十七篇〉以及〈西遊記總論〉等。他在〈總批〉中提到：

> 長春原念人心不古，身處方外，不能有補。故借此傳奇，實寓春秋之大義，誅其隱微，引以大道，欲使學業煥然一新。無如學者之不悟也，悲夫！〔註145〕

張書紳以丘處機爲小說的作者，並認爲《西遊記》是一部蘊含大道的寓言之書。不同的是，張書紳是以《大學》、《中庸》、《尚書》、《論語》與《孟子》註解《西遊記》，認爲全書「只是教人誠心爲學，不要退悔」。〔註146〕

〔註142〕孫楷第：《日本東京所見小說書目》，卷四，頁81。
〔註143〕〔清〕陳士斌：《西遊眞詮・序》，《古本小說集成》，頁3，總頁6。爲求行文方便，後文簡稱《眞詮》。
〔註144〕同前註，第一回，頁9，總頁17。
〔註145〕〔清〕張書紳：《新說西遊記》，《古本小說集成》，總批，頁1，總頁1。
〔註146〕同前註，頁1，總頁2。

（四）劉一明《西遊原旨》

《西遊原旨》評註者自署「乾隆戊寅孟秋三日榆中棲雲山素樸散人悟元子劉一明」，〔註147〕乾隆戊寅年即二十三年（1758）。但根據劉一明的弟子張陽全所編〈年譜〉，《原旨》在乾隆四十年（1775）完成草稿，四十二年（1777）削改，四十三年（1778）成書，歷時四年。〔註148〕二者所載時間有差距，故從劉一明自署。

《西遊原旨》有自序、他序共六篇，並附有〈長春演道主教眞人丘祖本末〉、〈西遊原旨讀法〉、〈西遊原旨歌〉等。劉一明在序文中說：

> 《西遊記》者，元初龍門教祖長春邱眞君之所著也。其書闡三教一家之理，傳性命雙修之道。〔註149〕

對劉一明而言，丘處機祖所作的《西遊記》，除了將三教合一的道理納入外，更重要的是「傳性命雙修之道」。換言之，劉一明認爲《西遊記》是將內丹功法修行、應世之法說盡的「古今丹經中第一部奇書」，〔註150〕是與《道德》、《陰符》、《南華》、《文始》、《參同》、《悟眞》等並列的重要典籍。只是「歷來讀《西遊》，評《西遊》者，以心猿意馬爲解，皆教門之瞎漢」，〔註151〕因此，劉一明補缺詳略，逐回推敲解釋，原《西遊記》內丹之旨，目的在於：

> 俾有志於性命之學者，原始要終，一目了然，知此《西遊》乃三教一家之理，性命雙修之道。庶不惑於邪說淫辭，誤入分道旁門之塗。
> 〔註152〕

意即要讓學有的修道者，盡得丘祖撰作《西遊記》的眞諦，而不至於被「邪說淫辭」所困惑，而墮入旁門。

〔註147〕〔清〕劉一明：《西遊原旨》，《古本小說集成》，卷首，頁18，總頁44。爲求行文方便，後文簡稱《原旨》。

〔註148〕〔清〕張陽全撰述，孫永樂校注：《素樸師雲遊記注解》（榆中：榆中道協道經研究中心，1999年），四十年乙未條下：「四十二歲，春而南行，三上開龍，欲完解注《西遊》夙願，歷時五月，出草稿。」四十二年丁酉條下：「四十四歲，于蘭州白塔山羅漢殿削改《西遊原旨》。」四十三年戊戌條下：「四十五歲，初秋三日，爲《西遊原旨》撰《自序》于金城白道樓……。」頁55至頁56。

〔註149〕《西遊原旨・序》，卷首，頁12，總頁31。

〔註150〕同前註，卷三，第七回，頁29，總頁63。

〔註151〕同前註，頁10，總頁213。

〔註152〕同前註，卷首，頁17，總頁42。按：「誤入分道旁門之塗」，《藏外道書》本作「誤入異端傍門之塗」。《西遊原旨・序》，《藏外道書》第8冊（成都：巴蜀書社，1992年），頁445。

（五）張含章《通易西遊正旨》

《通易西遊正旨》爲張含章註本，最晚在道光十九年（1839）已成書。何廷樁的序說：

> ……竊見先師（張含章）教人□道法門，必以守正卻邪爲主，且示之曰：「從古言道之書廣矣，未有以全體示人者。惟元代丘祖所著《西遊》，托幻相以闡精微，力排旁門極弊，誠修持之圭臬，後學之津梁也。」〔註153〕

張含章自己也說：「仙師《西遊》一書本託詼諧以闡道。」〔註154〕可見「仙師」即丘處機，所闡之「道」仍是指內丹修煉之道。他的評點方式是夾注與回末總評。

（六）釋懷明《西遊記記》

《西遊記記》是「咸豐歲在丙辰（六年，1856）正月初六日甲子懷明」所註，左旁小字「戊午重陽後三日甲申重訂」。〔註155〕因爲是手抄本，文字較難辨認。回前有總評，正文中有夾注，中間以「○」相隔。釋懷明評註時，時而以儒家說法解釋，如「《大學》綱領十六字三在，實在也」；〔註156〕時而以佛教之理闡釋，如「我門中有十二字分派，乃廣大智慧、眞如性海、頓悟圓覺」；〔註157〕或以內丹功法爲解，如「姹女者，子精，以正北坤功踵息，上交正南離」。〔註158〕換句話說，釋懷明是以三教之理爲主軸，認爲三教雖然教義不同，但修行的功夫共同推向「心」的收攝。

釋懷明雖然未明言作者，但曾經提及：「這一部記西遊，傳衣缽，自眞人張紫陽把一體眞如演出……。」〔註159〕據此可推測，釋懷明若非將丘處機視爲作者，至少也將《西遊記》視爲丹經。

〔註153〕轉引自丁錫根編：《中國歷代小說序跋集》下冊（北京：人民文學出版社，1996年），頁1380。

〔註154〕〔清〕張含章：《通易西遊正旨》，《明清善本小說叢刊初編》（台北：天一出版社，1839年），卷七，第六十七回，頁70。筆者所見本，缺第一回至第十回及第九十一回至第一百回。

〔註155〕《西遊記記》，《珍本小說叢刊》第一輯第15冊（北京：書目文獻出版社，1996年），頁9981。

〔註156〕同前註，頁9981。

〔註157〕同前註，頁9985。

〔註158〕同前註，頁10017。

〔註159〕同前註，頁10537。

（七）含晶子《西遊記評註》

《西遊記評註》爲含晶子所著，依自序所署之「光緒辛卯六月」，本書最晚光緒十七年（1891）已經成書。含晶子的序文說：「《西遊記》一書，爲長春丘眞人所著。世傳其本，以爲遊戲之書，人多略之，不知其奧也。」〔註160〕仍是以丘處機爲《西遊記》作者。含晶子謙稱：

> 予之詮解，雖未面授眞人之旨，而不敢臆造，其說實觸類引申，使人易曉，驪勿迷途，與悟一子之詮，若合若離，而辟邪崇正之心，或敎悟一子而更切也。〔註161〕

換言之，含晶子是在陳士斌《眞詮》的基礎上，參照《周易參同契》、《悟眞篇》等書，所以仍是從丹道角度進行詮釋。

總以上七本，以《西遊記》作者的註錄來說，除釋懷明的《西遊記記》未詳註外，其他都直接認定丘處機是作者，沒有任何的討論或異議。其次，以陳光蕊與江流兒故事來看，除《西遊記評註》未見無法確認外，清刊本的共同特色就是加入第九回〈陳光蕊赴任逢災，江流僧復仇報本〉，並將第九回至第十二回重新鎔鑄成三回。〔註162〕在情節上，世德堂本與清刊本的金山寺和尚都名爲「法明」，第九十一回玄英洞妖精認得唐僧與否前後矛盾。在回目上，各回的標題、順序、起訖完全相同，只有行文繁簡的區別。〔註163〕由此來看，世德堂本與清刊本《西遊記》，若非一脈相傳，即是有相似的來源。

第二節　《西遊記》的研究成果

從玄奘西行取經的「史實」，經過了長時間的演變，融攝神話、傳說、戲劇等元素，逐漸成就了四眾白馬西行，歷經精怪考驗後，取經東回的《西遊記》完整故事。因著故事情節的不同，《西遊記》也出現簡本與繁本。在眾多的討論過程，繁簡先後，各有立論。相較於簡本，百回本無論在情節的張力或文字的使用，似乎都相對成熟。可惜的是，世本是現存最早的百回《西遊記》，卻未著

〔註160〕轉引自劉蔭柏編：《西遊記研究資料》（上海：上海古籍出版社，1990 年），頁 571。

〔註161〕同前註，頁 572。

〔註162〕《通易西遊正旨》前十回原闕，但是從該書第十一回回目〈遊地府太宗還魂，進瓜果劉全續配〉，及第十二回回目〈伭奘秉誠建大會，觀音顯像化金蟬〉可推知《通易西遊正旨》也加入第九回江流兒故事。

〔註163〕徐朔方：〈論西遊記的成書〉，《小說考信編》，頁 316 至頁 339。

錄撰作者。但時代晚了百年的《西遊證道書》，忽然出現了虞集序文，此後「丘處機作《西遊記》」的說法遂成清刊本《西遊記》的定論。直到胡適、魯迅等學者，又提出吳承恩取代之。只是這跨代的數百年論學延續至今，《西遊記》的作者是誰仍是「爭論」，也就是沒有直接證據指向某人的確寫了本《西遊記》。有趣的是，認爲作者是丘處機的評註者，通常把《西遊記》視爲丹道之書；認爲作者是吳承恩的學者，《西遊記》就成了遊戲之作。於是《西遊記》的旨趣，在知人論世的文學傳統下，因爲不同的作者認定，產生了不同的弦外之音。

此外，《西遊記》之所以能有多元的討論路向，也來自於《西遊記》的寫定者將本屬於佛教的玄奘取經故事，揉雜了其他的成分。例如高居九重天之外的神仙，有佛教的如來、觀音，也有道教的玉帝、老君；回目標題的文字，有佛教的見性、明心，也有內丹的嬰兒、姹女。而在故事人物的相處模式，也有著君尊臣卑、敬師友弟的儒家倫理。由此三教的融合，閱讀者各有所感，也就產生了不同面向的討論。本節將透過不同的討論面向，回顧《西遊記》的研究成果。

一、作者研究

承前所言，在《西遊證道書》的虞集序文出現之前，《西遊記》是不知道作者的。世德堂本的陳元之序文說：「……《西遊》一書不知其何人所爲，或曰出今天潢何侯之國，或曰八公之徒，或曰出王自製。」〔註 164〕又言「舊有敘余讀一過，亦不著其姓氏作者之名」，所以早於明代，《西遊記》作者已是謎團。但是陳元之提到舊敘的作者，是以「大丹之數」看待《西遊記》。與明刊百回本時代相近的伍守陽，在《天仙正理直論・煉己直論五》「己者，及我靜中之眞性，動中之眞意，爲元神之別名」下註曰：

> 丘眞人西遊雪山而作《西遊記》以明心，曰心猿按其最有神通。禪宗言「獼猴跳六牕」，狀其輪轉不住，其劣性難馴，惟煉可至，而後來聖眞。〔註 165〕

〔註 164〕世德堂本《西遊記》，頁 1，總頁 2。
〔註 165〕〔清〕伍守陽：《天仙正理直論》，收於《古本伍柳仙宗全集》（上海：上海古籍出版社，1989 年），頁 40，總頁 179。本書成書於天啓二年（1622 年），崇禎十二年（1639）增註。卷首作者署「大明萬曆中，睿帝閣下，吉王國師，維摩大夫季子，三教逸民，南昌縣辟邪里人，沖虛子伍守陽譔并註。同祖堂弟、同師弟子眞陽子伍守虛同註」，文與註皆出於伍守陽。

伍守陽明顯將丘處機西行一事與《西遊記》故事混融，才用悟空的形象，作為討論「煉心」的佐證。由此可知，明末對《西遊記》作者的看法，已有不同。

《證道書》附入虞集序，言「此國初丘長春真君所纂《西遊記》也」，首度提出《西遊記》作者為長春真人丘處機。此後的《真詮》、《新說西遊記》、《原旨》、《通易西遊正旨》、《西遊記評注》等評本，皆承襲這個觀點，以為丘長春就是《西遊記》的撰作人。除了清刊《西遊記》外，蒲松齡於《聊齋誌異》（康熙十八年成書，1679），卷十一〈齊天大聖〉故事中，敘述衰人許盛與兄謁齊天大聖祠時，覺乃世俗陋習，因此不焚香叩祝。殆其兄責其侮慢，許盛說：

　　孫悟空乃丘翁之寓言，何遂誠信如此？〔註166〕

據〈聊齋自誌〉所言故事來源，或是「聞則命筆，遂以成編」，或「四方同人，又以郵筒相寄，因而物以好聚，所積甚夥」，〔註167〕可知當時可能已流傳丘處機撰作《西遊記》之說。

持不同看法的學者也有之。如吳玉搢從《淮安府志》中所記載的吳承恩雜記，以及《淮賢文目》的註錄，得出吳承恩撰作《西遊記》。再加上當時有從史實敷演《三國志》的例子，所以當《證道書》附虞集序稱國初丘長春真人所撰，吳玉搢也無從確認，因此他說：「《郡志》謂出先生（案：指吳承恩）手，天啟時去先生未遠，其言必有所本。意長春初有此記，至先生乃為之演義，如《三國志》本陳壽，而演義則稱羅貫中。」〔註168〕阮癸生也持相似看法，認為丘處機作《西遊記》，吳承恩演義為小說。然而此一說法，在當時並非定論。

另外，錢大昕（1728～1804）見到《長春真人西遊記》後，認為此書內容是丘處機弟子李志常，跟隨丘祖西遊謁見成吉思汗，描述途中經歷的道里風俗的書，與村俗小說《唐三藏西遊演義》不同，「蕭山毛大可據《輟耕錄》以為出丘處機之手，真郢書燕說矣」。〔註169〕紀昀（1724～1805）《閱微草堂筆記》提及吳雲巖扶乩，有人問仙師成書元初，而《西遊記》中金衣衛、司禮監、東城兵馬司、大學士、翰林中書科等都為明制，何以解釋？「乩忽不

〔註166〕〔清〕蒲松齡：《聊齋誌異・齊天大聖》（北京：人民文學出版社，1992年），卷十一，頁1442。
〔註167〕同前註，頁1。
〔註168〕轉引自朱一玄、劉毓忱編：《西遊記資料彙編》，《中國古典小說名著資料叢刊》第3冊（天津：南開大學出版社，2002年），頁169。
〔註169〕〔清〕錢大昕：《潛研堂文集・跋長春真人西遊記》，《嘉定錢大昕全集》第9冊（南京：江蘇古籍出版社，1997年），卷二十九，頁502。

動。再問之，不復答，知己詞窮而遁矣，然則《西遊記》爲明人依託無疑也。」
〔註170〕他們並不同意丘處機爲《西遊記》作者，只提出可能成於明人之手，
未提出實際爲何人。

　　魯迅與胡適，在清代學者考證的基礎上，認定吳承恩是《西遊記》作者。
魯迅並未提出新證據，只是參酌錢大昕、紀昀、丁宴、阮癸生等，「知《西遊
記》之作者爲吳承恩」。〔註171〕胡適《西遊記考證》引用《淮安府志》等資料，
又抄錄吳承恩的詩文，並在〈二郎搜山圖歌〉後言：「這一篇〈二郎搜山圖歌〉
很可以表示《西遊記》的作者的胸襟和著書的態度了。」〔註172〕更在跋《四
遊記》時直言：「依我個人推測，東，北，南三種遊記之名都出於吳承恩的《西
遊記》之後。」〔註173〕其後視吳承恩爲《西遊記》作者的學者或《文學史》
著作，大抵是承襲魯迅、胡適的說法。

　　對胡適說法存疑的，如俞平伯以志書上的《西遊記》不一定是小說《西遊
記》，章培恒則從胡適所提線索一一反駁，作爲質疑吳承恩爲作者的起點。同樣
持質疑態度的尚有徐朔方、張錦池、黃永年、劉勇強、李安綱等人。進一步提
出明確作者的，有沈承慶以「華陽洞天主人」爲編撰人，而此人爲淮人李春芳
等證據，「理直氣壯、毫不含乎地提出：世德堂本《新刻出像官板大字西遊記》
之作者爲明代嘉靖、隆慶年間『青詞宰相』興化李春芳氏！」〔註174〕胡義成則
認爲：「作爲《西》的直接祖本，《西（平話）》出於史志經之手，其最早的哲學
取向是藝術化地闡釋《性命圭旨》等龍門派內丹經典，包括宣傳丘處機注重內
丹修煉，提倡性命雙修，倡言清心寡慾和踐行苦己利人等思想。」〔註175〕其中

〔註170〕〔清〕紀昀：《閱微草堂筆記・如是我聞三》（台北：大中國圖書公司，1994
　　　　年），卷九，頁156。
〔註171〕魯迅：《中國小說史略・明之神魔小說（中）》，頁143。
〔註172〕胡適：《西遊記考證》，頁66。
〔註173〕胡適：〈跋《四遊記》本的《西遊記傳》〉，《胡適古典文學研究論集》，頁933。
〔註174〕沈承慶：《話說吳承恩——《西遊記》作者揭密》（北京：北京圖書館出版社，
　　　　2000年），頁230。李春芳初名果，字子實，號石麓，生於明正德五年（1510），
　　　　卒於萬曆十二年（1584年），與嚴訥、郭朴等人並號「青詞宰相」。沈承慶〈說
　　　　難一，名花有主〉一文，既從行狀、本事討論李春芳爲「華陽洞天主人」，又
　　　　提出諸多「旁證」。如「李春芳與《西遊記》人書相得」一節，從《西遊記》
　　　　回目文字的道教思想、明心還理的主張、對孝道的宣傳等與李春芳品行的符
　　　　節，提出李春芳爲《西遊記》作者。相關討論可見沈書頁187至頁231。
〔註175〕胡義成、張燕：〈《西遊》作者：撲朔迷離道士影〉，《陰山學刊》14卷3期，
　　　　頁42，2001年9月。案：目前查考胡義成有二十一篇討論《西遊記》作者的

又以閔希言師徒作爲定稿者的可能性最大。

總的來說，《西遊記》作者從明代未知何人，到清代多以爲丘處機，民初提出吳承恩……，至今仍沸沸揚揚，無可驟斷。雖然歷經百年的討論，唯一的共識是：《西遊記》是跨朝代集體創作而成。

二、主題接受

與作者的爭論相同，《西遊記》究竟透顯什麼樣的主題意義，也是自明代以來討論的焦點。耿定向（1524～1596）認爲怪力亂神不可信。他說：

> 兒時聞唐僧三藏往西天取經，其輔僧行者猿精也。一翻身便越八千里至西方，如來令登渠掌上。此何以故？如來見心無外矣。從前怪事，皆人不明心故爾。〔註176〕

耿定向舉猴精爲例，認爲千奇百怪的事情之所以流傳，導因於人心不識。換言之，耿定向對於《西遊》故事，只將他定位爲虛構故事，不認爲有微言大義。同爲明代，謝肇淛（1567～1624）則說：

> 《西遊記》蔓衍虛誕，而其縱橫變化，以猿爲心之神，以豬爲意之馳，其始之放縱，上天下地，莫能禁制，而歸於緊箍一咒，能使心猿馴服，至死靡他，蓋亦求放心之喻，非浪作也。〔註177〕

謝肇淛認爲《西遊記》雖然是隨性虛構的內容，但從放縱的孫悟空被緊箍咒禁制的情況看，是以「求放心」爲旨，並非「浪作」。到了李卓吾評本，也將主題放在一己之心。

清刊本除了張書紳的《新說西遊記》，認爲主旨是「誠意正心」之學以外，從《證道書》以降，閱讀主題多與丹道煉養有關。《證道書》認爲仙佛同源之書，不離乎心。《眞詮》想透過《西遊》評點，揭示性命修持之道。《原旨》更將此書的地位等同於丹經，內容是性命雙修功法。《通易西遊正旨》則以守正卻邪爲主，解爲金丹大道。釋懷明《西遊記記》以三教之理爲主軸，著重在心的收攝，書後還依據詮釋，畫了金丹、卦象圖等。含晶子的《西遊記評註》，則循《眞詮》之理，再深入引申，目的在辟邪崇正。

文章，論點都是：史志經弟子閔希言（蓬頭）師徒，可能是《西遊記》定稿者。

〔註176〕《明文海・紀怪》卷三四三，耿定向條。

〔註177〕〔明〕謝肇淛：《五雜組》（台北：新興書局，1971 年），卷十五，事部，頁35，總頁 1286。

　　二十世紀初，大部分學者對於清評本的丹道理解，多持負面態度。魯迅否定《西遊記》的宗教意涵，而是將其列入「神魔小說」，〔註178〕視爲遊戲之作。魯迅批評說：

> 至於說到這書的宗旨，則是有人說是勸學；有人說是談禪；有人說是講道；議論很紛紛。但據我看來，實不過出於作者之遊戲，只因他受了三教同源的影響，所以釋迦、老君、觀音、眞性、元神之類，無所不有，使無論什麼教徒，皆可隨宜附會而已。〔註179〕

與魯迅觀點相差無幾的胡適，認爲《西遊記》在詼諧中含有尖刻的玩世主義，其眞正的文學價值即在此。只是《西遊記》的內涵：

> 被這三四百年來的無數道士、和尚、秀才弄壞了。道士說，這部書是一部金丹妙訣。和尚說，這部書是禪門心法。秀才說，這部書是一部正心誠意的理學書。這些解說都是《西遊記》的大仇敵。現在我們把那些什麼悟一子和什麼悟元子等等的「眞詮」「原旨」一概刪去了，還他一個本來面目。〔註180〕

簡單來說，胡適認同《西遊記》是一部起源於民間的傳說與神話的故事，但其中並無「微言大義」可說。鄭振鐸則直言：

> 那些《眞詮》、《新說》、《原旨》、《正旨》以及《證道書》等以《易》、以《大學》、以仙道來解釋《西遊記》的書都是戴上了一副著色眼鏡，在大白天說夢話。〔註181〕

鄭振鐸的說法，幾乎將清刊本《西遊記》的著述成果，一次推翻。

　　《西遊記》因爲承載著儒、釋、道三教的故事與文字，也就使得閱讀者有機會從不同的角度發揮解讀。又因爲不同的歷史情境，抽繹出的主題也面

〔註178〕魯迅認爲明代小說有兩大主潮，其一是「講神魔之爭的」，其二是「講世情的」。其中神魔之爭的思潮受當時宗教、方士影響，魯迅言：「況且歷來三教之爭，都無解決，大抵是互相調和，互相容受，終於名爲『同源』而後已。凡有新派進來，雖然彼此目爲外道，生些紛爭，但一到認爲同源，即無歧視之意，須俟後來另有別派，它們三家才又自稱正道，再來攻擊這非同源的異端。當時的思想，是極模糊的，在小說中所寫的邪正，並非儒和佛，或道和佛，或儒道釋和白蓮教，單不過是含糊的彼此之爭，我就總括起來給他們一個名目，叫做神魔小說。」見〈中國小說的歷史變遷・明小說之兩大主潮〉，《魯迅小說史論文集》（台北：里仁書局，2000 年），頁 533。
〔註179〕魯迅：〈中國小說的歷史變遷・明小說之兩大主潮〉，頁 534。
〔註180〕胡適：《西遊記考證》，頁 75。
〔註181〕鄭振鐸：〈西遊記的演化〉，《中國文學研究》，頁 244。

目各異。李安綱〈《西遊記》與全眞道文化〉一文，認爲魯迅對《西遊》故事題旨的論證影響深遠，但是說法偏頗。於是文中列舉 12 條引用全眞大師詩詞之韻文，以及故事詩詞中多內丹修煉術語爲證，提出《西遊》的作者，「正是通過人物形象和故事的演義來表現金丹大道和生命科學」，〔註182〕藉以批駁魯迅神魔、兒戲之說。

　　此外，對於《西遊記》主題接受的進程與變化，日本學者磯部彰，整理明代後期的接納現象，將《西遊記》被接受的型態歸納爲：作爲娛樂的閱讀欣賞、以戲劇的形式欣賞、通過改編過的曲藝說唱欣賞、通過接觸有關的宗教成分、繪畫與影像、閱讀被引用的內容、接觸地方的傳聞，以及通過走訪和《西遊記》相關的古蹟來體會等八種方式，接受《西遊記》小說。〔註183〕程棟從作者意圖、作品本身、讀者接受三個角度，探討《西遊記》主題的多元化屬閱讀的正常現象，進而檢討「單一主題」的不必要性。〔註184〕胡蓮玉從讀者「接受」的角度，將《西遊記》自成書之後，明清小說評點家、二十世紀初西方文論引進後、中共建國後意識形態批評、八九十年代後多元主題呈現等階段，相應當時文化氛圍，讀者對《西遊記》主題的表現作一摘要說明。〔註185〕陳俊宏《西遊記主題接受史研究》〔註186〕、曾國瑩《西遊記接受史研究》，〔註187〕也將兩岸《西遊記》主題接受的討論作很詳盡的整理與敘述。

三、文本內容

　　目前有大量的研究成果集中於《西遊記》文本的解讀。與小說性質有關的研究，如魯迅將《西遊記》定位爲「神魔小說」，葉俊谷從「兒童神」角度考察，〔註188〕胡玉珍從神話研究看精怪與神仙。〔註189〕與丹道有關的詮釋，除了清

〔註182〕李安綱：〈《西遊記》與全眞道文化〉，《運城高等專科學校學報》19 卷 2 期，頁 2 至頁 7，2001 年 4 月。

〔註183〕磯部彰著：《西遊記受容史の研究・要旨》（東京：多賀出版株式会社，1995年），頁 12。

〔註184〕程棟：〈《西遊記》主題「僅此一家，不需分店」嗎？〉，《運城高等專科學校學報》，19 卷 4 期，頁 11 至頁 13，2001 年 4 月

〔註185〕胡蓮玉：〈西遊記主題接受考論〉，《明清小說研究》2004 年 3 期，頁 32 至頁 42。

〔註186〕陳俊宏：《西遊記主題接受史研究》，國立政治大學中國文學系碩士論文，2001。

〔註187〕曾國瑩：《西遊記接受史研究》，東海大學中國文學系碩士論文，2004。

〔註188〕葉俊谷：《兒童神的敘事：以孫悟空與李哪吒爲主的考察》，國立政治大學中國文學系碩士論文，2005。

評者多將《西遊記》視為修行丹道之書，還有拙哉以龍門心法解之，〔註190〕王國光從不同的個別的故事，如平頂山、大鬧天宮、烏雞國等，闡釋《西遊記》中的內丹術。〔註191〕王崗認為百回本《西遊記》無一遺漏的涵蓋道教內丹的所有階段，〔註192〕李安綱以丹道理論再詮釋。〔註193〕此外，薩孟武從內容與古代政治現象連結，〔註194〕周文志以天人合一、中醫、易、道等，破譯《西遊記》。〔註195〕

其次，從西遊故事所經營的人物形象進行研究，也多有成果。孫悟空方面有認為是農民起義、理想體現、悲劇形象等，豬八戒則有人性慾望、滑稽人物等沙僧因為形象正直，多被賦予循吏、正尚等性格特色。而對人物形象有深入討論之學者如張靜二〔註196〕、劉毓忱〔註197〕、張錦池〔註198〕、鄭明娳〔註199〕等，張慧驊則從佛教角度討論唐三藏形象。〔註200〕

再者，從《西遊記》的敘述與情節鋪陳作為研究主題的，有余國藩談《西遊記》的敘事結構與第九回的問題，〔註201〕徐貞姬、王筠對於八十一難結構的研究，〔註202〕謝明勳談《西遊記》的敘事矛盾，〔註203〕呂素端《西遊記》

〔註189〕胡玉珍：《西遊記中的精怪與神仙》，南華大學文學研究所碩士論文，2002。
〔註190〕拙哉：《西遊記龍門心傳》（台北：全真道出版社，1965年）。
〔註191〕王國光：《西遊記別論‧西遊記的丹術思想》（上海：學林出版社，1990年），頁71至108。
〔註192〕王崗：〈《西遊記》——一個完整的道教內丹修煉過程〉，《清華學報》新25卷1期，頁51至頁86，1995年3月。
〔註193〕李安綱：《苦海與極樂》（北京：東方出版社，1995年），以及《西遊記奧義書》（北京：中國社會科學出版社，2002年）。
〔註194〕薩孟武：《西遊記與中國古代政治》（台北：三民書局，1993年）。
〔註195〕周文志：《看破西遊記》（昆明：雲南人民出版社，1999年）。
〔註196〕張靜二：《西遊記人物研究》（台北：台灣學生書局，1984年）。
〔註197〕劉毓忱：《論〈西遊記〉及其他》（天津：百花文藝出版社，1984年）。
〔註198〕張錦池：《西遊記考論》修訂版。
〔註199〕鄭明娳：《西遊記探源》（台北：里仁書局，2003年）。
〔註200〕張慧驊：《西遊記中唐三藏形象研究》，玄奘人文社會學院中國語文學系碩士論文，2000年。
〔註201〕余國藩：《西遊記論集》（台北：聯經出版公司，1989年）。
〔註202〕徐貞姬：〈西遊記八十一難的意義及其基型結構〉，《文學評論》7期，頁109至頁186，1983年4月。王筠：〈《西遊記》八十一難結構剖析〉，《運城高等專科學校學報》19卷1期，頁16至頁17，2000年9月。
〔註203〕謝明勳：〈百回本「西遊」的「敘事矛盾」之（1）——兩張「取經文牒」〉，《靜宜人文學報》8期，頁75至頁82，1996年7月。〈百回本「西遊記」的「敘事矛盾」之（2）——「芭蕉扇」到底有幾把？〉，《靜宜人文學報》

的敘事研究。〔註 204〕其他如吳聖昔也歸納奇、趣、蘊、美等爲《西遊記》的藝術風格，〔註 205〕劉耿大從浪漫主義、修辭藝術等討論《西遊記》。〔註 206〕語言修辭方面則有黃慶萱討論《西遊記》的象徵，〔註 207〕張安祖的詞語考釋〔註 208〕……等。學位論文有朱可鑫的修辭現象研究，〔註 209〕楊憶慈從擬聲詞、重疊詞和派生詞討論《西遊記》的語彙。〔註 210〕

<

四、文化研究

除了文本內容外，也有從小說故事以外的文化內涵與價值加以討論。舉凡從人物延伸出的形象溯源，小說文字外延的方言研究，小說與儒釋道三教的關係等，皆可屬之。

由小說主題向外延伸，則有人物溯源的研究：如胡適假設印度哈奴曼是孫悟空的原型。齊裕焜從《西遊記》故事的演化過程，推論「《西遊記平話》或前世本有可能在福建編成」。所提出理由有：福建有深厚的猴崇拜、建陽是元明時期全國通俗小說的印刷中心、《西遊記》完成時間正是東南地區資本主義興起之時。〔註 215〕蔡鐵鷹《翫‧西遊》一書中提到，中國西南許多少數民族都有猴子創世紀的故事，「關於猴子的崇拜和傳說故事也逐漸隨著民族的大融合流入了中原漢人地區，所以古羌族崇拜的猴子也有可能是孫悟空的老祖宗」。〔註 216〕張

9 期，頁 99 至頁 109，1997 年 6 月。〈百回本「西遊記」之「敘事矛盾」——孫悟空到底贏了誰的「瞌睡蟲」〉，《東華人文學報》2 期，頁 69 至頁 82，2000 年 7 月。

〔註 204〕呂素端：《西遊記的敘事研究》，台灣大學中國文學系博士論文，2001。

〔註 205〕吳聖昔：《西遊新論》（北京：中國文聯出版社，1989 年）。

〔註 206〕劉耿大：《西遊記迷境探幽》（上海：學林出版社，1998 年）。

〔註 207〕黃慶萱：〈西遊記的象徵世界〉，《幼獅月刊》46 卷 3 期，頁 50 至頁 61，1977 年 9 月。

〔註 208〕張安祖：《西遊記》詞語考釋二則，《明清小說研究》2003 年 3 期，頁 97 至頁 98，2003 年。

〔註 209〕朱可鑫：《西遊記修辭現象研究》，南華大學文學研究所碩士論文，2004 年。

〔註 210〕楊憶慈：《西遊記語彙研究——論擬聲詞、重疊詞和派生詞》，國立成功大學中國文學系碩士論文，1995。

〔註 215〕齊裕焜：〈《西遊記》成書過程探討——從福建順昌寶山的「雙聖神位」談起〉，《海峽兩岸中國古典文獻學國際學術研討會‧論文彙編》，西北大學、淡江大學合辦，頁 74 至頁 79，2005 年 9 月。<

〔註 216〕蔡鐵鷹：《翫‧西遊》（台北：咖啡田文化館，2005 年），頁 108。

錦池則認爲「孫悟空的形象是孕育於道教猿猴故事及神仙故事的凝聚」，只是與另一個獨立的唐僧取經故事合流後，「便產生了孫悟空保唐僧取經的故事，這對於原本是屬於道教人物的孫悟空來說，當然也就成了『由道入釋』或『棄道從釋』。」〔註217〕曹仕邦寫了十多篇文章，對《西遊記》人物、情節、敘述細節等探源研究。〔註218〕華唐探尋花果山、二郎神等形象由來，〔註219〕李小榮推斷沙和尚的原型必是密教中的深沙神。〔註220〕也有從出土史料或壁畫，討論故事內容與地域關係，如孟繁仁從《傅山全集‧雜記》對「花果山」的敘述爲起始，進而在山西地區考察發現：在《西遊》成書之前，黃土高原已有孫悟空傳說，也有稱山西爲「南贍部洲」碑刻史料，以及元明關於「西天取經」的壁畫，藉以說明山西與《西遊記》成書的關係。〔註221〕

　　語言與地域的繫聯研究，如孫安提出《西遊記中》六個同義異體詞彙，並作案語解釋該詞彙與江淮地區方言的關聯。〔註222〕張曉康討論《西遊記》的湖南地區方言。〔註223〕楊子華在《取經詩話》爲南宋杭州「說話藝術」產物的基礎上，一則從《西遊記》多沿襲《取經詩話》故事內容，二則從《西遊記》保存的「兒」尾方言，證明《西遊記》與杭州有密切關係。

　　學者也注意到西遊故事中，所蘊含的宗教意識，且成就斐然。道教方面，如柳存仁詳考小說中的韻文篇章，有出自馮尊師《鶴鳴餘音》、張伯端《悟眞篇》、馬丹陽《漸悟集》等，加上書裡隨處可見的道教文字，猜測：「也許也還有一個已經散佚或失落了的全眞教本子的小說《西遊記》存在的可能」。〔註224〕其他

〔註217〕張錦池：〈論孫悟空形象的演化〉，《西遊記考論》，頁127。
〔註218〕因篇幅甚多，請參見本書最末的〈參考書目〉。
〔註219〕華唐：〈孫悟空是國貨、舶來品、還是混血猴？──「西遊記」中孫悟空的原型試析〉，《明道文藝》221期，頁159至頁170，1994年8月。〈花果山、火焰山的原型與背景〉，《明道文藝》257期，頁148至頁157，1997年8月。〈神勇無敵二郎神〉，《明道文藝》265期，頁105至頁115，1998年4月。
〔註220〕李小榮：〈沙僧形象溯源〉，《鹽城師範學院學報‧人文社會科學版》22卷3期，頁48至頁51，2002年8月。
〔註221〕孟繁仁：〈《西遊記》與山西〉，《明清小說研究》2003第2期，頁130至頁138，2003年。
〔註222〕孫安：〈《西遊記》同詞異體方言例釋〉，《淮陰師範學院學報‧哲學社會科學版》23卷，頁830至頁831，2001年6月。
〔註223〕張曉康：〈再論《西遊記》中的湘方言〉，《湖南廣播電視大學學報》2003年4期，頁42至頁44、49，2003年。
〔註224〕柳存仁：〈全眞教和小說西遊記〉，收於《和風堂文集》下冊（上海：上海古

如張橋貴藉由故事中對道士的貶抑，觀察《西遊記》「一定程度上曲折的反映了明代道教的現狀，尤其是其陰暗的一面」。〔註225〕李安綱不僅從主題、人物和結構三方面，認爲《西遊記》小說的原型是《性命雙修萬神圭旨》，更提出「《西遊記》依據《大丹直指》的步驟和內容來安排悟空的修煉和成長過程，形象生動地揭示了成聖爲仙的各個層次和境界」。〔註226〕陳洪、陳宏合著的〈論《西遊記》與全眞教之緣〉，從故事中摘錄的全眞教詩詞、小說中大量的內丹術語，以及小說中人物反複提到內丹理論等面向，歸結出：「《西遊記》在流傳過程中，是存在一個被全眞教化的環節。」。〔註227〕

從佛教文化來看，李洪武認爲《西遊記》以唐僧師徒西天取經爲主線，宣講大量佛經教義，其中又以《心經》的援用最多。例如師徒之間常以《多心經》討論修爲、大量談空的詩句，皆可爲證。〔註228〕宋珂君認爲《西遊記》中的「眾生」形象，來自於佛教對凡夫、眾生的解釋，受佛教修行觀念的影響至深，並由此分析故事千差萬別的眾生相，認爲《西遊記》某種程度反映了明代宗教觀，以及平民百姓對永恆的期待。〔註229〕王海梅認爲整部《西遊記》受到觀音信仰的影響，因此除了用大量韻語歌誦之外，還穿插《心經》加以闡釋，並從故事中須菩提作孫悟空師父、悟空名字的由來、大量援用《心經》，以及行文對「空」概念的諸多詮釋，證明《西遊記》表達豐富的佛教義理。〔註230〕不同的是，王齊洲從作品對「三藏眞經」的解釋，與故事結尾開列的佛學經目，認爲《西遊記》作者並不懂佛學，只是依據對《心經》的概略了解，由「修心」的角度貫

籍出版社，1991年），頁1367。原1985年刊《香港明報》。

〔註225〕張橋貴：〈《西遊記》與明代道教〉，《道教學探索》8期，頁372，1994年12月。

〔註226〕李安綱：《西遊記奧義書4・觀世音的圓照》（北京：中國社會科學院出版社，2002年），頁244。另有，〈《性命圭旨》是《西遊記》的文化原型〉，《山西大學學報・哲學社會科學版》1996年4期，頁27至頁35，1996。〈《西遊記》與全眞道文化〉，《運城高等專科學校學報》19卷2期，頁2至頁7，2001年4月。

〔註227〕陳洪、陳宏：〈論《西遊記》與全眞教之緣〉，《文學遺產》2003年6期，頁112，2003年。

〔註228〕李洪武：〈《西遊記》與《心經》〉，《運城高等專科學校》20卷1期，頁27至頁28，2002年2月。

〔註229〕宋珂君：〈《西遊記》中的芸芸眾生及其佛教文化淵源〉，《北京科技大學學報・社會科學版》，18卷3期，頁84至頁90，2002年9月。

〔註230〕王海梅：〈《西遊記》與觀音信仰〉，《濰坊學院學報》3卷5期，頁82至頁84，2003年9月。〈《西遊記》中的般若空觀〉，《山東電大學報》2004第2期，頁22至頁23，2004年3月。

穿內容，從而形成《西遊記》的佛教特性。〔註231〕

　　從儒釋道三教混融的角度，余國藩認為《西遊記》有著複雜的宗教意義，「這種宗教意義，乃由小說中直指儒釋道三教的經典所形成的各種典故與象徵組成」，〔註232〕因此在佛教方面，《西遊記》強調了必須受苦難，才能贖罪開悟；儒家方面，承繼養心、修心的觀念，藉以修身、正心；道教方面，加入了煉養內丹以長生不老觀念，作為取經歷程的特殊目的。劉辰瑩不同意《西遊記》「揚佛抑道」的觀點，而從佛道在故事中各自扮演的角色，最後歸結認為：儒家思想才是《西遊記》中扮演統攝的角色。〔註233〕李豐楙從《西遊》故事主角的出身及各種修行，強調謫凡後各有命運歸趨，並藉此認為：「佛道二教相互交流，在長篇小說的敘述結構上，謫凡神話乃是此一敘述模式的張本。」〔註234〕蘭拉成認為，故事中的三教關係應為：以儒立本、以道入門、釋為極則，換言之，在「三教同源」的同時，《西遊》作者還是以佛教地位為最高。〔註235〕王姵棻則從道教神仙系統討論《西遊記》的宇宙觀與人物形象。〔註236〕

　　除上述各種討論路向，其他非中國文學研究領域，也有以《西遊記》作為研究對象。因與本文無過多關聯，故不評介。楊剴勛《繪本之圖文轉碼形構要素研究——以青少年對西遊記之主題為例》，〔註237〕屬於視覺傳播的研究。外語學院偏向於中西比較文學的研究，如吳沛樺《翻譯的文化影響—以堂吉訶德及西遊記為例》〔註238〕、張祐榮《唐吉訶德與西遊記之理想與現實分析比較》

〔註231〕王齊洲：〈《西遊記》與《心經》〉，《學術月刊》2001 年 8 期，頁 78 至頁 83，2001。

〔註232〕余國藩：〈宗教與中國文學〉，《余國藩西遊記論文集》（台北：聯經出版公司，1989 年），頁 196。本文英文版 1986 年 11 月發表於「輔仁大學第一屆國際文學與宗教會議」。

〔註233〕劉辰瑩：〈《西遊記》中三教地位辨析〉，《華僑大學學報‧人文社科版》2001 第 3 期，頁 83 頁至 90，2001 年 4 月。

〔註234〕李豐楙：〈出身與修行：明代小說謫凡敘述模式的形式及其宗教因素——以「水滸傳」、「西遊記」為主〉，《國文學誌》7 期，頁 85 至頁 113，2003 年 8 月。

〔註235〕蘭拉成：〈《西遊記》「三教合一」思想分析〉，《西安建築科技大學學報》23 卷 3 期，頁 27 至頁 31，2004 年 9 月。

〔註236〕王姵棻：《西遊記宇宙建構及人物探源》，東海大學中國文學系碩士論文，2001。

〔註237〕雲林科技大學視覺傳達設計系碩士論文，2000 年。

〔註238〕輔仁大學西班牙語文學系碩士論文，2005 年。

〔註239〕與葉立萱《西遊記與哈克歷險記中人與自然的關係》。〔註240〕教育學院將《西遊記》的童話性特色，發揮在基礎教育中，如林榮淑《西遊記與兒童文學》〔註241〕、林美惠《西遊記的另類閱讀——以皮影戲為例》〔註242〕、蔡弘德《中國經典小說應用在九年一貫『藝術與人文』領域之教學設計研究》〔註243〕、施亨達《電腦輔助教學軟體對國小五年級學生挫折容忍力之研究——以西遊記為例》〔註244〕、張蘭貞《西遊記的童話性研究》。〔註245〕另外謝玉冰《西遊記在泰國的研究》，〔註246〕則是以《西遊記》在泰國地區的譯本傳播與故事流傳為主要討論。

　　學者無論從版本源流看《西遊記》的成書，或從寓意討論《西遊記》的主題接受，或者在儒、釋、道三者的文化詮釋中，各有立論。不同角度的研究與探討，都成就了《西遊記》多元的學術路向。

第三節　論點的提出

　　清評本《西遊記》之所以值得關注，在於明清兩代成就的小說何其多，何以一蟠詮評者，在相同的朝代，選擇相同的故事，有著類似的詮釋。這麼多的巧合，應該透顯著不同的訊息。而且從評點中也可以發現，他們透過自己的閱讀，將文字重新賦予新的解釋。就如同道教傳統，總是透過文字符號的轉譯，豐富的解釋著言外之意。

　　過去我們對《西遊記》已經有很多了不起的學術成就，讓《西遊記》的研究既多元又豐富。首先，從作者研究來說，自丘處機到吳承恩，再提出新作者的翻案研究，如李春芳、史志經弟子等說法，還是不少。其次，從主題研究來看，究竟《西遊記》是反動革命、遊戲之說、寓言神話等，沸沸揚揚，新觀點的提出仍是方興未艾。但畢竟作者是誰？主題為何？在沒有新證據出現的情況下，對讀者來說，都只是個無窮的迴環：有人提出，有人反對。誠

〔註239〕輔仁大學西班牙語文學系碩士論文，1999年。
〔註240〕國立中正大學外國語文學系碩士論文，1998年。
〔註241〕國立台東大學兒童文學研究所碩士論文，2005年。
〔註242〕國立新竹師範學院台灣語言與語文教育研究所碩士論文，2003年。
〔註243〕國立新竹師範學院美勞教學碩士班碩士論文，2002年。
〔註244〕國立東華大學教育研究所碩士論文，2002年。
〔註245〕國立台南大學國民教育研究所碩士論文，2001年。
〔註246〕中國文化大學中國文學系碩士論文，1995年。

如龔鵬程所言：

> 實則從小說之傳播而言，不同的版本自有不同的閱讀功能和讀者
> 群。讀者接受小說，亦並不以追尋作者創作時之原貌爲閱讀預期。
> 這是小說跟知識性讀物、抒情作品不同處。現在許多研究者，似乎
> 並沒有考慮傳播情境和研究對象的特殊性。〔註247〕

換言之，不同閱讀者，帶著不同的經驗接受小說，本來就會有不同於作者創
作意圖的必然結果。只是過去我們在《西遊記》的研究上，對這部分有相對
少的討論。因此本文嘗試從劉一明詮解《西遊原旨》切入，從劉一明對《西
遊記》文字的解構與再詮釋，架構劉一明的評點系統與意義，進而討論在文
學與證道的類型轉換裡，有著什麼樣可能的文化意涵。

一、知人論世

　　承前所言，清刊行的《西遊記》評點共有七本，成書最早的是汪象旭的
《西遊證道書》，最晚的是含晶子《西遊記評註》。之所以選擇劉一明《西遊
原旨》爲研究對象，主要原因是其他評點者的相關資料不全，而劉一明作爲
清代著名的道教理論家，著作完整刊行。透過劉一明對《西遊記》的解讀，
並參照他的相關作品，既可以系統性的架構劉一明《西遊記》的詮釋方法，
也可以觀察劉一明將內丹與小說兩種不同類型結合的過程中，是否有理論上
的同一性，抑或是隨意攀附而已。

（一）劉一明的生平與著作

　　劉一明號悟元子，亦號素樸子，又號被褐散人，原籍山西平陽府曲沃縣
人。「生于雍正十二年甲寅（1734），九月十九日寅時。方圓面、黑黃色、微
須，中等身材，約長五尺餘」。〔註248〕根據《金縣志》記載：

> 博學工書，尤精於醫。乾隆間訪龕谷老人，嘯詠於興隆山中，一時
> 士夫樂與之遊。每教人以養身之術。兩山梵宇，募化重修，凡四十
> 餘年。購置田畝爲香火之資，又於禪寺購置義冢地，年八十八而歿。
>
> 〔註249〕

〔註247〕龔鵬程：《中國小說史論・中國小說研究的方法問題》（台北：臺灣學生書局，
　　　　2003年），頁7。
〔註248〕〔清〕張陽全：《素樸師雲游記注解》，頁12。
〔註249〕〔清〕恩福修，冒藟纂：《金縣志》，《地方志人物傳記資料叢刊・西北卷》第

可知劉一明是雲遊到甘肅地區，勸化修建廟宇的道士。又根據道光《皋蘭縣
續志》的記載：

> ……家累萬金，棄之往來蘭州，掛單白道樓，學道隱居，後結廬棲
> 雲山。遇異人得《參同》、《悟真》之旨，精易理，講〈太極圖〉、〈先
> 天圖〉。多名理，布衣蔬食，終身不茹葷腥。精醫術，善眼科，所醫
> 治瞽者重明者數人。著書有《周易三義》、《金丹口訣》十餘卷，年
> 八十而坐化。〔註250〕

由此可知，劉一明精通醫術、《周易》，而且擅於養生。他自述學道過程時曾說：

> 自十三四歲，即知世間有此一大事因緣。可恨自己福緣淺薄，未得
> 早遇高人。亂學亂問，裝了滿肚皮估董雜貨。十七歲身得重病，百
> 藥不效。次年赴甘省南安養病，愈醫愈重，當年所學，百無一用。
> 直至臥床不起，幸喜真人賜方，沉疴盡除，死裡逃生，如在輪回走
> 了一遭，可懼可怕。十九歲外遊訪道，自發誓願，若不究明大事，
> 決不干休。二十二歲榆中遇吾師龕谷老人，劈破旁門，口授心印，
> 從前狐疑，冰消瓦散。後奉師命，暫盡人事，參看丹經，疑信各半，
> 不能徹底通曉。蓋以離師太早，未聆細微，故有窒礙。因為此事，
> 京都住居四年、河南二年、堯都一年、西秦三年、來往不定者四年，
> 經十三年之久。三教經書，無不細玩，絲毫理路，無不搜求，未嘗
> 一日有忘。然究於疑難處，總未釋然。〔註251〕

劉一明年少時期即感世事無常，卻苦無修道因緣。後來因為身染重病，更加
深求道意志。二十二歲才師承龕谷老人，參看丹經，入門學道。只是除了《金
縣志》記載龕古老人「時而儒服，時而道冠，人莫能測」〔註252〕外，並沒有
其他相關的資料或師承譜系可查。

---

14 冊（北京：北京圖書館出版社，1995 年），卷十三，頁 4，總頁 600。

〔註250〕〔清〕陸芝田、張廷選續纂：《皋蘭縣續志》，《中國西北文獻叢書》第一輯，
《西北稀見方志文獻》第 34 卷（蘭州：蘭州古籍書店，1990 年），卷十二，
頁 83，總頁 618。

〔註251〕〔清〕劉一明：《會心內集·窮理說》，《道書十二種》下冊（台北：新文豐出
版社，1983 年），卷下，頁 366 至頁 367。

〔註252〕「龕谷老人，俗性樊，廣東人，居小龕谷。時而儒服，時而道冠，人莫能測。
博覽群書，悟先天之理。每曰聖賢心法，妙義俱在言外；又曰藥自外來，丹
自內結，先天之氣自虛無中來，當極深研幾細心窮理。東遊秦川，至鳳翔而
歿。」《金縣志·雜記·方外》，卷十三，頁 4，總頁 600。

另外，劉一明在論及學道過程中，有參「先天之氣」之難，他曾說：

> 悟元初遇龕谷老人，示以修眞大道，諸事顯然，惟於「先天之氣自虛無中來」之語，因自己所見不到，模糊十三年之久。閱盡丹經，究未知其端的。<u>後遇仙留丈人</u>，訣破源流，咬開鐵彈，言下分明，了然於心。……〔註253〕

而這個仙留丈人，「初在蜀川參學，來往於白石、歸清之間十有餘年，未得究竟。後到漢南，以師事紅溝道人，其志愈堅，其行愈苦，八九年間，總無會心處。後遊甘肅皋蘭阿干鎮，得逢余丈人，機緣相投，始明大道。」〔註254〕劉一明所提及仙留丈人、紅溝道人以及余丈人的生平行止，皆無從查考。

卿希泰主編之《中國道教史·道教在明後期至清嘉道間的衰微》，將劉一明劃歸爲乾、嘉年間，「長期活動於陝、甘、寧一帶的龍門派第十一代徒裔」。〔註255〕然遍考龍門派第十一代道士閔一得所撰《金蓋心燈》、完顏崇實《白雲僊表》、陳銘珪《長春道教源流考》、陸本基《龍門正宗覺雲本支道統薪傳》〔註256〕等龍門派譜系，未見著錄。僅易心瑩《道學系統表》，〔註

〔註253〕〔清〕劉一明：《修眞後辨·先天眞一之氣》，《道書十二種》下冊，卷下，頁2，總頁153。

〔註254〕《修眞後辨·先天眞一之氣》，卷下，頁12，總頁173。

〔註255〕卿希泰主編：《中國道教史》第四卷（台北：中華道統出版社，1997年），頁174。另，王志忠也提及：「在西北，有龍門十一代道士劉一明號悟元子，本山西曲沃人，出家後雲遊，於甘肅省金縣遇龕谷老人，在阿干鎮遇仙留丈人傳以丹訣。隱居金縣棲雲山修煉多年，著述甚豐，頗有影響。」見《明清全眞教論稿·明清之際全眞教的傳播與宗派的繁衍》（成都：巴蜀書社，2000年），頁80。伍守陽《天仙正理直論·火侯經第四》提及：「丘眞人門下宗派曰：『道德通玄靜，眞常守太一。一陽來復本，合教永圓明。』此二十字爲派者，乃眞人在燕京東龍門山掌教時所立之派，後人稱爲龍門派者便是。」《古本伍柳仙宗全集》，頁39，總頁177。又，《金蓋心燈·趙虛靜律師傳》：「……師（趙道堅）於至元庚辰正月望日，受初眞戒、中極戒，如法行持無漏妙德。祖乃親傳心印，付衣缽，受天仙戒，贈偈四句以爲龍門派，計二十字，即『道德通元（玄）靜，眞常守太清。一陽來復本，合教永圓明』之源派也。師遂識之，未敢妄泄，是爲龍門第一代律師。……」收於《藏外道書》冊31（成都：巴蜀書社，1992年），頁176。因此兩位先生可能據此，將劉一明列爲龍門第十一代。

〔註256〕以上諸書均見《藏外道書》冊31。

〔註257〕題「民元甲戌秋古常道觀易心瑩脫稿」，自序曰：「……今遵舊史成例，詳校諸家替興，參□眾事，多秉宗門遺法，□□端緒，繫於一家。上自無始，下逮於今，其可考見者蓋二十有四家，即世所信崇，典籍悠著。余遂次陳，俟有志斯道者，庶可得而覽焉。」《藏外道書》冊31，頁416。

257〉於「仁宗嘉慶」年間「北宗」下列劉一明。雖然無法從龍門派諸譜系中確認劉一明之師承，但從他屢言「我長春祖師」〔註258〕來看，將劉一明歸為全真龍門派應有其合理之處。

劉一明的著作，除了評點《西遊記》的《西遊原旨》外，與《周易》有關的，有《周易闡真》4卷、《孔易闡眞》2卷。註解與闡釋道書的有《百字碑註》、《西遊原旨》（非全本，僅有序、讀法與詩結）、《陰符經注》、《敲爻歌直解》、《參同直指》（分經文3篇、箋註3篇，三相類2篇）、《無根樹解》、《金丹四百字解》、《黃庭經解》、《悟真直指》4卷。提出修道步驟與方法的有，《象言破疑》2卷、《神寶八法》、《修眞九要》、《通關文》2卷。紀錄自己悟道心得的有《悟道錄》2卷、《修眞辨難》、《修眞後辨》、《會心內集》2卷、《會心外集》2卷。另外還有醫書《經驗雜方》、《經驗奇方》、《眼科啓蒙》與《雜疫症治》。《黃鶴賦》則是抄錄呂祖的黃鶴樓題詩。

（二）劉一明對《西遊記》的批評

《西遊記》故事的起始與結尾都與佛家取經故事有關，其間貫串的名詞如金公木母、嬰兒姹女、心猿意馬等，則屬道教範疇。正因為儒、釋、道三教文字交錯其間，也就提供各方閱讀者解讀的可能。其中又因為《西遊》故事發展過程中，有著道教化，或者說全真化的傾向，加以道教本身解釋符號的傳統，更提供內丹詮釋者發揮的平台。

劉一明認為《西遊記》是全真龍門派教祖丘處機，在三教一家基礎上，藉三藏師徒的取經故事，演繹內丹性命之學。劉一明評註《西遊記》之前，至少已見得《西遊證道書》與《西遊眞詮》兩本與內丹有關的註解。《西遊證道書》的評者是汪象旭，他將《西遊記》定位為「仙佛同源」之書。他在第一回的總評說：

> 《西遊記》一書，仙佛同源之書也。………仙佛之道，又總不離乎

〔註258〕〔清〕劉一明：《通關文·財利關》：「我長春祖師，始而粒米文錢不敢妄貪，勞其筋骨，餓其體膚，受人之所不能受，忍人之所不能忍，及至苦盡甜來，否極生泰，為宋金元諸帝之隆寵，有賜未嘗不受。然受之而禱雨救旱，禳災扶國，與無修造宮觀，大興教門。皆用財得當，然亦是先積法財，而後借世財立功也。」《道書十二種》下冊，卷上，頁3，總頁267。另如同書〈自滿關〉：「長春祖初從王祖學道，後隨馬祖受教而全事。」頁11，總頁283。《神寶八法·剛》：「丘祖欲心不退，淨身三次，睡魔不減，磻溪六年。」《道書十二種》下冊，頁1，總頁179。

一心。此心果能了悟，則萬法歸一，亦萬法皆空。故未有悟能、悟
淨，而先有悟空，所謂成佛作祖皆在乎此。此全部《西遊》之大旨
也。〔註259〕

簡單來說，汪象旭將三教歸向於「心」，並以心的了悟，作為修道的最終歸向。因此他所謂證「道」，就是證此不離乎心的「仙佛之道」。而這個心藏在人身之中，「是人身之主宰」，〔註260〕為修煉之本體。修得此心，悟得此空，就能知曉金丹之理。只是人心總是被外物紛擾所迷障，無從收攝，所以《西遊記》故事將心猿定於五行山下，就是象徵心之不定當以五行定之。

以四眾白馬為喻，猿猴跳躍如人心妄動，所以行者屬心，五行屬火。以故事的文字分判，木母為八戒，五行屬木；金公為沙僧，五行屬金。三藏作為師父，就像土為萬物之母，故屬土。龍馬自海澗中來，當屬水。由此，五行各安其位，同往西天取經，終至功成完滿。只是《證道書》有時將心猿指為金、沙僧指為土，對此汪象旭解釋說：

五行原大段剖析，不得分之則五，合之則一。且一行中亦具有五
行，如土本生金，而土中何嘗無木？何嘗無水、無火？推此以論，
莫不皆然。繇此言之，行者何必不配金，沙僧何必不配土。〔註261〕

換言之，他認為五行本來就是一事，只是方便權宜而有金、木、水、火、土的分別，因此「一行中亦具有五行」。故事中四眾白馬經歷種種魔難，終於取得真經還歸大唐。從分工的角度來看，三藏取經、悟空開路、八戒挑擔、沙僧牽馬，各司其職；從共同的目標來說，他們就只有「取經」一事。再將這樣的故事架構體現在內丹修煉上，可以解釋成「心」包有陰陽五行之理，若強分作五，則是金、木、水、火、土。它本來無形無象，是成佛作祖之依據，是金丹修煉之主體。所以悟空領銜，衝破取經旅途中的八十一難，當居首功；丹法裡，收攝放失的本心，使道生魔滅，為最要著。所以汪象旭說：

此心存放之關，即生死之界。三教聖人門徑不同，功夫各別，其大
指所歸，無非教人存心而已。〔註262〕

若能收得此心之空，則能成佛作祖。既無能收攝，便無從證得金丹之道。劉

〔註259〕《西遊證道書》，第一回，頁1，總頁1。
〔註260〕同前註，第六回，頁2，總頁119。
〔註261〕同前註，第一回，頁2，總頁4。
〔註262〕同前註，第三回，頁2，總頁49。

一明對汪象旭的說法多所批評：

> 憺漪道人汪象旭未達此義，妄議私猜，僅取一葉半簡，以心猿意馬，
> 畢其全旨。且註腳每多戲謔之語，狂妄之詞。噫！此解一出，不特
> 埋沒作者之苦心，亦且大誤後世之志士，使千百世不知《西遊》為
> 何書者，皆自汪氏始。〔註263〕

對劉一明而言，《西遊記》表層脈絡是西行取經故事，但文字背後所蘊含卻是
深刻而完整的內丹功行。汪象旭卻以「收放心」草草略過，致使後來學者遵
循規撫，「或目為頑空，或指為執相，或猜為閨丹，或猜為吞嚥，千枝百葉，
各出其說，憑心造作，奇奇怪怪，不可枚舉」。〔註264〕因此劉一明認為，汪象
旭的註解是妄議私猜，讓《西遊記》真正的意涵隱沒不彰。

　　陳士斌承襲道教對宇宙生成的解釋，認為道生一氣，一氣生形，形中又
含始氣。此祖氣，即先天真乙之氣，亦即金丹大道修煉之主體。相應於《西
遊》故事中的人物角色，悟空就是先天真乙之氣的代表。因為：

> 天一生水，水為壬水，壬即真一生物之祖氣。壬水長生在申，申者
>
> 猴也，故為猴。〔註265〕

又，猴生於東勝神洲傲來國大海中花果山，乙為花果之木，方位屬震東，加以
六十甲子納音為「海中金」，〔註266〕所以這個無父無母之石猴，即代表父母未
生身前之真乙之氣，也可稱為真金、水中金。他的本來面目就是寂滅虛空，所
以取名「悟空」。天蓬元帥下凡的豬八戒，因為豬地支配亥，又亥字從「二人男
女」，〔註267〕取陰陽無絕之理。等到受了菩薩的戒誨，斷除五葷三厭，所以法

〔註263〕《西遊原旨‧序》，卷首，頁15，總頁37。

〔註264〕《西遊原旨》，頁16，總頁39。按：另也作：「或目以頑空，或指為執相，
或猜以採戰，疑為閨丹，千枝百葉，各出其說，憑心自造，奇奇怪怪，不
可枚舉。」見〈西遊原旨序〉，收於《道書十二種》上冊，頁2，總頁199。

〔註265〕《西遊真詮》，第一回，頁10，總頁19。

〔註266〕〈六十甲子納音歌〉：「甲子乙丑海中金，丙寅丁卯爐中火，戊辰己巳大林木，
庚午辛未路傍土，壬申癸酉劍鋒金。甲戌乙亥山頭火，丙子丁丑澗下水，戊
寅己卯城頭土，庚辰辛巳白蠟金，壬午癸未楊柳木。甲申乙酉泉中水，丙戌
丁亥屋上土，戊子己丑霹靂火，庚寅辛卯松柏木，壬辰癸巳長流水。甲午乙
未沙中金，丙申丁酉山下火，戊戌己亥平地木，庚子辛丑壁上土，壬寅癸卯
金箔金。甲辰乙巳復燈火，丙午丁未天河水，戊申己酉大驛土，庚戌辛亥釵
釧金，壬子癸丑桑柘木。甲寅乙卯大溪水，丙辰丁巳沙中土，戊午己未天上
火，庚申辛酉石榴木，壬戌癸亥大海水。」

〔註267〕《西遊真詮》，第八回，頁14，總頁205。「亥，荄也。十月微陽起，接盛陰，

名「八戒」。潛藏流沙河、頸項懸掛九個骷髏的沙僧，指沙爲姓，就是視流沙爲不定之土，九骷髏爲九宮，土居其中。既爲眞土，也代表眞意，所以陳士斌說：

> 眞土無形而遍歷九宮，水金木火無此不能和合，其功莫尚，故又名沙和尚。〔註268〕

因爲皈依淨土就該洗心滌慮，不再傷生，所以法名「悟淨」。而龍馬不是「意馬」之謂，而是比喻成「乾卦」，取其不息之意。所以陳士斌說：「修道者必乾乾不息有大腳力、大負荷如龍馬者，方能至西方而取經者。」〔註269〕三藏的形象是身著袈裟，手持九環錫杖。他的五色袈裟象徵「五行攢簇」，九環錫杖取「九轉之反還」，所以三藏就是「合三家之五行於一」。〔註270〕由此，四眾白馬西行取經，既是人我共濟，非一己孤修之丹道原則，也取「三徒即三家相見爲藥」，〔註271〕而且必須透過西天雷音寺作爲大道的根源處，然後「借十萬八千里之遠、八十一難之苦、一十四年之久，以指明防危慮險、功程火候之至要」。〔註272〕

　　對於陳士斌的註解，劉一明給予比較正面的評價，認爲《眞詮》的刊行，使「諸僞顯然，數百年埋沒之《西遊》，至此方得釋然矣」。〔註273〕不過劉一明也批評《眞詮》說：

> 其辭雖精，其理雖明，而於次第之間仍未貫通，使當年原旨不能盡彰，未免盡美而未盡善。〔註274〕

也就是仍有不足。將《眞詮》與《原旨》作一比較，或可更清楚的分別。以第五回爲例，大聖亂蟠桃宴，酒醒後知惡行重大，性命難存，於是從西天門使隱身法逃回花果山。陳士斌的解釋是：

> 上天而下山曰天山遯，大聖知亢極而之於巽，五陽忽遇一陰而爲姤。姤之爲屬，勢不可遏。巽之根也，遯之機也，否之漸也，剝之基也，

從二。二，古文上字。一人男一人女也，從乙象裏子咳咳之形。《春秋傳》曰：『亥有二首六身。』凡亥之屬，皆從亥。」〔漢〕許愼：《說文解字》（台北：華世出版社，1982年），卷十四下，頁末，總頁511。
〔註268〕《西遊眞詮》，第八回，頁13，總頁204。
〔註269〕同前註，第八回，頁14，總頁206。
〔註270〕同前註，第十二回，頁12，總頁310。
〔註271〕同前註，第十二回，總頁312。
〔註272〕同前註，第八回，頁9，總頁196。
〔註273〕《西遊原旨·序》，卷首，頁16，總頁40。
〔註274〕同前註。

坤之初也。及此不遯，非知機也。此一遯也，去其亢而潛於初也。
〔註275〕

陳士斌用遯卦（☶☶）、姤卦（☰☴）、巽卦（☴☴）、否卦（☰☷）、剝卦（☶☷）、坤卦（☷☷）等卦象陰氣生而陽氣盡的解釋，比喻物極必反乃是天機的自然運用，就如同大聖順天而遯藏。但這樣的天機是神妙莫測，所以大聖使隱身法，再回瑤池挾酒提甕，然後回花果山作仙酒會。對此，劉一明的評論是：

> 悟一子註曰：「上天而下地，曰天山遯☶☰。」可謂仙翁知音矣。但遯則遯矣，何以不行舊路，從西天門使隱身法逃去乎？此中妙意須當追究出來。舊路者，「姤」也。西天門者，「夬」也。使隱身法逃去者，「遯」也。又自天而回山，亦為「遯」象。由「姤」而「遯」，陰氣浸長，陽氣受傷，後天順行之道。自「夬」而「遯」陽氣不亢，陰氣難進，先天逆運之道。不行舊路，從西天門逃去，所以順中用逆耳。使隱身法，即是竊奪陰陽之盜機。惟其有此盜機，故大聖回山之後，又翻一觔斗，使隱身法，徑至瑤池，人還未醒。揀大甕，從左右挾了兩個，兩手提了兩個，回至洞中，就做仙酒會，與眾快樂。上天下地，從心所欲不踰矩，真取諸左右逢其原矣。〔註276〕

他以「仙翁知音」稱許《真詮》對大聖亂蟠桃之解，只是還是有未盡之處。所以劉一明更深入討論，認為「舊路」指的是大聖遇仙女摘蟠桃作蟠桃會，是陽會陰之象，故為姤卦（☰☴）。不循舊路，從西天門出，是姤卦之反，為夬卦（☱☰）。由姤卦之一陰爻至遯卦之二陰爻，為順行，可見陰氣滋長陽氣受傷。而夬卦一陰爻於五陽爻之上，是以陽去陰之卦，是「人心化而道心全，重見本來乾元面目」，〔註277〕故陰氣難進，順中用逆之法。簡單來說，大聖鬧天宮一段，劉一明認為是闡釋還丹歸於乾元之體後，火候溫養之理。因此，利用卦象之順行與逆運，揭露進陽運陰之機。唯有不失陽火陰符之時，才能有「從心所欲」、「左右逢原」之妙用，也才能修得大丹，壽與天齊。

　　劉一明從閱讀者的角度出發，主觀的以《西遊記》的作者是丘處機。並將自己的內丹思維與之契合，從性命雙修的角度解讀《西遊記》。同時，劉一

〔註275〕《西遊真詮》，第五回，頁12，總頁124。
〔註276〕《西遊原旨》，卷三，第五回，頁13，總頁156。
〔註277〕〔清〕劉一明：《周易闡真》，收於《道書十二種》上冊，卷三，頁9，總頁111。

明不僅僅是一個接受者，他也將自己置於解讀者的角度，批評《證道書》與《眞詮》理論上的不足，而欲重新原《西遊》之旨，使有志於性命之學者，能夠更清楚的從《西遊記》中領略丹道奧秘。因此他透過文字與情節的拆解，讓故事《西遊》，在重新詮釋與架構下成了內丹《西遊》。

（三）相關研究的忽略

過去我們對於《西遊記》的評點，多侷限在文學的欣賞層面。但是劉一明主觀的認定《西遊記》是丘處機在三教一家基礎上，藉三藏師徒取經故事，演繹內丹性命之學。因此他以「內丹參考書」的實用態度去面對小說《西遊》，將它視爲修煉的重要典籍。所以劉一明的著述目的，即在使修道者知此爲性命雙修的丹經、奇書。劉一明的「實用」取向，可以從「版本形式」與「內容詮釋」兩者窺見大概，這將在後文中討論。

然而對於劉一明在《西遊原旨》中所闡發的內丹義理，道教史或相關研究中討論的比較少。以卿希泰主編之《中國道教史》爲例，討論全眞龍門派在東北、西北地區的傳播，提到劉一明及其著作：

> 劉一明是清中葉的高道，他邃玄教，精易理，擅養生，長醫術，是當時著名的內丹學家、醫學家，撰述了大量有關易學、內丹學和醫學的著作。計有《周易闡眞》4 卷、《孔易闡眞》2 卷……《西遊原旨》2 卷、《修眞辨難》1 卷……。早年曾從以上書中抽出若干種集結爲一部叢書，取名《指南針》。嘉慶年間又將上述二十餘種書再行集結爲一書，取名《道書十二種》。〔註278〕

《指南針》所著錄之《西遊原旨》二卷，前有劉一明自序兩篇、梁聯第與蘇寧阿序文各一篇，以及劉一明〈讀法詩結序〉一篇。卷上爲〈西遊原旨讀法〉45條，卷下則爲百回詩結暨〈原旨歌〉一篇。換言之，此所提及之二卷，只是百回《原旨》的修道提要，而非評點全本，所以無法窺見劉一明將《原旨》奉爲「丹經」，在理論上的完整呈現。該書還將劉一明的思想分別要之以：「以先天眞一之氣爲道生萬物之中介的宇宙觀」、「以道心制人心、五德代五賊的人性論」、「先命後性、循序漸進的內丹說」以及「三教融合的修道論」，〔註279〕除此之外，未有《西遊原旨》的討論。

〔註278〕〈道教在明後期至清嘉道間的衰微〉，卿希泰主編《中國道教史》第四卷（成都：四川人民出版社，1996 年），第十一章，頁 158。

〔註279〕同前註，頁 159 至頁 181。

劉寧所著的《劉一明修道思想研究》，從宇宙觀、生命觀、修道價值與修道原則、金丹修煉論、天人合一論與三教合一論等六方面，完整詮釋劉一明修道思想。相同的是，劉寧也僅列「《西遊原旨》2 卷」於《指南針》之下，並歸類爲「對原著內容加以注釋和發揮」，〔註280〕無專章討論。

王志忠《明清全眞教論稿》，是全面性討論明、清兩代的政經社會與全眞道的關係。因非專論劉一明，所以在援引著作時，提及《會心內集》、《會心外集》、《修眞九要》、《修眞後辨》等書，此外即無討論。

僅有任繼愈主編的《中國道教史》在「俗文學中的道教觀念」段，提到《西遊原旨》。該書有三處文字討論劉一明。其一是從明清道教「三教歸一」的特色下，劉一明「撰有《周易闡幽》《孔易闡眞》，以易學論金丹，以金丹釋儒門易學。」並舉出《指南針序》、《修眞辨難》等文，證明劉一明「意謂先儒本來即談內丹之道」。〔註281〕其二是從劉一明內丹學的闡發討論，認爲他主張的性命雙修次第，與張三丰想法接近；仿禪宗提出「頓悟漸修」之說，因將性命修爲分爲「上等法乃自在法，中等法乃權度法，下等法乃攻磨法」，頗異於前人；對火候的分析精微，卻較伍柳派隱晦；強調絕情捨愛，則與王常月同。〔註282〕其三，則是認爲道教思想影響俗文學時提到：

> 《西遊記》雖寫唐僧取經故事，而章回題目及詩詞之類多用內丹術語，佛菩薩、妖精鬼怪等也多具道教神仙妖鬼特性，頗有以內丹思想爲綱之意，乃至使道教中人如劉一明等以內丹之旨解釋之。道教宗教觀念通過這些俗文學的宣傳，進一步滲透於社會文化生活之中。〔註283〕

任繼愈認爲《西遊記》中內丹術語顯明，神仙妖鬼也有道教特色，足以讓劉一明等人有機會透過文學宣傳道教教義。就行文脈絡來看，《中國道教史》應該是將《西遊原旨》視爲「俗文學」。

另外詹石窗編纂了《道教文學史》，將道教文學定義爲：「以道教活動爲題材的文學。」據其導論中提及：

〔註280〕劉寧：《劉一明修道思想研究》（成都：巴蜀書社，2001 年），頁 16。

〔註281〕〈明清道教兩大派・明清內丹諸家思想〉，任繼愈主編《中國道教史》下冊（北京：中國社會科學出版社，1999 年），第十八章，頁 857。

〔註282〕同前註，頁 866。

〔註283〕任繼愈：〈明清道教兩大派〉，《中國道教史》下卷（北京：中國社會科學院，1999 增訂版），頁 870。

道教文學史可分為四個階段：第一，漢魏兩晉南北朝，這是道教文學的形成時期；第二，隋唐五代北宋，這是道教文學的豐富時期；第三，南宋金元，這是道教文學的完善時期；第四，明清，這是道教文學的流變時期。〔註284〕

他認為明清時期，道教因為和儒、釋及民間宗教的融合趨勢增強，道教文學的表現將會更加複雜。可惜該書只編纂到第二期，詹石窗將如何評介清評本《西遊記》，或者不同的詮評者紀錄著「內丹」活動的《西遊記》現象，是否可能成為「道教文學史」的一環而重新定位，都不可得知。

以小說評點的數量而言，《西遊記》的清評本目前可見有七本之多，評點數量不在少數。然而歷來的小說史研究，或者是文學史研究，對《西遊記》作為小說的藝術成就，甚為推崇。相對的，對於《西遊記》的清評本則少有論及。整體而言，對《西遊記》的批評，大抵承襲胡適、魯迅等人舊說：《西遊記》作者是吳承恩，小說類型是神魔小說，只是因為作者豐富的想像力，雜取三教材料組合，導致後來詮評家得以隨意攀附，事實上小說本身是沒有特別意涵的。倘若《西遊記》本身有貢獻，那肯定是文學或藝術創作上的貢獻。諸如此類的批評觀點，事實上已經無法涵括《西遊記》研究的多樣與豐富。總此，《西遊記》的研究視角，似乎可以再拓展、調整。（參見附錄表五：小說史與文學史評介清刊本《西遊記》內容表）

二、理論借鏡

從研究的方法來說，除了傳統歷史研究，考察劉一明的思想師承與其在《西遊原旨》中的具體實現外，也會借用相關文學理論，作為詮釋的借鏡。

（一）符號學

索緒爾將語言分為「語言」（Langue）和「言語」（Parole）兩個對立概念。他所謂的「語言」代表的是一種社會制度、價值系統。這個制度與系統排除了個人創造，展現的是集體契約的特色。所以羅蘭・巴特解釋此系統時說：

語言之語的規約性與系統性顯然密不可分，因為它是一種由約定性（含部分任意性，或者更確切地說，無理據性）價值組成的系統，

〔註284〕詹石窗：《道教文學史》，（上海：上海文藝出版社，1992年），頁10。

它抵制來自個別人的修改，因而是一種社會制度。〔註285〕
與之相對的「言語」，是每個人主動選擇和實踐的行為，它應該是由「符號」（signe）的組合與反復出現所組成。索緒爾更進一步將符號定義為「能指」（signifiant）與「所指」（signifié）的結合。羅蘭·巴特對「所指」的性質解釋為：

> 對所指（signifié）的性質的論述主要集中在它的「現實性」程度上，而所有的論者又一致認為所指並不是「一個事物」，而是該「事物」的心理再現。〔註286〕

所謂的心理再現，也就是「概念」（concept）。而「能指」是一個中介者，必須有一個相對應的實體物質。若以「牛」為例，能指是讀音「ㄋㄧㄡˊ」，所指是「牛」的概念，而非「牛」這個動物本身。但是「牛」不一定要發展成讀音「ㄋㄧㄡˊ」，也不一定要與「牛」這個概念產生關係，它應該存在著任意（arbitraire）的關係。只是集體約定俗成的將讀音「ㄋㄧㄡˊ」與概念「牛」結合，則這樣的「意指」（signification）不但不具有任意性，還形成一種具有意義的符號。羅蘭·巴特解釋「意指」時說：

> 意指（signification）則可被理解為一個過程，它是將能指與所指結成一體的行為，該行為的產物便是符號。〔註287〕

總上，「能指」與「所指」間本來是沒有任何關聯，是可以任意約定的。但是在言語使用者的集體約定中，「能指」與「所指」會逐漸結合，「意指」而成為「符號」。個人會在「符號」的選擇與使用過程，形成自己的「言語」行為。只是這樣的「言語」若要產生意義或與社會其他的人互動溝通，就必須在共同的社會契約下，產生集體性的語言系統。符號學正是強調這樣的「集體性」。

倘若運用符號學的概念在《西遊原旨》的研究上，小範圍的來看，劉一明上承內丹對符號運用的傳統，將《西遊記》的利用不同的方法拆解文字與情節，重新賦予內丹意義。大範圍的來看，《西遊記》本身就可以是個符號，透過清刊本詮評者不同角度的切入，帶出同樣的內丹解釋，形成一種集體性的詮釋。符號學解釋《西遊原旨》之所以可能，在於道教從援引《易經》卦象解釋火候抽添、透過文字名相解釋周天運行，或者在三教合一的過程，融

〔註285〕〔法〕Roland Barthes 著，王東亮等譯：《符號學原理》（北京：三聯書店，1999年），頁3。
〔註286〕同前註，頁33。
〔註287〕同前註，頁39。

攝儒、釋二家名詞，予以道教化的詮釋……等，可知在中國傳統中雖然沒有符號理論的建構，卻在道教中可以找到符號學的實踐。

（二）讀者反應

讀者反應批評也提供足以借鏡的理論。一本文學作品並不擁有單一正確的指定意涵。他的閱讀意義，會在不同的閱讀過程中不斷反應。換句話說，當不同的作者帶著不的背景、階級、文化等經驗閱讀作品，文本將會因為讀者期待視界不同，滋生新的意涵。同理，劉一明從「道士」的視角，解碼《西遊記》的文字後，他將可透過新的語言詮釋，在小說《西遊》中找到內丹《西遊》。或許，劉一明又將成為另外一個新的解讀者。對於其他閱讀者來說，閱讀《原旨》必有隔閡，但對劉一明或者其所設定閱讀的「道士文化圈」，他們會有共同的語言與共同的了解，形成他們之間的「約定俗成」。而這樣的閱讀沒有文學賞析的需求，因為劉一明著書的目的在「傳性命雙修之道」，是以目的取向，當然也就跳脫了文學批評。另外，文本中的暗示也將引導讀者，在閱讀的過程中與文本合而為一。以《西遊原旨》的研究來說，似乎牽涉到《西遊記》文本道教化的過程。亦即文本中若隱若顯的道教思想與文字，將牽動與暗示著讀者，朝所指方向解讀。這樣的指示倘若成立，則《西遊記》在清批評本中的共同所指，似乎也就值得注意與討論了。

（三）文化研究

文化研究涵括的範圍甚為廣大，目前似乎沒有確切的學科界限與定義。根據羅綱、劉象愚在〈文化研究的歷史、理論與方法〉一文中比較文化研究與傳統文學研究的不同，提出文化研究的諸多傾向：

> 1. 與傳統文學研究注重歷史經典不同，文化研究注重研究當代文化；2. 與傳統文學研究注重精英文化不同，文化研究注重大眾文化，尤其是以影視為媒介的大眾文化；3. 與傳統文學研究注重主流文化不同，文化研究重視被主流文化排斥的邊緣文化和亞文化，如資本主義社會的工人階級亞文化，女性文化以及被壓迫民族的文化經驗和文化身分；4. 與傳統文學研究將自身封閉在象牙塔中不同，文化研究注重與社會保持密切的聯繫，關注文化中蘊含的權力關係及其運作機制，如文化政策的制定和實施；5.提倡一種跨學科、超

學科甚至是反學科的<u>態度與研究方法</u>。〔註288〕
文化研究幾乎無所不包，無論是主流的大眾文化，抑或是被主流排斥的邊緣
文化，都可以是文化研究的對象。簡言之，文化的存在應該是一連串現象的
互動後，所產生的意義。而這所謂的現象，可以是文學文本的出版，也可以
是政經制度對文化的影響，當然也可以是主流與非主流思潮的相互激盪……
等。若將這樣的文化視野落實在《西遊記》的研究，也可說明文學作品的產
生，不只是獨立的個體，應該也有來自其他作品與文化思潮的互動。換言之，
《西遊記》故事規模的確立，既有故事演變過程對傳說、戲曲的揉雜，也與
儒釋道發展過程中理論互用、融通的特色有關，這是《西遊記》與其他文本、
社會文化互動後產生的結果。而劉一明的《西遊原旨》是評點《西遊記》的
作品，卻因為作為清刊本《西遊記》內丹詮釋的一支，形成了另外一個文化
範疇。更確切的說，清刊本將《西遊記》的主題界定在內丹修煉，使得《西
遊記》原來大眾閱讀的通俗性，逐漸變成以道士讀者為主的小眾閱讀。依照
文化研究的假設，社會思潮對文學詮釋將產生影響，那麼清刊本《西遊記》
所形成的特殊現象，也可以是文化研究的課題。

　　整體來說，這本論文只是一種嘗試。嘗試在「文學西遊」之外，找到「文
化西遊」。誠如李豐楙所言：

> 若只是習慣於從「純」文學定義何者為藝術性小說，就容易疏忽了
> 文學解讀的多義性，因而常會有意無意地忽略了小說、特別是出身
> 修行小說的神魔意識，即是宗教學中的解罪、救贖問題。……〔註289〕

當文學史與小說史忽略了清評本《西遊》在文化中的位置，當道教內丹真實
存在於文化中，那麼似乎就又有了個重新檢討傳統小說研究的角度與機會了。

三、論文觀點

　　劉一明說《西遊記》：「闡三教一家之理，傳性命雙修之道。」〔註290〕龔
鵬程則用生命角度去感受：

〔註288〕羅鋼、劉象愚主編：《文化研究讀本》（北京：中國社會科學出版社，2000年），
　　　　前言，頁1。
〔註289〕李豐楙：〈出身與修行──明末清初「小說之教」的非常性格〉，《明清文學與
　　　　思想中之主體意識與社會》（台北：中央研究院中國文哲研究所，2004年），
　　　　頁305。
〔註290〕《西遊原旨》，卷首，頁12，總頁31。

由人性之自我實現和完成來看，此書（《西遊記》）展現了驚人的深
度，在整個寓意結構中，它揭示了內在自我修持的過程。……由外
在秩序之建立來看，樂土的追尋，必發軔於於自我意識之覺醒。而
所謂樂土，必是自我理想的投射，並安頓到某種新秩序中。……就
天命的運作來看，孫悟空本是自然渾沌中迸現的原始生命，……但
是由自然生命斂才就範，到淨土證道的追尋，這整個運作過程的推
動力量，卻是天命。〔註291〕

閱讀本來就會因爲讀者不同的生命經驗，有著多元的詮釋。又加上《西遊記》
文本承載著宗教上的文字與題材，也就豐富了詮釋的可能。本論題的提出，
也只是透過劉一明的閱讀，重新省思《西遊記》的多樣詮釋。首先，《西遊原
旨》是攀附在《西遊記》文本下而產生，因此有較多的篇幅討論《西遊記》
故事的演變，希望從中了解《西遊記》在百回本寫定之前，究竟加入了哪些
足堪內丹詮釋的文字或寓意。

其次，從劉一明的《西遊原旨》切入，一方面從《原旨》本與世德堂本
故事版本的兩相對照，發現《西遊原旨》的實用取向，高過於文學欣賞。甚
至在整個形式與篇章的刪減，都相當程度的呈現「實用」特色。另一方面，
再從劉一明對《西遊記》的內丹解讀，透過文字與符號的轉譯，結合《西遊》
故事與內丹思想，成爲一種新的小說詮釋。最後則討論劉一明將小說故事與
內丹思想轉換過程中，所呈現出的文化特色或詮釋意義，希望能夠從不同的
研究路向，看待劉一明的《西遊記》解讀。

承前所言，這個論點的提出，既不強調道教詮釋的重要性，也無意將過
去《西遊記》豐富的研究成果就此定位成道教解讀。只是道教成爲文化中的
一環，在台灣《西遊記》的道教研究卻是相對少，因此本論文嘗試結合小說
與道教，希望從《西遊原旨》出發，既解讀劉一明的內丹評點，也關注《西
遊記》道教評點如何可能。

〔註291〕龔鵬程：〈神話與幻想的世界：人文創造與自然秩序〉，《中國小說史論》，頁
134。

第二章 《西遊原旨》的內丹形式

　　《西遊記》並非一人一時一地所完成，根據前一章討論，直線的從玄奘取經的行狀史實、增添想像元素的故事戲曲，乃至於故事簡本與繁本的刊行，都可以看到《西遊記》故事相承、發展的軌跡。若從橫向的融攝來說，孫悟空可能有印度哈奴曼的影子，也可能來自黃土高原的孫悟空傳說或福建的猴神崇拜，沙和尚可能來自密教深沙神。語言方面，有學者從兒尾方言證明《西遊記》與杭州有關，以詩賦偈贊的方言韻字認為與湘地區語言有關。有從情節看，如孫悟空被壓在五指山，可能來自《舍利佛問經》；老黿馱唐僧過通天河，可能出於《雜寶藏經》……等。由此可知，《西遊記》規模的成型，應該是多方傳說、故事、典籍等共同揉雜而成，亦即《西遊記》是一個豐富且多元的文化總合。

　　根據宋莉華對明清小說傳播的研究，因為「文化的通俗化傾向」、「作者的職業化與小說的商品化傾向」，讓明嘉靖至清康熙年間（1522～1722）成為「小說傳播的黃金時期」。〔註1〕其中神魔小說與艷情小說的興起，反映出明中葉以後社會的崇道之風。他提及《西遊記》的出版：

> 作為神魔小說代表的《西遊記》成書於嘉靖年間，《封神演義》成書於稍後的隆慶、萬曆間。自萬曆二十年（1592）刊刻行世之後，神魔小說的創作便一發不可收拾，其數量甚至超過了一直居於通俗小說主導地位的歷史演義小說。從其題材內容看，也並不僅限於道教小說，而是佛道雜出，作品中的思想則是三教混一，體現出民間化道教的特點。僅就其中道教的描寫來看，也做了民間化的處理，側

〔註1〕 宋莉華：《明清時期的小說傳播》（北京：中國社會科學出版社，2004年），頁37至頁43。

> 重於驅鬼斬妖、降福去禍等現實功利目的。……神魔小說的大量出
> 現是《西遊記》成功而引起的連鎖反應。〔註2〕

在崇道風氣的推波助瀾下,神魔小說的創作應運而生。又加以「文學自身的影響力」,〔註3〕此類小說刊行後,讀者的接受與產品的流通,讓《西遊記》逐漸成爲通俗、通行小說,也帶動了神魔小說的創作與銷售市場。67 則的朱鼎臣《西遊釋厄傳》本、40 則的陽至和《唐三藏出身全傳》,以及百回的世德堂本、楊閩齋本、李卓吾評本《西遊記》,即是此一時期的產物。

相對於明刊本《西遊記》所形成的通俗閱讀現象,《西遊證道書》以後的清刊本《西遊記》,都將主題定位爲心性煉養與內丹功法,閱讀對象的設定似乎也限縮在有志於性命的讀者。例如陳士斌詮釋的目的是:

> 揭數百年褻視之《西遊》,示千萬世知音之嚮往。〔註4〕

此所謂「知音」,自然屛除將《西遊》泛泛閱讀者,直指知此爲性命功法之學道者。又如劉一明《西遊原旨》爲使天下學者盡得丘祖眞諦,遂補缺詳略,目的在於:

> 俾有志于性命之學者,原始要終,一目了然,知此《西遊》乃三教
> 一家之理,性命雙修之道。庶不惑於邪說淫辭,誤入分道傍門之塗。
>
> 〔註5〕

劉一明認爲汪象旭的評點「以心猿意馬解,皆教門之瞎漢」,〔註6〕又認爲陳士斌的解釋旨趣未明,因此他逐字逐句解釋,只爲契應丘祖的內丹學說,讓學道者有規則可循,不至於落入傍門邪說。換言之,劉一明已經《原旨》的閱讀者定位在「有志于性命之學者」。由此清刊本《西遊記》無論是在閱讀者的設定,或者是閱讀主題的詮釋,都較明刊本《西遊記》呈現小眾化的傾向。

第一節　版本增刪的意義

目前所見的清刊本《西遊記》,共有七本:分別是汪象旭與黃周星共同註

〔註2〕　同前註,頁 42 至頁 43。
〔註3〕　同前註,頁 43。
〔註4〕　〔清〕陳士斌:《西遊眞詮》,《古本小說集成》(上海:上海古籍出版社,1990年),第一回,頁 9,總頁 17。爲求行文方便,後文簡稱《眞詮》
〔註5〕　〔清〕劉一明:《西遊原旨》,《古本小說集成》,卷首,頁 17,總頁 42。爲求行文方便,後文簡稱《原旨》。
〔註6〕　同前註,卷三,第七回,頁 10,總頁 213。

評的《西遊證道書》，成書於康熙年間（1633～1666）；悟一子陳士斌評註的《西遊眞詮》，也是康熙年間成書（1696）；張書紳評註的《新說西遊記》最遲在乾隆十三年（1748）已經成書，是唯一以《大學》、《中庸》、《尚書》、《論語》與《孟子》等儒家典籍詮釋的清刊本，認爲《西遊記》的目的在「教人誠心爲學，不要退悔」；〔註7〕劉一明評註的《西遊原旨》，成書於乾隆二十三年（1758）；《通易西遊正旨》是張含章的註本，最晚在道光十九年（1839）成書；釋懷明評註的《西遊記記》，最晚成書於咸豐歲六年（1856）；還有含晶子所作的《西遊記評註》爲，光緒十七年（1891）已成書。

　　整體而言，清刊本在「作者確認」、「評點主題」、「故事回目」等，皆從《西遊證道書》一脈相承。與目前所見最早百回本世德堂本《西遊記》〔註8〕比較，清刊本都認爲元初全眞道士丘處機是《西遊記》的作者，除了《新說西遊記》外，都將《西遊記》的主題指向心性煉養與內丹功法。此一部分在第一章第一節已討論，不再贅述。在「故事回目」部分，《西遊證道書》加入江流兒故事，並將原來世德堂本第九回至第十二回的回目，重新鎔鑄成三回。這樣的的編排與重整，屏除《西遊記評註》未見而無法確認外，也被清刊本承襲。茲將世德堂本與清刊本相關回目，製表如下：

世德堂本回目	清刊本回目
	第九回　陳光蕊赴任逢災，江流僧復讎報本
第九回　袁守誠妙算無私曲，老龍王拙計犯天條	第十回　老龍王拙計犯天條，魏丞相遺書托冥吏
第十回　二將軍宮門鎮鬼，唐太宗地府還魂	第十一回　遊地府太宗還魂，進瓜果劉全續配
第十一回　還受生唐王遵善果，度孤魂蕭瑀正空門	第十二回　玄奘秉誠建大會，觀音顯像化金蟬
第十二回　玄奘秉誠建大會，觀音顯像化金蟬	

　　整體而言，《西遊證道書》加入了江流兒的完整故事，並獨立成一回。其內容除卻原缺的第一、二頁外，內容全部都是敘述文字，沒有韻文。《證道書》因爲此回的加入，勢必將原來百回本的結構重新整理，於是就把世德堂本第九回至第十二回的故事與文字，經過刪減與改寫後重編成三回。除此之外，《證

〔註7〕　〔清〕張書紳：《新說西遊記》，《古本小說集成》，總論，頁1，總頁2。
〔註8〕　即《新刻出像官板大字西遊記》，是可考的百回本中最早刊行者。爲求行文方便，後文簡稱「世德堂本」。

道書》也重整其他各回故事內容，以第九回文字爲例，提到陳光蕊中舉後跨馬遊街一段：

> ……及廷試三策，唐王御筆親賜狀元，跨馬遊街三日。不期遊到丞相殷開山門首，有丞相所生一女，名喚溫嬌，又名滿堂嬌，<u>未曾匹配與人</u>（未曾婚配），（正）高結綵樓，拋打<u>繡毬</u>（繡毬卜婿）。<u>正</u>（適）值陳光蕊在樓下經過，小姐一見光蕊人材出眾，□（知）是新科狀元，心内十分歡喜。就<u>在綵樓上，</u>（X）將<u>繡毬</u>（繡毬）拋下，<u>正</u>（恰）打著光蕊的烏紗帽。<u>只</u>（猛）聽得一派笙簫細樂，十數個婢妾走下樓來，把光蕊馬頭挽住，迎狀元<u>入了相府</u>（入相府成婚）。〔註9〕

《眞詮》、《新說西遊記》與《原旨》在文字的敘述上完全相同，《證道書》則有少數出入，但不影響情節架構。又以第八十六回的韻文爲例，《證道書》、《眞詮》與《原旨》都只有故事敘述，並未出現韻文；而《新說西遊記》則同世德堂本有韻文八首，文字敘述也較爲相似。再以第九十回爲例，玉華州州主遣三子拜悟空師兄弟三人爲師，未料悟空等人兵器被獅怪所奪。《證道書》、《眞詮》、《新說西遊記》與《原旨》寫悟空前往太乙天尊處尋求協助一段，情節都較世德堂本完整（相關比對可見後文）。總上抽樣比對後可推測，《證道書》、《眞詮》與《原旨》有著相似的文字底本，其中《眞詮》與《原旨》幾乎全同，《新說西遊記》則不一定相同。再比較清刊本與世德堂本，各回的標題、順序、起訖完全相同，只是行文繁簡的區別而已。此外，金山寺和尚法號都是「法明」，第九十一回玄英洞妖精認得唐僧與否前後文都產生矛盾……等，或可推知清刊本《西遊記》的故事版本若非來自世德堂本，即與世德堂本有相同來源。

　　過去研究者多以抽樣方式比較世德堂本與清刊本的差異，本節嘗試全面核查世德堂本與《西遊原旨》，從「韻文篇章」、「散文敘述」以及「九至十二回的重組」三個面向，討論二者所呈現之文本差異及其意義。必須說明的是，第一章已提及以《西遊原旨》爲研究對象的原因，在於劉一明著作的完

〔註9〕　〔清〕汪象旭、黄周星：《西遊證道書》，《古本小說集成》，第九回，頁3，總頁177。《西遊眞詮》，第九回，頁1，總頁212。《新說西遊記》，第九回，頁11，總頁258。《西遊原旨》，第九回，頁2，總頁263。此段比對文字以《證道書》爲底本，即大字標楷體部分；校之以《眞詮》、《新說西遊記》與《原旨》，即小字括弧部分。大字標楷體下註底線者，表示不同處。又，其他清刊本《通易西遊正旨》前十回原缺、《西遊記記》僅有註文、《西遊記評註》未見，故此處不討論。

整刊行，足以系統性的說明小說《西遊》轉化成內丹《西遊》的可能理據。其次，《原旨》與《證道書》、《眞詮》是相似的文字底本，因此增刪的著作權當歸於較早成書的《證道書》或《眞詮》。惟本論文討論的主體是《西遊原旨》，為求行文清楚，故以《原旨》作為比對對象，若與《證道書》或《眞詮》有文字上的相異，僅在註解中說明。再者，劉一明曾批評《證道書》與《眞詮》，換言之，他讀過這兩本評點當無疑義，但並無證據顯示劉一明見過世德堂本。然而本章將《原旨》與世德堂本作比對，除了世德堂本是目前可見最早的百回本外，它也代表著明中葉以後「通俗取向」的神魔小說，不同於「內丹取向」的清刊本。或許可以透過兩者的比較，尋繹版本形式上的實用意義。

一、韻文篇章的刪減

　　清刊本《西遊記》在相關討論中，往往被認為是「道家學者為附會道學而妄加斫改，以至於骨架雖存，而風神已大異」。〔註10〕從文學欣賞的角度，這樣的評論誠然公允。但清評者顯然是透過《西遊記》延伸個人認識，重視的是取經故事的微言大義，而非文學《西遊》人物塑造與情節構築。即便劉一明對《證道書》、《眞詮》的評點有所批駁，但討論的主體仍在《西遊》故事所造成的「內丹意義」，而不是「文學效果」。換言之，《西遊記》對道教詮釋者而言，在內丹功法上的實用意涵，是遠勝於情節脈絡的文學意義。於是他們藉由對文字的解密，傳達的是故事背後隱而未顯的宗教意涵，因此在情節的刪減上，較少顧及文學優美意境，較多的是證道義理的詮釋。但《西遊記》作為長篇章回小說，仍承襲「說書」的敘事模式。如短篇話本小說常見之「話說」、「且說」、「但見」……之類的套語，又如「欲知後事如何，且聽下回分解」、「畢竟不知結果如何、且聽下回分解」等為造成聽眾懸念的結束語。此外，詩詞韻文的運用，也可見相承軌跡。就《西遊記》的結構來看，除了入話詩和篇末詩的形式被保留外，正文故事中也會夾雜著詩詞韻文，只是則數多寡不一。（參見附錄表六：《西遊原旨》韻文保留統計表）

　　這一節先討論世德堂本與《原旨》的韻文。從形式上來看，兩書在行文中若有韻文，都會另起一行，並下降一格，在版式上統一處理。

〔註10〕鄭明娳：《西遊記探源》（台北：里仁書局，2003 年），頁 201。

（一）刪減韻文的實用取向

剔除第九回至第十二回，〔註11〕相較兩者韻文的著錄，世德堂本的韻文總共 766 篇，《原旨》本保留 309 篇，約佔原來 40%。其中第六回（4）、第三十三回（3）、第五十二回（5）、第七十六回（3）、第八十六回（8）以及第九十二回（5），《原旨》本將韻文盡刪，無一保留。

以第八十六回爲例，寫得是隱霧山上，師徒四人中了豹子精的「梅花分瓣計」，悟空、八戒合力劏妖救唐僧的過程。世德堂本在此回有韻文 8 篇，分別是：「折岳連環洞」之形容、孫悟空自述來歷、八戒與豹子精先鋒爭戰、悟空變化成有翅螞蟻、樵子家舍、樵子招待野菜蔬果佳餚、三藏慨歎路途遠以及卷末詩。「原旨本」除了刪減韻文外，有時還會將前後文字一併刪減。如世德堂本寫四人飽餐過後，樵子出門相送，三藏在馬上慨歎一段：

> 師徒們飽餐一頓，收拾起程。那樵子不敢久留，請母親出來，再拜，再謝。樵子只是磕頭，取了一條棗木棍，結束了衣裙，出門相送。沙僧牽馬，八戒挑擔，行者緊隨左右，長老在馬上拱手道：「樵哥，煩先引路，到大路上相別。」一齊登高下坂，轉澗尋坡，長者在馬上思量道：「徒弟啊！自從別主來西域，遞遞迢迢去路遙。水水山山災不脫，妖妖怪怪命難逃。心心只爲唐三藏，念念仍求上九霄。碌碌勞勞何日了，幾時行滿轉唐朝。樵子聞言道：「老爺切莫憂思。這條大路向西方不滿千里……。」〔註12〕

《原旨》本僅以「供奉師徒飽餐一頓，收拾起程。那樵子遂引上路，道：『老爺切莫憂思。這條大路向西方不滿千里……』」〔註13〕記述。總計世德堂本用了 182 個字描寫的情節，《原旨》本僅以 33 字概括之，在文字上甚爲精簡。

《原旨》本也有將世德堂本韻文僅留下 10%者，如第十六回（1/9/－O）〔註14〕、第二十八回（1/9/－O）、第三十二回（1/8/X）、第四十八回（1/7/O）、

〔註11〕前已論及，清刊本的共同特色是插入第九回，並將世德堂本第十至十二回重新編排。因此，筆者認爲第九回至第十二回當屬特例，於此暫且擱置，後文將另起討論。

〔註12〕世德堂本《西遊記》，卷十八，第八十六回，頁 13，總頁 2214。

〔註13〕《西遊原旨》，卷二十一，第八十六回，頁 8，總頁 2474。《證道書》作：「供奉師徒飽餐一頓，收拾起程。那樵子殷勤相送，引上大路，道：『老爺切莫憂思。這條大路向西不滿千里……。』」第八十六回，頁 9，總頁 1709。

〔註14〕按：第一個數字代表「原旨本」留用篇數，第二個數字爲世德堂本韻文篇數，O 代表有註解，X 爲無註解，一則代表刪節。以下皆同。

第六十回（1/9/X）、第七十五回（1/10/－○）以及第八十一回（1/8/－○）等。
以第十六回爲例，故事敘述悟空與唐僧行經觀音院，因悟空炫耀袈裟，卻引
發該院和尚貪念，最後被黑風怪趁火奪袈裟。世德堂本原有描繪寺院韻文 2
篇、和尚與老僧 2 篇、悟空變化、老僧計敗撞牆、袈裟形容、僧院火勢以及
卷末詩各 1 篇，共 9 篇。《原旨》本僅保留老僧撞得腦破血流、氣斷魂魄散一
詩。只是原來世德堂本詩爲：「堪嘆老衲性愚蒙，枉作人間一壽翁。遇得袈裟
傳遠世，豈知佛寶不凡同。但將容易爲長久，定是蕭條取敗功。廣智廣謀成
甚用，損人利己一場空。」〔註15〕《原旨》本改爲：「堪嘆老衲性愚蒙，計奪
袈裟用火攻。廣智廣謀成甚用，損人利己一場空。」〔註16〕劉一明並作註：

> 可知執心之輩，盡是自害其家當，而不能成全其家當。自害其家當，
> 終亦必亡而已，可不畏哉？詩云：「堪嘆老衲性愚蒙，計奪袈裟用火
> 攻。廣智廣謀成甚用，損人利己一場空。」提醒世人，何其深切！
>
> 〔註17〕

亦即透過觀音院老僧的遭遇，警醒世如果只是執著在心物上，往往自害甚深，
損人又不利己。

又如第四十八回，故事敘述唐僧一行人受阻於通天河，河中鯉魚精靈感
大王起風雪將河面結冰。三藏心急西行，因此中計落河。世德堂本有形容天
氣庭園韻文 3 篇、妖邪形象、唐僧寒冷、名畫以及卷末詩各 1 篇。《原旨》照
錄卷末詩：「誤踏層冰傷本性，大丹脫漏怎周全。」〔註18〕劉一明以爲「通天
河」意喻取經之中道，丹法之正途。還丹過程中，本該審明火候，陰陽調節，
防危慮險，循序漸進。然而唐僧心急拜佛，八戒氣躁疾行，最後身陷河中。
劉一明認爲這是：

> 不知明心見性，堅執一偏，妄冀神化，則性之未了，即命之未全。
> 稍有所失，前功俱廢，性命兩傷矣。故結曰：「誤踏層冰傷本性，大
> 丹脫漏怎周全。」觀此而吾所謂通天河，爲結大丹之事，可不謬矣。
>
> 〔註19〕

〔註15〕世德堂本《西遊記》，卷四，第十六回，頁 12，總頁 386。
〔註16〕《西遊原旨》，卷五，第十六回，頁 7，總頁 490。
〔註17〕同前註，頁 12，總頁 499。
〔註18〕《西遊原旨》，卷十二，第四十八回，頁 8，總頁 1363。《證道書》未保留此
　　　篇韻文，第四十八回，頁 8，總頁 942。
〔註19〕同前註，頁 11，總頁 1370。

總結第四十八回故事寓意，認為此難正說明燥心不休，則法身必沉，大丹難結。以僅錄 10%的七個回目分析，世德堂本原有韻文 60 篇，《原旨》保留 7 篇，其中 5 篇有註，有註篇章中又有 4 篇有刪節。

除刪減外，《原旨》也有將韻文全數保留，但僅二例。以三十八回（4/4/4O）為例，落水而死的烏雞國國王，夜見唐僧，述說冤屈。悟空藉烏雞國太子探詢皇后，以見夢境真假。世德堂本有開卷詩、娘娘敘述與國王之情各 1，以及悟空、八戒形容御花園衰敗 2 篇。其中御花園 2 篇皆節錄，如悟空所見原 16 句 100 字，《原旨》節錄其中 8 句：「綵畫雕欄狼狽，寶粧亭閣欹歪。芍藥荼薇俱敗，牡丹百合空開。丹桂碧桃枝損，海榴棠棣根歪。橋頭曲徑有蒼苔，冷落花園境界。」八戒所見則原 26 句 130 字，《原旨》改其中兩句而為：「一種靈苗秀，天生體性空。淒涼愁夜雨，憔悴怯秋風。葉葉抽青翰，心心捲碧筒。緘書成妙用，揮灑有奇功。」，〔註20〕其他 2 篇照錄，皆有註。然劉一明註御花園 2 篇說：

> 行者歎花園，是見其敗而欲其興；八戒築芭蕉，是去其空而尋其實。
>
> 〔註21〕

劉一明重視御花園形容篇章所透顯之狼狽、欹歪、淒涼、憔悴之敗象。能見此敗象，才有興敗起衰的可能，也才有後文八戒入井駝出國王死屍、悟空讓國王起死回生等故事發展。

再以四十六回（5/5/4O1X）為例，取經四眾行經車遲國，與虎力、羊力、鹿力祈雨勝後，正準備倒換關文西行時，三力又提出維護名譽的賭鬥。《原旨》保留世德堂本 5 首韻文，分別是：悟空自誇手段 1 篇、三藏與八戒錯認悟空死於油鍋中之祝文 2 篇、車遲國王眼見三國師敗戰慨歎以及卷末詩各 1 篇。其中悟空自誇手段，世德堂本作：

> 砍下頭來能說話，剁了臂膊打得人。扎去腿腳會走路，剖腹還平妙絕倫。就似人家包匾食，一捻一個就團圓。油鍋洗澡更容易，只當溫湯滌垢塵。」〔註22〕

〔註20〕《西遊原旨》，卷十，第三十八回，頁 5，總頁 1069。「葉葉抽青翰，心心捲碧筒」，世德堂本作「長養元丁力，栽培造化功」，卷八，第三十八回，頁 34，總頁 954。《證道書》並未保留悟空所見之韻文，但八戒所見韻文則同。第三十八回，頁 5，總頁 739。

〔註21〕《西遊原旨》，卷十，第三十八回，頁 12，總頁 1083。

〔註22〕世德堂本《西遊記》，卷十，第四十六回，頁 6，總頁 1289。

《原旨》則刪改爲：

> 砍下頭來能說話，剜心剖腹長無痕。油鍋洗澡更容易，只當溫湯滌
> 垢塵。〔註23〕

無註。其他四首皆原文照錄，並作註。如國王哀悼國師放聲大哭曰：「人身難
得果然難，不遇眞傳莫煉丹。空有驅神咒水術，卻無延壽保生丸。圓明鏡，
怎涅盤，徒用心機命不安。早覺這般輕挫折，何如秘食隱居山。」卷末詩曰：
「點金煉汞成何濟，喚雨呼風總是空。」劉一明註解說：

> 此仙翁哭盡一切傍門，不求眞師，而妄冀修仙，即如三力之賭勝爭
> 強，車遲之枉功空勞。吾願同道者，過車遲國勿爲外道所欺，急滅
> 諸邪可也。〔註24〕

其以三力燒丹祈禳只是骨頭皮面上作功夫，相較於悟空之至眞了性，實爲傍
門左道。因此劉一明認爲丘處機藉車遲國王之哭，哭盡傍門之害，只爲使學
道者劈破邪門，循歸正途。此二回韻文共 9 首，《原旨》全錄。其中註有 8 篇，
3 篇節或改；1 篇未註，且改。

　　整體來看，《原旨》本之於世德堂本韻文，除了「保留」外，還有「註解」
與「刪改」的情形。倘若從各回註錄分析，世德堂本共有韻文 766 篇，《原旨》
本保留 309 篇，佔原來總數的 40%。其中有 202 篇附上註解，約佔保留韻文的
65%；其餘 107 篇，只做故事承轉之用。又，保留之韻文中，被刪節或改寫共
有 92 篇，約佔 30%。被刪改的韻文中，有註解的 56 篇，佔註解韻文數量的 28%；
未註解的 36 篇，佔未註解數量的 33%，兩者在比例上無太大差異。換言之，《原
旨》保有世德堂本 40%的韻文，而保留的韻文中，有 65%被賦予丹道意義。而
註解與刪節之間，對劉一明來說沒有必然的關聯性。因此，《原旨》面對《西遊
記》韻文，證道的「實用」價值，應高過於文學的「欣賞」價值。

（二）保留韻文的內丹註解

　　爲了更進一步看《原旨》如何處理保留的韻文，除將韻文分類外〔註25〕，

〔註23〕《西遊原旨》，卷十二，第四十六回，頁 7，總頁 1168。

〔註24〕同前註，頁 19，總頁 1316。《證道書》國王哀悼詩僅保留四句：「人身難得果
　　　　然難，不遇眞傳莫煉丹。空有驅神咒水術，卻無延壽保生丸。」第四十六回，
　　　　頁 12，總頁 907。

〔註25〕按：除開卷詩與卷末詩外，本文依韻文描寫的內容分爲七類：西行路中所見山
　　　　川風景、廟宇古刹、亭台樓閣、仙境洞府，皆屬「山水景物」；出身來歷、人民
　　　　景況、手段變化、精怪形象等，皆屬「人物情狀」；設齋筵席、蔬果佳餚之類，

特從世德堂本韻文則數、《原旨》保留則數及其比例、《原旨》註解則數及其比例等，分析表列如下：（見附錄表七：韻文註解分析表）

	山水景物	人物情狀	宴會佳餚	風沙爭鬥	聯句歌吟	兵器物品	卷末詩	開卷詩	其他
世本則數	160	297	14	108	48	27	73	27	12
原旨則數	34	131	2	11	32	14	53	22	10
保留比例	21%	44%	14%	10%	67%	52%	73%	81%	83%
原旨註解	14	77	0	9	9	12	49	22	10
註解比例	41%	59%	0%	82%	28%	86%	92%	100%	100%

在這九類之中，保留與註解比例皆高的是「開卷詩」、「卷末詩」與「其他」。「開卷詩」有提綱挈領之用，所以《原旨》在保留 22 篇的「開卷詩」中，全部詳細註解之。如第一回詩曰：「混沌未分天地亂，茫茫渺渺無人見。自從盤古破鴻濛，開闢從茲清濁辨。覆載羣生仰至仁，發明萬物皆成善。欲知造化會元功，須看西遊釋厄傳。」劉一明註解說：

> 觀於部首一詩，末聯云「欲知造化會元功，須看《西遊釋厄傳》」，而知真人一片度世之婆心，不爲不切矣。蓋《西遊》之道，金丹之道，造化之道，無非元會之道。其中所言內陰陽、外陰陽、順五行、逆五行、火候藥物、天道人事，無不悉具。若有明眼者，悟得唐僧四眾，即陰陽五行之道；袈裟、錫杖、寶杖、金箍棒、九齒鈀，即元會之功；千魔百障、山川國土，即修真之厄；通關牒文、九顆寶印、三藏真經，即釋厄之印證。可以脫生死、出輪迴、超塵世、入聖基，能修無量壽身，能成金剛不壞，非釋厄而何？〔註26〕

開宗明義定位《西遊記》爲金丹之道、造化之道。雖然實則爲唐僧取經故事，但取經四眾所持法器棍杖、途中所遇精怪魔難，都有功法意義。因此劉一明自敘註解《西遊》之目的，在「追仙翁釋厄之心，仿陳公《真詮》之意，不揣愚魯，每回加一註腳，共諸同人，早自釋厄，是所本願。」〔註27〕亦即彰

皆屬「宴會佳餚」；爭戰賭鬥、風沙水火的描寫，皆屬「風沙爭鬥」；對答聯句、歌吟唱和，皆屬「聯句歌吟」；兵器來歷、鐘鼓燈籠的形容，皆屬「兵器物品」；頌子、榜文、占課、敕旨若爲韻文，則歸爲「其他」。

〔註26〕《西遊原旨》，卷二，第一回，頁 10，總頁 19。
〔註27〕同前註，頁 10，總頁 20。

顯故事《西遊》背後所蘊含之內丹《西遊》。

卷末詩在章回小說的定位上，有總結該回故事的效果，因此《原旨》亦多註解。同是第一回，故事末菩提祖師以「猢猻」形象，讓猴王姓孫，起名悟空，因此詩結：「鴻濛初闢原無姓，打破頑空須悟空。」劉一明註解此段，說：

> 知得此性，悟得此空，則一陰一陽之謂道，陰陽不測之謂神。有無
> 一致，色空無礙。至無而含至有，至虛而含至實。有用用中無用，
> 無功功裡施功。棄後天頑空，而修先天真空，方是廣大智慧。真如
> 性海，穎悟圓覺。本立道生，生生不息。雖曰有性，其實無性。雖
> 曰悟空，其實不空。故結云：「鴻濛初闢原無姓，打破頑空須悟空。」
> 〔註28〕

其以姓、性同音相擬，藉此說明道之根本為真性，靈明無染。受父母血氣，則為後天之性，視為頑空。內丹之道即要學道人從後天返先天，體悟無性之性，無空之空，故此言「原無姓（性）」、「須悟空」。一旦得以了悟，也就呼應了開卷詩「脫輪迴、出生死」之證真境界。

榜文、占課、頌子等「其他類」韻文，世德堂本共有 12 篇，除第四十五回虎力、鹿力拜三清的祝文各是 80 字、74 字，《原旨》本以「求賜些金丹聖水進獻朝廷」、「留些聖水與弟子們延壽長生」〔註29〕略過，其餘 10 篇皆留且註。如第十三回，三藏在雙叉嶺遭遇凶險，是一老叟出手相救，臨去時化作清風，跨白鶴，留下一張簡帖，有四句頌子：「吾乃西天太白星，特來搭救汝生靈。前行自有神徒助，莫為艱難報怨經。」劉一明註解為：

> 頌曰：「吾乃西天太白星，特來搭救汝生靈。」言雙叉嶺非真金而不
> 能脫災免難，生靈無所依賴也。「前行自有神徒助，莫為艱難報怨經。」
> 言過此一難，而前行自有神徒相助，彼此扶持，人我共濟，方可上
> 得西天取得真經，而不得以艱難中途自止，有失前程也。〔註30〕

於此特拈出「真金」與「神徒」，係因太白星即「太白金星」，若非太白金星相救，三藏難解此困。同回，再往前行，遇上「鎮山太保劉伯欽」，亦解三藏遇虎之難。劉一明解「鎮」字取其「真金」〔註31〕之義，仍是「非真金不能

〔註28〕同前註，頁17，總頁34。
〔註29〕同前註，卷十一，第四十五回，頁1，總頁1252。
〔註30〕同前註，卷五，第十三回，頁9，總頁400。《證道書》作「莫為艱難怨佛經」，
　　　　第十三回，頁4，總頁280。
〔註31〕同前註，頁10，總頁402。

脫災免難」。又，再往前行，救得被佛祖壓在五行山下之悟空。自此三藏西行，
有悟空解難。悟空即爲「他家不死之方」，亦即「眞鉛，又名金公，又名眞一
之精，又名眞一之水」，〔註32〕既是「眞金」，也是「神徒」，故頌子上說：「前
行自有神徒相助，彼此扶持，人我共濟，方可上得西天取得眞經。」簡單來
說，簡帖上的頌子，不只在故事上預知三藏前途的發展，劉一明更點出了孫
悟空所代表的「眞鉛」，在修煉上的關鍵性。

　　「兵器物品」類《原旨》本保留的 14 篇中，12 篇有註，註解比例多達
86%。屬於「兵器類」的有：第十九回豬八戒的「九齒釘鈀」詩，劉一明認爲
是「俱道性命之眞把柄」。〔註33〕第二十二回沙悟淨「降妖杖」詩，《原旨》
以其「長短由心，粗細憑意」，係是眞土神兵，但仍缺和合之法，故八戒與之
相爭，「木母剋刀圭」。〔註34〕第八十八回孫悟空「金箍棒」詩，以金箍棒重
一萬三千五百斤，代表「乾九五」剛健中正，「以見執中精一之理」，〔註 35〕
爲性命修煉不易之道。第九十五回玉兔「杵頭」詩，原爲土，在純陰廣寒宮
爲眞土；然其離宮下界，變爲假土，爲陰，故「此兌金之陰，不可不煉也」。
〔註 36〕屬於「物品類」的有：第三十七回三藏的「袈裟」詩，取「父冤未報
枉爲人」，以喻烏雞國太子生身父之陷，就如同內丹重要物質眞陽失陷。第七
十一回賽太歲與孫悟空之雌雄雙鈴詩，《原旨》解爲「鈴兒者，靈兒，即聖胎
嬰兒也。嬰兒未成，須借八卦爐中眞火以搏煉」，又言「二三如六循環寶，陽
極當以陰接之也」。〔註37〕屬於「藥品類」的有：第六十九回的「大黃」詩、
「巴豆」詩、「六物湯」詩、「馬兜鈴」詩，《原旨》以「大黃性寒，爲陰，無
也，故無毒。巴豆性燥，爲陽，有也，故有毒。每味一兩，一陰一陽之謂道
也」；又，六物湯是「老鴉屁爲離火、鯉魚尿爲坎水、王母臉粉爲己土、老君
爐火爲戊土、玉皇破巾爲兌金、困龍五鬚爲震木，攢此六物，烹煎融化而爲
一氣，有作有爲也」；再，「馬而曰兜則馬不行，不行則無爲而靜定。鈴者，
圓通空靈之物，言以道全形之事，乃頓悟圓通，無爲靜養之道也」。〔註38〕第

〔註32〕同前註，卷五，第十四回，頁 13，總頁 429。

〔註33〕同前註，卷六，第十九回，頁 10，總頁 566。

〔註34〕同前註，第二十二回，頁 10，總頁 646。

〔註35〕同前註，卷二十一，第八十八回，頁 13，總頁 2534。

〔註36〕同前註，卷二十三，第九十五回，頁 11，總頁 2726。

〔註37〕同前註，卷十八，第七十一回，頁 16，總頁 2066。

〔註38〕同前註，卷十七，第六十九回，頁 11 至頁 13，總頁 1987 至頁 1991。

七十三回，黃花觀百眼魔君所拿之藥，劉一明以其藥輕毒大，諷刺爐火採戰、內外兼修之傍門。總此，所註之韻文，皆與內丹功法有關。

「風沙爭鬥」類保留的韻文中，註解比例也多達82%。與前文所提相同，其有註解之篇章，皆與修道證眞有關。如第二十二回，八戒與沙僧爭鬥詩：「寶杖輪，釘鈀築，言語不通非眷屬。只因木母剋刀圭，致令兩下相戰觸。」〔註39〕八戒是木母，屬木中火；沙僧乃流沙河之妖，屬土，因有眞土假土之別，所以爲「刀圭」。沙僧當是取經團隊成員，但因未說出「取經人」三字，互不相識，故詩爲：「言語不通非眷屬。」五行相剋而言，木能剋土，故悟空（水中金）以不諳水性爲由，派遣八戒與之爭戰不休。然經惠岸行者點化後，沙僧加入取經團隊，自此五行匹配合和，取經團隊成型。《西遊記》中的精怪常能噴出火、沙、風等，也歸屬此類。如第四十一回，取經四眾遇上枯松澗火雲洞的紅孩兒。因紅孩兒將三藏挾持入洞，悟空、八戒與之相爭，紅孩兒從鼻子裡噴出火來，韻文寫著：

> 非天火，非野火，乃是妖魔修煉成眞三昧火。五輛車兒合五行，五行生化火煎成。肝木能生心火旺，心火致令脾土平。脾土生金金化水，水能生木徹通靈。生生化化皆因火，火徧長空萬物榮。妖邪久悟呼三昧，永鎮西方第一名。

劉一明註解這一段，說：「此妖精之邪火，而非天地之眞火，眞爲邪用，眞亦不眞。」〔註40〕認爲此爲邪火妄動作祟，致使悟空、八戒敗陣，沙僧獻計無用，五行受傷。就如同內丹修煉過程，心性不定，燥火爲害，致使客邪趁虛而入，金丹未成。總上來說，此類爭戰韻文的刪減，在故事閱讀可能少了爭戰的壯闊，或廝殺的精采，但僅止於欣賞的遺憾。但就故事發展而言，卻不影響情節的延伸。因此世德堂韻文108篇中，被大幅刪減成11篇，其中9篇有註，又是《西遊原旨》實用取向之證明。

縱然《原旨》是原《西遊記》內丹之旨，但是在內容上，仍需面對《西遊記》是小說故事的現實，因此必然留下韻文作爲故事的承接。例如「宴會佳餚」類，第五回孫大聖變成赤腳大仙，進入瑤池所見的景象是：

> 瓊香繚繞，瑞靄繽紛。上排著九鳳丹霞宸，八寶紫電墩。桌上有龍

〔註39〕同前註，卷六，第二十二回，頁5，總頁636。《證道書》僅留：「言語不通非眷屬，只因木母剋刀圭。」第二十二回，頁7，總頁454。

〔註40〕同前註，卷十一，第四十一回，頁10，總頁1158。

肝鳳髓、熊掌腥唇，珍饈百味般般美，異果嘉殽色色新〔註41〕

既有美味可口的佳餚，還有酒香撲鼻，使得大聖垂涎偷酒吃果，是亂天宮之端。第九十八回，四眾功成圓滿，如來差阿難、迦葉安排齋宴，那情景是：

> 寶燄金光映日明，異香奇品總難名。千層傑閣迎眸麗，一派仙音入耳清。脫卻凡胎能不老，吞將仙液得長生。向來受盡千般苦，今日榮華喜道成。〔註42〕

劉一明還是不能避免小說以韻文方式舖敘情節。這類韻文在世德堂本中有 14 篇，《原旨》留用 2 篇，都當作情節說明之用，未註。

又「聯句歌吟類」，如第六十四回荊棘嶺上三藏被精怪攝至木仙菴，有孤直公、凌空子、拂雲叟與勁節十八公與之聯句吟詠，《原旨》留有 12 首詩句，皆不註。第九十四回，三藏誤接天竺國公主招親綵球，國王安排鎮華閣之筵，宴請三藏。筵席中，三藏見金屏上懸掛四景圖並有題詩，一時興起提筆和詩。《原旨》本即保留此 8 篇韻文，無註。這兩類韻文的產生與故事情節的契合度較高，而註解的比例又偏低，或可視爲《原旨》本在面對小說情節上，不得不保留韻文作爲故事承轉的代表。

最後是「山水景物」與「人物情狀」兩類，在世德堂本一是 160 篇，一是 297 篇。《原旨》本分別保留 24 篇與 131 篇，各佔 21%與 44%。其中各註解 14 篇、77 篇，約佔 41%與 59%。若整理註解的篇章，可看出劉一明詮解的相似性。（1）取顏色。第二十八回黑松林碗子山波月洞的妖精形象：

> 青臉紅鬚赤髮飄，黃金鎧甲亮光饒。裹肚襯腰丹桂帶，攀胸勒脇步雲絛。一雙藍靛焦筋手，執定追魂取命刀。要知此物名和姓，聲揚二字喚黃袍。〔註43〕

以青、丹、藍、靛五行配木，紅、赤五行配火，黃、黃袍五行配土，所以稱作「木火土三物之假合一」。〔註44〕第七十三回，取經四眾見黃花觀之樓閣形容：「山溪環繞，樹密花香，柳間棲白鷺，渾如烟裡玉無瑕。桃內囀黃鶯，卻是火中金有色，彩禽飛語軟枝紅，宛然劉阮天台洞。」〔註45〕以白、金、玉

〔註41〕同前註，卷三，第五回，頁4，總頁138。

〔註42〕同前註，卷二十四，第九十八回，頁7，總頁2801。

〔註43〕同前註，卷八，第二十八回，頁6，總頁803。《證道書》並未保留此篇韻文，第二十八回，頁7，總頁569。

〔註44〕同前註，頁10，總頁811。

〔註45〕同前註，卷十八，第七十三回，頁1，總頁2097。《證道書》並未保留此篇韻

為白色，代表「白雪」；黃鶯為黃，代表「黃芽」。兩者皆屬燒煉之藥名，以此諷諭黃花觀為「燒茅煉藥、弄爐火的道士」。〔註 46〕（2）或取方位。第二回猴王向北行尋找混世魔王，見一險峻高山：「筆峰挺立透空霄，曲澗深沉通地戶。乃是三界坎源山，滋養五行水臟腑。」〔註 47〕《原旨》以北屬坎位，臟器屬腎臟，用以劈破世人「疑其腎臟有真陽，或守護陰精，或還精補腦，或心腎相交」，〔註 48〕實為傍門之道，故稱「混世魔王」，自欺欺人。第十三回三藏離開大唐邊境的山嶺上，見一魔王十分凶惡，他的形象是：

> 雄威身凜凜，猛氣貌堂堂。電目飛光艷，雷聲振四方。鋸牙舒口外，
> 鑿齒露腮旁。錦繡圍身體，文斑裹脊梁。銅鬚稀見肉，勾爪利如霜。
> 東海黃公懼，南山白額王。〔註 49〕

南方在八卦中為「離」位，臟器屬心。一旦「人心一起，則火性妄意而即遂之」，〔註 50〕危險即至。（3）摭取韻文中與內丹有關之文字。如第七回，猴王大鬧天宮之形容有 3 篇，分別是：

> 混元體正合先天，萬劫千番只自然。渺渺無為渾太乙，如如不動號
> 初玄。爐中久煉非鉛汞，物外長生是本仙。變化無窮還變化，三皈
> 五戒總休言。
>
> 一點靈光徹太虛，那條拄杖亦如之。或長或短隨人用，橫豎橫排任
> 卷舒。
>
> 猿猴道體配人心，心即猿猴意思深。大聖齊天非假論，官封弼馬是
> 知音。馬猿合作心和意，緊縛牢拴莫外尋。萬象歸真從一理，如來
> 同契住雙林。〔註 51〕

劉一明直截利用篇中「渺渺無為」、「如如不動」、「靈光太虛」、「拄杖隨人」、

文，第七十三回，頁 1，總頁 1434。
〔註 46〕同前註，頁 11，總頁 2118。
〔註 47〕同前註，卷二，第二回，頁 8，總頁 49。《證道書》並未保留此篇韻文，第二回，頁 9，總頁 41。
〔註 48〕同前註，頁 17，總頁 67。
〔註 49〕同前註，卷五，第十三回，頁 2，總頁 385。《證道書》並未保留此篇韻文，第十三回，頁 3，總頁 277。
〔註 50〕同前註，頁 8，總頁 397。
〔註 51〕同前註，卷三，第七回，頁 2，總頁 197。《證道書》並未保留第二篇「一點靈光徹太虛」，第三篇也僅錄四句：「猿猴道體配人心，心即猿猴意思深。馬猿合作心和意，緊縛牢拴莫外尋。」第七回，頁 4，總頁 142。

「歸眞從一」等文字，勾勒金丹成就後道體自然的境界，並認爲達成的關鍵在己身的心意和合，而非外求於鉛汞煉丹。

　　章回小說多半是文人寫作，從形式來看，原本就是透過韻散夾雜的形式，散文敘述，韻文刻劃，彌合無間的開展故事的情節。從文學角度來看，韻文也成爲文人在小說中展現創作才華的重要體裁，通常有很高的文學性。只是這樣的「文學效果」對《原旨》本來說，遠不如內丹「實用性質」重要，因此刪減泰半。雖然《原旨》本各韻文門類被保留與註解的比例不甚相同，但整體來說，無論是對採戰燒煉等傍門左道的譏諷、五行四象等修煉元素的闡釋、卦位火候等功法次第的推移、明心見性等性命兼論的修持，所註 202 篇，全部與「內丹功法」有關。由此可知，劉一明面對《西遊記》爲小說體裁，不得不保留部分篇章作爲故事承轉之用，但其中又多達 65%的篇章，被賦予內丹意義，這正符合其將《西遊記》視爲內丹經書，地位等同《悟眞篇》、《參同契》之詮評角度。

二、散文敘述的節略

　　無論《西遊記》被歸類爲神魔小說或內丹功法，其以「小說故事」的方式呈現，仍是一個客觀的事實。換言之，除了韻文篇章外，仍採用散文敘述的方式，鋪陳人物表情與故事轉合。而《原旨》所採用的詮釋版本，在情節上多所刪略。就字數而言，刪除最多的是第三十五回與第三十九回，世德堂本字數分別是 5628 字與 6376 字，而《原旨》版本則省略爲 2785 字與 3121字，都只有原來的 49%。相反的，保留字數最多的則是第一百回與九十八回，世德堂本字數分別是 4901 字與 6015 字，《原旨》則有 4786 字與 5468 字，各佔原來的 98%與 91%。若以全本字數來看，《原旨》敘述文字大約只有世德堂本的 69%。（見附錄表八：字數暨韻文刪註比例表）

（一）不影響故事發展的簡化特色

　　簡單來說，散文敘述在《原旨》版本的簡化，其所影響的是文學效果的呈現，故事的基本架構則不變。以第三十九回爲例，遭妖精殺害的烏雞國國主祈求三藏救命。悟空前往兜率天宮取得金丹救回國王後，一行人同進朝門倒換關牒，並使手段拿妖。一入朝門後，行者立身不動：

　　　　行者昂然答道：「我是南贍部洲東土大唐國，奉欽前往西域天竺

國大雷音寺，拜活佛求真經者。今到此方，不敢空度，特來倒換通
關文牒。」那魔王聞說，心中作怒道：「你東土便怎麼！我不在你朝
進貢，不與你國相通，你怎麼見吾抗禮，不行參拜！」行者笑道：「我
東土古立天朝，久稱上國，汝等乃下土邊邦。自古道：『上邦皇帝，
爲父爲君；下邦皇帝，爲臣爲子。』你倒未曾接我，且敢爭我不拜？」
那魔王大怒，教文武百官拿下這野和尚去。說聲叫「拿」，你看那多
官一齊踴躍。這行者喝了一聲，用手一指，教「莫來」，那一指，就
使個定身法，眾官俱莫能行動，真個是：「校尉堦前如木偶，將軍殿
上似泥人。」那魔王見他定住了文武多官，急縱身跳下龍床，就要
來拿。猴王暗喜道：「好！正合老孫之意，這一來就是箇生鐵鑄的頭，
湯著棍子，也打箇窟窿！」

　正動身，不期旁邊轉出一個救命星來。你道是誰？原來是烏雞
國王的太子，急上前扯住那魔王的朝服，跪在面前道：「父王息怒。」
妖精問：「孩兒怎麼說？」太子道：「啓父王得知，三年前聞得人說，
有個東土唐朝駕下欽差聖僧往西天拜佛求經，不期今日纏來到我
邦。父王尊性威烈，若將這和尚拿去斬首，只恐大唐有日得此消息，
必生嗔怒。你想那李世民自稱王位，一統江山，尚心未足，又興過
海征伐。若知我王害了他御弟聖僧，一定興兵發馬，來與我王爭敵。
奈何兵少將微，那時悔之晚矣。父王依兒所奏，且把那四個和尚，
問他個來歷分明，先定他一段，不忝王駕，然後方可問罪。」這一
篇，原來是太子小心，恐怕來傷了唐僧，故意留住妖魔，更不知行
者安排著要打。

　那魔王果信其言，立在龍床前面，大喝一聲道：「那和尚是幾時
離了東土？唐王因甚事著你求經？」行者昂然而答道：「我師父乃唐
王御弟，號曰三藏。自唐王駕下有一丞相，姓魏名徵，奉天條夢斬
涇河老龍。大唐王夢遊陰司地府，復得回生之後，大開水陸道場，
普度寃魂孽鬼。因我師父敷演經文，廣運慈悲，忽得南海觀世音菩
薩指教來西。我師大發弘願，情忻意美，報國盡忠，蒙唐王賜與文
牒。那時正是大唐貞觀十三年，九月望前三日。離了東土，前至兩
界山，收了我做大徒弟，姓孫名悟空行者；又到烏斯國界高家莊，
收了二徒弟，姓豬名悟能八戒；流沙河界，又收了三徒弟，姓沙名

> 悟淨和尚；前日在敕建寶林寺，又新收個挑擔的行童道人。」
>
> 魔王聞說，又沒法搜檢那唐僧，弄巧計盤詰行者，怒目問道：「那和尚，你起初時一個人離東土，又收了四眾，那三僧可讓，這一道難容。那行童斷然是拐來的。他教做什麼名字？何方人氏？有度牒無度牒？拿他上來取供。」……〔註52〕

世德堂本這段情節敘述總共841字，《原旨》版本大幅簡化敘述，僅以119字敘述：

> 行者昂然答道：「我是南贍部洲東土大唐國，奉欽差往西域天竺國大雷音寺，拜活佛求眞經者。今到此方，特來倒換通關文牒。」那魔王教取上關文看了道：「那和尚，你起初時一個人離東土，又收了四眾。那三個徒弟也罷了，這個行者形跡可疑。他教做什麼名字？何方人氏？有度牒無度牒？拿他上來取供。」……〔註53〕

世德堂本在故事的敘述上，透過悟空、妖精國王與太子間的對話，將悟空有意進朝挑釁除妖、烏雞國太子擔心傷了唐僧等要妖精國王確認一行人來歷，進而帶出原烏雞國國王假扮行童的情節。《原旨》本卻將內容簡化成只有悟空與妖精國王的對話，並將故事前情已論及的取經與三藏收徒來由等也刪去，只以「那魔王教取上關文看了」做爲故事的轉折。只是刪減的過程，有時也會造成語意不清，如魔王看了關文後問到「這個行者形跡可疑」，就世德堂本的情節來看，很清楚的可以知道指的是「前日在敕建寶林寺，又新收個挑擔的行童道人」。但《原旨》本因爲將中間過程全數刪除，只能在後文行者替他供答的韻文中才見端倪。

　　相較於世德堂本故事的繁複，《原旨》本往往將他認爲無關緊要的情節刪除。或者是故事情節的省略，或者是前文已提的避免重複，或者是人物間你來我往的對話，都在簡化之列。茲將《原旨》本刪減世德堂本的類項，分述如下：

1、缺少曲折的故事情節

　　相較於世德堂本故事情節的細膩描述，《原旨》本在不更改故事結構的前

〔註52〕世德堂本《西遊記》，卷八，第三十九回，頁47，總頁979。

〔註53〕《西遊原旨》，卷十，第三十九回，頁4，總頁1094。《證道書》僅部分文字有異，如「我是南贍部洲東土大唐國」作「我是東土大唐」，「他教做什麼名字？何方人氏？」作「他是何方人氏？叫什麼名字？」第三十九回，頁5，總頁757。

提下，以三言兩語輕描淡寫。如第十三回，三藏離開長安城後，帶著兩名隨從與馬展開西行取經的旅程。繼太白金星協助度脫寅將軍等三怪魔手後，失去隨從的三藏，又在雙岐嶺遇上猛虎。幸好遇見山中獵戶鎮山太保劉伯欽，不只除去猛虎保得生命安全，更是將三藏帶回家中以齋宴款待。

> 伯欽到了門首，將死虎擲下，叫：「你的們何在？」只見走出三四個家僮，都是怪形惡相之類，上前拖拖拉拉，把隻虎扛將進去。伯欽分付教趕早剝了皮，安排將來待客。復回頭迎接三藏進內，彼此相見。三藏又拜謝伯欽厚恩憐憫救命，伯欽道：「同鄉之人，何勞致謝。」坐定茶罷，有一老嫗，領著一個媳婦，對三藏進禮。伯欽道：「此是家母小妻。」三藏道：「請令堂上坐，貧僧奉拜。」老嫗道：「長老遠客，各請自珍，不勞拜罷。」伯欽道：「母親呵！他是唐王駕下差往西天見佛求經者。適間在嶺頭上遇著孩兒，孩兒念一國之人，請他來家歇馬，明日送他上路。」老嫗聞言，十分歡喜道：「好好好！就是請他。不得這般，恰好明日你父親週忌，就浼長老做些好事，念卷經文，到後日送他去罷。」〔註54〕

《原旨》將三藏引領至家中與母、妻相見以禮等情節省略，直接敘述伯欽母親希望三藏念經做些好事：

> 伯欽到了門首，將死虎擲下，叫小的們把虎扛將進去。分付剝了皮，安排將來待客。復回頭迎接三藏進內，彼此相見，坐定。伯欽又對他母親道：「這位長老是唐王駕下差往西天見佛求經者。孩兒請他來家歇馬，明日送他上路。」老嫗聞言，十分歡喜道：「好好！明日你父親週忌，就浼長老做些好事，念卷經文，又後日送他去罷。」〔註55〕

世德堂本用了253字將情節敘述完成，《原旨》本則簡化成125字，架構不變，只是少了故事的轉折。這裡《原旨》本還修正了世德堂本文字上的訛誤，世德堂本寫伯欽丟下老虎後，喊了一聲「你的們何在」，很可能是刊刻時，將形狀近似的「你」與「小」誤植。但是《原旨》本已經改爲「小的們」。

〔註54〕世德堂本《西遊記》，卷三，第十三回，頁33，總頁304。
〔註55〕《西遊原旨》，卷五，第十三回，頁5，總頁391。《證道書》僅部分文字有異，如「安排將來待客」作「安排待客」，「伯欽又對他母親道」作「伯欽又令母妻出見道」。第十三回，頁6，總頁283。

　　除了直截刪除外，《原旨》版本也會因應情節的刪除，將文字略作調整。如第七十四回，行經獅駝嶺之前，太白金星化作山林老者前來警醒前方路險。悟空跳上空中，不明前方有何危難，恰見巡山小妖敲梆搖鈴，遂變作「總鑽風」打探消息。既探聽三個大王有哪些手段，也探哪個要吃唐僧。當小鑽風提起三大王欲吃得唐僧肉以延壽：

> 行者聞言，心中大怒道：「這潑魔，十分無禮。我保唐僧成正果，他怎麼算計要吃我的人。」恨一聲，咬响鋼牙，掣出鐵棒，跳下高峰，把棍子往小妖頭上研了一研，可憐就研得像一個肉陀。自家見了，又不忍道：「咦！他倒是個好意，把些家常話兒都與我說了，我怎麼却這一下子就結果了他？也罷也罷，左右是左右！」好大聖，只爲師父阻路，沒奈何幹出這件事來。〔註56〕

相較於世德堂本，《原旨》對悟空心中憤怒的形容與描述，就少了些：

> 行者聽小鑽風說完了道：「你們說的果然不差。我今日且不問你要見面錢，你原著先來的這個跟我見大王回話去。」那先來巡山的小鑽風，當真跟著行者就走，走不上半里路，被行者掣出鐵棒，照頭一研，就研做一個肉餅。〔註57〕

世德堂本的悟空聽見有人要吃師父，心中憤恨不已，進而出手將小妖打成肉陀，然後對小妖說出家常話卻遭打死的懊悔，情緒上的連動是一致的。反觀《原旨》版的悟空，開始只是冷靜應對，走不上半里忽然出手將其打死，故事的情緒張力相對減弱。

　　又如第七十九回，取經一行人來到比丘國，國中小兒都被關在鵝籠裡，等著挖心成藥引。悟空與三藏謁見國王一探究竟，發現國丈原來是南極壽星的座騎白鹿下凡作怪。其所進貢的妖后，也是個白面狐狸成精。悟空與八戒在清華洞府與怪相戰，恰巧南極仙翁現身將座騎收回，八戒也將狐狸打死攤在地上。悟空一方面拘出土地將妖洞燒個精光，一方面則請壽星牽著白鹿，央八戒拖著狐狸，一起回到殿前面見國王。世德堂本寫：

> （行者）同壽星牽著鹿、拖著狐狸對國王道：「這是你的美后，與他耍子兒麼。」那國王膽戰心驚，又只見孫大勝引著壽星，牽著白鹿都到殿前，諕得那國裡君臣、妃后一起下拜。行者近前攙住國王笑

〔註56〕世德堂本《西遊記》，卷十五，第七十四回，頁54，總頁1901。
〔註57〕《西遊原旨》，卷十八，第七十四回，頁8，總頁2143。

－94－

道：「且休拜我，這鹿兒卻是國丈，你只拜他便是。」〔註58〕

《原旨》本除刪略外，亦將文字前後做了調整：

> （行者）同壽星牽著鹿、拖著狐狸一齊回到殿前，諕得那國裡君臣、
> 妃后一齊下拜。行者近前攙住國王笑道：「且休拜我。這鹿兒即是國
> 丈，你只拜他便是。」又指著狐狸道：「這是你的美后，你與他耍子
> 兒麼。」〔註59〕

《原旨》本將指狐狸為美后一事，接續在指白鹿為國丈之後，在篇幅縮小的
前提下，當是較順暢的敘述。離開比丘國後，第八十回取經四眾經過黑松大
林。正當悟空前去化緣求齋，八戒、沙僧保護三藏坐在樹下時，有一金鼻白
老鼠女妖，變做軟弱女子，佯稱遭強盜洗劫財物後綁在樹上，希望三藏能解
縛救命。三藏一時心軟哽咽，教八戒動手鬆綁。悟空發現情況不對後，跳下
雲頭阻止。三藏暫時相信悟空的判斷，但前行不久，又起善念，要悟空回頭
救人，兩人因此產生言語爭執。

> 行者笑道：「師父要善將起來就沒藥醫。你想你離了東土一路西來，
> 卻也過了幾重山場，遇著許多妖怪。常把你拿將進洞，老孫來救你，
> 使鐵棒常打死千千萬萬。今日一個妖精的性命捨不得，要去救他。」
> 唐僧道：「徒弟呀！古人云：『勿以善小而不為，然以惡小而為之。』
> 還去救他救罷。」行者道：「師父既然如此，只是這個擔兒，老孫卻
> 擔不起。你要救他，我也不敢苦勸你。勸一會，你又惱了，任你去救。」
> 唐僧道：「猴頭莫多話。你坐著，等我和八戒救他去。」〔註60〕

世德堂本一共用了169字。《原旨》本則簡化為69字：

> 行者笑道：「師父要善將起來就沒藥醫你。你要救他，我也不敢苦勸。
> 我勸一會，你又惱了，任你去救。只是這個擔兒，老孫卻擔不起。」
> 唐僧道：「猴頭莫多話。你坐著，等我和八戒救他去。」〔註61〕

《原旨》本將對話簡化，並調整「只是這個擔兒，老孫擔不起」的位置，故
事仍然得以繼續，但見不到師徒間「苦勸」的言語交鋒。

　　整體來說，《原旨》本簡化情節時，或者採取跳接，或者調整文字因應之。

〔註58〕世德堂本《西遊記》，卷十六，第七十九回，頁48，總頁2028。
〔註59〕《西遊原旨》，卷二十，第七十九回，頁6，總頁2282。
〔註60〕世德堂本《西遊記》，卷十六，第八十回，頁58，總頁2048。
〔註61〕《西遊原旨》，卷二十，第八十回，頁4，總頁2301。

而調整文字部分，可能是更動文字內容，也可能將情節順序稍作對換。無論採用何種方式，只少了情節發展的曲折，但是故事架構不受影響。

2、省略重複發生的敘述

小說本來就是個以鋪敍爲主的文學類型，作者往往爲了交代事情始末，反覆提到過去發生過的事情。《原旨》本或許爲了節省篇幅，對於在前文已提過的故事情節，往往以「前後事」、「上項事」、「前事」等字辭簡略之。

例如第七回，悟空大鬧蟠桃會後被眾天兵捉至斬妖台，刀槍劍火莫能傷身。又被捉入老君八卦爐中燒煉七七四十九天，也只燒紅雙眼。就在老君掀翻爐蓋的同時，悟空又掣起如意棒大鬧天宮，一時無人能擋。遊奕靈官與翊聖眞君遂奉玉帝旨意，上西方請如來救駕。兩人到雷音寶刹，如來問起原由，二聖說明道：

> 向時，花果山產一猴，在那裡弄神通，聚眾猴攪亂世界。玉帝降招安旨，封爲「弼馬溫」，他嫌官小反去。當遣李天王、哪吒太子擒拿未獲。復招安他，封作「齊天大聖」，先有官無祿。著他代管蟠桃園，他即偷桃。又走至瑤池，偷餚、偷酒，攪亂大會。又暗入兜率宮，偷老君仙丹，反出天宮。玉帝復遣十萬天兵，亦不能收伏。後觀世音舉二郎眞君同他義兄弟追殺，他變化多端，虧老君拋金鋼琢打重，二郎方得拿住。解赴御前，即命斬之。刀砍斧剁，火燒雷打，俱不能傷。老君奏准領去，以火煆鍊。四十九日開鼎，他卻又跳出八卦爐，打退天丁，竟入通明殿裡、凌霄殿外，被佑聖眞君的佐使王靈官，攔住苦戰。又調三十六員雷將，把他困在垓心，終不能相近。因此玉帝特請如來救駕。〔註62〕

但《原旨》本的敘述是：

> 二聖將齊天大聖<u>前後事</u>細說一遍。如今事在緊急，玉帝特請佛祖救駕。〔註63〕

世德堂本用了 258 字，藉著遊奕靈官與翊聖眞君的嘴巴，將齊天大聖被討伐的原由，重新細說；《原旨》本則以「前後事細說一遍」，最後點出「救駕」目的，僅用 28 字將始末輕描交代。

〔註62〕世德堂本《西遊記》，卷二，第七回，頁16，總頁154。
〔註63〕《西遊原旨》，卷三，第七回，頁3，總頁200。《證道書》「二聖將齊天大聖前後事細說一遍」作「二聖將大聖前後的事細說一遍」，第七回，頁5，總頁145。

　　又如第二十六回，當悟空師兄弟三人在五莊觀推倒人參果樹後，引起鎮元大仙震怒。悟空情知事態嚴重，急忙四處求方。首先到了蓬萊山白雲洞見著福祿壽三星，三星問來由，行者道：

> 我們前日在他觀裡，那大仙不在家，只有兩個小童接待了我師父，卻將兩個人參果奉與我師。我師不認得，只說是三朝未滿的孩童，再不吃。那童子就拿去吃了，不曾讓得我們。是老孫就去偷了他三個，我三兄弟吃了。那童子不知高低，賊前賊後的罵個不住，是老孫惱了，把他樹打了一棍，推倒在地，樹上果子全無，芽開葉落，根出枝傷已枯死了。不想那童子關住我們，又被老孫扭開鎖走了。次日清晨，那先生回家趕來，問答間言語不和，遂與他賭鬥。被他閃一閃，把袍袖展開，一袖子都籠去了。繩纏索綁，拷問鞭敲，就打了一日。是夜，又逃了。他又趕上，依舊籠去。他身無寸鐵，只是把個塵尾遮架，我兄弟這等三般兵器，莫想打得著他。這一番，仍舊擺佈，將布裹漆了我師父兩師弟，卻將我下油鍋。我又做了個脫身本事走了，把他鍋都打破。他見拿我不住，儘有幾分醋我。是我又與他好講，教他放了我師父、師弟，我與他醫樹管活，兩家纏得安寧。我想著方從海上來，故此特遊仙境。〔註64〕

三星說此處無方，悟空再到方丈仙山，向東華帝君求方。

> 行者道：「近因保唐僧西行，路過萬壽山五莊觀。因他那小童無狀，是我一時發怒，打他人參果樹推倒，因此阻滯，唐僧不得脫身。特來尊處求賜一方醫治，萬望慨然。」帝君道：「你這猴子，不管一二，到處裡闖禍。那五莊觀鎮元子，聖號與世同君，乃地仙之祖，你怎麼就衝撞出他？他那人參果樹乃是草還丹，你偷吃了尚說有罪，卻又連樹推倒，他肯干休？」行者道：「正是呢！我們走脫了，被他趕上，把我們就當汗巾兒一般，一袖子都籠了去。所以閣氣，沒奈何。許他求方醫治，故此拜求。」〔註65〕

只是東華帝君只有醫活生靈的「九轉太乙還丹」，卻不能醫樹。悟空又去了瀛洲海島，九老仍是無方。最後悟空到了落伽山普陀巖，往觀音菩薩處拜求。

> 菩薩道：「悟空，唐僧行到何處也？」行者道：「行到西牛賀洲萬壽

〔註64〕世德堂本《西遊記》，卷六，第二十六回，頁3，總頁625。
〔註65〕同前註，頁7，總頁634。

山了。」菩薩道：「那萬壽山有座五莊觀，鎮元大仙你曾會他麼？」行者頓首道：「因是在五莊觀，弟子不識鎮元大仙，毀傷了他的人參果樹，沖撞了他，他困滯了我師父，不得前進。」那菩薩情知，怪道：「你這潑猴，不知好歹！他那人參果樹，乃天開地闢的靈根，鎮元子乃地仙之祖，我也讓他三分，你怎麼就打傷他樹？」行者再拜道：「弟子實是不知。那一日他不在家，只有兩個仙童候待我等。是豬悟能曉得他有果子，要一個嘗新，弟子委偷了他三個，兄弟們分吃了。那童子知覺，罵我等無已。是弟子發怒，遂將他樹推倒。他次日回來趕上，將我等一袖子籠去。繩綁鞭抽，拷打了一日。我等當夜走脫，又被他趕上，依然籠了。三番兩次，其實難逃。已允了與他醫樹，卻纔自海上求方，遍遊三島，眾神仙都沒有本事。弟子因此志心朝禮，特拜告菩薩，伏望慈憫，俯賜一方，以救唐僧早早西去。」〔註66〕

《西遊記》第二十四回至第二十六回，主要描寫取經四眾在萬壽山五莊觀偷人參果、推倒人參樹、被鎮元大仙囚困等種種情狀。所以世德堂本分別用了345字、182字與323字，將悟空求方之由詳細寫出，內容上都在重複故事前文。因此《原旨》本篇幅大幅縮減，蓬萊三仙處只「行者便將偷果推樹、被他趕捉不能脫身的事說了一遍」，〔註67〕22字；東華帝君處則「行者將<u>上項事</u>說了一遍」，〔註68〕10字；到了南海觀音處也只有「菩薩問其來意，行者將<u>前情備陳一遍</u>」，〔註69〕15字。

再如第八十九回，悟空師兄弟三人的隨身兵器在天竺國上郡玉華縣，被黃獅精奪走設「釘鈀會」，並下書邀請九靈元聖與會。悟空、八戒喬裝小妖刁鑽、古怪，沙僧則假扮豬羊販子，來到豹頭山虎口洞，除與黃獅精大戰奪回兵器外，也將洞內小妖打殺燒盡。戰敗的黃獅精逃往竹節山九曲盤桓洞，求救於九靈元聖。世德堂本描述：

小妖見了道：「大王，昨晚有青臉兒下請書，老爺留他住到今早，欲同他去赴你釘鈀會，你怎麼又絕早親來邀請？」妖精道：「不好說！

〔註66〕同前註，頁10，總頁640。
〔註67〕《西遊原旨》，卷七，第二十六回，頁2，總頁745。《證道書》更爲精簡：「行者便把偷果推樹之事說了一遍」，僅14字。第二十六回，頁2，總頁526。
〔註68〕同前註，頁4，總頁749。
〔註69〕同前註，頁5，總頁752。

不好說！會成不得了。」正說處，見青臉兒從裡邊走出道：「大王，你來怎的？老大王爺爺起來，就同我去赴會哩！」妖精慌張張的，只是搖手不言。少頃，老妖起來了，喚入。這妖精丟了兵器，倒身下拜，止不住腮邊淚落。老妖道：「賢孫，你昨日下柬，今早正欲來赴會，你又親來，為何發悲煩惱？」妖精叩頭道：「小孫前夜對月閑行，只見玉華州城中有光彩沖空。急去看時，乃是王府院中三般兵器放光：一件是九齒滲金釘鈀，一件是寶杖，一件是金箍棒。小孫當使神法攝來，立名『釘鈀嘉會』。著小的們買豬羊果品等物，設宴慶會，請祖爺爺賞之，以為一樂。昨差青臉來送柬之後，只見原差買豬羊的刁鑽兒等，趕著幾個豬羊，又帶了一個販買的客人，來找銀子。他定要看看會去，是小孫恐他外面傳說，不容他看。他又說肚中饑餓，討些飯吃，因教他後邊吃飯。他走到裡邊，看見兵器，說是他的。三人就各搶去一件，現出原身。一個是毛臉雷公嘴的和尚，一個是長嘴大耳朵的和尚，一個是晦氣色臉的和尚，他都不分好歹，喊一聲亂打。是小孫急取四明鏟趕出，與他相持。問是甚麼人敢弄虛頭，他道是東土大唐差往西天去的唐僧之徒弟，因過州城倒換關文，被王子留住習學武藝，將他這三件兵器作樣子打造，放在院內，被我偷來，遂此不忿相持。不知那三個和尚叫做甚名，卻真有本事。小孫一人敵他三個不過，所以敗走祖爺處。望拔刀相助，拿那和尚報仇，庶見我祖愛孫之意也！」〔註70〕

黃獅精對著老妖九靈元聖，將事情的始末娓娓道來，總共 540 字。然而《原旨》本將此大段過程簡言略過：

（黃獅精）見了老妖，倒身下拜，止不住腮邊淚落。老妖道：「賢孫，你昨日差青臉兒下柬，今早正欲來赴會，你為何又親來，又發悲煩惱？」妖精叩頭將上項事細細說了一遍道：「不知那三個和尚叫做甚名，卻俱有本事。小孫一人敵他不過，望祖爺拔刀相助，拿那和尚報仇，庶見我祖愛孫之意也！」〔註71〕

《西遊》故事第八十八回，以玉華縣倒換關文為開端，因此黃獅精對九靈元聖所述緣由，就是故事發展的過程。為了避免情節的重複，《原旨》本僅以「將

〔註70〕世德堂本《西遊記》，卷十八，第八十九回，頁46，總頁2280。
〔註71〕《西遊原旨》，卷二十一，第八十九回，頁7，總頁2551。

上項事」簡化爭戰的原因與經過，以109字敘述完成，較世德堂本簡單許多。

《原旨》本這種刪除「前情」、「上項事」的方式，也同樣運用在與爭鬥過程有關的描寫。例如第六回，悟空亂了蟠桃會後，即返花果山繼續稱王。李天王奉玉帝之旨下界捉拿，惠岸行者則領觀音菩薩之命，打聽虛實。李天王道：

> 昨日到此安營下寨，著九曜星挑戰，被這廝大弄神通，九曜星俱敗走而回。後我等親自提兵，那廝也排開陣勢。我等十萬天兵，與他混戰至晚，他使個分身法戰退。及收兵查勘時，止捉他些狼虫虎豹之類，不曾捉得他半箇妖猴。今日還未出戰。〔註72〕

李靖先差九曜惡星擺陣捉拿悟空，已經在第五回末端敘述，此處不過再次提點曾經的過程。因此《原旨》本只以「天王正言昨日交戰之事」〔註73〕略過。同回後文，惠岸與悟空戰經五、六十回後，胳臂酸麻不能迎敵，遂虛幌一幌，敗陣下來。往觀音菩薩處覆命，惠岸說：

> 始領命到花果山，叫開天羅地網門，見了父親，道師父差命之意。父王道：「昨日與那猴王戰了一場，止捉得他虎、豹、獅、象之類，更未捉他一個猴精。」正講間，他又索戰，是弟子使鐵棍與他戰經五、六十合，不能取勝，敗走回營。父親因此差大力鬼王，同弟子上界求助。〔註74〕

大致將戰鬥的經過敘述了一遍。《原旨》則以「說了不能取勝的消息」，〔註75〕簡略敘述惠岸行者覆命過程。

舉凡悟空三人回報三藏與精怪的打鬥，或是小妖對老妖說起爭戰經過，或是正邪乍見提及手段與來歷，或是初入國度提及取經原因，或是搬求援兵敘述遇難來由……等，前文已經出現或敘述過的故事內容，都被《原旨》給刪減了。整體來說，世德堂本以陳述詳細見長，《原旨》則以篇幅省略爲要。

3、用敘述代替對話

小說往往藉由故事中人物的對話，突顯人物性格，也增添情節的靈動。《原旨》本卻經常以簡要敘述代替「對話」，只是讓故事繼續，缺乏人物情緒的波動。如第三十二回，師徒四眾行經平頂山，日值功曹化作山林樵夫預警蓮花

〔註72〕世德堂本《西遊記》，卷二，第六回，頁2，總頁126。
〔註73〕《西遊原旨》，卷三，第六回，頁2，總頁167。
〔註74〕世德堂本《西遊記》，卷二，第六回，頁5，總頁131。
〔註75〕《西遊原旨》，卷三，第六回，頁2，總頁168。《證道書》將惠岸回報不能取勝段全數刪除，第六回，頁4，總頁123。

洞有兩個魔頭,要吃唐僧。

> 樵子道:「他正要吃你們哩!」行者道:「造化!造化!但不知他怎樣的吃哩!」樵子道:「你要他怎的吃?」行者道:「若是先吃頭,還好耍子。若是先吃腳,就難為了。」樵子道:「先吃頭怎麼說?先吃腳怎麼說?」行者道:「你還不曾經著哩。若是先吃頭,一口將來咬下,我已死了,憑他怎麼煎炒熬煮,我也不知疼痛;若是先吃腳,他啃了孤拐,嚼了腿亭,吃到腰截骨,我還急忙不死,卻不是零零碎碎受苦?此所以難為也。」樵子道:「和尚,他那裡有這許多功夫。只是把你拿住,綑在籠裡,團團蒸吃了。」行者笑道:「這個更好!更好!疼到不忍疼,只是受些悶氣罷了。」樵子道:「和尚不要調嘴。那妖怪隨身有五件寶貝,神通極大極廣。就是擎天的玉柱,駕海的金梁,若保得唐朝和尚去,也須要發發昏哩!」〔註76〕

世德堂本用了 201 字描寫功曹與悟空一來一往的對話,一方面寫值日功曹的苦勸與擔憂,另一方面呈現悟空天地不怕的傲氣,也藉此對應悟空驕傲後失敗的極度沮喪。《原旨》本則是開門見山的說:

> 樵子道:「他正要吃你們哩!那妖怪隨身有五件寶貝,神通廣大。就是擎天的玉柱,駕海的金梁,若保得唐朝和尚過去,也須要發發昏哩!」〔註77〕

僅用了51字,直接寫功曹的預警。同一回的後文,悟空要八戒在看師父與巡山二事中擇一而作,八戒要悟空說明工作內容:

> 行者道:「看師父呵!師父去出恭,你伺候;師父要走路,你扶持;師父要吃齋,你化齋;若他餓了些兒,你該打;黃了些兒臉皮,你該打;瘦了些兒形骸,你該打。」八戒慌了道:「這個難!難!難!伺候扶持通不打緊,就是不離身馱著,也還容易。假若教我去鄉下化齋,他這西方路上,不識我是取經的和尚,只道是那山裡走出來的一個半壯不壯的健豬,彩上許多人,又鈀掃帚,把老豬圍倒,拿家去宰了,醃著過年,這個卻不就遭瘟了?」行者道:「巡山去罷!」八戒道:「巡山便怎麼樣兒?」行者道:「就入此山,打聽有多少妖怪?是什麼山?是什麼洞?我們好過去。」八戒道:「這個小可。老

〔註76〕世德堂本《西遊記》,卷七,第三十二回,頁19,總頁786。
〔註77〕《西遊原旨》,卷九,第三十二回,頁2,總頁907。

豬去巡山罷。」〔註78〕

世德堂本利用悟空與八戒 218 字的對話，塑造八戒推託懶散的個性，也提出後文八戒懶作行徑。而《原旨》本此段僅寫：

> 行者道：「看師父呵！師父去出恭，你伺候；師父要走路，你扶持；師父要吃齋，你化齋。若他餓了些兒，你該打；黃瘦了些兒，你該打。」八戒慌了道：「這個難！難！難！」行者道：「巡山去罷！」八戒道：「巡山便怎麼樣兒？」行者道：「就入此山，打聽有多少妖怪？是什麼山？是什麼洞？我們好過去。」八戒道：「這個小可。老豬去巡山罷。」〔註79〕

除了八戒慌忙外，推託化齋之言全數刪除，整段只保留 131 字。又同一回後文，八戒應允去巡山。悟空早已預見八戒發懶，遂變作蟭蟟蟲釘在他耳朵後面。果真八戒找著一灣紅草坡，就自在的睡去。行者又變化成啄木鳥，擾他清夢。八戒索性不睡，找了個石頭假作三藏等，編派謊話。行者聽見後，先行飛回。世德堂本如此敘寫：

> 師父道：「悟空，你來了！悟能怎不見回？」行者笑道：「他在那裡編謊哩！就待來也。」長老道：「你兩個耳躲蓋著眼，愚拙之人也，他會編什麼謊？又是你捏合甚麼鬼話賴他哩！」行者道：「師父，你只是這等護短。這是有對問的話。」把他那鑽在草裡睡覺，被啄木蟲釘醒，朝石頭唱喏，編造甚麼石頭山、石頭洞、鐵葉門、有妖精的話，預先說了。說單，不多時，那獸子走將來。又怕忘了那謊，低著頭，口裡溫習。〔註80〕

此段自悟空派遣八戒巡山後，世德堂本用了 148 字順敘而下。《原旨》遂將過程刪去，僅用 31 字敘述行者現原身見了師父：

> 將他那編謊的話，預先說了。不多時，獸子已到，又怕忘了那謊，低著頭，口裡溫習。〔註81〕

三藏責怪悟空捏合，悟空埋怨三藏護短的對話，《原旨》本盡刪，只留下「將他那編謊的話，預先說了」作爲故事的轉承。雖然《原旨》的刪減並沒有對

〔註78〕世德堂本《西遊記》，卷七，第三十二回，頁 22，總頁 791。
〔註79〕《西遊原旨》，卷九，第三十二回，頁 4，總頁 911。
〔註80〕世德堂本《西遊記》，卷七，第三十二回，頁 24，總頁 796。
〔註81〕《西遊原旨》，卷九，第三十二回，頁 6，總頁 915。

故事的發展造成障礙，但是八戒懶散、怕事的獸狀，也不復見於《原旨》本。

其他如第十六回，悟空向廣目天王借取避火罩保護三藏，用畢後送上南天門歸還。世德堂本用了113字描寫廣目天王以為悟空不還，悟空自許比前不同等對話。《原旨》本將對話刪除，直寫悟空歸還物品後，急辭別墜雲。第三十四回，悟空騙走金、銀角大王的葫蘆與淨瓶後，被銀角大王捉住索回寶貝的對話，世德堂本有72字；悟空被繩子綁在，八戒賭他無法逃脫的對話，則有157字。《原旨》本分別用「二魔又將他身上細搜，把葫蘆淨瓶都搜出來」18字，以及「獃子休閒話」等48字敘述文字取代之。

《原旨》本對話部分的刪減，在行文敘述中不算少數。少了對話的故事，就少了人物的靈動與活潑。不知道是因為故事本文後要放入旨趣，有篇幅的考量；還是從內丹實用角度而言，只要無關「丹法」，存廢的意義只在故事能否繼續。整體來說，《原旨》本就只是說完一個唐僧取經的歷險故事，世德堂本則能在情節繞轉之間，活化人物性格，引發閱讀的趣味。

（二）增添故事可看性的少有繁寫

《原旨》本大部分都用刪改或節略的方式，簡化《西遊記》的故事情節。有趣的是，《原旨》本也出現極少處相對於世德堂本的繁寫。如第十七回，三藏與悟空在觀音院，被黑風山黑風洞的熊羆怪趁火劫走袈裟。悟空與之賭鬥半天，分不出勝負。又趁其作「佛衣會」，假變金池長老赴會奪回袈裟，但不幸行跡敗露，仍是爭持不下。後悟空前往南海請出觀音菩薩，協助降妖。菩薩變成受邀宴的凌虛仙長，悟空則變化為丹盤上的金丹。菩薩端丹盤行至洞口，熊羆怪聞報相迎，此段世德堂本用122字敘寫：

> 那妖早已迎出二門道：「凌虛有勞仙駕珍顧，蓬蓽有輝。」菩薩道：
> 「小道敬獻一粒仙丹，敢稱千壽。」他二人拜畢方纔坐定。又敘起
> 他昨日之事，菩薩不答。連忙拿丹盤道：「大王且見小道鄙意。」覷
> 定一粒大的，推與那妖道：「願大王千壽。」那妖也推一粒遞與菩薩
> 道：「願與凌虛子同之。」讓畢，那妖纔待要咽，那藥順口兒一直滾
> 下。〔註82〕

《原旨》簡化了對話與小部分的情節，僅以75字簡短寫著：

> 那妖便將菩薩迎入，坐定道：「凌虛有勞仙駕珍顧，蓬蓽有光。」菩

〔註82〕世德堂本《西遊記》，卷四，第十七回，頁28，總頁418。

薩道：「小道敬獻一粒仙丹，與大王稱壽。」即將丹盤捧上道：「願
大王千歲。」那妖竟不推辭，拈入口中，纔待要咽，那丹丸兒順口
兒一直滾下。〔註83〕

可是當熊羆怪吞下藥丸後，世德堂本敘述故事：

（悟空）現了本相，理起四平，那妖滾倒在地。菩薩現相問妖取了
佛衣，行者早已從鼻孔中出去。

《原旨》則寫：

行者在肚裡現了本相，理起四平，<u>亂踢亂打</u>。那妖滾倒在地，<u>連聲
哀告，乞饒性命</u>。菩薩亦現了<u>本相</u>，<u>叫妖精快將袈裟獻出，饒你</u>。
<u>那妖忙教小妖取出</u>，行者早已從鼻孔中出去，<u>取了袈裟在手</u>。〔註84〕

此段世德堂本有 34 字，《原旨》則有 73 字，多了 39 字。增加出來的文字在
於悟空的「亂踢亂打」，並對照妖怪的求饒哀告，使得人物表情看起來更爲生
動活現。

再如第九十回，一行人來到天竺國下郡玉華縣倒換關文，國王見到悟空
三人面貌醜惡似妖，受到驚嚇。退殿進宮後，將此事轉達給三個小王子。小
王子爭鬥好強，持鈀闖進暴紗亭，賣弄武藝欲捉妖。悟空三人各持兵器，在
半空中耀武揚威，唬得王子與城中官員百姓，無一不朝天禮拜，奉爲神人。
於是國王請悟空三人收小王子爲徒，傳授武藝，也請鐵匠削斤減兩仿製三人
兵器。正當三人武器離身複製時，卻被豹頭山虎口洞黃獅精奪走，並邀請竹
節山九靈元聖參加「釘鈀宴」。三人佯裝小妖與豬羊販子，進到洞內收走兵
器，並將妖洞大小妖盡皆打死。黃獅精不甘，前往竹節山尋九靈元聖求援。
九靈元聖率領群獅諸將，前往爭戰。一陣打殺之後，國王父子與三藏皆被掠
走。又逢土地告知，九頭獅乃太乙救苦天尊座下，於是悟空轉往東天門外，
欲訪妙巖宮，請天尊降怪救師。行者在東天門遇見廣目天王等一行人：

天王道：「西天路不走，卻又東天來做甚？」行者道：「西天路到玉
華州，<u>州王相欵</u>，不期被怪。今訪著妙巖宮太乙救苦天尊，乃怪之
主人公也，欲請他爲我降怪救師。」〔註85〕

〔註83〕《西遊原旨》，卷五，第十七回，頁 7，總頁 514。

〔註84〕《證道書》也較世德堂本繁寫，不同的是，「亂踢亂打」作「亂打亂踢」，「叫
妖精快將袈裟獻出，饒你」作「業畜若要性命，快將袈裟出來」。第十七回，
頁 8，總頁 367。

〔註85〕世德堂本《西遊記》，卷十八，第九十回，頁 57，總頁 2299。

《原旨》則將悟空訪求太乙天尊的原因，更清楚寫出：

> 天王道：「西天路不走，卻又東天來做甚？」行者道：「因到玉華州，<u>蒙州王遣三子拜我等兄弟爲師，習學武藝州，不期遇著一夥獅精。</u>今訪得妙嚴宮太乙救苦天尊，乃怪之主人公也，欲請他去降怪救師。」
> 〔註86〕

此段世德堂本 61 字與《原旨》74 字相差無幾，但前者僅以「州王相欵，不期被怪」解釋，後者則詳述玉華州州王遣三子拜師等事，情節上較爲完整。有趣的是，前文已論及此等承前所言的情節，在《原旨》版本故事中，往往被大幅刪略，而此處卻是少見的相對繁寫。

《原旨》版本既不重視故事的曲折描繪，也不管人物對話的文學效果，更是將重複情節一概刪去，不知是否爲了在有限的篇幅中，既有故事又有詮解，才大刀闊斧的讓「小說故事」變成「取經事件」。因此即便出現了偶見的精采繁寫，就比例來說，還是不足以扭轉《原旨》實用取向的版本特色。

三、第九回至第十二回的重組

前已論及，清代《西遊記》評本的共同特色，即是置入第九回，並將原來百回本第九回至第十二回重新編排。若就回目而言，《原旨》增添第九回〈陳光蕊赴任逢災，江流僧復讎報本〉，並將世德堂本第九回〈袁守誠妙算無私曲，老龍王拙計犯天條〉、第十回〈二將軍宮門鎮鬼，唐太宗地府還魂〉、第十一回〈還受生唐王遵善果，度孤魂蕭瑀正空門〉、第十二回〈玄奘秉誠建大會，觀音顯象化金蟬〉，濃縮成第十回〈老龍王拙計犯天條，魏丞相遺書託冥吏〉、第十一回〈遊地府太宗還魂，進瓜果劉全續配〉、第十二回〈玄奘秉誠建大會，觀音顯象化金蟬〉。

將兩本韻文與字數製表如下：

	韻　文				字　數			
	世德堂本	西遊原旨		兩本差	世德堂本	西遊原旨	兩本差	
		註	未註					
九	21	0	0	21	-	4652	5774	-1122	124%
十	11	0	5	6	50%	5021	4368	653	87%

<hr>

〔註86〕《西遊原旨》，卷二十二，第九十回，頁 6，總頁 2575。

十一	10	1	3	7	40%	5656	4183	1473	73%
十二	15	1	3	11	30%	4753	5691	-938	120%
合計	57	2	11	45	23%	20082	20016	66	1

首先從韻文的篇章來看，世德堂本共有韻文 57 篇，《原旨》僅保留 13 篇，佔 23%。原篇照錄 7 篇，註解 2 篇，分別是第十一回的開卷詩，〔註87〕以及第十二回的觀音榜文。其餘 6 篇刪節，未註。

這四個回目，《原旨》僅註解兩則韻文。一篇是第十一回的開卷詩，總論太宗自地府遊歷回魂後，欲廣開善門，建醮普施等，詩曰：

> 百歲光陰似水流，一生事業等浮漚。昨朝面上桃花色，今日頭邊雪片浮。白蟻陣殘方是幻，子規聲切早回頭。古來陰騭能延壽，善不求憐天自周。〔註88〕

《原旨》以太宗遊歷地獄，因此知道地獄之苦與死後報應，應該開始種植善因福根等作爲解釋，劉一明註解說：

> 慨歎世事皆假，無常迅速，惜命者須早回頭。若不回頭，臨期萬般皆空，當的甚事？試觀「唐王渺渺茫茫，獨自一個散步荒郊草野之間」，是萬里江山歸何處，荒郊野草一屍骸。「到得鬼門關見先主李淵、先兄建成、故弟元吉，就來揪打索命」，是骨肉恩情今何在，盡是冤孽討債人。閻君問殺涇龍之故，太宗道：「朕宣魏徵著棋，不期他化一夢而斬。」這是人曹官出沒神機，又是那龍王犯罪當死也。可知人生在世，爭勝好強，父子兄弟，諸般恩愛牽纏，俱係一夢。若不及早解脫，總有出沒神機之能，犯罪當死，焉能躲的閻君考問乎？〔註89〕

對道教修煉者來說，勘破世事之假，實爲入門第一階。因此要人斷絕恩愛牽纏，知得世事無常，一方面行善以盡人道，二方面當修眞以求解脫。

另一篇註解的韻文是第十二回的觀音簡帖。第十二回雖有韻文 4 首，但因錫杖、袈裟之意蘊已經在第八回的註解中說明，所以只註解觀音落下的簡帖。簡帖寫著：

〔註87〕《原旨》第十一回故事自唐太宗遊地府始，是世德堂本第十回後半。當是因應故事重組，清刊本《西遊眞詮》、《新說西遊記》、《西遊原旨》、《通易西遊正旨》等，皆將原世德堂本第十一回之開卷詩，作爲重組後的第十一回開卷詩。
〔註88〕《西遊原旨》，卷四，第十一回，頁 1，總頁 327。
〔註89〕同前註，頁 10，總頁 345。

　　禮上大唐君，西方有妙文。程途十萬八千里，大乘進慇懃。此經回

　　上國，能超鬼出羣。若有肯去者，求正果金身。〔註90〕

劉一明對簡帖的說明是：

　　菩薩在空中現身，落下簡帖，教西方取經，求正果金身，蓋示其<u>知</u>

　　<u>之尤貴於行之也</u>。噫！<u>欲求生富貴，須下死工夫</u>。玄奘直要捐軀努

　　力，直至西天。不到西天，不得眞經，即死也不敢回國。正上士聞

　　道，<u>勤而行之</u>。唐王送紫金缽盂，又賜號三藏，是明示人以金丹大

　　道，即我佛三藏眞經，教外別傳之眞衣缽也。〔註91〕

內丹修持雖有頓漸之別，但一般都相信頓功是以漸進之功夫爲基礎。所以劉
一明以唐僧西行十萬八千里的路程，作爲內丹「實踐」功夫的解釋，也就是
「知之尤貴於行之」。取經的過程，可能會有妖魔精怪阻撓，都要一一克服，
因爲那只是取得經卷之前的「考驗」。若以內丹解釋，每個妖怪魔難，都有蘊
含的內丹火侯次第與大丹還丹之要義，仍得靠修道者努力實踐，也就是「勤
而行之」。因此若不是苦下工夫，不像玄奘「不得眞經，即死也不敢回國」般
的勤懇，終究無法證成大道。反之，若行之，而且是勤而行之，最終仍能在
有爲中體現無爲的境界，然後體現至眞之妙道，有無不立。

　　其次，針對第九回至第十二回的故事內容，分而說之。《原旨》第九回，
舉出海州地方有陳萼字光蕊，唐太宗御賜狀元，婚配丞相殷開山之女殷溫嬌。
受職江州州主，陳光蕊奉旨偕妻與母張氏赴任。途中，母親染病暫住萬花店
劉小二家，陳光蕊夫妻則先行赴任。渡河時，陳光蕊遭劉洪、李彪殺害後推
入河中，所幸被龍王所救，暫保他身體不壞。劉洪則假扮陳光蕊，挾持殷氏，
前往江州赴任。只因殷氏有孕，不得不屈從。南極星君奉觀音法旨特來告誡
殷氏，所產之子非等閒之人，當用心保護。殷氏咬下此子左腳小指以爲驗記，
安放木板，順江水流去，爲金山寺法明長老收養。十八年後，法明長老才將
實情和盤托出。玄奘爲求生母，前往江州化緣，終得與母親相會。在母親指
引下，又前往萬花店找尋祖母張氏，再透過殷丞相之力，擒捉盜賊，陳光蕊
回魂，一家團圓。本回爲世德堂本所沒有，全爲記述文字，無韻文，總字數
約5774字。

　　世德堂本第九回主要藉張稍與李定的漁樵聯吟，帶出漁夫張稍藉袁守誠

〔註90〕《西遊原旨》，卷四，第十二回，頁11，總頁372。

〔註91〕同前註，頁16，總頁381。

的占課，每日漁獲滿載。此誇言遭龍宮的巡守夜叉聽見，遂報予涇河龍王。龍王大怒，變作白衣秀士，請袁守誠占隔日降雨的時辰與數量。回到龍宮的涇河龍王，隨即收到降雨旨意，與袁守誠的斷言絲毫不差。龍王遂晚降雨一時辰，剋扣雨量三吋八點，再詆稱袁守誠占課不靈，拆其招牌。袁守誠點破龍王身份，稱其違反天條，將遭魏徵處斬。若要保住性命，當去求唐太宗人情。龍王趕忙入太宗夢裡跪求，得太宗應允。太宗與群臣商討對策，決定詔令魏徵議論安邦之策，並與之對奕，希望留住魏徵以解夢中老龍之厄。世德堂本前半段漁樵聯吟有韻文 14 首，後半段則爲袁守誠與龍王之爭，有韻文 6 首，共計 21 首，總字數約 4652 字。

《原旨》第十回則擷取世德堂本第九回全部與第十回的部分，合而爲一回。換言之，《原旨》只略提張稍與李定的漁樵對答，接續描寫龍王變作白衣秀士請袁守誠占課。爲求賭勝，龍王不惜冒犯天條，惹來殺身之禍。後經袁守誠提醒，龍王求唐太宗解難。截至此，屬世德堂本第九回的情節。以韻文來說，《原旨》刪開卷詩並縮減漁樵聯吟詩文，僅節錄其中 2 首。另有袁守誠占課 1 首，玉帝頒旨 1 首，以及龍王拜辭袁守誠時紅日西沉 1 首。皆無註。若以字數核算，則約取世德堂本 2831 字。而第十回部份，則是龍王不甘魏徵仍在夢中斬龍，夜半討命，致使太宗心驚膽戰，終至病體漸重。魏徵見狀，遂修書交給太宗帶入陰司，尋求陰司判官崔珏協助。太宗收進袖裡，瞑目而亡。此部分無韻文，擷取世德堂本第十回字數約 1537 字。故《原旨》第十回韻文共 5 首，無註，總字數約共 4368 字。

《原旨》第十一回從太宗入幽冥後寫起，果見酆都判官崔珏相迎。在崔珏相陪下，太宗渺渺茫茫進到幽冥地府鬼門關，李元吉、李建成等人揪打索命，是崔珏命青面獠牙斥退。正當太宗進森羅殿與十王折辨龍王一事，崔珏將生死簿內太宗的命限，由 13 年更爲 33 年，太宗因此返還陽世，並答應進瓜果以酬謝之。崔珏再引領太宗行經陰山、十八層地獄、奈何橋等地，在枉死城又受到冤業纏身。俟借用開封人氏相良寄放的金銀，以及承諾建水陸大會超渡，太宗才出離枉死城，飄飄揚揚而去。至此仍屬世德堂本第十回，原有韻文 11 首。《原旨》因應情節的調整，將原第十一回開卷詩，提至篇首，有註。又節錄判官敘述地獄、奈何橋之韻文 2 篇，無註。擷取世德堂本字數約 2346 字。太宗自陰司回到陽世之作爲，則屬世德堂本第十一回前半段內容。經三畫夜後，傳旨赦罪犯、恤孤苦、配婚姻等，又製榜召賢進瓜果到陰司。

劉全因怒罵妻子齋僧，致使妻子自縊而死，故捨性命，以死進瓜。劉全進到陰司，將進瓜一事相陳。十王點檢生死簿，發現兩人皆有登仙之壽，只是李翠蓮屍首無存，遂要李翠蓮借太宗御妹李玉英之身還魂。劉全夫妻在鬼使領命下，同出陰司。韻文部分，《原旨》僅保留太宗榜文 1 首，無註。字數則取世德堂本約 1837 字。因此《原旨》第十一回共有韻文 4 首，其中 3 篇無註，總字數約 4183 字。

　　《原旨》第十二回故事，包含世德堂本第十一回後半，以及第十二回全部。太宗賞賜劉氏夫妻，使兩人還鄉。另一方面，尉遲恭銜命將金銀歸還相良夫婦，但兩人不願受，太宗建相國寺、立生祠感念之。太宗並出榜招僧，選定高僧玄奘，貞觀十三年九月初三日良辰，聚集一千二百名高僧，於長安化生寺演經佈道。至此是世德堂本第十一回後半故事，擷取世德堂本約 2329 字。自此而下全為世德堂本第十二回故事，字數約 3362 字。從觀音與惠岸化作癩痢和尚開始，兩人兜售錦襴袈裟與九環錫杖，在蕭瑀引薦下，太宗願購袈裟與錫杖給玄奘穿用，觀音則無償相贈。玄奘領受，所見者無不誇讚。時至七日正會，玄奘法師在台上傳佈《受生度亡經》、《安天寶籙》等，觀音變化的癩痢和尚在台下厲聲詢問是否會大乘教法，玄奘立即翻身下台討教。司香巡堂將上事奏予太宗，太宗差人擒來訊問，觀音才說出大西天天竺國大雷音寺有大乘佛教三藏，可以度亡脫苦，壽身無壞。正當太宗邀請觀音上台講經，觀音現出本身，太宗暨滿城官民倒身下拜，吳道子則妙筆寫生觀音相。此時觀音落下簡帖，稱十萬八千里外有真經可取。玄奘又自告奮勇前往，太宗遂與之拜為兄弟，選用兩個長行侍者，馬一匹，立即啟程西行取經。世德堂本自貞觀十三年，玄奘建大會始，終於玄奘啟程西天取經。有韻文 15 首，總字數約 4753 字。《原旨》則重組劉全夫妻相會、玄奘建大會乃至啟程取經為一回，大量刪減韻文，僅留榜文、袈裟、錫杖與觀音菩薩落下之簡帖 4 首韻文。因袈裟、錫杖妙義已言不註，僅詳註簡帖 1 首。以字數查核之，第十二回共 5691 字。

　　整體來說，世德堂本第九回至第十二回約有 20082 字，《原旨》在有限篇幅中，加入陳光蕊故事，並重組世德堂本情節，總字數約 20016 字。《原旨》版本在增與刪的調節中，恰使此四回的篇幅與原來規模相當。

　　相對於世德堂本，《原旨》本往往簡化故事發展的「過程」。可是小說之所以精采，就在曲折的精采情節引人入勝。《原旨》不太重視「小說」的文學

性，只是利用刪減的手段，讓故事得以繼續而已。因此《原旨》把無關內丹實用的韻文泰半刪去，保留下來的只爲註解內丹之用。散文部分，則簡化故事情節，刪去人物對話，讓原來活潑靈動的小說，變成敘述爲主的事件。但有趣的是，《原旨》本也出現了極少數的繁寫，一個是增加孫悟空棒打妖怪的生動，一個是將前面提過的事情清楚的說明，這都與《原旨》本刪減世德堂本時的不重視情節、省略重複等特色不太相合。這少見的精采繁寫是不是有意爲之，倒也不容易證成。畢竟就數量來看，這樣的段落只是極偶爾的出現。由此或可以推測，劉一明在揀選底本時，「故事」是一種解釋內丹寓意的「對象」，版本好壞與情節鋪陳遠不如內丹寓意重要。換言之，劉一明至少見過《證道書》與《眞詮》兩個版本，從韻文的刪減與情節繁寫等處，可以推知《眞詮》在文字底本有來自《證道書》的可能，或者有共同來源。《原旨》與《眞詮》則是高度契合，僅少數個別文字的差異；與《證道書》比較，則是大致相同，只是相對於《眞詮》差異較大。劉一明選擇以《眞詮》的文字底本作爲詮釋對象，應該與版本良窳或文學欣賞無關，而是在內丹義理上的表現，劉一明認爲《眞詮》是個相對好的詮釋，他也就理所當然的接受這個文字版本。總的來說，劉一明在《西遊原旨》外在形式上的表現，與內容詮釋相同，充滿了內丹實用的考量。

第二節　《西遊》故事的結構

　　《西遊記》與一般章回小說的敘事結構相同，不外乎回目、開卷詩、故事主文以及卷末詩結。劉一明既主觀的認定《西遊記》是丘處機所作之內丹功書，除了版本以實用爲考量外，也認爲敘事結構蘊含內丹意義。

　　首先就回目言之，劉一明於〈讀法〉中提到：

　　《西遊》每回妙義，全在提綱二句上。提綱要緊字眼，不過一二字。
　　如首回「靈根育孕源流出，心性修持大道生」，靈根即上句字眼，心
　　性即下句字眼。可見靈根是靈根，心性是心性，特用心性修靈根，
　　非修心性即修靈根，何等清亮！何等分明！如次回「悟徹菩提眞妙
　　理，斷魔歸本合元神」，悟徹即上句字眼，斷魔即下句字眼。先悟後
　　行，悟以通行，行以驗悟，知行相需，可以歸本合元神矣。篇中千
　　言萬語，變化離合，總不外此提綱之義。回回如此，須要著眼。知

此者方可讀《西遊》。〔註92〕

此處所指提綱，即故事的回目。例如第二十回〈黃風嶺唐僧有難，半山中八戒爭先〉，其要緊字眼在「唐僧有難」與「八戒爭先」。唐僧、悟空與八戒，接受老者齋宴款待後，老者提醒他們前方黃風嶺路險妖怪多。告別老者後，果見高山險峻、旋風大作。此時唐僧心驚膽顫，被猛虎嚇得跌落馬，雖然口中直唸《心經》，最後還是被妖怪攝將去。劉一明以爲：

> 心一動而全身失陷，非怪之來攝，皆心之自攝。怪使金蟬脫殼，而攝金蟬長老，是明示金蟬自脫自攝，提綱所謂「黃風嶺唐僧有難」者即此。〔註93〕

八戒一鈀把戰敗逃逸的猛虎，築得鮮血直冒，悟空將功勞歸給八戒。劉一明解釋說：

> 蓋雄心好勝，皆由自己生魔。八戒爲性，屬內，我也，宜八戒出力。故行者趕逐，八戒截殺，其提綱所謂「半山中八戒爭先」者。心在人身之半中，八戒爭先，是以戒爲先，不使心之爲害也。〔註94〕

唐僧見風驚心，一念之起遭魔逢難，故稱「唐僧有難」。八戒趕殺虎怪，以戒爲先，故言「八戒爭先」。以此勸戒修道者，心動意迷則魔障隨起，故當戒慎防備，不使心危害。劉一明認爲《西遊記》顯現的內丹寓旨，都可以在回目的對句中一目了然。

又如第五十回〈情亂性從因愛慾，神昏心動遇魔頭〉，取經四眾行走一日，見山凹處有樓臺。悟空定睛睜眼，看到那是座邪魔幻化而成的莊宅，遂以金箍棒畫上一圈，要三藏等安坐圈內，自己縱雲化緣。只是八戒慫恿三藏往莊宅避風，三藏應允同去。八戒見桌上有衲錦背心，與沙僧一人穿上一件，遂被金峎山獨角兕大王綑走。劉一明以爲三藏因飢渴而思齋，因思齋而魔起，所以解釋說：

> 不可以饑渴，而情亂起魔也。蓋情一亂，性即從之，情亂性從，爲物所移，身不由主。

一旦爲物所移，將如八戒見背心起念，終落入魔怪之圈套。故五十回的意旨當著眼在回目「情亂性從」與「神昏心動」八字，意即要學道人掃除塵積，

〔註92〕《西遊原旨・讀法》第10條，卷首，頁29，總頁64。
〔註93〕同前註，卷六，第二十回，頁11，總頁597。
〔註94〕同前註。

拋去俗慾，以性命歸求爲大事。這就是劉一明以提綱作爲全篇故事總要、著眼之處，所謂「每回妙義，全在提綱二句上」的意思。

除提綱外，劉一明也提到「回末詩結」在內丹詮釋中的重要地位：

> 《西遊》每宗公案收束處，皆有二句總結，乃全案之骨子。其中無數妙義，皆在此二句上著落，不可輕易放過。知此者方可讀《西遊》。〔註95〕

換言之，每回故事收束處的回末詩，有總結該回故事的效果。就故事意旨來說，也蘊含著故事的重點與精華。以第五十五回爲例，回末詩爲：

> 割斷塵緣離色相，推乾金海悟禪心。〔註96〕

這回故事主要是敘述悟空用計，使三藏脫離西梁國女王招爲駙馬之難，未料又落入毒敵山琵琶洞蠍子精的手上。這個女怪做出百般情意，戲弄唐僧，唐僧都不爲所動，也就是回末詩「割斷塵緣離色相」一句。待請出昴日星官後才收伏女怪，點上一把火把洞宇燒毀，一行人立即上馬投西取經，也就是「推乾金海悟禪心」。劉一明藉此提醒修道者，千萬不要執著在色身塵緣上做功夫，當保得內外正性以歸正覺。

又如第八十五回，主要是描述三藏等人行經隱霧山折岳連環洞，遭逢妖怪的遇險過程。它的回末詩是：

> 有難江流專遇難，降魔大聖亦遭魔。〔註97〕

因爲洞中精怪不敵悟空手段，於是有個小妖對老妖獻「分瓣梅花計」，選三個能幹的小妖去對付師兄弟三人，老妖則親擒唐僧。果然三人正賭鬥時，老妖刮起一陣風將三藏攝回洞內。三藏從出身直至西行取經，一路凶險逢魔不曾斷絕，所以用「有難江流專遇難」表示；一向驕傲的悟空，自皈依佛門，輔佐三藏取經以來，無不協助化解各種危難，未料這回中了小妖的「分瓣梅花計」，因此詩結寫「降魔大聖亦遭魔」。

《原旨》卷末詩有 53 篇，註解 49 篇，註解比例高達 92%。又加以其總結故事要義，故爲「全案之骨子」，更言「其中無數妙義，皆在此二句上著落」。

再就《西遊記》的故事架構來說，劉一明認爲：

> 《西遊》有合說者，有分說者。首七回合說也，自有爲而入無爲，

〔註95〕同前註，〈讀法〉第 12 條，卷首，頁 30，總頁 65。
〔註96〕同前註，卷十四，第五十五回，頁 9，總頁 1561。
〔註97〕同前註，卷二十一，第八十五回，頁 10，總頁 2448。

由修命而至修性，丹法次序、火候工程，無不具備。其下九十三回，
或言正，或言邪，或言性，或言命，或言性而兼命，或言命而兼性，
或言火候之眞，或撥火候之差，不過就一事而分晰之，總不出首七
回之妙義。〔註98〕

換言之，其將百回故事分爲兩部分，一是前七回論悟空出身、亂蟠桃、鬧天
宮，最後被壓在五行山下的故事；一是後九十三回，自觀音菩薩東往尋找取
經人、玄奘出身遇難，以及玄奘銜命取經，收三徒歷八十一魔難等故事。相
應於內丹架構，前七回是火候次序、性命雙修無不具備的合說；後九十三回
則將功法步驟析而論之，演繹前七回要義，故稱「總不出首七回之妙意」。

基於此，下文將順著劉一明的析論脈絡，將百回故事分爲前七回總論與
後九十三回的分論，主要探討其呈現在《西遊》故事中的內丹架構。至於文
字與情節如何與內丹功法繫聯，則留待下一節討論。（參見附錄表九：《西遊
原旨》總論與分說配合表）

一、人道盡處仙道始

《西遊》故事從東勝神洲海外，傲來國花果山孕育之石猴始，《原旨》則
從此猴意謂靈根，乃修持大道之根本起。

「產一石卵，似圓球樣大，因見風化作一個石猴」者，石爲土之精，
爲堅固賴久之物，卵球爲至圓無虧之物。猴屬申，申爲庚金，金亦
爲堅固不壞之物，俱狀先天靈根。其性剛健，圓成無礙，本於一氣，
非一切後天滓質之物可比。〔註99〕

受天眞地秀、日精月華而生之石猴，在內丹修煉過程即象人人身中具足、虛圓
不測之靈根。所謂靈根，「乃先天虛無之一氣，即生天、生地、生人、生物之祖
氣」，〔註100〕順此靈根則生人、生物，逆此則成聖、成仙。《西遊》故事，即「借
石猴名姓，配合金丹之道，使人借此悟彼，追求靈根之實跡耳」。〔註101〕因此
第一回猴王周遊宇內，學人穿衣，學人禮節，自人道循序漸進以達仙道。惟人
道追求過程中，仍不免淪落富貴，爲欲望所規弄，猴王於是不得不前往西牛賀

〔註98〕同前註，〈讀法〉第 19 條，卷首，頁 31，總頁 68。
〔註99〕同前註，卷二，第一回，頁 12，總頁 23。
〔註100〕同前註，頁 11，總頁 21。
〔註101〕同前註，頁 13，總頁 26。

洲，尋師「須菩提」以求神仙之道。師即菩提心，也就是天地之心，或名道心，「爲成仙作佛之眞種子，爲修性立命之正祖宗」。〔註 102〕然此菩提心非靈根之外另有一心，而是原本靈通不昧之道心，交後天習氣，坎陷血氣欲望中。此時當深究明心之法，牢固念頭，以柔順剛，存誠去妄，「道心用事，人心安靜，順其天理，以眞滅假」，〔註 103〕必得天心而後止。因此菩提祖師勉猴王秉天地生成之性爲眞性，棄後天頑空以修先天眞空，遂起名「悟空」，期許他能「悟得眞心明本性，不空不色自方圓」。〔註 104〕

　　簡單來說，劉一明認爲第一回開宗明義即是要人勘破世事之妄，積德累行，盡人道以入仙道。一旦志心於性命雙修之學，則要從「道心」開始。與本回旨要相呼應的有：第九回藉三藏出身即遭劫難的故事，教人在父母生身之處用功，推本溯源，棄妄歸眞。第十回、十一回，魏徵夢斬涇河龍王，致使唐太宗下冥府折辯，經崔判官修改生死簿而還魂一段，即在寫人間富貴盡假，死後報應之苦，勸諭世人及早看破，積善累行。第十三回孝順的劉伯欽伏虎後護送唐僧過兩界山，則說明去獸心而修人道，人道盡則可入仙道。第十四回，悟空皈依唐僧，即代表先天眞一之氣已立，倘若立志不專，仍有六賊擾亂之可能。第十五回，在鷹愁澗收了龍馬爲坐騎，代表修丹尚須腳力。第八十七回則以行者在鳳仙郡勸國王爲善一案，要人即須積德，以爲輔道之資。

二、求師以窮理盡性

　　既已提出心性修持爲內丹功法之要，《西遊》第二回繼而申論明師訣破是爲關鍵。蓋因仙佛門中有三乘之法，三千六百傍門，若非求得明師說之講之，不能批破妄道，了解其中竅妙精髓。因此先藉菩提祖師與悟空問答，提出扶鸞問卜之術、看經念佛之流、入定坐關之靜、採戰服食之動等數術，雖有正果卻非天仙正道。其次，菩提祖師授予「顯密圓通」一詩：

> 顯者，驗之於外，用剛道也。密者，存之於內，用柔道也。圓者，不偏不倚，執中也。通者，變通不拘，行權也。以此四法，借修大丹，剛柔不拘，執中用權，深造自得，可以爲聖，可以爲仙，可以

〔註 102〕同前註，頁 15，總頁 29。
〔註 103〕《周易闡眞》，《道書十二種》上冊（台北：新文豐出版公司，1994 年），卷一，頁 2，總頁 49。
〔註 104〕《西遊原旨》，卷二，第一回，頁 17，總頁 34。

為佛，乃至眞至妙之訣也。〔註105〕

明示「金丹作用之著緊合尖處」在於剛柔並用，雖機得宜，變通而不執著。再者，菩提祖師要悟空「從哪裡來，還到哪裡去」，點醒學道之人，「從生身之地而來，還從生身之地而去。悟到此處，則返本還元，一時辰內管丹成」。〔註106〕又以居「直北坎源山水臟府」之混世魔王強佔水濂洞，諷諭世人迷徒在心腎上作功夫，是眞假不分，以假混眞。最後以悟空降服欲魔，放火燒乾水臟府，才能散者還聚，原本復現，自此生生不息。

　　求得明師，是內丹修為中不可或缺的重要條件。不只是知識上的判教顯正、格物窮理，或者是功法上的火候次第、玄竅妙要、返還之道，都須明師訣破下手處，才能知採取契機。求明師劈破傍門的有：第四十四回至第四十六回，藉悟空在車遲國虎力、羊力、鹿力大王的賭鬥，劈邪行誤在色身中用力與寂滅頑空、卜算數學之假，要修道者知所警醒，急求明師。第六十四回，以三藏在木仙菴的際遇，劈執相頑空之小乘。第六十五回與第六十六回，小雷音黃眉老佛所設之厄難，劈著空之害。第七十二回，以盤絲洞故事，劈色欲中作功夫。第七十三回，劈以燒煉為事的多目怪。第七十四回到第七十七回，以師駝嶺三怪之亂，劈妄議私猜、執相守靜、搬運後天精氣之學。第七十八回與第七十九回，以比丘國要小子心肝作藥引，劈採取、寂滅之流。

　　此外，也有求明師以窮理、盡性、知命者：第八回，透過觀音菩薩東往尋求取經人一案，代表靜觀密察、腳踏實地，則能探求性命之機。第三十七回至第三十九回，烏雞國夜謁唐三藏訴說冤屈一事，發明道體順逆之理，教人在生身處窮理推究。第四十七回與第四十八回，唐僧一行人受阻通天河，因急於西行而落難，使學者知急躁之害，當求明師以得眞正不死之方。第五十三回三藏八戒誤飲子母河水而懷胎、第五十四回西梁國女王招三藏為駙馬、第五十五回琵琶洞蠍子精要與三藏婚配三案，要學者知女人不可避，而是以正性過之，不被女色亂性。第六十七回稀柿衕救駝羅莊一事，要人去舊染之污，盡性至命。第八十至第八十三回，陷空山無底洞金鼻白老鼠精求偶一案，教學道人窮得防危慮險之哩，謹慎火候。第九十九回，自西天經通天河往東土再添一難，則要學人訪求明師，究明全始全終之下手妙著，防危慮險，沐浴溫養。此外，第八十八至第九十回，則以玉華縣三小太子求師一案，

〔註105〕同前註，卷二，第二回，頁12，總頁58。
〔註106〕同前註，頁15，總頁66。

既要為師者不得妄洩天機，也要求師者謹慎行止，避免禍患。

三、還丹大丹之要

　　求得明師，知真破妄，便能再論還丹、大丹之要。金丹之道有還丹、大丹二事，還丹之終為大丹之始。「還丹要還得人生之初、良知良能本來事物」；〔註107〕大丹則「不到純陽無陰，壽與天齊之地，不得休歇」。〔註108〕因此得明師口訣後，《西遊》第三回、第四回，繼續發明還丹、大丹之旨，進而演繹火候之妙，循序漸進歸於純陽無陰境界。美猴王重整花果山，生身之處堅固，為保長治久安，便往龍宮求取慧器，終得「一塊天河定底神珍鐵」。此神鐵水中之金，喻為「乾」九五，剛健中正，純粹精也，〔註109〕非大勇之聖人不能扛。然因悟得其空，返得其初，所以猴王「兩手撾過，粗細長短，隨心所欲，正所謂寂然不動，感而遂通，故號如意金箍棒」。〔註110〕東、北、西、南四龍王又送悟空冠履盔甲，「共東西南北之金木水火，而合成一中」，全身執棒披掛上身，「四象和合，五行攢簇，而金丹成矣」。〔註111〕自此持棒上天下海，

〔註107〕同前註，第四回，頁9，總頁122。

〔註108〕同前註，頁11，總頁125。

〔註109〕「聖人恐人不知用健之道，大書特書曰：『用九，見群龍无首，吉。』此言太煞分明。九為《河圖》一三五，陽生之數。用九者，即用健也。龍之為靈昭昭也，變化不測，能上能下，能大能小，能隱能顯。迎之不見其首，隨之不見其後。脩健之道如御龍也。用健而能隨時，如群龍之變化也，當潛而潛，當見而見，當乾而乾，當躍而躍，當飛而飛，健而不至過，高而不至亢，緩急止足，各隨其時。此无首之健，用之而未有不取吉者。但无首變化之道，須要真知灼見，若不見而猜想做作，雖天寶在望，未許我得。用之必先見之，見而後用，則有用用中无用，无功功裏施功，有无不立，順逆不拘。大地裏黃芽長徧，滿世界金花開綻，信步走去，頭頭是道，取之左右逢其原。用九而不為九所用，方且進於剛健中正純粹之精。我命由我不由天，與天為徒矣。」《周易闡真》，卷一，頁1，總頁48。

〔註110〕《西遊原旨》，卷二，第三回，頁13，總頁97。案：可與《周易闡真·河圖》論天地造化之道部分互為參看。其文如下：「蓋天地造化之道，不過一箇陽五行，一箇陰五行，一生一成而已。雖分五行，而實一陰一陽運用之；雖陰陽運用，而實一氣來往運用之。故其象：土生金，金生水，水生木，木生火，火生土，土又生金。從中而始，從中而終。始之終之，無非一氣，無非一中。中也者，天下之大本也，即土宮中和合四象也。和也者，天下之達道也，即四象在外一氣流行也。中者，和也，一氣也，總是太極也。」卷首，圖卦上，頁1，總頁12。

〔註111〕《西遊原旨》，卷二，第三回，頁13，總頁98。

勾消死籍而得長生，亦得天上招安而爲弼馬溫。此係還丹之旨。

弼馬溫養馬所以養陽，養得「肉肥膘滿」即是還丹溫養已足，卻不當以此爲終。因此悟空不滿官小不入流，一路棒打出南天門，返回花果山，自稱「齊天大聖」。同時，托塔天王李靖爲降魔大元帥，領哪吒三太子及諸神兵下界捉拿大聖，劉一明將此爭戰過程以「夬卦」解，〔註112〕總論修持大丹當「以陽決陰，趁時而動，先天而天弗違，自主而不由天主也」。〔註113〕只是僅剛無柔，難免失之偏頗，有得而復失之患。故太白金星領玉帝旨意，授悟空有官無祿之「齊天大聖」，並將其安置「安靜」、「寧神」二司之中，使其意寧。自此猴王滿心歡喜，無掛無礙，是「陰氣盡而陽氣純，功成人間，名注天上，大丈夫之能事畢矣」。〔註114〕

然金丹大道，當進陽火即進陽火，當運陰符要不失其時，因此藉第五回大聖權管蟠桃園一事，透顯陰符之妙用。《原旨》註曰：

> 大聖乃先天至精，爲陽之主，其管齊天府久管也，管蟠桃園權管也。
>
> 久管者，進陽以決陰，陽火之事。權管者，借陰以全陽，陰符之事。
>
> 大聖知其時之不可失，故歡喜謝恩，朝上唱喏而退也。〔註115〕

悟空所以知時不可失，蓋蟠桃三千六百樹，即表示坤卦（☷☷）六六之數。前面一千二百株，花微果小，即「坤」中所生一陽復卦（☷☳）、二陽臨卦（☷☱），表示花果的逐漸長成。復卦是復返之卦，復返初生身實的面貌，然後「採取眞陽，乃陰中返陽，重整家事，別立鼎爐之道，能以奪造化、了生死，復而未有不亨者也」；臨卦是臨爐採藥之卦，陽氣由微而漸次增長，於是「扶陽抑陰，陽氣未有不長，陰氣未有不消者」。中間一千二百株，層花甘實，即坤中所產三陽泰卦（☷☰）、四陽大壯卦（☳☰）。泰卦是陰陽相交之卦，「陰順

〔註112〕「夬者，決去也。卦體一陰居於五陽之上，陽將純而陰將盡，卦德健而和，和以行健，健而不猛，均有以陽去陰之義，故謂夬。此以陽退陰之卦，承上損卦而來。損者，止其悅而不妄悅，所以進陽退陰，以正氣而退客氣也。客氣者，識神所招。欲退客氣，莫若先去識神。人自交於後天，識神用事，酒色迷眞，財氣亂性，情慾俱發，思慮紛生，心君迷惑，習於性成，非一朝一夕之故，豈能斬然決去哉！不能斬然決去，必須從容行事，隨時下手，終必識滅，滅而元神復，人心化而道心全，重見本來乾元面目矣。但此識神爲人心所戀，欲去識神，莫若先明其心。心若一明，則道心現，而識神易去，故夬『揚于王庭』也。」《周易闡眞》，卷三，頁10，總頁111。

〔註113〕《西遊原旨》，卷二，第四回，頁12，總頁127。

〔註114〕同前註，頁12，總頁128。

〔註115〕同前註，卷三，第五回，頁10，總頁149。

陽而陽統陰，陰陽和合，方能濟事」；大壯卦是進陽壯氣之卦，「健於內而果於行，健行不息，故爲大壯」。〔註116〕後面一千二百株，紫紋細核，即坤中所產五陽夬卦（䷪）、六陽乾卦（䷀）。夬卦是以陽退陰之卦，「卦德健而和，從容不迫，待時下手」；〔註117〕乾卦是純陽之象，「無物不覆，無物能傷，健之至矣」。〔註118〕蟠桃由坤卦而乾卦，即金丹火候由陰變陽，「陽氣純全，即是桃熟。桃熟，即是金丹成熟。金丹成熟，採而服之，勢不容已」。〔註119〕只是陽氣續進，陰來遇陽，必定傷陽。悟空偷摘蟠桃，即陰陽相遇之姤卦（䷫）。若順應乾卦而成姤卦，則爲成人、成物之理，終至走向輪迴、死亡。但悟空於此先發制人，使出定身法將仙女定在桃樹下，以利後來偷桃、假扮赤腳大仙偷酒、誤闖兜率宮偷丹入腹等，所有行徑都在「人不知而己所知」之處用功，在內丹功法中稱作「盜機」，亦即竊奪天地造化之妙。

　　大聖服丹之後，從西天門使隱身法返還花果山。同時王母備陳偷桃、仙官來奏偷酒，老君道出偷丹，玉帝遂差遣天兵神將圍困花果山，捉拿大聖。《原旨》將大聖自天宮返花果山解爲天山遯卦（䷠），天兵圍困大聖爲遯卦之展現。對玉帝來說，大聖反天宮，與天爭權，必除之而後快。但劉一明賦予大聖鬧天宮之內丹意涵爲：「所以能反天、逆天而不順天者，總在一『遯』之妙。」〔註120〕遯卦係藏陽伏氣之卦，大聖於此不以力爭，「不去退陰，先欲保陽。保陽者，收斂精神，止於其所，所以伏先天之氣也。能伏其氣，陽氣不傷，陰氣自化」，〔註121〕是以大聖打退哪吒，戰敗四天王，未曾爲天將所捉，天地神明不可得而窺測。

　　此三回闡發還丹要旨，也有陽火次第、陰符妙用、採藥搏煉等功程法則，使學道者能循序漸進，攢簇五行還丹成就，進而歸於大丹純陽無陰之處，壽與天齊。與之配合屬於「還丹功夫」有：第二十三回黎山老母等四聖設難試驗取經人，要學者大本立基之後，戒愼恐懼，才無得而復失之患。第三十二回至第三十五回藉平頂山遭逢金角、銀角大王一案，明火候、藥物、五行之眞假，使人腳踏實地。第七十回藉悟空偷盜朱紫國賽太歲紫金零一案，描寫

<hr>

〔註116〕同前註。
〔註117〕《周易闡眞》，卷二，頁7，總頁81。
〔註118〕同前註，頁3，總頁74。
〔註119〕《西遊原旨》，卷三，第5回，頁10，總頁150。
〔註120〕《西遊原旨》，卷三，第五回，頁14，總頁158。
〔註121〕《周易闡眞》，卷三，頁2，總頁96。

金丹下手之功。第八十五回與第八十六回以悟空、八戒合力對抗隱霧山豹子精爲喻,教人金木和同、陰陽共濟,才是修命之法。第九十一回與第九十二回以金平府看燈一案,使學者省悟修性之偏、貪閒之患。屬於大丹功夫的有:第二十七回至第三十一回三藏不知悟空打死的少女、老婦、老者,是屍魔變化而成,遂怒逐悟空,於是開啓後來一連串的厄難。劉一明認爲此處是藉悟空被逐,示學道人切勿隨假象,是非莫辨。當於丹還以後,保法身,明心見性,救假求眞以期超脫。屬於「陰符溫養」的有:第四十九回,藉三藏落入通天河水宅以示脫胎火候之妙。第九十六回與第九十七回,以一行人在銅臺府因寇員外的死而受監禁,寫大道雖以成就,但未離塵世,故還有患身之苦。因此要修道者用大腳力,鎭壓群迷。

四、究明陰陽消息

「金丹之道,陰陽造化之道,必須洞曉陰陽,察明消息,知始始之,知終終之,方能一力成功」。〔註122〕若不知陰陽消息,縱使金丹到手,必至陽極而陰,得而復失。第六回故事中,「觀音」親赴蟠桃會,詳問大聖亂蟠桃之來由,便是要學道者細密觀察陰陽消息。只有能觀,無論順天逆天,無論抑陽扶陰,皆能契應無違。如何展現消息?《原旨》利用觀音薦調二郎神收服大聖之爭戰過程,顯露否卦(☷☰)與泰卦(☰☷)間的相互消長,勸諭學道人要謹愼不使陽氣剝盡,才能作爲返還大丹之本。此間,「二郎變化,以假欺眞,氣之順也。大聖變化,藏眞順假,法之逆也。不能神觀大觀者,則眞爲假所制,而眞遂成假。能神觀大觀者,則假爲眞所化,而假亦化眞」。〔註123〕無論順逆,無論眞假,都要靜密觀察變化,順而止之,還丹大丹自可凝結。

無論是還丹或大丹,在採藥修煉過程,都得究明陰陽、眞假,隨時運用之。與之配合的故事有:第十六回、第十七回觀音院老僧圖謀三藏與悟空的袈裟,後被黑風怪掠奪一事,寫不知陰陽配合,則孤陰不生,獨陽不長,大道難成。第十八回、第十九回、第二十二回,分別在高老莊與流沙河收伏豬悟能與沙悟淨,藉以寫金與木乃眞陰眞陽,爲丹道之正理。但仍得眞土來調和,才是和合四象,攢簇五行之妙。第二十回與第二十一回,黃風嶺上三藏被虎先鋒所攝,是教人去假土危害,捨妄求眞。第四十回至第四十二回以枯

〔註122〕《西遊原旨》,卷三,第六回,頁9,總頁181。
〔註123〕同前註,卷三,第六回,頁15,總頁193。

松澗火雲洞之紅孩兒，寫氣質火性之害。第四十三回則承火性之害，要學人慎防水性之險。第五十回至第五十二回，是金峴山獨角兒作亂，藉三藏動心起念所遭魔害，警醒世人動心則亂性，亂性則魔起。第五十九回至第六十一回則是取經人路阻火焰山，以悟空一調芭蕉扇，寫復眞陽而調假陰之功；二調芭蕉扇，寫藥物採取勾取眞陰之妙；三調芭蕉扇，則言火候煅煉之妙。

五、無上至眞之道

以上所言進陽火、運陰符、靜觀陰陽消息，可使金丹凝結，仍是有爲之道。「蓋金丹之道，性命必須雙修，功夫還要兩段。兩段者，一有爲一無爲。有爲所以了命，無爲所以了性。性命俱了，打破虛空，方是七返九還，金液大丹之妙旨」。〔註124〕《西遊》第七回故事，便專寫金丹成熟後，當眞火煅煉，自有爲入無爲，證成無上正眞之妙道。大聖既吃了蟠桃、喝了御酒、服了仙丹，已是不壞之軀，即便被老君推入八卦爐中煅煉，也只燒成了火眼金睛，再次大鬧天宮。大聖一棒打入通明殿，全無懼色，無人能敵，如同圓陀陀光明寶珠，「光輝通天徹地，水火不能傷，刀兵不能加，命由自主，不由天主，天兵神將」，〔註125〕據之可以爲善，成仙成佛；也可據以爲惡，披毛戴角。能善用者，當可以火煅煉之，與天爭權而天弗違。只是大聖自尊自大，妄想篡奪玉帝之位，了命之後不能了性明心，便不能與太虛同體，全功未竟。其後與如來佛祖賭賽，遭佛祖翻掌輕壓於五行山下，自此心猿不期定而定。《原旨》註解說：

> 心猿者，道心之妙有，屬於剛，剛主動。佛掌者，本性之眞空，屬於柔，柔主靜。剛極而養以柔，動極而歸於靜，眞空妙有，兩而合一，有無俱不立，物我悉歸空。〔註126〕

亦即能悟了命之後復能了性，當動靜混化，證成無上大道；反之，既了命卻不知了性，終爲五行壓制，不期定而定。此迷悟一念，實是有爲入無爲之關鍵。

與此配合的《西遊》故事有：第六十二回、第六十三回，利用祭賽國掃塔一事，使學者知修命不修性，則大道猶未成也。第七十一回則以觀音收伏朱紫國賽太歲一案，直寫有爲入無爲、勉強歸自然之旨。第九十三回至第九

〔註124〕同前註，第七回，頁14，總頁222。
〔註125〕同前註，頁11，總頁215。
〔註126〕同前註，頁13，總頁219。

十五回，藉天竺國玉兔假扮公主一事，指出谷神不死之祕，乃是自虛無中來之天心。教學者不只知生身之來因，也要知未生身之來因。最後第九十八回，則以凌雲渡脫胎一難，訓誡世人若牽繫幻身，不肯放下，仍非仙佛。當大解大脫，以入無生無滅之地。

經過勘破世事、積德修行的準備工作，加上訪求真師，得知竅妙的窮理盡性，然後和合陰陽、審明火候，既能得人生初始之「還丹」，亦可修得壽與天齊之「大丹」。了命之後，明心見性，道法兩忘，自有為入無為，以成無上正真之道。因此第一百回總收《西遊記》全部精神，指出金丹要旨，作為萬世學人之指南。

《西遊》故事以唐僧西天取經為架構，卻以前七回悟空生身本傳作為總論，為了化解這樣的矛盾，劉一明解釋說：

> 悟空生身於東勝神洲，如唐僧生身於東土大唐；悟空學道於西牛賀<u>洲</u>，如唐僧取經於西天雷音；悟空明大道而回山，如唐僧得真經而<u>回國</u>；悟空出爐後而入於佛掌，如唐僧傳經後而歸於西天。<u>事不同</u><u>而理同</u>，總一「西遊」也。

也就是將悟空與唐僧的經歷互為比附：悟空出生於東勝神州傲來國花果山，卻到西牛賀洲拜菩提為師，學道求法。三藏生於東土大唐，卻從長安西行，到西天大雷音寺取經。其目的在說明，雖然用「悟空」的角色總論內丹原則，事實上與討論唐僧寓意同為一事，因為唐僧與悟空互為體用關係。其中待商榷的部份是，「悟空明大道而回山」與「悟空出爐後而入於佛掌」二句。從《西遊》故事來說，孫悟空回山的「山」，應該指的是「花果山」。但是孫悟空在協助唐三藏取得經卷後，與八戒、沙僧陪同三藏回到長安。見了太宗、檢點經卷、繳納關牒、東閣赴宴、鴈塔寺講經等，悟空等人皆隨侍在側。正要登台宣講經卷時，就被八大金剛將一行人駕香風送到靈山受職。完全沒有悟空花果山一節。此外，悟空出爐與入掌，「爐」是老君的八卦爐，「掌」則是如來掌。此段故事應該是發生在悟空大鬧蟠桃會後，二郎神奉命下界捉拿，在觀音協助下，悟空就逮。老君將他放入八卦爐中化煉，以為四十九天後將化為灰燼，未料只煉成火眼金睛。後來是如來佛顯神通，將悟空壓在五行山下。對孫悟空來說，這段出爐入掌的故事，只是他隨同西天取經的開端，但此處將它比成唐僧的傳經後升天，是唐僧取經的結果。以「開端」呼應「結果」，劉一明大概沒有注意到其中的不合理吧！

整體而言，劉一明嘗試透過前七回總論與後九十三回分論的方式，架構《西遊記》的故事情節。然而事實是，前七回的功法敘述是依序而下，但後九十三回卻是錯落其間。這應該不是劉一明無意為之，而是小說故事轉化成內丹過程，既要符合故事情節，又要循序內丹功法，兩者難以兼顧的不得不然。另一個可能的原因是，劉一明已經「主觀的」認定《西遊記》是內丹書籍，地位也與《參同契》、《悟真篇》同樣重要，因此在詮釋上只以「契應丘祖之旨」為要，不再顧及邏輯推理的合理性。換言之，劉一明以內丹目的取向，而非以推論過程為要。

第三節　符號意義的轉譯

根據第一章第二節的討論，可以歸結：明刊本《西遊記》都沒有提到作者，但是已經出現《西遊記》意旨的零星討論。但是從《證道書》附入虞集序文以後，其後的清刊本都認為《西遊記》的作者是丘處機，內容是內丹煉養之作。

爬梳全真派相關書籍，提及長春真人西遊一事，或《長春真人西遊記》一書的資料，依時間先後節略如下：

> 孫錫為《長春真人西遊記》作序言：「門人李志常從行者也，掇其所歷而為之記。凡山川道里之險易，水土風氣之差殊，與夫衣服、飲食、百果、草木、禽蟲之別，粲然靡不畢載，目之曰《西遊》而徵序於僕。」〔註127〕

> 秦志安《金蓮正宗記》：「（丘）所有詩歌雜說、書簡議論、直言語錄，曰《磻溪集》、《鳴道集》、《西遊記》，近數千首，見行於世。……」〔註128〕

> 《重修□□長春觀記》：「……宋使、金使各以召命來，大蒙古國亦以宣命至。夫孰不曰：『師當南行。』師意若曰：『好生惡殺，教門

〔註127〕〔元〕李志常著、黨寶海譯注：《長春真人西遊記・序》（石家莊：河北人民出版社，2001年），頁1。孫錫於序後署時間「戊子秋後二日」，當為南宋理宗紹定元年，西元1228年。

〔註128〕《金蓮正宗記・長春丘真人》（北京：宗教文化出版社，1999年），頁378。案：推敲秦志安生卒年為1188年～1244年，以及書前平水長春壺天序署「時太歲辛丑」，本書當成書於南宋淳祐元年，元太宗13年，西元1241年。

所尚，化溫厚之俗易，革殺戮之心難。雖有智慧，不如乘勢。』選可與共遊者一十八人，于是北往。每遇召見，即陳以少殺戮之言，天下餘生，實拜更生之賜。轉好殺之心為好善之心，此最難能者，而長春□□之，此其異于人者一也。常人入道，便廢斯文，專事修養，長春則不然。訪古則紀之吟詠，登程則寓之述懷，咳唾珠璣，語句超俗，曰《磻溪集》、曰《鳴道集》、曰《西遊記》，歷歷可觀。」〔註129〕

《玄門掌教大宗師真常真人道行碑銘》：「……（李志常）平昔著述多為人所持去，有《又玄集》二十卷、《西遊記》二卷行於世。」〔註130〕

……（丘師）九日，登寶玄堂，留頌而逝，享春秋八十。有《磻溪》、《鳴道》二集行於世。至元六年正月奉明旨，褒贈長春演道主教真人。」〔註131〕

……李志常字浩然，開州觀城人，道號真常子，金章宗明昌四年春正月十九日生。素性不喜文飾，雅好恬澹。元太祖十三年，聞長春自登州至萊，往拜席下。師一見器許，待之異常。十五年隨長春師，歷遊絕域，紀錄途上所見之事實，為之《長春真人西遊記》。〔註132〕

由以上資料可知，《長春真人西遊記》為丘處機西遊謁見元太祖，隨行弟子李志常記「山川道里之險易，水土風氣之差殊，與夫衣服、飲食、百果、草木、禽蟲之別」的書籍。在全真教內，或將此書簡稱《西遊記》，或將此書的作者寫成丘處機，但同指的是李志常《長春真人西遊記》一書。明代陶宗儀讀書札記《南

〔註129〕《道家金石略・重修□□長春觀記》，《陳垣菴全集》冊 5（台北：新文豐出版社，1993 年），頁 989。按：本碑銘位於寶雞，係「汾陽郭起南撰并篆額、五峰王道明書丹并刻」。胡義成《〈西遊記〉首要作者是元明兩代全真教徒》一文認定：「立碑時當南宋淳祐八年，即 1248 年，上距丘之去世僅 21 年。」見《運城高等專科學校學報》，20 卷 2 期，2002 年 4 月。

〔註130〕《道家金石略・玄門掌教大宗師真常真人道行碑銘》，頁 1149。題「翰林學士承旨資善大夫知制誥兼修國史王鶚撰」。李志常生卒年為西元 1193 年～1256 年，王鶚則是西元 1190 年～1273 年。

〔註131〕《道家金石略・全真第五代宗師長春演道主教真人內傳》，頁 1266。署「（至元）十八年二月既望，門下法孫天樂子李道謙齋沐謹編并題額」，時為西元 1281 年。

〔註132〕小柳司氣太編：《白雲觀志・白雲觀記事》，《中國道觀志叢刊》第 1 冊（揚州：江蘇古籍出版社，2000 年），頁 45，總頁 79。

村輟耕錄》論及「丘眞人」條，將資料的出處註錄爲：「以上見《磻溪集》、《鳴道集》、《西遊記》、《風雲慶會錄》、《七眞年譜》等書。」〔註133〕仍然是以《西遊記》簡稱《長春眞人西遊記》一書，而非丘處機別有一本《西遊記》。

劉一明也主觀的認爲《西遊記》是龍門派祖師丘處機的內丹學著作。雖然不確定劉一明在龍門派的師承體系，但他自視爲全眞龍門派弟子，稱丘處機爲「祖師」。他曾經提及：

> 我長春祖師，始而粒米文錢不敢妄貪，勞其筋骨，餓其體膚，受人之所不能受，忍人之所不能忍。及至苦盡甜來，否極生泰，爲宋金元諸帝之隆寵，有賜未嘗不受。然受之而禱雨救旱，禳災扶國，與夫修造宮觀，大興教門。〔註134〕

據《七眞年譜》、《金蓮正宗記》的記載：金世宗大定二十八年（1188），丘處機曾奉詔主持萬春節大醮。金衛紹王大安三年（1211），奉詔入京。南宋寧宗嘉定十二年（1219），遣使持詔來宣。同年，元太祖成吉思汗亦遣劉仲祿詔請西行。劉一明稱丘祖受「宋金元諸帝之隆寵」，顯然知道這些事蹟。但是劉一明訊息來源，究竟是教門內口耳相傳，還是參見教史著作，卻不得而知。如果劉一明曾經見過《長春眞人西遊記》一書，從內容的完全無涉，應該不至於郢書燕說。如果他見過了卻有意隱瞞，是否想透過《西遊記》的普及，傳達內丹訊息。這樣的猜測有可能，但無法追究。相反的，如果劉一明沒見過《長春眞人西遊記》，他可能只是道聽塗說的以既定印象，誤此《西遊》爲彼《西遊》。

不過根據劉一明弟子張陽全的記載，劉一明在二十歲離家求道，先是在黃家凹大山之峽被狼截路，有牧童相救。後來在開龍山潮音寺掛單，看見自號「法王菩薩」的塑像，就是齊天大聖孫悟空。寺僧跟他說起平日感應事件，劉一明反而認爲寺僧荒誕不經，信口胡言。當晚就出現靈感事蹟：

> 是夜，夢走山路，正當懸崖狹窄之處，有一猴持棒擋路，師以淨鏟擊之，忽然驚覺。……

隔天，平日爲「法王菩薩」傳言的人，忽然一觔斗翻進殿中，把劉一明叫到跟前來。書中記載：

> ……神問：「群狼擋道有否？」師曰：「有！」神又問：「夢中見猴阻

〔註133〕〔明〕陶宗儀：《輟耕錄》，《中國學術名著・讀書劄記叢刊》第二集第9冊（台北：世界書局，1987年），卷十，頁151。其生卒年1316～1403。

〔註134〕〔清〕劉一明：《通關文・財利關》，《道書十二種》下冊，卷上，頁3，總頁267。

路有否？」師曰：「有。」神曰：「此皆吾也。」復問：「吾神保唐僧
西天取經，有此事否？」師曰：「并無此事，<u>乃丘祖借三藏取經之事
演道耳</u>。」神曰：「正是，正是。」……〔註135〕

暫且不管猴神降鸞的真假，如果張陽全的記載為真，還是無法探究劉一明是
否見過《長春真人西遊記》一書，但可以肯定的是，劉一明始終以丘處機為
《西遊記》作者，而且將其列為丹經之要。例如他註解魏伯陽《周易參同契》
時曾說：

殊不知此書，為列仙丹書之祖，後來紫陽《悟真》、杏林《復命》、
毗陵《還元》、紫清《地元》、長春《西遊》，皆本此書而作。〔註136〕

文集《會心集》也提到：

《西遊記》、《道德經》，丹法全，是箴銘。《悟真篇》、《參同契》，最
細微，有次第。〔註137〕

也就是基於這樣的信仰，劉一明透過轉譯的方式，將《西遊》故事的人物情
節，對應繫聯，解釋成內丹功法。

根據西方符號學的說法，語言行為應該是一種社會契約的結果，是言語
使用者自由選擇跟使用言語的一種行為。換言之，個人會在「符號」的選擇
與使用過程，形成自己的「言語」行為，這個言語行為又必須與使用語言的
全體，在共同的價值體系下，形成集體性的文化。因為符號學有集體使用與
約定俗成的特色，借用它來解釋《證道書》以後的《西遊記》現象，或許可
行。符號並不單只是語言、文字，它可以是溝通的媒介。倘若把《西遊記》
視為一種符號，從清刊本的詮解者及其跟隨者，似乎集體且約定俗成的將《西
遊記》視為內丹之學。劉一明就是這個集體中的一員。

其次，符號學在內丹詮釋上之所以可能，在於道教有著深厚的符號傳統。
就內丹道教來說，因為功法必須求得明師口訣，若非教門中人絕不輕洩，於是
煉養術語的隱晦，就變成一種溝通特色。利用卦象解釋煉丹火候、內丹藥物的
「鉛」取字型以「金公」代替、嬰兒妊女可借稱為鉛汞、鉛汞又可稱之為龍虎……
等，就形成了內丹符號系統。當然，符籙道教又是另外一個符號系統。再者，《西

〔註135〕〔清〕張陽全撰述，孫永樂校注：《素樸師雲遊記注解》（榆中：榆中道協道
　　　　 經研究中心，1999年），頁17。
〔註136〕〔清〕劉一明：《參同直指》，《道書十二種》下冊，上篇，頁5，總頁50。
〔註137〕〔清〕劉一明：《會心集‧補遺》，《道書十二種》下冊，卷下，頁10，總頁
　　　　 371。

遊記》文本內容，既有來自全眞宗師的詩詞，敘述本身也夾帶著黃婆、刀圭、眞如、元神、夾脊等充滿著內丹暗示的文字，也就指引著清刊本《西遊記》的詮釋者與跟隨者，往內丹煉養的方向解讀。不過弔詭的是，劉一明身爲閱讀者，認爲是丘處機洩漏內丹功訣次第之作，於是他將故事文字解碼，拆解小說內涵，重新組裝內丹《西遊》。可是當他解讀後，行諸文字，企圖把這部原《西遊記》之旨的《西遊原旨》給「有志學道者」閱讀時，劉一明又成了詮釋者。閱讀者與詮釋者之間的關係如何平衡，或許可以留待後面章節再討論。

一、文字符號的繫聯

劉一明在西遊文字的轉譯，或取字音、或取字義、或取字形、或取五行爲方法。只是不管採取何種聯繫方式，目的都在衍譯文字背後的內丹寓意，且方法與方法間並非截然二分，而是交互作用而成。分項說明如下：（參見附錄表十：《西遊原旨》轉譯方法統計表）

（一）取字音

所謂「取音」，指的是劉一明將小說中的人物或情節，利用相同或相似的字音，轉化成內丹含意。

例如第二十四回，地仙之祖鎮元子受元始天尊之邀，將到上清天彌羅宮聽混元道果。基於五百年前蘭盆會上的舊日情誼，臨行前交代童子清風、明月，俟唐僧路過五莊觀時，當以人參果招待。此人參果三千年開花、三千年結果、三千年成熟，僅五莊觀有，別無他求。聞之，可活三百六十歲；食之，可活四萬七千年。劉一明解釋「人參果」說：

> 人參果者，參與生同音，猶言爲人生之結果。又參與參同體，天得一以清，地得一以寧，人得一以靈，言人與天地爲參之結果。此果在儒門爲一善，在釋門爲一義，在道門爲一氣。是一者乃生人之原本，得此一本，散之而二儀，三才、五行、八卦，萬事萬物無不流行。歸之攝萬而八卦，八卦而五行，五行而三才，三才而二儀，二儀而一本。正所謂一本散爲萬殊，萬殊歸於一本。總之，一在五中，五在萬中；萬本於五，五本於一。此人參果出於萬壽山五莊觀也。〔註138〕

此處所謂「人生之結果」，就宇宙生成而言，是萬物流行背後之所以然，先於

〔註138〕《西遊原旨》，卷七，第二十四回，頁11，總頁706。

天地之本。就內丹煉養而言，指的是人生復返的最終物質，也就是先天眞一之氣，也就是圓明長存之金丹。故以「坤陰六六之數，眞性之地」，代表若能聞得，可活三百六十歲，亦即可以了性。又言倘若吃得，可活四萬七千年。此「四」與「七」，五行中各是「金」與「火」，亦即「金火同宮，九還七返，造命之道。若能修而服之，長生不死，可以了命」〔註139〕於是故事中的人參果，就內丹意義來說，是個難以取得又不能不得的重要物質。只是唐僧見清風、明月奉獻之果，以爲是「三朝未滿的孩童」，千推萬阻，無論如何都不肯食用。劉一明說他肉眼凡胎，性愚未識，當面錯過。相對於唐僧的愚蒙，悟空師兄弟三人，既識得人參果之好，悟空也有本事盜摘，一人一個。劉一明以此三家本有混沌之體，家家現成，不待他求。只是八戒食髓知味，大聲嚷嚷，遂開啓童子叫罵、悟空推倒人參果樹大鬧五莊觀、鎮元子趕捉四眾等難。所爲所由，皆在人參果本不易得，既得，卻又貪得無厭，致使招來禍患。就如同內丹功夫中金丹難得，既得卻不能防危慮險，將有得而復失之患。

　　又如第六十七回，一行人在七絕山受阻於穢道「稀柿衕」。因爲每年柿子熟爛落下，塡滿胡同，少人行走。又加以雨露風霜、日光曝曬，刮起西風，便有一股惡臭。一行人遂借住駝羅莊李老者家中，李老者聽說悟空會收妖，故請悟空住下，藉以降服七絕山蟒怪。劉一明以「稀」音同「希」，意爲「希求」；「柿」與市同音，解成「市利」；「七絕」則指「七情」，以情慾能滅絕眞性。所以劉一明說：

　　　　人生世間，惟貨利是圖，而錮蔽其靈竅；惟情慾所嗜，而堆積其塵

　　　　緣，塡滿胸懷，積久成蠱，其污穢惡臭，尚認言哉？〔註140〕

人往往迷惑於世俗名利，見好物起執著，見惡物有嗔恨。一旦圖謀虛名權財，先天具有之靈明本性，也就隱蔽不彰。劉一明透過「稀柿衕」的解釋，提醒學道者，塵緣堆積、貨利是圖，最終即是「污穢惡臭」，靈竅隱匿。然而何以「駝羅莊五百多人家，別姓居多，惟老者姓李」？〔註141〕蓋「駝羅」音同「陀羅」，代表「淨土眞性所居之處」；〔註142〕姓又與性音同，李字拆解爲木與子，取木，五行配「元性」。又何以西風刮起，則有臭意？陽五行中西方配情，「情

〔註139〕同前註，頁 12，總頁 707。

〔註140〕同前註，卷十七，第六十七回，頁 11，總頁 1922。

〔註141〕同前註，頁 2，總頁 1904。

〔註142〕同前註，頁 11，總頁 1922。

動必潰」，故西風有臭；若東南風大，未必有聞。因此師徒四人借住李姓老者
居處，代表的是性命雙修中的「性功」，亦即要人煉己待時，養性存心。師徒
四眾必於七絕山剪除紅鱗大蟒，因爲大蟒爲蛇，蛇地支配爲巳，巳五行配火，
火五臟配心。一旦利心發動，傷人至甚，如同蟒蛇爲妖。悟空、悟能必得除
去稀柿七絕之毒蛇，換得駝羅莊百姓安生無慮；也就是修道者必棄絕利心，
除去罣心障礙，才能修性至命。最後豬八戒變成大豬，拱開胡同，一行人又
往西天前行。亦即修道者必去舊染污，打徹道路，去除情慾貨利、世情塵緣
之染污，才能盡性至命，心定丹結。

　　再如第七十四回，唐僧一行經八百里獅駝嶺，逢太白金星報信。其預告
前行凶險，將遇獅駝洞青毛獅怪、黃牙白象、大鵬金翅鵰三魔，手段不差，
當留心謹慎。劉一明於此解釋說：

> 獅者，喻其師心自用；駝者，比其高傲無人。師心高傲，則雄心氣盛，
> 故曰獅駝嶺；有己無人，則昏蔽如洞，故曰獅駝洞。此等妖魔不一而
> 足，皆係譭謗聖道，紊亂仙經，爲惡最大，爲害最深，故有三個妖魔，
> 統領四萬七八千小妖，專在此間吃人。這個妖爲何妖？俱是師心高
> 傲，不老實之妖；這個信爲何信，即報師心高傲不老實之信。〔註143〕

劉一明以獅同師音，取其「師心自用」之意，解獅駝嶺三怪。大魔青毛獅怪
會變化，大能撐天，小如果子。當年蟠桃會意欲爭天，被玉帝差遣天兵捉拿，
其張口可吞十萬天兵。二魔黃牙白象，若與人爭鬥，只用鼻子一捲，不管武
藝再強，皆能魂銷命散。三魔大鵬金翅鵰，名號雲程萬里鵬，隨身有陰陽二
氣瓶，可將人化爲血水。劉一明以大魔爭天爲王，爲「師心自用、妄意私猜
之學」，是用心著空之妖。二魔著意於鼻子一處，故喻爲執相守靜之學的「鼻
頭閉息」一條，是用意執相之妖。三魔有陰陽二氣瓶，即取「心氣爲陰，腎
氣爲陽，取心腎二氣交媾於黃庭」〔註144〕之心腎相交，爲搬運後天之學，是
著空執相兼有之妖。此等傍門外道擾亂世道人心，如三妖據山爲王作亂，故
劉一明要人辨求眞師口訣，去假歸眞，以成正覺。

　　其他如第九回玄奘母親殷溫嬌，殷與陰同音，是爲眞陰；第三十四回，
行者變蒼蠅隨小妖進入平頂山蓮花洞，以「蠅與嬰通音」，〔註145〕取嬰兒不識

〔註143〕同前註，卷十八，第七十四回，頁 11，總頁 2149。
〔註144〕同前註，頁 13，總頁 2154。
〔註145〕同前註，卷九，第三十四回，頁 10，總頁 973。

不知、眞空妙有之相……，都是透過同音或近音轉譯故事文字爲內丹功法。在百回中，有 21 回使用此法，共用了 26 次，爲各方法中最少。

（二）取字形

除了以同音或音近之法轉譯文字外，劉一明也將字形拆解成若干元素，或利用故事情節還原成字形符號，以解釋《西遊記》的內丹意蘊。如第十三回，當唐僧牽著馬孤零零的走在山林間，遇到猛虎咆嘯，心驚不已之時，恰巧遇上山中獵戶「鎮山太保」劉伯欽，解此困厄。劉一明解「鎮山太保」說：

> 欽者，敬也。鎮者，眞金義也。君子敬以直內，放手執鋼叉而不屈。
>
> 君子義以方外，故與虎爭持而不懼。此人道中之實理，而不失其固
>
> 有之性。〔註146〕

劉一明將「鎮」字拆解成「金」與「眞」，取「眞金」之義，仍是太白星之「非眞金不能脫災免難」預言的延伸。劉伯欽威風凜凜，不懼猛虎，救得唐僧，是「義以方外」；請唐僧前往家中供齋，爲父親薦亡念經，有孝順之心，是「敬以直內」，故爲人道中之君子。其曰「眞金」，意指行善積福爲修丹之礎石，因爲金丹之道「非大忠大孝之人不能知，非大賢大德之人不敢傳」。〔註147〕只是行善積福是必要條件，但不是唯一條件。若只圍限於此，則像劉伯欽雖然修己以敬，持家以孝，仍未能過得兩界山，留滯於人道之中。唐僧悽惶拜別，跨過兩界山，救得被佛祖壓在五行山下之悟空。自此唐僧西行，有悟空解難。悟空爲「他家不死之方」，亦即「眞鉛，又名金公，又名眞一之精，又名眞一之水」，〔註148〕既是「眞金」，也是「神徒」，又符合太白星頌子的預言。

唐僧過了兩界山，收伏悟空、龍馬後，行經觀音禪院。入禪院後，老僧要小童拿出「一個羊脂玉盤兒，三個法藍鑲金茶鍾」，另一小童則「提把白銅壺兒，斟了三杯香茶」，唐僧直誇物器美好。劉一明解釋所端的物器說：

> 「一小童拿出一個羊脂玉盤兒，三個法藍茶鍾」，明明寫出一心字
>
> 也。羊脂盤兒，象心之一勾；三個法盤藍鍾，肖心之三點，非心而
>
> 何？又「一童提把白銅壺兒，斟了三杯香茶」，白銅壺象腎中之精，

〔註146〕同前註，卷五，第十三回，頁 11，總頁 403。
〔註147〕〔清〕劉一明：《修眞九要・積德修行第二要》，《道書十二種》下冊，頁 1，
　　　　總頁 190。
〔註148〕《西遊原旨》，卷五，第十四回，頁 13，總頁 429。

斟了三杯香茶，乃腎氣上升而交於心也。〔註149〕

此以盛物的羊脂盤皿作爲心字之勾。擱在盤上的三個盛水容器，作爲心上三點，故爲「心」字。又「白銅」爲金，金生水，水五臟配腎，故象「腎中之精」。劉一明以無知之徒，誤認守心、守腎，或心腎相交爲內丹要著，故以老僧「污眼」諷刺之。老僧既稱不足爲奇，又反問唐僧有寶貝可供玩賞？悟空此時炫耀包袱中的袈裟，才勾起觀音禪院老僧貪欲之心，與徒弟廣智、廣謀用火計奪袈裟。

黑風洞黑熊怪趁觀音禪院失火之亂，偷走袈裟。悟空追討時，「見一個小妖左脇下夾著一個梨木匣兒，從大路而來」，有張請帖送邀大闡金池老人參加「佛衣會」。劉一明解釋爲：

分明寫出一個情字耳。小妖喻情之小，梨色青喻情之青，小左而夾一青，非情而何？〔註150〕

小妖的小字，形近爲「忄」；梨木匣則取其色，爲「青」；因小妖將其夾於左，爲「情」字。劉一明試圖透過黑風怪因貪慾而偷袈裟，說明修道人慾動則情生，情生則心亂。故悟空得將小妖劈爲肉醬，使情亡心死，心死則慾可消，修道才有活路可言。總的來說，唐僧與悟空在觀音禪院的遭遇，不管是前者的心，或後者的情，皆指人因愛欲而亂心動情，只計量有形寶貝（指袈裟），只執守心腎幻身，是不知其假，難入仙道。

其他如第二十八回，悟空被唐僧驅逐後，三人經過黑松林遇上奎木狼星下凡的黃袍怪，劉一明解：「黃者，土色；袍者，包衣，言爲土之包羅也。」〔註151〕以黃袍怪與沙僧的爭鬥，突顯內丹中金公一去，則假土爲害。第六十回，羅刹女的芭蕉扇只有杏葉兒大小，劉一明解釋說：

杏字，木下有口，仍取「巽」象。「巽」卦 ䷸ 上實下虛，實爲大虛爲小，雖大而究不離小，明示寶貝即「巽」也。〔註152〕

將「杏」字拆解成木與口後，以「巽卦」的陰爻象口之虛，也以「巽爲風」象芭蕉扇搧風之義。此即拆字形詮解之例。此外，亦有以情節不同元素，復還文字之例，如第二十六回，悟空跑到蓬萊仙境白雲洞找醫活人參樹之藥方，

〔註149〕同前註，卷五，第十六回，頁9，總頁494。
〔註150〕同前註，第十七回，頁9，總頁518。
〔註151〕同前註，卷八，第二十八回，頁10，總頁812。
〔註152〕同前註，卷十六，第六十回，頁13，總頁1724。

見福星、祿星對奕，壽星觀局。劉一明解釋成：

> 三星象心之三點，圍棋象心之三點而圍一鉤。眞心空空洞洞，不著
> 於物，不著於色，故居於白雲洞，有黍米之丹。求方於三星，盡心
> 而明心也。〔註153〕

以悟空所象之心，求方於三星所象之心，則爲內丹性功中「盡心明心」之則。
又如第七十三回，唐僧與八戒、沙僧被多目怪百眼魔君下毒，悟空到紫雲山
千花洞尋毘藍婆求解藥。毘藍婆從袖中「取出一個破紙包兒內，將三粒紅丸
子，三人口內各放一丸，一齊吐出毒物，得了性命」。劉一明解釋說：

> 一個破紙包，分明心字一勾；三粒紅丸子，分明心字三點。可知解
> 毒丹即陰德心也，每人摁上一丸，人人當存陰德心。一齊吐出毒物，
> 個個須除惡毒念。存陰德而去惡毒，方是救苦救難、大慈大悲聖賢
> 之婆心。〔註154〕

亦即提醒修行人當積陰德以盡人道，人道盡才是仙道之始，仍爲性功上事。《原
旨》在百回故事中，有25回使用取字形之法，共計30次。

（三）取字義

　　透過字面意義的解釋與衍伸，也是《原旨》轉譯的方法之一。如第十九回
三藏、悟空、八戒與白馬來到浮屠山，遇上烏巢禪師，傳授《心經》一卷，烏
巢禪師言：「若遇魔瘴之處，但念此經自無傷害。」三藏耳聞一遍，即能記得全
部。自此傳世，「乃修眞之總徑，作佛之會門」。〔註155〕劉一明註解此段說：

> 今云「消魔障」者，不過消其妄心耳。心即魔，魔即心，非心之外
> 別有作魔者。故曰「但念此經，自無傷害」，又曰「此乃修眞之總徑，
> 作佛之會門」，<u>言徑言門，是修行所入之徑路門戶</u>，而非修行所證之
> 大道歸結。〔註156〕

此處再次重申，取經途中的一切魔瘴，皆由心起。烏巢禪師所傳之《心經》，
即在消解妄心、妄念，故曰「但念此經，自無傷害」。又，修心之於內丹功法，
或築基煉己，或作爲貫串性命修爲的必要手段，而非最後終極目標，故「言
徑言門，是修行所入之徑路門戶，而非修行所證之大道歸結」，所以稱「修眞

〔註153〕同前註，卷七，第二十六回，頁9，總頁759。
〔註154〕同前註，卷十八，第七十三回，頁15，總頁2126。
〔註155〕同前註，卷六，第十九回，頁7，總頁559。
〔註156〕同前註，頁13，總頁572。

之總徑，作佛之會門」。

　　又如第五十九回，時值三秋霜景，四眾卻漸行漸熱。八戒以爲是天盡頭之斯哈哩國，悟空探詢老者後，才知是無春無秋、四季皆熱的「火焰山」。劉一明解「三秋霜景」：

> 夏月者，火旺之時。<u>三秋者，風涼之時</u>。過夏月而值三秋，陽極以陰接之。修丹之道，剛中有柔者亦如是。若只知剛而不知柔，欲以一剛而了其道，是何異八戒以熱氣蒸人，而認爲斯哈哩國、天盡頭乎？〔註157〕

其摭取夏熱秋涼之意，比附陽極陰接之理，以示修丹有剛柔並濟之理。然而一行人卻阻於「火焰山」，劉一明解釋說：

> 火焰山者，火性炎上，積而成山，則爲無制之火，喻人所秉剛燥之火性也。火性無制，遍歷諸辰，八卦生氣，俱爲所灼，故有「八百里火焰，四周圍寸草不止。若過得山，就是銅腦蓋，鐵身軀，也要化成汁哩」。〔註158〕

劉一明既取「火」向上竄燒之形，亦取其炎熱之義，釋其火炎燥熱，積而成山。方圓八百里廣大無制，萬物皆受其累，取經人必然受阻於此。結合對「三秋霜景」剛柔並濟的解釋，火焰山就如同丹道修煉，秉性燥動，只剛而不柔，則無法洞見清明眞性，必然功敗垂成，受燥性所累。

　　另如六十二回，時序進入秋末冬初，一行人來到祭賽國。國中金光寺原有座夜放霞光、瑞靄高升的黃金寶塔，不期遭血雨玷汙，使得外國不來朝貢。國王不察，遷怒和尚偷取塔中之寶，致使悟空一行必停於此，取寶救僧。劉一明解祭賽國金光寺說：

> <u>祭以表心</u>，<u>賽以爭勝</u>，隨心所欲，顧其外而失其內。也不賢，也不良，也不道，非復固有，失去人我之性矣。人我之性，乃本來之眞心，眞心空空洞洞，無一物可著，無一塵可染，是心非心。只因落於後天，生中帶殺，恣清縱欲，心迷性昧，全歸於假，不見其眞。其於金光寺黃金寶塔，孟秋夜半，下一場血雨，把塔汙了者何異？<u>金光者，喻英華發外</u>。寶塔者，比心地玲瓏。英華發外，積習之氣，填滿胸中，穢汙百端，心即昏昧，所作所爲，是非莫辨，眞假不分。

〔註157〕同前註，卷十五，第五十九回，頁11，總頁1683。
〔註158〕同前註，頁12，總頁1685。

　　　　　　　　　　　　　　　　－132－

一昏無不昏，千昏萬昏，而莫知底止矣。〔註159〕

祭字解為祭祀表心，賽字解成競賽爭勝。無論表心或爭勝，都在心上競逐放失。使得心之本然空洞無染，卻落於後天，恣情逐慾，是非莫辨，真假不分。金光指璀璨光澤顯揚於外，原來金光寺寶塔霞披四方，因一場血雨染污，則穢污百端，不見其明，寶塔不再放光。如同心昏性昧，真假不分。只是一昏而無所不昏，莫知底止。於是國王不察明事理，遷怒眾僧；官吏不察明事理，拷打眾僧。整個祭賽國，文不賢，武不良，國君無道。故悟空必得取回寶貝，救得國君百官，重拾賢良善道。就如同內丹的修持，當收攝放失之本心，復返人心本來之清明。

其他如第三十六回，取經四眾來到敕建寶林寺。寺中和尚安排茶飯、鋪床設帳後，各自散去後，唐僧來到庭院：

> 唐僧出門小解，見明月吟詩，其曰：「皓魄當空寶鏡懸，山河搖影十分全。瓊樓玉宇清光滿，水鑑銀盤爽氣旋。萬里此時同皎潔，一年今夜最明鮮。處處颺軒吟白雪，家家院宇弄冰絃。今宵靜翫來山寺，何日相同返故園。」〔註160〕

劉一明以三藏詩句「今霄靜翫來山寺，何日相同返故園」，僅知「靜」意，卻不知月中陰陽相生的消息，故轉化原來「小解」之意，稱其「是直以空空一性之靜，希望返歸本原，而不知有陰陽相當，兩國俱全之妙諦，只可謂之小解，不可謂之大解」。〔註161〕第四十三回，一行人離了枯松澗火雲洞，繼續往西而行。「師徒們正話間，前面有一道黑水滔天，馬不能進矣」，〔註162〕劉一明取黑色濁而未透之意，比擬修道者之昏愚蒙昧，故其言：「此黑水即昏愚流蕩之水，修道者不能死心蹋地、真履實踐，即是為黑水河所攛。」〔註163〕

第五十二回，悟空在金峴山金峴洞遭逢獨角兕大王，他手中有一厲害的圈套，能將悟空與諸天眾神之武器全部圈走。當悟空偷回金箍棒戰敗妖怪後，又「變作一個促織兒，自門縫裡鑽將進去，迎著燈光，仔細觀看」，〔註164〕只為了要偷走圈子與拿回兵器。劉一明解「促織」二字說：

〔註159〕同前註，卷十六，第六十二回，頁10，總頁1784。
〔註160〕同前註，卷九，第三十六回，頁6，總頁1013。
〔註161〕同前註，頁10，總頁1021。
〔註162〕同前註，卷十一，第四十三回，頁2，總頁1198。
〔註163〕同前註，頁10，總頁1214。
〔註164〕同前註，卷十三，第五十二回，頁1，總頁1454。

> 促者，急忙之義；織者，取細之義。言當於顛沛流落之時，急宜粗
> 中用細，借假悟眞，依一隙之明，而鑽研眞實之理也。〔註165〕

此一「實理」，在故事中指的是悟空求得如來指示，知得妖怪原爲離恨天太上
老君之青牛。因看牛童子打盹，青牛趁無人看管，偷走老君金剛琢後下凡作
亂。故悟空上得三十三天之外，請出老君降妖除怪。劉一明解釋爲：

> 金鋼者，堅固不壞之物，至正之義；琢者，虛圓不測之象，至中之
> 義。剛健中正，主宰在我，妄意不得而起，能主其意，不爲意所主。
> 〔註166〕

換言之，功夫修爲中，若能守得意念之剛健中正，即便遇上妖如青牛，處於
「顛沛流落之時」，仍不爲其牽制，而「能主其意，不爲意所主」。諸如此
類，即劉一明運用「字義」演繹其內丹功法。在百回故事中，有59回使用此
一方法，總計94次。

五　行	土	金	水	木	火
五　方		中	西	北	東	南
五　臟		脾	肺	腎	肝	心
五　色		黃	白	黑	青	赤
先天之真	五元	元氣	元情	元精	元性	元神
	五德	信	義	智	仁	禮
	陽數	五	九	一	三	七
	干支	戊辰戌	庚申	壬亥	甲寅	丙巳
後天之假	五物	妄意	鬼魄	濁精	遊魂	識神
	五賊	慾	怒	樂	喜	哀
	陰數	十	四	六	八	二
	干支	己丑未	辛酉	癸子	乙卯	丁午

（四）取五行

　　劉一明解釋宇宙生成說：「蓋天地造化之道，不過一個陽五行，一個陰五
行，一生一成而已。雖分五行，而實一陰一陽運用之；雖陰陽運用，而實一

〔註165〕同前註，頁9，總頁1470。
〔註166〕同前註，頁13，總頁1477。

氣來往運用之。故其象：土生金，金生水，水生木，木生火，火生土，土又生金。從中而始，從中而終。始之終之，無非一氣，無非一中。」〔註167〕而人也是秉天地陰陽五行所生，因此身體中也具有此陰陽五行。簡單來說，先天陽五行指的是未生身之前的本然面目，數字以一、三、五、七、九表示，五元爲精、氣、神、性、情，五德是仁、義、理、智、信。一旦生身以後，則爲後天陰五行。遊魂、鬼魄先起，妄意、識神、濁精隨後，是爲五物；五物具備，喜、怒、哀、樂、慾隨即寓之，屬形軀之事。若順此理序，則人生而老、病、死，終至墮入輪迴而無法解脫。因此內丹功法即是借假修眞，由後天返先天，要人逆而成仙，以成聖道。劉一明也將此說法，落實於《西遊記》的詮評。

如第二十回至第二十一回，唐僧、悟空、八戒與龍馬行經黃風嶺，唐僧本在馬上，忽見一斑斕猛虎，心慌意驚的跌下馬。此猛虎自稱黃風大王的前路先鋒，取出兩口赤銅刀與八戒迎戰。就在悟空協助八戒之時，猛虎使了個金蟬脫殼，攝走了正在唸《心經》的唐僧。劉一明解釋爲：

> 黃風者，不定之土，妄意也。心動而意不定，是心即意之先見者，故曰前路先鋒。「亂石叢中，取出兩口赤銅刀，轉身迎鬥」，赤象心之色，銅刀象心之柔惡。兩口者，二心也。一心者，靜心；二心者，動心。心動而千思萬想，傷天害理，無所不至，非刀在亂石叢中乎？
>
> 「八戒、行者趕來，那怪使個金蟬脫殼計，那師父正念《多心經》，被他一把拿住，扯將去了。」噫！心一動而全身失陷，非怪之來攝，皆心之自攝。怪使金蟬脫殼，而攝金蟬長老，是明示金蟬自脫自攝。〔註168〕

黃風大王的本相是黃毛貂鼠，黃色五行配土，五物配妄意，又加以「鼠性善疑」，被比爲「不定疑二之意土也」。〔註169〕因唐僧聞風心驚，又在一旁唸頌《心經》，致使猛虎有機可乘。換言之，猛虎作亂乃唐僧心動之所由，所以稱之爲「心動而意不定，是心即意之先見者，故曰前路先鋒」。虎先鋒手持赤銅刀，赤色五行配火，五臟配心，又有兩口，仍是心動作亂。從唐僧跌馬到被妖怪攝走，非由他人，而由己身心動所致，所以言「金蟬自脫自攝」。劉一明

〔註167〕《周易闡眞·河圖》，卷首，頁1，總頁12。

〔註168〕《西遊原旨》，卷六，第二十回，頁11，總頁597。

〔註169〕同前註，第二十一回，頁13，總頁525。

藉唐僧遭逢黃風怪一事，暗喻修道者意不定，則心不明；心不明，意愈不定。爲解此難，悟空請出位於正南之位的靈吉菩薩協助收伏鼠怪。「南者，離明之地，正眞靈居住之鄉，靈而居明，則係靈明可知。」〔註170〕南方五臟爲心，五行爲火，卦象爲離☲。「離者，麗也，明也。卦體一陰附麗於二陽之中，虛中能明之象。」〔註171〕離卦以一陰爻伏於二陽爻中，劉一明將其解爲「虛中能明」之象，也稱爲「離明之地」。靈吉菩薩居之處，也稱爲「靈明」。又，五臟屬心，亦代表心之靈明。《西遊》故事中，非靈吉菩薩不能收伏黃毛貂鼠；猶如內丹功法中，非心靈明罔覺，不能使妄意靜定。

　　再如第四十回至第四十二回，妖精變化成七歲赤條小兒，麻繩綑了手足，高吊在樹梢。唐僧爲善念所迷，執意解救。於此劉一明解釋爲：

七者，火之數；赤者，火之色。高吊樹梢，木能生火。頑童者，無知之謂。是明示心不明而火即生也。〔註172〕七在五行屬火，五色爲紅色，臟器屬心。又以五行生剋視之，其高掛樹梢，以木生火。以此象徵心火一動，而心即迷惑；心一迷惑，則禪心不定，唐僧即爲善念所迷，遂給妖攝去。悟空向山神打聽之後才知，此妖名爲紅孩兒，住在枯松澗火雲洞，是羅剎女與牛魔王之子，曾在火焰山修煉，牛魔王使之鎮守號山。對此，劉一明解釋爲：

> 枯松澗比枯木而生火，火雲洞喻怒氣而如雲。牛魔王兒子，自丑所穿爲午。羅剎女養的，從巽而來即離。火焰山修了三百年，是亢陽之所出。牛魔王使他鎮守號山，是妄意之所使。乳名紅孩兒，似赤子之無知。號叫聖嬰大王，如嬰孩之無忌。描寫妖精出處，全是一團火性，略無忌憚之狀，所以爲嬰、爲聖、爲大王，而爲大妖。格物格到此處，方是知至，知至而意誠心正，從此而可以除假修眞矣。〔註173〕

「枯木生火」、「怒氣如雲」、離爲火、午屬陰火、「亢陽所出」，皆是有火無水之象，全是一團火性。唐僧因火性所害，致使禪心不定，正心散亂，使得妖邪趁虛而入。也因正心散亂，故無知、無忌、妄意。緣此，悟空只好請出南海觀音，以淨瓶之水滅其燥火。觀音取其「靜觀密察」之意，又居住於南海，仍是離明之地。由於失覺誤察，遂爲善念所迷；心爲善迷，火性即發。故悟空請出觀音，

〔註170〕同前註，卷六，第二十一回，頁12，總頁623。

〔註171〕《周易闡眞》，卷二，頁11，總頁90。

〔註172〕〔註171〕《西遊原旨》，卷十，第四十回，頁11，總頁1131。

〔註173〕同前註，頁13，總頁1136。

以其「神明內照，性情和平，燥性之化，更何有火之妄動」。〔註174〕無論是黃風嶺之險，抑或紅孩兒之難，劉一明皆藉此勸諭學道者，當以定止亂，以靜化燥，才能復返心體之澄然。

其他如第三回，悟空前往東海龍宮尋求武器與披掛，東海敖廣送神器，北海敖順送絲履，西海敖閏送黃金鎧甲，南海敖欽送紫金冠。劉一明將四方位配五行，解釋為：「共東西南北之金木水火，而合成一中。全身披掛，金燦燦走上鐵板橋來，四象和合，五行攢簇，而金丹成矣。」〔註175〕又如六十二回，取經四眾行經祭賽國，唐僧與行者於金光四掃塔。寶塔十三層，劉一明解釋為：

> 十者陰陽生成之全數，三者五行合而為三家。陰陽匹配，中土調和，
>
> 則三家相會而成玲瓏寶塔一座。

其以陽數、陰數各為五個數字，相加而為十，稱作「陰陽生成之全數」。又以金水成數五、木火成數五、土一家為五，稱作「五行合為三家」。此三家攢簇於中土一家，故稱為「三家相會而成玲瓏寶塔一座」。以數字、方位、臟器等匹配五行以解之，百回故事中，有58回計89處援此為轉譯方法。

劉一明透過文字的轉譯，展現文字背後的內丹概念。雖然將劉一明轉譯的方法分而述之，然而在《原旨》中真正落實的，往往是多種並用，未必能截然區分。例如前文提及之「五莊觀人參果」，其既以字音解：「人參果者，參與生同音，猶言為人生之結果。」也以字型解：「又參與參同體，天得一以清，地得一以寧，人得一以靈，言人與天地為參之結果。」〔註176〕但無論是單一分析或多種並用，劉一明皆是企圖利用小說文字背後可能的道教概念，將故事《西遊》重構成為內丹《西遊》。

二、情節鋪敘的寓意

《西遊記》終究是個唐僧取經的通俗小說，有人物形象，有情節轉合。劉一明解《西遊》故事，除了單純拆解字面意義外，仍得正視敘述文字，及其背後隱含之寓意。

（一）取卦象

〔註174〕同前註，卷十一，第四十二回，頁12，總頁1189。
〔註175〕同前註，卷二，第三回，頁13，總頁98。
〔註176〕同前註，卷七，第二十四回，頁11，總頁706。

　　內丹修煉往往是取象譬喻，非得明師傳授，否則不能知曉其中秘要。而修道者之間論及丹法修持，又往往援引《周易》卦象，作為闡釋媒介。劉一明曾解釋丹道與《周易》間綿密的關聯：

> 丹經之由，始於後漢魏伯陽真人。真人成道後，憫世之學人惑於傍門邪說，不知聖賢大道，每多空空一世，到老無成，遂準易道而作《參同契》，以明性命源流、陰陽真假、修持法則、功夫次序，託物取象，譬語多端。以性命陰陽剛柔謂之藥物，以修持功夫次序謂之火候，以修持功夫不缺謂之煅煉，以勇猛精進謂之武火，以從容漸入謂之文火，以陰陽剛柔中正謂之結丹，以陰陽混成、剛柔悉化謂之丹熟，以無聲無臭、神化不測謂之脫丹。其寓意亦如《周易》，擬諸其形容，象其物宜，始有金丹之名、丹法之說、修持性命之理。《參同》一出，詳明其備，大露天機矣。後之了道群真，皆祖《參同》譬象，各作丹經，發《參同》所未發，詳而又詳，明而又明，性命之理無餘蘊矣。〔註177〕

自魏伯端作《周易參同契》始，藉易卦說明性命源流、修持法則、功夫次序等，即成為道門群真所沿襲與闡揚。又加劉一明註解《參同契》時曾言：「殊不知此書，為列仙丹書之祖，後來紫陽《悟真》、杏林《復命》、毗陵《還元》、紫清《地元》、長春《西遊》，皆本此書而作。」〔註178〕因此以易卦說明內丹功法，本為當然；尤其援引解《西遊記》，又更為允當。

　　例如第一回，美猴王掌管東勝神州傲來國花果山後，看來雖無拘無束、自由自在，卻憂慮年老血衰，不得久住於天人之間。因此美猴王雲遊海角，欲求得神仙之道。後在西牛賀州的山林間，經樵夫引介，前往靈臺方寸山的斜月三星洞訪求須菩提祖師。當猴王在童子引領之下，走進深閣瓊樓，在瑤臺之下，見到「菩提祖師端坐在臺上，兩邊有三十個小仙侍立臺下」。〔註179〕劉一明的解說是：

> 祖師端坐臺上，即剝卦䷖上一陽爻也。兩邊有三十個小仙，即剝之下五陰爻，五六三十也。夫天心未復是你，已復是我。未復者，剝之上爻；已復者，復之初爻。欲復天心，須要在剝中下功夫。剝之

〔註177〕《周易闡真・易理闡真序》，頁2，總頁5。
〔註178〕〔清〕劉一明：《參同直指》，《道書十二種》下冊，上篇，頁5，總頁50。
〔註179〕《西遊原旨》，卷二，第一回，頁8，總頁15。

上爻辭曰:「碩果不食,君子得輿。」蓋順而止之,不使陰氣剝陽於
盡,將爲返還之本。祖師端坐臺上,正得輿順止之象。〔註180〕

祖師爲陽爻,因端坐臺上,故爲上陽爻。小仙侍立臺下,有三十個小仙,即
下五陰爻。兩者相配則爲剝卦。劉一明在《周易闡眞》中解釋「剝卦」:

> 人秉天地陰陽五行之氣而生身,有命而即有性,性命寓於一身之中
> 矣。當人生之初,性命一家,先天後天混而爲一,陰陽未分,邪正
> 未判,圓成之象。及其成人氣足,先天陽極,交於後天,一陰潛生,
> 日復一日,年復一年,陰氣漸盛,陽氣漸弱,不至消盡其陽而不止。
> 如卦體五陰而剝一陽,當此之時,陽不勝陰,其所餘者,幾希之陽
> 耳。〔註181〕

也就是說,人秉天地而有身、有性與有命。未生身之前的本然狀態,渾渾淪
淪,就如同天地未分之前的混沌境界,是尚未有七情六慾的虛空狀態。只是
一旦落於形體之後,形貌俱有,先天與後天之氣開始混雜。倘若根塵未發,
陰陽未分,邪正未判,仍是渾淪之貌。一旦長成,七情六慾並起、喜怒哀樂
分判,於是陰氣發動,陽氣消減,終至陽氣殆盡,墮入輪迴。一切常人順行
造化的結果,即是走向死亡。相反的,聖人之所以能奪造化、轉生殺,即在
陽氣將被剝盡之時,能夠保之守之,不僅使陰氣不能傷,更要逆運天機,藉
陰以全陽。此乃陰中保陽的功夫,「逆則成仙」之理。只要能護守此陽氣,則
能使陽氣回升,如同一陽始生之復卦(䷗),終至六陽純全,復還未生身之本
來面目。因此,故事中美猴王必求須菩提祖師傳神仙之道爲始,才有後來的
消除死籍、從心所欲;內丹「須要在剝中下工夫」,順而止於此陽,才有返還
之本,成就金丹之可能。

又如第二十三回,取經一行人見一莊院,欲入門借宿。首先見得一座門
樓,「乃是垂簾象鼻,畫棟雕梁」;入門後,「原來是向南三間大廳,簾櫳高控,
廳中間掛一軸壽山福海的橫披畫,畫前安一張退光的香几,几上放一個古銅
獸爐,兩邊金漆柱上貼著一幅大紅紙的春聯……,廳上又百著六張交椅,兩
山頭掛著四季吊屏。」〔註182〕劉一明解釋爲:

> 「一座門樓垂簾象鼻,畫棟雕樑」,即觀卦之象。觀卦上二奇,非垂

〔註180〕同前註,頁16,總頁31。
〔註181〕《周易闡眞》,卷二,頁6,總頁80。
〔註182〕同前註,卷七,第二十三回,頁2,總頁655。

簾乎？下四偶，非象鼻乎？上闔下辟，非畫棟而雕梁乎？「向南三間大廳」，其廳必在此，下三陰也；「中間一軸壽山福海的橫披畫」，九五一陽也；「一張退光黑漆的香几」，一二三四五爻，四黑而上一光也；「几上放一個古銅獸爐」，即上九之一陽也；「兩邊金漆柱，貼一幅大紅紙的春聯」，四陰爻兩開之象也；「六張交椅」，六爻也；「四季吊屏，母女四人」，皆四陰爻之象也。〔註183〕

劉一明以門樓的垂簾象鼻、廳堂擺設佈局等描寫，解得觀卦（☴☷）上巽下坤之象。觀者，取「覺察戒愼」之義，爲神明覺察之卦。若應用於功法，其將修眞之道譬如祭神，必「先誠信於心，而後行持於身，神明默運，不疾而速，以誠而入，以柔而用」，〔註184〕終至皆合妙道。換言之，修道者自內而誠，神明覺察，將一切客染習氣，屏除於外，使陽氣不爲陰氣所傷，然後陰陽相應，內外如一。爲試煉取經四眾，黎山老母、觀音、普賢與文殊菩薩，化作母女四人，利用富貴、美色，考驗取經四眾。孀居婦人，年四十五，育有三女眞眞、愛愛與憐憐，各個皆是美貌才德兼具，願將三女配給三徒。若師徒四人肯招贅在家，家中財產金銀，一生享用不盡。除八戒稍有意向外，三藏不以富貴動心，悟空從小不曉得幹那般事，沙僧寧死也要往西天。劉一明援觀卦爻辭爲解：

寡婦誇獎女兒貌美，家當富足，欲坐山招夫，即六二之「闚觀」，所見不遠也；八戒聞的富貴美色，心癢難搔，忍耐不住，扯師父作理會，即初六「童觀」，所見不大也；三藏不以富貴動心，美色留意，推倒恩愛，出家立志，欲其功完行滿朝金闕，見性明心返故鄉，即六三「觀我生進退」，能觀己之可否，以爲進退，不忘本也；行者從小兒不會幹那般事，即上九「觀其生，君子無咎」，不觀於假而觀於眞，能務本也；悟淨蒙菩薩勸化，受了戒行，跟隨師父，怎敢貪圖富貴，寧死也要往西天，決不敢幹此欺心之事，即六四「觀國之光」，以小觀而求大觀，知務本者也。行者跟八戒在後門，看放馬一段，即九五「觀我生，君子無咎」，不特能觀己之是非，而且能觀人之邪正，此神觀兼能大觀，所謂「中正以觀」也。〔註185〕

觀卦之六二，「柔而中正，處於小人之中，而不爲小人所誘矣」。寡婦以女色、

〔註183〕同前註，頁13，總頁678。
〔註184〕《周易闡眞》，卷二，頁4，總頁76。
〔註185〕《西遊原旨》，卷七，第二十三回，頁14，總頁679。

家當誘引，取經者能拒之不爲所誘，已能行持於身。然而，若僅止於修身，而不求他家之陽，如門內闚觀，不敢出門，故爲「不遠之觀」。面對婦人之誘惑，四眾各有應對。三藏不以富貴動心，欲功完行滿、見性明心，是觀卦之六三，「是觀其我生之善否而進退之」。亦即恩愛富貴，爲我之不善，故三藏鄙棄之；出家立志，功完行滿爲我之善，故三藏力行之，故言「不忘本」。其次，悟空言「從小兒不會幹那般事」，自小兒至今，成始成終，一無所咎，故稱「能務本」。沙僧受菩薩戒行，跟隨三藏，是觀卦之六四，親近有道之菩薩、三藏，然後「借彼之大觀，以濟我之小觀」，是「知務本」者。只有八戒忍耐不住，故爲初六「童觀」，如頑童昏昧無知，甘居下愚之地，爲至下之觀也。殆八戒放馬，與婦人提及招贅之事，悟空化身紅蜻蜓跟在後頭觀看一事，則爲觀卦之九五，不僅觀己之成始成終，也察八戒之昏昧無知，能觀人我，故爲「中正之觀」。總的來說，故事中的黎山老母等化作女色，以考驗四眾取經之誠；內丹中，則藉此觀卦意旨，提醒修道者覺察之道須臾不可離，「始而有爲以大觀，終而無爲以神觀。神觀大觀，兩而合一。藥物得眞，火候有準，金丹焉得不成。觀之爲用大矣哉。」〔註186〕

又如第二十九回，悟空因棒打白骨精事件被三藏驅逐。一行三眾行至黑松林，三藏被黃袍怪困在洞內，正在悲啼之時，恰遇見寶象國三公主，乳名百花羞。十三年前八月十五日夜，被黃袍怪攝來做了十三年夫妻。劉一明解釋說：

> 「三公主」者，坤宮少女爲兌，寶象國爲坤，乃眞寶現象之處。花屬陰，地逢雷處，天根透露，一陽來復，其氣足以剝群陰而上進，故名百花羞。陽氣一復，浸而漸長，進至六爻，純陽無陰，二八一斤，金精壯盛，正中秋月滿，團圓之象。然陽極必返於陰，一陰來生，伏於陽下而成姤，眞陽失陷，不爲我有，如八月中秋，玩月中間被妖攝去，杳無音信矣。〔註187〕

寶象國取字面義，爲眞寶現象之處。此眞寶，即三公主百花羞。因是三公主，就八卦而言是爲少女兌卦（☱）。兌卦係自坤卦來，故寶象國爲坤（☷）。二者重卦，爲臨卦（䷒），即「陽氣一復，進而漸長」之意。及至剝盡群陰，六爻皆陽，則爲乾卦（☰），故爲中秋月滿之象。然陽極必反，一陰伏於五陽之

〔註186〕以上「觀卦」引文及寓意，見《周易闡眞》，卷二，頁4〜5，總頁75至頁77。
〔註187〕《西遊原旨》，卷八，第二十九回，頁9，總頁831。

下而爲姤卦（☰），自此陽氣受傷，故稱「眞陽失陷」。公主被妖所攝，自此杳無音信，故以捎信回寶象國作爲釋放三藏的交換。信息已通，則三藏至寶象國與八戒、沙僧相會，俟金公（悟空）返還，三家相會，五行攢簇，則妖可滅，妄可除，丹可成。

其他如第三十七回，烏雞國王招來全眞道士祈雨有成，故與之相拜爲兄弟。不期遊賞御花園時，被道士推下井內，「將石板蓋住井口，擁上泥土，移一株芭蕉栽在上面」，〔註188〕然後竊奪國王之位。劉一明以情節配卦象說明：

> 推下井去，石蓋井口，擁上泥土，艮爲石，又爲土之高者，上艮☶下坎☵爲蒙䷃。……移一株芭蕉栽在上面，芭蕉爲風木，屬於巽。
> 上巽☴下坎☵爲渙䷺。眞寶既陷，蒙昧不明，陰陽散渙。〔註189〕

亦即藉烏雞國國王遭陷，寄寓假者當權，眞者失陷，則失卻本來面目。因此悟空要太子問國母娘娘，辨別是非，即回到生身之處，返本還元，然後才能先救其眞，以便除假。第五十三回，三藏與八戒悟飲子母河水，導致腹痛有胎。悟空第一次取落胎泉水未能成功，第二次偕同沙僧，取了吊桶繩索，則打滿一桶水而去。然如意仙拿著如意鉤相持，被悟空「推了一交，奪過如意鉤來，折爲兩段，總拿著又一抉，抉作四段，擲之於地。」〔註190〕劉一明藉此說明內丹「取坎塡離」之意：

> 奪過如意折爲兩段，又一抉，抉爲四段，兩加四爲六，隱示坤六斷之義。何以知之？坎中一爻，原是乾家之物，因先天乾、坤相交，乾之一陽，走於坤宮，坤實而成坎。坤之一陰，入於乾宮，乾虛而爲離。取坎中之一奇而塡於離，則離變而爲乾。還離之一偶而歸於坎，則坎變而爲坤。宜抉兩段，又抉四段矣。〔註191〕

換言之，以坎☵中之陽爻爲眞陽，點我離☲內之假陰，始成爲純陽之乾☰體。再以我離☲內眞陰爻，走他家以塡坎☵中假陽，使其成爲純陰之坤☷象。至此則水火相濟，乾坤相合，玄珠有象，聖胎可結。劉一明結合卦象解《西遊》，百回故事中有49回105次。

（二）取寓意

〔註188〕同前註，卷十，第三十七回，頁2，總頁1027。

〔註189〕同前註，頁11，總頁1045。

〔註190〕同前註，卷十三，第五十三回，頁8，總頁1496。

〔註191〕同前註，頁15，總頁1510。

　　除符號的解碼與卦象的運用外，故事情節所延伸的寓意，也是《原旨》
主要的繫聯方法。如第十四回，劉伯欽陪著三藏行至兩界山下，遇見被如來
佛壓在山　下的齊天大聖。此時大聖希望三藏上山，揭起寫有「唵嘛呢叭咪吽」
金字壓帖兒，救其脫身，此後必保三藏西天取經。劉一明先劈以六字爲六賊、
六慾之說，認爲此乃「教外別傳之訣」，所以他說：

> 兩界山爲去人道，而修仙道之界，欲知山上路，須問過來人。金丹
> 乃先天眞一之道心煅煉而成，若非明師指破下手口訣，揭示收伏端
> 的，即是六個金字，一張封皮，封住先天門戶。「不識眞鉛正祖宗，
> 萬般作用枉施功」，而道心終不能歸復於我。〔註192〕

換言之，其以大聖遇得眞師揭帖而脫身，以喻求得道心，必得明師口訣。再如，
第二十七回，白虎嶺白骨夫人爲戲弄唐僧，或分身爲美貌女子、或化爲八旬老
婦、或變爲伶仃老人。悟空識得妖魔之假，一一舉棒打死，卻換來唐僧怒逐。
故劉一明將屍魔化身分別解爲「少年美貌屍首之假」、「老年伶仃屍首之假」、「老
少盡假，美醜盡假，老死之後一堆粉骨，而不可認以爲眞」。〔註193〕然而唐僧
以假爲眞，性亂心迷，驅逐悟空，前難不遠。劉一明認爲祖師藉以勸喻修道之
人，切勿執著於色身，明示「幻身陷眞之苦」。

　　又如，第四十四回唐僧師徒路經車遲國，見和尚搬磚蓋房，苦不堪言。
遂化身雲水道士，問得虎力、羊力、鹿力除設壇祈雨，也會燒丹煉汞、點石
成金，又興蓋三清觀宇，祈君萬年不死，遂使車遲國王向道滅佛。劉一明於
此特別提到說：

> 天下修行者，多以凝結精血爲內丹，燒鉛煉汞爲外丹，妄想以此爲
> 修性了命之具。直至氣血凝滯而出瘡癬，火毒攻外而爛肌膚，求生
> 不得，求死不得，不過多受苦楚而已，何能長壽延年乎？〔註194〕

劉一明藉故事中徒事燒煉外丹之道士，抨擊傍門小術，並勸喻學道之人，當訪
求明師，尋得修眞之正道。第五十八回，悟空因誅殺草寇，被三藏怒逐，遂跑
去落伽山觀音菩薩處哭訴。同時，六耳獼猴卻假扮成悟空，奪行李、搶關文、
打三藏、佔花果山，淨作出惱人行徑。雖因沙僧告菩薩而知有假行者，然而兩
人一樣形體、一樣聲音，沙僧、三藏、陰司判官、觀音菩薩、地藏菩薩等都無

〔註192〕同前註，卷五，第十四回，頁14，總頁432。
〔註193〕同前註，卷八，第二十七回，頁10，總頁788。
〔註194〕同前註，卷十一，第四十四回，頁12，總頁1241。

法分辨。劉一明將此一般無二與人心道心、元神識神作一比擬,他說:

> 人心爲後天之識神,道心爲先天之元神。元神本諸太極,具誠明之
> 德,盜造化,轉生殺,超凡入聖,起死回生,爲功最大。眞人親之,
> 世人遠之。識神出於陰陽,具虛妄之見,順行造化,混亂五行,喜
> 死惡生,恩中帶殺,爲害最深。世人賴之,眞人滅之。<u>二心之力相
> 當,勢相等。道心所到之處,即人心能到之處。其所以有眞假之別
> 者,只在先天後天耳</u>。〔註195〕

劉一明認爲古今多少修行人,不識眞假,混人心爲道心,即便再努力修煉,
仍是到老無成,終歸空亡。因此必得到雷音寺如來之處折辨。如來即是「無
所從來亦無所去,眞性之地。見性方能明心,心一明,而心知眞假判然,可
以不復有二矣。」〔註196〕換言之,唯有明心見性,才能分辨人心道心,不爲
假所亂眞,進而以眞除假,不落入二心之妄。

　　透過故事的段落,解析背後寓意,是劉一明面對《西遊記》作爲小說故
事,必要的轉用方式。而此種方式又在各項方法中,爲數最多,共91回,約
233次。

(三)文字指引

　　《西遊記》的故事架構是三藏的取經故事,然而回目與敘述文字,卻經
常出現與內丹修爲相關的文字,陳洪、陳宏更直接認《西遊記》的成書經歷
了「全眞教化」的過程。〔註197〕關於這個部分,已有很多學者撰述專文討論
之。如柳存仁即考察出第八回開卷詩〈蘇武慢〉「試問禪關,參求無數,往往
到頭虛老。……」,改寫自馮尊師《鳴鶴餘音》;第三十六回行者吟月之詩「前
弦之後後弦前,藥味平平氣象全。……」,出自於張伯端《悟眞篇》;第五十
回開卷詩〈南柯子〉「心地頻頻掃,塵情細細除。……」,襲取馬鈺《漸悟集》;
第九十一回開卷詩「修禪何處用功夫?馬劣猿顛速剪除。……」,亦來自馬鈺
《漸悟集》的〈瑞鷓鴣〉。其他如第七回詠嘆悟空金箍棒的「一點靈光徹太虛」,
也可能來自於馬鈺《洞玄金玉集・見性頌》。對此,柳存仁說:

> 百回本的全部架構,固然夾雜了不少道教的術語名詞,我們如果仔

〔註195〕同前註,卷十四,第五十八回,頁10,總頁1653。
〔註196〕同前註,頁12,總頁1657。
〔註197〕陳洪、陳宏:〈論《西遊記》與全眞教之緣〉,《文學遺產》2003年第6期,
　　　　頁110至頁120,2003。

細去摩娑它的文字，字裡行間更有許多地方很帶了些全真教派的氣味。〔註198〕

李安綱在柳存仁研究基礎上，也從詩詞歌訣尋繹全真道軌跡。他補充引自張伯端《悟真篇》的篇章，如第十四回開卷詩「佛即心兮心即佛，心佛從來皆要物。……」，引用〈即心即佛頌〉；第二十九回開卷詩「妄想不復強滅，真如何必希求」、第五十三開卷詩「德行要修八百，陰功須積三千。……」、第九十六回開卷詩「色色色原無色，空空空亦非空。……」等皆引自〈西江月〉；第九十九回少一難之韻文，後兩句「古來妙合參同契，毫髮差殊不結丹」，襲取張伯端七絕。而第八十七回開卷詩「大道幽深，如何消息，說破鬼神驚駭。……」，則引自馮尊師《鳴鶴餘音・蘇武慢》上闋。此外，李安綱更認為：

　《西遊記》依據《大丹直指》的步驟和內容來安排悟空的修煉和成

　　長過程，形象生動地揭示了成聖為仙的各個層次和境界。〔註199〕

除學者從韻文篇章中尋繹出處外，小說文字與情節本身，也隱藏許多閱讀暗示。就回目而言，靈根孕育、心性修持、菩提真妙理、歸本合元神、八卦爐、五行山、心猿、六賊、意馬、木母、真性、本心、劈破傍門、嬰兒、金木、金丹、刀圭、情亂性從、神昏心動、黃婆運水、二心攪亂大乾坤、一體難修真寂滅、滌垢洗心、修藥物、七情迷本、鑽透陰陽竅、還歸大道真、一體拜真如、奼女求陽、元神護道、丹頭、真陰歸正會靈元、功成行滿見真如、九九數完魔滅盡、三三行滿道歸根等，都隱含了內丹術語。有代表煉丹藥物的金公、木母、黃婆、刀圭，有解後天之假的心猿、六賊、七情迷本，有代表先天之真的嬰兒、靈根、真如、元神，也有代稱功程的奼女求陽、合元神、真陰歸正、還歸大道等。《西遊記》在提綱挈領的回目上，運用了大量道教術語，難免給讀者攀附與詮釋的空間。

其次就故事內容來看，根據情節的發展與描述，也有許多的內丹指引。例如第二回，須菩提祖師提起「三百六十傍門」言：

　……術字門中，乃是些請仙扶鸞，問卜揲著，能知趨吉避凶之理。……

　流字門中，乃是儒家、釋家、道家、陰陽家、墨家、醫家，或看經，

〔註198〕柳存仁：〈全真教和小說《西遊記》〉，《和風堂文集》（上海：上海古籍出版社，1991年），頁1335。

〔註199〕李安綱：《西遊記奧義書4・觀世音的圓照》（北京：中國社會科學院出版社，2002年），頁244。以及李安綱：〈《西遊記》與全真道文化〉，《運城高等專科學校學報》19卷2期，頁2至頁7，2001年4月。

或念佛，並朝眞降聖之類。……此（靜字門中）是休糧守谷，清靜
無爲，參禪打坐，戒語持齋，或睡功，或立功，並入定坐關之類。……
此（動字門中）是有爲有作，採陰補陽，攀弓踏弩，摩臍過氣，燒
茅打鼎，進紅鉛，煉秋石，並服婦乳之類。〔註200〕

此雖細言術、流、動、靜四大法門之功法，然其皆屬傍門，所得也只是傍門
正果。當悟空不學，菩提祖師手持戒尺打悟空一段，即是要學道之人，猛醒
回頭，及早修持正道。因此菩提祖師先劈其妄，再入正道。而此段文字，即
將傍門功法一一列出，頗有判教意味。

又如第三十六回，取經四眾借宿寶林寺，三藏小解對月吟詩，悟空評其
不懂月中之意，而言：

師父，你只知月色光華，心懷故里，更不知月中之意乃先天法象之
規繩也。月至三十日，陽魂之金散盡，陰魄之水盈輪，故純黑而無
光，乃曰晦。此時與日相交，在晦朔兩日之間，感陽光而有孕。至
初三日一陽現，初八日二陽生，魄中魂半，其平如繩，故曰上絃。
至今十五日，三陽備足，是以團圓，故曰望。至十六日一陰生，二
十二日二陰生，此時魂中魄半，其平如繩，故曰下絃。至三十日三
陰備足，又當晦。此乃先天採煉之意。我等若能溫養二八，九九成
功，那時節，見佛容易，返故田亦易也。

（悟空詩）前絃之後後絃前，藥味平平氣象全。採得歸來爐裡煉，
志心功果即西天。

（沙僧詩）水火相攙各有緣，全憑土母配如然。三家同會無爭競，
水在長江月在天。

（八戒詩）缺之不久又團圓，似我生來不十全。他都伶俐修來福，
我自痴愚積下緣。但願你取經還滿三途業，擺尾搖頭直上天〔註201〕

此言先天消息本是陰陽相生，「先取上弦金八兩，次取下弦水八兩，以此二八合
而成丹」，〔註202〕故悟空言「溫養二八」，也言「採得歸來爐裡煉」，即是採得水
中之金，煅煉成全陽之丹。然只是採取未能成丹，當賴中土調和使水火既濟、「三
家同會」，合而爲丹圓。只是盈虛造化，逆順圓缺，須用火細細煅煉，才能出凡

〔註200〕《西遊原旨》，卷二，第二回，頁 1，總頁 35。
〔註201〕同前註，卷九，第三十六回，頁 7，總頁 1014。
〔註202〕同前註，頁 10，總頁 1021。

—146—

而入聖。換言之，藉寶林寺三徒吟月，將下手竅妙、火候時刻，皆已透顯。

四眾來到天竺國，本只想倒換關文後隨即啓程，未料三藏接到公主的招親綵球，國王要三徒領關文西去，留三藏爲駙馬。三藏起身侍立，有詩：

> 大丹不漏要<u>三全</u>，苦行難成恨惡緣。道在聖傳修在己，<u>善由人</u>積福由天。休逞<u>六根</u>之貪欲，頓開一性本來圓。無愛無思自<u>清淨</u>，管教<u>解脫得超然</u>。〔註203〕

其所言「三全」，即全精、全氣、全神。唯此三全，聖胎才有凝結的可能。然而內丹功法講求的不只是命功，築基煉己更要求積德累行，無所虧缺，故又言「修在己」、「善由人」。總的來說，修道首要即得放下六根貪慾，復歸本性如然靈明，無愛無思，清靜自持，則能全得精氣神，修煉大丹。

總上，《西遊記》不只在回目上直用道教術語，故事情節也蘊含內丹修持功法，使得註解者擁有更多的詮釋空間。也就是說，劉一明爲全眞道士，其具備完整的內丹理路，也主觀的以丘處機爲《西遊記》的撰作者，又加上《西遊》故事埋伏著指引文字，種種因緣激盪下，劉一明透過不同的轉譯方式，將內丹功法架構在小說《西遊》上，也就顯得順理成章。

第四節 小 結

劉一明開宗明義總論《西遊記》意旨曰：

> 西遊記者，元初龍門教祖長春邱眞君之所著也。其書闡三教一家之理，傳性命雙修之道。俗語常言中暗藏天機，戲謔笑言處顯露心法。古人所不敢道者，眞君道之；古人所不敢泄者，眞君泄之。一章一篇，皆從身體力行處寫來；一辭一意，俱在眞履實踐中發出。其造化樞紐修養竅妙，無不詳明且備，可謂拔天根而鑽鬼窟，開生門而閉死戶，實還元返本之源流，歸根復命之階梯。悟之者在儒即可成聖，在釋即可成佛，在道即可成仙。不待走十萬八千之路，而三藏眞經可取；不必遭八十一難之苦，而一觔斗雲可過；不必用降魔除怪之法，而一金箍棒可畢。〔註204〕

其認定《西遊記》乃全眞龍門派教祖丘處機，在三教一家基礎上，藉三藏師

〔註203〕同前註，卷二十二，第九十三回，頁9，總頁2662。
〔註204〕同前註，卷首，頁12，總頁31。

徒取經故事，演繹內丹性命之學。對他而言，《西遊記》是內丹修煉的重要典籍，爲「古今丹經中第一部奇書」，〔註205〕而非單純的取經故事而已，因此他以「內丹參考書」的實用態度去面對小說《西遊》，是理所必然。於是當他選擇《眞詮》作爲故事底本詮評時，內丹理論上的相應程度，應該更甚於文學欣賞的考量。由此角度出發，可以發現劉一明在詮評《西遊記》的同時，已經將《西遊記》的文字形式賦予內丹意義。

首先就《原旨》承襲的故事版本而言，前文已提及，《原旨》與其他清刊本的共同特色就是，加入唐三藏出身遇難故事的第九回〈陳光蕊赴任逢災 江流僧復仇報本〉，並將原世德堂本第九回至第十二回重組而成三回。若將此暫時擱置，以韻文來說，《原旨》保留了世德堂本40%的篇章，共309篇。註解202篇，佔保留韻文的65%。保留的韻文中改寫或刪節者，有92篇。其中有註解者56篇，約佔該類韻文總數的28%。未註解36篇，則佔未註解類韻文總數33%。而保留的韻文類別中，開卷詩、卷末詩以及其他類的保留與註解比例皆高，所佔篇數較多的山水景物、人物情狀與風沙爭鬥類，其保留與註解的比例就相對低。而所有註解的韻文篇章，內容全部與內丹修持有關。

以字數來說，世德堂本有559269字，《原旨》本精簡成385137字，約佔69%。其節略的表現方式有：直接刪除不重要的情節跳接後文，前文提過的情節以「前事」、「上項是」等字辭略過，人物對話被簡單的敘述文字取代。令人意外的是，第十七回與第九十回有兩處情節，《原旨》本卻出現了相對世德堂本的繁寫。整體看來，雖然《原旨》本文字較爲簡略，故事的基本架構不變，應該只影響文學效果的呈現。再看第九回至第十二回的重組，保留韻文僅13篇，僅佔世德堂本23%。其中只有《原旨》第十一回的開卷詩與第十二回的觀音榜文有註解，內容仍與內丹相關。情節文字部分，《原旨》本加入第九回故事後，總字數上幾乎平衡，分別是世德堂本的20751字，《原旨》本則是20128字。只是不管《原旨》的故事版本在韻文或情節文字上如何的增刪，都不影響劉一明「內丹實用」的詮評態度。

其次就故事的架構來看，劉一明在〈讀法〉裡已經明白揭示，前七回悟空出身、求道、亂蟠桃、鬧天宮終至被壓在五行山下的故事，其實總論內丹原則；而後九十三回自觀音東行求取經人、玄奘出身以及西行取經歷八十一難等，則是將前七回析而論之，透顯火候次第、功法竅要等。此外，百回回

〔註205〕同前註，〈讀法〉第6條，卷首，頁29，總頁63。

目也會出現要緊字眼，提醒學道者關鍵處。而卷末詩不只總結故事要義，還是「全案之骨子」，蘊含無數妙義。因此簡單來說，劉一明認為《西遊記》，表層脈絡雖然唐三藏率徒西行取經的過程，但更深層的寓意其實就是一個完整的內丹修煉過程。

　　最後就故事內容來看，劉一明透過多種方法將文字與符號重新繫聯，解碼成「有志學道者」所能閱讀的「丹經」。在文字方面，劉一明以字音、字義、字形、配五行等方法，探索文字背後的內丹功法。不可避免的，《西遊記》的主軸畢竟是個取經故事，因此劉一明也利用故事情境，或與卦象相配，解釋火候次第或採藥時節；或延伸情節脈落，解析背後的寓意。另外，《西遊記》不管是在回目題綱、情節文字或韻文篇章上，也有著暗示與指引，讓有心人更順理成章的將小說《西遊》繫聯而為內丹《西遊》。

　　劉一明主觀的認定丘處機撰作《西遊記》，並將《原旨》的讀者群設定為「有志學道者」，期許透過結構的分析與符號的轉譯，原丘祖之旨，使學道者知得性命雙修之理，金丹返還之道。因此不管在版本、結構或是內容，都可見得取經故事在「道士」劉一明的主觀閱讀中，結出「《西遊》全部，是細演《河圖》、《周易》之密秘，乃泄天地之造化，發陰陽之消息」〔註206〕之意義。雖然鄭振鐸曾言：「那些《真詮》、《原旨》、《正旨》以及《證道書》等，以《易》、以《大學》、以仙道來解釋《西遊記》的書都是帶上了一副著色眼鏡，在大白天說夢話。」〔註207〕但持平而論，《西遊記》本身倘若沒有提供足堪演繹的暗示，詮評家又將如何比擬？如果可以將《西遊記》從純文學欣賞的角度暫時抽離，或許可以看到不同的《西遊記》。

〔註206〕《西遊原旨》，卷二十四，第一百回，頁15，總頁2886。
〔註207〕鄭振鐸：〈西遊記的演化〉，收於《中國文學研究》（北京：人民出版社，2000年），頁244。

第三章 　《西遊原旨》的丹道思想

　　劉一明認定《西遊記》的作者是丘處機，內容是三教一家之理，目的是傳性命雙修之道。賦予《西遊記》丹道意義，並非劉一明首開其例，而是前有所承。被歸爲伍柳派的伍守陽，〔註1〕在《天仙正理直論‧煉己直論五》已經說過：

> 丘眞人西遊雪山而作《西遊記》以明心，曰心猿按其最有神通。禪宗言「獼猴跳六牕」，狀其輪轉不住，其劣性難馴，惟煉可至，而後來聖眞。〔註2〕

其所謂「遊雪山而作《西遊記》以明心」，應該指的是丘處機西行一事；而接著說的心猿最有神通、劣性難馴等，應該指的西遊故事中孫悟空的角色。換言之，伍守陽以悟空形象，作爲討論「煉心」的佐證，提出「惟煉可至，後來聖眞」。

　　李卓吾評本以「《西遊記》極多寓言，讀者切勿草草放過」〔註3〕看待西遊故事。第一回樵夫指點猴王神仙住處在「靈臺方寸山，山中有座斜月三星洞」，李評本分別注曰：「靈臺方寸，心也。」「斜月象一勾，三星象三點也。

〔註1〕 「伍柳派，爲伍沖虛、柳華陽師弟所創。全主清淨修爲，仙佛合宗，爲龍門嫡嗣，自署龍門第八派弟子，本可視爲北派；惟以其在丹法修爲上，究有若干區分，而後世之學者又多，門庭甚盛，故事概稱爲五柳派。……其所著丹道九篇，係以闡發仙宗爲主旨，而參以佛宗爲證，故又曰仙佛合宗。」見蕭天石：《道家養生學概要》（台北：自由出版社，1996年），頁136。

〔註2〕 伍守陽：《天仙正理直論》，《古本伍柳仙宗全集》（上海：上海古籍出版社，1990年3月年），頁40，總頁179。

〔註3〕 李評本《西遊記》（上海：上海古籍出版社，1997年），第二回，總批，頁27。爲求行文方便，後文簡稱「李評本」。

是心，言學仙不必在遠，只在此心。○一部《西遊》，<u>此是宗旨</u>。」〔註4〕李評本也將情節故事，還原成符號，以解釋《西遊記》的故事宗旨在「心」。只是這樣的心，不是內丹性功的心，而是從人的內心與外境對應，討論超越俗世的人心價值。第一回猴王見世人都是爲名爲利之徒，有韻文這樣寫著：

> <u>爭名奪利</u>幾時休，早起遲眠<u>不自由</u>。騎著驢騾思駿馬，官居宰相望王侯。只愁衣食耽勞碌，何怕閻君就取勾。繼子蔭孫<u>圖富貴</u>，更無一個肯回頭。

李評本解釋爲：「世人可惜，世人可歎，不及那猴王多矣。」〔註5〕第九回故事大篇的漁樵問答，總批寫著：「漁樵之爭，只爭山水，不比世人名利之爭。所云其爭也君子，非乎？」〔註6〕李評本的作者歎世人被名利囚禁的不自由，又讚漁樵「只爭山水」的君子之爭，便可知評本作者將《西遊》主題放在心的超越上。而這樣的解釋，多是藉情節敘述所產生的寓意，加以詮解。李評本在形式上，與傳統小說評點接近。換言之，其多以雙行夾注的方式，討論故事情節的文學藝術；而在總批的部分，簡述該回主旨。

　　汪象旭《西遊證道書》也將「靈臺方寸山，山中有座斜月三星洞」，分別解爲「靈臺方寸，心也。」「斜月象一勾，三星象三點也。是心，言學仙不必在遠，只在此心。」完全承襲李評本的解法。不同的是，他又在「須菩提祖師」下言：「此即《金剛經》中之須菩提也。神仙、祖師合而爲一，方是仙佛同源。」〔註7〕並認爲：「仙佛之道，又總不離乎一心。此心果能了悟，則萬法歸一，亦萬法皆空。」〔註8〕換言之，《證道書》既承接李評本對「心」的著眼，但將《西遊記》定位爲仙佛同源之書，最終目的是在修得此心，悟得此空，攢簇五行，求得金丹大道。形式上，《證道書》有回前總批，也有雙行夾注。回前總批題旨、筆法皆有論。如第十回總批言：

> 其中袁守誠之靈怪，老龍王之癡騃，魏丞相之英雄，<u>奇幻俱寫</u>，□<u>活潑生動</u>，咄咄逼人。令數千年後讀者，如睹其貌，如聞其聲，<u>豈非天地間絕奇文字</u>。

〔註4〕同前註，第一回，頁11。
〔註5〕同前註，頁9。
〔註6〕李評本《西遊記》，第九回，頁116。
〔註7〕〔清〕汪象旭：《西遊證道書》，《古本小說集成》（上海：上海古籍出版社，1990年），第一回，頁10，總頁20。爲求行文方便，後文簡稱《證道書》。
〔註8〕同前註，第一回，頁1，總頁1。

下段曰：

> 篇中眞龍業龍四字，亦非漫下。蓋丹家以眞龍爲主，調御得宜，自
> 能配合陰陽，運用復姤。〔註9〕

有討論人物塑造的唯妙唯肖，也討論情節上的靈幻想像，故稱本回係「天地
間絕奇文字」。若就題旨來看，則從內丹學的陰陽消息，復姤二卦言之，著眼
於「調御得宜」。其言「眞龍可輔，業龍可斬」，〔註10〕或輔或斬，全在丞相
魏徵「試慧劍運元神」。而此元神自是丹家妙用，金水配柔剛之謂。

陳士斌《西遊眞詮》在故事的第一回，猴王前往須菩提祖師處時，解釋說：

> 此處明提靈臺方寸，一勾三點，讀者謂是指心字無疑。予亦何能謂
> 其不指是心。噫！惧矣。若云是心，以心問心，參禪打座，祛欲循
> 理，便可長生。又何用求師訪道，南奔西馳耶？以此心爲天地之心，
> 則可以：以此心爲人心之心，則失之遠矣。〔註11〕

悟一子所言「讀者謂是」，指的應該就是李評本與《證道書》。他一方面認爲作
「心」解可，又不同意將此心解爲天地之心。換言之，李評本認爲此心是超越
俗世、與外境對揚的內在人心；《證道書》一字不改的繼承李本評注解，不同的
是將取經過程解作「收放心」。《眞詮》則將此心解爲「天地之心」，要人「靜極
而動，動而生陽，生生續續」，透過勉力修持，復見靜極初動之景象。若援卦象
以爲解，則用一陽生於五陰下之復卦（䷗）表示之。此一陽來復之象，既是未
生身前面目，也是命功功程中的採藥之時。簡單來說，陳士斌認爲《西遊記》
是透過四眾白馬取經的故事，透顯人我共濟，非一己孤修的丹道原則。並以往
西天作爲探求大道根源的過程，然後「借十萬八千里之遠、八十一難之苦、一
十四年之久，以指明防危慮險、功程火候之至要」。〔註12〕因此，《西遊記》就
是一部修丹煉丹的功程書。就評點的形式而言，《眞詮》沒有夾注，只在回末總
述旨要。故事旨要又以內丹功法爲討論重點，未論及文學寫作。

除了《新說西遊記》外，《眞詮》之後各家評點，詮評內容上也以丹道爲
主，未論及文學筆法。從發展的脈絡來看，李評本提出「心」的概念，是被
後來丹道家所承襲，只是「再延伸」的意義不完全相同。但在《證道書》以

〔註9〕 同前註，第十回，頁1，總頁204。
〔註10〕 同前註，頁6，總頁213。
〔註11〕 〔清〕陳士斌：《西遊眞詮》，《古本小說集成》，第一回，頁11，總頁21。
〔註12〕 同前註，第八回，頁9，總頁196。

虞集序文提出丘處機爲《西遊記》作者後,清刊本幾乎完全接受這樣的說法,是影響深遠的觀點。只是從形式與詮評內容上來說,《證道書》內丹與小說並重的評點方式,影響卻是有限。但是另一部詮評之書《西遊眞詮》,全本內丹思想的解釋,不僅異於小說的文學評點,更讓後來刊行的《西遊記》,承襲這樣的評點方式。

前一章已用極多篇幅證明,劉一明除了在文字版本上採用《眞詮》本,註解的形式上,劉一明承襲《眞詮》的方式,只在回末總述要旨。在寓意思想上,全部是內丹原理原則,完全沒有文學筆法的審美鑑賞,是以傳道的實用性爲前提。劉一明認爲《眞詮》在功法的解釋上雖不完整,但相較於《證道書》已使埋沒不彰的《西遊》旨意,逐漸明朗。因此在部分理論上,劉一明傾向接受《眞詮》的說法。以「靈臺方寸山」爲例,劉一明就不認同李評本、《證道書》「人心」之解,而以悟一子「天地之心」爲高明。對此《原旨》說:

> 此心不著於形象,不落於有無,空空洞洞,最虛最靈,故謂「靈台方寸」。當靜極而動,貞下起元,靈光現露,如三日蛾眉之月,故謂「斜月三星洞」。

此心是靈光乍現的光輝,是一點陽剛正氣,是爲天地之心,亦稱之爲道心,是「成仙作佛之眞種子,爲修性立命之正祖宗。」〔註13〕劉一明在點出「心體」之後,更進一步描述說明天心之境界,以及作爲「眞種子」的地位。在理論的陳述上,又比《眞詮》更清楚些。因此本章將以《西遊原旨》的思想詮釋作爲討論主體,觀察劉一明在轉換「故事《西遊》」爲「內丹《西遊》」的過程,不只是文字內容的附會,而是將自己的內丹思想,貫串在《西遊》的評點之中,從而形成系統性的內丹架構。

第一節　內丹修煉之理論

關於劉一明的思想內涵,大陸學者劉寧從「宇宙觀」、「生命觀」、「修道價值與修道原則」、「金丹修煉論」、「天人合一論」與「三教合一論」六方面,完整的建構了劉一明修道思想。劉寧在書末結論提到,劉一明修道思想具有「易道同一,以易闡道」、「融貫南北,性命雙修」兩項特色,而劉一明對修

〔註13〕《西遊原旨》,《古本小說集成》,第一回,頁 15,總頁 29。爲求行文方便,後文簡稱《原旨》。

道思想最大的貢獻在於「建立一個宇宙論、人生論、修道論等各方面均有所闡釋，邏輯較嚴謹、說理較充分的獨立的修道理論體系」，並以下表說明：

丹法程序	煉己築基	凝結聖胎		脫胎出神	
		還丹凝結	凝結聖胎	煉神還虛	嬰兒出現
根基論	後天萬物	先天陰陽五行八卦	先天眞一之氣（太極）	道（無極）	
生命論	成人	嬰孩（先天性命、三寶、五行）	胎兒（先天眞一之氣）	受孕前	
還返原則	自後天入手	後天返先天（先天後天交混，後天漸消，先天漸長）		保養先天道體	
性命雙修	性：化氣質之性（煉己）命：堅固色身（築基）	外藥了命（道氣之命）		內藥了性（虛無之性）	
		眞陰招攝眞陽，陰陽和合，三寶聚，五元全	修命中之修性、沐浴、溫養	修眞空之性	
金丹		還丹		大丹	
		還丹（胚胎）	金丹（聖胎）	嬰兒	陽神
有為無為	有爲	有爲		無爲	
			有爲中無爲		無爲中有爲
藥物	無眞藥（煉己待眞藥出現）	外藥了命		內藥了性	
		內藥：元神、元性、天賦之性 外藥：（彼家）元精、元情、道氣之命	內外藥和合是爲一味大藥（先天眞一之氣）	眞空、妙有和唯一味大藥，法身、天心和爲一體。	
爐鼎	丹田、關竅、心腎、女身皆非眞爐鼎	前爐鼎		後爐鼎	
		坎離爐鼎：人心、靈知、道心、眞知	乾坤爐鼎：天地爲爐，眞一之氣爲藥物	虛無爲爐鼎	
火候	煉己待時（待一陽生）	進陽火（有爲）		退陰符（無爲）	
		進陽火	退陰符（沐浴溫養）	退陰符	無爲中有爲

但是，劉寧也認爲劉一明理論是有侷限的：（1）從理性與科學的角度看，

內丹學目標是追求形神俱妙的天仙,這目標本身是虛妄的;(2)受類比、具象化、圖象化思維方式的侷限,理論也存有一些混亂與不協調;(3)是純粹的理論探討多過於實際操作,難免給人空泛的感覺。〔註14〕

　　劉寧的研究成果,的確對了解劉一明的修道思想有極大助益。只是劉寧引介劉一明主要修道著作時,將收錄於《指南針》中的《西遊原旨》歸類為「對原著內容加以注釋和發揮」,〔註15〕並無專章討論。事實上,《西遊原旨》二卷,前有劉一明自序兩篇、梁聯第與蘇寧阿序文各一篇,以及劉一明〈讀法詩結序〉一篇。卷上為〈西遊原旨讀法〉45 條,卷下則為百回詩結暨〈原旨歌〉一篇。換言之,只可視為百回《原旨》的修道提要,而非故事全本註解,所以無法窺見劉一明將《原旨》奉為「丹經」,在理論上的完整呈現。

　　本節在劉寧的研究基礎之上,循著劉一明所說:「……可知《西遊》全部,是細演《河圖》、《周易》之密秘,乃泄天地之造化,發陰陽之消息。」〔註16〕亦即透過劉一明對《河圖》、《洛書》與《周易》的演繹,以及他對修道次第的掌握,觀察修道理論在《西遊原旨》的具體落實。

一、河圖、洛書與易道

　　承繼道教對宇宙生成的解釋,劉一明以「道」作為萬物初始的本體。道之為道,無形無象,不有不無,「視之不見,聽之不聞,搏之不得,包羅天地,生育萬物」。〔註17〕儒家稱為「太極」,道家稱為「金丹」,佛教稱為「圓覺」,亦可名為「先天生物之祖氣」。然而道非死寂,應是活潑靈動,可以化生陰陽萬物。因此劉一明言:

> 然則太極者,萬化之根本,生物之祖氣。有此太極,方有陰陽,方有四象,方有八卦,方有六十四卦。若無太極,陰陽於何而出?四象於何而生?八卦於何而列?六十四卦於何而行?〔註18〕

一氣運動,陰陽八卦分立後,萬物於焉成型。因此太極既是生物祖氣,也是

〔註14〕以上觀點請見劉寧:《劉一明修道思想研究》(成都:巴蜀書社,2001 年),頁262 至 284。

〔註15〕同前註,頁 16。

〔註16〕《西遊原旨》,卷二十四,第一百回,頁 15,總頁 2885。

〔註17〕〔清〕劉一明:《修真辨難》,《道書十二種》(台北:新文豐出版公司,1983年)下冊,卷上,頁 1,總頁 123。

〔註18〕〔清〕劉一明:《周易闡真》,《道書十二種》上冊,卷首,頁 6,總頁 21。

萬物造化之源、性命之根、死生之本，更是內丹煉養返還的終極目標。只是劉一明又提出「兩重天地說」：

> 兩重天地，先天後天也。四個陰陽，先天後天陰陽也。先天陰陽以氣言，後天陰陽以質言。先天陰陽，太極中所含之陰陽；後天陰陽，太極中生出之陰陽。金丹大道取其氣，而不取其質，於後天中返先天，故曰：先天大道。〔註19〕

所謂先天陰陽，又稱之為「外陰陽」，出自於道之本然境界，是「逆運之陰陽，生乎天地者也」。墮入形體之後，遂生出後天陰陽，又可稱之為「內陰陽」，是「順行之陰陽，天地所生者也」。〔註20〕簡單來說，一個是超越、無限的道體境界，一個是有限、生滅的現實世界。但無論是先天後天、有限無限，本為一事，皆繫歸於太極，無非體用而已。

　　人法自然，劉一明也援此觀照生命的起源。他認為人在未生身之前，陰陽二氣交感之時，在母胎中，「有先天一點祖氣，渾渾淪淪，始而凝胎，既而養胎，終而全胎。始之終之，皆此祖氣成就之，別無加雜」。〔註21〕此時，生命開始孕育，尚未產生七情六慾，仍處於先天虛空狀態。待十月胎圓蒂落，嬰兒初生，形貌俱有，先天後天開始交雜混融。只是此階段「先天統後天，後天順先天，先後混成，混混沌沌，無識無知，一真而已」。〔註22〕經過根塵未發、喜樂隨興的孩兒面目，到了知識漸開、善惡分判的成人之年，七情六慾並起，喜怒哀樂皆發。於是「後天用事，陰進陽退。日復一日，年復一年，內而萬念作殃，外而萬物牽引。內外加攻，陽氣消盡，一身純陰，三寶耗滅，魂魄難存」，〔註23〕生命遂歸於終亡，此即「順行造化，生人之道」。由此，劉一明提出「逆行造化，修仙之道」的說法。所謂「逆行」，即屏除人身後天之情慾善惡與一切客習染氣，「逆回於父母生身之初」，〔註24〕回到未生身之前虛空之境界。也就是說，劉一明認為有形的後天性命，生滅無常，為假；無形的先天性命，與道同一，是真。但無論先天、後天，皆附著於人身，有連屬關係，因此內丹之道在借假還真，返還先天。

〔註19〕《修真辨難》卷上，頁1，總頁124。
〔註20〕同前註。
〔註21〕〔清〕劉一明：《象言破疑》，《道書十二種》上冊，卷上，頁2，總頁320。
〔註22〕同前註，頁3，總頁321。
〔註23〕同前註，頁4，總頁323。
〔註24〕同前註，頁1，總頁318。

　　劉一明進一步統合兩重對立的宇宙生成與生命發展，結合〈河圖〉、〈洛書〉與易道，提供學道者屏棄人生之假，追求長生之眞的可行之道。劉一明提到自己學道過程，曾誤以服食、採戰、心腎交合等爲金丹之道，但：

> 後遇龕谷老人，即分邪正；復遇仙留丈人，羣疑盡失。始知丹道即
> 易道，聖道即仙道。《易》非卜筮之書，乃窮理、盡性、至命之學也。
> 予不敢自私，爰於《三易註略》之後，體二師之旨，述伯陽之意，
> 盡將丹法寓於《周易》圖卦、繫辭之中。譬象而就實義，去奧語而
> 取常言，直指何者爲藥物，何者爲火候；何者爲進陽，何者爲退陰；
> 何者爲下手，何者爲止足；何者爲煆煉，何者爲溫養；何者爲結丹，
> 何者爲脫丹；何者爲先天，何者爲後天；何者爲有爲，何者爲無爲；
> 何者爲逆運，何者爲順行。〔註25〕

劉一明此處明確指出「丹道即易道」，又言「丹法寓於《周易》圖卦、繫辭之中」，則內丹功法次第即可從《河圖》、《洛書》中參出。

（一）以〈河圖〉象自然無為之道

　　圓形〈河圖〉代表「五行順行，自然無爲之道」，〔註26〕因爲是順行，所以方向是由右而左，可見下頁圖。中間五點攢簇於一處者，即太極之象，亦即人未生身之前的本然面貌，天地造化所從出：

> 蓋天地造化之道，不過一個陽五行，一個陰五行，一生一成而已。
> 雖分五行，而實一陰一陽運用之，雖陰陽運用，而實一氣來往運
> 用之。故其象：土生金，金生水，水生木，木生火，火生土，土
> 又生金。從中而始，從中而終。始之終之，無非一氣，無非一中。
> 中也者，天下之大本也。即土宮中和合四象也。和也者，天下之
> 達道也，即四象在外一氣流行也。中者，和也、一氣也，總是太
> 極也。惟人也，秉天地陰陽五行之氣而生身，身中即具此陰陽五
> 行之氣。〔註27〕

換言之，太極化生天地萬物，而人秉氣而生，身中自然具備此陰陽五行之氣，只是先天後天之別而已。以先天而言，一爲元精（壬水），三爲元性（甲木），五爲元氣（戊土），七爲元神（丙火），九爲元情（庚金），也稱爲「五元」。

〔註25〕《周易闡眞·易理闡眞序》，頁2，總頁6。
〔註26〕《周易闡眞》，卷首，頁1，總頁12。
〔註27〕同前註。

〔註 28〕與五元相應的，即是柔慈之仁、剛烈之義、圓通之禮、純粹之智、純一之信，也稱作「五德」。因落於未生身之前，故爲「先天五行」。當破胎而出，墮於形體之後，濁而有形，則爲「後天五行」。是以二爲識神（丁火），四爲鬼魄（辛金），六爲濁精（癸水），八爲遊魂（乙木），十爲妄意（己土），也稱爲「五物」。寓於五物之內的，則是性善之喜、性惡之怒、性癡之哀、性貪之樂及性亂之慾，也稱爲「五賊」。就理上來說，先天與後天合而爲

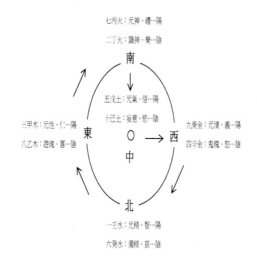

一，「五物爲五元所統攝，五賊爲五德所制伏，一舉一動，皆先天主宰，後天不過爲役從」，〔註 29〕兩者眞不離假，假不離眞，渾然一氣，圓成具足，所謂父母未生以前面目即此。只是二八之年後，意亂心迷，五物興，五賊起，則陰氣逐漸純然，陽氣剝盡，以致走向終亡。因此劉一明勸諭修道者，當在先天未極之時保住陽氣，後天將生之時退陰氣，借後天養先天，以先天化後天，然後直入聖基。故劉一明總言曰：「無爲之道，乃不外此〈河圖〉妙理。〈河圖〉自中而生陰陽五行，即生人順生之道也。河圖五行，陰陽相合，一氣渾然，即生聖逆運之道也。逆運非返還之謂，乃逆藏五行，歸於中黃太極，復見父母未生以前面目耳。」〔註 30〕

（二）以〈洛書〉象後天有爲之則

其次，劉一明又以〈洛書〉九宮釋之。〈洛書〉是「陰陽錯綜、五行逆運、

〔註 28〕簡單來說，「先天陽五行」指的是未生身之前的本然面目，爲眞，數字以一（水）、三（木）、五（土）、七（火）、九（金）表示。相反的，「後天陰五行」指的是落入形軀後的血肉之身，爲假，數字以二（火）、四（金）、六（水）、八（木）、十（土）表示之。可互見論文第二章第三節的五行配合表，頁 129。
〔註 29〕《周易闡眞》，卷首，頁 2，總頁 13。
〔註 30〕同前註，頁 2，總頁 14。

有爲變化之道也」。〔註31〕因爲是象徵逆運，所以方向是由左而右。所謂「九宮」，即八方位加中間一土。不同於〈河圖〉的順行律則，〈洛書〉象徵的是逆剋之理：

> 逆剋者，以陰剋陽，右行也。故中土剋北方水，北方水剋<u>西方火</u>，西方火剋<u>南方金</u>，南方金剋東方木，東方木剋中央土。陰前陽後，陰靜陽動，靜以制動，以剋爲主，收斂成就之功也。<u>收斂成就，乃金火之功</u>。火以煉之，金以刑之。故金居火位，火居金位，<u>金火同宮</u>，而萬物無不藉賴陶鎔成就矣。〔註32〕

若與代表「先天」的〈河圖〉相較，〈洛書〉代表的是落入形體的後天狀態。以左圖表示。劉一明認爲，人一旦落入形體之後，往往被七情六慾、五蘊八識遮蔽與擾亂，使得「百憂感其心，萬事勞其形，以苦爲樂，以假作眞，本來面目全失。」〔註33〕所以圖中代表後天陰五行都在「偏位」，陽五行屬先天，則在正位不動，即所謂「陽不動而因錯」。換句話說，本來

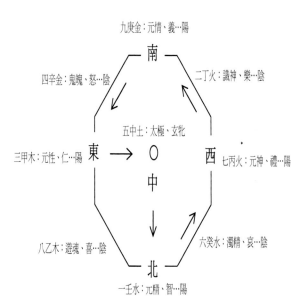

壬水（陽）與癸水（陰）都在北方，因爲落入形體導致錯亂的關係，所以壬水（陽）維持在北方正位，但是癸水（陰）則向右偏，落在西北方。若以此爲原則，原來在西方的庚金（陽），應該留在西正位，而辛金（陰）偏在西南方；同理，原來在南方的丙火（陽），應該留在南正位，丁火（陰）偏在東南方。但是庚金（陽）到了南正位，丙火（陽）跑到了西正位；丁火（陰）落入西南，辛金（陰）卻落入東南，恰好位置兩兩交換。於是右行的生剋關係，變成了中方土剋北方水，北方水剋<u>西方火</u>，西方火剋<u>南方金</u>，南方金剋東方

〔註31〕同前註，頁3，總頁16。
〔註32〕同前註。
〔註33〕同前註。

木，東方木剋中方土。若將偏位也納入，就變成了己土（陰）剋壬水（陽）、癸水（陰）剋丙火（陽）、丁火（陰）剋庚金（陽）、辛金（陰）剋甲木（陽）、乙木（陰）剋戊土（陽），「陰前陽後，靜以制動」。〔註34〕

　　從五行生剋來說，土剋水、水剋火……是符合原則的。但從方位來說，劉一明南方金、西方火的說法，與傳統南方火、西方金的原則大不相同。對此，劉一明的解釋是：「金居火位，火居金位，金火同宮，而萬物無不藉賴陶鎔成就。」劉一明所謂的「金火同宮」，在〈洛書〉中還未能見到，得將〈河圖〉與〈洛書〉相疊，才可顯現。但是討論「金火同宮」以前，必須讓落入後天的陰五行，回到先天本然的狀態。換言之，就是讓偏位的陰五行，與陽五行同位，這就是「逆剋」，也就是左行，也稱作「借陰復陽」。

　　首先必須還原返本，在根本上「○」作功夫。此「○」即中土五，是玄牝之門，逆之順之皆在此。以「五德」來解釋，「返還之道，莫先返乎信」。〔註35〕原則就是，有信則諸慮俱息，不哀生「智」。智不妄用，無貪無求，則樂眞有「禮」。禮出燥氣悉化，不怒而有「義」。義不過偏，循規蹈矩，則喜善而藏「仁」。一旦至善無惡，無慾而有信，則「喜怒哀樂皆歸無慾，仁義禮智皆歸一信」。〔註36〕若以陰陽五行的運行來看，則戊土（陽）發現剋癸水（陰），使其返還壬水之位（陽）。同理，壬水剋丁火（陰），使其返丙火（陽）之位；丙火剋辛金（陰），使其返庚金之位（陽）。庚金剋乙木（陰），使其返甲木（陽）之位。甲木剋己土（陰），而土返陽。自此戊土與己土相合，後天五行、五物都歸於先天五行、五元，即所謂「歸根復命」。

　　因爲「逆剋」的關係，〈洛書〉的陰陽五行都歸到正位，也就是壬、癸水都在正北方，丙、丁火在正西方，庚、辛金都在正南方，甲、乙木都在正東方，戊、己土合一在中方。再將〈洛書〉與〈河圖〉相疊，如下頁圖，〔註37〕可以發現：不管先天、後天，土居中位不變，水與木也是不動，只有〈洛書〉的南方金與西方火，與〈河圖〉的南方火與西方金的位置是交錯的，也就是「金火同宮」。〔註38〕

〔註34〕同前註，頁3，總頁16。
〔註35〕同前註，卷首，頁4，總頁17。
〔註36〕同前註。
〔註37〕圓形代表〈河圖〉，方形代表〈洛書〉，文字加上網底部分，是〈洛書〉的說明。
〔註38〕劉一明解釋「大有眾也，同人親也」提到：「大有者，有之眾也。健於內而

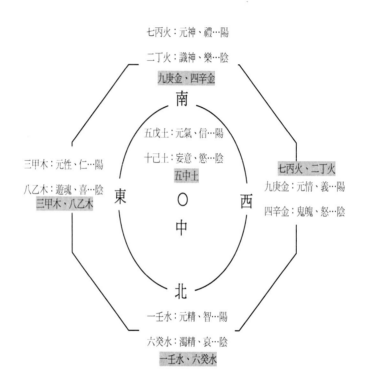

簡單來說，〈河圖〉代表先天，〈洛書〉代表後天，逆剋即是由後天返先天的過程。以〈洛書〉的七陽火來說，他在〈河圖〉的「金」位，因為火剋金，所以「火運金而入庫返真」；同理，以〈洛書〉的九庚金來說，他在〈河圖〉的「火」位，因為金生火，所以「金遇火而生明還元」，這就是「火返真而後天之氣悉化，金還元而先天之氣逆回」，即內丹所謂「七返九還」。到達此一境界後，則金木水火，歸於中土；五行攢簇，〈洛書〉也返成〈河圖〉，還丹已成。劉一明解釋〈河圖〉與〈洛書〉的相疊：

> 明於外，實腹之後而能虛心，能虛其心，則元神守室，以火煉金，金遇火而還元生明，大藥成就，萬理畢集，信步走去，頭頭是道。以明成健，大有而愈有，其所有者甚眾也。同人者，與人親也，明於內而健於外。虛心之後而又實腹，能實其腹，則正氣常存，以金養火，火遇金而返本不燥，陰陽相和，內外合道，寂然不動，感而遂通。以健濟明，同人而人同其所同者，最親也。健而明以火煉金，明而健借金返火，金還火返，金火同宮，金即是火，火即是金，健明如一，有即能同，同而愈有，是謂大有，是謂大同。大有、大同，有陰有陽，有虛有實，有人有我，大小無傷，剛柔兩全，渾然天理，一氣流行，性命雙脩之道畢矣。」《孔易闡真》，《道書十二種》上冊，卷下，頁5，總頁183。

圓以象天，一氣流行，渾然天理，無修無證。從太極中安身，所以
了性。方以象地，兩儀變化，天人合發，有增有減。在陰陽中造作，
所以了命。〔註39〕

〈洛書〉用以解釋落入形體後的錯置與混亂，因此必先從有爲的逆剋，將散
失在外的本心、性情收回，所以稱爲「陰陽中造作」，也就是了命，也就是「還
丹」。回到人生身之初，但是尚處於後天卻不受污染的本來面目。此時必須透
過「七返九還」的功夫，回到未生身之前的渾然狀態，所以稱作「太極中安
身」，也就是了性，也就是「大丹」。

　　總上，就是劉一明透過〈河圖〉、〈洛書〉提出的內丹理論。雖然劉一明
以墮入形體的偏位與錯亂解釋金與火的錯置，也提出了「金火同宮」作爲內
丹修煉旨要，但仍然無法弭平南方金、西方火與傳統南方火、西方金在說法
上的扞格。因爲在整部《西遊記》的詮釋方法上，除了沙僧的內丹角色被框
架在〈洛書〉上而有「金火同宮」的說法外，其他利用五行與方位、臟器、
顏色配合的解釋，都還是採取南方爲火、爲心、爲赤……的傳統說法。於此
不得不懷疑，「金火同宮」是否爲劉一明強爲之說的權宜。

（三）以易卦象藥物鼎爐之訣

　　除藉〈河圖〉、〈洛書〉演繹性命修煉原則外，「羲皇畫卦生卦，其即《河
圖》生數之妙乎」。〔註40〕也就是說，卦象之生成，同樣體現宇宙生成原理，
因此也可藉以說明內丹返還之妙。

　　劉一明解釋卦象生成之序，以爲「太極生兩儀」，即畫一奇（—）象陽，
化一偶（— —）象陰；「兩儀生四象」，則在兩儀之上，復畫一奇一偶，使之成
太陽、太陰、少陽、少陰，也屬金、木、水、火；「四象生八卦」，則是於四
象之上各畫奇偶，而成八卦。八卦相交，彼此相盪，重而爲六十四卦。「一卦
六畫，下三畫按天地人三才也；上三畫，相盪因重之畫，按天地人各有陰陽
也。」〔註41〕因此總的來說：

六十四卦，總是八卦，八卦總是四象，四象總是兩儀，兩儀總是太
極，一氣流行也。然則太極者，萬化之根本，生物之祖氣。有此太
極，方有陰陽，方有四象，方有八卦，方有六十四卦。若無太極，

〔註39〕《周易闡眞》，卷首，頁4，總頁18。
〔註40〕同前註，頁6，總頁21。
〔註41〕同前註。

陰陽於何而出，四象於何而生，八卦於何而列，六十四卦於何而行？
〔註42〕

萬化根本、生物祖氣之太極，本然狀態雖是至虛至無，一旦發用，卻是活潑流行，藏有一點生機。故此太極，又可以「○」表示，也稱為「先天真一之氣」，是為「性命之根、造化之源、生死之本」。

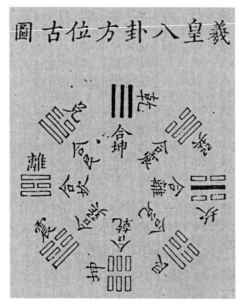

八卦又分為羲皇所畫之「先天方圓圖」，以及文王變卦之「後天八卦圖」〔註43〕。以先天八卦而言，「天（乾，☰）地（坤，☷）列上下之位，日月行天地之中。雷（震，☳）動於地下，風（巽，☴）吹於天上；澤（兌，☱）上仰天，山（艮，☶）下附地。天地反覆，有陰有陽；山澤通氣，有生有成；風雷相薄，有升有降；水（坎，☵）火（離，☲）相射，有寒有暑，此八卦之象也。」〔註44〕日左行，所以自震、離、兌、乾而陽氣漸生，其序為乾一、兌二、離三、震四；月右行，因此自巽、坎、艮、坤而陰氣漸退，其序為巽五、坎六、艮七、坤八。此八卦之氣流行相盪，則能生出六十四卦。有順生，有逆退，全在一氣流行變化。若將此順逆之理，落實於內丹修持，劉一明要人訪求真師，知得其中端的在於：「逆而修之，聖胎現成，不使陽極生陰，直登彼岸。再加向上工夫，煉神還虛，逆於父母未生以前面目。」〔註45〕進而打破虛空，跳出陰陽之外，終至無內外人我之境界。

文王又根據羲皇已成象之卦，衍伸卦義、卦象作「後天八卦」。以乾為老陽，為諸陽之父；坤為老陰，為諸陰之母。兩者相配，則生男女。乾交坤，

〔註42〕同前註。
〔註43〕〈羲皇八卦方位古圖〉、〈文王後天八卦方位圖〉皆錄自劉一明：《周易闡真》，《藏外道書》第8冊（成都：巴蜀書社，1992年），卷首，頁26及頁38，總頁16及頁24。案：因《藏外道書》版的方位圖較新文豐版清晰，故採用之。
〔註44〕同前註，頁9，總頁28。
〔註45〕同前註，頁11，總頁31。

則得長男震、中男坎、少男艮；坤交乾，則得長女巽、中女離、少女兌。此陰陽四項自相配合，六十四卦亦由此而生。

劉一明解釋後天八卦方位時說：

乾老父三陽眞氣，爲三男所得，健德收斂，故得藏於西北寒盛之方；坤老母三陰眞氣，爲三女所得，順性失常，故遷於西南殺機之鄉。離得坤之中陰，陰麗陽中，陰借陽而生明，故居正南火旺之方。坎得乾之中陽，陽陷陰中，陽入陰而生潮，故居正北水旺之方。震得乾之初陽，初陽主生長，故居正東木旺之方。兌得坤之末陰，末陰主消化，故居正西金旺之方。艮得乾之末陽，末陽主靜養，故居東北陽弱之方。巽得坤之初陰，初陰主潛進，故居東南陽盛之方。〔註46〕

由此方位再解，離卦係乾卦交坤之中陰爻而成中女，外陽內陰，故爲眞陰；坎卦則坤卦交乾卦之中陽而爲中男，外陰內陽，故爲眞陽。外爲假，爲後天；內爲眞，爲先天。則眞陰眞陽爲先天之陽，故坎離居南北正位，足以代乾坤行造化之道。又，兌卦是乾卦交坤卦之末陰而爲少女，陰氣現足以滅陽；震卦是坤卦交乾卦之初陽而爲長男，陽氣方升足以破陰。震爲生長在東，兌主消化在西，金木相併，亦能代乾坤行造化之道。由此，坎、離、震、兌居於「四正位」。乾爲老陽、坤爲老陰，兩者皆不能生育，故乾交巽、坤交艮不合，故乾、坤、巽、艮居於「四偏位」。

只是一旦落於形體，陽氣漸消，陰氣漸長，則後天精神亂事，本體昏昧不彰。如圖之乾卦遇巽卦爲姤卦（䷫），一陰潛伏於五陽之下，是造化順行、陽極必陰的結果，劉一明解此爲「防陰保陽之卦」。〔註47〕若不能防陰於早，則陰氣順生，直至六陽剝盡。坤卦逢艮卦成剝卦（䷖），卦體五陰而消一陽，陰氣將純，陽氣將盡，劉一明解此爲「陰順生而陽止息」。〔註48〕修道人當知得抑陰

<hr>

〔註46〕同前註，卷首，頁13，總頁35。
〔註47〕同前註，卷三，頁10，總頁112。
〔註48〕同前註，卷二，頁6，總頁80。

扶陽之道，於此一陽未盡處下工夫，返本還元。否則以陰剝盡全陽，則性命衰亡。離上坎下則水火不濟（☲☵），此即後天陰氣用事，致使先天眞陽坎陷，劉一明解爲「煉己待時有爲之功」。〔註49〕水火不濟，非絕對不能相濟，因此修道人當煉後天之人心，使其虛極靜篤，返歸道心，則能使陷陽之陰退盡，先天之陽自虛無中來，然後取坎塡離，未濟而既濟（☵☲）。震東兌西相交則爲歸妹（☳☱），此係「交合不正之卦」。〔註50〕劉一明解東爲我家，屬震木，生氣之方，主性；西爲他家，屬兌金，刑殺之理。若後天用事，陽氣走失於外，如以兌求震，以情亂性，刑殺剋生。故聖人當假中求眞，盜兌中攝去之眞陽，使之返震，則金木相併，仍是歸正之理。無論是代乾坤行造化之道的坎、離、震、兌，或是落入形體的姤、剝、未濟、歸妹，其實都是一事，只是先天、後天之別而已。

　　總的來說，劉一明將學道人大致分爲二類。一類是上智之人，眞體未破，只要直截以〈河圖〉爲理，伏羲八卦爲則，行無爲自然之道，在太極中立命。另一類是中下智之人，落於後天形體，則當採〈洛書〉、文王八卦之後天變化有爲之道，以術延命，順還本性，顚倒乾坤。使透過金丹有爲之法，返還先天陰陽；再行溫養、烹煉之功，復返父母未生前面目。其中又以中下智學道者爲多，爲了使其有則可循，劉一明又提到說：

　　　　金丹有爲之道，後天變易之道也。變異之道，以乾坤爲體，以坎離
　　　　爲用，以屯蒙六十卦爲氣候，周而復始，一氣流行也。〔註51〕

此所謂「乾坤爲體」、「坎離爲用」或「屯蒙六十卦」皆是取其象，而非身中眞有實物。換言之，劉一明認爲金丹之道，是變異之道；而變異之道，即天地造化之道。人法自然的前提下，學道當以乾健、坤柔爲基礎，即是以乾坤爲體；煉後天人心之昏昧，逆返道心之虛空靈明，就是「坎離爲藥」。而在始於屯（☵☳）、蒙（☶☵），終而既濟（☵☲）、未濟（☲☵）的六十卦陰氣陽氣交相變化下，進陽火以復先天，退陰符以養先天，終至剛柔並濟，渾然天成，有爲無爲之事俱了。所以劉一明說：

　　　　一部易理在吾方寸之中，又何患大道不成，性命不了耶！〔註52〕

無論火候次第、採藥之節、溫養煅煉等金丹之事，皆得在〈河圖〉、〈洛書〉

〔註49〕同前註，卷四，頁12，總頁141。
〔註50〕同前註，卷四，頁5，總頁127。
〔註51〕同前註，卷首，頁17，總頁44
〔註52〕同前註。

及《周易》卦象中細細揣摩，步步踏實，則性命雙修之大道可成。

二、煉己、修眞與逆返

　　劉一明透過二重天地的建立，除了解釋生命的起源，也提供仙道可成的內在理據。換言之，先天世界是永恆靈明，與之對立的後天世界，卻是汙濁生滅。落實在生命發展軌跡，人未生身之前也有一點先天虛靈眞氣。只是順其所生，則濁氣漸長，人終將走向死亡滅絕。於是，人處於先天與後天的聯繫位置上，既能順其所生，亦可逆而成眞，全憑一己之擇。由此，劉一明正視學道修眞與超越的可能，所以作了《修眞九要》，他說：

> 述吾師之意，提其修眞綱領，總爲九條，名曰修眞九要。其法由淺及深，自卑登高，爲初學之人作個梯級。不論學道修道，依此九要，循序而入，終必深造自得。且能識的盲師、明師，辨得邪道、正道。〔註53〕

據此，本節以「九要」爲項，輔以劉一明相關論點分而述之。

（一）勘破世事第一要

　　承前所言，人本具有眞靈眞性，只是落於形體之後，爲私欲榮華所障蔽，遂蒙昧不彰，走向終亡。劉一明解張三丰《無根樹》詞時曾說：

> 人之眞靈，本來圓陀陀，光灼灼，淨倮倮，赤灑灑，不生不滅，不色不空，處聖不增，處凡不減。因交後天，庶民去之，君子存之，便有聖凡之分。庶民去之者，去此眞靈而逐於假靈也；君子存之者，存此眞靈而不逐於假靈也。因其庶民逐於假靈，於是眞靈幽暗不明矣。因其眞靈幽暗不明，順其所欲，貪戀榮華，爭名奪利，不肯休歇。認假爲眞，百憂感其心，萬事勞其形，如苦海之舟，飄來蕩去，常在魚龍兇險之處亂遊。若能猛省回頭，頓超彼岸，莫待風波壞舟，喪卻性命。一失人身，萬劫難出矣。〔註54〕

「眞靈」即先天眞一之氣，也就是儒家之「太極」、佛教之「圓覺」、道教之「金丹」，是本來所具有，故稱「處聖不增，處凡不減」。只是交於後天形體、濁氣以後，君子仍敬謹護持本來面目，故能成聖。相反的，凡夫卻爭逐名利，

〔註53〕〔清〕劉一明：《修眞九要‧序》，《道書十二種》下冊，頁1，總頁187。
〔註54〕〔清〕劉一明：《無根樹解》，《道書十二種》下冊，頁1，總頁207。

競奪榮華，使本性幽暗不明，以假爲眞，終至「喪卻性命」。因此，內丹修持的首要功夫，便是要人去除富貴利祿、恩愛牽絆等萬般虛假，跳脫痛苦以及無盡的輪迴，回到本來面目。對此，劉一明《通關文・恩愛關》也提到：

> 人生在世，萬般皆假，惟有性命是眞。舉世之人認假爲眞，將性命
> 二字置於度外，恩愛牽絆，爲衣爲食。百憂感其心，萬事勞其形。
> 晝夜奔忙，千謀百計，損人利己，貪圖無厭。水火刀兵之處也去，
> 虎狼煙瘴之處也去。生死不顧，存亡不管，碌碌一生，無有休歇。
> 爲子孫作長久計，及至精神耗散，氣血衰敗，大病臨身，臥床不起。
> 雖有孝子賢孫，替不得患難；姣妻愛妾，代不的苦楚。生平恩愛，
> 到此一無所恃。三寸氣斷，一靈不返。彼是誰而我是誰，言念及此，
> 生平恩愛，有何實濟？既無實濟，則知恩愛爲人生之大苦，須要早
> 早看破。〔註55〕

父子、兄弟、夫婦關係皆是恩愛牽絆之所由。一生庸庸碌碌，爲妻妾子孫尋求衣食舒適而忙碌，爲父子兄弟逐名趨利而奔走，然而生命盡頭的衰敗氣斷，卻仍是自己承受。故劉一明要修道人在人倫上盡得本分，但在心中應當明白，「恩愛爲人生之大苦」，在家出家，在塵出塵，早早看破。除恩愛之苦外，十年寒窗，費盡精神，歷經登科仕祿，只爲求官職轎馬，珍味綢緞，仍是陷入榮貴利祿之中。故劉一明要學道人：

> 若實實悟的榮貴能亂人之性，榮貴能迷人之心，榮貴能驕人之氣，
> 榮貴能敗人之德，榮貴能縱人之惡，榮貴能傷人之身，榮貴能送人
> 之命，榮貴是大苦，榮貴是火坑，榮貴是泥塗，方是打通關口。可
> 以入乎榮貴之中，而不爲榮貴所傷矣。〔註56〕

簡單來說，恩愛是苦，榮貴是苦，一切色身之愛惡貪歡皆是苦。因此劉一明承繼宋元以來內丹學家對勘破世事的主張，都要學道人知得世事之空亡，「勘破世事而後修眞，所以成眞了道易於他人。」〔註57〕

（二）積德修行第二要

劉一明援引《悟眞篇》「若非修行積陰德，動有羣魔作障緣」之言，明白

〔註55〕《通關文・恩愛關》，卷上，頁1，總頁264。
〔註56〕《通關文・榮貴關》，卷上，頁2，總頁266。
〔註57〕《修眞九要》，頁1，總頁189。

提出：「積德修行是修道者之要務。」〔註58〕《修眞辨難》也說：

> 學道之人若不先積德，鬼神所惡，常有內魔蔽竅，不能深入。修道
> 之士，若不先種德，天地不喜，動有外魔阻擋，不能前進。不論學
> 道修道，以立德爲先，逢凶化吉，遇險而安，決定成道。蓋道有盡
> 而德無盡，古來仙眞成道以後，猶在塵世積功累行，必待三千功滿，
> 八百行完，方受天詔。〔註59〕

內丹學家認爲，若非忠孝賢德之人不能傳與金丹大道。若強傳之，則鬼神必
降災難，殃及壽夭。因此無論是學道或修道，「當以立德爲先」，而「德者，
自己人世之事；道者，師傳成仙之事。不積德而欲修道，人事且不能，仙道
怎得成。」〔註60〕意即所在人世中濟弱扶貧、修橋鋪路、扶危救困、廣施四
方，以德行爲重，自立節操。人道盡，才得言仙道。換言之，人道是仙道之
基石，若離德言道，道不可得。只是積德修行並非短暫事業，而是內丹修持
前後都得貫串行之，故言「道有盡而德無盡，古來仙眞成道以後，猶在塵世
積功累行，必待三千功滿，八百行完，方受天詔。」

（三）盡心窮理第三要

　　金丹之道，竊奪天地造化之道，也是至妙不易知之道。即便有明師訣破，
仍得徹始徹終，追究明白，不可偏執一己之見，貿然下手。劉一明解釋說：

> 蓋聖賢大道，有始有終，有本有末。知其始，明其終，究其本，窮其
> 末，方能從頭至尾，大徹大悟，有往有利。倘一事不明，即一事有迷；
> 知之不眞，即行之不通。學者必須窮其理，而後可以行其理，致知力
> 行，缺一不可。其理爲何？理即天地造化之道也。造化之道，有體有
> 用，有始有終。其間陰陽迭運，消長互更，變化無端。然其最要處，
> 總在一氣。一氣總不外乎虛無。這個樞紐子，非色非空，非有非無，
> 不可有心求，又不可無心得。難描難畫，難思難議，順之則生人生物，
> 逆之則成仙成佛。性命於此寄，生死於此出。悟之者立躋聖位，迷之
> 者萬劫沉淪。窮理者即窮此理也。窮透此理，方能行得此理。但此理
> 有火候，有工程，有權變，有遲速，有急緩，有收放，有隱顯，有方
> 圓，有盈虧，有止足，有等等作用。先須明其道，次要知其法。道法

〔註58〕同前註。
〔註59〕《修眞辨難》，卷上，頁8，總頁137。
〔註60〕《修眞九要》，頁1，總頁190。

　　兩用，性命雙修，方是無上一乘之道。〔註61〕

換言之，在修丹過程，無論是勘破世事、積德修行，或是煉己築基、性功修持，乃至於後來的還丹與大丹，都須經歷繁複的次第與功程。窮理就是窮得「造化之道」，而造化之道涵括了性命雙修過程中，有爲無爲、產藥採藥、文烹武煉、陽火陰符、溫養抽添、真假內外等所有的道理與法則。雖然援引的是〈說卦傳〉「盡心窮理至命」，但劉一明將重點放在「窮理」二字，他說：

　　窮理透徹，則性能全，命能保，直入無上至真之地；窮理恍惚，則
　　命難修，性難了，終有到老落空之悔。〔註62〕

亦即窮究通達性命之道，則可得心應手而無礙；倘若不知辨別，則真假難分，只是耽誤修道路程。

（四）訪求真師第四要

　　窮究功法細則之理，即可悟證修真之道。只是「道理要深思，思深默會之。十分功在己，一點始求師」。〔註63〕換言之，窮理的功夫在一己之努力，但面對修持功法中的下手竅要，或者火候運用、溫養抽添等關鍵時節，仍要求得真師附耳低語，面傳心授，才能不落於傍門。劉一明敘述修道過程，也曾誤以燒煉、採戰爲內丹之藥，「後遇龕谷老人，即分邪正；復遇仙留丈人，羣疑盡失」。〔註64〕分判邪正之後，劉一明又說：

　　悟元初遇龕谷老人，示以修真大道，諸事顯然。惟於先天之氣自虛
　　無中來之語，因自己所見不到，模糊十三年之久。閱盡丹經，究未
　　知其端的。後遇仙留丈人，訣破源流，咬開鐵彈，言下分明，了然
　　於心。始知的虛無真虛無，真一是真一。不於我有，不從他得。不
　　可言象，不可畫圖。以意契之，以神會之。放之則彌六合，卷之則
　　退藏於密。通天徹地，爲聖爲賢，成仙作佛，皆出於此。若知得先
　　天真一之氣，則大本已立，其他皆餘事已。〔註65〕

龕谷老人「示以修真大道」，仙留丈人則「訣破源流，咬開鐵彈」，劉一明才知成仙作佛之本在此「先天真一之氣」。劉一明用自己的修道經驗，證明竊奪

〔註61〕〔清〕劉一明：《修真後辨·盡心窮理》，《道書十二種》下冊，卷下，頁172。
〔註62〕《修真九要》，頁1，總頁190。
〔註63〕〔清〕劉一明：《會心外集》，《道書十二種》下冊，卷上，頁1，總頁380。
〔註64〕《周易闡真·易理闡真序》，頁2，總頁6。
〔註65〕《修真後辨》，卷下，頁2，總頁153。

陰陽造化的性命之道，是天下第一件大事，也是第一件難事，倘若不能求得
明師、眞師附耳低言，口傳心授，將如何能知？如何修持？又將如何證眞逆
運？只是劉一明還是慨歎不求明師之盲漢，「不窮陰陽之理，不推造化之源，
糊塗幹事，或觀空，或定息，或思神，或守竅，或搬運，皆是靜坐孤修，陰
而不陽，不特無益於性命，而且有傷於性命，愈修而氣愈枯也。」〔註66〕

（五）煉己築基第五要

前文所言「勘破世事」、「積德修行」、「盡心窮理」或「訪求明師」，或可
稱之爲內丹修爲的前置作業，而「煉己築基」則是性命之學的眞正起始處。
劉一明解釋「煉己」的重要性：

> 蓋修眞之道，還丹最易，煉己至難。若不煉己而欲還丹，萬無是理。
> 夫還丹者，如房屋之樑柱；煉己者，如房屋之地基。不築地基，則
> 樑柱無處建立；未曾煉己，則還丹不能凝結。〔註67〕

如同地基穩固房屋才能起樑蓋屋一般，「煉己」是內丹功法中最重要的基礎，
其後的採藥煅煉、還丹大丹，都將建立在「煉己」的功夫上。而「煉己」是
以「無己」爲最終目的。劉一明說：

> 煉己者，煉其歷劫根塵、氣質偏性，與夫一切習染客氣，即懲忿窒
> 欲，克己復禮之功。能懲忿窒欲，克己復禮，則無思無慮，不動不
> 搖，根本堅固。即如起屋必先築基，基地堅固，木料磚瓦由人做作，
> 無不負載也。煉己即在築基之中，築基不在煉己之外。〔註68〕

人之根性本來虛空靈妙，落於形體後，習染客氣、七情六欲等汙濁之氣混而
雜之。煉己即是將後天混雜之貪愛世事，「懲忿窒欲，克己復禮」，使爲形體
所拘之後來人心，復返先天之道心，使其根本堅固，無所不載。劉一明也將
煉己之功細分：

> 懲忿窒欲，煉己也；心灰意冷，煉己也；忘情絕念，煉己也；富貴
> 不淫，貧賤不移，煉己也；不貪名利，不戀聲色，煉己也；損己利
> 人，虛心請益，煉己也；眾善奉行，諸惡不作，煉己也；志念不退，
> 勇猛精進，煉己也；主心一定，至死無二，煉己也。

而築基功夫則爲：

〔註66〕《無根樹解》，頁1，總頁208。
〔註67〕《修眞九要》，頁3，總頁193。
〔註68〕《象言破疑》，頁4，總頁323。

牢固陰精，不傷神氣，築基也；全身放下，物我皆空，築基也；以天

地為懷，以萬物為體，築基也；幽隱不欺，暗室無虧，築基也；虎兒

不怕，威武不屈，築基也；生死不顧，疾病不憂，築基也。〔註69〕

但無論內容為何，煉己即可築基，築基即是煉己，目的都在復返未生身之前的本然面目。

（六）和合陰陽第六要

此所謂陰陽，指的即是還丹、大丹過程中的產藥之處。劉一明解釋「和合陰陽」說：

金丹陰陽，以我家為陰，以他家為陽；我為離，他為坎；離中一陰

為真陰，坎中一陽為真陽。取坎填離，是以真陰求真陽，以真陽濟

真陰也。且陰陽又有內外之別。內之陰陽，順行之陰陽，生身以後

之事，後天也，人道也；外之陰陽，逆運之陰陽，生身以前之事，

先天也，仙道也。〔註70〕

陰陽可分為內陰陽與外陰陽。所謂內陰陽，指的是順而成人之陰陽，也就是先天落入後天，與濁氣混雜之後天陰陽五行，包括喜、怒、哀、樂、慾五賊，遊魂、鬼魄、識神、濁精、妄意五物。煉己築基階段，即是要修道者由此內陰陽，煉而為元精、元氣、元神、元性、元情五元，仁、義、禮、智、信五德，逆回生身以前之先天狀態。其次，再以此先天本然面目為基礎，取坎填離，使真陰、真陽相會，名為「和合陰陽」。

陰陽的概念對應不同的功法次第，會有不同的名稱，劉一明解釋說：

丹經凡言彼我者，以陰陽言；凡言主賓者，以運用言；凡言顛倒者，

以招攝言；凡言有無者，以動靜言；凡言龍虎者，以性情言；凡言

鉛汞者，以浮沉言。要之總不外乎陰陽二字，究之不外乎性命二字，

然實不外乎身心二字也。〔註71〕

簡而言之，「和合陰陽」無論運用在哪一階段，皆是性命之事。

（七）審明火候第七要

內丹之成就，全賴火候修持。劉一明解釋火為「煆煉之神功」，候是「運

〔註69〕《修真後辨・煉己築基》，卷下，頁11，總頁171。

〔註70〕《修真九要》，頁3，總頁194。

〔註71〕《修真後辨》，卷下，頁6，總頁161。

用之時刻」，而火候指的即是修煉次序運行的準則，成丹與否的關鍵。只是這樣的次第，除了師授指點外，還得細細推磨每個步驟的變化，因此劉一明說：

> 藥物易知，火候最難。蓋藥物雖難覓，若遇明師點破，眞知灼見，
> 現在就有，不待他求，所以易知。至於火候，有文烹、有武煉、有
> 下手、有休歇、有內外、有先後、有時刻、有爻銖、有急緩、有止
> 足，一步有一步之火候，步步有步步之火候，變化多端，隨時而行，
> 方能有準。若差之毫髮，便失之千里。所以最難。〔註72〕

丹藥的返還，又可分爲後天返先天的還丹與修其原本的大丹。而在不同的逆運功夫中，又有火候的進行與推移，因此劉一明概分爲還丹的外火候，是「攢簇五行，和合四象」，全是命功功夫；大丹的內火候，是「沐浴溫養，防危慮險」，屬於性功功夫。若分而論之，還丹是盜天地生機之後天返先天，「其妙在乎積陰之下一陽來復之時」，〔註73〕涵括在此功程的火候，包括生藥火候、採藥火候、急緩火候、用武火候、用文火候、溫養火候、丹成火候、保丹火候等。大丹則在還丹的基礎上，進一步謹牢封固，藉以脫胎，入無爲之境，故包涵有結胎火候、固濟火候、養胎火候、抽添火候、沐浴火候、胎成火候、脫胎火候等。

劉一明更進一步討論還丹與大丹時程上的不同：

> 還丹火候在活子時，大丹火候在正子時。活子時者，不刻時中分子
> 午；正子時者，一時辰內管丹成。〔註74〕

簡而言之，還丹是後天返先天的功夫，活子時即是一陽來復之時，故以一陽生於五陰之下的復卦（䷗）表示，取其陽氣始回，則「回頭是岸，道心發現，人心自退」。〔註75〕當此道心發現、先天初發之時，藉由眞意的數息與推移，採藥溫養，乃至卦之六爻純陽，則氣足神全，還丹已成。劉一明以卦象「自屯至既濟三十卦」，表示以陽全陰之功。因爲過程是逐漸積累而成，故是「不刻時中分子午」。還丹成就後，則仍以眞意調息，是自然無爲之功，劉一明則以卦象「自蒙至未濟三十卦」，〔註76〕代表藉陰全陽，取陰爻之柔順以養丹。只是大丹的「正子時」不容易掌控，仍得修道人於細微處經驗體會。一旦「正子時到，大藥發生。用片餉工夫，採而服之，與我眞汞相合，復全混沌之一

〔註72〕《修眞九要》，頁4，總頁195。
〔註73〕同前註
〔註74〕《修眞辨難》，卷上，頁4，總頁129。
〔註75〕《周易闡眞》，卷二，頁7，總頁82。
〔註76〕同前註，卷首，頁17，總頁44。

氣，此合大造化也」。〔註77〕整體而言，劉一明將修丹火候分爲「進陽火」與「運陰符」兩段功夫：

> 進陽火者，陰中返陽，進其剛健之德，所以復先天也。運陰符者，
> 陽中用陰，運其順柔之德，所以養先天也。進陽火，必進至於六陽
> 純全、剛健之至，方是陽火之功盡；運陰符，必運至於六陰純全，
> 柔順之至，方是陰符之功畢。〔註78〕

進陽火是還丹功夫，目的在後天返先天，故「必進至於六陽純全、剛健之至」；運陰符是大丹功夫，復先天溫養先天，故「必運至於六陰純全，柔順之至」。劉一明以六十四卦取象，指示陰陽進退之法，要學道人心領神會，隨時加減，變通用功，而非泥文執象，所以又說：「其中又有細微奧妙之處，是在神而明之，存乎其人，臨時變通，非可以文字傳矣」。〔註79〕

（八）外藥了命第八要

內丹中所言「採藥烹煉」之藥物，並非有形有質，而是先天無形。劉一明解釋「眞藥」就言：「眞正靈藥是何藥？先天眞一之氣也，先天精氣神三寶也。先天眞一之氣又名眞種子，此氣不落於色象，至無而含至有，至虛而含至實，眞空妙有，統攝精氣神三寶，三寶亦非有形之物，乃無形之眞。」〔註80〕此仍以先天與後天對舉。簡單來說，人人身中皆具有元精、元氣、元神、元性、元情等先天五元，只是生身之後，濁氣混雜，遂變成後天濁精、妄意、識神、遊魂、鬼破，先天本然也就蒙昧不彰。而眞藥即是先天本來之精、氣、神三寶，因爲是一氣變化所成，故也稱「先天眞一之氣」。藥又可分爲「內藥」與「外藥」，只是同修丹過程的諸多名詞一樣，會隨著內丹層次的不同，產生不同的意義。

> 以丹道始終而論，則延命之術爲外藥，了性之道爲內藥。非外藥不
> 能脫幻身，非內藥不能脫法身。外藥所以結胎，內藥所以脫胎。以
> 還丹而論，坎爲外藥，離爲內藥。以大丹而論，眞鉛爲外藥，眞汞
> 爲內藥。古人之言，各有所指，不得泥文執象。〔註81〕

概而分之，「外藥」可指命功、結胎之藥，也可是還丹中的坎卦，大丹中的眞鉛。

〔註77〕《修眞辨難》，卷上，頁4，總頁130。
〔註78〕《周易闡眞》，卷首，頁18，總頁46。
〔註79〕《修眞九要》，頁4，總頁196。
〔註80〕《象言破疑》，卷上，頁2，總頁319。
〔註81〕《修眞辨難》，卷上，頁4，總頁129。

反之,「內藥」可指爲性功、結胎之藥,也可是還丹中的離卦與大丹中的眞汞。劉一明在《修眞九要》中,以「外藥了命」爲綱,清楚的定義「外藥」:

> 丹經所謂外藥者,以其我家眞陽失散於外,不屬於我,寄居他家,而以外名之。迷人不知,錯會他字、外字,或猜御女閨丹,或猜爲五金八石,或猜爲天地日月,或猜爲雲霞草木以及等等有形之物。殊不知眞正大藥,非色非空,非有非無,乃鴻濛未判之始氣,天地未分之元仁。順則生人、生物,逆則成仙、作佛。聖人以法追攝於一個時辰內,結成一粒黍珠,號曰陽丹,又曰還丹,又曰眞鉛。〔註82〕

其以「了命」與「了性」對舉,可知此外藥當是還丹中之眞藥。還丹功法中,外藥爲坎(☵),內藥爲離(☲)。就文王八卦言之,坎卦是坤卦(☷)與乾卦(☰)相交,取乾卦之中陽爻(—)而成。相對於乾卦而言,是「走爲他家」,故爲他家之眞陽。而離卦是乾卦與坤卦相交,取坤卦之中陰爻(— —)而成。相對於坤卦而言,是「我家之陰」,是後天假陰。因此,當以我家之假陰作爲修煉主體,採他家之眞陽,即坎中之一陽爻,也稱爲水中金,塡補我家之陰。眞金制假陰,使其成爲純陽之體,此一步驟又稱爲「取坎塡離」。坎也代表水,離也代表火,「取坎中之陽,以塡離中之陰,以水濟火,是謂水上火下,水火顚倒,又名『坎離顚倒』。以喻道心眞知之神水,去制人心靈知之邪火也。」〔註83〕名稱雖異,皆指後天返先天的功夫。

無論內外或坎離,皆是無形無象。只是無知之人,常誤認外字爲他求,淪爲閨丹、燒煉、吞咽等傍門外道,劉一明故言:「眞正大藥,非色非空,非有非無,乃鴻濛未判之始氣,天地未分之元仁。」亦即「至無而含至有,至虛而含至實,眞空妙有」的先天一氣。

(九)內藥了性第九要

相對於命功,性功的眞藥應該是明心見性之學。劉一明仔細分說:

> 外藥不得,則不能出乎陰陽;內藥不就,則不能形神俱妙。上德者修內藥,而外藥即全;下德者修外藥,而內藥方就。外藥者漸法,內藥者頓法。外藥所以超凡,內藥所以入聖。「有欲觀竅者」外藥,竊奪造化之功,幻身上事;「無欲觀妙者」內藥,明心見性之學,法

〔註82〕《修眞九要》,頁4,總頁196。
〔註83〕《象言破疑》,卷下,頁3,總頁331。

身上事。〔註84〕

採煉外藥是後天返先天之功夫，是竊奪造化，是幻身上事，是有爲之功，是「有欲觀竅」。相反的，採煉內藥是涵養先天的功夫，是明心見性，是法身上事，是無爲之功，是「無欲觀妙」。因此上德、上智之人，可以以性兼命，頓而成就金丹。但下德、下智之人，則得循序漸進，以外藥而內藥，先命後性，才能形神俱妙。以下德者之漸法來說，性功修煉是建立在命功基礎之上，故內藥之採煉亦是在外藥成就之後。因此當金丹完成之後，爲防止得而復失，必當以無爲之道防危慮險。劉一明解釋「無爲之道」：

> 無爲之道，即無欲觀妙之功，乃聖胎凝結以後之事，是靜觀一氣變
> 化之妙。當聖胎凝結之後，後天已返爲先天，只用沐浴溫養之功，
> 勿忘勿助，運天然眞火熏烝，變化自然，無形生形，無質生質，瓜
> 熟蒂落，嬰兒出現，而前之烹煉武火之功，皆棄而不用也。〔註85〕

無爲之道並非死木槁灰，而是金丹凝結之後，揚棄還丹時強煉陽火的作爲，代之以靜定心念，以天然之眞火，徐徐熏煉，如蚌含珠般，溫養金丹。此外，尚須掃除所有餘陰，使外無其身、內無其心，後天雜質完全殆盡，使金丹成熟，嬰兒出現。嬰兒出現就是聖胎脫化，於是可以將胎成之前的鼎爐、火候、藥物等全部放棄，使法身潛藏密養，使其「在虛無之中，自變自化，愈虛愈神，愈無愈妙，神妙不測，變化無窮。所謂子又生孫孫又枝，到此地位，休歇罷功，打破虛空，跳上大羅之境，方爲了當也。」〔註86〕

劉一明爲使初學之人有個入道梯級，特將修道之法由淺至深，循序列出九個步驟。然而這九個步驟之間，卻又是環環相扣。劉一明解釋性命之學時說：

> 內藥了性，即後天而奉天時；外藥了命，即先天而天弗違。弗違者
> 用逆道，先發制人，所以奪造化而結丹；奉時者用順道，天然火候，
> 所以融五行而脫丹。前後兩段功夫，故曰：性命雙修。內外一齊修
> 持，故曰：「逆順並用。」〔註87〕

簡言之，內丹可分爲性功與命功。命功是「先天而天弗爲」的竊奪造化，是後天返還先天的功夫。火候的表現是強進陽火的先發制人，藥物則是取坎塡

〔註84〕《修眞九要》，頁5，總頁197。
〔註85〕《象言破疑》，卷下，頁5，總頁336。
〔註86〕同前註，頁6，總頁338。
〔註87〕《修眞辨難》，卷上，頁2，總頁125。

離的逆運功法。性功則是「後天而奉天時」的涵養先天，爲使丹不得而復失，故火候的表現是柔運陰符的綿綿溫養，藥物則是明心見性的順養次第。只是性有性之道，命有命之理，全賴窮理功夫才能知得：

> 天賦之性爲眞，氣質之性爲假；道氣之命爲眞，天數之命爲假。眞者先天之物，假者後天之物。先天在陰陽之外，後天在陰陽之中。此眞假不同，性命有異。〔註88〕

修道者若能窮得後天之假，修得先天，則能轉化氣質之性，修得道氣之命，則性命之道能得，即所謂「性命雙修」、「逆順並用」之意。而此丹法體系，也將完整的落實在對《西遊記》的詮釋。

第二節　取經四衆之定位

劉一明的理論是建立在「二重對立」上。從宇宙生成的理則來看，先天世界是永恆靈明，與之對立的後天世界，卻是汙濁生滅。落實在生命的軌跡中，人在「未生身以前」是具有先天虛靈眞氣，就如同先天世界的永恆靈明。只是順其所生，由天而胎，由胎而孩，由孩兒人，濁氣漸長，落入後天世界的污濁中，終將走向死亡滅絕。劉一明的二重對立，既解釋生命的起源，也提供仙道可成的內在理據。因爲他把「人」的位置，放在先天與後天的聯繫位置上，既能順其所生，走向死亡與輪迴，也可逆而成仙，超越輪迴，證得無上正眞之道，全憑一己的選擇。

劉一明既然認爲《西遊記》「闡三教一家之理，傳性命雙修之道」，〔註89〕而且又將《西遊記》與《參同》、《悟眞》等重要丹經並列，則勢必得將《西遊》故事中的情節、角色與內丹系統繫聯，使各安其位，各顯其義。可以從故事的結構，與劉一明「二重對立」的關係製成下表，觀察劉一明的內丹理論之所以能與《西遊記》故事繫聯的基礎：

人物角色	未生身之前	已　　出　　生　　之　　後	逆運後修真證道
孫悟空	從混沌中來，拜師從學，有了七十二變。	有機會名列仙籍，卻鬧蟠桃會等	鬥戰勝佛
		被八卦爐煆煉，壓在五行山下	

〔註88〕《修眞後辨・眞假性命》，卷下，頁154。
〔註89〕《西遊原旨・序》，卷首，頁12，總頁31。

豬八戒	原是天河裡的天蓬大元帥	因帶酒戲弄嫦娥，被玉帝貶下凡	淨壇使者
		變成豬的模樣，食與色皆有	
沙和尚	本是鑾霄殿下侍鑾輿的捲簾大將	蟠桃會上失手打破玻璃盞，被貶下界	金身羅漢
		除了被棒打外，還貶在流沙河，七天一次飛箭穿胸	
唐三藏	是如來佛徒弟金蟬子	因爲無心聽佛講經而謫凡下界，重新修行	旃檀功德佛
		出身就遭到水難，取經歷經艱困與危險	
龍馬	爲西海龍王敖閏之子	因縱火燒了殿上明珠，幾被誅殺	八部天龍
		棒打三百，送上斬龍台	

　　從取經一行人來看，除了孫悟空以外，其他四者在取經前，原來都是「仙界」人物，卻因爲不同的罪行，被貶謫下凡，還受到身體上的痛苦。孫悟空從石頭裡迸出後，拜師學道，本來有名列仙籍的機會，卻因爲偷桃、偷酒等，被壓在五行山下，落入凡塵。整體來說，取經一行的共同經歷是「罪謫」。有了這樣的共同背景，他們在不同的時候加入取經團隊，表層目的是在取得經卷，但深層的來說，是爲了證得果位，回到他們取經前的「仙界」。

　　若將這樣的故事框架落實在劉一明的內丹理論中，「西天取經」是一種修行過程，悟空是修行主體，因爲他有凡→仙→凡→仙的歷程，恰好可以說明人在先天與後天的中介位置上，一念可以成仙成佛，也可以墮入輪迴。三藏是故事中的取經主體，必須藉由他才能取得實質經卷。他有時軟弱，有時昏蒙，就如同修行者被外物障蔽一樣。八戒、沙僧與龍馬各自代表著煉丹的要素，八戒的懶散是內丹功夫中的靜，沙僧不與人爭是性功穩定的力量，龍馬代表著乾乾不息的毅力。而西行途中遭遇的各種魔難，也就可以視爲丹道過程可能遇上的困難。總此，取經一行人克服各種困難後，取得眞經返回東土；就像內丹功法中，從後天返回初生身時面目。故事中取經一行又從長安到靈山，受職取得果位；內丹中則是從初生的狀態，逆反爲先天狀態，取得大丹。將故事與內丹理論繫聯，讓劉一明解釋《西遊記》中的內丹功法，產生了可能。

　　《西遊原旨・讀法》中第三十五專論行者師兄弟三人功夫變化，言：

> 《西遊》寫三徒本事不一。沙僧不變，八戒三十六變，行者七十二變。
> 雖說七十二變，其實千變萬化，不可以數計。何則？<u>行者爲水中金，乃他家之眞陽</u>，屬命，主剛，主動，爲生物之祖氣，統七十二候之要

　　津。無物不包，無物不成，全體大用，一以貫之，所以變化萬有，神
　　妙不測。<u>八戒爲火中木，乃我家之眞陰</u>，屬性，主柔，主靜，爲幻身
　　之把柄。只能變化後天氣質，不能變化先天眞寶，變化不全，所以七
　　十二變之中，僅得三十六變也。至於<u>沙僧者，爲眞土</u>，鎭位中宮，調
　　合陰陽，所以不變。知此者方可讀《西遊》。〔註90〕

孫行者被比爲「水中金」，即坎卦（<u>☵</u>），亦稱爲「眞鉛」。原爲自身所有，然
陽極生陰，走爲他家，故言「他家之眞陽」。八戒被喻爲「火中木」，則是離
卦（<u>☲</u>），也稱爲「眞汞」。本係天生至寶，是「我家之眞陰」。惟其好動易失，
遊行無蹤。若以不同名稱比擬，「靈汞者，姹女也，爲妻，主內；眞鉛者，嬰
兒也，爲夫，主外」。〔註91〕此二者是丹道修煉的重要物質，「以還丹而論，
坎爲外藥，離爲內藥；以大丹而論，眞鉛爲外藥，眞汞爲內藥」，〔註92〕在不
同的煉丹層次，扮演著不同的角色。丹經所謂「七返」、「九還」，即返還眞汞、
眞鉛之本性。簡言之，尋歸走於他家之眞陽，使與眞汞相配，至此無差陰失
陽之患，返還生身本然之初。此過程也稱「金公配姹女」、「夫妻交媾」……
等。如同男女婚配，非媒聘不能相會，爲此金公托黃婆爲媒，以遇姹女之情。
「黃婆者，吾之眞意也，又名眞信」，〔註93〕是貫串功法、調和陰陽的穩定力
量。無論是有爲無爲之法，采藥行火之節，抑或結丹脫丹之功，皆是須臾不
可離。黃婆也稱「眞土」，　取「土居中央爲萬物之母，能以和合四象，攢五
行，生萬物，養萬物」〔註94〕，故稱「沙僧者，爲眞土，鎭位中宮，調合陰
陽，所以不變」。劉一明於此已然確立行者（水中金）、八戒（火中木）、沙僧
（土）在《西遊記》的「內丹」地位。

　　劉一明又將三藏比爲「太極」。〈讀法〉第三十條：

　　　《西遊》三藏喻太極之體，三徒喻五行之氣。三藏收三徒，<u>太極而</u>
　　　<u>統五行也</u>；三徒歸三藏，<u>五行而成太極也</u>。知此者方可讀《西遊》。
　　　〔註95〕

三藏被喻爲至有含至無、至無含至有的「太極之體」。因其無形無象，故強圖

〔註90〕同前註，卷首，頁34，總頁74。
〔註91〕《修眞後辨》卷下，頁4，總頁157。
〔註92〕《修眞辨難》卷上，頁4，總頁129。
〔註93〕〔清〕劉一明：《悟道錄》，《道書十二種》下冊，卷下，頁2，總頁99。
〔註94〕〔清〕劉一明：《金丹四百字解》，《道書十二種》上冊，頁1，總頁227。
〔註95〕《西遊原旨》，〈讀法〉第30條，卷首，頁33，總頁72。

之以○，或名「虛無」、「先天一氣」、「金丹」等。名雖異辭，實則同一，指
的都是人人具足、個個圓成的本然狀態○。就本體而言，此○原是太極未化
之本來狀態，既分之後遂成陰陽、四象、八卦，然後萬物。先天性、命即所
從出，故言「太極而統五行」。只是落入形體後，往往爲習氣拘執污染，迷失
本來面目。因此必須透過性命的鍛鍊，使「性命相合，陰陽混一」，〔註96〕終
至金丹凝結，返回生初本來面目○，即此所謂「五行而成太極也」。

　　由此，三藏師徒從故事《西遊》中歷經磨難的苦行僧，化身爲內丹《西
遊》的修煉元素。而《西遊記》也從「神魔小說」的位置，轉爲「闡三教一
家之理，傳性命雙修之道」〔註97〕的道經。

一、空而不空的孫悟空

　　從花果山享樂天眞的猴子，跳入瀑泉中的猴王，知有生死之別而尋道訪
仙的悟空，這個形象鮮明的故事角色，將率領取經一行歷經魔難，取得眞經。
悟空誕生於花果山仙石之中，故事裡有這樣一段敘述：

> 那山頂上，有一塊仙石，其石有三丈六尺五寸高。按周天三百六十五
> 度，有二丈四尺圍圓，按政歷二十四氣。上有九竅八孔，按九宮八卦。
> <u>蓋自開闢以來，每受天眞地秀，日精月華，感之既久，遂有靈通之意。</u>
> 內育仙胎，一日迸裂，產一石卵，似圓毬樣大。因見風化作一箇石猴，
> 五官俱備，四肢皆全。便就學爬學走，拜了四方。目運兩道金光，射
> 沖斗府，驚動高天上聖玉帝，駕座金闕雲宮，靈霄寶殿聚集仙卿，見
> 有金光燄燄，即命千里眼、順風耳開南天門觀看。〔註98〕

劉一明將仙石比爲「渾然太極」之象，周天三百六十五度、二十四氣、九宮
八卦是「眞空含妙有」。仙石裡藏一仙胎，「是後天中之先天」。此仙胎，是石
猴，取「石爲土之精，爲堅固賴久之物，卵球爲至圓無虧之物。猴屬申，申
爲庚金，金亦爲堅固不壞之物，俱狀先天靈根。其性剛健，圓成無礙，本於
一氣，非一切後天滓質之物可比。」〔註99〕換言之，孕育於仙石的石猴，從
太極來，是先天剛健圓成之靈根。因受天地眞氣，故陰陽五行四象之氣，無

〔註96〕《周易闡眞》，卷首，頁16，總頁42。
〔註97〕《西遊原旨・序》，卷首，頁12，總頁31。
〔註98〕同前註，卷二，第一回，頁2，總頁3。
〔註99〕同前註，頁12，總頁23。

不具備，具有天地造化之能。若以此象內丹功法，此石猴即代表身中人人具足、個個圓成，處聖不增、處凡不減的「先天眞一之氣」，又稱「先天眞一之水」。無論名號爲何，都代表成仙作佛的眞種子。石猴無父母，是秉天地之所生，故須菩提祖師爲他起了個孫姓，法名悟空。此姓即眞性，亦即要石猴「知得此性，悟得此空」，然後才能「棄後天頑空，而修先天眞空」。〔註100〕

　　《西遊記》用了七個回目的篇幅，從出身求道、亂蟠桃、鬧天宮、被二郎神率兵將追趕，乃至被如來佛祖壓在五行山下等，逐一發展敘述，可稱爲「悟空本事」。劉一明〈讀法〉解釋《西遊記》所隱含的內丹結構時曾說：

> 《西遊》有合說者，有分說者。首七回合說也，自有爲而入無爲，由修命而至修性，丹法次序、火候工程，無不具備。其下九十三回，或言正，或言邪，或言性，或言命，或言性而兼命，或言命而兼性，或言火候之眞，或撥火候之差，不過就一事而分晰之，總不出首七回之妙義。〔註101〕

亦即百回故事分前七回的悟空本事，及後九十三回玄奘銜命取經，收三徒歷八十一魔難等故事。相應於內丹架構，前七回是內丹功程總論，後九十三回則爲細說析論前七回要義。劉一明之所以如此重視前七回的悟空本傳，當是悟空即代表道心，也是內丹修煉的主體，因此稱全部《西遊》「總不出首七回之妙義」。

　　自靈臺方寸山的斜月三星洞須菩提祖師處得道之後，悟空返回花果山，自稱美猴王。其會集群猴及滿山獸怪，將花果山打造成鐵桶金城。感於凡間兵器與仙聖身份不相稱，故往東海龍宮索討兵器，取得「天河定底神珍鐵」。劉一明解釋悟空求兵器：

> 東者，生氣之鄉。海者，聚水之處，生物之本。龍者，興雲致雨，生物之德。由殺求生，以生濟殺，生殺兼全，方是法寶。此金丹一定不易之道，如鐵板之印證然。且東龍者，我家也，求慧器當問我家，何云「問他」？特以慧器原是我家之物，因爲後天所陷，不屬於我。如金在水中，爲水中之金，<u>未歸則爲他家，已歸則爲我家</u>。問他要而爲我有，他家我家，俱是一家，只在未歸已歸分別之。故本洞橋下水通龍宮，雖問他要，卻在本洞，不於外求也。〔註102〕

〔註100〕同前註，頁17，總頁34。
〔註101〕同前註，〈讀法〉第19條，卷首，頁31，總頁68。
〔註102〕同前註，第三回，頁12，總頁95。

悟空被比爲「水中金」，亦稱爲「靈根」、「眞鉛」、「先天眞一之氣」或「先天眞一之水」，實同名異，代表的都是據以成道的眞種子。此處所謂「慧器」亦屬之。本來這樣的種子應該是人人具足，故劉一明言「求慧器當問我家」。倘若落於後天形體，走爲他家，即得從他家尋。龍宮位於花果山鐵板橋下，雖爲「他處」的東海龍宮，卻可從「自處」花果山直通，故「他家我家俱是一家」。東爲陽氣初動之方，海爲生物之本，皆萬物初始本源之處。「龍宮者，乾（☰）卦也」，〔註103〕純陽之象，剛健正氣，「即本來之良知、先天之正氣，名曰眞陽，又曰眞一之精，又曰眞一之氣」。〔註104〕悟空去龍宮求取武器，即是返回先天之正氣，也就是返回本源之處。因此他家、我家，只是「未歸已歸」的分別而已。

一旦返還，就能得此「一塊天河定底神珍鐵」。因在水中，故爲「水中金」；一塊神鐵，比爲「惟精惟一，一而神也」；中間一段烏鐵，兩頭各有金箍，是爲「執兩用中」。劉一明喻此兵器爲「乾」九五，悟空取得兵器，即是「剛健中正，陰陽混化，身外有身，形神俱妙，與道合眞。不但成己，而且成物，如飛龍在天，隱顯不測，隨時濟物」。〔註105〕大聖順手拿來，粗細長短，隨心所欲，故名其爲「如意金箍棒」，正如內丹修煉當回到生身之初，即可寂然不動，感而遂通。悟空又覺缺少衣服相配，遂告求龍王再送披掛。於是西海龍王敖閏送上鎖子黃金甲，南海龍王敖欽帶上鳳翅紫金冠，北海龍王敖順則奉上藕絲步雲履。劉一明取五方配五行，即東木、西金、南火、北水與中土，以爲「共東西南北之金木水火，而合成一中」。悟空穿上冠履盔甲，手持金箍棒，金燦燦的返回花果山，即內丹「四象和合，五行攢簇」，〔註106〕金丹成就之象。

故事中悟空從此以後可以持棒上天下海，勾消死籍而得長生，鬧了一次天宮，得天上招安而爲弼馬溫。本來相安無事，卻因未受瑤池蟠桃會之邀，遂偷吃蟠桃、盜喝御酒、服食仙丹，成就不壞之軀。雖被太上老君推入八卦爐中煅煉，也只燒成了火眼金睛，又再次大鬧天宮。一棒打入通明殿，全無懼色，無人能敵。悟空此等水火不能傷、刀兵不能加，不由天主的狀態，劉一明形容爲「剛健中正，隨心變化，縱橫逆順，莫遮攔」，〔註107〕也就是還丹

〔註103〕同前註。
〔註104〕《周易闡眞》，卷一，頁1，總頁47。
〔註105〕同前註，頁1，總頁48。
〔註106〕《西遊原旨》，卷二，第三回，頁13，總頁98。
〔註107〕同前註，卷三，第七回，頁11，總頁215。

時圓陀陀、光灼灼之面目。據之可以為善，成仙成佛；相反的，也可據以為惡，披毛戴角。只是悟空自尊自大，竟妄想篡奪天位，如同修丹過程了命之後不能了性明心，全功未竟。其實迷悟只在一念，倘若了命之後能了性，則能證成無上大道；反之，既了命卻不知了性，終為如來佛祖翻掌輕壓於五行山下，自此心猿不期定而定。

被壓於五行山下的悟空，《原旨》釋其義為：

> 未修性之先，先須修命，於後天五行中，煉此水金。既了命之後，
> 即須了性，於五行混成處，脫此水金。若知了命而不知了性，則法
> 身難脫。如悟空已為齊天大聖，為五行所壓者是也。若欲了性而不
> 先了命，則幻身難脫，如大聖在石匣之中，口能言身不能動，為五
> 行所壓者是也。〔註108〕

金丹煉養之道，是性命雙修之道。劉一明又主張先命後性，性命俱了。劉一明認為內丹修煉有兩段功夫：一是有為修命之事，亦即復回先天之陽，然後歸於未生身之初的全陽之體；二是修性之事，到得虛空而打破虛空，體現未生身之前面目。當悟空五行俱足，已成齊天大聖，卻自尊自大，執迷不悟，故被佛祖翻壓於五行山下，是「法身難脫」。當悟空不期定而定，懺悔罪業，情願修行，又困於石匣之中，是「幻身難脫」。因此觀音菩薩東行尋訪取經人，要悟空皈依佛門，再修正果。落實於內丹中，即是無論修性或修命，皆要得真師心傳口訣，以知「水中之金，空而不空，不空而空，至無而含至有，至虛而含至實，一得永得。有為無為，了性了命，一以貫之」。〔註109〕

當三藏越過兩界山，揭開佛祖「唵嘛呢叭咪吽」六字金帖，從此悟空皈依三藏，擔負取經途中除魔降妖之重任。三藏在「悟空」之外，又幫他起個混名叫「行者」，「是明示人以悟的還須行得。若悟而不行，則先天之氣不為我有，不死之方未為我得」。〔註110〕其所悟，即悟得無心之空；其所行，即行得空中之悟。質言之，悟空自五行山下抽離，歸於三藏，進入西行取經的成道之境，是由命以修性，是悟得無心之空；而三藏收得悟空，即先天陽氣來復，是由性以修命，是行得空中之悟。不管修性或修命，皆從六字金帖揭開的剎那開始。就故事而言，揭開金帖代表悟空來歸（水中金）。在西行路上，

〔註108〕同前註，第八回，頁17，總頁257。
〔註109〕同前註，頁17，總頁258。
〔註110〕同前註，卷五，第十四回，頁15，總頁434。

先後於鷹愁澗收得龍馬作爲腳力（運用之功），福陵山雲棧洞伏得豬悟能（木中火），流沙河降得沙悟淨（中土）。在此三徒一腳力保護之下，才能完成取經志業。將之落實於內丹功法中，揭開金帖，如同揭開被阻斷的先天門戶，悟得空，行得眞，則道心存。然後「得道心一味大藥，不但六賊無蹤，方且攢五行，合四象，皆於此而立基矣」。〔註111〕

　　總的來說，故事裡的「悟空」性格躁動易怒，他傾力掃蕩妖魔，斬草除根，有時連溫善的小妖、小惡的草寇，都難逃他的棒下。他一方面好戰爭勝，有時也行俠仗義。例如第六十八回朱紫國行醫、第七十八回比丘國救子、第八十七回鳳仙郡求雨等，都是他主動招攬的功德。相對於外顯行爲的剛烈，他又被塑造成取經隊伍中理性沉穩的睿智領袖。例如第二十四回，三藏問悟空前行上有多少路程，悟空回答：「你自小走到老，老了再小，老小千番也還難。只要你見性志誠，念念回首處，即是靈山。」〔註112〕又如第三十二回，三藏見高山險阻，恐有虎狼阻擋，悟空說：

　　　　師父，出家人莫說在家話。你記得那烏巢和尚的《心經》云：「心無
　　　　罣礙方無恐怖。」但只是掃除心上垢，洗淨耳邊塵。你莫生憂慮，
　　　　都在老孫身上。

當三藏又慨歎何時才能身閑，悟空又說：

　　　　師要身閑，有何難事？若功成之後，萬緣都罷，諸法皆空。那時節
　　　　自然而然，却不是身閑也？〔註113〕

三藏昏昧愚迷，常常需要悟空的提點。相較之下，悟空遠比三藏能夠契應空的境界。若將悟空性格落實於內丹功法中，其外顯的躁動易怒，正是眞鉛走爲他家、好動易失的展現。其性格的剛烈，也是水中金主剛的特質。而當復還其受天地精華之靈通本性時，正是道心不空而空、空而不空的體現。

二、性本良能的豬八戒

　　八戒是《西遊記》中詼諧的喜劇角色，因爲他的懶散與貪欲，往往讓取經路上充滿趣味。三藏有時罵其「夯貨」，悟空譏其「獃子」，唯有沙和尚敬他爲「師兄」。

〔註111〕同前註，頁21，總頁446。
〔註112〕同前註，卷七，第二十四回，頁2，總頁687。
〔註113〕同前註，卷九，第三十二回，頁1，總頁905。

八戒原是天蓬大元帥，因帶酒戲弄嫦娥被貶謫下凡，卻陰錯陽差投於豬胎。只是皈依佛門的八戒還是舊習不改，第二十三回見菩薩化成的女子招婿，依然心動不已。第二十七回見到白骨精化成的婦人齋僧，即無法分辨是非。第五十四回見到西梁國女王，一下子就筋骨酸麻。第七十二回他甚至變成鮎魚精，在蜘蛛女怪洗澡的池子裡亂竄。諸如此類的貪色形象，或是搶食齋飯的貪吃形象，都讓豬八戒在取經團隊中，成為最不能忘卻俗情的出家人。所以只要有些困難，他就會提出「散伙」的建議。然而豬八戒也非全然無用，第三十四回的難行的荊棘嶺，由他連夜斬除。第六十七回臭氣沖天的稀柿衕，也是八戒獨立拱開。另外他也有細心的一面，例如第四十七回通天河邊，他會投石試深淺。第四十八回要渡結冰的河面，他會築冰試厚薄、用稻草裹馬腳等。八戒多數時候的不定個性，劉一明恰以內丹陰柔性浮的「火中木」釋之，是為「我家真陰」，性質「屬性，主柔，主靜，為幻身之把柄。只能變化後天氣質，不能變化先天真寶」。

觀音菩薩與惠岸是在福陵山雲棧洞遇上豬八戒，當時他手執釘鈀，自稱是天河裡天蓬元帥，並自述自己因戲弄嫦娥而下凡等種種經歷。劉一明解釋為：

> 「柄」者，木、火成字。「釘鈀」者，丁為陰火，巴為一巳，此木火一巴之把柄。「天河」者，壬水也，壬水在亥，亥為豬。甲木長生在亥，乃生氣出現之處，故為天蓬元帥。「只因帶酒戲弄嫦娥，玉帝打了二千鎚，貶下塵凡。一靈真性，錯了道路，投在豬胎」，木性浮，為靈性。酒屬陰，為亂性之物。性亂而心迷，戲弄嫦娥，著於色慾，先天真靈之性變而為後天食色之性，豈不是錯走道路，入於畜生之胎乎？其所云「打二千鎚」者，二數為火，木動而生火，火生於木，禍發必剋，五行順行，法界變為火坑矣。「卯二姐」，乙木也，甲為陽木，乙為陰木，卯為甲妻，理也。「招贅不上一年死了，一洞家當盡歸受用，日久年深，沒有贍身的勾當，吃人度日」，陰陽失偶，已無生生之機。坐吃山空，作妖吃人，理所必然。窮木火之理，窮到此處，可悟得木火真性，本自良能，而不為食色之假性所混，更何有吃人度日之惡哉？此窮木火之理也。〔註114〕

「柄」字拆解成木與丙，丙在五行屬陽火，故稱「木火成字」。釘鈀取字旁，丁屬陰火，巴拆成一與巳，巳屬陽火，故一柄釘鈀稱之為「木火一巴之把柄」。

〔註114〕同前註，卷三，第八回，頁15，總頁253。

其本質屬木火。天爲陽，河爲水，陽水爲壬亥，亥又配豬，故天蓬元帥化作豬形。其本爲天界人物，又象徵木母，〔註115〕在劉一明二重天地的架構下，是先天眞靈之元性。卻犯色欲，性亂心迷，帶酒戲弄嫦娥，被打二千槌後，貶下凡塵。二數爲火，木順行生火，順而成人，落於後天，遂使先天眞靈之性變爲後天食色之性，故稱「法界變火坑」。先受卯二姐招贅，卯二姐爲陰，乙、卯同爲陰木，故稱「卯爲甲妻」。不到一年的時間喪偶。本來「一陰一陽之謂道」，陰陽失偶，無化育的可能，故稱「已無生生之機」，只好坐居雲棧洞成妖吃人。皈化觀音菩薩後，菩薩爲他取法號「悟能」，要其悟得本來具有、不爲食色之假所混的先天之良能，故從此「領命歸眞，持齋把素，斷絕五葷三厭，專候那取經人」。〔註116〕悟空收伏悟能後，三藏還因爲悟能的「斷絕五葷三厭」，又起「八戒」之名。

悟空協助唐僧在鷹愁澗收得龍馬後，又來到高老莊化齋。高老見行者手段高，遂請他協助除妖。此妖即是豬悟能。悟空假變高老女兒翠蘭，坐在房裡欲收妖。劉一明解此段說：

> 男變女相，假中有眞，陰中藏陽，指出行者爲陰中之陽，以見八戒
> 爲陽中之陰也。〔註117〕

悟空爲陰中之眞陽，卦象屬坎（☵）；是水中眞金，五元爲「元情」。悟能爲陽中之眞陰，卦象屬離（☲）；是火中眞木，五元爲「元性」。以逆剋之理而言，金當剋木。所以故事中悟能聽見「姓孫的齊天大聖」，又見到高三姐是悟空假扮，「慌得他手麻腳軟，劃刺的一聲，掙破了衣服，脫身而去」。〔註118〕

〔註115〕「木母」的概念應該比較晚出。筆者爬梳《正統道藏》相關資料，多是木公、金母或者是金公。道書中稱「木公」，指的是神祇東華帝君；稱「金母」，也是指神祇瑤池金母。若稱「金公」，則取其形似「鉛」，外丹中是煉丹的實體金屬，內丹則借來指稱藥物水中金。稱「木母」者，從呂洞賓《敲爻歌》就以此代替內丹藥物汞。內容是：「眞父母，送元宮，木母金公性本溫，十二宮中蟾魄現，時時地魂降天魄。」劉一明解釋「木母金公性本溫」說：「木母金公，配合一處，彼此相戀，兩性溫和而不相悖。」〔清〕劉一明：《敲爻歌直解》，《道書十二種》上冊，頁3，總頁247。由此推測：「木母」的概念應該晚出於「金公」，可能取意於內丹功法中，坎、離兩種藥物的作用，就如同男女婚配、夫妻相見，於是將「公」字對「母」字。其次，「坎」又稱水中金、鉛，「離」又稱火中木、汞。兩者相對，遂將汞以「木母」代之。

〔註116〕《西遊原旨》，卷三，第八回，頁7，總頁237。

〔註117〕同前註，卷六，第十八回，頁9，總頁542。

〔註118〕同前註，頁7，總頁537。

內丹中，則是「水能制火，金能剋木，木火之害怕金水」。因爲水中金又稱金公，也稱夫；火中木又稱木母，也稱妻，故兩者正面相見，也解爲「正是夫妻見面，不容折離；陰陽相會，莫可錯過也」。〔註119〕因爲不可錯過，所以故事中悟空追著悟能到雲棧洞，戰到東方發白，悟能不敵，躲回洞內不再出頭。悟空則擔心師父盼望，轉回高老莊。《原旨》此處解釋爲：

> 金公者爲眞情，木母者爲眞性。性主處內，情主禦外，倘有眞情而無眞性，內外不應，顧頭失尾，護手誤足，金丹難成。「恐師盼望，且回高老莊」，是以一人而顧內外之事，烏乎能之？總以寫有金公不可無木母之義。〔註120〕

前已提及，悟空爲金公，爲眞情；悟能爲木母，爲眞性。眞情爲陽，禦外；眞性爲陰，主內。本來陽外陰內，則內外兼顧。可是悟空目前孤陽無陰，內外兼顧，也就「內外不應，顧頭失尾」。所以故事中悟空恐三藏擔心，勢必得放下降妖，轉回高老莊。內丹中陽失陰偶，陰陽不合，則金丹難成。若就整個故事發展來看，取經途中悟空降妖，若能以一己之力獨鬥，悟能則護守三藏安全，仍是「性主處內，情主禦外」；倘若悟空遭逢強魔，需有助力，第一人選仍是悟能。故總的來看悟空與悟能的關係，「總以寫有金公不可無木母之義」。

　　第三十八回，取經一行來到烏雞國。被推下井成鬼的烏雞國王，夜裡向三藏訴冤情。原來五年前烏雞國乾旱無雨，來了個祈雨全眞。道士呼風喚雨，點石成金，烏雞國王遂與之結交兄弟。未料被推下井內，用石板蓋住井口，移植芭蕉栽在上面。因此烏雞國王希望藉由三藏之力，平反冤屈。悟空爲免擒拿假國王後無與折辨，遂偕同八戒潛入花園，計劃從井中將烏雞國屍首撈上來。八戒原不知是撈屍首，以爲是偷寶貝，所以他說：「這個買賣我也去得，只是也要與你講過，偷了寶貝，我就要了。」行者則說：「老孫只要圖名，寶貝就與你罷了。」〔註121〕此段劉一明解釋爲：

> 「坎」中眞陽，乃先天之寶，因妖之來而被陷，已爲妖寶，故眞者死而假者生。今欲歸復其寶，仍當乘妖不覺而去偷，方爲我寶，庶能眞者生而假者滅。此乃賣假買眞之一事，非做此買賣而眞寶難得。
> 「八戒道：『你哄我做賊哩！這個買賣我也去得，偷了寶貝我就要

〔註119〕同前註，頁 10，總頁 544。
〔註120〕同前註，第十九回，頁 9，總頁 564。
〔註121〕同前註，卷十，第三十八回，頁 4，總頁 1068。

－187－

了。』行者道：『那寶貝就與你罷了。』夫道者，盜也，其盜機也，天下莫能見，莫能知。不做賊做不成這椿買賣，必做賊而這椿買賣方可成的。八戒爲木火，具有「離」象，推理而論，水上而火下，水火既濟，坎離顛倒，<u>偷來坎中一陽，而歸離中一陰</u>，寶與八戒非是虛言。〔註122〕

爲妖所陷的坎中眞陽，即指烏雞國王。在故事中，前來求助的國王，形象是：「頭戴沖天冠，腰束碧玉帶，身穿赭黃袍，足踏無憂履，手執白玉圭。面如東嶽長生帝，形似文昌開化君。」〔註123〕劉一明取沖天冠虛而能戴爲「偶」，腰束帶爲「中實」，足踏履爲「下虛」，可成一坎卦（☵）。眞國王，故爲坎中眞陽；眞陽爲萬化之本，故形似「開化君」。此眞國王被妖國王推入井中，故稱「眞者死而假者生」。欲除假返眞，當逆運之。所以悟空與八戒要乘妖之不備，入井中偷盜屍首，即所謂「偷眞寶」，即「盜機」。八戒爲木火，火性就上；烏雞國王爲水金，水性就下。然而八戒下井扛起烏雞國王屍首，是火性逆下，水性逆上，故爲「水火既濟，坎離顛倒」。換言之，故事中八戒潛入御花園，下井偷屍首。內丹中，火就下而水就上，偷得此逆運之機，成水火既濟之象。所謂既濟，乃「眞陰順眞陽，以眞陽統眞陰。眞陰眞陽，兩而相合，恍惚有象，杳冥有精。結成一粒黍米寶珠，吞而服之，延壽無窮，是既濟固有亨道也」，〔註124〕亦即「偷來坎中一陽，而歸離中一陰」。故八戒想要自家擁有此「寶貝」，悟空則言「就與你罷了」。

承上看來，同爲金丹藥物的金公與木母，在功程上的關係極爲密切。但故事中的兩人，卻非和諧。如第二十七回白骨夫人三戲唐三藏，又加以八戒一旁進讒言，導致三藏怒逐悟空。劉一明解釋爲：「聽陰柔之讒，而性亂心迷。」〔註125〕指八戒受美色迷障，喪失本來眞性，落於後天之假，遂導致悟空被逐。金公一去，則五行少了水、金，所以五行不順，金丹失陷。故事中自悟空一去，則三藏隨即落入黃袍怪手中，又遭劫難。第八十五回，離開滅法國後，行進高山間，忽然一陣風起。悟空定睛一看，卻是前頭不遠處有三、四十個

〔註122〕同前註，頁11，總頁1082。

〔註123〕同前註，第三十七回，頁1，總頁1026。案：「手執白玉圭」句，本寫「碧玉圭」，此據後文太子求證娘娘時，「在袖中取出那白玉圭遞與娘娘，那娘娘認得是當時國王之寶」云云而改。見第三十八回，頁1，總頁1063。

〔註124〕《周易闡眞》，卷四，頁11，總頁140。

〔註125〕《西遊原旨》，卷八，第二十七回，頁11，總頁789。

妖怪擺列陣仗。但他佯稱前頭是村莊人家齋僧，哄得八戒勤快前往，未料八戒被群妖扯住亂打。正在勢亂難敵處，悟空降下雲頭，共同敗退妖怪。劉一明將八戒被群妖所圍困部分，解爲：

> 行者爲道心，金公也。八戒爲眞性，木母也。心性相合，而陰陽同類；金木相併，而水火相濟。今金公而妒木母，則孤陰寡陽，彼此不應，內外不濟，爲魔所困，亦何足怪？〔註126〕

一爲道心，一爲眞性，兩人若能相合，是水火既濟之功。可惜悟空以八戒「躲懶不肯出頭」，〔註127〕用計哄騙八戒，致使八戒「孤陰寡陽，彼此不應，內外不濟，爲魔所困」。直至出手相助，共退妖怪，「以見金木交併，彼此扶持，邪魔難侵」。由此，故事中，悟空與八戒雖時而互助，時而互鬥，總是要同心協力，才能取得眞經。如同內丹中，金公與木母必須水火相濟，陰陽成偶，否則孤陰寡陽，無金丹可成。

三、鎮位中宮的沙悟淨

相較於孫悟空的機智靈動、八戒的憨傻滑稽，沙僧在故事中的性格就顯得平常而單調。「吳承恩筆下那個『滿臉晦氣』的沙和尚，他的藝術命運就比起肖像更加『晦氣』，在讀者中是絕難找到崇拜者和喜愛者的」。〔註128〕亦有言「《西遊記》中的沙僧，對我們毫無吸引力，對他也沒有什麼壞的批評」。〔註129〕然而對劉一明來說，從不提散伙、默默擔著行李、調解悟空與八戒衝突、體貼三藏心意的沙僧，正是丹道修持中不可或缺的穩定力量。

沙僧在《西遊記》的第一次亮相，是第八回觀音偕同惠岸前往東土尋找取經人，經過流沙河界，兩人喟嘆河難渡的同時，河中跳出手執寶杖的醜陋妖魔與惠岸爭戰，此妖正是沙僧。沙僧原是凌霄殿下的捲簾大將，因罪謫下凡。後經觀音勸善，皈依佛門，將九個骷顱串掛頸項，靜等取經人到來。《原旨》對蟄伏在流沙河的沙僧有著如下的解釋：

> 「流沙河」者，沙乃土氣結成，石之散碎而堆積者。沙至於流，是水

〔註126〕同前註，卷二十一，第八十五回，頁13，總頁2454。
〔註127〕同前註，頁4，總頁2435。
〔註128〕李萍：〈唐僧師徒人物造型得失辨〉，《南京理工大學學報・社會科學版》15卷5期，頁32至頁36，2002年10月。
〔註129〕李辰冬：《三國水滸與西遊》（台北：水牛圖書出版事業有限公司，1996年），頁131。

盛土崩，乃爲流性不定之土，宜其有弱水三千，而人難渡也。「河中
妖魔手執一根寶杖」，此寶杖即眞土之寶杖。既云眞土，又何以作妖？
其作妖者，特以流沙河爲妖而妖之，非本來即妖也。「自稱是捲簾大
將下界」，夫垂簾則內外隔絕，捲簾則幽明相通。彼爲靈霄殿捲簾大
將，分明是和合造化，潛通陰陽之物。「蟠桃會打破玻璃盞，玉帝打
了八百，貶下界來」，陽極生陰，失去光明之寶，先天眞土變爲後天
假土，分散於八方，錯亂不整。土隨運轉，靈霄殿捲簾大將，不即爲
流沙河水波妖魔耶？「七日一次將飛劍來穿胸?」，七日一陽來復，天
心發現，自知胸脇受疚，這般苦惱，心神不安之象也。「三二日出波
吃人」，三二爲一五，意土妄動也。意土妄動，傷天壞理，出波吃人，
勢所必有。窮土之理，窮到此處，眞知灼見，可悟的眞土本淨，而不
爲假土所亂，更何有飛劍穿胸之患哉？何以流沙河鵝毛也不能浮，九
個取經人的骷顱反不能沉乎？蓋流沙河乃眞土所藏之處，眞土能攢簇
五行，和合四象，統《河圖》之全數。九個骷顱，爲《洛書》之九宮。
《河圖》者，陰陽混合，五行相生，乃道之體。《洛書》者，陰陽錯
綜，五行相剋，乃道之用。一生一剋，相爲經緯。一體一用，相爲表
裡。生不離剋，剋不離生。體不離用，用不離體。九經焉得沉之？「將
骷顱穿一處，掛在頭項下，等候取經人自有用處」者，以示《河》、《洛》
金丹之道，總以眞土爲運用，此窮眞土之理也。〔註130〕

沙僧五行屬土，是內丹「鎮位中宮，調合陰陽」的重要物質。然而五行有陰
陽之分，先天五行屬陽，後天五行屬陰，劉一明以〈河圖〉示之。簡單來說，
中間五點攢簇於一處者，即太極之象，亦即人未生身之前的本然面貌。以此
一再分爲先天五行與後天五行。以先天而論，一爲元精（壬水），三爲元性
（甲木），五爲元氣（戊土），七爲元神（丙火），九爲元情（庚金）。因
落於未生身之前，故爲「先天五行」。當破胎而出，墮於形體之後，濁而有形，
則爲「後天五行」。是以二爲識神（丁火），四爲鬼魄（辛金），六爲濁精（癸
水），八爲遊魂（乙木），十爲妄意（己土）。無論先天後天，都是一物，「假
借眞存，而眞借假留」。

　　若將此框構落實到《西遊》第八回，劉一明取「簾」有隔絕內外之意，
而沙僧爲「捲簾大將」，亦即捲起簾幕，撤除隔絕，有內外交通之能。「內外」

即是「陰陽」，〔註131〕所以說「和合造化，潛通陰陽」，示沙僧爲眞土之象，所持之杖爲「眞土之寶杖」。只因沙僧在蟠桃會失手打破玻璃盞，被玉帝貶下凡間，潛入流沙河藏身，三二日出波吃人。「流沙」取其流性不定之沙，是爲妄動之土。三二日取其數相加爲五，五爲土。出波吃人，傷天害理，仍是意土妄動之故。由此可知，沙僧潛藏流沙河，實爲眞土潛於意土；沙僧出波吃人，實爲先天眞土變爲後天假土。然無論眞土、假土，仍歸於「沙僧」一處，是「假借眞存，而眞借假留」。除貶謫下凡外，沙僧每七日尚得受飛劍穿胸百餘下之苦。「七日」，取一陽來復之象，劉一明以「復卦」（䷗）爲喻。本來面目至善無惡，交於後天形體則本眞失卻。只是雖有失去，未嘗盡無；或者一陽尚在，卻爲世事所障，當面不識，故「必先煉己持心，待時而動」。〔註132〕沙僧皈依佛門之善念，爲「一息生機」；觀音菩薩示意「等候取經人自有用處」，爲有所待也。於是沙僧摩頂受戒，洗心滌慮，護守眞意，「待時而動」。

　　沙僧自此而後，頸項掛九個骷髏，便在流沙河等待。「九個骷髏」，劉一明以〈洛書〉九宮釋之。〔註133〕所謂「九宮」，八方位加中間一土。不同於〈河圖〉土生金、金生水、水生木、木生火、火生土、土又生金的順行律則，〈洛書〉採取的是逆剋之理，意即中土剋北水、北水剋西火、西火剋南金、南金剋東木、東木剋中土，皆是「陰前陽後，靜以制動」。〔註134〕沙僧「九

〔註131〕「內陰陽即後天之陰陽，生於形體。外陰陽即先天之陰陽，出於虛空。形體陰陽，順行之陰陽，天地所生者也。虛空陰陽，逆運之陰陽，生乎天地者也。所謂內外者，以用言耳。」此說見《修眞辨難》，卷上，頁1，總頁124。又，太極化生天地，陰陽二氣所由出。立天之道爲陰陽，闢地之道爲剛柔，其所化之天干與地支又各有陰陽之氣，故又稱爲「天之內外五行」與「地之內外五行」。內外五行又各有陰陽，故此言內外，應統攝陰陽。此說參見《修眞後辨》，卷下，頁3，總頁156。

〔註132〕《周易闡眞》，卷二，頁7，總頁82。

〔註133〕《周易闡眞》，《藏外道書》第8冊，卷首，頁10，總頁10。

〔註134〕同前註，卷首，頁3，總頁16。案：關於劉一明與傳統西方金、南方火說法

個骷顱」正以示此逆運之理。總兩圖而言，〈河圖〉左行順生，即「陰陽總於中而相生」之謂，顯道之體也；〈洛書〉陰象皆居偏位，且右行逆剋，故「陰陽錯亂於外而相剋」，示道之用也。於是錯中有綜，外錯剋而內綜生，正以示金丹「借陰復陽，後天返先天之道」。〔註135〕然無論五行生剋、陰陽錯綜，總以真土居其中位，和合四象。所以沙僧「將骷顱穿一處，掛在頭項下，等候取經人自有用處者，以示《河》、《洛》金丹之道，總以真土為運用，此窮真土之理也。」

自第二十二回始，沙僧正式加入取經行列。當三藏、行者、八戒行經流沙河時，河中鑽出一個妖精，其模樣：

> 一頭紅焰髮蓬鬆，兩隻圓睛亮似燈。不黑不青藍靛臉，如雷如鼓老龍聲。身披一領鵝黃氅，腰束雙攢露白藤。項下骷髏懸九個，手持寶杖甚崢嶸。〔註136〕

《原旨》將其中所描繪顏色與五行相配，以「紅焰髮」配火，「不黑不青」具木、水，「鵝黃氅」為土，「露白藤」則是金。此乃沙僧具有五行之象。「項下骷髏懸九個」，即前文所言〈洛書〉九宮逆運之理。「手持寶杖甚崢嶸」，此杖乃是真土之杖，攢簇五行，和合四象之用。故此「總言真土備有五行，羅列九宮，無不拄杖而運用之」。〔註137〕然而與妖爭戰的是八戒而非行者，既取〈洛書〉「木剋土」之則；也以木母陰柔，取「靜以制動」之功。只是八戒誘敵、行者躁進，最後無功而返，不得不請出惠岸持葫蘆降服之。其有詩：

> 五行匹配合天真，認得從前舊主人。煉己立基為妙用，辨明邪正見原因。金來歸性還同類，木去求情亦等倫。二土全功成寂寞，調和水火沒纖塵。〔註138〕

承前〈河圖〉所言，「五行」者，即金、木、水、火、土而稱之。若以先天言之，在人為性、情、精、神、氣五元，發而為仁、義、禮、智、信之五德。其狀「混混沌沌，一氣渾淪，形跡未見」。〔註139〕一旦交於形體，在人為遊

扞格的討論，互見於本章第一節，頁156。
〔註135〕同前註，卷首，頁3，總頁16。
〔註136〕《西遊原旨》，卷六，第22回，頁1，總頁628。
〔註137〕同前註，頁9，總頁644。
〔註138〕同前註，頁7，總頁640。
〔註139〕《周易闡真》，卷首，頁1，總頁12。

魂、鬼魄、濁精、識神、妄意五物，感則爲喜、怒、哀、樂、慾五賊。五物爲五元統攝，五賊爲五德制伏，本是一體，非有二物。因此若要得本然之「天眞」，當煉己身習染客氣之五物、五賊，存養無私無慮之五元、五德，使土統攝金、木、水、火，將仁、義、禮、智歸於信，終至「道心常振，人心常靜。眞知靈知，兩而合一」。〔註140〕以二土合爲圭，〔註141〕既象葫蘆之形，也示道心人心、動靜歸一之象也。性屬甲木，情爲庚金，欲使金木相併、性情合一，仍得憑藉此常應常靜之「沖和之氣」。〔註142〕故言「二土全功成寂寞，調和水火沒纖塵」，皆言眞土居中妙用，使得「八卦五行四象盡在其中，圓滿無虧」。〔註143〕動靜既已歸一，則眞土顯現，沙僧歸服。於是取下九個骷髏，依九宮順序排列之，並將葫蘆置於其中，成爲法船，一行四眾安然渡河。唯有沙僧歸服，才可安然渡河西行取經；唯有眞土顯現，才能陰陽返還，凝結成丹。

　　第四十回，取經四眾行經枯松澗，三藏心軟救妖，未料讓紅孩兒施法攝去。行者、八戒提議散伙，沙僧聞言訝異說：「師兄，你說的都是哪裡話！我等因爲前生有罪，感蒙菩薩勸化，與我們受戒改名，皈依佛果，情願保護唐僧上西方拜佛求經，將功折罪。今日到此，說出這等話來，可不違了菩薩的善果，壞了自己德行，惹人恥笑，說我們有始無終也。」〔註144〕《原旨》註：

> 沙僧聞行者「自此散了」之語，述菩薩勸化，受戒改名，保唐僧取經，將功折罪之事，是覺察悔悟從前之錯，而意已誠矣。意誠而心即正，故行者道：「賢弟有此誠意，我們還去尋那妖怪，救師父去。」然正心誠意之學，全在格物致知。若不知其妖之音信，則知之不眞，行之不當，不但不能救眞，而且難以除假。〔註145〕

〔註140〕〔清〕劉一明：《悟眞直指》，《道書十二種》下冊，卷一，頁6，總頁268。
〔註141〕劉一明解「眞土」說：「眞意主宰萬事，統攝精神，護持性命，鎮守中宮，與土同功，故以眞土名之。因其誠一不二，又名眞信。因其內藏生機，又名中黃。因其無物不包，又名黃庭。因其動靜如一，又名刀圭。因其能調陰陽，又名黃婆。因其總持理道，又名十字路。因其和合四象，又名四會田。異名多端，總以形容此眞意之一物耳。」故此以「刀圭」爲名，取其道心常動，人心常靜也。《金丹四百字解》，頁1，總頁227。
〔註142〕《周易闡眞》，卷首，頁1，總頁12。
〔註143〕《悟眞直指》，卷一，頁6，總頁268。
〔註144〕《西遊原旨》，卷十，第40回，頁7，總頁1124。
〔註145〕同前註，頁13，總頁1135。

雖然行者早預見妖怪加害，勸三藏「慈悲心略收起」，未料三藏爲善念所迷，
不爲所動，遂給妖攝去。而行者情知妖怪弄法，仍難以追趕。八戒、沙僧各
自躲風，也無法得知三藏去處。自此五行落空，大道失陷，行者、八戒提議
散伙。唯有沙僧感念菩薩勸化，一心求取正果，故稱爲「意誠」。所謂誠者，
專一老實，無欺不瞞，修道不可須臾離也。「善用其誠者，返樸歸醇，黜聰毀
智，主意一定，始終無二」。〔註146〕沙僧的毫無退悔，行者、八戒重拾兵器救
師，只是仍未知妖音信，故此言「知之不眞，行之不當，不但不能救眞，而
且難以除假」。〔註147〕行者因此心焦，化一金箍棒爲三根，敲出一群「披一片，
掛一片，裩無襠，褲無口的窮神」詢問。才從各三十名土地、山神口中得知，
此處爲六百里鑽頭號山，此妖住在枯松澗火雲洞。是羅刹女子，曾在火焰山
修煉，牛魔王使之鎮守號山。《原旨》於此註解：

> 披一片，掛一片，裩無襠，褲無口，分明寫出一個「離」卦（☲）
> 也。心象「離」，「離」中虛，故爲窮神。「披一片」，象「離」之上
> 一奇；「掛一片」，象「離」之下一奇；「裩無襠」，象「離」之中一
> 偶；「褲無口」，象「離」之上下皆奇。總以見有火而無水之象。六
> 百里鑽頭號山，「離」中一陰屬「坤」，爲六百里。三十名山神，三
> 十名土地，二三爲六，仍取「坤」數。鑽頭者，火之勢；號山者，
> 怒之氣。枯松澗，比枯木而生火。「火雲洞」，喻怒氣而如雲。牛魔
> 王兒子，自丑所穿爲午。羅刹女養的，從「巽」而來即「離」。火焰
> 山修了三百年，是亢陽之所出。牛魔王使他鎮守號山，是妄意之所
> 使。乳名紅孩兒，似赤子之無知。號叫聖嬰大王，如嬰孩之無忌。
> 描寫妖精出處，全是一團火性，略無忌憚之狀，所以爲嬰、爲聖、
> 爲大王，而爲大妖。格物格到此處，方是知至，知至而意誠心正，
> 從此而可以除假修眞矣。〔註148〕

內丹煉養以後天八卦爲則，離（☲）象心火，坎（☵）象腎水，以坎卦水中
元陽至精爲眞種子，取坎塡離，使其恢復乾健之體。然而此處窮神是離，鑽
頭是火，號山是怒氣，枯松澗枯木生火，火雲洞怒氣如雲，紅孩兒屬午爲陰
火……等，皆是「有火無水之象」，全是一團火性。而其所從出爲牛魔王，牛

〔註146〕《無根樹解》，頁2，總頁209。
〔註147〕《西遊原旨》，卷六，第二十二回，頁12，總頁649。
〔註148〕同前註，卷十，第四十回，頁13，總頁1136。

屬丑，爲陰土，爲妄意，故言「妄意之所使」。由此可知妖怪來處，爲格物致知之功也。因妄意發動，致使五行落空，三藏陷落。若欲救得三藏，惟有去假存眞。故悟空、八戒提散伙之說，全賴沙僧意誠無悔，才有「金木同功」前往火雲洞尋妖，也才有沙僧將馬匹行李潛在樹林深處，「是眞土不動，而位鎮中黃」。〔註149〕

沙僧鎮位中宮，屬眞土，其性不變。只是功夫不同，意涵不同，實則一事。先就煉己築基而言，即「煉我家之陰」。〔註150〕我家之陰指的即是先天本然落於形體後的精、神、魂、魄、意，屬於人心。假土是意，是思慮動作，所以役使精、神、魂、魄四者；假土也是慾，慾生則喜、怒、哀、樂湧現。故當「煉人心而生道心，精、神、魂、魄、意，各安其位，各伺其事，喜、怒、哀、樂，皆和而中節」，〔註151〕使之返還眞陰，自然命基穩固，還丹可結。

次就還丹功夫而言，透過立爐安鼎、採取藥物、溫養沐浴，終至還丹凝結。此階段又可一析爲二。以後天論之，使土統攝金、木、水、火，將仁、義、禮、智歸於信，攢簇五行，使之人心靜定，道心長存。先天部分，則是三家相會。意即以木生火，元性、元神爲一家；金生水，元情、元精一家；元氣自爲一家，是爲黃婆。此段功法總是要人藉後天相剋，以返先天相生相合狀態。無論先天、後天功夫，皆由眞土居中作用，調和陰陽，和合四象。末以大丹成就之無爲功法而言，聖胎雖已凝結，但陰氣未盡，陽氣未純，故得防危慮險，「無爲觀其竅」。此竅即「玄關一竅」，劉一明解釋此「竅要」說：

> 元關者，至元至妙之關口，又名生死戶、生殺室、天人界、刑德門、
> 有無竅、神氣穴、虛實地、十字路等等異名，無非形容此一竅耳。
> 元關即元牝之別名，因其陰陽在此，故謂元牝門；因其元妙不測，
> 故謂元關竅，其實皆此一竅耳。〔註152〕

由此可知，玄關爲十字路，爲玄牝門，即眞土居中宮也。總上所言，沙僧所象之眞土，其位謹守中宮，故曰不變。既統攝五物五賊，亦攢簇五行，合和四象，更是無爲觀竅之要著，故言「示〈河〉、〈洛〉金丹之道」也。

〔註149〕同前註，頁14，總頁1137。
〔註150〕《無根樹解》，頁3，總頁212。
〔註151〕《周易闡眞》卷三，頁5，總頁102。
〔註152〕《象言破疑》卷下，頁2，總頁329。

四、攢簇五行的唐三藏 兼論龍馬

　　《原旨》版故事的第九回是三藏出身本傳。三藏俗姓陳，其父陳光蕊赴任途中爲賊所殺，其母殷溫嬌則被強佔爲妻。一日殷溫嬌聽得南極星翁囑咐，將三藏隨水流，被金山寺法明長老收養，法名玄奘，十八年後才知父母是誰。雖然殷丞相發兵捉賊，平反陳光蕊一家之冤。最後殷溫嬌仍是從容自盡，玄奘還是回到法明長老處，立意安禪。劉一明對玄奘在十八歲苦求長老問父母姓名一事，解釋爲：「凡以求生身之由，性命之源。」〔註153〕

　　以劉一明對生命起源的解釋，十六歲開始知識漸開，陰陽兩氣遂開始分立，於是眞中有假，假中有眞。玄奘十八歲苦問長老父母姓名，即知過去種種是非，欲返回父母生身之道。然而金丹正道是深藏隱密，不可輕授。「眞正學道之士，遇明師指點一言半語，即知性命根源，生死關口」，〔註154〕如同玄奘必問得長老，哭倒在地，知得冤仇事跡。

　　故事中的玄奘，承應唐太宗之託，帶著錦襴袈裟與九環錫杖，自願前往西方大雷音寺取三藏眞經。劉一明解「錦襴袈裟」與「九環錫杖」說：

> 「袈裟」者，乃朝夕佩服之衣。「錦襴」者，五綵所織，具有金、木、水、火、土五行之全色。「一領」者，一而統五，乃五行合一之謂。五行攢簇，合而爲丹，人能服之，長生不死，故曰「穿我的袈裟免墮輪迴」。「錫杖」者，乃動靜執持之把柄。錫爲金類，乃金之柔者。杖而云錫，爲剛柔如一之物。上有「九環」，金還至九，純陽無陰，剛健中正，水火不加，刀兵難傷，故曰「持我的錫杖不遭毒害」。袈裟者，道之體；錫杖者，道之用。一體一用，金丹之能事畢矣。〔註155〕

玄奘之所以獲得袈裟與錫杖，因爲他是個大賢大德之人，故觀音菩薩將寶物贈與。若落實於內丹理論，「勘破世事」與「積功累行」，是進入內丹功程的前行步驟。三藏出家爲僧，是「勘破世事」；又秉誠建超渡法會，是「積功累行」。然若只是俱足此二事，三藏又與其他僧侶何異？因此觀音贈與寶物，即在透顯免墮輪迴的長生義。換言之，其以五綵爲五行，一領由五綵製成之袈裟，是「五行攢簇而成太極」。錫杖是剛柔之物，也是動靜之柄，故爲「一陰一陽謂之道」。總此二者，則金丹之要義，在三藏著袈裟與持錫杖的體用之間

〔註153〕《西遊原旨》，卷四，第九回，頁18，總頁296。
〔註154〕同前註，頁19，總頁297。
〔註155〕同前註，卷三，第八回，頁13，總頁248。

獲得闡發。既已知得金丹奧義，更要力行實踐，故觀音落下簡帖要三藏西行雷音寺取經。劉一明此處解釋說：

> 「西天者」，眞金之本鄉。「天竺」國，天爲二人，竺爲二個，乃眞
> 陰眞陽相會之地。「雷」所以震動萬物而醒發。「音」而至於大，則
> 震動之聲音不知其聞於幾萬里。「如來」者，無所從來，亦無所去，
> 是無聲無臭大道之歸結處。〔註156〕

西方五行配金，故爲眞金本鄉。天竺取字型，釋爲眞陰眞陽相會之處。雷音取音聲之大，足以傳萬里之義。如來亦取其義，爲無所來無所去之大道歸結處。因此此眞金之鄉、陰陽之地、雷音正覺之旨，皆爲「仙佛之源頭，天地之根本」。〔註157〕所以三藏取得眞經在此，丹道成就亦在此。總上，以故事言，玄奘受得袈裟與錫杖，在觀音菩薩的指引下，前往西天大雷音如來處取經。以內丹言，玄奘知得五行攢簇之金丹奧義，故踏上西方取經路程，是眞履實踐，欲證得金丹大道。

　　三藏西行後，陸續收得悟空、龍馬、八戒與沙僧爲徒。然而三藏與悟空在取經路上的連動關係，則遠超過八戒和沙僧。悟空從石頭中來，因受天地眞氣所生，陰陽五行四象之氣，無不具備。劉一明以其象內丹理論中，人人具足、個個圓成的「先天眞一之氣」，又稱「先天眞一之水」，也就是天賦之道心、眞性。而劉一明將唐三藏比爲「太極之體」，收三徒之事比爲「太極而統五行」。〔註158〕悟空不僅要張羅三藏的飲水齋飯，還要維護旅途安全，看起來是密切的夥伴關係。只是當認知不同，又或者八戒唆弄，三藏與悟空似乎又成了對立的對抗關係。劉一明將兩者亦合亦離的關係，以「身心不離」解釋之：

> 以唐僧而論，唐僧以行者爲道心；以行者而論，行者以唐僧爲法身。
> 有身無心，則步步艱難；有心無身，則念念虛空。唐僧離行者無以
> 了命，行者離唐僧無以了性。身心不相離，性命不可偏。〔註159〕

同樣的，落實於內丹理論中，三藏與悟空仍是相輔相成的關係。換言之，悟空從仙石孕育的那一刹那，已經是落入形體。只是因爲後天濁氣尚未浸染，

〔註156〕同前註，卷四，第十二回，頁15，總頁380。
〔註157〕同前註。
〔註158〕同前註，〈讀法〉第30條，卷首，頁，總頁33，總頁72。
〔註159〕同前註，卷十四，第五十七回，頁10，總頁1626。

還能保持先天狀態，因此悟空代表的是後天中的先天，亦即「天賦之性」，或稱「道心」。而三藏爲僧，已能體現自性之眞。只是要取得眞經，體顯大道，仍得歷經艱困，超越危險魔難，因此代表的是「法身」。劉一明在《悟眞直指》中解釋道心與法身的關係：

> 見了眞心，即是妙道，再不必別處尋妙道。夫眞心不染不著，不動不搖，無相無音，又名清淨法身。是心也，是身也。非有非無，即有即無，不可於有中尋，不可於無中求，亦不可於非有非無中取。三者既非，試想是個什麼物事？見得此物事者，頓超無生，名爲最上一乘之妙道。眞身眞心，原是一個。以體言謂眞身，以用言謂眞心。體用如一，身心渾望，形神俱妙，與道合眞，非無生之謂乎！〔註160〕

法身即是道心，道心也是法身，兩者一爲體，一是用。同理可知，《西遊記》中的悟空爲道心，三藏是法身，「以唐僧而論，唐僧以行者爲道心；以行者而論，行者以唐僧爲法身」，兩人一體一用，〔註161〕故言「唐僧離行者無以了命，行者離唐僧無以了性」。兩人要達身心不離，性命不偏的「體用如一、身心渾望」境界，才能形神俱妙，與道合眞。

以第十四回爲例，三藏在五行山揭開六字金帖收得悟空，劉一明是這樣解釋的：

> 三藏得了悟空，正一陽來復，天心復見之時，由性以修命也。悟空歸了三藏，正翻去五行，歸於妙覺之秘，由命以修性也。〔註162〕

〔註160〕〔清〕劉一明：《悟眞直指》，《道書十二種》下冊，卷四，頁7，總頁329。
〔註161〕討論性命關係時，〈修眞辨難〉記載：「問曰：『性屬陰，命屬陽，是太極所分之陰陽乎？』答曰：『此有分別。性有氣質之性，有天賦之性；命有分定之命，有道氣之命。氣質之性、分定之命，後天有形之性命；天賦之性、道氣之命，先天無形之性命。修後天性命者，順其造化；修先天性命者，逆其造化。大修行人，借後天而返先天，修先天而化後天，先天後天，混而爲一，性命凝結，是謂丹成。性命者，陰陽之體；陰陽者，性命之用。但有眞假之分，先後之別。惟在人辨的詳細，認的分明耳。』」卷上，頁2，總頁124。劉一明的內丹理論，是多層次的體用論，分內外，也分陰陽。以墮入形體的後天而言，其命就是分定之命，其性就是氣質之性，五行屬陰五行，順行造化則成人，然後落入人世之假，最終走向死亡。與之相對的先天本來狀態，就是道氣之命、天賦之性、陽五行。修道之人必在後天之假中作功夫，逆運還返先天，復歸本來面目。
〔註162〕《西遊原旨》，卷五，第十四回，頁15，總頁434。前文「悟空」一段已論及，故不再贅述。

仍是性命雙修之旨。又可見第二十七回，取經一行人離開五莊觀後，三藏飢餓。正當悟空化緣求齋回來，見到白骨精化作的女子，正要齋僧。悟空知道是妖，拿起棍棒便打，卻被妖精用計留了假屍首。白骨精又分別化作老婦人、老公公故技重施，悟空仍是掄棒就打。三藏既不信屍首是怪，又誤信八戒讒言，遂寫貶書逐退悟空。對應故事情節，劉一明將白骨經所化的形象，比爲「老少盡假，美醜盡假，老死之後一堆粉骨，而不可認以爲眞也」。八戒的讒言使三藏欲逐悟空，比爲「聽陰柔之讒，而性亂心迷」，不知行者打白骨才是眞行善。所以《原旨》說：

> 總以見金公之去，非出本心，乃唐僧之再三逐去。非唐僧逐去，乃八戒之讒唆逐去。亦非八戒逐去，乃屍魔之戲弄逐去。亦非屍魔逐去，乃唐僧因食色自戲自讒，<u>自逐自去</u>耳。誤認食色，金公一去，五行錯亂，四象不和，大道去矣。〔註163〕

三藏認假爲眞，性亂心迷而逐悟空。若以內丹言之，悟空代表著起死回生的金丹大藥「金公」。三藏作爲法身，竟然爲陰柔讒言所唆使，失棄此藥，則性搖命動，「五行錯亂，四象不合」。歸咎其因，全是三藏既饞也聽讒，才導致金公喪失，大道難成，甚至進一步預伏了將遭黑松林黃袍怪之難。

三藏歷難，無論是除妖降魔或搬討救兵，都是由悟空擔此重任。之所以遭難，也多是三藏自身蒙昧所致。簡單來說，悟空與三藏的關係就變成：

三藏蒙昧→遭難→悟空受苦或求援降妖→三藏脫難→三藏蒙昧……

例如第四十三回，行經黑水河，三藏聞水聲而驚心，又急著渡河取經，遂遭鼉怪捉拿入水府，劉一明解三藏爲：「因功行而生心。驚心生心，即不能死心；不能死心，則<u>心隨物轉，性爲物移</u>。虛懸不實，何以能三三功滿，到得如來地位？」〔註164〕第五十回，一行人爲高山所阻。三藏又肚餓口渴，悟空雖知前行凶險，惡雲紛紛，卻不得不去化齋。遂用金箍棒上畫上一圈，要三藏等人勿走出圈外。可是八戒又以冷風凜冽慫恿三藏與沙僧繼續西行，果眞走到侯門之家，也中了金峣山獨角兕大王圈套。對此，劉一明說：

> 唐僧以飢寒故，使徒弟化齋飯吃了再走，此便是以飢渴之害爲心害，而招魔攔路，不能前進之兆。〔註165〕

〔註163〕同前註，卷八，第二十七回，頁12，總頁791。
〔註164〕同前註，卷十一，第四十三回，頁10，總頁1214。
〔註165〕同前註，卷十三，第五十回，頁9，總頁1424。

又說：「唐僧陰柔無斷，出了行者圈子，坐於公侯之門，棄天爵而要人爵。」〔註166〕第八十回，離開比丘國之後的取經一行，來到了黑松大林。三藏以山林景色清雅，「奇花異卉，其實可人情意」，〔註167〕遂坐下歇腳。就在悟空去化齋的同時，三藏又被金鼻白老鼠精所化的美麗女子所陷。《原旨》解釋爲：

> 唐僧不知放心、死心之妙諦，不明功夫捉他之元機，棄明入暗。以松林爲清雅之境，以花卉爲可人情意，認假作眞……〔註168〕

也解釋成：

> 念有正念，有邪念，止者止其邪念也。正念者，道心之發煥，屬於眞性；邪念者，人心之妄動，屬於假性。若不明其心之邪正，性之眞假，欲求見性，反而昧性；欲求明心，反而多心；欲求止念，反而起念。〔註169〕

整體來看，三藏常常是因爲飢寒恐懼或一時善念，導致魔難。一旦歷險遇難，則三徒當合力救師，或四處求援，取經行程於是耽擱。若落實於內丹功法，即心性不明而認假爲眞，落於後天五賊、五物。一旦落入形體，則濁氣浸侵，順而成人，終將死亡。於是五行混亂，四象不合，大道難成。因此故事中孫悟空常常扮演解決問題的重要力量，負責救師出難，繼續西行。而功法中金公是重要大藥，若知得心性本是空而不空，不空而空，並將此貫串功法之中，則能和合陰陽、五行，體道證眞。

　　龍馬是整個《西遊》故事裡頭，最單純的角色。因爲他的馱經任務，被賦予內丹功夫中的「腳力」，簡單來說，就是堅持不放棄的實踐。龍馬第一次出現在《西遊記》故事中，是觀音訪求取經者時，見到有龍被吊在半空中，原來是龍王敖閏的玉龍三太子，因爲火燒夜明珠，將被處死。觀音爲此向玉帝求情，將他賜給三藏作爲腳力。對此，劉一明解釋說：

> 金丹大道，非有大腳力者不能行。日乾夕惕，方可一往直前，深造自得。「送在深澗，只等取經人變白馬上西方，小龍領命潛身」，雖有危而可以無咎矣。窮腳力窮到此處，可知的金丹大道，非潛修密煉眞正之腳力不能成功，此窮腳力之理也。〔註170〕

〔註166〕同前註，頁11，總頁1427。
〔註167〕同前註，卷二十，第八十回，頁1，總頁2296。
〔註168〕同前註，頁9，總頁2311。
〔註169〕同前註。
〔註170〕同前註，卷三，第八回，頁16，總頁256。

因爲玉龍被玉帝打了三百下，劉一明解此「三」代表乾陽的三爻（☰），取「君子終日乾乾」之意，所以成爲取經人的腳力，一直往前，不能退縮。因此，當三藏與悟空來到鷹愁澗，因爲沒有說出「取經」，龍馬依舊作怪，吃掉三藏原來的馬與行李。一經揭示「取經」二字，龍馬歸順，觀音將它變爲白馬，從此承載三藏西行取經。雖然內丹功法中的「五行攢簇」沒有龍馬的角色，但是他是「唐僧的腳力」，〔註171〕而「修眞成敗全在腳力」。〔註172〕換言之，故事中的三藏沒有龍馬，以其凡夫之軀到不了西天；內丹中修行的三藏（法身），若沒有綿綿不息的實踐之功，無法證成金丹之道。因此「龍馬」並不是個出色的故事要角，卻是修行過程中，「潛修密煉」，不可或缺的配角。

故事裡頭的三藏，雖然常常讓三徒手忙腳亂，但誠如沙和尚所說：「世上只有唐僧取經，自來沒有個孫行者取經之說。」〔註173〕三徒要憑藉三藏，才能取得眞經；而三藏要依靠三徒，才能降妖除魔，抵達西天。因此，取經四眾加上龍馬腳力，生命經歷是緊緊相扣的。同理，內丹功法中，取經的完成就是內丹的完成。雖然龍馬不在五行之列，但他卻「爲唐僧之腳力者」，〔註174〕始終不息。因此劉一明說：

> 西天取經之道，即九轉金丹之道；金丹之道，在五行攢簇三家相會。
>
> 攢之會之，要在眞履實踐處行去，不向頑空無爲處得來。〔註175〕

也就是，窮得性命雙修、五行攢簇之理，則能理透心明，心明則能性見，然後金丹大道可成矣。

第三節　妖魔之意涵

悟空在高老莊降服豬悟能之後，三藏因悟能受戒不食五葷三厭，又替他起了別名「八戒」，自此加入取經人行列。一行三眾告別高老莊，西行經過浮屠山烏巢禪師處。烏巢禪師不僅口授《多心經》一卷，也在三藏的央求下，說出了西行路程端的：

> 道路不難行，試聽我分付：千山千水深，多瘴多魔處。若遇接天崖，

〔註171〕同前註，卷五，第十五回，頁14，總頁475。
〔註172〕同前註，頁12，總頁472。
〔註173〕同前註，卷十四，第五十七回，頁6，總頁1618。
〔註174〕同前註，卷五，第十五回，頁14，總頁475。
〔註175〕同前註，卷十四，第五十七回，頁13，總頁1631。

放心休恐怖。行來摩耳巖，側著腳踪步。仔細黑松林，妖狐多截路。精靈滿國城，魔主盈山住。老虎坐琴堂，蒼狼爲主簿。獅象盡稱王，虎豹皆作御。野豬挑擔子，水怪前頭遇。多年老石猴，那裏懷嗔怒。你問那相識，他知西去路。〔註176〕

《原旨》認爲烏巢禪師的預言，包含《西遊》的全部，故解釋說：

「道路不難行，試聽我分咐。千山千水深，多障多魔處。」言道路本不難行，而千山千水、多魔多障而難行耳。「若遇接天崖，放心休恐怖。」言道之難行如接天之崖，倘恐怖畏懼，中途自棄，則難登升。故教放心而休恐怖，方可自卑登高，下學上達也。「行來摩耳巖，側著腳踪步。」言傍門外道喧譁百端，如摩耳巖之險，最易誤人。側著腳步，小心謹慎，提防而過，勿爲所陷也。「仔細黑松林，妖狐多截路。」言三千六百傍門，如黑松林遮天慢地，皆野狐葛藤。一入其中，縱遇高明，意欲提攜，早被邪僞所惑，而不能回頭矣。「精靈滿國城，魔主盈山住。」言在國城者，狐朋狗黨，哄騙愚人，盡是精靈之鬼。在山者，窮居靜守，詐妝高隱，皆爲魍魎之鬼。「老虎坐琴堂，蒼狼爲主簿。」琴堂所以勸化愚人，今無知之徒，借祖師之經文，以爲騙財之具，與「老虎坐琴堂」者何異？主簿所以禁貪婪，今邪僻之流，依仙佛之門户，妄作欺世之術，與「蒼狼爲主簿」者何異？「獅象盡稱王，虎豹皆作御。」言師心自用，妝象迷人，以盲引盲，誤人性命，兇惡而過於虎，傷生而利於豹。如此等類，不可枚舉，俱是死路而非生門也。「野豬挑擔子，水怪前頭遇」，言諸多傍門盡是魔障，惟有野豬木火之柔性，任重道遠，足以挑得擔子。水怪之眞土，厚德載物，能以和合丹頭。「多年老石猴，那裡懷嗔怒」，石猴爲水中之金，多年則爲先天之物，而不屬於後天。金丹之道，取此一味大藥，以剝羣陰，是所謂懷嗔怒也。「你問那相識，他知西去路」，正所謂得其一萬事畢也。故行者笑道：「不必問他，問我便了。」〔註177〕

烏巢禪師預見取經人前行凶險，必遇上魔障而難行。因此烏巢禪師要取經人「放心」，遂口授《心經》以消妄心。劉一明解「烏巢禪師」說：「烏巢乃團

〔註176〕同前註，卷六，第十九回，頁13，總頁572。
〔註177〕同前註，頁14，總頁573。

圓內虛之象，示心之宜虛而不宜實。禪乃無爲清淨之義，示心之宜靜而不宜動。」〔註178〕烏巢禪師象心之「虛靜」，故可傳授《心經》妙義，並藉《心經》以消魔障。其言「心即魔，魔即心，非心之外別有作魔者」，〔註179〕所以他說「放心休恐怖」，即心保持虛靜，則能歷險而離險。倘若只有如此，仍未能到得西天。烏巢禪師所提妖怪，多是師心自用、哄騙愚人之傍門外道，「是死路而非生門」。知得其中妙處的，是「那相識」的：也就是被形容爲「野豬」的八戒，代表著「木火之柔」；再往西行將遇上的「水怪」沙僧，位居中土「和合丹頭」；以及性情暴烈的「老石猴」悟空，爲先天之「水中金」。

　　劉一明透過烏巢禪師笑語一篇，透露出西天之路即五行攢簇之道。妖魔由心造，雖然心虛靜，魔障可消，但也只能「無傷害」；要能到得西天，取得眞經，尚得「問那相識」，理得陰陽五行俱全，才能「一萬事畢」。

　　唐僧在小說故事中，必得歷經八十一難。其中可能是人爲折難：如第九回〈陳光蕊赴任逢災　江流僧復讎報本〉，唐僧出生未久，幾乎遭劉洪、李彪等水賊撲殺，母親殷溫嬌遂將唐僧放入水流中，後被法明寺和尚收養。又如第五十四回〈法性西來逢女國　心猿定計脫煙花〉，四眾途經西梁女人國，國王欲招唐僧爲夫，孫悟空設假婚計謀脫難。也可能是天神故意考驗：如第二十三回〈三藏不忘本　四聖試禪心〉，觀音、黎山老姆、普賢、文殊四神祇，化身半老寡婦與少女，試驗取經人決心。如第二十四回至第二十六回，四人行經萬壽山地仙之祖鎭元子的五莊觀，悟空三人偷吃人參果並毀壞人參樹，惹來一場厄難。但更多的是妖魔精怪，劉一明說：

> 《西遊》所稱妖精，有正道中妖精，有邪道中妖精。如小西天獅駝
> 洞等妖，旁門邪道妖也。如牛魔王、羅刹女、靈感大王、賽太歲、
> 玉兔兒，乃正道中未化之妖，與別的妖不同。知此者方可讀《西遊》。
> 〔註180〕

《西遊記》中的妖怪形象多樣，來源不一。有思凡下界的侍右童子，如第三十三回至第三十五回在平頂山作亂的金角大王、銀角大王，他們原是太上老君看顧金爐、銀爐的童子。也有走其不備的神仙座騎，如第六十八回至第七十一回降朱紫國麒麟山獬豸洞的賽太歲，就是觀音座騎金毛吼。更有在山野

〔註178〕同前註，頁 12，總頁 570。
〔註179〕同前註，頁 13，總頁 572。
〔註180〕同前註，卷首，頁 32，總頁 69。

林間的修煉精怪、邪門歪道，如第四十四回至第四十六回在車遲國與悟空鬥法的虎力、羊力、鹿力大王，就是由虎、羊、鹿三種動物變現。此等妖魔精怪成難，在西行十萬八千里中總共佔了六十二難。但無論是正道之妖或邪道之妖，不管是思凡下界或修煉成精，劉一明也都將其安置於內丹系統中，賦予其內丹意義。本節整理劉一明賦予精怪的「內丹意涵」，分類說明如下：

一、借假示眞

內丹修煉即在返還先天本然狀態，超凡入聖，立躋聖位。這種後天返先天的逆運原則，就是劉一明的修道原則。後天與先天是體用關係，同理，眞與假也是體用關係。因此他說：「眞者借假而施功，假者借眞而生形。無假不現眞，無眞不現假。假即在眞之中，眞而在假之中。大道後天中返先天，亦是此意也。」〔註181〕簡單來說，先天變爲後天是「順則成人」之必然，而後天的身軀形體都是虛假，是無法自然返還。因此只好透過有爲功法，辨識隱藏於後天之一點眞氣，逆運返還於先天。《西遊記》裡的妖怪，即扮演著「假」的位置，借以示眞。

劉一明在《西遊原旨‧讀法》第二十五條提到：

> 《西遊》有欲示眞而先劈假之法。如欲寫兩界山行者之眞虎，而先以雙岈嶺之凡虎引之。欲寫東海龍王之眞龍，而先以雙岈嶺蛇蟲引之。欲寫行者八戒之眞陰眞陽，而先以觀音院之假陰假陽引之。欲寫蛇盤山之龍馬，而先以唐王之凡馬引之。欲寫沙僧之眞土，而先以黃風妖之假土引之。通部多用此意，知此者方可讀《西遊》。〔註182〕

援第二十回、第二十一回黃風大王爲例，在黃風嶺遇難之前，唐僧已收伏悟空（水中金、眞陽）與八戒（火中木、眞陰）。只是五行缺土，仍爲不全之象。一行三眾加上龍馬行至黃風嶺，忽見自稱黃風大王部下的前路虎先鋒攔路，八戒、悟空合力搏殺，卻被使個金蟬脫殼計攝走唐僧。首先，唐僧豈是無由遇難？忽遇旋風，唐僧立即心驚；又見猛虎現前，唐僧慌忙跌下馬；待敵我爭戰之時，唐僧持唸<u>多心經</u>。所以唐僧是「執心而有心」，豈是虎先鋒攝走唐僧？是「心一妄動而全身失陷，非怪之來攝，皆心之自攝」。〔註183〕故唐僧此

〔註181〕《修眞辨難》，卷上，頁3，總頁128。

〔註182〕《西遊原旨》，卷首，頁32，總頁70。

〔註183〕同前註，卷六，第二十回，頁11，總頁597。

難，推本究源，全來自見風驚心，一念之起。

其次，唐僧心驚被虎所攝，「虎即心之變象」，心屬火。黃在五行為土，風乃不定之象，故黃風為不定之土，土在五物為妄意。依〈河圖〉順行之則，土生金，金生水，水生木，木生火，火再生土，故稱「心在意先」，虎為黃風大王之先鋒。黃風大王是黃毛貂鼠所變，「鼠性善疑」，又是個黃鼠，更確認為妄動疑二之意土。再者，黃風大王與悟空爭戰，悟空被一陣黃風刮在空中不能攏身，眼珠酸痛，敗下陣來。是護法伽藍設莊院化現老者，給了「三花九子膏」，才醫好悟空眼病。此「三花九子膏」，即「三家合一、九轉還元之妙」。降怪為點眼之後事，故知眼一點，則靈明，即可化身蚊蟲潛入妖之洞府，伺機救師。所以說此靈明之藥，「不特能止意土之妄動，而且能開一切之障礙」。〔註184〕最後，悟空潛入妖怪洞府聽見：「除了靈吉菩薩，其餘何懼？」悟空急尋靈吉，太白星君化身老者指點路徑，往直南小須彌山尋。靈吉菩薩在南，南為五行屬火，卦位為離，故為離明之地。靈吉菩薩居於離明之處，故稱其「靈明」。

若以內丹功法言之，意之所以妄動，全在心之昏昧不明。心不明則意妄動，意妄動則心愈不明，所以三藏遇難，八戒無功，行者受阻。為化解此難，必尋得解藥良方。於是有若明師指點，護法伽藍提供秘訣「三家合一、九轉還元」之藥，太白星君指點靈明之妙，則妄意可定，危難可解。此處修煉關鍵在於，悟空、八戒雖已金木相會，但缺真土調和，仍然無功。故此回提出「三家合一」，意即水數一、金數四，數成為五，悟空為一家；火數二、木數三，數成為五，八戒為一家。所缺者，自為一家之土數五。然而真土、假土實為一體，故此回借假土妄動之害，提示學道者：須得師訣指點，靈明之心觀照，才可心靜意定，真土示現。也才能見得後回：「紅焰髮」配火，「不黑不青」具木、水，「鵝黃氅」為土，「露白藤」為金，以表沙僧具有五行之象。〔註185〕手持真土之杖，得以攢簇五行，和合四象。

第九十三回至第九十五回，寫得是取經一行人來到天竺國，卻遇上公主招婚，繡球又恰好打中三藏，致使一行人被迫暫時留住。然而此公主卻非真公主，實則太陰星君座下搗藥的玉兔下凡。對此劉一明解釋說：

　　妖精為月中玉兔，陰中之陽，水中之金，「坎」卦是也。「坎」外陰，

〔註184〕同前註，卷六，第二十一回，頁10，總頁620。
〔註185〕同前註，卷六，第二十二回，頁9，總頁644。

故「微露一點妖氣」。「坎」有孚，故「不十分兇惡」。獨是「坎」中
之陽，在「坤」中則爲假，在「坎」宮則爲眞，眞中有假，假中有
眞，故曰「假公主」也。〔註186〕

以後天八卦而論，坎卦（☵）是坤卦（☷）交乾卦（☰）之中陽爻（—）
而成，是外陰內陽。因此劉一明將玉兔定位爲坎卦，外陰爲假，內陽爲眞，
故玉兔只是「微露一點妖氣」，到底也來自天界，故眞陽尚存，看起來不十
分兇惡。而坤卦中實而成坎，也非本來面目，故說「在坤中則爲假」。由此，
玉兔扮天竺國公主是「假公主」。悟空看穿了玉兔的眞面目，除了對著三藏
附耳低語外，也大聲斥責揭穿假公主的眞面目，並就此拿他。劉一明對此解
釋說：

蓋假有假相，眞有眞相，識其假，必叫現其假，而後可以使假歸眞。
然不能使出法身眞相，則妖精之假相，仍不可得而辨。行者使出法
身拿他，是知之眞而行之果，以眞滅假，使假現相之正法眼，教外
別傳之大法門，故是耳邊密傳，而不與人知也。〔註187〕

悟空代表的是眞金，故他能視得妖精之假，進而使其現形。悟空捉拿妖精的
目的在於帶出躲藏於給孤園布金寺的眞公主。落實於內丹功法中，舉凡眞性、
眞情、眞心等之不見，皆由於被假物、形軀給障蔽而昏昧無知。因此只要去
除假物，眞體自然顯現。所以當天竺國王追問眞公主行蹤時，悟空說：「待我
拿住假公主，你那眞公主自然來也。」〔註188〕經太陰眞君告知，眞公主原來
是月宮裡的素娥仙子，因爲打了玉兔一巴掌，玉兔懷恨在心，才在素娥思凡
下界投胎爲公主後，變形假扮。劉一明以兩者本來同在月宮，並無眞假之分；
是素娥思凡下界、玉兔懷掌摑之仇，才有「公主」的眞假之辨。因爲悟空能
分辨其假，所以劉一明將故事與內丹繫聯，認爲只有在眞陽（即悟空）現象
時，才能返本還原，借假還眞。因此天竺國一案，即在「寫出眞假邪正，使
學者除假存眞，由眞化假，以完配金丹之大道耳」。〔註189〕

　　其他如第三十二回至第三十五回，平頂山蓮花洞的金角大王代表性剛至
陽，銀角大王代表性柔至陰，並以此兩者之陰陽偏勝、不中不正的妖魔象徵

〔註186〕同前註，卷二十三，第九十五回，頁9，總頁2721。
〔註187〕同前註，頁10，總頁2723。
〔註188〕同前註，頁3，總頁2710。
〔註189〕同前註，頁9，總頁2721。

後天五行之敗道。並藉由悟空請來老君收伏，代表欲復先天，當煉後天；後天不化，則先天不純。仍是借假修眞之說。第五十六回至第五十八回，六耳彌猴假扮悟空一案，起因於唐僧怒逐悟空後，眞行者去，假行者來，無人能識眞假，致使是非混雜。落實於內丹功法中，即指頑空之徒不能知得眞假，非得沙僧見觀音後，以顯「靜觀密察」之功，才能見得眞心。先天之眞現形，後天之假自然消退，也藉以展現內丹功法中五行攢簇之缺一不可。

二、火候推移

除了心性澄定靈明外，修丹最難之處即在火候的掌握。《修眞九要‧審明火候第七要》提及：

> 藥物易知，火候最難。蓋藥物雖難覓，若遇明師點破，眞知灼見，
> 現在就有，不待他求，所以易知。至於火候，有文烹、有武煉、有
> 下手、有休歇、有內外、有先後、有時刻、有爻銖、有急緩、有止
> 足，一步有一步之火候，步步有步步之火候，變化多端，隨時而行，
> 方能有準。若差之毫髮，便失之千里，所以最難。〔註190〕

對劉一明來說，「火候」不是拘泥在後天形體調息，也不是憑藉意念閉闔推移的過程。它應該是不拘年月日時，「隨時變通，毫髮不得有差」〔註191〕之靈動運用。《西遊記》的火焰山一案，也可演繹此一功法次第。

悟空重返取經隊伍之後，師徒四眾行經火焰山。因火盛阻路，須求得翠雲山鐵扇仙之芭蕉扇，搧熄火苗才得過。劉一明解釋「火焰山」說：

> 火焰山者，火性炎上，積而成山，則爲無制之火，喻人所秉剛燥之
> 火性也。〔註192〕

對此剛烈之火性，須以柔性剋之，故找鐵扇仙求扇。鐵扇仙是巽卦（☴）之象，故有風。巽卦一陰伏於二陽之下，以陰爲主，是爲公主。又，巽爲坤之長女，其勢足以包羅坤之全體，故又名羅剎女。巽卦初爻之陰柔，代表羅剎女所住翠雲山。巽爲柔木，因此山中有芭蕉洞。翠雲山位於西南方，蓋西南爲坤位，生巽之所，也是先天巽之位。故三搧扇，則得五穀養生。「三搧者，自巽至坤三陰（☷）也，火焰山乾之三陽（☰）也。以三陰而配三陽，

〔註190〕《修眞九要》，頁4，總頁195。
〔註191〕《象言破疑》，卷上，頁2，總頁319。
〔註192〕《西遊原旨》，卷十五，第五十九回，頁12，總頁1685。

乾下坤上、地天相交爲泰（䷊）。布種及時，收穫有日，養生之道在是。」〔註193〕

若將此擬爲內丹火候，則示剛柔並濟、陰陽調和之意。火焰山火性燥熱，屬乾健之陽。乾者（䷀），是純陽之象；在火候次第，是「進陽火之卦，造命之學，所以行健而用剛道也」。〔註194〕所謂進陽火，目的在從後天返先天，必至「六陽純全、剛健之至，方是陽火之功盡」。〔註195〕既已成乾健之體，則當運陰符，陽中用陰，急尋芭蕉扇搧熄烈火。故取象巽卦（䷸），耐久而漸進，「以柔道而行剛道，不急不緩，漸次而進」，〔註196〕目的在溫養先天。以其順下之德，必至「六陰純全，柔順之至，方是陰符之功畢」，取其卦象爲坤卦（䷁）。陽火、陰符功力俱有，剛柔相當，陽中有陰，陰中有陽，則能取向泰卦（䷊）之「陽健於內，陰順於外，健順如一，陰陽相應」，〔註197〕常應常靜，聖胎完成。也就是《西遊》故事五穀養生之境界。

第六十八回至第七十回，寫取經人來到朱紫國。先是悟空替朱紫國王看病，診斷出「雙鳥失羣症」，也就帶出金聖娘娘被麒麟山獬豸洞賽太歲挾持一案。在朱紫國王探問行者爲何如此有法力時，行者回答：

> 我身雖是猿猴數，自幼打開生死路。徧訪明師把道傳，山前修煉無朝暮。倚天爲鼎地爲爐，兩般藥物圍烏兔。採取陰陽水火交，時間頓把伭關悟。全仗天罡搬運功，也憑斗柄遷移步。退爐進火最依時，抽鉛添汞相交顧。攢簇五行造化生，合和四象分時度。二氣歸於黃道間，三家會在金丹路。悟通法律歸四肢，本來勊斗如神助。往來霄漢沒遮攔，一打十萬八千路。〔註198〕

從「藥物」、「烏兔」、「天罡搬運」、「斗柄遷移」、「退爐進火」、「抽鉛添汞」等，字裡行間已經直截顯露內丹採藥與火候推移之說。悟空之所以有此說法，導因於國王探問；國王之所以探問，是由於金聖娘娘被賽太歲挾持，悟空要除妖救后。劉一明解金聖娘娘被攝去是「陽極生陰姤之象」，也就是以「金聖」爲純陽（—），賽太歲先鋒取兩名宮女伺候金聖娘娘，是偶陰之象（— —），合

〔註193〕同前註，頁12，總頁1686。
〔註194〕《周易闡眞》，卷一，頁1，總頁47。
〔註195〕同前註，卷首，頁18，總頁46。
〔註196〕同前註，卷四，頁7，總頁131。
〔註197〕同前註，卷一，頁8，總頁62。
〔註198〕《西遊原旨》，卷十七，第七十回，頁2，總頁2002。

而爲姤卦（䷫），以示「將欲近而消陽，此陰禍之先者」。〔註199〕劉一明解此姤卦說：

> 「姤」則眞陽內陷，火上炎而水下流，火水未濟，五行順行，法界火坑，識神因靈生妄。順止其「姤」，則假陰消去，火歸元而水上潮，水火相濟，五行顛倒，大地七寶，元神借妄歸眞。金丹大竅正在於此，其中有大作大用，呼吸感應之妙，非一切傍門，巴山轉嶺，遷延歲月者所可知。〔註200〕

簡單來說，姤卦是一陰潛生於五陽之下，若使其順行發展，則將陽氣消盡，而成純陰之體。以生命而言，即是走向滅絕。然而悟空應允朱紫國王救回金聖娘娘，又提出火候推移之說，即證明姤卦雖然一陰潛生，然而若能順而止之，借陰全陽，又何嘗不是逆運先天之道。《周易闡眞》討論姤卦之意：

> ……此防陰保陽之卦，承上益卦而來。益者，增其陽之不足也。增其不足，必自一陽增至於六陽，陽純全而後已。然陽極必陰，一陰潛生，陽氣即傷，故《象辭》所以直謂「姤，女壯」也。但陽極必陰者，造化順行後天之道；而能借陰全陽者，聖人逆運先天之學。……
> 〔註201〕

即在說明姤卦是逆運之始。悟空帶著國王給的金聖娘娘心愛之物，變成賽太歲的徒眾有來有去，來到獬豸洞剝皮亭，與金聖娘娘互通信息，伺機除妖。劉一明解釋剝皮亭爲上艮下坤的剝卦（䷖），因爲它是一個八牕明亮的亭子，代表著剝卦初六、六二、六三、六四；中間有個餤金交椅，即剝卦的六五；椅子上坐著魔王，即剝卦上陽爻。剝卦在內丹功法中可解釋爲：

> 人若不知，而猶認假爲眞，有攸往而自恃其強，必至陽氣消盡，不利甚矣。至人於此，有抑陰扶陽之道，不使陰氣消陽於盡，即於此一點陽氣未盡處，順而止之。黜聰毀智，緊閉靈竅，以爲返本還元之基。〔註202〕

若自姤卦的一陰潛生，到剝卦的陽氣將盡，順而發展到坤卦（䷁）的純陰之體，乃是勢所必然。但是劉一明於此要提醒學道之人，剝卦既是姤卦的順則

〔註199〕同前註，頁12，總頁2021。
〔註200〕同前註，頁12，總頁2022。
〔註201〕《周易闡眞》，卷三，頁10，總頁112。
〔註202〕同前註，卷二，頁6，總頁80。

發展，也可視為逆運為復卦（䷗）的契機。也就是在剝卦一點陽氣尚未全部消退時，順而止之，「緊閉靈竅，以為返本還元之基」。於是當悟空現出本相，告知金聖娘娘救他回國時，金聖娘娘沉思不語。待悟空拿出寶串，才取得金聖娘娘信任，，也才有後來計盜紫金鈴、除妖救后之事。若以內丹功法解之，則代表內外信息相通，可以是下手施為、順而止之的時機。但仍不可躁進，要因勢利導，所以故事中金聖娘娘要細語哄讓取得寶物，內丹中則是漸次用柔，乘時盜機。由此，朱紫國金聖娘娘一案，即在「言金丹下手之功，使學者鑽研火候之奧妙」。〔註203〕

三、劈破旁門

自第七十二回至第七十九回，共八難六怪，皆是要學道者劈邪救正。如第七十二回，以盤絲嶺盤絲洞蜘蛛女之邪辭淫語，諷刺在女人身上做活計之閨丹，「如同絲之盤纏牽扯而不能解脫」。〔註204〕又如第七十三回，以黃花觀多目怪為喻，以為黃指「黃芽」，花為「金花」，皆是外丹燒煉之名詞，藉以批「無知之徒，以採戰、爐火為內外雙修，合而行之，妄想成丹」。〔註205〕第七十四回至第七十七回，作怪者分別是獅駝嶺獅駝洞之青毛獅怪（文殊座下）、黃牙白象（普賢座下），以及大鵬金翅鵰。劉一明以大魔會變化，意欲爭天，批「師心自用，妄猜私議之學」。二魔若與人爭，只消一鼻子捲去，其著意一處，批「執相守靜之學」。三魔名號雲程萬里鵬，有寶貝喚作陰陽二氣瓶，以此批心腎相交、「搬運後天精氣之學」。第七十八回至第七十九回，危害的比丘國國丈，原為南極壽星座騎白鹿，以女色誘惑比丘國王，為悟空識破，遂挾妖后轉往柳枝坡清華洞。劉一明以柳枝、清華比為柳巷、煙花，妖后原是玉面狐狸，性淫而善迷人。而此難要使學道者知內丹所採者為先天無形之氣，而非後天男女有形之物，藉此劈破「採取寂滅之假，使學者積德修道耳」。〔註206〕

然其無論劈破何種旁門，皆在勸諭有志學道之士，早求明師口訣，識破一切傍門外道，去假修真，以歸妙覺也。總的來說，劉一明將《西遊》故事中為惡作難的妖魔，化身修煉元素，安置於內丹功法之中。

〔註203〕《西遊原旨》，卷十七，第七十回，頁11，總頁2020。
〔註204〕同前註，卷十八，第七十二回，頁11，總頁2092。
〔註205〕同前註，頁12，總頁2120。
〔註206〕同前註，卷十九，第七十八回，頁10，總頁2265。

此些妖魔可以是引眞之假，可以是藥物火候、功法次第，也可以是傍門左道之象徵。以此加上取經四眾之內丹定位，《西遊記》果眞如劉一明所言，實爲傳性命雙修之道。

第四節　小　結

取經一行人取了經，因不足八十一難，八大金剛第一陣香風，只將取經人送至通天河老黿處落水，再遭一難，又回到陳家莊歇腳。自陳家莊離開後，八大金剛再使第二陣香風將四人一路送至東土。原來八大金剛恐長安百姓洩漏形象，故要三藏自行傳經，其餘人在雲漢中停等。然悟空擔心三藏挑不得擔，牽不得馬，三人依舊伺候三藏前去。劉一明解此言：

> 前一陣香風，送至通天河，是指出無字眞經，《河圖》太極之象，教人於源頭處站腳而還元。今二陣香風，送至東土，是明示有字眞經，《大易》陰陽之道，教人於五行中修持而返本。有字無字，總一眞經；《河圖》、《周易》，總一大道。其八大金剛送四眾連馬五口，示《洛書》九宮之義，又取其以《河圖》爲體，以《洛書》爲用，而《大易》之理，無不在其中，此有字無字而共成一眞經也。〔註207〕

原本到通天河畔，沙僧提議要將三藏駕過去。但悟空知道難數未足，才被羈留於此，故直言「駕不去」。原來唐僧已在凌雲渡脫得色相，可是法身未脫，故不能合於九還之旨，才多出通天河一難。此難係老黿不滿三藏未能問出歸著，遂將取經人從背上淬下水。劉一明解此曰：「殊不知上西天取經，乃有爲了命之事。是知至至之，起腳之道也。得經回來乃無爲了性之事，是知終終之，歸著之道也。倘只知起腳，而不問歸著，縱能返本還元，眞經到手，若差之毫釐，失之千里，得而復失。」〔註208〕換言之，「歸著」之道，即了性之道，亦即防危慮險、沐浴溫養之火候。了性之道爲無爲之道，《河圖》順行之理，故言「無字眞經」。八大金剛使第二陣香風送「四眾連馬五口」回東土，劉一明以四眾、五口相加爲九，象《洛書》九宮。《洛書》爲命功逆剋之理，有爲之學，五行攢簇在此，故言「有字眞經」。性功與命功兼修，有爲與無爲俱備，共成金丹大道，故言「《大易》之理，無不在其中」。

〔註207〕同前註，卷二十四，第一百回，頁12，總頁2880。
〔註208〕同前註，卷二十四，第九十九回，頁11，總頁2850。

　　金剛要三藏自去傳經，即是要傳「無字眞經」；但悟空三徒緊隨挑擔牽馬進長安，四象和合，五行攢簇，則是「有字眞經」。無字眞經不能傳，當在有字眞經中體會。而「有字眞經」，劉一明總結《西遊記》全部，解釋說：

> 孫悟空，又呼「行者」，出身東勝神洲傲來國花果山水簾洞，金水爲眞空之性，悟得此空，還須行得此空，而金水攢矣。豬悟能，又呼「八戒」，出身福陵山雲棧洞，一路挑擔有功，木火良能之性，悟得此能，還須戒得此能，而木火攢矣。沙悟淨，又呼「沙和尚」，出身流沙河作怪，秉教沙門，戊己淨定之性，悟得此淨，還須和得此淨，而眞土攢矣。西四金，北一水，合爲一五，一家也，行者有之；東三木，南二火，合爲一五，一家也，八戒有之；中土戊己，自成一五，一家也，沙僧有之。三藏得此三徒保護，即「三家相見結嬰兒」，正「三五一都」之妙旨，五行攢簇之法門。龍馬乃西海龍王之子，因有罪作腳力。以五行爲運用，以龍馬爲腳力，渾然太極，龍馬負圖之象。可知《西遊》全部，是細演《河圖》、《周易》之密秘，乃泄天地之造化，發陰陽之消息。〔註209〕

這一段文字可以說是，劉一明轉化故事《西遊》爲內丹《西遊》的總結。簡單來說，悟空爲水中之金，是秉自天地自然之道心，是性功之空。皈依佛門後，藉三藏法身，互爲體用，故又稱「行者」，行得此空。保護三藏取經有功，故稱「金水攢」。悟能本爲木火良能，先天眞靈之性。因受貪嗔愛慾迷障而貶謫下凡，成爲後天濁物。皈依佛門後，一路挑擔有功，返還原本良能，故稱「木火攢」。沙僧居流沙河作怪，是意土妄動。皈依佛門後，靜定本性，調和八戒與悟空的衝突，是取經隊伍中的穩定力量，順利完成取經，故稱「眞土攢」。若以五行數解之：悟空爲水中金。水在北，數一；金在西，數四，兩者相加而爲五。八戒爲火中木。火在南，數二；木在東，數三，兩者相加也爲五。沙僧爲中土，居中位，數五，故自成一家。此三家各爲五，即內丹「三五一家」之旨。而唐三藏得此三徒保護，故爲「太極統五行」、「三家相見結嬰兒」之意。龍馬是三藏取經腳力，故爲「龍馬負圖」。

　　總此可知，故事《西遊》中四眾與龍馬的西行取經故事，在劉一明符號解碼與詮釋後，成爲「細演《河圖》、《周易》之密秘，乃泄天地之造化，發陰陽之消息」的內丹《西遊》。而此內丹《西遊》的架構，又與劉一明的內丹

〔註209〕同前註，第一百回，頁18，總頁2885。

系統理論，援此喻彼，相合不悖。在台灣，與《西遊記》相關的研究討論，較多的是對小說形式與文學成就的關注，較少解讀內容及其評本所蘊含的道教意識。有學者就認為評本《西遊記》的內丹書寫過於隱晦，而且偏重宗教，使得《西遊》評點看來局促而且錯失文學成就〔註210〕。只是假設詮釋者明白將閱讀對象限定在「修道者」，那只從「文學欣賞」的角度來看《西遊記》，是否反成另一種局促？

　　本章並非要「確立」《西遊記》的內丹地位，也無意宣揚道教詮釋是不可取代的評點方式。只是實驗性的從劉一明的內丹思考脈絡著手，觀察他在故事與內丹間的繫聯與落實，進而呈現《原旨》企圖理論且系統的詮釋《西遊記》。雖然在兩者轉化的過程，難免有些牽強，劉一明仍努力的以讀者的身分揣摩《西遊記》的內丹要旨；也嘗試以詮釋者的身分，原《西遊》之旨給有志學道者，使其有軌則可循。

〔註210〕林雅玲：《清三家〈西遊〉評點寓意詮釋研究》，東海大學中國文學系博士論文，2001。此係作者解析《西遊證道書》、《西遊真詮》、《西遊原旨》三家評點後的看法。

第四章　類型轉換的意義

　　劉一明是全眞龍門派第十一代道士，他主觀的認定《西遊記》是丘處機所作，而丘祖的目的就是要透過《西遊記》「闡三教一家之理，傳性命雙修之道」，〔註 1〕因此《西遊記》就在劉一明的主觀閱讀下，從小說故事變成了道教丹經。從這個角度來看，劉一明是一個閱讀者、接受者，而且透過閱讀《西遊記》文本，契應作者著作意旨。只是，劉一明詮釋文本的同時，又批評《西遊證道書》的註解「以心猿意馬爲解，皆教門之瞎漢」。〔註 2〕雖然陳士斌的《西遊眞詮》早已刊行，劉一明仍覺得有所不足，因此他補缺詳略，逐回推敲解釋，重作《西遊原旨》，目的在：

> 俾有志于性命之學者，原始要終，一目了然，知此《西遊》乃三教
> 一家之理，性命雙修之道。庶不惑於邪說淫辭，誤入分道旁門之塗。
> 〔註3〕

換言之，劉一明原《西遊記》內丹之旨，爲了讓「有志于性命之」之學者，盡得丘祖眞諦。從這個角度來看，他又變成了詮釋者、撰作者。因爲這樣身分的轉換，劉一明勢必得將《西遊記》與自己的內丹理論互相連結，然後使《西遊》故事，變成《西遊》丹書。

　　劉一明的內丹理論是建立在先天與後天分立的「二重天地」上。他先解釋宇宙的生成理則，屬於混沌未化的先天世界，是永恆靈明；一旦分爲陰陽

〔註 1〕　〔清〕劉一明：《西遊原旨・序》，《古本小說集成》（上海：上海古籍出版社，
　　　　　1990 年），卷首，頁 12，總頁 31。爲求行文方便，後文簡稱《原旨》。
〔註 2〕　同前註，卷三，第七回，頁 10，總頁 213。
〔註 3〕　同前註，卷首，頁 17，總頁 42。

兩極、化生萬物之後的後天世界，卻是汙濁生滅。將生命的起源，套入這個宇宙論架構中，可以看到的是，「未生身以前」人是具有虛靈眞氣，如同混沌未化的先天；只是順其所生以後，濁氣漸長，愛恨貪嗔癡遮蔽了先天面目，於是落入後天的污濁，終將走向滅絕與輪迴。修煉證眞之所以可能、可成，就在於「人」在先天與後天的聯繫位置上，既能順其所生，走向死亡與輪迴。也可以看破人生之假、參透人生之苦，經過修煉，逆而成仙，超越輪迴，證得無上正眞之道。

其次，劉一明又將《西遊》故事中的情節、角色與內丹系統繫聯，使各安其位，各顯其義。取經一行人，唐三藏本來是如來佛的弟子金蟬子。孫悟空拜菩提爲師學道，名列仙籍。豬八戒是天篷元帥。沙悟淨原來是侍鑾駕的捲簾將軍，以及龍馬是敖潤之子。本來都是仙界之人，代表著內丹功法中所勾勒出來混沌未化的境界。然而每個角色都因爲不同的罪行，被貶謫下凡，還受到身體上的痛苦。唐三藏因爲無心聽佛講經被貶。孫悟空因爲亂蟠桃、鬧天宮，被壓在五行山下。豬八戒因爲喝酒戲弄嫦娥，沙僧弄破玻璃盞，龍馬火燒明珠，都被貶入凡塵，或者罪將處死。取經人犯罪下凡，代表的就是內丹功法中，落入後天的滅絕苦痛。於是，他們共同組成了西天取經團隊，目的在取得經卷。若以內丹來說，西天取經是一種修行，所以唐僧等必須透過功夫的煉養與心性的修行，取得還丹、大丹，證得無上之眞，就如同《西遊記》中他們回到靈山封官受職一般。

本章首先從外在「三教合一」的文化思潮，與內在故事的質變，討論《西遊記》故事道教化的傾向，以及文本中具足的文字暗示，提供給「閱讀者」劉一明內丹詮釋的平台。其次，再由對道教符號傳統的傳承與運用，討論「詮釋者」劉一明解構《西遊記》文字，讓它實足成爲道教丹經。最後，再從清刊本《西遊記》對《西遊記》的討論，觀察清刊本詮釋者這樣的群體，如何透過《西遊記》這個共同的符號，解釋與批評其中的意涵。

第一節　「三教合一」的文化內涵

《西遊記》在清代以後，被賦予內丹詮釋，並不是一個偶然的事件。從外緣因素來說，《西遊記》內容承載了太多宗教解釋的可能，其中又以佛、道色彩最爲濃厚。以佛教的角度來看，玄奘取經是佛教故事、取經過程多是崇

佛滅道、觀音如來等佛教神祇神通廣大等，都展現了佛教在《西遊記》中的地位。以道教的角度來看，取經者都是罪謫下凡的神仙，是典型的道教敘述；天庭的主從制度，也反映了道教的神仙階級。由此可以說，《西遊記》的成書，展現了釋道混融的小說特色。

一、三教合一的歷史因緣

雖然無法考察「三教合一」最早提出的時間，但最遲在六朝隋唐以後便有相關主張。只是在提舉此一理念的過程，所歸向的「一」是有所差異。也許指的是三教在義理上是相通的，減少思想歧異的激辯；或者提出「三教同源」，以爭取地位的平等；又或者導民向善的作用是等同的，只是教理不同而有異。但不管三教合的「一」如何詮釋，這都是一個長期累積的文化結果，不是一蹴可幾。本節以道教爲基礎，觀察三教歷代的分合關係。〔註4〕

（一）關係萌芽的魏晉兩漢時期

漢魏兩晉是儒、釋、道三教關係的萌芽階段，彼此間的依存與模仿要比義理爭戰來得多。道教在東漢末年才逐漸成形，教理、教制也在草創階段。從儒、釋方面吸收教理教義，藉以充實自己的思想本質，實屬必然。例如《太平經》，內容包含有天人相通的神仙系統、養氣修道等學道之方，也有從「陽尊陰卑」的思想出發，討論封建秩序的合理性，反映了漢代儒者的陰陽五行災異說。又如註解《道德經》的《老子想爾注》，也將「道」依附在儒家的道德規範，認爲若「道」得以施行，便是實現了忠孝仁義；相反的，如果「道」不行，則社會將出現敗亂現象。整體來說，這個時候的道教，並未標舉三教，但在實際著述上，則已經開始雜揉儒家思想來擴充教義，只是還停留在囫圇吞棗的階段。

（二）衝突不斷的南北朝時期

儒釋道因爲獲得統治者不同程度的扶植與信賴，南北朝時期，幾乎可稱之爲「三強鼎立」。儒家仍舊是維護社會秩序與倫常規誡的主導地位，已經成爲文化的重要部份。外來的佛教與土生土長的道教，文化間的衝突未及調和，就已經因爲對世俗權力與客觀環境的手取，產生一場場尖銳激烈的辯論與衝突。例

〔註4〕相關論點已在筆者碩士論文：《李道純道教思想研究》論及。台北：花木蘭文化出版社，2008年9月。

如劉宋明帝泰始三年（467 年），顧歡以爲佛教是爲夷狄之教，沒有廢棄孔老聖而效法西戎的道理，所以作了《夷夏論》。針對這個論點，明僧紹提出二教兩得、三家並重，作了《正二教論》。〔註5〕謝鎭之認爲佛優於儒、道，作了《與顧道士書》及《重與顧道士書》，〔註6〕都表達反對立場。另外齊梁時「神滅」與「神不滅論」的討論，〔註7〕也讓不同文化與信仰間，產生熱烈的爭辯。

（三）互有融通的隋唐時期

隋朝對佛教的重視甚於道教，所以規定三教是佛教爲先，道教次之，儒家爲末。唐朝則尊稱老子爲「聖祖」，先後冊封老子爲「玄元皇帝」和「大聖祖高上金闕玄元天皇大帝」，並以老子降授的名義編造宗教讖言，藉以達到神化朝廷的目的，因此道教受到前所未有的尊崇。只是唐朝這樣的宗教政策，又引發釋、道之間的激烈衝突：唐高祖時期的儒、道聯合反佛，太宗「道爲先」的政策引起智實等人不滿，武后又下令僧尼地位高於道士女冠……等，政治的介入，讓三教關係相當緊繃。雖然彼此之間的辯爭不斷，但教義間的相互融攝仍然持續發展。例如唐初成玄英受到佛教三論宗影響，取性空無我，中道不二之意旨詮釋《南華經》。再如唐司馬承禎的《坐忘論》，除了利用心齋、坐忘說明修煉方法，也融合天台宗的止觀。由此可以看到，教義間的融通不再只是抄襲，而是思想體系上的擴充。

（四）三教合一的宋元時期

宋元時期所出現的「新道教」，〔註8〕皆順應時代潮流，舉「三教合一」爲

〔註5〕〔南齊〕明僧紹：《正二教論》，《弘明集》（台北：新文豐出版社，2001 年），卷六，總頁 276 至頁 285。題下有註解：「道上有爲《夷夏論》者，故作此以正之」。

〔註6〕謝鎭之：《與顧道士書》、《重與顧道士書》，《弘明集》，卷六，總頁 306 至頁316。《與顧道士書》題下註有「折《夷夏論》」。

〔註7〕「神不滅論」以鄭道子爲代表，認爲形是五臟六腑四肢七竅所組成，但神卻是靈照萬物，妙統衆形，「神爲生本，其源至妙」，所以神不滅。〔宋〕鄭道子《神不滅論》，《弘明集》，卷五，頁 3，總頁 208。「神滅論」，以范縝爲代表。他認爲是因爲有形體，才有神之名。形體消失，神自然滅絕。這對藉「神不滅」宣揚因果報應、脫離六道輪迴的佛教哲學體系，無非是種挑戰。尤其齊梁是崇佛的，當然不容許范縝的說法，支解佛教的神學體系。竟陵王蕭子良甚至招募僧衆，對范縝進行理論上的圍攻，但是未能奏效。神滅與不滅的爭辯，還延續到梁武帝蕭衍之世。

〔註8〕「三教祖皆生於北宋，而創教於宋南渡後，義不仕金，繫之以宋，從其志也。……三教祖乃別樹新義，聚徒訓衆，非力食，……不屬以前道教也。」陳垣：《南宋初河北新道教考》（北京：中華書局，1989 年），目錄，頁 3。「三

立教要旨。如被尊為南宗初祖的張伯端，提出「教雖非三，道乃歸一」。〔註9〕北宗全真教祖師王重陽，在山東一帶建立「三教七寶會」、「三教金蓮會」、「三教三光會」、「三教玉華會」、「三教平等會」等，直截冠上「三教」之名，「足見其沖虛明妙寂靜圓融不獨居一教」。〔註10〕融攝儒學最深的是傳播於江南、淵源於靈寶派的新淨明符籙道派，自稱「淨明忠孝道」，旨在教人清心寡慾，使心念與行為符合倫理規範，成為忠臣孝子良民。這個時期，三教幾乎融通為一。只是這個「一」，從道教的主觀立場來看，代表的是佛教的圓覺，儒家的太極，都是道教的金丹。換言之，仍然是道教本位的解釋。

（五）混同無界的明清時期

道教發展到元代，理論與規模幾乎臻於極盛。尤其是全真道，經過丘處機西遊講道後，幾乎等於「道教」的代名詞。以全真龍門派為例，理論上仍然謹守王重陽創教時的基本教理，但是在理論的融通上有更為深廣。依王志忠〈明清之際全真教思想的發展及其特點〉〔註11〕的歸納，此時全真道士「學兼儒釋，將儒家倫理道德和佛教的教義納入道教中」，有強調「人道」修行的王常月，結合西竺鬥法的龍門支派「西竺心宗」，也有融攝正一道法的徐一返等。

總的來說，宗教傳佈的興衰與否，往往與政治力的扶植有關。然而思想上的融合，卻在民間浸潤流傳。儒、釋、道從開始的爭論、名詞借用、理論融通，乃至於後來的界線泯除，都可以證明三教的融合並非理論的高舉而已，應該是社會內化的過程，文化內蘊的潛藏。明清之際更是將這樣的三教混融，變成社會的普遍現象。

教」指的是全真教、大道教以及太一教。

〔註9〕「釋氏以空寂為宗，若頓悟圓通，則直超彼岸。如有習漏未盡，則尚徇於有生。老氏以鍊養為真，若得其樞要，則立躋聖位。如其未明本性，則猶滯於幻形。其次，周易有窮理盡性至命之詞，魯論有毋意必固我之說，此又仲尼極臻乎性命之奧也。然其言之常略而不至於詳者，何也？蓋欲序正人倫、施仁義禮樂有為之教，故於無為之道，未嘗顯言。但以命術寓諸異象，以性法混諸微言故耳。至於莊子，推窮物累逍遙之性，孟子善養浩然之氣，皆切幾之矣。迨夫漢魏伯陽引易道陰陽交姤之體，做參同契以明大丹之作用。唐忠國師於語錄首敘老莊言以顯至道之本末，如此豈非教雖分三，道乃歸一。」〔宋〕張伯端：《悟真篇》，《修真十書》，《道藏》第4冊（上海：上海書店出版社，2005年），序，總頁711。

〔註10〕〔註9〕　《甘水仙源錄·終南山神仙重陽真人全真教主碑》，《正統道藏》，洞神部紀傳類，息字。

〔註11〕王志忠：《明清全真教論稿》（成都：巴蜀書社，2000年），頁108至頁140。

二、《西遊記》兼具釋道題材

《西遊記》百回本成書於明代中後期，雖然無法推估寫定者是否有意讓釋道內容摻雜期間，但是由果推因，倒是可以從《西遊記》故事中看到兼具釋道的特色。

（一）菩薩與神仙聚集

《西遊記》的寫作世界，可粗略分爲天上宮闕與地上人間。天上神仙部分，又可分爲道教神祇與佛教菩薩。簡單來說，《西遊記》的天界有三十三天宮，七十二寶殿，都以玉帝所在的靈霄寶殿爲中心。當孫悟空想要與玉帝輪流作皇帝時，如來佛告訴悟空：「玉皇大帝自幼修持，苦歷過一千五百五十劫，每劫該十二萬九千六百年。」〔註12〕意即玉皇大帝是經過累世修行才得到的「地位」，也提醒了悟空，他還有一段很長的修行，更預示西天取經的必然。玉帝下轄許多神祇，有協助悟空收妖的太白星君（第十三回，雙岐嶺收南山白額王）、太上老君（第三十二回至三十五回，平頂山收金角銀角；第五十一回至五十二回，金峰山收獨角兕大王）、昴日星官（第五十五回，收毒敵山蠍子精）、托塔李天王（第五十九回至六十一回，對戰火焰山牛魔王；第八十回至八十三回，陷空山金鼻白老鼠精）、哪吒（第五十九回至六十一回，與李天王火焰山對戰牛魔王）、二郎顯聖眞君（第六十二至六十三回，祭賽國亂石山收九頭蟲）、紫陽眞人（第六十八回至七十回麒麟山賽太歲）、四木禽星（第九十一回至九十二回，玄英洞犀牛大王）、太陰星君（第九十三回至九十五回，天竺國假公主）等，也有出現在蟠桃會的高階神祇如王母娘娘、赤腳大仙，也有悟空遭難的諮詢對象，如蕩魔天尊（第六十五回至六十六回，敘述小西天黃眉道人的來由）、蓬萊仙山的福祿壽星（第二十四回至二十六回，悟空尋求救活人參樹的醫方），另外還有金頂大仙、南極老人、巨靈神、大力鬼王、火德星君、水德星君等，共同組成了《西遊記》的道教神仙世界。

佛教的天上人間以如來佛爲最高，他所居的西牛賀洲靈山大雷音寺，就是三藏取眞經之處。在佛教菩薩中，最具關鍵性角色的是觀世音菩薩。他除了銜如來之命往東土尋找取經人外，還得負責解決三藏師徒在取經過程中的任何問題。例如觀音院化作凌虛仙子，協助悟空收黑風山熊羆怪（第十六回

〔註12〕世德堂本《西遊記》，《古本小説集成》（上海：上海古籍出版社，1990 年），卷二，第七回，頁 17，總頁 156。

至第十七回）；五莊觀被悟空推倒的人參樹，由觀音淨水醫活（第二十四回至第二十六回）；枯松澗火雲洞的紅孩兒，也皈依觀音為善財童子（第四十回至第四十二回）；陳家莊通天河邊的金色鯉魚，是觀音用魚籃收服（第四十七回至第四十九回）等。此外，觀音也是悟空重要的求助對象，例如悟空打死草寇，被三藏怒逐，就是跑到落伽山訴苦（第五十六回至第五十八回）。簡而言之，《西遊記》中的觀音菩薩，雖然位階低於如來佛祖，卻是諸佛菩薩中，參與取經活動最深的人。始終協助觀音的，則是惠岸行者。其他協助取經人解除危難的還有黃風嶺上降服黃毛貂鼠的靈吉菩薩（第二十回至第二十一回）、出面協助諸神捉拿小西天黃眉童兒的南無彌勒笑菩薩（第六十五回至第六十六回）、盤絲嶺收伏百眼魔君的毘藍菩薩（第七十三回），另外文殊菩薩、普賢菩薩合力在獅駝嶺降服各自座下的青毛獅怪、黃牙白象，並請如來佛降服所化的大鵬金翅鵰（第七十四回至第七十七回）。

　　除了釋、道外，人間部分，則由下界神仙、凡夫俗子與妖魔精怪組成。下界神仙如東華帝君、東海龍王、十閻王、鎮元大仙等，凡夫俗子有烏雞國國王、西梁國女王等諸國國王，以及烏巢禪師、高太公、陳官保等，妖魔精怪則使唐僧歷險魔難的黃風精、白骨精、金角銀角大王之類。從故事人物來說，已囊括佛道兩界與民間傳說。

（二）罪謫的敘述模式

　　就情節敘事來說，《西遊記》雖然是西行取經的故事，但人物的塑造模式，一種是罪謫下凡，歷經劫難後重返仙籍，如取經一行。另外一種是原為天上神仙的座騎，思凡而下界作亂，最後仍得重返天上修行，如獅駝嶺三怪、比丘國國丈等。李豐楙認為這樣的謫降神話，來自道教的謫仙神話：

> 謫降神話本是中國「本土」的，並非來自印度的原始佛教，這一股
> 推動力主要是來自道教仙傳中的謫仙神話，自東漢末以至唐代的
> 四、五百年間，仙傳集與唐人小說中反覆出現了大量的謫仙故事：
> 凡在天界、仙界失儀、逾矩者都將遭貶下界。天律、仙律就如同鬼
> 律、人律（戒律）一樣，同樣為道教神學中所建構的戒規思想的反
> 映；其後元雜劇中的神仙道化劇乃至多種高道傳，均進一步提供了
> 吳承恩敘述上的大框架。〔註13〕

〔註13〕李豐楙：〈出身與修行——明末清初「小說之教」的非常性格〉，王璦玲主編
　　　　《明清文學與思想中之主體意識與社會》（台北：中央研究院中國文哲研究

就取經一行而言，可以看見故事中多處提到，他們因為罪行被謫降下凡，但並非懲罰即可，還得有修行目標。例如第十一回，魏徵與蕭瑀、張道源選中玄奘作水陸大會壇主，有一篇韻文敘述玄奘出身：

> 靈通本諱號金蟬，只為無心聽佛講。轉托塵凡苦受摩，降生世俗遭羅網。投胎落地救逢凶，未出之前臨惡黨。父是海州陳狀元，外公總管當朝長。出身命犯落紅星，順水隨波逐浪泱。海島金山有大緣，遷安和尚將他養。年方十八認親娘，特赴京都求外長。總管開山調大軍，洪州勦寇諸凶黨。狀元光蕊脫天羅，子父相逢堪賀獎。復謁當今受主恩，靈烟閣上賢名響。恩官不受願為僧，洪福沙門將道訪。小字江流古佛兒，法名喚作陳玄奘。〔註14〕

意即三藏原來是天上的金蟬長老，因為無心聽講，輕慢舉動遭致貶逐。所以他的一生顛沛，出生就被拋入江河之中，失去父母……等。奉太宗之命西行取經，也是困難重重，幾乎喪命。但等到取得經卷，返回東土。太宗設壇要三藏講經的同時，被八大金剛使了陣香風騰空而去，有篇韻文寫著：

> 聖僧努力取經編，西宇周流十四年。苦歷程途多患難，多經山水受迍邅。功完八九還加九，行滿三千及大千。大覺妙文回上國，至今東土永留傳。〔註15〕

除了出生遭難的十八年，再加上西行取經行程患難、苦厄阻滯的十四年，終於歷盡八十一難，取得真經妙文回東土，也才能洗盡輕慢佛經的罪愆，重返天上。所以如來授唐僧職時說：

> 聖僧，汝前世原是我之二徒，名喚金蟬子。因為汝不聽說法，輕慢吾之大教，故貶汝之真靈轉生東土。今喜皈依，秉我迦持，又乘吾教，取去真經，甚有功果。加陞大職正果，汝為旃檀功德佛。〔註16〕

如來佛從三藏遭貶的起因，取得真經的功行，到封作旃檀功德佛的結果，完整敘述。也同樣敘述了三藏罪罰與解罪的過程。

與此有同樣敘述模式，還有行者、八戒、沙僧與龍馬。製表說明如下：

所，2004年），頁291。
〔註14〕世德堂本《西遊記》，《古本小說集成》，卷三，第十一回，頁12，總頁262。
〔註15〕同前註，卷二十，第一百回，頁58，總頁2543。
〔註16〕同前註，卷二十，第一百回，頁58，總頁2543。

	罪謫原因	升天後如來之言
行者	……花果山前為帥首，水簾洞裡聚群妖。玉皇大帝傳宣詔，封我齊天極品高。幾番大鬧<u>靈霄殿</u>，數次曾偷<u>王母桃</u>。天兵十萬來降我，層層密密布鎗刀。……我佛如來施法力，五行山壓老孫腰。整整壓該五百載，幸逢三藏出唐朝。吾今皈正西方去，轉上雷音見玉毫。你去乾坤四海問一問，我是歷代馳名第一妖。〔註17〕	孫悟空，汝因大鬧天宮，吾以甚深法力，壓在五行山下。幸天災滿足，<u>歸于釋教</u>；且喜汝隱惡揚善，在途中<u>煉魔降怪有功</u>，全終全始。加陞大職正果，汝為<u>鬥戰勝佛</u>。
八戒	我本是天河裡<u>天蓬元帥</u>。只因帶酒戲弄嫦娥，玉帝把我<u>打了二千鎚，貶下塵凡</u>。一靈真性，徑來奪舍投胎，不期錯了道路，<u>投在個母豬胎裡</u>，變得這般模樣。……〔註18〕	豬悟能，汝本天河水神天蓬元帥，為汝蟠桃會上，酗酒戲了仙娥，貶汝下界投胎，身如畜類。幸汝記愛人身，在福陵山雲棧洞造業；喜歸<u>大教</u>，<u>入吾沙門</u>，保聖僧在路，卻又有頑心，色情未泯。因<u>汝挑擔有功</u>，加陞汝職正果，<u>作為淨壇使者</u>。
沙僧	我是<u>靈霄殿下侍鑾輿的捲簾大將</u>。只因在蟠桃會上，<u>失手打碎了玻璃盞</u>，玉帝把我<u>打八百</u>，<u>貶下界來</u>，變得這般模樣。又叫一日七次，將飛劍來穿我胸脇百餘下方回，故此這般苦惱。〔註19〕	沙悟淨，汝本是捲簾大將，先因蟠桃會上，打碎玻璃盞，貶汝下界，汝落于流沙河，傷生吃人造孽。幸皈吾教，誠敬迦持，<u>保護聖僧，登山牽馬有功</u>。加陞<u>大職正果，為金身羅漢</u>。
龍馬	我是西海龍王敖潤之子。因<u>縱火燒了殿上明珠</u>，我父王表奏天庭，告了<u>忤逆</u>。玉帝把我吊<u>在空中，打了三百</u>，不日遭誅。〔註20〕	汝本是西洋大海廣晉龍王之子，因汝違逆父命，犯了不孝之罪；<u>幸得皈身皈法</u>，皈我沙門，每日家虧你駝負聖僧來西，又虧你駝負聖經去東，亦有功者，加陞汝職正果，為<u>八部天龍馬</u>。〔註21〕

　　從上表可知，悟空等人都是罪謫下凡，而取經完成後，當如來授以果位並宣揚功績，除了「皈依沙門」外，共同的功業就是「取經有功」。由此可知，取經一行所共有的罪罰，都在取經的修行中得到解罪。這種罪謫與解罪的過

〔註17〕同前註，卷四，第十七回，頁18，總頁398。
〔註18〕同前註，卷二，第八回，頁31，總頁183。
〔註19〕同前註，頁29，總頁180。
〔註20〕同前註，頁33，總頁187。
〔註21〕以上「升天後如來之言」，俱見第一百回。同前註，卷二十，第一百回，頁58至頁60，總頁2543至2546。

程，李豐楙有著精闢的解釋：

> 就因為道教神學中有罪罰與解罪思想的支持，而能方便襲用以合理
> 化其行動，才為謫凡下凡神話賦予了一種宗教義理，「如何解罪」就
> 成為道教謫凡者的行動旨趣，並及於佛教及民間信仰敘述其特異出
> 身，而下凡「修行」後的神魔對抗就成為敘述上的大關鍵。〔註22〕

謫凡的傳說，不只是表現罪罰，重要的是解罪的過程。所以當《西遊記》作者
透過這樣的敘述，創造結構上的循環時，這表示「謫凡的神話及其義理是在道
教神學中業已成為定式，才會滲透於社會底層」，〔註23〕進而影響了作者的創作
手法。簡單來說，謫凡與解罪的敘述模式，是道教文化的一種表現方式。

　　相較於謫凡敘述的表現模式，《西遊記》也被認為是崇佛抑道的作品。除
了唐僧取經之外，整部《西遊記》的另一個主題是「長生不老」的追求。而
這股追求力量是展現在「妖魔」身上的。換言之，這些以為吃了唐僧即能長
生不死，或者得以登仙成真的，都是以「妖怪」形象出現。長生不老是道教
重要的生命歸求，卻反映在「妖怪」身上，因此往往被視為貶抑道教的根據
之一。又，妖魔亂政所幻化的形象，多是道士。例如第三十七回，將烏雞國
國王推入井中的是青毛獅怪化成的全真道士。第四十四回，車遲國國王以虎
力、羊力、鹿力大王為國師，他們也是由動物化成的道士，他們所凌虐的則
是僧侶。第七十三回百眼魔君替盤絲洞蜘蛛女怪復仇，形象也是黃花觀道士。
第七十八回，獻美女給比丘國王、並勸其殺小子取心的國丈，也是南極仙翁
座騎白鹿化成的老道士，似乎「道士」即亂事的代表。然而歸納故事所形塑
的道士形象，會發現青毛獅怪、三力大王是祈禳道士，百眼魔君是燒煉道士，
比丘國丈是服食道士，而他們已經在故事的第二回被須菩提祖師劃成傍門。
類此近似判教的敘述，是否反應《西遊記》成書當時各道派勢力的消長呢？
雖然不得而知，或許可以成為觀察的切入點。

　　《西遊記》在佛教人物的塑造上，也有著人性化的描寫。例如第七回，
身為西方極樂世界佛祖釋迦牟尼，他的神通廣大，足以閱歷周天之物。面對
悟空想篡奪玉帝之位，仍是憤怒相待。將悟空壓於五行山下後，又成了慈悲
為懷，召來土地照顧悟空口腹。此外，如來身邊的尊者阿難與迦葉，在唐僧

〔註22〕李豐楙：〈出身與修行——明末清初「小說之教」的非常性格〉，王璦玲主編
　　　　《明清文學與思想中之主體意識與社會》，頁292。
〔註23〕同上註，頁296。

到得雷音寺取經時，還向唐僧索取人事。惹得悟空想到如來處告狀，阿難與迦葉只好勉強傳與無字眞經。但是目睹整件事的燃燈古佛，卻只是暗笑東土眾僧愚迷，並未有憐憫之意。由此，或許值得討論的不是《西遊記》表層脈絡崇佛或崇道的比較，而是觀察《西遊記》成書過程對三教題材的隨手拈來及其所代表的文化意義。

此外，第四十七回，悟空離開車遲國後，勸化國王當敬道、敬僧，也得養育人才。第七十八回，悟空以色欲少貪、陰功多積勸諭比丘國國王。第八十七回，鳳仙郡國王因曾有推倒素齋餵狗、口出穢言的惡行，致使玉帝懲罰不降雨。悟空勸其行善念佛，終得甘雨滂沱。還有橫貫故事中，天上玉帝與眾神結構，似乎也是地上朝廷、君臣關係的展現。或許可視作儒家君臣觀與道德觀的體現，但在《西遊記》中只是少數，多半還是釋與道的故事相雜其中。

總的來說，《西遊記》在內容上有儒、有佛、有道，又不盡然推崇何道。或許正因爲這樣的內容特色，才得以使閱讀者在閱讀時，產生多樣的文化詮釋與主題接受。

三、《西遊原旨》的三教特色

道教哲學在發展的過程，常常透過三教義理的相互融攝，成就自己的思想體系。其中又以內丹學三教融合的過程最爲顯明。劉一明既祖述丘祖，也承龕古老人之學，以三教合一立論。例如他在《指玄訪道篇》中提到：

> 勸君早就生死處，訪求明師指靈機。悟眞參同爲憑據，大學中庸言貫一。玉皇心經藏妙義，金剛寶典醒愚迷。三教聖經同一理，並非分門別有奇。〔註24〕

劉一明將道教的《悟眞篇》、《周易參同契》，儒家的《大學》、《中庸》，佛教的《心經》、《金剛經》同列，並稱「三教聖經同一理」，可見劉一明三教合一的思想背景。不僅如此，劉一明又將三教合一說法解釋《西遊記》，所以他說：「《西遊》乃三教一家之理，性命雙修之道。」〔註25〕

（一）教理的承襲

劉一明自稱丘祖後學，一般學者將其列爲龍門派第十一代弟子。然根據

〔註24〕劉一明：《指玄訪道篇》，《道書十二種》下冊，頁1，總頁199。
〔註25〕《西遊原旨·序》，卷首，頁17，總頁42。

張陽全所述《素樸師雲遊記》，劉一明是直承龕谷老人之學。龕谷老人不僅指《參同契》、《悟眞篇》、《西遊記》爲修眞指南外，龕谷老人也認爲三教本爲一家，該書記載：

> 老人又爲之首言先天，次推坎離，<u>開釋三教一家之理</u>，分析四象五行之因，劈破旁門外道之弊，撥開千枝百葉之妄，使其必先窮理，擴其識見。〔註26〕

當劉一明拜入龕谷老人門下時，龕谷老人不只談内丹之道，更提到「三教一家之理」。因此當劉一明將著作集結成冊刊行，起名《指南針》，目的就在：「人我皆歸於中正，掃邪救正，闡揚聖道。」所謂中正，劉一明說：

> 性命之學，中正之道也。中正之道，在儒謂之中庸，在釋謂之一乘，在道謂之金丹，乃<u>貫通三教之理</u>也。知之者，在儒可以成聖，在釋可以成佛，在道可以成仙。捨「中正」二字而別所有謂道者，即是邪道。〔註27〕

性命之學是中正之道，也是貫通三教之理。所以當劉一明詮釋《西遊記》時，也以三教一家解之。《西遊原旨・讀法》第四條說：

> 《西遊》<u>貫通三教一家之理</u>，在釋則爲《金剛》、《法華》，在儒則爲《河》、《洛》、《周易》，在道則爲《參同》、《悟眞》。故以西天取經，發《金剛》、《法華》之秘；以九九歸眞，闡《參同》、《悟眞》之幽；以唐僧師徒，演《河》、《洛》、《周易》之義。知此者方可讀《西遊》。
>
> 〔註28〕

劉一明將《西遊記》的地位，等同於佛教經典《金剛經》、《法華經》，儒家的《河圖》、《洛書》、《周易》，道教的《周易參同契》與《悟眞篇》。若以判教看，《西遊記》就等同於各教經典，放在道教相對高的典籍位置。以故事來看，唐僧師徒的取經故事，就是衍繹圓覺之秘、金丹之道與太極之體。劉一明也透過「三教合一」的概念，將故事《西遊》與内丹《西遊》統合。

（二）註解的落實

劉一明不只從文字與情節內容看《西遊記》的三教意義，而是從結構中

〔註26〕〔清〕張陽全撰述，孫永樂校注：《素樸師雲遊記註解》（榆中：榆中道協道書研究中心，1999年），頁20。

〔註27〕〔清〕劉一明：〈指南針序〉，《道書十二種》下冊，頁1，總頁3。

〔註28〕《西遊原旨》，讀法，卷首，頁28，總頁62。

就已開始注意到《西遊記》意蘊。他在《西遊原旨‧讀法》第二條提到：

> 《西遊》立言，與禪機頗同，其用意處，盡在言外。或藏於俗語常
> 言中，或託於山川人物中。或在一笑一戲裏分其邪正，或在一言一
> 字上別其真假。或借假以發真，或從正以劈邪，千變萬化，神出鬼
> 沒，最難測度。學者須要極深研幾，莫在文字上隔靴搔癢，知此者
> 方可讀《西遊》。〔註29〕

劉一明認爲《西遊記》眞正的寓意在故事情節之外。因此劉一明往往透過符號
的解碼與轉譯，重新賦予《西遊記》內丹意義。此部分在前文第二章、第三章
已論及，將不再贅述。但是對於故事中儒、釋、道三教情節的雜陳，劉一明也
沒錯過。例如第四十四回，取經人在車遲國遇上三力大王興道滅僧的情形，幾
乎是劉一明闡釋「三教合一」說法的重要篇章。本回註解開宗明義即說：

> 然三教門人，不知有「天下無二道，聖人無兩心」之旨。在儒者呼
> 釋、道爲異端之徒，在釋、道呼儒門爲名利之鬼。且釋謂仙不如佛，
> 道謂佛師於仙，各爭其勝，竟不知道爲何物。釋失佛氏教外別傳之
> 訣，將眞經竟爲騙取十方之資。道失老子金液還丹之旨，將秘籙乃
> 作僞行邪道之言。儒失《中庸》心法之道，將《詩》、《書》借爲竊
> 取功名之具。自行其行，三而不一，殊不知三教聖人，門雖不同，
> 而理則惟一。若不知《中庸》心法之道，即不知教外別傳之道，亦
> 不知金液還丹之道。如知金液還丹之道，即知教外別傳之道，亦知
> 《中庸》心法之道。一而三，三而一，一以貫之。〔註30〕

劉一明不贊同儒、釋、道各自爭勝的情況，他認爲這導因於三教之門人不懂
得「天下無二道，聖人無兩心」的眞諦，才會彼此攻訐，也才會喪失宗教的
意旨。因此他提出「一而三，三而一，一以貫之」的說法，要在《西遊記》
車遲國的故事中重申、詮釋。

《原旨》在批評虎力、羊力與鹿力三個道士，在三清觀禳星、拜斗、祈
禱一事，說：

> 這個妙旨，實三教一家之理。孔門所謂「中庸」者即此道，釋氏所
> 謂「一乘」者即此道，老子所謂「金丹」者即此道。乃成仙作佛，
> 爲聖爲賢，智慧之源淵，豈禳星禮斗、希望萬歲不死、枉勞功力者，

〔註29〕《西遊原旨》，卷首，頁28，總頁61。
〔註30〕《西遊原旨》，卷十一，第四十四回，頁10，總頁1238。

　　所能窺其涯岸哉！〔註31〕

意即儒家的「中庸」、佛教的「一乘」，道理上與道教的「金丹」是名殊意同的，都是智慧淵源，成仙作佛的基石。除了暢論「三教一家」外，他對所謂「豈禳星禮斗、希望萬歲不死、枉勞功力者，所能窺其涯岸」，似乎也對同是道教，但有災異祈禳、燒茅服食特色的宗派，作了教理教義上的區隔。

　　另外，劉一明在詮釋車遲國王「興道滅僧」一事時，也說：

　　國王惑于三力，興道滅僧，是已不知有釋氏之道矣。不知釋氏之道，
　　焉知老氏之道？不知老氏之道，焉知孔門之道？<u>一滅三滅，一興三
　　興</u>，國王興道，不知所興者何道？國王滅僧，不知所滅者何道？道
　　至如此，尚忍言哉！〔註32〕

換言之，劉一明認為「三教同源」、「仙佛一理」，因此當車遲國誤信燒茅道士而滅僧，滅僧即滅道、滅儒，是不知三教一家之理。

　　除了車遲國在故事上有很明顯的「三教合一」內容足堪衍伸外，劉一明在《原旨》中提到「三教一家」之處甚多，列表如下：

回　目	內　　　　容
第四十四回	然三教門人，不知有「天下無二道，聖人無兩心」之旨。在儒者呼釋、道為異端之徒，在釋、道呼儒門為名利之鬼。且釋謂仙不如佛，道謂佛師于仙，各爭其勝，竟不知道為何物。釋失佛氏教外別傳之訣，將真經竟為騙取十方之資。道失老子金液還丹之旨，將秘籙乃作偽行邪道之言。儒失《中庸》心法之道，將《詩》、《書》借為竊取功名之具。自行其行，三而不一，殊不知三教聖人，門雖不同，而理則惟一。若不知《中庸》心法之道，即不知教外別傳之道，亦不知金液還丹之道。如知金液還丹之道，即知教外別傳之道，亦知《中庸》心法之道。<u>一而三，三而一，一以貫之</u>。
	這個妙旨，<u>實三教一家之理</u>。孔門所謂「中庸」者即此道，釋氏所謂「一乘」者即此道，老子所謂「金丹」者即此道。乃成仙作佛，為聖為賢，智慧之源淵，豈禳星禮斗、希望萬歲不死、枉勞功力者，所能窺其涯岸哉！
	國王惑于三力，興道滅僧，是已不知有釋氏之道矣。不知釋氏之道，焉知老氏之道？不知老氏之道，焉知孔門之道？一滅三滅，一興三興，國王興道，不知所興者何道？國王滅僧，不知所滅者何道？道至如此，尚忍言哉！

〔註31〕同前註，頁 14，總頁 1245。
〔註32〕同前註。

	夫<u>三教一家之道</u>，<u>虛靈不昧之道</u>。得之者，在儒可以爲聖，在釋可以作佛，在道可以成仙。若能細爲尋摸，即能得其消息。然不知有彼此扞格，呼吸自然相通之理。聞其說而害怕遠走，不下肯心，當面錯過，則是在儒而不知有道義之門，在釋而不知有不二法門，在道而不知有衆妙之門。未得三教之實，謬執三教之名，失其本而認其枝，各分門戶，爭勝好強，皆係無知孩童之小兒，終久跌倒，一靈歸空，入於大化，而莫可救矣。何則？<u>三教一家之道，至近非遙，悟之者立躋聖位，迷之者萬劫沉流</u>。以其最近，視以爲常，人多棄之。殊不知平常之中，有非常之道在，古人所謂「道可道，非常道」者是也。
第四十六回	<u>儒、釋、道三家合爲一家</u>，執中精一，抱元守一，萬法歸一，一以貫之。
	<u>已經修命而即修性，性命合一，有無不立</u>，物我歸空，出軀殼而超凡世，爲聖爲賢，作佛成仙，<u>三教一家之道</u>，正在於此。
第四十七回	<u>三教歸一</u>，無偏無倚，無過不及，至中不易，信在其中，而大道在望。
第四十九回	特以還元之道，《河圖》之道也。在儒則爲精一執中，在釋則爲教外別傳，在道則爲九還七返，乃<u>三教一家無字之眞經</u>也。
第六十六回	使學者棄邪歸正，急求三教一家之理，保性命而課實功也。
	先哲云：「天地無二道，聖人無兩心。」則是先聖後聖，道有同揆。中華外國，理無二致。儒、釋、道三聖人之教，<u>一而三，三而一，不得分而視之</u>。何則？天竺妙法，有七寶莊嚴之體，利益衆生之機，由妙相而入眞空，以一毫而照大千。其大無外，其小無內，上柱天，下柱地，旨意幽深，非是禪關機鋒寂滅者所能知。猶龍氏《道德》，有陰陽配合之理，五行攢簇之功，自有爲而入無爲，由殺機而求生機，隱顯不測，變化無端，盜天地，奪造化，天機奧妙，非予聖自雄，執一而修者所可能。泗水心法，有執兩用中之學，誠明兼該之理，能爲天地立心，爲生民立命，一本而萬殊，萬殊而一本。天德具，王道備，滋味深長，非尋章摘句，竊取功名者所可曉。<u>天不愛道，誕生三聖人，各立教門，維持世道</u>。蓋欲人人在根本上用功夫，性命上去打點，自下學而上達，由勉強而自然，其門雖殊，其理無二。後之禪客未達此旨，偏執空學，自謂佛法在是，而即肆意無忌。遇修道之士，則曰畜生，有何法力？見聖人之徒，則曰孩兒無知。借萬法歸空之說，不分好歹，一概抹煞。佛說「無爲法而有差別」，果若是乎，此等妖孽不特不識中國之教，而並不識西天之教。假佛作妖，爲害百端，仰愧俯怍，豈不大違如來當年法流東土、慈航普渡之一片婆心耶？提綱所謂「諸神遭毒手」者，正在於此。
第八十四回	在儒則爲執中精一，在道則爲九還大丹，在釋則爲教外別傳，乃三教之源流，諸聖之道脈。……
第八十六回	金丹大道，三教一家之道也。
第九十八回	故曰：「此經功德不可稱量，雖爲我門之高抬貴手，實乃三教之源流，其中有成仙了道之奧妙，發明萬物之奇方。」以是知佛即仙，<u>仙即聖，聖即佛，三教一家，門殊而道同</u>，彼後世各爭門戶者，安知有此？

	此等香風，不特作佛成仙，而且爲聖爲賢，乃三教一家之理。後世學人，不知聖賢大道，各爭門戶，互相謗毀。在儒者，呼釋道爲異端之徒；在釋道，呼儒門爲名利之鬼。更有一等口孽俗僧，不知仙佛源流，竟謂佛掌世界，佛大於仙；又有一等自罪道士，乃謂太上化胡成佛，仙大於佛。<u>殊不知金丹大道，乃仙、佛、聖一脈源流，得授眞者，在儒修之爲聖，在道修之爲仙，在釋修之爲佛。</u>豈有仙大於佛，佛大於仙之理？竟有一等造孽罪僧，將古跡道院，毀像改寺，枉糊作忘，言爭佛大於仙，仙大如佛，此等之輩，死必拔舌，永墮地獄；又有一等，自罪狂道，強爭仙大於佛，佛不如仙，枉口嚼舌，當入拔舌地獄。
第一百回	況太上金丹之道，即孔聖「中庸」之道，亦即佛祖「圓覺」之道，一道也；且儒之道義之門，即道之眾妙之門，亦即釋之不二法門，一門也；儒有存心養性，道有修心煉性，釋有明心見性，一性也；儒之執中精一，道之守中抱一，釋之萬法歸一，總是一也，<u>總是三教之一理</u>也。誰曰不然也？說到此處，一切不知源流之輩，皆曉然矣。
	<u>三教門雖不一，而理則無異</u>，一而三，三而一，不得分而視之。知此者，在儒即可成聖，在釋即可成佛，在道即可成仙；迷此者，在儒即爲儒之異端，在釋即爲釋之外道，在道即爲道之傍門。有名無實，大非聖人身心性命之學。<u>此仙翁所以貫三教一家之理，作《西遊》</u>，而震驚後世之聲聵也。

　　整體來看，劉一明認爲「三教之理」在佛教的表現就是「圓覺」，體悟後即可成佛；在儒家的表現是「中庸」，實踐後即可成聖；在道教則體現爲「金丹」，修持後即可證道成仙。劉一明認爲丘處機將三教一家之理貫通後，寫了《西遊記》，因此他將《西遊記》視爲性命雙修之道，等同《悟眞》、《參同》的地位，更花了四年以上的時間醞釀與註解。〔註33〕劉一明對《西遊記》中「三教合一」的看法，也反映了自王重陽以後，全眞道內部的義理傳統。換言之，不管《西遊記》故事爲何，至少劉一明透過自己的解釋方法，將故事轉譯成自己內丹系統的一環。此環節不僅與劉一明的思想系統相聯繫，更是承接了全眞道自立宗派以來的「三教合一」傳統。

第二節　取經故事的道教傾向

　　若從故事質變的角度而言，《西遊記》在演化的過程，從玄奘史傳，到添

〔註33〕據張陽全《素樸師雲遊記》載，劉一明年四十二歲時，「忽憶多年有解注《西遊》之念，東西來往，無有定處，未得了願，藉此清靜之所（案：指開龍山），將祖師心法眞脈，發揮闡揚，上續諸眞之燈，下結知音之侶……。」頁36。又，「擇居白塔山羅漢殿，削改謄眞，不分晝夜，廢寢忘食，細心辨別……三冬已過，……及至二月底，其書工完。……時年四十五歲。」頁39。

加想像的故事、戲曲，發展成明代中末期繁簡並存的《西遊》文本，可以很清楚的在百回本的回目中，找到「內丹指示」。又，《西遊》故事在擴充成定本的過程，除了加入傳說、神話以外，還抄錄道士的傳教詩文，這也讓道教詮釋的可能增加不少。尤其是清刊本的註解者，多以內丹思想解釋。即便如《西遊記記》的作者釋懷明，也以「釋僧」的身分，參出其中的「丹道」思想，還在卷末附上內丹圖方便說明。這都是因為《西遊記》中的與內丹有關的文字篇章，指引著註解方向。

一、回目文字

　　若以《西遊記》回目來看，靈根孕育、心性修持、菩提真妙理、歸本合元神、八卦爐、五行山、心猿、六賊、意馬、木母、真性、本心、劈破傍門、嬰兒、金木、金丹、刀圭、情亂性從、神昏心動、黃婆運水、二心攪亂大乾坤、一體難修真寂滅、滌垢洗心、修藥物、七情迷本、鑽透陰陽竅、還歸大道真、一體拜真如、姹女求陽、元神護道、丹頭、真陰歸正會靈元、功成行滿見真如、九九數完魔滅盡、三三行滿道歸根等，都隱含了內丹術語。有代表「煉丹藥物」的金公、木母、黃婆、刀圭，有解「後天之假」的心猿、六賊、七情迷本，有代表「先天之真」的嬰兒、靈根、真如、元神，也有代稱「修煉功程」的姹女求陽、合元神、真陰歸正、還歸大道等。其中本心、真性、菩提、妙理等，也是佛教名詞，本心、真性還可以用在儒家的心性討論中。簡言之，《西遊記》本身文字的運用，潛在著三教的暗示，無怪乎劉一明內丹功法架構在小說《西遊》上，顯得順理成章。

　　試將百回本明顯擷用道教名詞的回目，比較朱本、陽本兩簡本在同一故事下所使用的回目情形，表列如下：

百回本《西遊記》	朱　本	陽　本
第一回　靈根育孕源流出，心性修持大道生	1 大道育生源流出 2 石猴授師參眾仙	1 孫悟空得仙賜姓
第三十二回　平頂山功曹傳信，蓮花洞木母逢災 第三十三回　外道迷真性，元神助本心	58 孫悟空收妖救師 59 唐三藏師徒被妖捉	26 孫悟空收妖救師 27 唐三藏師徒被妖捉
第三十六回　心猿正處諸緣伏，劈破傍門見月明	X	X

第三十八回 嬰兒問母知邪正，金木參玄見假真 第三十九回 一粒金丹天上得，三年故主世間生	X	30 孫行者收伏青獅精
第四十回 嬰兒戲化禪心亂，猿馬刀圭木母空 第四十一回 心猿遭火敗，木母被魔擒	61 唐三藏收妖過黑河	31 唐三藏收妖過黑河
第四十四回 法身元運逢車力，心正妖邪度脊關	X	32 唐三藏收妖過通天河
第四十七回 聖僧夜阻通天河，金木垂慈救小童		
第五十回 情亂性從因愛欲，神昏心動遇魔頭 第五十一回 心猿空用千般計，水火無功難煉魔 第五十三回 神主吞餐懷鬼孕，黃婆運水解邪胎	62 觀音老君收伏妖魔	33 觀音老君收伏妖魔 34 昴日星官收蠍精
第五十八回 二心攪亂大乾坤，一體難修真寂滅	63 孫行者被弭猴紊亂	35 孫行者被弭猴紊亂
第七十六回 心神居舍魔歸性，木母同降怪體真 第七十七回 群魔欺本性，一體拜真如	64 三藏過朱紫獅駝二國	37 三藏過朱紫獅駝二國
第八十回 姹女育陽求配偶，心猿護主識妖邪 第八十二回 姹女求陽，元神護道 第八十三回 心猿識得丹頭，姹女還歸本性 第八十五回 心猿妒木母，魔主計吞禪 第八十六回 木母助威征怪物，金公施法滅妖邪 第九十五回 假合形骸擒玉兔，真陰歸正會靈元	65 三藏歷盡諸難已滿	38 三藏歷盡諸難已滿
第九十八回 猿熟馬馴方脫殼，功成行滿見真如	66 三藏見佛求經	39 三藏見佛求經
第九十九回 九九數完魔剗盡，三三行滿道歸根	67 三藏取經團圓	40 三藏取經團圓

　　整體來說，百回本《西遊記》的回目，有較多與道教內丹有關的名詞；而朱本、陽本的回目，則是作為故事的綱要。

　　以第八十回至第八十三回的故事為例，敘述的是取經一行在黑松林陷空山無底洞，遇上金鼻白老鼠精的故事。故事的第八十回，是妖怪假扮女子自縊在樹上，因為三藏「一點元陽未洩，正欲拿他去配合，成太乙金仙」。〔註34〕雖然悟空識得妖邪，但是三藏的慈心，以及八戒的貪欲，還是讓妖怪如願與取經人同行。此回世德堂本回目用「姹女育陽求配偶，心猿護主識妖邪」，將女妖以「姹女」喻之。同一段故事的第八十二回，女妖將三藏攝入

―――――――――――
〔註34〕世德堂本《西遊記》，卷十六，第八十回，頁57，總頁2046。

無底洞內，要與他成親配作夫妻。悟空化身蒼蠅，飛入洞內，要三藏假意配合。本來悟空想化作蟭蟟蟲進入女妖肚內，事情未成；於是又要唐僧假意摘果，悟空使計鑽入妖怪腹中。把妖怪打得疼痛難忍，只好把三藏送出洞中。此回世德堂本回目用「姹女求陽，元神護道」，亦即將女妖想與三藏婚配的部分，稱作「姹女求陽」；而悟空使計保護唐僧部分，稱作「元神護道」。此段故事的最後，第八十三回三藏又被女妖使調虎離山計給攝走。於是悟空打入妖精洞中，無意間發現供奉著一個大金字牌位，上頭寫著「尊父李天王位」，以及「尊兄哪吒三太子位」。〔註35〕悟空於是拿著牌子，到靈霄殿上告李天王與三太子，以爲是李天王的女兒。經過折辯後發現，原來是三百年前收降妖怪，感李天王與三太子恩德，起牌焚香祝禱。妖怪本身出處是金鼻白老鼠精，偷香燭後改名半截觀音，此番作亂又改作地湧夫人。李天王帶起兵將，隨悟空下界擒拿回天宮。因爲悟空發現妖怪可能的來歷，故回目用「心猿識得丹頭」；又妖怪猛磕頭求饒，被哪吒綑住帶回天宮，所以回目用「姹女還歸本性」。

　　整體來看，此段故事的女怪被稱以「姹女」，欲與唐僧婚配一事稱爲「求陽」，悟空找到女怪來歷稱爲「識得丹頭」，女怪被擒回天宮稱「還歸本性」。從情節來說，回目也在統領著故事的發展。然而若將「姹女」等應用在丹法中，姹女代表的是內丹藥物中的靈汞。劉一明曾解釋內丹名詞說：

　　　　靈汞者，姹女也，爲妻，主內；眞鉛者，嬰兒也，爲夫，主外。

〔註36〕

內丹功法爲教門中密傳之道，因此常用隱晦的辭語代表之。而姹女就代表丹法修煉中的眞汞，又稱作妻，爲我家之方，性主靜。與之相對的，稱之爲眞鉛，又稱嬰兒，又稱作夫，走爲他家，性主動。內丹煉養的過程，簡單來說，就是尋歸走於他家之眞陽（嬰兒、金公），使與眞汞（姹女、木母）相配，至此陰陽調和，返還生身之初。因爲這個過程，常用男女婚配解釋，所以也稱爲「夫妻交媾」。當《西遊》故事將金鼻老鼠精比喻爲「姹女」，又將他想與三藏婚配稱之爲「求陽」，兩者相合而成「姹女求陽」，與內丹修煉理論似乎不謀而合。此外，對內丹來說，還丹的最終歸求在返回生身之初，大丹則是返回未生身之前

〔註35〕同前註，卷十七，第八十三回，頁30，總頁2120。
〔註36〕〔清〕劉一明：《修眞後辨》，《道書十二種》（台北：新文豐出版公司，1983
　　　　年），下冊，卷下，頁4，總頁157。

的本然狀態，簡而言之，都是「復得本性」之虛靈不昧。因此當《西遊》故事把悟空找到女妖來歷稱作「識丹頭」，也就是找到內丹的本源處；又將女妖被收服一段，稱作「還歸本性」。再將此段與「姹女求陽」相合，則故事《西遊》的歷程即爲：妖怪欲與三藏婚配（姹女求陽），被悟空找到來歷出處（識得丹頭），遂請得李天王下界收降回天宮（復得本性）。若以丹道論之，則可解釋修煉次第中，取眞鉛中之一陽（姹女求陽），煉得眞汞之一陰（識得丹頭），使其變爲純陽之乾體，回到眞汞之本然，也就是復返性之本然（復得本性）。倘若回目文字以此而論，似乎也就有解釋爲內丹煉養的可能。

反觀朱本與陽本，同一段故事都被納入朱本第 65 則〈三藏歷盡諸難已滿〉，與陽本第 38 則〈三藏歷盡諸難已滿〉中。因爲朱本與陽本這兩個則目的名稱相同，故事內容相同，只是繁簡有別，故統合論之。與世德堂本相較，朱本與陽本在這個則目中，涵括了比丘國剜心、陷空山老鼠精、隱霧山豹子精、玉華縣失卻兵器、天竺國假公主招親、銅台府受監禁等故事，相當於世德堂本二十回的故事。對於老鼠精的故事，朱本與陽本內容相似，俱寫行者撿拾妖怪腰牌，便上界責罵「李達天王」，再由李哪吒偕同悟空下界收服。朱本全段故事有 157 字，〔註37〕陽本則有 180 字，〔註38〕並未特別點出此段故事的不同。另外從回目文字相較之，朱本與陽本也只是將眾多經歷，簡言爲「歷盡諸難」，也未展現特殊意涵。

總上言之，世德堂本在回目文字的表現，比朱本或陽本有較多的內丹詮釋可能。倘若朱本與陽本的成書早於世德堂本，或許可以藉以推知，《西遊記》故事的演變過程，的確存在著「道教化」，尤其是「內丹化」的傾向。相反的，如果世德堂本早於朱本與陽本，則朱本與陽本作者抄節過程，可能有意淡化回目文字的宗教意涵。相對的也就更突顯出，世德堂本有道教元素雜揉其中。

二、全眞詩詞

《西遊記》中所引用的全眞詩詞，往往也被視作道教傾向的重要切入點。根據柳存仁的研究，有 5 篇詩詞的確來自全眞教道士的創作。〔註39〕例如百

〔註37〕〔明〕朱鼎臣：《唐三藏西遊釋厄傳》，《古本小說集成》，卷十，〈三藏歷盡諸難已滿〉，頁 19，總頁 548。

〔註38〕〔明〕陽至和：《唐三藏出身全傳》，《古本小說集成》，卷四，〈三藏歷盡諸難已滿〉，頁 30，總頁 274。

〔註39〕分別是第八回開卷詩，來自馮尊師《鳴鶴餘音》的〈蘇武慢〉：「試問禪關，

回本《西遊記》第八回的開卷詩：

> 試問禪關，參求無數，往往到頭虛老。磨磚作鏡，積雪爲糧，迷了
> 幾多年少？毛吞大海，芥納須彌，金色頭陀微笑。悟時超十地三乘，
> 凝滯了四生六道。誰聽得絕想崖前，無陰樹下，杜宇一聲春曉？曹
> 活（溪）路險，鷲嶺雲深，此處故人音杳。千丈冰崖，五葉蓮開，
> 古殿簾垂香裊。那時節，識破源流，便見龍王三寶。〔註40〕

這一篇出自馮尊師的〈蘇武慢〉，作爲第八回如來佛祖降服悟空以後，與玉帝
告別，下開觀音東行尋找取經人的故事。其次如第三十六回，取經一行人來
到寶林寺借宿，晚上對著明月吟詩，悟空拈詩：

> 前弦之後後弦前，藥味平平氣象全。採得歸來爐裡煉，志心功果即
> 西天。〔註41〕

第三十六回的望月吟詩，是百回本《西遊記》中，道教色彩最濃厚者。這首
七絕來自張伯端《悟眞篇》卷中第32，其中第四句《悟眞篇》作：「煉成溫養
自烹煎。」張伯端這篇七絕，主要釐清採藥時節，劉一明解爲「結胎火候」：

參求無數，往往到頭虛老。磨磚作鏡，積雪爲糧，迷了幾多年少？毛吞大海，
芥納須彌，金色頭陀微笑。悟時超十地三乘，凝滯了四生六道。誰聽得絕想
崖前，無陰樹下，杜宇一聲春曉？曹活（溪）路險，鷲嶺雲深，此處故人音
杳。千丈冰崖，五葉蓮開，古殿簾垂香裊。那時節，識破源流，便見龍王三
寶。」第三十六回，來自張伯端《悟眞篇》的七絕：「前弦之後後弦前，藥味
平平氣象全。採得歸來爐裏煉，志心功果即西天。」第五十回開卷詩，來自
馬鈺《漸悟集》的〈南柯子〉：「心地頻頻掃，塵情細細除，莫教坑塹陷毘盧。
本體常清淨，方可論元初。性燭須挑剔，曹溪任吸呼，勿令猿馬氣聲粗。畫
夜綿綿息，方顯是功夫。」第七十八回，同樣來自《鳴鶴餘音》的〈尊道賦〉：
「修仙者，骨之堅秀；達道者，神之最靈。攜簞瓢而入山訪友，採百藥而臨
世濟人。摘仙花以砌笠，折香蕙以鋪祵。歌之鼓掌，舞罷眠雲。闡道法，揚
太上之正教；施符水，除人世之妖氣。奪天地之秀氣，採日月之華精。運陰
陽而丹結，按水火而胎凝。二八陰消兮，若恍若惚；三九陽長兮，如杳如冥。
應四時而採取藥物，養九轉而修煉丹成。跨青鸞，升紫府；騎白鶴，上瑤京。
參滿天之華采，表妙道之慇懃。比你那靜禪釋教，寂滅陰神，涅槃遺臭殼，
又不脫凡塵。三教之中無上品，古來惟道獨稱尊！」第九十一回開卷詩，同
樣來自馬鈺《漸悟集》的〈瑞鷓鴣〉：「修禪何處用工夫，馬劣猿顚速剪除。
牢捉牢拴生五綵，暫停暫住墮三途。若教自在神丹漏，纔放從容玉性枯。喜
怒憂思須掃淨，得玄得妙恰如無。」

〔註40〕　世德堂本《西遊記》，卷二，第八回，頁23，總頁168。
〔註41〕　同前註，卷六，第三十六回，頁12，總頁910。互見〔宋〕張伯端：《悟眞篇》，
　　　　　王沐解《悟眞篇淺解》（北京：中華書局，1997年），卷中，頁81。

前弦者，陰中之陽，真知歸於中正也。後弦者，陽中之陰，靈知歸於中正也。真知靈知，俱歸中正，剛柔相當。其相當處，是謂前弦之後，後弦之前。當此之時，真知靈知，大小無傷，兩國俱全。其中生出先天一點靈苗，藥味平平，陰陽混成，急當採取，收入造化爐中，煆煉成真，結為聖胎。到此地位，藥即是火，火即是藥，用十月溫養之功，自有天然真火烹煎，由微而著，無形生形矣。〔註42〕

劉一明以前弦後弦為剛柔相當的中正狀態，作為採藥煆煉時節，再用真火徐緩溫養，然後凝結為丹。王沐解此也作「採藥」說：

此藥物初發之象，後弦之前，時間未過，兩者象徵藥物不嫩未老，所以稱為平平，此可採之機，火候中正之候。〔註43〕

王沐以為藥物初發可採之機。依循悟空的詩作，沙僧也和詩：「水火相攙各有緣，全憑土母配如然。三家同會無爭競，水在長江月在天。」〔註44〕從沙僧詩來看，內丹的重要物質就是水中金與火中木，亦即真金與真汞。因為內丹藥物的相合，常以婚配比喻，所以沙僧說「水火有緣」，也說「全憑土母」。等到三五合一，也就是「木生火為一家，積數二三為一五；金生水為一家，積數一四為一五；土居中央為一家，積數自為一五」，〔註45〕則能從後天返先天，五行攢簇而為丹，是為「三家相見」。總上，第三十六回既引用《悟真篇》七絕，沙僧詩作也有明顯的內丹功法，加以回目作「劈破旁門見月明」，在故事結構與文字上，都有著道教化的可能。

據《西遊記》這些抄節或改寫自內丹功法的韻文，柳存仁認為與佛教文字相比，文本裡「泛濫充斥的道教性質的韻文文字」，〔註46〕因此柳存仁除了推斷：「也許也還有一個現在已經散佚或失落了的全真教本子的小說《西遊記》存在的可能。」〔註47〕更直言說：

這個假定曾經存在的全真教本子的《西遊》，在匯入現存的百回本寫定之前，已經被從元末到明萬曆中葉這兩百幾十年間一知半解的全

〔註42〕《悟真直指》，卷二，頁8，總頁287。
〔註43〕《悟真篇淺解》，卷中，頁83。
〔註44〕世德堂本《西遊記》，卷六，第三十六回，頁12，總頁910。
〔註45〕《周易闡真》，卷首，頁4，總頁17。
〔註46〕柳存仁：〈全真教和小說西遊記〉，《和風堂文集》下冊（上海：上海古籍出版社，1991年），頁1351。
〔註47〕同前註，頁1367。

真教徒和非全真教徒們，爲了文字或情節的點染修飾，也許還爲了
使得它更沖淡更減少些宗教的臭味，更增加些文學的藻采和風趣，
擱撘的像敗裂的斷爛朝報一樣了。〔註48〕

從詩詞中的抄引，並無法直接推斷「全真教本子的小說」曾經存在的可能性。
因爲在故事累積的過程，編撰者不一定是有意識的抄節，可能只是因襲前人
著作而已。不過，如果再加上李安綱從《西遊記》中找到例證 5 則，〔註49〕
陳洪與陳宏合著〈論《西遊記》與全真教之緣〉爬梳 1 則，〔註50〕或許從詩
詞韻文對全真教著作的抄錄，可看出《西遊記》有道教化的跡象。

三、金公木母

　　「金公」與「木母」概念的對舉，在《西遊記》中，或者劉一明的《原
旨》，都極爲常見。然而據筆者爬梳《正統道藏》相關資料，出現較多的是「木
公」與「金母」，或者是「金公」與「金母」對舉。

（一）神祇之名

　　「木公」通常指得是位居東方之極的東王公，有指「扶桑大帝」，也有稱
「東華木公上相青童帝君」。據《真誥》記載：

　　　昔漢初有四五小兒路上畫地戲，一兒歌曰：「著青帬，入天門。揖金
　　　母，拜木公。」到復是隱言也，時人莫知之，唯張子房知之，乃往

―――――
〔註48〕同前註，頁 1381。
〔註49〕有來自《悟真性宗直指》，一是第十四回開卷詩：「佛即心兮心即佛，心佛從
　　　來皆要物。若知無物又無心，便是真如法身佛。法身佛，沒模樣，一顆圓光
　　　涵萬象。無體之體即真體，無相之相即實相。非色非空非不空，不來不向不
　　　回向。無異無同無有無，難捨難取難聽望。內外靈光到處同，一佛國在一沙
　　　中。一粒沙含大千界，一個身心萬法同。知之須會無心訣，不染不滯爲淨業。
　　　善惡千端無所爲，便是南無釋迦葉。」第二十九回開卷詩：「妄想不復強滅，
　　　真如何必希求。本原自性佛前修，迷悟豈居前後？悟即剎那成正，迷而萬刧
　　　沉流。若能一念合真修，滅盡恆沙罪垢。」還有來自《悟真篇》，即第五十三
　　　回開卷詩：「德行要修八百，陰功須積三千。均平物我與親冤，始合西天本願。
　　　魔兒刀兵不怯，空勞水火無恐。老君降伏却朝天，笑把青牛牽轉。」以及來
　　　自《性命圭旨》，第八十五回：「佛在靈山莫遠求，靈山只在汝心頭。人人有
　　　箇靈山塔，好向靈山塔下修。」
〔註50〕來自馮尊師《鳴鶴餘音》的〈蘇武慢〉，第八十七回開卷詩：「大道幽深，如
　　　何消息，說破鬼神驚駭。挾藏宇宙，剖判玄光，真樂世間無賽。靈鷲峰前，
　　　寶珠拈出，明顯五般光彩。照乾坤上下羣生，知者壽同山海。」

> 拜之。此乃東王公之玉童也。所謂金母者，西王母也；木公者，東
> 王公也。仙人拜王公，揖王母。〔註51〕

此處以木公即東王公，金母即西王母，但並未說明兩者從何而出。又據杜光庭《墉城集仙錄》記載：

> 金母元君者，九靈太妙龜山金母也。一號太靈九光龜臺金母，一號
> 曰西王母，乃西華之至妙，洞陰之極尊。在昔道炁凝寂，湛體无爲，
> 將欲啓迪玄功，生化萬物。先以東華至眞之氣，化而生木公焉。木
> 公生於碧海之上，蒼靈之墟，以生陽和之氣理於東方，亦號曰王公
> 焉。又以西華至妙之氣，化而生金母焉。金母生於神洲伊川，厥姓
> 緱氏，生而飛翔，以主陰靈之氣理於西方，亦號王母。皆挺質大無
> 毓神玄奧於西方渺莽之中，分大道醇精之氣，結氣成形，與東王木
> 公共理二氣，而養育天地，陶鈞萬物矣。〔註52〕

循此論述，金母元君又稱作西王母，爲太陰之極。先秉東華眞氣，化生「木公」；再以西華至妙之氣，化生「金母」。木公生於東方，也稱王公；金母生於西方，主陰靈之氣，也稱王母。王公與王母二氣，和合交感而養育天地萬物，是化生天地之始氣，所以又說：

> 其有稟氣成眞，不修而得道者，木公、金母是也。蓋二氣之祖宗，
> 陰陽之原本，仙眞之主宰，造化之元先。〔註53〕

再據王松年《仙苑編珠》記載：

> 自元始天王、太元聖母還上宮之後，經一劫，乃生天皇氏，治世三
> 萬六千年，受書爲扶桑大帝，居東極扶桑宮，爲<u>東王公</u>。今世間皇
> 太子居東宮，象此也。又生九光玄女，號曰<u>太眞西王母</u>，居西極崑
> 崙山。故曰：「木公、金母，天地之尊神也。」〔註54〕

將東王公稱作扶桑大帝，也稱木公，居東極扶桑公。九光玄女，又稱太眞西王母，也稱金母，居西極崑崙山。兩者都是道教極高的神。總以上可知，木

〔註51〕 〔晉〕陶宏景：《眞誥》，《正統道藏》第 20 冊，卷 5，頁 518。《眞誥》據《眞
跡傳》增補，並略加注釋後撰集而成。

〔註52〕 〔唐〕杜光庭集：《墉城集仙錄》，《正統道藏》第 18 冊，卷一，頁 168。

〔註53〕 同前註，卷三，頁 178。

〔註54〕 〔晚唐五代〕王松年：《仙苑編珠》，《正統道藏》第 11 冊，頁 21。《仙苑編珠》
是王松年續劉向《列仙傳》、葛洪《神仙傳》與「唐梁已降接於聞見者一百三
十二人」，共記載神仙約三百多人。

公與金母的所指的神祇對象，似乎不完全相同；但就地位來說，木公與金母具有化生萬物的能力，所以是道教高階尊神。因此南宋李簡易《玉谿子丹經旨要》列有〈混元仙派之圖〉，〔註55〕羅列內丹道派譜系，起首即列：

> 。西靈金眞萬炁祖母元君
>
> 混元教主萬代宗師太上老君
>
> 。東華木公上相青童帝君

可見得金母與木公在道教神仙階級上，僅次於混元教主萬代宗師太上老君，因此被稱爲「天地之尊神」，是位居高位的。

（二）內丹藥物

金母與木公除了指爲神祇之名外，也被借指爲內丹修煉的物質。以「金母」來說，據《抱一函三秘訣》的說明：

> 學者宜深明之，無質而有炁，乃我之本來面目，故未生之前謂陰金，是謂金母，又曰金妃金本陽物，以其未形，在於混沌之中。故曰陰金，以此見陰陽迭互相生之理是也。已生之後謂之陽鉛以物理質之，鉛未結伉侶之中，先受天地自然靈秀之炁，而生銀鑛，其銀鑛受靈炁而有。及至鑛成黑鉛，便結如人未生父母之前有空炁金胎，故曰本來眞種。比如靈秀之炁，結爲鉛鑛是也。父母結樣成形，本來眞性寄種其中，故以性爲眞鉛也。鉛者爲五金之母，天地萬彙未有不因鉛炁而能產者也。〔註56〕

此處解釋人在受胎之初，有先天一氣感而生，但此時並非經血所結成之物，而是人本來「無質而有炁」的本來面目。這個本然混沌狀態，被稱之爲金母，也稱爲金妃，代表著內丹修煉過程中，必須復返的本來面目，也稱作陰金。與之對應者稱爲「陽鉛」，本來眞性寄種其中，五行屬水，即所謂天一生水，是天地之靈根，也是修煉的基礎。收錄於《修眞十書》的《悟眞篇》，在「先把乾坤爲鼎器，次搏烏兔藥來烹」下註解：

> 《契祕圖》曰：「離納己爲日、爲火、爲心、爲丹砂、爲龍、爲汞；坎納戊爲月、爲水、爲腎、爲鉛、爲虎、爲氣。」離卦內陽而外陰，外剛而內柔。赫日乃陽，玄鳥乃陰，言陽中有陰也。坎卦外陰而內陽，外柔而內剛。月魂乃陰，兔魄乃陽，言陰中有陽也。然《北斗

〔註55〕〔宋〕李簡易：《玉谿子丹經旨要》，《正統道藏》第4冊，頁404。

〔註56〕〔元〕金月巖：《抱一函三秘訣》，《正統道藏》第10冊，頁696。

經疏》又云：「烏三足，陽數也；兔四足，陰數也。」蓋三乃木之生

數，四乃金之生數，所以配木公、金母也。龍、汞屬木，虎、鉛屬

金，木從火出，金向水生也。〔註57〕

本段文字主要是在解釋內丹中的藥物，也就是解釋原來《悟眞篇》句中的「烏
兔」。他引用了《契密圖》，以日月、火水、心腎、汞鉛、龍虎等不同名詞，
來代表坎離，也代表了內丹藥物。又以《北斗經疏》爲據，說明烏配木公、
兔配金母的原因。換言之，木公與金母亦即內丹坎、離二藥的同一表義詞。

（三）金公之喻

內丹中稱作金公，主要是取字形似「鉛」字，外丹功法指稱煉丹的實體
金屬，內丹修持則借來指稱身中藥物「水中金」。例如李道純〈金丹或問〉一
節中，回答金公爲何物，說：

或問：「何謂金公？」曰：「以理言之，乾中之陽入坤成坎，坎爲水，

金乃水之父，故曰金公；以法象言之，金邊著公字，鉛也。」〔註58〕

蕭廷芝也在〈金丹答問〉中，解釋金公說：

問曰：「何謂金公？」答曰：「金邊著公乃鉛也。紫陽曰：『要能制伏

覓金公。』」〔註59〕

以字形來看，鉛形近「金公」；若以理則來看，乾卦（☰）的中陽爻（—），
相交於坤卦（☷）的中陰爻（——），坤卦變成坎卦（☵）。坎卦爲水，以五行
相生之說，金生水，所以稱「金乃水之父」，故稱作金公。換言之，金公也可
代作眞鉛、坎。另外，《悟眞篇指要》也羅列許多金公的異名：

眞鉛者，坎男也，嬰兒也，月魄也，陰虎也，金公也，鉛中銀也，

黑中有白也，陰中有陽也，異名眾多。名曰眞鉛，實先天一氣耳，

採之於太易之先。紫陽曰：「但將地魄擒朱汞，是遇眞汞而成丹，得

眞土而相制也。」〔註60〕

金公名稱上就是眞鉛、坎、水中金、嬰兒、月……等，實質內涵就是內丹煉
養的重要物質。總此，木公與金母既可代表道教神祇，若轉化內涵，亦可作
爲坎、離二藥的代稱。而「金公」則專指內丹藥物。

〔註57〕 〔元〕不註編者：《修眞十書之悟眞篇》，《正統道藏》第4冊，卷二十七，頁723。

〔註58〕 〔元〕李道純：《中和集》，《正統道藏》第4冊，卷三，〈金丹或問〉，頁499。

〔註59〕 《修眞十書之金丹大成集》，《正統道藏》第4冊，卷十，頁638。

〔註60〕 〈悟眞篇指要〉，《玉谿子丹經指要》，卷上，頁407。

（四）木母之名

稱「木母」者，根據「中央研究院漢籍電子文獻」檢索，未見《正統道藏》註錄。但《續道藏》中的《呂祖志》則有兩條。一是〈敲爻歌〉：

> ……真父母，送元宮，<u>木母金公性本溫</u>，十二宮中蟾魄現，時時地魄降天魂。……〔註61〕

以金公、木母對舉，以此代替內丹藥物鉛與汞。劉一明解釋說：

> 上言靈根，必用真情真性，方能修煉成就。是真情真性，乃生靈根之真父母也。將此真父母，送入造化元宮，情莫妄動，性莫妄發，<u>則木母金公配合一處</u>，彼此相戀，兩性溫和而不相悖矣。蟾魄、地魄（魂）皆真知之別名，天魂即靈知之別名。若得真情真性，二物性溫，則十二時中，時時真知常現，靈知不昧，真知統靈知，靈知順真知，夫唱婦隨，剛柔並行，是謂地魄降。天魂降者，非是勉強制伏，靈知見真知，自然馴順，不降而降。<u>蓋以同聲相應，同氣相求，陰陽以類從也</u>。〔註62〕

劉一明以金公與木母比之夫妻、陰陽，仍將兩者視為內丹修煉之藥物，也以夫妻和合比喻陰陽相從。《呂祖志》的另外一則是〈谷神歌〉：

> 嬰兒姹女見黃婆，兩意和金殿。玉堂門十二，<u>金翁木母正來過</u>。重門過後牢關鎖，點檢斗牛先下火。進火消陰始一陽，千歲仙桃初結果。……〔註63〕

循文解譯，前有「嬰兒姹女見黃婆」，後有「金翁木母正來過」，再有「進火消陰」等字，應該是指內丹功法下手採藥之時，也就是五行攢簇、陰陽相見之時。這裡以金翁代金公，應同指一物。

據《道藏提要》考證，《呂祖志》為明代道流所編，事蹟所載，多為南宋紹興間事。因為書中卷二〈患無心〉一條出現「嘉靖三十九年（1650）洪水氾濫」，「可見此書殆於<u>嘉靖萬曆年間</u>」。〔註64〕由此推測：「木母」的概念應該晚出於「金公」，可能取意於內丹功法中，坎、離兩種藥物的作用，就如同男女婚配、夫妻相見，於是將「公」字對「母」字。其次，「坎」又稱「水中

〔註61〕〔明〕不著編者，《呂祖志》，《正統道藏》第36冊，卷六，頁483。
〔註62〕〔清〕劉一明：《敲爻歌直解》，《道書十二種》上冊，頁2，總頁246。
〔註63〕《呂祖志》，卷六，頁485。
〔註64〕任繼愈主編：《道藏提要》（北京：中國社會科學出版社，2005年），頁718。

金」「鉛」,「離」又稱「火中木」、「汞」。兩者相對,遂將汞以「木母」代之。

(五) 金公木母對舉

總上來說,相對於「金公」,「木母」的使用較爲少見,也就更少有「金公」與「木母」對舉的情況出現。然而百回本《西遊記》的回目中,卻出現:

第三十二回 平頂山功曹傳信,蓮花洞木母逢災

第四十一回 心猿遭火敗,木母被魔擒

第七十六回 心神居舍魔歸性,木母同降怪體眞

第八十五回 心猿妒木母,魔主計吞禪

第八十六回 木母助威征怪物,金公施法滅妖邪

從文字上來說,僅有第八十六回是木母與金公對舉;但從概念上來說,心猿就等同了金公。第四十一回,取經人來到枯松澗火雲洞,遇上聖嬰大王紅孩兒。三藏被捉,孫悟空被三昧眞火阻擋,豬八戒去找觀音菩薩求救,又被紅孩兒變化的假觀音騙入火雲洞。回目「心猿遭火敗」,指的就是悟空;「木母被魔擒」,指的就是八戒。第七十六回,悟空在獅駝嶺被青毛獅怪一口吞下,悟空滾入他肚裡亂打,讓老魔屈服,並答應要檯轎送三藏過山。這一段就是回目「心神居舍魔歸性」。八戒被二魔黃牙白象怪抓走後,悟空救出他,兩人一起打殺無數小妖,還力克二魔。指得就是回目「木母同降怪體眞」。第八十五回,取經一行離開欽法國以後,來到隱霧山,悟空發現有妖精在練兵。悟空隱瞞妖精一事,哄著八戒,謊稱前頭有莊院可以吃齋。八戒果然前往,被豹子精率小妖圍困。這一段即是回目「心猿妒木母」。第八十六回,還是在隱霧山與豹子精爭戰。悟空三人中了「分瓣梅花計」,三藏被妖怪攝走。他們來到了折岳連環洞口,八戒首先舉鈀抗敵,行者跟進,兩人混戰過後,得勝而回。這一段就是回目「木母助威征怪物」。行者又回到洞中,用毫毛變化瞌睡蟲,讓老妖、小妖全都睡著。救出三藏與樵子之後,放了把火把妖洞燒個精光。此段故事就是「金公施法滅妖邪。」總此可見,故事中木母都指八戒,心猿、心神、金公都指悟空,而八戒又與悟空對舉,也就是金公與木母對舉。

金公與木母對舉,在道書中的確少見。在筆者目前所搜集的資料中,首見《呂祖志》。其編撰年代據《道藏提要》考證,應該是嘉靖萬曆年間。世德堂本是目前可知的最早百回本,其成書時間是明「壬辰」年間,據考證早一點可以是明嘉靖十一年(1532),晚一點則是明萬曆二十年(1592),也是嘉靖萬曆年間。時間上的重疊,似乎有深入比對與研究的可能。雖然目前尚未

有足夠的證據證明《呂祖志》與百回本《西遊記》的關聯，但是透過金公與
木母對舉的現象，或許也可作爲百回本《西遊記》道教化傾向的佐證之一。

　　此外，除了佛教孝子丁蘭用木頭刻成母親像，也稱「木母」外，在韓國
成書於 1445 年（明正統 10 年），抄自明初以前方書、本草的《醫方類聚》，
也有著錄：

> 北方玄武身體黑，家鄉住在崑崙國，剛柔不定志長存，方圓任性長
> 懷德，體變虛無能寂默。土妻木母火家賊，盡知金母生我身，不知
> 母身我生得，隨流信任長爲客。誰辨我身元性白，不獨含卻五行精，
> 就中偏產陰陽魄，調知金木令相聚，四象排來在高處，分明指似後
> 人言，莫遣昏迷不知路。……〔註65〕

同卷，下文也寫：

> 世中無壹物不是水生，二生三者生木，王正月、二月、三月，是人
> 之氣，又爲火之母，養生离火。火者人心也，离心王四月、五月、
> 六月，太陽元氣極，是木氣化火成木母，養火氣定，方號元火，遍
> 燒天地，火氣運遍後，金肺兌形受火之三伏。三伏日是六月內有三
> 庚日，號三伏，是火伏鍊金氣，是《周易》天地正象。金兌虎，木
> 震龍，號卯酉，則龍虎自界隔，卯得水生，金得土生，此號界隔，
> 自然之道。〔註66〕

根據〈聚珍版醫方類聚序〉：「朝鮮國所輯《醫方類聚》也，其書不詳出于何
代何人，然所援引書乃止于明永樂間。」該書抄引集結資料時，並未詳列出
處，所以無法得知「木母」所指爲何。這兩條資料置於〈養性門〉下，該門
總論說：

> 可不自攝養而馳騁大情，孜孜汲汲，追名逐利，千詐萬巧，以求虛
> 譽，沒齒而無厭。故養性者，知其如此於名於利，若存若亡；非名
> 非利，亦若存若亡，所以沒身不殆也。〔註67〕

從其敘述，養性似乎有節欲、超越名利的要求。若就「以類相從」的編書原
則來看，其他列入此門類的，尚有〈房中補益〉、〈太上內觀經〉、〈存守三壹

〔註65〕〈五方金液還丹歌〉，《醫方類聚》（台北：中華世界資料供應出版社，1978
　　　　年），卷一百九十九，頁 80，總頁 7133。
〔註66〕同前註，〈眞人靈壹氣訣〉，頁 99，總頁 7139。
〔註67〕同前註，〈養性門〉總論，頁 10，總頁 7110。

論〉、〈養生胎息訣〉、〈九還七返論〉等，若從內丹性功解釋，似乎也能言之成理。雖未能確知者兩條資料所指爲何，但「木母」名詞的出現，可能早於明永樂年間。

第三節　道教內丹符號的傳統

從魏伯陽利用《周易》作《參同契》以來，藉由卦爻法象，演繹先天易學，揭露丹法妙要，於是被後來的丹道道士奉爲修煉重要經典。外丹道士解讀爲藥石煉養，內丹道士解讀爲性命修爲。然而無論內丹、外丹，大致都歸向「符號」解釋功法一途。尤其以內丹學更爲明顯，因爲教門中講求「明師口訣」、不落文字言說，讓原來難解的內丹功法，也就更隱晦。後來的內丹學家，爲了方便學者修煉，則嘗試解析功法；又爲了展現不落文字的特色，會利用各種文字、符號解說同一個概念，形成一義多辭的現象。換言之，內丹功法的修持者，往往透過卦象解釋煉丹火候、嬰兒姹女借稱爲鉛汞、鉛汞又稱之爲龍虎……等，就形成了內丹符號系統。這套系統在道門中的集體，是可約定俗成的；但道門之外，就不見得能夠被接受與了解。

一、符號傳統的繼承

眞鉛者，坎中一點眞陽也。係先天至靈乾卦（☰）之一陽入坤卦（☷）而成坎卦（☵），其性屬水，其中陽爻是乾金，稱「水中金」；在人身而言，是腎中生氣時的眞一之精，也名「身中精」；就五行相生而言，金生水，金反隱沒於水中，故名「母隱子胎」，又稱「金公」；坎卦本爲太陰坤卦之體，受乾陽而成少陽，故喻之爲「嬰兒」，以象其「負陰抱陽」。總此，眞鉛以坎卦（☵）表示，水中金、身中精、母隱子胎、金公、嬰兒等皆其異名。眞汞者，離中一點眞陰也，是坤卦之一陰入乾卦而成離卦（☲），其性屬火，又名「砂中汞」。在人身而言是心生液時，心液中的眞陽之氣，故名「心中氣」；離卦本爲太陽乾之體，受坤陰之一爻而成少陰，故以「姹女」爲名，象其「雄裡懷雌」。於此，眞汞以離卦（☲）表示，砂中汞、心中氣、姹女等是其異名。

蕭天石《道家養生學概要》提到坎、離時曾說：

> 所謂坎離者，要不外言陰陽之妙用而已。在丹家，無論言乾坤、日月、男女、心腎、水火、子午、鉛汞、龍虎、烏兔、總是指陰陽兩

性而已。〔註68〕

此已明白揭示，不同的名相，共同指向內丹重要物質的坎卦與離卦。以《悟真篇》而言，他提到鉛、汞二者，就有不同的說法：

> 夢謁西華到九天，真人授我《指玄篇》。其中簡易無多語，只是教人
> 煉汞鉛。〔註69〕

此處以鉛、汞作為煉丹重要物質，要人烹煉以聚丹。鉛、汞並非實體，「時人要識真鉛汞，不是凡砂及水銀」，〔註70〕只是借來代用體內煉養的藥物。同樣的意旨，又可作：

> 坎電烹轟金水方，火發昆侖陰與陽。二物若還和合了，自然丹熟遍
> 身香。〔註71〕

蕭天石解此為：「金水者，指乾金居坎水之中，故曰金水，實先天未擾之鉛，先天氣也。凝神下炤，烹鉛煉汞，神炁合一，即可產生大藥。」〔註72〕而王沐則指為「元神運用之功」、「調火之法」。〔註73〕由此可知，因為語詞的晦澀，會產生理解上的隔閡。

《修真十書》是元代以後，張伯端後學輯錄內丹重要書籍所成。《悟真篇》亦收錄在其中。該書在張伯端原敘之後，附入〈丹房寶鑑之圖〉。該圖將與鉛汞有關的異名羅列：（參見附錄圖十一：丹房寶鑑之圖）

> 汞：參、妻、臣、水銀、流珠、玉液、神水、姹女、玄女、木液、
> 白雪、碧眼胡兒、青衣女子、東海青龍、交梨、浮、陰火白、賓客、
> 民子、天魂、丹基、黑龜精、陽中真陰、下弦銀半斤。

> 鉛：商、夫、君、金液、金華、玉池、華池、嬰兒、黃男、金精、
> 黃芽、白頭老子、素煉郎君、西山白虎、火棗、沉、黃芽鉛、主人、
> 父母、地魄、丹母、赤鳳髓、陰中真陽、上弦金八兩。

> 丹：金丹、大丹、內丹、還丹、神丹、真鉛、大藥、嬰兒、谷神、
> 聖胎、刀圭、七返、玉壺丹、紫金丹、絳雪丹、赤赫金丹、龍虎大
> 藥、金液還丹、玉液還丹、九轉丹、紫金霜、真黃芽、真陰陽、真

〔註68〕蕭天石：《道家養生學概要》（台北：自由出版社，1995 年），頁 264。
〔註69〕《悟真篇淺解》，卷中，頁 47。
〔註70〕同前註，卷上，頁 15。
〔註71〕同前註，卷中，頁 49。
〔註72〕《道家養生概要》，頁 265。
〔註73〕《悟真篇淺解》，卷中，頁 49。

玄牝、真父母、真龍虎、真種子、真主人、真鉛汞、真一宇宙之主、
秋石河車、金公、金妃、陽丹、金鼎君、黃男、三五一、美金花、
摩尼珠、白馬牙、水中金、玉藥金砂、神符白雪、龜精鳳髓、兔髓
烏肝、日魂月魄、壺中日月、先天地精、太一含真氣。〔註74〕

署名「嗣全真正宗金月巖編，嗣全真大癡黃公望傳」的《抱一涵三秘訣》，除
了整理異名之外，也提到起名的原則。

> 學人俱云「陽鉛陰汞」，若以陰陽喻鉛汞，則不見子母相生之理。且
> 鉛者，陰中之陽也；汞者，陽中之陰也。鉛者，因銀炁而結陽鉛也；
> 銀，陰金也。喻人父母未生之前一點靈光，乃虛無之炁，無質而有炁。
> 雖歷劫至今，幾億萬載，未嘗斷絕。人死則全陰，魂盡則陰魄也。鬼
> 憑物則神現，若不是物某，鬼無狀也。及其投胎，逐父母精血感激而
> 動精，從斯而有，故未生之前則陰金也，生後之性則陽鉛也。陰金是
> 曰金母，又曰金妃，又曰金地靈根也；汞者，因鉛產而有。鉛，陽也；
> 汞，陰也。其性俱以腎中爲根本，陽精既逐，炁而升，乃陽極陰生，
> 砂中抽汞，故曰陰汞也。故汞者，乃陽中之陰也。若以鉛汞爲陰陽，
> 不云金液還丹，乃弄精魂工夫也。但只以砂汞爲陰陽也，砂汞則陰陽，
> 陰陽則龍虎，龍虎則日月，日月則魂魄，魂魄則木金（汞金也、返陽也、
> 木火也、化機也），木金則男女，男女則夫妻，然後辨互生之理。鉛銀者，
> 雖云鉛陽銀陰，此表裏陰陽互生也。銀鉛則金鉛也，即金水也（無砂
> 汞之論爲木金，此又金水兩全，明矣，先天後天可見也），鉛因炁而結，鉛中返
> 煎銀；金生於水，水中返生金。性因虛炁空炁而有，性中復化生虛无，
> 真人故謂爲「兒產母」也。砂汞者，砂因汞結，砂中抽汞；火生於木，
> 木中生火。陰中生陽，陽極生陰，如兒產母也。鉛銀互生，是謂五行
> 不順行，虎向水中生也。坎水，金鉛也，砂汞互生，是謂五行顛倒術，
> 龍從火裏出也。木生火，金生水，水火乃坎離化機明矣。月喻人精神
> 旺衰，日喻人陰陽升降，合榮衛寒溫。坎戊、月精、離己、日光是也。
> 還丹之用，只在坎流戊離就己也。鉛者，金公戊土也。汞者，姹女也。
> 黃婆者，情也，己土也。丁公者，火也。嬰兒者，陽神也。〔註75〕

除了對鉛汞、坎離有諸多異名外，修煉過程中關竅的說明，也是透過不同的

〔註74〕《修真十書之悟真篇》，卷二十六，頁712。
〔註75〕〔元〕金月巖：《抱一函三秘訣》，《道藏》第10冊，頁701。

名詞隱晦之。例如內丹功法中，產金丹大藥的「玄關」，張伯端於《金丹四百字》敘述此一玄關說：

> 此竅非凡竅，乾坤共合成，名爲神氣穴，內有坎離精。〔註76〕

> 身中一竅，名曰玄牝。此竅者，非心，非腎，非口鼻也，非脾胃也，非穀道也，非膀胱也，非丹田也，非泥丸也。能知此一竅，則冬至在此矣。〔註77〕

也就是說，玄關一竅不是口鼻、心腎、脾胃、膀胱等形體上之凡竅，而是丹道中最神妙的處所。倘若學道者無知，從己身上求，則拘泥於形體而不可得；若向外追求，則執著於物相亦不可得。只有在平日行住坐臥間，向內著功夫，直到身心靜定，即可見此真機妙應之處。

李道純〈玄關一竅贈門人〉也提到：

> 夫玄關一竅者，至玄至要之機關者。非印堂，非囟門，非肚臍，非膀胱，非兩腎，非腎其臍後，非兩腎中間。上至頂門，下至腳根，四大一身，才著一處便不是也，亦不可離身向外尋之，所以聖人只以一中字示人，只此中字，便是也。我設一喻令爾易知。且如傀儡，手足舉動，百樣趨蹌，非傀儡能動，是絲線牽動；雖是線上關捩，卻是傀儡底人牽動。咦，還識這個弄傀儡底人麼？休更疑惑，我直說與汝等。傀儡比此一身，絲線比玄關，弄傀儡底人比主人公。一身手足舉動非手足舉動，是玄關使動，卻是主人翁使教玄關動。若識得這個動底關捩，又奚患不成仙乎？〔註78〕

其所謂「竅」並非一具體部位，而是既有且無、既無且有、至爲虛靈之處。不能落入形體，也不能落入言說。內丹修持中，唯有透過心靈澄定，才能知見此「竅」之無際莫測，造化盡矣。

不落入言說，是因爲修丹不能執著；不落入文字，因爲這是不傳之秘，須得明師口訣。劉一明承繼內丹道教的言傳特色，以及對符號、名相的掌握，在功法的說明上，也採取同樣的方法。例如解釋鉛與汞，「靈汞者，姹女也，爲妻，主內；眞鉛者，嬰兒也，爲夫，主外」。〔註79〕落實在《西遊記》評註

〔註76〕《修眞十書之金丹四百字》，卷五，頁622。

〔註77〕同前註，頁621。

〔註78〕《中和集》，卷二，頁490。

〔註79〕《修眞後辨》卷下，頁4，總頁157。

中，即是透過符號與文字的拆解與重構的過程，與內丹思想結合，形成新的文本解釋。可參見本論文第二章。

二、符號的共同解讀

在百回本《西遊記》故事道教化的特色之下，清刊本《西遊記》的詮釋者，似乎將《西遊記》視為內丹學的共同符號，每個詮釋者，透過自己對符號的掌握與解讀，重新架構了《西遊記》的意涵。以第四十四回〈法身元運逢車力，心正妖邪度脊關〉，藉故事中取經四眾在車遲國遭遇虎力、羊力、鹿力大王興道滅佛為例，觀察各清評本《西遊記》詮釋上的掌握。

《西遊證道書》，是最早的清刊本。澹漪子汪象旭於第一回總評說：

> 《西遊記》一書，仙佛同源之書也。何以知之？曰：即以其書知之。彼一百回中，自取經以至正果，首尾皆佛家之事。而其間心猿意馬、木母金公、嬰兒姹女、夾脊雙關等類，又無一非玄門妙諦，非仙佛合一者乎？大抵釋老原無二道。世尊曾言，過去五百世作忍辱仙人；而紫陽真人亦言，如能忘機息慮，即與二乘坐禪相同。是言仙不能離佛，言佛不能離仙也。今觀書中開卷即言心猿求仙學到，而所拜之仙乃名須菩提，為如來大弟子。神仙中初無此名號，即此可見仙即是佛，業已顯然明白。而仙佛之道，又總不離乎一心。此心果能了悟，則萬法歸一，亦萬法皆空。故未有悟能、悟淨，而先有悟空，所謂成佛作祖皆在乎此。此全部《西遊》之大旨也。〔註80〕

短短一篇總評，又是「仙佛同源」，又是「仙佛合一」、「釋老無二道」、「仙不能佛」、「佛不離仙」、「仙即是佛」，汪象旭開宗明義已經透過文字的不斷堆疊，昭告讀者《西遊記》乃仙佛合一之書。而此「一」，合於一心。並以此心的了悟，作為修道的最終歸向。因此其所謂證「道」，即證此「仙佛之道」，而且最中歸求在於「心」。

對於第四十四回的故事，汪象旭在「車遲國」下有夾注：

> 車者，河車也。河車轉運原無一息之停。今為外道所誤，安得不遲？

〔註81〕

〔註80〕《西遊證道書》，《古本小說集成》，第一回，頁1，總頁1。
〔註81〕同前註，第四十四回，頁3，總頁846

可見得澹漪子將焦點放在「傍門外道」上，並與第二回須菩提祖師提到的術、流、靜、動四法互相參看。認爲三力大王所作所爲屬於「動」門之學，即所謂「有爲有作，採陰補陽，攀弓踏弩，摩臍過氣，用方炮製，燒茅打鼎，進紅鉛，煉秋石，並服婦乳之類」，〔註82〕皆是傍門左道之學。汪象旭又討論故事結構，認爲車遲國一案，置於第四十三回黑水河與第四十七回通天河中間，是在顯示內丹中之「河車」，是腎水與命門之火相合。所以他說：

> 車遲國之夾脊雙關，即吾身之夾脊雙關也。此義誰不知之？兩河之「河」，合之車遲國之「車」，夫是之謂「河車」。河車有逆轉而無順流，又安得不上夾脊過雙關乎？或曰人身只有一水，安得兩水？曰：水有出於五臟者，腎水是也；有出於六腑者，膀胱水是也。腎水與命門之火，相合而上夾脊，可以直透泥丸，故謂之通天。若膀胱之水，幽暗穢濁，下匯豐都，只可謂之黑水而已。惟其□此，故通天猶有養靈延壽之黿，而黑水但有驕強作孽之黿。一黿一黿，相去奚翅霄壤。〔註83〕

簡單來說，三力大王祈禳、燒煉等術，即其夾注所言「外道所誤」之「外道」也。爲澄清眞正「正道」，汪象旭透過故事回目的相對位置，提出「河車」二字，並認爲河車之河應是通天河，就是腎水之處。不過爲免讓學道者執於名相，他也說：「不過如龍虎龜蛇之託名耳。」也就是無論河車、腎水、膀胱水、黿或黿等，都如同龍虎龜蛇等內丹名詞相同，只是強爲之名，方便分說而已。

《西遊眞詮》作者爲悟一子陳士斌，他也在肯定丘處機爲撰作者的前提下，憫有志於性命修持的學道者，困於紕謬而未能解得眞義，因此以金丹修持作爲詮釋主題，「揭數百年褻視之《西遊》，示千萬世知音之嚮往」、「不得不逐節剖正，以指迷津」。〔註84〕陳士斌在第六十四回荊棘嶺一案，開宗明義說：

> 王道蕩蕩，世途坦坦，原無荊棘，荊棘生於人之胸中。人胸中在在荊棘，人人胸中有荊棘，而荊棘彌天漫地，寧獨一荊棘嶺哉。〔註85〕

所謂荊棘，指的是人心中之執見。一但有執見，則相互詆毀。所以陳士斌又說：

> 天生三教聖人分頭度世，其原同出於《河》、《洛》、太極陰陽造化之

〔註82〕《西遊證道書》，第二回，頁3，總頁30。
〔註83〕《西遊證道書》，第四十四回，頁1，總頁842。
〔註84〕《西遊眞詮》，《古本小説集成》，第一回，頁9，總頁17。
〔註85〕同前註，第六十四回，頁10，總頁1425。

道。後世道法禪宗分門別派，百謫叢生，爭鳴炫說，互相詆誹，又
皆荊棘中之荊棘。〔註86〕

簡單來說，陳士斌採用《黃帝內經》「老子化胡」的說法，認爲三教同源，源
出於道教「元始天尊」。雖然「老子化胡」的說法極具爭議，是三教發展過程
消弭對方的論爭手段。但陳士斌站在道教的主觀位置，援用「三教同源」爲
基礎，認爲「三教大聖人以明其造化之理，盡其教化之法」。〔註87〕

他對第四十四回的解釋，主要針對三力大王「爲傍門外道而發」。他說：

篇中虎力、鹿力、羊力三道士，傍門外道，兼而有之。傍門三百六
十，推開三關，運河車，上夾脊，並泥丸，補胸還精之說，《黃庭》、
《靈樞》暨諸仙真經論具載。後人不得真傳，誤相授受，似是而非，
最易迷惑成害。〔註88〕

再以廣成子之言，解釋河車是「人身有天地，一呼一吸，息息自有根蒂。任
督二脈，隨氣轉運，乃天運自然之盤旋，如河車然」，而非如同故事中河車、
夾脊、泥丸等名相所示，陳士斌同樣以回目結構，提到「車遲國界，在黑河、
通天河之間，即河車遲滯之義」。〔註89〕

《新說西遊記》是「西河張書紳」所作。他在〈總批〉中提到：

長春原念人心不古，身處方外，不能有補。故借此傳奇，實寓春秋
之大義，誅其隱微，引以大道，欲使學業煥然一新。無如學者之不
悟也，悲夫！〔註90〕

還是以丘處機爲《西遊記》作者。不同的是，張書紳是以《大學》、《中庸》、
《尚書》、《論語》與《孟子》註解《西遊記》，認爲全書「只是教人誠心爲學，
不要退悔」。〔註91〕張書紳援《論語‧陽貨》：「好知不好學，其蔽也蕩。」來
解釋釋車遲國一案。他在「攢簇了許多和尚」下注：「焚修禪宗，是籠學字。」
「在那裡扯車輪」下注：「輪流車轉是籠好智。」「僧侶們一起大喊大力菩薩」
下注：「緊對勇者方合本章大旨。此所由來也。」「僧侶推車子要經過兩座大
關」下注：「夾脊不通重關阻隔，籠蔽字絕妙。」「關下皆是壁陡之崖，無法

〔註86〕同前註，頁 10，總頁 1426。
〔註87〕同前註，頁 12，總頁 1429。
〔註88〕同前註，第四十四回，頁 10，總頁 977
〔註89〕同前註，頁 10，總頁 978。
〔註90〕《新說西遊記》，《古本小說集成》，總批，頁 1，總頁 1。
〔註91〕同前註，總論，頁 1，總頁 2。

推動其車」下注：「有勇無謀，其不好學可知。」所以張書紳總釋「車遲國」
這段故事說：

> 智之圓如輪之圓，圓智之轉，如輪之轉，乃三仙行不由正，以力恃
> 強，既不知其當然，復不知其所以然，卒至喫溺亡命而不自悟。則
> 此智之不圓，亦如輪之不轉，而所蔽者深矣。故言車遲，正見其智
> 遲，乃喻言車遲也。〔註92〕

簡單來說，智本爲清明之德，故如輪之圓轉。然而僧侶之車輪卻被雙關所阻，
以至道路不通，此乃象「是非不明，邪正莫辨」。所以張書紳取其微言大義，
認爲車遲國車度雙關一事，正以示「智蔽雙關」，〔註93〕智有不圓之謂。

　　《原旨》在故事版本上完全承襲《眞詮》，僅有少數單字有異，韻文的刪
改或散文的節略，幾乎相同。但在功法上，以《眞詮》次第未通、旨趣未明，
而另有闡發。前文已提，取經人在車遲國遇上三力大王興道滅僧的情形，幾
乎是劉一明闡釋「三教合一」說法的重要篇章。簡單來說，似乎也對同是道
教，但有災異祈禳、燒茅服食特色的宗派，作了教理教義上的區隔。劉一明
也同樣認爲「三教同源」、「仙佛一理」，因此當車遲國誤信燒茅道士而滅僧，
劉一明就認爲滅僧即滅道、滅儒，是不知三教一家之理。

　　《通易西遊正旨》，爲張含章的註本，他也認定《西遊記》的作者是丘處機，
而且以《西遊記》一書「本託詼諧以闡道」，〔註94〕也就是內丹修煉之道。他註
解《西遊》故事，有以《易經》「先天而天弗違」爲註，也舉六祖慧能「生時坐
不臥，死了臥不坐，依據臭骨頭，何處立功課」，可見其在文字使用上也有「三
教合一」的特色。在評點的形式上，有文中夾注與回末總評，文字簡明扼要。

　　在第四十四回車遲國一案，「一齊著力打號」下注：「搬運。」「車子裝的
磚瓦木植」下注：「有質渣滓。」「夾脊小路、兩座大關關下之路」等注：「試
問於身何處。」「城喚車遲國」注：「矯揉造作焉不得差池。」「苦死與自盡的
和尚各有幾百個」注：「搬運之害人也甚矣。」「悟空便作雲水道士一把了帳
三力大王手下道士」注：「若不了帳，他恐又把搬運之法去害人。」「智淵寺
內僧人因太祖敕建未受侵害」注：「因有洞鑒，未曾搬運。」「師兄弟三人化

〔註92〕同前註，第四十四回，頁1，總頁1398。
〔註93〕同前註，第四十四回，頁6，總頁1427。
〔註94〕《通易西遊正旨》，《明清善本小說叢刊初編》（台北：天一出版社，1839年），
　　　　卷七，第六十七回，頁70。按：目前筆者所見本缺第一回至第十回及第九十
　　　　一回至第一百回。

作三清，並將原相推將下去」注：「凡所有相皆屬虛妄。」最後總評說：

> 此回明搬運之非。〔註95〕

張含章雖然文字較為簡要，但概念極為清楚。他多採情節敘述的微言大義作評論，所以直接用「搬運」二字形容車遲國眾僧行為。見到夾脊、兩關之類文字，則警醒的提出「於身何處」、「擠揉造作」等。再以「智淵」二字比為智慧淵明，故稱「有洞鑒」。總此夾注與回末總評，即劈破內丹搬運之妄。

《西遊記記》，為釋懷明所註，左旁小字「戊午重陽後三日甲申重訂」，〔註96〕因是手抄本，文字較難辨認。回前有總評，正文中有夾注，中間以「○」相隔。釋懷明以三教之理為主軸，認為三教雖異，但在修行功夫上都推向「心」之收攝。另，釋懷明雖未明言作者，但曾提及「這一部記西遊，傳衣缽，自真人張紫陽把一體真如演出……」，〔註97〕可推測其若非將丘處機視為作者，至少也將《西遊記》視為丹經。第四十四回，釋懷明將「和尚拽不上車」下，註說：

> 中宮是機。黑河真神也。腎氣是河車，而其樞則起基於兩腎中間，
> 鉛一爐之月偃。所謂寅見虎力，所謂黑者水基，水者道樞，即此為
> 河中樞。……防危慮險，沐浴在形態。此烏兔往來以抽添沐浴，是
> 在卯為停金義，酉宮止玉符。〔註98〕

從文字看來，可能援《參同契》以解，也可能以《內經圖》釋火候抽添。但就其名相言之，屬內丹當無疑義。

《西遊記評註》為含晶子所著，對於作者，序言已認定作者為丘處機：

> 《西遊記》一書，為長春丘真人所著。世傳其本，以為遊戲之書，
> 人多略之，不知其奧也。〔註99〕

含晶子在陳士斌《真詮》的基礎之上，參照《周易參同契》、《悟真篇》等書，謙稱自己的著作「與悟一子之詮，若合若離，而辟邪崇正之心，或教悟一子而更切也。」〔註100〕因未見此書，故無法討論該書對「車遲國」的解釋。

〔註95〕同前註，卷五，第四十四回，頁 40。
〔註96〕《西遊記記》，《珍本小說叢刊》第一輯第 15 冊（北京：書目文獻出版社，1996年），頁 9981。
〔註97〕同前註，頁 10537。
〔註98〕同前註，頁 10208。
〔註99〕轉引自劉蔭柏編：《西遊記研究資料》（上海：上海古籍出版社，1990 年），頁 571。
〔註100〕轉引自劉蔭柏編：《西遊記研究資料》，頁 572。

　　總的來看，清評本《西遊記》在形式上有共同的特色，即加入第九回並重組原刊本九至十二回文字。在內容評點上，張書紳純以儒家經典釋之，此外全以內丹學解之。以第四十四回為例，張書紳以《論語》為註解，討論好知不好學，有勇無謀。其他各家說法大致都在「三教合一」的前提下，解釋內丹之學。而這樣的詮解有個共同的特色是，注重言外之意。以內丹解《西遊》的詮評家，多以西遊故事黑水河→車遲國→通天河這樣的故事的安排，以兩河之「河」，合之車遲國之「車」，將詮釋聚焦「河車」上頭。「河車」為丹道名詞，若以外丹言之，則取燒煉藥石呈現紫色而稱；若以內丹視之，則是火候周天推移的過程。會因為丹派的不同，有著不同的解釋。然而虎力、鹿力、羊力因被形塑為呼風喚雨、點石成金的燒煉術士，在詮評家判教的過程，已被劃歸為傍門左道。又，文中又多次出現夾脊、雙關等名詞，此也是內丹學家為方便說明火候周天，採取的權宜名稱，但不能執泥在名相上，詮評者也多提及。

第四節　小　結

　　三教合一的最終結果真是道教內丹嗎？一般儒、釋、道三教從魏晉衝突爭論一路發展，到清代三教界線已經泯無，彼此間的獨特性也逐漸消除，所以在義理詮釋上，很難截然分述何者是儒，何者為道，又何為釋家。但是詮解者的主觀經驗很難客觀分判名詞誰屬？義理誰屬？在三教的交流之下，道教學者就站在道教本位上，將其他二家融攝進來，也才會出現三教同歸金丹這樣的說法。有趣的是，小說《西遊》恰好提供了這樣的評點平台，讓詮評者在三教合一的前提下，由著自己的閱讀經驗，恣意揮灑主觀評斷。而各自的主觀評斷，又共同組成了內丹《西遊》的共相。

　　從清刊本《西遊記》的評點內容來看，他們大致呈現了一種共相：相信丘處機為《西遊記》作者，而且多數相信《西遊記》在三教合一的前提下，是部內丹功法的修煉書籍。會造成這樣集體性解讀的原因，從外在氛圍所來說，首先是「三教合一」的概念到了明清之際已經混融彌合，形成社會思潮，因此文學中的三教取材，往往隨意拈來，不一定是有意識的營造。其次，從《西遊記》的內容來看，以佛教三藏西天取經故事為基調，可是卻帶著道教罪謫下凡的敘述模式，以及釋道混雜的神仙世界，也正因為這樣的內容特色，

才足以提供解讀的多樣與豐富。作爲全眞道士的劉一明，帶著既有的生命經驗，在肯定丘處機爲作者的前提之下，以三教合一的立論特色解讀《西遊記》。從讀者的角度來看，劉一明的確透過《西遊記》與三教相關情節與文字的暗示，結合自己的內丹學知識，在有意識的閱讀中，將小說轉化成內丹。

從《西遊記》故事的質變來看，可以看出道教化的傾向。首先，以回目上的文字來說，有代表煉丹藥物的金公、木母、黃婆、刀圭，有解後天之假的心猿、六賊、七情迷本，有代表先天之眞的嬰兒、靈根、眞如、元神，也有代稱功法的姹女求陽、合元神、眞陰歸正、還歸大道等，都納入了百回本《西遊記》的回目綱領中。若相較簡本《西遊記》與世德堂本《西遊記》，會發現世德堂本的回目的確有較多內丹詮釋的可能。其次，被考察出來的全眞詩詞，向來也被研究者視作《西遊》故事全眞化傾向的討論重點。此外，內丹文獻中，較常出現的金母、木公或金母、金公在概念上的對舉，可是百回本《西遊記》的回目中卻多處出現金公與木母對舉。考察相關資料後，筆者發現《呂祖志》裡也有金公與木母概念對舉，巧合的是，兩者成書都在明代嘉靖萬曆年間。雖然目前沒有證據證明兩者直接相關，但或可透過金公與木母的考察，作爲《西遊記》道教化的佐證之一。

三教融通思潮的影響，《西遊記》故事道教化的質變，都只是提供劉一明將小說《西遊》，轉化成內丹《西遊》可能理據。劉一明作爲一個解讀者，或者說成爲創作者，勢必得透過符號的轉譯，把整套語言系統轉換。劉一明來自於透過卦象、名詞解釋煉丹、火候的內丹符號系統，他們習於透過約定俗成的方式，形成集體、共用的名詞。在這樣的思想背景之下，劉一明也透《西遊記》文字內容與情節敘述的拆解，重新賦予《西遊記》內丹意義。清刊本《西遊記》的解讀者，更是在集體的內丹詮釋下，讓清代的《西遊記》，除了張書紳的儒家詮評外，共同形成了《西遊記》的內丹視野，或許也可稱作《西遊記》的內丹文化。

從傳統歷史研究法的前提下，當丘處機成爲作者的「因」不存在，是否內丹修煉這樣的詮評「果」就沒有存在的意義？抑或者內丹解《西遊》可以形成某種文化意義？清評本《西遊記》之所以值得關注，在於明清兩代成就的小說何其多，何以一群詮評者，在相同的朝代，選擇相同的故事，作相同的詮釋，這麼多的巧合，應該透顯著不同的訊息。而且從他們各自的評點中也可以發現，他們透過自己的閱讀，將文字重新賦予新的解釋。就如同道教

傳統，總是透過文字符號的轉譯，豐富的解釋著言外之意。所以清評本《西遊記》不應該只是從文學角度去批評隨宜附會、「都是《西遊記》的大仇敵」、「是帶上了一副著色眼鏡，在大白天說夢話」〔註 101〕等。更應該注意，這樣的《西遊》評點所產生的文化現象。或許這也可以提醒我們，必須重新思索文學史或小說史對於清《西遊》評點的安置。畢竟道教評點的存在，或許不是文學的一環，但卻是評點現象與道教文化不可或缺的一環。

〔註 101〕鄭振鐸：〈西遊記的演化〉，《中國文學研究》（北京：人民出版社，2000 年），頁 244。

第五章　結　論

　　宗教的傳布，往往必須依附政權的推動與扶植，於是儒、釋、道三教便在政治勢力的爭取較勁中產生衝突。只是思想的建立非是單一的辨證，應該是在刺激與辯論中融通圓熟。儒、釋、道因為要爭取對自己有利的客觀環境，相互攻訐與論爭；因為有維護自身宗教體系的需求，又不得透過了解對方的義理以取得破綻，希冀能在論戰中獲得勝利。總的來說，他們都從哲學內容的彼此融通，產生內在體質的改變，並成就自身更為圓熟壯盛的思想體系。

　　以道教來說，思想的來源極為多元。其融雜老莊哲學、古代方術，原始宗教等思想，追求的是長生與成仙。魏晉之時，為了吸引信徒，是以肉體長生不死作為宣傳手段。然而經過煉養的失敗、財力的負荷、帝王死於丹藥……等因素，道教不得不開展新的思想理路。唐代將道教奉為國教，因為政治勢力的扶植，道教有了永續發展的可能。此時的道士如成玄英等，逐步融合儒、釋的思想方法，從而擴充為完整的道教思想論述。宋元時期興起的南宗與全真北宗等內丹道派，一方面保持傳統道教對長生的追求，一方面融合儒、釋對內在心性的重視，理論與實踐並重的高舉「三教合一」，暨建立內丹修煉哲學，也發展出功夫次第。經過宋元高度發展與融合，明清之際的儒、釋、道，之間界線則在逐漸泯除，形成一種內化性的融通，甚至不分彼此。

一、三教混融成為文化的一部份

　　三教混融發展到最後，已經成為文化的一部分，不一定只體現在宗教上。小說題材的多元呈現，就是最好的例子。例如《紅樓夢》中大觀園的繁複人事，似乎是傳統禮教的龐大體系。又加以幻形入世的石頭、富貴氛圍中修禪

的妙玉，透過奇妙的三教元素組合，成就此一鉅著。《水滸傳》也是如此。有道教謫凡，霹靂大仙下凡的宋太祖、赤腳大仙轉世的宋仁宗，也有在忠與義中糾纏的梁山泊一百零八條好漢。《西遊記》還是如此。在百回本的回目上，有著煉丹藥物的金公、木母、黃婆、刀圭，有解後天之假的心猿、六賊、七情迷本，有代表先天之真的嬰兒、靈根、真如、元神，也有代稱功程的姹女求陽、合元神、真陰歸正、還歸大道等。其中本心、真性、菩提、妙理等，也是佛教名詞，本心、真性還可以用在儒家的心性討論中。在神仙體系中，又同時並存著道教神祇與佛教菩薩。玉帝下轄的道教神祇有太白星君、太上老君、赤腳大仙、王母娘娘等；屬於佛教靈山系統的以如來佛爲最高，下還有南無寶幢光王佛、觀音菩薩、南無彌勒笑菩薩、靈吉菩薩、文殊菩薩、普賢菩薩、毗藍菩薩與惠岸行者等。這中間還有人間神仙如東華帝君、東海龍王、十閻王、鎮元大仙等。從取經四眾的來歷看，三藏是金蟬長老轉世，八戒是天蓬元帥下凡，沙僧是捲簾大將，白馬則是龍馬因罪皈依。而孫悟空雖非轉世，但他因鬧天宮，被壓在五行山下。《西遊記》雖是取佛經的故事，但主要人物都是道教罪謫下凡，歷經劫難後重返仙籍的敘事模式。由此，三教衝突到融合的過程，雖導因於宗教的傳佈，卻廣泛的影響各種不同主體，形成廣義的文化現象。

二、《西遊》故事的內在質變

除了外在氛圍的影響，《西遊記》本身的故事也產生質變。整體而言，《西遊記》是一個從傳記而故事，從故事而戲劇，從戲劇而小說，從小說而丹書的過程。換言之，從《舊唐書》的玄奘記傳，發展到《法師傳》的「至誠通神」，這種宗教式的感應與想像，似乎也給了小說創作的取材來源。因此將《法師傳》與《西遊記》對照，便指向了《西遊記》在取經、歷險的故事架構上，有來自《大唐大慈恩寺法師傳》的可能。發展到了《取經詩話》，就故事架構而言，還是玄奘西行取經並遭逢魔難的歷險故事。人物塑造上，已出現相似孫悟空的猴行者，類同沙悟淨的深沙神。情節方面，蟠桃故事、妖精肚中作怪、女人國際遇、取經後升天等，可窺見《西遊記》的故事框架在《取經詩話》時，初步成型。發展到了元雜劇，行者取代了三藏，成爲西行路途的主導者。另外一個值得討論的問題則是，雜劇中出現江流兒的故事。明刊本《西遊》故事中，朱鼎臣的《鼎鍥全相唐三藏西遊記傳》第四卷第 19 至第 26 則，

內容就是陳光蕊與江流兒。清康熙年間，署名汪象旭、黃周星校評的《新鐫出像古本西遊證道書》，江流兒的故事則出現在第九回，清刊百回本《西遊記》，都沿襲《證道書》之例，保存了江流兒的故事。

《西遊記》發展到了明代，出現了簡本與繁本。簡本是陽至和的 40 則本，以及朱鼎臣的 67 則本。繁本即是目前通行《西遊記》的百回本。而清刊本與明刊本最大的不同，就是清刊本加入第九回〈陳光蕊赴任逢災，江流僧復仇報本〉，並將第九回至第十二回重新鎔鑄成三回。在情節上，世德堂本與清刊本都將金山寺和尚從「遷安」改為「法明」，第六十七回「小雷音」誤作「小西天」，第九十一回玄英洞妖精認得唐僧與否前後矛盾。在回目上，各回的標題、順序、起訖完全相同，只有行文繁簡的區別

另外還有散見於類書的，《太平廣記》抄錄《獨異志》與《大唐新語》，保留了部分的故事內容，兩兩比對後，《太平廣記》可能還有其他參考之文。《朴通事諺解》是朝鮮國的漢語教材，其成書年代相當於元中葉以後至明初。從他所保留的註解與與車遲國故事推斷，一個可能是中國有本情節較為簡略的《西遊記》，也有可能是編撰者抄錄故事為漢語教材時，材料摘取上的必然簡化與改動。明成祖永樂年間編纂而成的《永樂大典》，收有〈夢斬涇河龍〉的故事，和《西遊記》在魏徵斬涇河龍，僅是情節繁簡的差異而已。另外保留在民間的是，宣揚教理教義的《寶卷》。《佛門西遊慈悲寶卷道場》似乎也出現《西遊記》的故事架構，而較為晚出的《銷釋真空寶卷》，則可能來自於百回本《西遊記》。

《西遊》故事在定型的過程，雜揉了傳說、神話、故事、戲劇等元素，也不同程度的展現道教化的傾向。除了上文所說回目上的文字外，被考察出的全真詩詞，也被研究者視作《西遊》故事全真化傾向的討論重點。此外，筆者發現《呂祖志》裡也有金公與木母概念對舉，巧合的是，兩者成書都在明代嘉靖萬曆年間。雖然目前沒有證據證明兩者直接相關，但或可透過金公與木母的考察，作為《西遊記》道教化的佐證之一。

總上，從讀者的角度來看，劉一明的確透過《西遊記》與三教相關情節與文字的暗示，結合自己的內丹學知識，在主觀的閱讀中，契應他預設的作者丘處機的丹道思想。而三教思潮的影響，故事道教化的質變，都只能是劉一明將小說轉化成內丹的可能理據。更重要的是，劉一明又將自己化身為解讀者，或者說是詮釋者，透過符號的轉譯，把整套小說語言系統轉換成內丹符號系統。

三、《西遊原旨》形式上的實用取向

　　劉一明在故事版本上是來自《西遊眞詮》，而《眞詮》又保有《西遊證道書》的版本架構與特色，因此在討論版本刪減時，雖然比較的是世德堂本與《原旨》，但著作權應該要歸還給《證道書》或《眞詮》。

　　就形式而言，首先是版本的刪減。以韻文來說，《原旨》保留了世德堂本40%的篇章，共 309 篇。註解 202 篇，佔保留韻文的 65%。保留的韻文中改寫或刪節者，有 92 篇。其中有註解者 56 篇，約佔該類韻文總數的 28%。未註解 36 篇，則佔未註解類韻文總數 33%。以文字來說，世德堂本有 559269，《原旨》本精簡成 385137 字，約佔 69%。但加入第九回故事後，在總字數上呈現幾乎平衡的。換言之，文采的精采不是劉一明選擇版本的關鍵，重要的是，他用註解的方式，展現其實用性質。其次是故事的結構。前七回悟空出身、求道、亂蟠桃、鬧天宮終至被壓在五行山下的故事，是總論內丹原則；而後九十三回自觀音東行求取經人、玄奘出身以及西行取經歷八十一難等，則是將前七回析而論之，透顯火候次第、功法竅要等。此外，回目的要緊字眼，是學道關鍵處。卷末詩不只總結故事要義，還是「全案之骨子」，蘊含無數妙義。因此簡單來說，劉一明認爲《西遊記》，表層脈絡雖然唐三藏率徒西行取經的過程，但更深層的寓意其實就是一個完整的內丹修煉過程。最後是文字的轉譯。劉一明透過多種方法將文字與符號重新繫聯，解碼成「有志學道者」所能閱讀的「丹經」。文字方面，劉一明以字音、字義、字形、配五行等方法，探索文字背後的內丹功法。故事情境部分，則或與卦象相配，解釋火候次第或採藥時節；或延伸情節脈落，解析背後的寓意。讓小說《西遊》，順理成章的繫聯爲內丹《西遊》。

四、《西遊原旨》內容上的功法落實

　　就內容來看，劉一明透過轉譯的方法，賦予取經角色內丹寓意，並藉以說明落實在《西遊記》中的丹道意義。例如以悟空爲水中之金，是秉自天地自然之道心，是性功之空。皈依佛門後，藉三藏法身，互爲體用，故又稱「行者」，行得此空。保護三藏取經有功，故稱「金水攢」。悟能本爲木火良能，先天眞靈之性。因受貪嗔愛慾迷障而貶謫下凡，成爲後天濁物。皈依佛門後，一路挑擔有功，返還原本良能，故稱「木火攢」。沙僧居流沙河作怪，是意土妄動。皈依佛門後，靜定本性，調和八戒與悟空的衝突，是取經隊伍中的

穩定力量，順利完成取經，故稱「眞土攢」。若以五行成數解之：悟空爲水中金。水在北，生數一；金在西，成數四，兩者相加而爲五。八戒爲火中木。火在南，生數二；木在東，生數三，兩者相加也爲五。沙僧爲中土，居中位，生數五，故自成一家。此三家各爲五，即內丹「三五一家」之旨。而唐三藏得此三徒保護，故爲「太極統五行」、「三家相見結嬰兒」之意。龍馬是三藏取經腳力，故爲「龍馬負圖」。

　　劉一明之所以可以對《西遊記》文字內容與情節敘述的拆解，是因爲他來自於透過卦象、名詞解釋煉丹、火候的內丹符號系統，習於透過約定俗成的方式，形成集體、共用的名詞。同樣的，清刊本的解讀者，也將《西遊記》視爲符號，在集體的內丹詮釋下，除了張書紳的儒家詮評外，共同形成了《西遊記》的內丹視野，或許也可稱作《西遊記》的內丹文化。由此，劉一明變身爲詮釋者後，他又透過《西遊記》這個符號，崁入自己的思想，傳達給有志於性命之學的修道者。

　　清評本《西遊記》之所以值得關注，在於一群詮評者，在相同的朝代，選擇相同的故事，作相同的詮釋，這麼多的巧合，應該透顯著不同的訊息。而且從評點中也可以發現，他們透過自己的閱讀，將文字重新賦予新的解釋。就如同道教傳統，總是透過文字符號的轉譯，豐富的解釋著言外之意。過去我們對於《西遊記》的評點，多侷限在文學的欣賞層面。但是劉一明主觀的認定《西遊記》是丘處機在三教一家基礎上，藉三藏師徒取經故事，演繹內丹性命之學。因此他以「內丹參考書」的實用態度，面對小說《西遊》，視其爲修煉的重要典籍。所以無論是版本的實用取向，或故事內容的內丹詮釋，都是爲了使修道者知此書乃傳性命雙修之理的奇書。

五、相關研究的缺乏

　　然而，對於劉一明《西遊記》內丹義理上的發微，在一般道教史或相關研究中討論的比較少。卿希泰主編之《中國道教史》僅註錄收於《指南針》下的《西遊原旨》二卷，內容有序文、讀法、詩結等，只是百回《原旨》的修道提要，而非評點全本，所以無法從中窺見將內丹理論落實於《西遊記》的完整呈現。劉寧所著《劉一明修道思想研究》，完整詮釋劉一明修道思想。但也僅列「《西遊原旨》2 卷」於《指南針》之下，並歸類爲「對原著內容加

以注釋和發揮」，〔註1〕無專章討論。王志忠《明清全真教論稿》，主要討論明、清兩代的政經社會與全真道的關係。所以劉一明著作僅提及《會心內集》、《會心外集》、《修真九要》、《修真後辨》等書，並無討論。

任繼愈主編之《中國道教史》，在「俗文學中的道教觀念」段，分別從明清道教三教歸一」的特色、內丹學的闡發討論以及道教思想影響俗文學三方面討論劉一明，並提到：

> 《西遊記》雖寫唐僧取經故事，而章回題目及詩詞之類多用內丹術語，佛菩薩、妖經鬼怪等也多具道教神仙妖鬼特性，頗有以內丹思想爲綱之意，乃至使道教中人如劉一明等以內丹之旨解釋之。道教宗教觀念通過這些俗文學的宣傳，進一步滲透於社會文化生活之中。〔註2〕

任繼愈認爲《西遊記》中內丹術語顯明，神仙妖鬼也有道教特色，恰足以使劉一明等人有機會透過文學宣傳道教教義。就其行文脈絡，本書應該是將《西遊原旨》視爲「俗文學」。

比較可惜的是詹石窗編纂的《道教文學史》，他將道教文學定義爲：「以道教活動爲題材的文學。」並認爲明清時期，道教因爲和儒、釋及民間宗教的融合趨勢增強，道教文學的表現將會更加複雜。只是該書只編纂至第二期，清評本《西遊記》透過不同的詮評者紀錄著「內丹」活動，是否可能成爲「道教文學史」的一環而重新定位，則不可知。此外，歷來小說史研究，或者是文學史研究，對《西遊記》文學與藝術成就，甚爲推崇。但是對於《西遊記》的清評本則少有論及。此一現象大抵來自對胡適、魯迅等人舊說的承襲，認爲《西遊記》作者是吳承恩，並將《西遊記》歸類爲神魔小說或遊戲之作……等。

六、相關研究繼續發展的可能

諸如此類的批評觀點，事實上已經無法涵括《西遊記》研究的多樣與豐富。經過論文撰寫與重新思索，筆者認爲可以重新調整《西遊記》小說的研究視角。在文學史或小說史部分，清刊本《西遊記》評點，是藉由評點小說《西遊記》所成就的作品，當《西遊記》被放入文學史或小說史中討論時，

〔註1〕 劉寧：《劉一明修道思想研究》（成都：巴蜀書社，2001年），頁16。
〔註2〕 任繼愈：〈明清道教兩大派〉，《中國道教史》下卷（北京：中國社會科學院，1999增訂版），頁870。

評點本竟然無所安置。目前所見的文學史與小說史，承襲著傳統的文學史觀，保守的選擇「文學性」較高的作品，因此我們所見文學史對於《西遊記》的批評，也多停留在「諷刺、幽默的筆調，渲染有關取經故事的神話傳說」、「描寫渲染得極藝術之能事」等文學性的批評。清刊本《西遊記》是《西遊記》的評點作品，或許可以從評點文學角度觀察。評點史在討論清《西遊記》評本，已提到相關作品，然而仍從「藝術價值」判斷，甚至慨歎「未出現與金、毛、張批本相比肩的評點定本」。然而，清刊本所產生的詮釋共相，卻未被重視與討論。尤有甚者，有作者討論清代前中期的小說批評，仍是錯過《西遊記》評點。〔註3〕

　　清評本內容多是道教內丹之學，若以宗教意識而言，或者也可以從道教史或道教文學的角度進行探究。前文已提及，這部分仍然付之闕如。從《西遊記》研究可繼續衍申的有兩個部分。其一是小說的研究課題多著重在文學欣賞與敘事理論，較少觸及宗教，尤其是道教。或許可以試著開拓這個層面的小說研究。其二是，道教本身具有符號學的傳統，而西方也有符號學理論。是否可以透過道教文學與小說的研究，建立起屬於道教的符號學體系。甚至進而反省中國文學領域的符號研究。

〔註3〕 石麟：〈清代前中期小說批評芻議〉，《明清小說研究》總 62 期，頁 30 至頁 44，2001。

參考書目

壹、專書部份

（一）《西遊記》文本

1. 〔明〕朱鼎臣：《鼎鍥全相唐三藏西遊傳》，《古本小說集成》，據日本日光輪王寺慈眼堂本照片影印。上海：上海古籍出版社，1990 年。

2. 〔明〕陽至和：《新鍥唐三藏出身全傳》，《古本小說集成》，據英國牛津大學博德廉圖書館所藏朱蒼嶺刊本影印，補以上海圖書館所藏清刊余象斗《四遊記》。上海：上海古籍出版社，1990 年。

3. 〔明〕無名氏：《新刻出像官板大字西遊記》，《古本小說集成》，據金陵世德堂本影印。上海：上海古籍出版社，1990 年。

4. 〔明〕無名氏：《新鐫京版全像西遊記》，《古本小說集成》，據日本內閣文庫藏書林楊閩齋刊本影印。上海：上海古籍出版社，1990 年。

5. 〔明〕吳承恩：《西遊記》2 冊，香港：中華書局，1997 年 1 月。

6. 〔明〕吳承恩著，陳先行、包于飛點校：《李卓吾評本西遊記》2 冊，以日本內閣文庫藏本，校以後刻本二部（分別藏於中國歷史博物館、河南省圖書館）。上海：上海古籍出版社，1997 年 4 月。

7. 〔明〕吳承恩：《西遊記》3 冊，台北：里仁書局，2000 年 7 月。

8. 〔明〕吳元泰等：《四遊記》，台北：河洛圖書公司，1970 年 2 月。

9. 〔清〕黃周星、汪象旭：《西遊證道書》，《古本小說集成》，據日本內閣文庫藏清原刊本影印。上海：上海古籍出版社，1990 年。

10. 〔清〕陳士斌：《西遊真詮》，《古本小說集成》，據乾隆 45 年庚子刊本影印。上海：上海古籍出版社，1990 年。

11. 〔清〕劉一明:《西遊原旨》,《古本小說集成》,據嘉慶 25 年湖南常德府護國菴重刊本影印。上海:上海古籍出版社,1990 年。

12. 〔清〕張含章:《通易西遊正旨》,《明清善本小說叢刊初編》,據清道光己亥年(19,1839)眉山何氏德馨堂刊本影印。台北:天一出版社,1839 年)。

13. 〔清〕釋懷明:《西遊記記》,《珍本小說叢刊》第一輯第 15 冊,所據本不詳。北京:書目文獻出版社,1996 年。

(二)《西遊記》研究專書

1. 中野美代子:《西遊記的秘密》(外二種),北京:中華書局,2002 年 12 月。

2. 王國光:《西遊記別論》,上海:學林出版社,1990 年 2 月。

3. 朱一玄等:《西遊記資料彙編》,天津:南開大學出版社,2002 年 12 月。

4. 何錫章:《幻象世界中的文化與人生──西遊記》,昆明:雲南人民出版社,1999 年 6 月。

5. 余國藩:《西遊記論集》,台北:聯經出版公司,1989 年 10 月。

6. 吳聖昔:《西游新解》,北京:中國文聯出版公司,1989 年 5 月。

7. 李安綱:《西遊記奧義書》5 冊,北京:中國社會科學出版社,2002 年 8 月。

8. 李安綱:《李安綱批評西遊記》2 冊,北京,中國社會科學出版社,2004 年 5 月。

9. 李安綱:《苦海與極樂》,北京:東方出版社,1995 年 10 月。

10. 沈承慶:《話說吳承恩──《西遊記》作者揭密》,北京:北京圖書館出版社,2000 年 7 月。

11. 周文志:《看破西遊記》,昆明:雲南人民出版社,1999 年 12 月。

12. 屈小強:《西遊記懸案之謎》,台北:三豐出版社,1997 年 8 月。

13. 拙哉:《西遊記龍門心傳》,台北:全真教出版社,1965 年 2 月。

14. 林庚:《西遊記漫話》,北京:北京出版社,2004 年 1 月。

15. 張錦池:《西遊記考論》修訂版,哈爾濱:黑龍江教育出版社,2003 年 10 月。

16. 張靜二:《西遊記人物研究》,台北:台灣學生書局,1984 年 8 月。

17. 陳文新等:《西遊記與民俗文化》,哈爾濱:黑龍江人民出版社,2003 年 5 月。

18. 陸欽(選編):《名家解讀西遊記》,濟南,山東人民出版社,1998 年 1 月。

19. 曾上炎：《西遊記辭典》，鄭州：河南人民文學出版社，1994 年 11 月。

20. 超然：《西遊記探源》，北京：民族出版社，2005 年 2 月。

21. 劉戈：《西遊記新注》，北京：學苑出版社，2002 年 8 月。

22. 劉勇強：《西遊記論要》，台北：文津出版社，1991 年 3 月。

23. 劉耿大：《西遊記迷境探幽》，上海：學林出版社，1998 年 5 月。

24. 劉毓忱：《論〈西遊記〉及其他》，天津：百花文藝出版社，1984 年 5 月。

25. 劉蔭柏：《西遊記研究資料》，上海：上海出版社，1999 年 8 月。

26. 編委會：《西遊記文化學刊》，北京：東方出版社，1998 年 11 月。

27. 編輯部：《西遊記研究論文集》，北京：作家出版社，1957 年 4 月。

28. 蔡鐵鷹編：《甓・西遊》，台北：咖啡田文化館，2005 年 1 月。

29. 鄭明娳：《西遊記探源》，台北：里仁書局，2003 年 4 月。

30. 蕭相愷：《西遊記導讀》，南京：江蘇古籍出版社，2000 年 12 月。

31. 薩孟武：《西遊記與中國古代政治》，台北：三民書局，1993 年 10 月。

32. 磯部彰著：《西遊記受容史の研究》，東京：多賀出版株式会社，1995 年 2 月。

（三）《西遊記》博碩士論文

1. 王姵棻：《西遊記宇宙建構及人物探源》，東海大學中國文學系碩士論文，2001 年。

2. 朱可鑫：《西遊記修辭現象研究》，南華大學文學研究所碩士論文，2004 年。

3. 吳沛樺：《翻譯的文化影響——以堂吉訶德及西遊記爲例》，輔仁大學西班牙語文學系碩士論文，2005 年。

4. 呂素端：《西遊記敘事研究》，台灣大學中國文學系博士論文，2001 年。

5. 林美惠：《西遊記的另類閱讀——以皮影戲爲例》，國立新竹師範學院台灣語言與語文教育研究所碩士論文，2003 年。

6. 林景隆：《西遊記續書審美敘事藝術研究》，國立中山大學中國語文學系碩士論文，1999 年。

7. 林雅玲：《清三家〈西遊〉評點寓意詮釋研究》，東海大學中國文學系博士論文，2001 年。

8. 林榮淑：《西遊記與兒童文學》，國立台東大學兒童文學研究所碩士論文，2005 年。

9. 施亨達：《電腦輔助教學軟體對國小五年級學生挫折容忍力之研究——以《西遊記》爲例》，國立東華大學教育研究所碩士論文，2002 年。

10. 胡玉珍：《〈西遊記〉中的精怪與神仙》，南華大學文學研究所碩士論文，

2003 年。

11. 張家仁:《西遊記與三種續書之比較研究》,中國文化大學中國文學系碩士論文,2000 年。

12. 張祐榮:《唐吉訶德與西遊記之理想與現實分析比較》,輔仁大學西班牙語文學系碩士論文,1999 年。

13. 張慧驊:《西遊記中唐三藏形象研究》,玄奘人文社會學院中國語文學系碩士論文,2000 年。

14. 張蘭貞:《西遊記的童話性研究》,國立台南大學國民教育研究所碩士論文,2001 年。

15. 陳俊宏:《〈西遊記〉主題接受史研究》,國立政治大學中國文學系碩士論文,2001 年。

16. 曾國瑩:《西遊記接受史研究》,東海大學中國文學系碩士論文,2004 年。

17. 楊剴勛:《繪本之圖文轉碼形構要素研究——以青少年對西遊記之主題爲例》,雲林科技大學視覺傳達設計系碩士論文,2000 年。

18. 楊憶慈:《西遊記語彙研究——論擬聲詞、重疊詞和派生詞》,國立成功大學中國文學系碩士論文,1995 年。

19. 葉立萱:《西遊記與哈克歷險記中人與自然的關係》,國立中正大學國語文學系碩士論文,1998 年。

20. 葉俊谷:《兒童神的敘事:以孫悟空與李哪吒爲主的考察》,國立政治大學中國文學系年。

21. 碩士論文,2005 年。

22. 蔡弘德:《中國經典小說應用在九年一貫『藝術與人文』領域之教學設計研究》,國立新竹師範學院美勞教學碩士班碩士論文,2002 年。

23. 謝玉冰:《西遊記在泰國的研究》,中國文化大學中國文學系碩士論文,1995 年。

貳、道教研究

1. 〔東漢〕魏伯陽,〔清〕仇兆鰲註:《古本周易參同契集註》,上海:上海古籍出版社,1990 年 3 月。

2. 〔晉〕陶宏景:《眞誥》,《道藏》第 20 冊,上海:上海書店出版社,2005 年。

3. 〔唐〕杜光庭集:《墉城集仙錄》,《道藏》第 18 冊,上海:上海書店出版社,2005 年。

4. 〔晚唐五代〕王松年:《仙苑編珠》,《道藏》第 11 冊,上海:上海書店出版社,2005 年。

5. 〔宋〕張伯端，〔清〕仇兆鰲註：《悟真篇集註》，上海：上海古籍出版社，1989 年 12 月。

6. 〔宋〕張伯端，王沐解：《悟真篇淺解》，北京：中華書局，1997 年 10 月。

7. 〔宋〕張伯端：《悟真篇》，《修真十書》，《道藏》第 4 冊，上海：上海書店出版社，2005 年。

8. 〔宋〕李簡易：《玉谿子丹經旨要》，《道藏》第 4 冊，上海：上海書店出版社，2005 年。

9. 〔元〕不署編者：《修真十書》，《道藏》第 4 冊，上海：上海書店出版社，2005 年。

10. 〔元〕李道純：《中和集》，《道藏》第 4 冊，上海：上海書店出版社，2005 年。

11. 〔元〕金月巖：《抱一函三秘訣》，《道藏》第 10 冊，上海：上海書店出版社，2005 年。

12. 〔元〕李志常著，黨寶海譯注：《長春真人西遊記》，石家莊：河北人民出版社，2001 年 9 月。

13. 〔明〕不著編者，《呂祖志》，《道藏》第 36 冊，上海：上海書店出版社，2005 年。

14. 〔明〕伍守陽，〔清〕柳華陽，馬濟人主編：《古本伍柳仙宗全集》，上海：上海古籍出版社，1990 年 3 月。

15. 〔清〕完顏崇實：《白雲僊表》，《藏外道書》31 冊，成都：巴蜀書社，1992 年。

16. 〔清〕閔一得：《金蓋心燈》，《藏外道書》31 冊，成都：巴蜀書社，1992 年。

17. 〔清〕劉一明：《精印道書十二種》，台北：新文豐出版公司，1994 年 4 月。

18. 〔清〕劉一明：《道書十二種》，北京：書目文獻出版社，1996 年 4 月。

19. 〔清〕王建章、劉一明：《修道五十關》，北京：宗教文化出版社，2004 年 8 月。

20. 〔清〕張陽全撰述，孫永樂校注：《素樸師雲遊記注解》，榆中：榆中道協道經研究中心，1999 年。

21. 〔清〕陸本基：《龍門正宗覺雲本支道統薪傳》，《藏外道書》31 冊，成都：巴蜀書社，1992 年。

22. 〔清〕陳銘珪：《長春道教源流考》，《藏外道書》31 冊，成都：巴蜀書社，1992，小柳司氣太編：《白雲觀志》，收於《中國道觀志叢刊》冊 1，揚州：江蘇古籍出版社，2000 年 4 月。

23. 王志忠：《明清全眞教論稿》，成都：巴蜀書社，2000 年 8 月。

24. 任繼愈主編：《中國道教史》，台北：桂冠圖書公司，1991 年 10 月。

25. 任繼愈主編：《道藏提要》，北京：中國社會科學出版社，2005 年 12 月。

26. 李豐楙：《誤入與謫降》，台北：台灣學生書局，1996 年 5 月。

27. 沈志剛：《鍾呂傳道集注釋、靈寶畢法注釋》，北京：中華書局，2004 年 9 月。

28. 林世田等編校：《全眞七子傳記》，北京：宗教文化出版社，1999 年 9 月。

29. 苟波：《道教與神魔小說》，成都：巴蜀書社，1999 年 9 月。

30. 卿希泰主編：《中國道教史》，台北：中華道統出版社，1997 年。

31. 卿希泰編：《中國道教史》4 冊，成都：四川人民出版社，1996 年。

32. 唐大潮：《明清之際道教三教合一思想論》，北京：宗教文化出版社，2000 年 6 月。

33. 高小健主編：《中國道觀志叢刊》，揚州：江蘇古籍出版社，2000 年 4 月。

34. 陳金林：《周易參同契注釋、悟眞篇注釋》，北京：中華書局，2004 年 9 月。

35. 陳垣：《道家金石略》，《陳援菴先生全集》3～8 冊，台北：新文豐出版社，1993.年。

36. 詹石窗：《易學與道教思想關係研究》，廈門：廈門大學出版社，2001 年 3 月。

37. 詹石窗：《易學與道教符號揭密》，台北：大展出版社，2003 年 11 月。

38. 劉寧：《劉一明修道思想研究》，成都：巴蜀書社，2001 年 8 月。

參、其他專書

1. 〔漢〕許慎：《說文解字》，據日本岩崎氏靜嘉堂藏宋本刻本，補以國立中央圖書館所藏殘存宋版原刻及平津刻本。台北：華世出版社，1982 年 11 月。

2. 〔梁〕僧祐譯：《弘明集》，台北：新文豐出版社，2001 年 7 月。

3. 〔唐〕玄奘譯，釋辯機撰：《大唐西域記》，台北：台灣印經處，1955。

4. 〔唐〕玄奘譯，釋辯機撰，季羨林等校注：《大唐西域記校注》2 冊，以日本京都大學帝國大學文科大學校印出版的《高麗新藏本》爲底本。北京：中華書局，2000 年 4 月。

5. 〔唐〕釋慧立、釋彥悰：《大唐大慈恩寺三藏法師傳》，《續修四庫全書》1286 冊，子部宗教類，據北京圖書館分館藏清藏本影印。上海：上海古籍出版社，1995 年。

6. 〔唐〕釋道宣:《續高僧傳》,《大正新脩大藏經》100 冊,史傳部二,第 2060 號,台北:中華佛教文化館大藏經委員會,1957 年 10 月。

7. 〔唐〕冥詳:《大唐故三藏玄奘法師行狀》,《大正新脩大藏經》99 冊,史傳部二,第 2052 號,台北:中華佛教文化館大藏經委員會,1957 年 10 月。

8. 〔唐〕釋道世:《法苑珠林》,《大正新脩大藏經》106 冊,事彙部上,第 2122 號,台北:中華佛教文化館大藏經委員會,1957 年 10 月。

9. 〔唐〕智昇:《開元釋教錄》,《大正新脩大藏經》109 冊,目錄部,第 2154 號,台北:中華佛教文化館大藏經委員會,1957 年 10 月。

10. 〔唐〕劉肅:《大唐世說新語》,《百部叢書集成》初編,據明商濬校刊稗海本影印。台北:藝文印書館,1965。

11. 〔後晉〕劉昫等:《新校本舊唐書》,台北:鼎文書局,1976.年。

12. 〔宋〕李昉等:《太平廣記》,以談愷刻本為底本,用陳鱣校宋本、明沈氏野竹齋鈔本校勘。台北:文史哲出版社,1987 年 5 月。

13. 〔宋〕朱熹:《周易本義》,台北:大安出版社,1999 年 7 月。

14. 〔元〕不詳:《朴通事諺解》,汪維輝編《朝鮮時代漢語教科書叢刊》第 1 冊,據朝鮮京城帝國大學法文學部影印奎章閣叢書第八《朴通事諺解》為底本。北京:中華書局,2005 年 1 月。

15. 〔明〕楊訥:《楊東來先生批評西遊記》,《續修四庫全書》1766 冊,集部戲劇類,據日本鉛印本影印。上海:上海古籍出版社,1995 年。

16. 〔明〕解縉等:《永樂大典》,所據底本包括嘉靖鈔本 298 卷,仿鈔本 17 卷,攝影本 254 卷,顯微膠捲 115 卷,舊影印本覆製 17 卷,傳鈔本 29 卷,共 730 卷。北京:中華書局,1998 年 4 月。

17. 〔明・韓〕金禮蒙等奉敕撰:《醫方類聚》,據 1965 年韓國李鐘奎主持《醫方類聚》抄本影印。台北:中華世界資料供應出版社,1978。

18. 〔明〕陶宗儀:《輟耕錄》,楊家駱主編《中國學術名著・讀書箚記叢刊》第 2 集第 9 冊,台北:世界書局,1987 年 9 月。

19. 〔明〕謝肇淛:《五雜組》,明萬曆戊午年(1618)年刻本。台北:新興書局,1971 年 6 月。

20. 〔清〕蒲松齡:《聊齋誌異》,以 1955 年文學古籍刊行社影印的半部手稿本及歷城鑄雪齋抄本為底本。北京:人民文學出版社,1992 年 2 月。

21. 〔清〕錢大昕著,陳文和主編:《嘉定錢大昕全集》,南京:江蘇古籍出版社,1997 年。

22. 〔清〕紀昀:《閱微草堂筆記》,據道光癸巳年(1833)羊城木刻版影印。台北:大中國圖書公司,1994 年 6 月。

23. 〔清〕恩福修,冒藁纂:《金縣志》,《地方志人物傳記資料叢刊・西北卷》

第 14 冊，據清道光 24 年刻本影印。北京：北京圖書館出版社，1995 年。

24. 〔清〕陸芝田、張廷選續纂：《臯蘭縣續志》，《中國西北文獻叢書》第一輯，《西北稀見方誌文獻》第 34 卷，據清道光 27 年（1847）刻本影印。蘭州：蘭州古籍書店，1990 年。

25. 〔不詳〕《銷釋眞空寶卷》，《寶卷》初集第 19 冊。太原：山西人民出版社，1994 年。

26. Andrew H.Plaks（浦安迪），沈亨壽譯：《明代小說四大奇書》，北京，三聯書店，2006 年 9 月

27. Christopher Caudwell，譯者不詳：《考德威爾文學論文集》，南昌：百花洲文藝出版社，1995 年 5 月

28. Douwe Fokkema 等著，袁鶴翔等譯：《20 世紀文學理論》，台北：書林出版社，2003 年 10 月

29. Elizabeth Freund 著，陳燕谷譯：《讀者反應理論批評》，台北：駱駝出版社，1994 年 6 月

30. Maram Epstein，羅琳譯：《競爭的話語──明清小說中的正統性、本眞性及所生成之意義》，南京：江蘇人民出版社，2005 年 1 月

31. Raman Selden 等，林志忠譯：《當代文學理論導讀》，台北：巨流圖書公司，2005 年 8 月

32. Roland Barthes 著，王東亮等譯：《符號學原理》，北京：三聯書店，1999 年 6 月

33. Robert C.Holub 著，董之林譯：《接受美學理論》，台北：駱駝出版社，1994 年 6 月

34. Selden, R.著，劉象愚等譯：《文學批評理論──從柏拉圖到現在》，北京：北京大學出版社，2003 年 10 月

35. 丁錫根：《中國歷代小說序跋集》，北京：人民文學出版社，1996 年 7 月。

36. 方步和編著：《河西寶卷眞本校注研究》，蘭州：蘭州大學出版社，1999 年 8 月。

37. 王季思主編：《金元戲曲》第三卷，北京：人民文學出版社，1999 年 2 月。

38. 王振逢：《文化研究》，台北：揚智文化事業，2000 年 4 月。

39. 王夢鷗等：《中國文學的發展概述》，台北：中央文物供應社，1982 年 9 月。

40. 司馬雲杰：《文化社會學》，北京，中國社會科學出版社，2003 年 10 月。

41. 四川大學中國古代文學教研室編寫，謝謙主編：《中國文學》，成都：四川人民出版社，1999 年 10 月 年。

42. 光中法師編：《大唐玄奘三藏傳史彙編》，台北：財團法人佛陀教育基金會，2006 年 5 月。

43. 朱立元：《接受美學導論》，合肥：安徽教育出版社，2004 年 11 月。

44. 朱剛：《20 世紀西方文藝文化批評理論》，台北：揚智文化事業，2002 年 7 月。

45. 何金蘭：《文學社會學》，台北：桂冠圖書公司，1989 年 8 月。

46. 李修生、趙義山：《中國分體文學史‧小說卷》，上海：上海古籍出版社，2001 年 7 月。

47. 李時人、蔡鏡浩校注等：《大唐三藏取經詩話校注》，北京：中華書局，1997 年 12 月。

48. 車錫倫：《中國寶卷研究論集》，台北：學海出版社，1997 年。

49. 車錫倫：《信仰、教化、娛樂——中國寶卷研究及其他》，台北：臺灣學生書局，2002 年 12 月。

50. 周止菴：《般若波羅蜜多心經詮注》，台北：財團法人佛陀教育基金會，2006 年 2 月。

51. 林光明：《梵藏心經自學》，台北：嘉豐出版社，2004 年 4 月。

52. 金元浦：《接受反應文論》，濟南：山東教育出版社，2002 年 10 月。

53. 金元浦編：《文化研究：理論與實踐》，開封：河南大學出版社，2004 年 1 月。

54. 柳存仁：《中國文學史》，台北：莊嚴出版社，1979 年 1 月。

55. 柳存仁：《和風堂文集》3 冊，上海：上海古籍出版社，1991 年 10 月。

56. 柳存仁：《倫敦所見中國小說書目提要》，台北：鳳凰出版社，1974 年 10 月。

57. 胡士瑩：《話本小說概論》，北京：中華書局，1980 年 5 月。

58. 胡雲翼：《中國文學史》，台北：莊嚴出版社，1982 年。

59. 胡適：《西遊記考證》，台北：遠流出版社，1994 年 1 月。

60. 胡適：《胡適文集 8》，北京：北京大學出版社，1998 年。

61. 夏志清：《中國古典小說史論》，南昌：江西人民出版社，2003 年 3 月。

62. 孫楷第：《中國通俗小說書目》，台北：鳳凰出版社，1974 年。

63. 孫楷第：《日本東京所見中國小說書目》，台北：鳳凰出版社，1974 年 10 月。

64. 徐朔方：《小說考信編》，上海：上海古籍出版社，1997 年。

65. 徐朔方：《徐朔方集》，杭州：浙江古籍出版社，1993 年。

66. 桂曉元：《四大名著人物神怪通覽》，上海：上海人民出版社，2006 年 6

月。

67. 皋于厚：《明清小說的文化審視》，北京：學苑出版社，2004 年 12 月。

68. 高玉海：《明清小說續書研究》，北京，中國社會科學出版社，2004 年 2 月。

69. 高桂惠：《追蹤躡跡──中國小說的文化闡釋》，台北：大安出版社，2005 年 9 月。

70. 康來新：《晚清小說理論研究》，台北：大安出版社，1999 年 11 月。

71. 張錯：《西洋文學術語手冊》，台北：書林出版社，2005 年 10 月 年。

72. 梁啟超：《中國近三百年學術史》，台北：華正書局，1994 年 8 月。

73. 盛巽昌：《毛澤東與西遊記、封神演義》，南寧：廣西人民出版社，1997 年 5 月。

74. 郭春梅等：《世俗迷信與中國社會》，北京：宗教文化出版社，2001 年 5 月。

75. 陳文新：《傳統小說與小說傳統》，武昌：武漢大學出版社，2005 年 5 月。

76. 陳文新等：《明清章回小說流派研究》，武昌：武漢大學出版社，2004 年 3 月。

77. 章培恒、駱玉明編：《中國文學史》，上海：復旦大學出版社，1998 年 10 月。

78. 傅繼馥：《明清小說的思想與藝術》，合肥：安徽人民出版社，1984 年 6 月。

79. 喻松青：《民間秘密宗教經卷研究‧明清時期的民間秘密宗教》，台北：聯經出版事業公司，1994 年 9 月。

80. 游國恩等編：《中國文學史》，香港：中國圖書刊行社，1986 年 7 月。

81. 程毅中：《古代小說史料簡論》，太原：山西人民出版社，2005 年 6 月。

82. 馮文樓：《四大奇書的文本文化學闡釋》，北京，中國社會科學出版社，2003 年 5 月。

83. 黃子平編：《中國小說與宗教》，香港：中華書局，1998 年 8 月。

84. 黃永年：《文史存稿》，西安：三秦出版社，2004 年 5 月。

85. 黃永年：《文史探微》，北京：中華書局，2000 年 10 月。

86. 黃霖等：《中國小說研究史》，杭州：浙江古籍出版社，2002 年 7 月。

87. 楊義：《中國古典白話小說史論》，台北：幼獅文化事業，1995 年 10 月。

88. 葉阿月：《新譯般若心經超越智慧的完成》，台北：新文豐出版社，1980 年 10 月。

89. 葉堂編：《納書楹曲譜》，收於王秋桂主編《善本戲曲叢刊》，台北：臺灣

學生書局，1984 年。

90. 董國炎：《明清小說思潮》，太原：山西人民出版社，2004 年 3 月。

91. 詹石窗：《道教文學史》，上海：上海文藝出版社，1992 年 5 月。

92. 廖炳惠：《關鍵詞 200》，台北：麥田出版社，2003 年 12 月。

93. 齊裕焜、王子寬：《中國古代小說研究》，福州：福建人民文學出版社，2005 年 6 月。

94. 齊裕焜主編：《中國古代小說演變史》，蘭州：敦煌文藝出版社，1990 年 9 月。

95. 歐陽健：《古代小說作家漫話》，瀋陽：遼寧教育出版社，1993 年 12 月。

96. 歐陽健：《古代小說作家簡論》，太原：山西人民出版社，2005 年 6 月。

97. 歐陽健：《古代小說版本漫話》，瀋陽：遼寧教育出版社，1993 年 12 月。

98. 歐陽健：《古代小說版本簡論》，太原：山西人民出版社，2005 年 6 月。

99. 潘建國：《古代小說書目簡論》，太原：山西人民出版社，2005 年 6 月。

100. 鄭振鐸：《中國文學研究》2 冊，北京，人民文學出版社，2000 年 1 月。

101. 鄭振鐸：《中國俗文學史》，北京，作家出版社，1954 年 7 月。

102. 鄭振鐸：《鄭振鐸文集》第一冊，北京人民文學出版社，1985.年。

103. 鄭振鐸：繪圖本《中國文學史》，出版項次不明，1932 年 5 月（據自序所署）年。

104. 魯迅：《小說舊聞鈔》，濟南：齊魯書社，1997 年 11 月。

105. 魯迅：《中國小說史略》，台北：谷風出版社，版次不詳年。

106. 魯迅：《魯迅小說史論文集》，台北：里仁書局，2000 年 10 月。

107. 蕭天石：《道家養生學概要》，台北：自由出版社，1995 年 1 月。

108. 霍韜晦：《心經奧秘》，香港：法住出版社，1997 年 6 月。

109. 龍協濤：《讀者反應論》，台北：揚智文化事業，2000 年 1 月。

110. 羅鋼、劉象愚主編：《文化研究讀本》，北京：中國社會科學出版社，2000 年 9 月。

111. 譚凡：《古代小說評點簡論》，太原：山西人民出版社，2005 年 6 月。

112. 譚正璧：《中國小說發達史》，台北：啓業書局，1978 年 9 月。

113. 龔鵬程：《中國小說史論》，台北：臺灣學生書局，2003 年 8 月。

肆、期刊論文

1. Csongor,Barnabas 著、胡復熊譯：《《水滸傳》與《西遊記》》分析比較——中國古典小說的藩籬，《中外文學》11 卷 2 期，頁 60～66，71 年 7 月。

2. Dubridge,G 著、蘇正隆譯：〈「西遊記」的歷史背景與神怪世界〉,《歷史月刊》103 期,頁,85 年 8 月。

3. Koss,Nicholas 著,呂健忠譯：〈由重出詩探討西遊記與封神演義的關係〉,《中外文學》14 卷 11 期,頁 130～148,75 年 4 月。

4. Plask,Andrew H.著、孫康宜譯：〈西遊記、紅樓夢的寓意探討〉,《中外文學》8 卷 2 期,頁 36～62,68 年 7 月。

5. 山述蘭、劉志生：〈《西遊記》中的是非問句〉,《成都師範高等專科學校學報》22 卷 3 期,頁 76～79,2003 年 9 月。

6. 戈壁：〈升天成佛我何能──由心理學批評及神話原型批評線路來看西遊記〉,《明道文藝》200 期,頁 79～85,81 年 11 月。

7. 戈壁：〈天上人間總不平──由社會文化論批評線路來看西遊記〉,《明道文藝》199 期,頁 24～35,81 年 10 月。

8. 戈壁：〈胸中磨損斬邪刀──由歷史論批評線路來看西遊記〉,《明道文藝》198 期,頁 24～33,81 年 9 月。

9. 方本新、張寧：〈《西遊記》的遊戲筆法與人物形象藝術〉,《淮北煤師院學報‧哲學社會科學版》22 卷 5 期,頁 103～105,2001 年 10 月。

10. 王平：〈論《西遊記》的原旨與接受〉,《東岳論叢》,24 卷 5 期,頁 89～93,2004 年 9 月。

11. 王秋香：〈西遊記的人物塑造──活寶豬八戒〉,《壢商學報》1 期,頁 58～65,82 年 8 月。

12. 王海梅：〈《西遊記》中的般若空觀〉,《山東電大學報》2004 第 2 期,頁 22～23,2004 年 3 月。

13. 王海梅：〈《西遊記》與觀音信仰〉,《濰坊學院學報》3 卷 5 期,頁 82～84,2003 年 9 月。

14. 王益民：〈孫悟空原籍可能在福建寶山〉,《運城學院學報》22 卷 3 期,頁 30～34,2004 年 6 月。

15. 王國良：〈有關《大唐三藏取經詩話》的一些問題〉,《古典文學》第 13 集,頁 105～134,1995 年 9 月。

16. 王崗：〈《西遊記》──一個完整的道教內丹修煉過程〉,《清華學報》新 25 卷 1 期,頁 51～86,1995 年 3 月。

17. 王新建：〈《西遊記》主旨探微〉,《學術交流》112 期,頁 143～146,2003 年 7 月。

18. 王新建：〈孫悟空人物設計褒貶的佛學釋疑〉,《陝西廣播電視大學學報》3 卷 3 期,頁 40～42,2001 年 9 月。

19. 王新建：〈從《西游記》成書過程及結構看其主旨〉,《人文雜誌》2003 年第 3 期,頁 155～157,2003 年。

20. 王筠：〈《西遊記》八十一難結構剖析〉，《運城高等專科學校學報》19 卷 1 期，頁 16～17，2000 年 9 月。

21. 王齊洲：〈《西遊記》與《心經》〉，《學術月刊》2001 第 8 期，頁 78～83，2001

22. 王齊洲：〈論明人對《西遊記》的認識〉，《社會科學研究》卷數不詳，頁 135～139，2004 年 1 月。

23. 王衛國：〈《西遊記》讀者接受主題舉隅〉，《山西廣播電視大學學報》37 期，頁 108～109，2003 年 10 月。

24. 王寶利、唐韻：〈《西遊記》單音節動詞重疊式 VV 與 V-V 的差異〉，《四川師範學院學報‧哲學社會科學版》2 期，頁 51～55，2002 年 3 月。

25. 石麟：〈清代前中期小說批評芻議〉，《明清小說研究》2001 年 4 期，頁 30～44，2001 年。

26. 朱迪光：〈民間信仰的影響與《西遊記》故事的定型〉，《運城高等專科學校學報》，19 卷，4 期，頁 7～10，2001 年 8 月。

27. 江亞玉：〈談西遊記小說豬八戒的形象及意義〉，《勤益學報》13 期，頁 407～423，85 年 2 月

28. 何沛雄：〈評《西遊記》（余國藩英譯本）〉，《香港中文大學中國文化研究所學報》10 卷 2 期，頁 451～456，1979 年。

29. 何沛雄：〈讀余國藩英譯《西遊記》〉，《書目季刊》12 卷 3 期，頁 25～30，1978 年 12 月。

30. 余國藩著，李奭學譯：〈「西遊記」的敘事結構與第九回的問題〉，《中外文學》16 卷 10 期，頁 4～25，1988 年 3 月。

31. 余國藩著，李奭學譯：〈「西遊記」的源流、版本、史詩與寓言（下）〉，《中外文學》17 卷 7 期，頁 72～100，1988 年 12 月。

32. 余國藩著，李奭學譯：〈「西遊記」的源流、版本。、史詩與寓言（上）〉，《中外文學》17 卷 6 期，頁 4～45，1988 年 11 月

33. 余國藩著，李奭學譯：〈宗教與中國文學──論西遊記的「玄道」〉，《中外文學》15 卷 6 期，頁 25～56，1986 年 11 月。

34. 余國藩著，李奭學譯：〈英譯「西遊記」的問題──為亞洲協會國際中英文翻譯研討會而作〉，《中外文學》17 卷 11 期，頁 61～73，1989 年 4 月。

35. 余國藩著、李奭學譯：〈朝聖行：論「神曲」與「西遊記」〉，《中外文學》17 卷 2 期，頁 4～36，1988 年 7 月。

36. 車錫倫：〈中國最早的寶卷〉，《中國文哲研究通訊》6 卷 3 期，頁 50，1996 年 9 月。

37. 車錫倫：〈佛教與中國寶卷上〉，《圓光佛學學報》4 期，頁 293～323，1999 年 12 月。

38. 吳言生：〈《西遊記》佛經篇目及《多心經》稱謂考辨〉，《世界宗教研究》2003 第 4 期，頁 39～42，2003 年。

39. 吳美幸：〈從「魏徵斬龍」故事情節論「西遊記」、「西遊記傳」、「唐三藏西遊釋厄傳」三書之成書先後〉，《中國文化大學中文學報》8 期，頁 225～240，2003 年 3 月。

40. 吳淑玲：〈《西遊記》的自由意識〉，《湘潭大學社會科學學報》27 卷 4 期，頁 108～111，2003 年 7 月。

41. 吳聖昔：〈《證道書》白文是《西遊記》祖本嗎？——與王輝斌〈《西游記》祖本新探〉商榷〉，《寧夏大學學報·社會科學版》17 卷 2 期，頁 57～64，1995 年。

42. 吳聖昔：〈究竟誰是造物主——《西遊記》作者問題綜考辨證錄〉，《明清小說研究》2002 年 4 期，頁 4～28，2004 年。

43. 吳達芸：〈天地不全——〈西遊記〉主題試探〉，《中外文學》10 卷 11 期，頁 80～109，1982 年 4 月。

44. 吳達芸：〈西遊記人物的喜劇造型〉，《成功大學學報·科技人文篇》18 期，頁 31～76，1983 年 3 月。

45. 吳達芸：〈評鄭明娳著《西遊記探源》〉，《漢學研究》1 卷 1 期，頁 337～343，1983 年 6 月。

46. 吳璧雍：〈西遊記研究〉，《國立台灣師範大學國文研究所集刊》25 期，頁 797～869，1981 年 6 月。

47. 呂健忠：〈花燈與禪性——論西遊記的一則主題寓言〉，《中外文學》14 卷 5 期，頁 126～132，1985 年 10 月。

48. 宋珂君：〈《西遊記》中的芸芸眾生及其佛教文化淵源〉，《北京科技大學學報（社會科學版）》18 卷 3 期，頁 84～90，2002 年 9 月。

49. 李小榮：〈《西遊記》、《心經》關係之略論〉，《貴州大學學報·社會科學版》19 卷 6 期，頁 63～69，2001 年 11 月。

50. 李小榮：〈沙僧形象溯源〉，《鹽城師範學院學報·人文社會科學版》22 卷 3 期，頁 48～51，2002 年 8 月。

51. 李宇林：〈試論《西遊記》的自然環境描寫及其文化意蘊〉，《遼寧師範大學學報·社會科學版》，24 卷 1 期，頁 81～83，2001 年 1 月。

52. 李安綱：〈《西游記》與全真道文化〉，《運城高等專科學校學報》19 卷 2 期，頁 2～7，2001 年 4 月。

53. 李安綱：〈《西遊記》的真諦——在 2002 年全國明清小說研討會上的發言〉，《運城學院學報》，21 卷 2 期，頁 17～22，2003 年 4 月。

54. 李安綱：〈《性命圭旨》是《西遊記》的文化原型〉，《山西大學學報·哲學社會科學版》1996 年 4 期，頁 27～35，1996 年。

55. 李安綱：〈吳承恩「雜記」不是小說與遊記——評魯迅、沈承慶先生關於吳承恩「雜記」的論述〉，《山西大學師範學院學報》，2001 年 3 期，頁 57～59，2001 年。

56. 李安綱：〈吳承恩不是「西遊記」的作者？〉《歷史月刊》103 期，頁 61～64，85 年 8 月。

57. 李安綱：〈關於《西遊記》的七大發現——在淮安 2002 年吳承恩《西遊記》學術研討會上的發言〉，《運城學院學報》21 卷 4 期，頁 8～13，2003 年 4 月。

58. 李安綱：〈關於《西遊記》研究的幾個問題——在第四屆《西遊記》國際文化學術研討會上的發言〉，《運城學院學報》21 卷 1 期，頁 18～20，2003 年 2 月。

59. 李宏謀：〈西遊記的研析——由形構主義入手〉，《高雄師院學報》9 期，頁 258～272，1981 年 1 月。

60. 李志梅：〈《西遊記》中的唐僧——一個「雞肋」人物的再剖析〉，《運城學院學報》21 卷 2 期，頁 23～26，2003 年 4 月。

61. 李辰冬：〈怎樣瞭解西遊記這部書？〉，《春秋》21 卷 6 期，頁 29～31，1974 年 12 月。（本文互見於《中國文選》119 期，頁 56～60，1977 年 3 月）

62. 李忠明：〈《西遊記》「遊戲」背後的深層內涵〉，《明清小說研究》總 64 期，頁 165～176，2002 年。

63. 李洪武：〈《西遊記》與《心經》〉，《運城高等專科學校》20 卷 1 期，頁 27～28，2002 年 2 月。

64. 李洪武：〈論「孫悟空」名字的佛教內涵〉，《運城學院學報》，21 卷 6 期，頁 25～29，2003 年 12 月。

65. 李紅茹：〈《西遊記》陳評李評本中「虛實論」研究〉，《廣播電視大學學報·哲學社會科學版》總 123 期，頁 33～36，2002 年。

66. 李連生：〈《西游記》、鬼子母與九子母〉，《中國典籍與文化》卷數不詳，頁 33～40。

67. 李勝：〈《西遊記》、《紅樓夢》中「石頭」的文化隱喻〉，《楚雄師範學院學報》18 卷 2 期，頁 18～20，2003 年 4 月。

68. 李順慧：〈從語用學角度看「西遊記」中豬八戒話語中的笑點〉，《東海中文學報》12 期，頁 125～138，1998 年 12 月。

69. 李黃臏：〈《大唐三藏取經詩話》析疑〉，《東吳中文研究集刊》10 期，頁 237～253，2003 年 9 月。

70. 李慎明：〈對孫悟空的一種認識，《運城高等專科學校學報》19 卷 1 期，頁 13～15，2001 年 2 月。

71. 李福清：〈「西遊記」與民間傳說〉，《歷史月刊》103 期，頁 53～60，1996年 8 月。

72. 李奭學：〈欲望法輪——以「紅樓夢」與「西遊記」爲例〉，《當代》52期，頁 32～39，1990 年 8 月。

73. 李燦朝：〈「四大奇書」女性精神世界的總體趨向〉，《湘潭大學社會學學報》27 卷 3 期，頁 91～96，2003 年 5 月。

74. 李豐楙：〈出身與修行：〈明代小說謫凡敘述模式的形式及其宗教因素——以「水滸傳」、「西遊記」爲主，《國文學誌》7 期，頁 85～113，2003年 8 月。

75. 杜貴晨：〈《西遊記》的「倚數」意圖及其與邵雍之學的關係——《西遊記》數理批評之一〉，《東岳論叢》24 卷 5 期，頁 94～98，2003 年 9 月。

76. 沈伯俊：〈《西游記》作者補論〉，《明清小說研究》2002 第 4 期，頁 29～35，2002 年。

77. 那宗訓：〈《西遊記》中的孫悟空（初稿）〉，《中外文學》10 卷 11 期，頁 66～78，1982 年 4 月。

78. 周榮傑：〈西遊記、封神演義中神話人物與台灣民間信仰（下）〉，《台南文化》28 期，頁 155～185，1989 年 12 月。

79. 周榮傑：〈西遊記、封神演義中神話人物與台灣民間信仰（上）〉，《台南文化》27 期，頁 123～137，1989 年 6 月。

80. 孟繁仁：〈《西遊記》與山西〉，《明清小說研究》2003 第 2 期，頁 130～138，2003 年。

81. 林保淳：〈後西遊記略論〉，《中外文學》14 卷 5 期，頁 49～67，1995 年10 月。

82. 林雅玲：〈論《西遊記》評點之儒學化詮評：以陳士斌、張書紳、劉一明評本爲研究中心〉，《成功大學中文學報》第 12 期，頁 47～64，2005 年7 月。

83. 林韻梅：〈西遊記的爐內天地（續）〉，《人文及社會學科教學通訊》3 卷 1期，頁 77～130，81 年 6 月。

84. 竺洪波：〈論《西遊證道書》的藝術修補〉，《上海師範大學學報‧社會科學版》31 卷 2 期，頁 103～107，2002 年 3 月。

85. 竺洪波：〈魯迅、胡適與《西遊記》研究的現代轉型——五四時期《西遊記》學術史論之一〉，《明清小說研究》71 期，頁 151～163，2004。

86. 竺洪波：〈魯迅、胡適與《西遊記》研究的現代轉型——五四時期《西遊記》學術史論之一〉，《明清小說研究》75 期，頁 151～163，2005。

87. 侯會：〈烏雞國——「西遊記」中的「王子復仇記」〉，《中山人文學報》8期，頁 31～46，1999 年 2 月。

88. 姜劍雲、張琴:〈觀照諷刺藝術,索解西遊主題〉,《山西大學師範學院學報》1999 年 2 期,頁 48～51,1999 年。

89. 施忠賢:〈「魔戒首部曲」與「西遊記」之中西魔性對照(下) 〉,《國文天地》19 卷 3 期,頁 59～63,92 年 8 月。

90. 施忠賢:〈「魔戒首部曲」與「西遊記」之中西魔性對照(上) 〉,《國文天地》19 卷 2 期,頁 58～63,92 年 7 月。

91. 柳存仁:〈西遊記簡本陽、朱二本之先後及簡繁本之先後〉,《漢學研究》6 卷 1 期,頁 511～528,1988 年 6 月。

92. 洪文珍:〈改寫本西遊記人物造型之比較分析:兼論忠實性與角色強化〉,《台東師專學報》14 期,頁 79～194,1986 年 4 月。

93. 洪文珍:〈現行改寫本西遊記之比較分析——兼論改寫古典小說的情節取捨〉,《台東師專學報》9 期,頁 545～600,1981 年 4 月。

94. 洪淑苓:〈淮海豎儒・蓬茅浪士——吳承恩的詩作與交誼〉,《歷史月刊》103 期,頁 34～39,1996 年 8 月。

95. 胥惠民、董曄、劉春燕整理:〈2002 年《西遊記》與神魔小說研討會綜述〉,《明清小說研究》2002 年 3 期,頁 244～250,2002 年。

96. 胡義成、張燕:〈《西游》作者:撲朔迷離道士影〉,《陰山學刊》14 卷 3 期,頁 39～45,2001 年 9 月胡義成、張燕:〈《西游記》作者和主旨再探〉,《甘肅社會科學》2001 第 1 期,頁 21～25、41,2001 年。

97. 胡義成、張燕:〈追加《西遊記》作者文——《西遊記》作者和主旨再探〉,《大理師專學報》,2001 年 1 期,頁 60～66,2001 年 3 月。

98. 胡義成:〈《西遊記》定稿人與全真教關係考〉,《杭州師範學院學報・社會科學版》2002 年 5 期,頁 79～84,2002 年 9 月。

99. 胡義成:〈《西遊記》首要作者是元明兩代全真教徒〉,《運城高等專科學校學報》,20 卷 2 期,頁 5～14,2002 年 4 月。

100. 胡義成:〈《西遊記》著作權學案丘處機師徒勝出〉,《邯鄲師專學報》,12 卷 4 期,頁 15～18,2002 年 12 月。

101. 胡義成:〈「西遊記」作者和主旨再探〉,《中國文化月刊》255 期,頁 107～126,2001 年 6 月。

102. 胡義成:〈今本《西游記》作者否定吳承恩,主張閻希言師徒〉,12 卷 4 期,頁 43～47,2002 年 12 月。

103. 胡義成:〈今本《西遊記》姓閻說〉,《揚州師範學報》,22 卷 2 期,頁 59～65,2003 年 6 月。

104. 胡義成:〈今本《西遊記》是明代全真道士閻蓬頭師徒撰定〉,《康定民族師範高等專科學校學報》11 卷 4 期,頁 34～37,2002 年 12 月。

105. 胡義成:〈丘處機與《西遊記》的關聯難以刈斷〉,《河池師專學報・社會

科學版》23 卷 1 期，頁 37～39，2003 年 3 月。

106. 胡義成：〈全眞教徒苦撰《西遊》四百年〉，《池州師專學報》18 卷 2 期，頁 46～52，2004 年 4 月。

107. 胡義成：〈全眞道士閔希言師徒是今本《西遊記》定稿人〉，《昌吉學院學報》2003 年 1 期，頁 8～11，2003 年。

108. 胡義成：〈全眞道士閔希言師徒與定稿今本《西遊記》〉，《寧德師專學報·哲學社會科學版》63 期，頁 26～29，2002 年 4 月。

109. 胡義成：〈再論丘處機麾下道士作《西游記》祖稿〉，《郴州師範高等專科學校學報》23 卷 6 期，頁，2002 年 12 月。

110. 胡義成：〈花落道士家──論今本《西遊記》的最後定稿者〉，《承德民族師專學報》23 卷 1 期，頁 22～27，2003 年 2 月。

111. 胡義成：〈茅山道士閔希言師徒今本《西遊記》定稿者〉，《柳州師專學報》17 卷 4 期，頁 34～37，2002 年 12 月。

112. 胡義成：〈陝西全眞道佳話丘祖孕成《西遊記》──陝西「隱型文化」研究之一〉，《安康師專學報》14 卷，頁 36～38，2002 年 12 月。

113. 胡義成：〈從作者看《西遊記》爲道教文學奇葩〉，《雲南民族學院學報·哲學社會科學版》，19 卷 6 期，頁 94～100，2002 年 11 月。

114. 胡義成：〈論今本《西遊記》定稿者即明代道士閔希言師徒〉，《南京郵電學院學報·社會科學版》5 卷 2 期，頁 14～21，2003 年 6 月。

115. 胡義成：〈論明代江蘇茅山龍門派道士閔希言師徒是今本《西遊記》定稿人〉，《江蘇教育學院學報·社會科學版》，18 卷 4 期，頁 65～68，2002 年 7 月。

116. 胡蓮玉：〈《西遊記》主題接受考論〉，《明清小說研究》總 73 期，頁 32～45，2004 年。

117. 苟波：〈試談《西遊記》的道教內涵〉，《宗教學研究》1999 年 4 期，頁 36～43，1999 年。

118. 孫安：〈《西遊記》同詞異體方言例釋〉，《淮陰師範學院學報·哲學社會科學版》23 卷，頁 830～831，2001 年 6 月。

119. 徐貞姬：〈西遊記八十一難的意義及其基型結構〉，《文學評論》7 期，頁 109～186，1983 年 4 月。

120. 徐傳武：〈「西遊記」中的五行思想〉，《歷史月刊》103 期，頁 40～45，1996 年 8 月。

121. 徐曉望：〈探索孫悟空故事起源之謎〉，《歷史月刊》103 期，頁 46～52，1996 年 8 月。

122. 袁世碩：〈清代《西遊記》道家評本解讀〉，《文史哲》2003 年 4 期，頁 150～155，2003 年。

123. 高桂惠：〈我國古典小說中的贊、賦——以「西遊記」、「封神演義」爲主的討論〉，《新亞學術集刊》13 期，頁 163～182，1994 年。

124. 康金聲：〈《西遊記》中詩詞的研究〉，《運城高等專科學校學報》19 卷 2 期，頁 8～9，2001 年 4 月。

125. 康金聲：〈近年來《西遊記》研究的成績與問題〉，《山西大學學報·哲學社會科學版》24 卷 1 期，頁 54～55，2001 年 2 月。

126. 張叉：〈豬八戒貪色之緣由考〉，《明清小說研究》2002 年 3 期，頁 27～44，2002 年。

127. 張叉：〈豬八戒貪色緣由考〉，《成都大學學報·社科版》2002 年 1 期，頁 55～59、81，2002 年。

128. 張世宏：〈談小說《西遊記》結構的兩點失誤〉，《江淮論壇》2001 年 4 期，頁 91～93，2001 年。

129. 張世宏：〈談小說《西遊記》結構的兩點失誤〉，《明清小說研究》2001 年 3 期，頁 46～51，2001 年。

130. 張安祖：〈《西遊記》詞語考釋二則〉，《明清小說研究》2003 年 3 期，頁 97～98，2003 年。

131. 張松輝：〈《西遊記》與丘長春西遊〉，《中華文化論壇》2001 第 2 期，頁 110～114，2001 年。

132. 張乘健：〈孫悟空成型考〉，《溫州師範學院學報·哲學社會科學版》，22 卷 1 期，頁 36～41，2001 年 2 月。

133. 張曼娟：〈論「西遊記」中唐僧之形象塑造〉，《明道文藝》248，頁 156～171，1996 年 11 月。

134. 張嵐嵐：〈宗教的外衣、遊戲的筆法、時代的反映——重讀《西遊記》〉，《安徽廣播電視大學學報》2003 年 1 期，頁 86～88，2003 年。

135. 張廣慶：〈《西遊記》主題研究解析〉，《濟南教育學院學報》2002 年 4 期，頁 57～60，2002 年。

136. 張曉康：〈《西遊記》之意象〉，《運城高等專科學校學報》19 卷 1 期，頁 10～12，2001 年 2 月。

137. 張曉康：〈再論《西遊記》中的湘方言〉，《湖南廣播電視大學學報》2003 年 4 期，頁 42～44、49，2003 年。

138. 張橋貴：〈「西遊記」與明代道教〉，《道教學探索》8 期，頁 361～372，1994 年 12 月。

139. 張錦池：〈論「水滸傳」和「西遊記」的神學問題〉，《人文中國學報》4 期，頁 33～60，1997 年 7 月。

140. 張靜二：〈「西遊記」中的「力」與「術」〉，《漢學研究》11 卷 2 期，頁 217～235，1993 年 12 月。

141. 張靜二：〈「西遊記」質疑〉，《中外文學》21 卷 12 期，頁 105～118，1993年 5 月。

142. 曹仕邦：〈西遊記若干情節的本源十一探〉，《中華佛學學報》5 期，頁 299～317，1992 年 7 月。

143. 曹仕邦：〈西遊記若干情節的本源十探〉，《中國書目季刊》24 卷 3 期，頁 22～37，1990 年 12 月。

144. 曹仕邦：〈「西遊記」若干情節的本源九探〉，《書目季刊》21 卷 4 期，頁 46～59，1988 年 3 月。

145. 曹仕邦：〈「西遊記」若干情節的本源八探〉，《書目季刊》20 卷 4 期，頁 10～19，1987 年 3 月。

146. 曹仕邦：〈「大話西遊」還是「史實西遊」：〈談談小說西遊記中若干情節的來源（續）〉，《香港佛教》313 期，頁 23～26，1986 年 6 月。

147. 曹仕邦：〈「大話西遊」還是「史實西遊」──談談小說西遊記中若干情節的來源（續）〉，《香港佛教》312 期，頁 25～28，1986 年 5 月。

148. 曹仕邦：〈「大話西遊」還是「史實西遊」──談談小說西遊記中若干情節的來源〉，《香港佛教》311 期，頁 15～18，1986 年 4 月。

149. 曹仕邦：〈西遊記若干情節的本源七探〉，《書目季刊》19 卷 1 期，頁 3～13，1985 年 6 月。

150. 曹仕邦：〈西遊記故事探源〉，《香港佛教》281 期，頁 17～20，1983 年 10 月。

151. 曹仕邦：〈西遊記若干情節的本源六探〉，《書目季刊》17 卷 2 期，頁 36～45，1983 年 4 月。

152. 曹仕邦：〈西遊記若干情節的本源五探〉，《書目季刊》16 卷 4 期，頁 35～43，1983 年 3 月。

153. 曹仕邦：〈西遊記若干情節的本源四探〉，《書目季刊》15 卷 3 期，頁 117～126，1981 年 12 月。

154. 曹仕邦：〈西遊記若干情節的本源三探〉，《幼獅學誌》16 卷 2 期，頁 197～210，1980 年 12 月。

155. 曹炳建：〈回眸《西游記》作者研究及我見〉，《遼寧師範大學學報‧社會科學版》25 卷 5 期，頁 82～86，2002 年 9 月。

156. 梅新林、崔小敬：〈《西遊記》百年研究：回視與超越〉，出版項不詳，頁 100～109。

157. 許勤：〈簡論《西遊記》的現實性〉，《池州師專學報》16 卷 2 期，頁 42～43，2002 年 5 月。

158. 郭健：〈《西遊記》「真經」與道教《真經歌》〉，《社會科學研究》2001 第 4 期，頁 85～87，2001。

159. 郭健:〈《西遊記》爲何不能是「證道書」〉,《重慶工業學院學報》19 卷 2 期,頁 107〜110,2005 年 2 月。

160. 郭健:〈《西遊記》與「金丹大道」──關於《西遊記》主題的幾個關鍵 問題辨析〉,《華中科技大學學報‧人文社會科學版》2002 第 6 期,頁 81 〜84,2002 年 2 月。

161. 郭健:〈建國以來《西遊記》主題述評〉,刊行出處時間不詳,頁 152〜 154

162. 郭興良:〈《西遊記》幻化描寫的文化意味〉,《曲靖師範學院學報》20 卷 1 期,頁 63〜65,2001 年 1 月。

163. 陳文新、餘來明:〈《西遊記》與神魔小說審美規範的確立〉,《東南大學 學報‧哲學社會科學版》5 卷 5 期,頁 112〜115,2003 年 9 月。

164. 陳志濱:〈西遊記的作者是誰?〉,《道教文化》1 卷 3 期,頁 38〜40,1977 年 11 月。

165. 陳金寬:〈《西遊記》宗教修行內景探微〉,《鄭州大學學報‧哲學社會科 學版》31 卷 2 期,頁 59〜62,1998 年 3 月。

166. 陳昰珍:〈「西遊記」中法術之變形──以孫悟空之七十二變爲考察〉,《大 仁學報》16 期,頁 153〜169,1998 年 3 月。

167. 陳洪、陳宏:〈論《西遊記》與全眞教之緣〉,《文學遺產》2003 年 6 期, 頁 111〜122,2003 年 12 月。

168. 陳純禛:〈觀音菩薩在「西遊記」中的地位之探討〉,《光武學報》26 期, 頁 111〜124,2003 年 3 月。

169. 陳毓羆:〈新發現的兩種《西遊》寶卷考辨〉,《中國文化》13 期,頁, 1996 年 6 月。

170. 陳劍霞:〈西遊記中唐僧師徒四眾與身心性命〉,《道教文化》1 卷 7 期, 頁 24〜25,1978 年 3 月。

171. 傅述先:〈「西遊記」中五聖的關係〉,《中華文化復興月刊》9 卷 5 期, 頁 10〜17,1976 年 5 月。

172. 敦玉林:〈《西游記》及其作者與盱眙〉,《明清小說研究》62 期,頁 182 〜191,2001 年。

173. 曾麗玲:〈「西遊記」──一個「奇幻文類」的個案研究〉,《中外文學》 19 卷 3 期,頁 85〜117,1990 年 8 月。

174. 曾馨慧:〈「西遊記」眾女妖──論英雄之女戒〉,《興大中文研究生論文 集》7 期,頁 131〜146,2002 年 9 月。

175. 程志兵、甄敬霞:〈《西遊記》中詞語對《漢語大辭典》的補正作用〉,《伊 犁師範學院學報》2001 第 3 期,頁 44〜47,2001 年。

176. 程志兵:〈《西遊記》與漢語詞匯始研究〉,《克山師專學報》2002 第 1 期,

頁 69～71，2002 年。

177. 程棟：〈《西遊記》主題「僅此一家，不需分店」嗎？〉，《運城高等專科學校學報》，19 卷 4 期，頁 11～13，2001 年 4 月。

178. 華唐：〈「西遊記」作者之謎〉，《明道文藝》264 期，頁 151～159，1998 年 3 月。

179. 華唐：〈花果山、火焰山的原型與背景〉，《明道文藝》257 期，頁 148～157，1997 年 8 月。

180. 華唐：〈孫悟空是國貨、舶來品、還是混血猴？──「西遊記」中孫悟空的原型試析〉，《明道文藝》221 期，頁 159～170，83 年 8 月。

181. 華唐：〈孫悟空爲何跳不出如來佛的手掌心？〉，《明道文藝》263 期，頁 58～67，1998 年 2 月。

182. 華唐：〈神勇無敵二郎神〉，《明道文藝》265 期，頁 105～115，1998 年 4 月

183. 項裕榮：〈《夷堅志》與小說《西遊記》──也論孫悟空的原型〉，《復旦學報‧社會科學版》2005 第 2 期，頁 121～127，2005 年。

184. 黃宇玲：〈《西遊記》長生術解讀〉，《西華師範大學學報‧哲學社會科學版》，2005 年 1 期，頁 26～29，2005 年。

185. 黃慶萱：〈西遊記的象徵世界〉，《幼獅月刊》46 卷 3 期，頁 50～61，66 年 9 月。

186. 黃慧敏：〈佛、道在《西遊記》中的地位──試述《西遊記》的宗教意識〉，《安徽電子資訊職業技術學院學報》，2003 年 3 期，頁 34～36，2003 年 3 月。

187. 黃毅、許建平：〈百年《西遊記》作者研究的回顧與反思〉，《雲南社會科學》2004 年 2 期，頁 114～119，2004 年。

188. 楊子華：〈《西遊記》與杭州的親緣關係〉，《運城高等專科學校學報》20 卷 4 期，頁 41～45，2002 年 8 月。

189. 楊昌年：〈「西遊記」的時代背景與意識指向〉，《歷史月刊》103 期，頁 28～33，1996 年 8 月。

190. 楊知勇：〈《西遊記考証》序〉，《楚雄師專學報‧社會科學版》，1994 年 2 期，頁 14～17，1994 年。

191. 楊國學：〈絲綢之路《西遊記》故事情節原型辨析〉，《明清小說研究》2002 年 3 期，頁 16～26，2002 年。

192. 楊國學：〈絲綢之路《西遊記》部分故事情節原型辨析〉，《河西學院學報》，2003 年 1 期，頁 63～68，2003 年 2 月。

193. 楊揚：〈《西游記》文體特徵再認識〉，《運城高等專科學校學報》19 卷 1 期，頁 3～6，2001 年 2 月。

194. 楊揚：〈《西遊記》形象和現代審美文化〉，《運城高等專科學校學報》20卷 4 期，頁 25～31，2002 年 8 月。

195. 葉青：〈《西遊記》反腐的深層意蘊〉，《渭南師範學院學報》17 卷增總 7期，頁 89～90，2002 年。

196. 萬維鈞：〈《西遊記》孫悟空故事的印度淵源〉，《明清小說研究》2002 年 4 期，頁 36～43，2002 年。

197. 解英蘭：〈形象奇特　魅力無比〉，《運城高等專科學校學報》19 卷 2 期，頁 10～12，2001 年 4 月。

198. 廖向東：〈士大夫文化精神的指歸──《西遊記》三教合一新論〉，《浙江師範大學學報・社會科學版》總 118 期，頁 31～36，2002 年 2 月。

199. 趙相元：〈淺說西遊記與天路歷程〉，《高雄師院學報》6 期，頁 147～174，1977 年 11 月。

200. 齊裕焜：〈《西游記》成書過程探討──從福建順昌寶山的「雙聖神位」談起〉，《海峽兩岸中國古典文獻學國際學術研討會・論文彙編》頁 74～79，2005 年 9 月。

201. 劉光華：〈西遊記裡的政治意境〉，《聯合月刊》60 期，頁 97～99，1986 年 7 月。

202. 劉宏：〈《西游記》文本意蘊新解〉，《韶關學院學報・社會科學版》23 卷 2 期，頁 24～31，2002 年 2 月。

203. 劉志生：〈《西遊記》中的選擇疑問句〉，《湖南社會科學・文教歷史》，頁 117～118，2002 年 3 月。

204. 劉辰瑩：〈《西遊記》中三教地位辨析〉，《華僑大學學報・人文社科版》2001 第 3 期，頁 83～90，2001 年 4 月。

205. 劉振傳：〈「取經人」與吳承恩──關於《西游記》作者心態的探討〉，《昌吉學院學報》2001 年 4 期，頁 32～36，2001 年 12 月。

206. 蔡鐵鷹：〈再看《西遊記》吳承恩眼中的現實社會〉，《淮陰師範學院學報・哲學社會科學版》23 卷，頁 513～516，2001 年 4 月。

207. 鄭明娳：〈中國古典小說研究書目（7）──記論著目錄〉，《中國古典小說研究專集》6 期，頁 333～348，72 年 7 月。

208. 鄭明娳：〈孫行者與猿猴故事〉，《古典文學》第 1 集，頁～256，1979 年。

209. 鄭明娳：〈陳光蕊、江流兒故事與西遊記〉，《古典文學》第 3 集，頁 307～326，1981 年 12 月。

210. 磯部彰：〈清代「西遊記」諸型態受容層──戲曲、繪畫中心〉，《漢學研究》6 卷 1 期，頁 463～486，1988 年 6 月。

211. 磯部彰著、王孝廉譯：〈「西遊記」的接納與流傳──以明代正德到崇禎年間爲中心〉，《中國古典小說研究專集》6 期，頁 141～171，1983 年 7

月。

212. 謝明勳：〈由「龍華會」一詞論「西遊記」的流傳——對日人磯部彰説法的一點商榷〉，《大陸雜誌》95 卷 1 期，頁 9～12，1997 年 7 月。

213. 謝明勳：〈百回本「西遊記」之「敘事矛盾」——孫悟空到底贏了誰的「瞌睡蟲」〉，《東華人文學報》2 期，頁 69～82，2000 年 7 月。

214. 謝明勳：〈百回本「西遊記」之唐僧「十世修行」説考論〉，《東華人文學報》1 期，115～130，1999 年 7 月。

215. 謝明勳：〈百回本「西遊記」的「敘事矛盾」之（1）——兩張「取經文牒」〉，《靜宜人文學報》8 期，頁 75～82，1996 年 7 月。

216. 謝明勳：〈百回本「西遊記」的「敘事矛盾」之（2）——「芭蕉扇」到底有幾把？〉，《靜宜人文學報》9 期，頁 99～109，1997 年 6 月。

217. 羅元信：〈西遊記補出來的問題〉，《明道文藝》248，頁 176～181，1996 年 11 月。

218. 羅盤：〈西遊記人物研究——繡花枕頭話唐僧〉，《中國語文》55 卷 6 期，頁 18～25，1984 年 12 月。

219. 羅盤：〈西遊記的主題意識〉，《中國語文》56 卷 3 期，頁 42～53，1985 年 3 月。

220. 羅龍治：〈西遊記的寓言和戲謔特質〉，《書評書目》52 期，頁 11～20，1977 年 8 月。

221. 關學智：〈《西遊記》與西方流浪漢小説之比較〉，《丹東師專學報》25 卷 6 期，頁 17～19，2003 年 6 月。

222. 蘇興、蘇鐵戈：〈《西遊記》談枝四題〉，《山西大學師範學院學報》2002 年 1 期，頁 66～70，2002 年。

223. 蘭拉成：〈《西遊記》「三教合一」思想分析〉，《西安建築科技大學學報》23 卷 3 期，頁 27～31，2004 年 9 月。

224. 蘭拉成：〈《西遊記》取經故事的生命意蘊〉，《寶雞文理學院學報·社會科學版》22 卷 1 期，頁 64～69、85，2002 年 3 月。

附錄表一 《大唐三藏取經詩話》故事內容表

回　目	故事內容	百回《西遊記》相關部分
（原缺）第一		
行程遇猴行者處第二	玄奘等六人西行取經，途中遇上「花果山紫雲洞八萬四千銅頭鐵額彌猴王」變化的白衣秀才，前來協助取經。法師應允同行，並改呼爲「猴行者」。	孫悟空原居於花果山水濂洞。因大鬧天宮，被如來佛祖定於五行山下。是唐僧行經兩界山後，揭開壓帖，釋放悟空。唐僧也稱其爲「孫行者」。 孫悟空自始徹終都是猿猴造型。
入大梵天王宮第三	猴行者有神通，能知玄奘過去世兩度西天取經未果。爲證明自己的神通，猴行者作法讓取經僧人同赴「北方大梵天王水晶宮」齋宴。因玄奘三生出世，佛教俱全，故被天王與羅漢邀請陞座講《法華經》。玄奘因過去兩回取經，皆因深沙神作孽而未竟全功。因此天王遂賜予隱形帽、金環錫杖以及鉢盂，並允諾前行若有魔難，可遙指天宮，當有救用。	孫悟空也有神通。可上天下地、七十二變，亦可知曉過去未來事。 玄奘在長安水陸大會陞座講得是《受生度亡經》、《安邦天寶篆》、《勸修功卷》等。 《西遊記》的唐僧，自觀音菩薩處取得的是錦襴袈裟一領，九環錫杖一根。唐王賞賜的則是紫金鉢盂一個。
入香山寺第四	取經一行人先經過觀音菩薩與文殊菩薩修行之「香山之寺」，猴行者請玄奘入內安歇。玄奘有孤寂之感。猴行者則預告，前行路程盡是萬種苦難，虎狼邪法。前行百里，則經「蛇子國」。雖是大小蛇無數，皆有佛性，見人不害。取經人安然度過。	《西遊記》預告前行魔障難消的是烏巢禪師。

過獅子林及樹人國第五	取經人行經「獅子林」，麒麟、獅子皆銜花前來供養。後又經「樹人國」，遭逢會使法術的主人家，將買菜的小行者變成驢子。猴行者則將主人家年僅二八的新婦，變成青草一束，放在驢子口邊。猴行者與主人家互將驢子與青草變回原來樣子，猴行者並告誡主人家，取經人將從此經過，不得妄有妖法。主人家則近前拜謝，不敢有違。	
過長坑大蛇嶺處第六	取經一行安然度過長坑、「大蛇嶺」與「火類坳」後，有白骨一具。後又遇上白虎精化成身掛白羅衣、腰繫白羅裙、手持白牡丹的<u>白衣女子</u>。猴行者與之爭戰，白虎經未伏。猴行者一叫彌猴，<u>白虎精肚內</u>遂有呼應，如此一個接著一個。後行者將彌猴化作一團大石，將白虎精肚皮撐破，七孔流血，滅除蹤跡。	取經四眾行經白虎嶺，<u>白骨夫人化身三戲唐僧</u>，致使唐僧怒逐悟空。取經一行阻於火焰山之前，悟空為向羅剎女借取芭蕉扇，化作蟭蟟蟲，順茶水飛<u>入羅剎女肚中</u>。此外小西天黃眉老佛、稀柿衕紅鱗大蟒、獅駝嶺三怪、陷空山無底洞金鼻白老鼠精等，都曾被悟空化作小蟲，鑽進肚裡作怪。
入九龍池處第七（詩原缺）	取經一行經過「九龍池」，遇上九條馗頭鼉龍作怪。猴行者將隱形帽化作遮天陣，鉢盂盛萬里水，金鐶錫杖化作鐵龍，與馗龍相鬥。猴行者戰勝馗龍，抽背脊筋一條，結成條子給玄奘繫腰後，玄奘則能行步如飛，跳迴有難之處。	
（原缺）第八	前行又遇上<u>深沙神</u>，項下掛著玄奘過去世被吃掉所剩的<u>枯骨</u>。玄奘喝斥沙神「若不改過，將一門滅絕」。深沙神遂合掌謝恩，化作金橋，協助取經人過河。	唐僧偕悟空、八戒與龍馬，在<u>流沙河</u>遇上沙僧，其形象亦是項下懸有九個取經人的頭顱。不同的是，沙僧皈依佛門，同行取經。
入鬼子母國處第九	行經「鬼子母國」，國王除了設齋供養外，還惠賜白米、珠珍、金錢、綵帛等，恭送西行。	
經過女人國處第十	取經人繼續西行，先有洪水茫茫，玄奘遙指天宮，天王護送過河。後經「<u>女人之國</u>」，女王欲請玄奘留作國王，玄奘不肯。女王遂取夜明珠五顆、白馬一疋，送取經人出城。	取經四眾行經「<u>西梁女國</u>」，先是唐僧、八戒誤喝「子母河水」，再是女王<u>留唐僧婚配</u>。
入王母池之處第十一	猴行者自述八百歲時曾進「西王母池」偷十顆蟠桃吃，還因此被判鐵棒，配在花果山紫雲洞。玄奘遂慫恿猴行者再去偷桃，猴行者不肯。正說間，有三桃掉入水中，猴行者拿出七	孫悟空因權管蟠桃園，見那蟠桃熟透，遂支開土地力士，<u>偷桃吃</u>。因此引起後來大鬧天宮等一連串事件。取經一行到達萬壽山五莊觀，鎮元

	千歲孩兒形狀給玄奘吃，和尚便走不吃。	大仙請明月、清風奉上人參果給唐僧吃。人參果三千年一開花，三千年一結果，再三千年才熟，惟模樣似小孩，唐僧拒絕。
入沉香國處第十二	經過沉香樹木列占萬里的「沉香國」。	
入波羅國處第十三	再入景象異常、瑞氣充滿之「波羅國」。	
入優鉢羅國處第十四	又入滿國瑞氣、盡是優鉢羅樹菩提花，而且無四季、日不西沉之「優鉢羅國」。	
入竺國度海之處第十五	取經一行來到「西天竺國」的「福仙寺」。寺中僧人指出佛住「雞足山」，有溪千里，過西至山又有五百餘里，人不至，鳥不飛。猴行者建議法師焚香祝禱。玄奘依所言，焚香禱告，齊聲慟哭。只見萬道毫光伴鈸聲，坐具上堆一藏經卷，共經文5048卷，只無《多心經》本。玄奘等人收拾，牽馬負載，回到唐朝。	取經四眾到達靈山腳下「玉眞觀」，金頂大仙接引取經人從觀中出後門，即望見靈山。取經一行登了靈山不久，即見一道活水，上有獨木橋，稱作「凌雲渡」。佛祖檢點有字經書5048卷予三藏，使傳回東土。
轉至香林寺受心經處第十六	回唐朝途中，一行人抵「盤律國香林市」內借宿。有定光佛化身僧侶，傳授《多心經》，囑咐玄奘等人回到唐朝，當建請皇王造寺院、崇佛法。並預告七人，將於七月十五日，返還天堂。	唐僧一行在浮屠山遇烏巢禪師，其授《多心經》一卷，54句，270字。
到西王長者妻殺兒處第十七	取經人行經河中府王長者府邸，機緣巧合下，救得其子癡那。隨即又前行趕回唐京。到京之後，皇帝百里迎接，共車回朝，皇帝封玄奘爲「三藏法師」。七月十五午時五刻，天降探蓮舡，七人遂望正西登空成仙去也。	太宗以菩薩所言「西天有經三藏」，指經取號，喚玄奘爲「三藏」。升天後，如來喚取經一行受職。三藏爲「旃檀功德佛」，孫悟空是「鬥戰勝佛」，豬八戒爲「淨壇使者」，沙悟淨封「金身羅漢」，白馬則爲「八部天龍」。

表格體例說明：

1. 《取經詩話》分爲三卷17則，則下黑線代表分卷。例如卷上即第1則至第6則。

2. 「百回《西遊記》」欄，主要是紀錄與《取經詩話》故事的異同。例如第17則，《取經詩話》與百回《西遊記》都稱玄奘爲三藏，不同的是，《取經詩話》取得經卷後受封，百回《西遊記》則是啓程時起名。

3. 若《取經詩話》有故事，而對照的「百回《西遊記》」無著錄，則表示該故事缺。

附錄表二　楊訥《楊東來先生批評西遊記》故事內容表

折　名	故事內容	百回《西遊記》相關部分
第　一　卷		
第一齣：之官逢盜	觀音菩薩預言：西天毘盧伽尊者將托化於中國海州弘農縣陳光蕊家爲子，長大後將往天竺，取大藏金經五千四十八卷。 陳蕚字光蕊，進陰海州弘農人。妻子是大將殷開山之女，懷有八個月身孕。兩人前往洪州就任知府，暫宿百花店。陳光蕊放走一尾金色鯉魚。 兩夫妻請王安僱船，搭上劉洪的船渡河，未料劉洪將陳光蕊推入河中，想假扮洪州府尹，並強佔殷氏。殷氏念腹中孩兒，暫歸順了劉洪。	與世德堂本第十一回玄奘韻文暨相關引文比較： 玄奘是無心聽佛講經的金蟬子謫凡，被金山寺遷安和尚收養。未出生前即遭「惡黨」殘害。 父親是陳光蕊，海州狀元，前往洪州赴任。 母親是一路總管殷開山之女。 金蟬遭貶第一難，出胎幾殺第二難，滿月拋江第三難，尋親報冤第四難 **與清刊百回本的江流兒故事比較：** 三藏是遭貶謫的金蟬子下凡，被金山寺法明長老收養，取了乳名江流，受戒後法名玄奘。後來應允西天取經，由太宗賜號三藏。 陳光蕊海州弘農縣人氏，受命爲江州州主，攜妻母赴任，暫歇於萬花店劉小二家。也放生一條會眨眼的金色鯉魚。被水賊推下江水中，同樣也是變化成鯉魚的龍王照護身體。 陳光蕊妻子是丞相殷開山的女兒，
第二齣：逼母棄兒	陳光蕊放走的金色鯉魚，即涇陽宮龍王所化。龍王收到觀音法旨，除護守落入海中的陳光蕊身體，也吩咐巡海夜叉，小心防護落難的毘盧伽尊者。 劉洪爲避免生事端，強迫殷氏將孩子拋入江中。殷氏將孩子放入梳匣，把金釵折成兩股繫縛在孩子身上。還咬破自己小拇指，用血寫下孩子的生月年紀，起名江流，放入水中任漂流	

第三齣：江流認親	龍王與水卒，將梳匣檯到金山寺下，被一漁人撿起，送到<u>金山寺丹霞禪師處</u>。前一日已有伽藍相報，毘盧尊者今日會到，丹霞禪師見到匣中孩子，打開血書，上寫<u>貞觀三年十月十五日子時生</u>，名叫江流，應該就是伽藍所報者。 劉洪冒任一年，即得殘疾。 丹霞禪師給江流起法名玄奘，十八歲時，將過去情事告知，並要他認親。幸好殷氏保留墨書，母子相認。	名字叫<u>溫嬌</u>，也稱作<u>滿堂嬌</u>。赴任時懷有身孕，爲了孩子，暫時順從水賊。南極星君奉觀音法旨，要滿堂嬌用心保護其子。 殷氏<u>咬下孩子左小指</u>以爲驗記，用血書寫下父母姓名來歷，安置在江邊檢拾的木板上，順水流去。 玄奘認親後，殷氏要他去萬花店尋找<u>婆婆張氏</u>，並遞書殷開山求救。張氏已成叫化子。
第四齣：擒賊雪仇	時貞觀二十一年，<u>虞世南成爲洪州太守</u>。金山寺丹霞禪師偕同玄奘，至洪州太守處告狀。官吏擒得劉洪，虞世南判推至大江剖腹獻陳光蕊。 正當殷氏與玄奘河邊祭拜，龍王駄著陳光蕊現身。 <u>觀音</u>囑咐說：「長安城中今夏大旱，可著玄奘赴京師祈雨救民。我佛有五千四十八卷大藏金經要來東土，單等玄奘來。」又對虞世南說：「老僧國祚安寧，陳光蕊全家封贈，唐三藏西天取經。」	殺害陳光蕊的水賊是<u>劉洪與李彪</u>。劉洪假扮光蕊赴任，未交代李彪下落。 世德堂本《西遊記》並無江流兒故事。明刊本可見於朱鼎臣的《鼎鍥全相唐三藏西遊記傳》第四卷。清康熙年間署名汪象旭、黃周星校評的《新鐫出像古本西遊證道書》，故事則出現在第九回。
<div align="center">第 二 卷</div>		
第五齣：詔餞西行	虞世南引薦玄奘進京晉見天子，玄奘結壇<u>請雨</u>，打坐片時，大雨三日。天子賜金襴袈裟、九環錫杖，<u>封三藏法師</u>。陳光蕊封做楚國公，殷氏封楚國夫人。 秦叔寶、房玄齡、尉遲恭奉敕送玄奘登程取經，還有許多百姓也來恭送。尉遲恭皈依玄奘，玄奘爲他起法名寶林。 玄奘<u>折一枝松插在道旁</u>，並說：「我去後，此松朝西；如朝東，小僧回也。」	唐僧自觀音菩薩處，取得的是<u>錦襴袈裟一領、九環錫杖一根</u>。唐王賞賜的則是<u>紫金鉢盂一個</u>。 玄奘回到<u>洪福寺</u>，以山門裡<u>松</u>枝指向，作爲歸程的標記。
第六齣：村姑演說	長安城外的老張、壯王二、胖姑兒都送國師三藏去西天取經。老張趕不上，先回到家，並要壯王二和胖姑兒說見聞。胖姑兒細說吹竹管、打牛皮、做院本、回回舞等。	

第七齣：木叉售馬	南海火龍本爲南海沙劫駝老龍第三子，<u>因行雨差遲，被玉帝送上斬龍臺</u>。火龍三太子求得觀音解救，化作白馬一匹。觀音又差木叉扮演馬販，將龍馬「賒」給三藏，「護法西天去，馱經東土來」。 木叉還預告，觀音已替三藏事先找好徒弟，在花果山等候。	龍馬爲<u>西海龍王敖潤</u>之子，因縱火燒了殿上明珠，被父親表奏天庭，打了三百後，將被誅殺。 觀音向玉帝求情，賜給取經人作腳力。
第八齣：華光署保	觀音因爲三藏西行多凶險，遂在海外蓬萊三島起了個<u>保會</u>，共邀集十位<u>保官</u>簽署，保唐僧沿路無事。保官分別是：觀音、李天王、那吒、灌口二郎、九曜星辰、華光天王、木叉行者、韋馱天尊、火龍太子以及迴來大權脩利。	
第 三 卷		
第九齣：神佛降孫	猴子名爲通天大聖，開天以來便有身。有大姊離山老母、二妹巫枝祇聖母、大哥齊天大聖、小弟耍耍三郎。<u>攝來金鼎國王之女爲妻</u>。 通天大聖，偷老君<u>九轉丹</u>，煉得<u>火眼金睛</u>、<u>銅筋鐵骨</u>。也偷得王母仙桃百顆、<u>仙衣</u>一套，做慶仙衣會。 李天王奉玉帝敕令，率那吒與天兵天將，直臨花果山<u>紫雲羅洞</u>。<u>通天大聖自稱一筋斗可去十萬八千里</u>，還化作蟭螟蟲，仍是被<u>李天王捉拿</u>。觀音特來求情，將通天大聖壓在花果山下，待唐僧前來，隨去取經。	孫悟空原居於花果山水濂洞，並未提及兄弟姊妹。因<u>大鬧天宮</u>，被如來佛祖定於<u>五行山下</u>。被觀音菩薩勸化後，只能靜待唐僧行經此路，揭開壓帖，才能被釋放。 悟空曾師事須菩提，菩提祖師爲他起名悟空，並以他的「猢猻」形象，起姓孫。皈依三藏後，三藏叫他行者。 觀音爲了馴服悟空，傳授三藏緊箍咒。 悟空一身行頭是從水晶宮四海龍王處取得。
第十齣：收孫演咒	三藏來到花果山紫雲羅洞，救得通天大聖。觀音現身，替通天大聖<u>起法名悟空</u>，並給他鐵戒箍戒凡性、皂直裰遮壽身、戒刀豁恩愛，要他隨師取經，又名行者。觀音還傳緊箍咒給三藏。 <u>山神預告</u>前行有流沙河，河內有怪傷人。 「將心猿緊緊牢繫住，把意馬頻頻急控馳」。	
第十一齣：行者除妖	沙和尚本爲玉皇殿前捲簾將軍，帶酒思凡，被罰在河中推沙。行者又稱他爲「回回人河裡沙」。他曾<u>吃掉九世</u>	沙和尚本是<u>靈霄殿</u>下侍<u>鑾輿</u>的捲簾<u>大將</u>，蟠桃會上失手打破玻璃盞，被貶下界，吃人爲生。有九個取經

	發願取經的僧人，所以頸項掛上九個骷髏頭。被行者勸說，皈依三藏。 黃風山（又稱三絕山）有個銀額將軍，將劉太公女兒劉大姐攝入黑風山洞裡作妻子。行者與沙僧合力收伏了銀額將軍。	人頭被他吃了後，骷髏頭浮在水面。皈依觀音後，菩薩要他將骷髏穿掛在脖子上，指沙為姓，取法名悟淨，靜待取經人。
第十二齣：鬼母皈依	紅孩兒假裝迷失，三藏要行者駝負。行者告訴要三藏別多管，引來三藏怒斥。行者發現紅孩兒是火龍變化的妖怪，遂求見觀音，觀音又求助世尊佛。世尊佛差四揭諦扛缽盂將火龍蓋住，以便引來鬼母救子。 鬼母果真前來救子，世尊佛要他皈依佛道，才能母子團圓，否則將墮入地府，永不翻身。最後佛母果然皈依。	紅孩兒是牛魔王與羅剎女的兒子，住在枯松澗火雲洞，把自己吊在樹上，要行者駝負，用計擄走三藏。是觀音用金箍咒收伏，化作善財童子。
第四卷		
第十三齣：妖豬幻惑	豬八戒原是摩利支天部下御軍將軍，下界後躲在黑風洞裡，生得喙長項闊，蹄硬鬣剛，自號「黑風大王」。他貪戀裴家小姐海棠之色，喬裝海棠自小許配訂親的朱公子，與海棠見面。 取經三人來到金鼎山國界，悟空對三藏交代前行妖怪多，切勿多管閒事。	豬八戒原是天河裡的天蓬大元帥，因帶酒戲弄嫦娥，被玉帝貶下凡。又投錯母豬胎，才變成豬模樣，住在福陵山雲棧洞中。皈依觀音後，起名豬悟能。 八戒在高老莊，騙走高老小女翠蘭。悟空與八戒相鬥並收伏他後，八戒從此跟隨取經。三藏因他不吃五葷三厭，起號為八戒。
第十四齣：海棠傳耗	豬八戒將海棠攝到黑風洞，海棠下女梅香以為海棠跟朱公子走了，裴家與朱家正在鬧官司。 豬八戒與海棠在洞中敘情，被上山勘查的行者撞見。行者用石頭砸八戒，八戒一下就不見人影。留下的海棠，將詳情一一告知行者，行者允諾將海棠訊息傳回裴家。	百回《西遊記》中的灌口二郎神與梅山六兄弟，是悟空亂蟠桃會後，觀音向玉帝舉薦降服悟空的重要天將。
第十五齣：導女還裴	就在裴家與朱家吵鬧的當口，行者將前項事告訴裴太公，被給海棠手帕示信。 行者將海棠帶回裴家，並希望裴家與朱家結為親家。 從海棠口中知道妖怪可能是豬精，怕的是二郎細犬。行者喬扮海棠坐在房中，等候妖怪，想一舉擒住。未料行者打了妖怪，妖怪攝走三藏，行者將會見觀音菩薩，請二郎救師父。	

第十六齣：細犬禽豬	灌口二郎神奉觀音法旨，前來擒拿豬八戒。二郎神告訴豬八戒，倘若皈依則拜告觀音，則著成正果；若不皈依，則死於細犬口中。但是八戒不肯。 行者用計，與八戒爭鬥之際，二郎放細犬咬住八戒。三藏見狀，爲他請命，請二郎神饒過八戒，並作爲取經護法。	
	第　五　卷	
第十七齣：女王逼配	韋馱天尊在三藏夢中，預告在女人國將有魔障。 女人國國王見三藏生得端正，想要與他婚配。行者、八戒、沙和尚同時也被女眾捉住。後來是韋馱天尊奉觀音法旨前來解救三藏，還叮嚀行者勿動凡性，儘快啓程。	三藏在女人國也被強意婚配的情節，但因爲女人國都是凡人，因此悟空用計脫困。
第十八齣：迷路問仙	取經一行離了女人國後，不知方向，遂向「採藥仙人」問路。仙人指路說：「有一山，名曰火焰山。山東邊有一女子，名曰鐵扇公主。他住的山名曰鐵鎈峰，使一柄鐵扇子，重一千餘斤。上有二十四骨，按一年二十四氣。一扇起風，二扇下雨，三扇火即滅，方可以過。」 行者拘來土地，問得鐵扇沒有丈夫，欲前往借扇，不信爭不過婆娘。	鐵扇公主就是羅刹女，牛魔王是他的丈夫，孩子是紅孩兒，持有芭蕉扇，住在翠雲山。因爲紅孩兒皈依南海觀音，對悟空懷恨在心。 悟空來借扇，兩人爭戰，羅刹女不敵，遂拿出芭蕉扇，將悟空煽往小須彌山。後求得靈吉菩薩定風丸，才不怕羅刹女的芭蕉扇。 如來佛遣來四大金剛、金頭揭諦、六甲六丁、李天王與三太子等眾神，協助降服牛魔王與羅刹女。
第十九齣：鐵扇兒威	鐵扇公主原是風部下祖師，蟠桃會帶酒與王母相爭，反天宮，才下界鐵鎈山。 行者來借扇，先是與鐵扇公主鬥嘴，再以兵器相爭。鐵扇敵不過，遂拿出扇子一扇，讓行者隨風渡江，不知所踪。行者只好求助觀音。	
第二十齣：水部滅火	觀音遣雷、電、風、雨暨水部箕水豹、壁水貐、參水猨等前去協助三藏過火焰山。 風神是世守東南巽二之神，箕水豹飛廉大將軍；雷神是太乙眞人部下謝仙火伴，霹靂將軍五雷使者；雨神是畢星屏翳之神，玄冥先生赤松子；電神是南方離火之神，鞭策雷車使者列缺仙姑。	

第　六　卷	
第二十一齣： 貧婆心印	取經一行來到中天竺國，遇上賣胡餅的貧婆。貧婆沒見過三藏，卻知他姓陳。 貧婆與三藏論金剛經、談自在心。	
第二十二齣： 參佛取經	靈鷲山上給孤長老引三藏與諸天相見。大權將經文、法寶交付三藏，只是孫悟空、豬八戒、沙和尚非人類，先證果位，不可再回東土。另遣成基、惠光、恩昉、敬測等四人，送三藏回東土，設壇興法，然後回西天。 <u>中土松枝已向東。</u>	靈山腳下<u>真觀金頂大仙</u>前來接領，並望見靈鷲高峰，佛祖聖地。只是還得經過凌雲渡，才能到得大雄寶殿取經。 取得經卷後，由悟空等護送三藏回東土。因還缺一難，所以在通天河被大白賴頭黿甩到河中，暫留陳家莊。
第二十三齣： 送歸東土	三藏因為西行路險，三徒已證得果位不再東回，遂問成基如何回到長安。成基透露路上魔障，都是「世尊強化出魔王，將你心意降」。只要心念堅定，萬里任翱翔。 三藏離京十七年，松枝向東，眾人焚香相迎。	是<u>八大金剛</u>刮起第一陣風，將他們帶離陳家莊，再刮起第二陣風，送回東土。 洪福寺樹頭向東。 升天後，三藏為「旃檀功德佛」，孫悟空是「鬥戰勝佛」，豬八戒為「淨壇使者」，沙悟淨封「金身羅漢」，白馬則為「八部天龍」。
第二十四齣： 三藏朝元	釋迦牟尼教飛仙引領三藏入靈山，慶賀他功德圓滿。	

表格體例說明：

1. 「百回《西遊記》」欄，主要是紀錄與楊訥雜劇故事的異同。

2. 倘若楊訥雜劇有故事註錄，而對照的「百回《西遊記》」欄無，則表示該故事缺。

附錄表三 朱本、陽本《西遊記》故事內容表

朱本《西遊記》		百回回目	陽本《西遊記》		百回回目
則 目	故事內容		則 目	故事內容	
1 大道育生源流出 2 石猴授師參眾仙	石猴的出生與求師須菩提。	1	1 孫悟空得仙賜姓	拜菩提祖師得姓名。	1
3 石猴修道聽講經法 4 祖師祕傳悟空道	須菩提傳七十二變化。	2	2 孫悟空得仙傳道	學得七十二變，剿滅混世魔王。	2
5 悟空練兵偷器械 6 仙奏石猴擾亂三界	悟空到龍宮與地府作亂。	3	3 猴王勒寶勾簿	龍宮地府作亂。	3
7 孫悟空拜授仙籙 8 玉皇遣將征悟空 9 孫悟空玉封齊天大聖	悟空嫌弼馬溫官小，自封齊天大聖，引來天庭討伐。	4	4 玉帝降旨招安	封作齊天大聖	4
10 亂蟠桃大聖偷丹 反天宮諸神捉怪	悟空亂蟠桃、鬧天宮。	5	5 大聖攪亂勝會	偷蟠桃、仙酒與九轉丹	5
11 觀音赴會問原因 12 小聖施威降大聖 13 大仙助法收大聖	觀音推薦二郎神下界討伐，老君助一臂之力。	6	6 真君收捉猴王	調遣二郎真君。	6
14 八卦爐中逃大聖 15 如來收壓齊天聖 16 五行山下定心猿	如來將悟空壓在五行山下，靜待取經人。	7	7 佛祖壓倒大聖	如來壓行者在五行山。	7
17 我佛造經傳極樂 18 觀音奉旨往長安	觀音與惠岸東尋取經人。	8	8 觀音路降眾妖	觀音領旨尋求取經人。	8

19 唐太宗詔開南省 20 陳光蕊及第成婚 21 劉洪謀死陳光蕊 22 小龍王救醒陳光蕊 23 殷小姐思夫生子 24 江流和尚思報本 25 小姐囑兒尋殷相 26 殷丞相爲婿報仇	江流兒故事。	世本無。清刊九回			
27 袁守誠妙算無私曲 28 老龍王拙計犯天條	涇河龍拜求太宗	9	9 魏徵夢斬老龍	涇河龍求太宗。	9
29 太宗詔魏徵救蛟龍 30 魏徵奕棋斬蛟龍 31 二將軍宮門鎮鬼 32 唐太宗地府還魂	涇河龍到地府告太宗，因魏徵書信，太宗還魂。	10	10 唐太宗陰司脫罪	太宗入地府後還魂	10
33 還受生唐王遵善果 34 劉全捨死進瓜果 35 劉全夫婦回陽世 36 度孤魂蕭瑀正空門	劉全代入地府進瓜果，劉全妻借李玉英屍體還魂。	11	11 劉全進瓜還魂	劉全進瓜，玄奘建大會	11
37 玄奘秉誠建大會 38 觀音顯像化金蟬 39 唐太宗描寫觀音像	觀音將袈裟、錫杖等交給三藏，三藏啓程西行。	12	12 唐三藏起程往西	三藏啓程取經。	12
40 三藏起程陷虎穴 41 雙岔嶺伯欽留僧	伯欽打虎救三藏。	13	13 唐三藏被難得救	雙岔嶺金星指路。	13
42 五行山心猿歸正 43 孫悟空滅除六賊 44 觀音顯聖賜緊箍 45 三藏授法降行者	三藏收得行者爲徒，觀音傳授緊箍咒。	14	14 唐三藏收伏孫行者	孫行者歸化。	14
46 蛇盤山諸神暗佑	行者收得玉龍三太子爲三藏腳力。	15	15 唐三藏收伏龍馬	龍馬作腳力。	15
47 孫行者降伏火龍				觀音院失袈裟，觀音降服黑風怪。	16、17
48 觀音收伏黑妖	觀音院失卻袈裟，觀音收黑風怪。	16、17	16 觀音收伏黑妖		
49 三藏收伏豬八戒	高老莊遇上豬八戒。 豬八戒皈依唐僧。	18、19	17 唐三藏收伏豬八戒	高老莊遇上豬精。 豬八戒皈依唐僧。	18、19
	烏巢禪師指路。	19		烏巢禪師指路。	19

50 唐三藏被妖捉獲	靈吉菩薩協助收伏黃風嶺黃尾貂鼠。	20、21	18 唐三藏被妖捉獲	黃風嶺之難，靈吉協助收妖。	20、21
51 孫行者收妖救師			19 孫悟空收妖救師		
52 唐僧收伏沙悟淨	沙僧皈依，加入取經。	22	20 唐僧收伏沙悟淨	沙僧皈依。	22
53 豬八戒思淫被難	四聖點化取經人。	23	21 豬八戒思淫被難	四聖試煉。	23
54 孫行者五庄觀內偷果	行者偷果推樹，爲鎮元大仙所困。	24-26	22 孫行者五庄觀內偷果	行者偷果推樹，爲鎮元大仙所困。	24-26
55 唐三藏逐去孫行者	行者求方醫活人參樹。		23 唐三藏逐去孫行者	行者求方醫活人參樹。	
	白骨精作怪悟空被逐。	27		白骨精作怪悟空被逐。	27
56 唐三藏師徒被難	黃袍怪擄走唐僧，八戒告求行者救師。	28-31	24 唐三藏師徒被難	黃袍怪擄走唐僧，八戒告求行者救師。	28-31
57 豬八戒請行者救師			25 豬八戒請行者救師		
58 孫悟空收妖救師			26 孫悟空收妖救師		
59 唐三藏師徒被妖捉	蓮花洞遇上金角、銀角，老君協助收妖。	32-35	27 唐三藏師徒被妖捉	蓮花洞遇上金角、銀角，老君協助收妖。	32-35
60 孫行者收伏妖魔			28 孫行者收伏妖魔		
			29 唐三藏夢鬼訴冤	寶林寺暫宿。	36
			30 孫行者收伏青獅精	烏雞國驅逐青毛怪	37-39
61 唐三藏收妖過黑河	紅孩兒作怪。	40-42	31 唐三藏收妖過黑河	紅孩兒作怪。	40-42
	敖順協降黑水河鼉怪。	43		敖順協降黑水河鼉怪。	43
			32 唐三藏收妖過通天河	車遲國與三力鬥法。	44-46
				通天河受阻，觀音協助	47-49
62 觀音老君收伏妖魔	老君收金兜山獨角兒。	50-52	33 觀音老君收伏妖魔	老君收金兜山獨角兒。	50-52
	誤喝子母河水。	53		誤喝子母河水。	53
	西梁女國婚配。	54	34 昴日星官收蠍精	西梁女人國留婚。	54
	毒敵山蠍子覷覿三藏。	55		毒敵山蠍子覷覿三藏	55

朱本			陽本		
63 孫行者被弨猴紊亂	六耳彌猴假扮行者。	56-58	35 孫行者被弨猴紊亂	六耳彌猴假扮行者。	56-58
	火焰山借芭蕉扇。	59-61	36 題聖印彌勒佛收妖	火焰山借芭蕉扇。	59-61
	祭賽國救僧眾。	62-63		祭賽國救僧眾。	62-63
	荊棘嶺樹精迷三藏。	64		荊棘山樹精迷三藏。	64
	黃眉大王假設小雷音。	65-66		黃眉大王假設小雷音。	65-66
64 三藏過朱紫獅駝二國	稀屎洞大蛇攔路。	67	37 三藏過朱紫獅駝二國	稀屎洞大蛇攔路。	67
	朱紫國降服賽太歲。	68-71		朱紫國降服賽太歲。	68-71
	誤入盤絲洞。	72		誤入盤絲洞。	72
	多目怪下毒。	73		黃花觀多目怪下毒。	73
	獅駝國除三妖。	74-77		獅駝國菩薩除三妖。	74-77
65 三藏歷經諸難已滿	比尼國驅逐國丈。	78-79	38 三藏歷盡諸難已滿	比尼國驅逐國丈。	78-79
	陷空洞地湧夫人。	80-83		陷空洞地湧夫人。	80-83
	隱霧山南山大王擋路。	85-86		隱霧山南山大王擋路。	85-86
	鳳仙郡暴紗亭失兵器。	88-90		鳳仙郡暴紗亭失兵器。	88-90
				金平府觀燈收牛精。	91-92
	天竺國招婚。	93-95		天竺國招婚。	93-95
	銅臺府被監禁。	96-97		銅臺府被監禁。	96-97
66 三藏見佛求經	過淩雲渡。	98	39 三藏見佛求經	過淩雲渡。	98
67 唐三藏取經團圓	通天河又一難。	99-100	40 三藏取經團圓	通天河又一難。	99-100

表格體例說明：

1. 左欄為朱本、右欄是陽本，藉以比對所載錄的《西遊》故事異同。

2. 倘若朱本有則目及故事，對照陽本無，即代表陽本該故事缺錄。反之亦同。例如朱本第 19 則至第 26 則為江流兒故事，陽本無。陽本第 38 則略提三藏金平府觀燈，朱本即無。

3. 則下黑線，代表分卷。例如朱本十卷 67 則，卷一即第 1 則至第 4 則。陽本四卷 40 則，卷一即第 1 則至第 10 則。

附錄表四　繁簡本《西遊記》回目比較表

朱本《西遊記》	百回本《西遊記》	陽本《西遊記》
1 大道育生源流出 2 石猴授師參眾仙	第一回 靈根育孕源流出，心性修持大道生	1 孫悟空得仙賜姓
3 石猴修道聽講經法 4 祖師祕傳悟空道	第二回 悟徹菩提眞妙理，斷魔歸本合元神	2 孫悟空得仙傳道
5 悟空練兵偷器械 6 仙奏石猴擾亂三界	第三回 四海千山皆拱伏，九幽十類盡除名	3 猴王勒寶勾簿
7 孫悟空拜授仙籙 8 玉皇遣將征悟空 9 孫悟空玉封齊天大聖	第四回 官封弼馬心何足，名注齊天意未寧	4 玉帝降旨招安
10 亂蟠桃大聖偷丹 反天宮諸神捉怪	第五回 亂蟠桃大聖偷丹，反天宮諸神捉怪	5 大聖攪亂勝會
11 觀音赴會問原因 12 小聖施威降大聖 13 大仙助法收大聖	第六回 觀音赴會問原因，小聖施威降大聖	6 眞君收捉猴王
14 八卦爐中逃大聖 15 如來收壓齊天聖 16 五行山下定心猿	第七回 八卦爐中逃大聖，五行山下定心猿	7 佛祖壓倒大聖
17 我佛造經傳極樂 18 觀音奉旨往長安	第八回 我佛造經傳極樂，觀音奉旨上長安	8 觀音路降眾妖
19 唐太宗詔開南省 20 陳光蕊及第成婚 21 劉洪謀死陳光蕊 22 小龍王救醒陳光蕊 23 殷小姐思夫生子 24 江流和尚思報本 25 小姐囑兒尋殷相 26 殷丞相爲婿報仇	清刊本之回目： 第九回 陳光蕊赴任逢災，江流僧復讎報本	

27 <u>袁守誠妙算無私曲</u>	第九回 <u>袁守誠妙算無私曲</u>，<u>老龍王拙計犯天條</u>	9 魏徵夢斬老龍
28 <u>老龍王拙計犯天條</u>		
29 太宗詔魏徵救蛟龍	第十回 <u>二將軍宮門鎮鬼</u>，唐太宗地府還魂	10 唐太宗陰司脫罪
30 魏徵奕棋斬蛟龍		
31 <u>二將軍宮門鎮鬼</u>		
32 <u>唐太宗地府還魂</u>		
33 <u>還受生唐王遵善果</u>	第十一回 <u>受生唐王遵善果</u>，度孤魂蕭瑀正空門	11 劉全進瓜還魂
34 劉全捨死進瓜果		
35 劉全夫婦回陽世		
36 <u>度孤魂蕭瑀正空門</u>		
37 <u>玄奘秉誠建大會</u>	第十二回 <u>玄奘秉誠建大會</u>，觀音顯像化金蟬	12 唐三藏起程往西
38 <u>觀音顯像化金蟬</u>		
39 唐太宗描寫觀音像		
40 三藏起程陷虎穴	第十三回 陷虎穴金星解厄，<u>雙叉嶺伯欽留僧</u>	13 唐三藏被難得救
41 <u>雙叉嶺伯欽留僧</u>		
42 五行山心猿歸正	第十四回 心猿歸正，六賊無蹤	14 唐三藏收伏孫行者
43 孫悟空滅除六賊		
44 觀音顯聖賜緊箍		
45 三藏授法降行者		
46 蛇盤山諸神暗佑	第十五回 蛇盤山諸神暗佑，鷹愁澗意馬收韁	15 唐三藏收伏龍馬
47 孫行者降伏火龍		
	第十六回 觀音院僧謀寶貝，黑風山怪竊袈裟	
48 觀音收伏黑妖	第十七回 孫行者大鬧黑風山，觀世音收伏熊羆怪	16 觀音收伏黑妖
	第十八回 觀音院唐僧脫難，高老莊大聖降魔	
49 三藏收伏豬八戒	第十九回 雲棧洞悟空收八戒，浮屠山玄奘受心經	17 唐三藏收伏豬八戒
50 唐三藏被妖捉獲	第二十回 黃風嶺唐僧有難，半山中八戒爭先	18 唐三藏被妖捉獲
51 孫行者收妖救師	第二十一回 護法設莊留大聖，須彌靈吉定風魔	19 孫悟空收妖救師
52 唐僧收伏沙悟淨	第二十二回 八戒大戰流沙河，木叉奉法收悟淨	20 唐僧收伏沙悟淨

53 豬八戒思淫被難	第二十三回　三藏不忘本，四聖試禪心	21 豬八戒思淫被難
54 孫行者五庄觀內偷果	第二十四回　萬壽山大仙留故友，五莊觀行者竊人參	22 孫行者五庄觀內偷果
55 唐三藏逐去孫行者	第二十五回　鎮元仙趕捉取經僧，孫行者大鬧五莊觀	
	第二十六回　孫悟空三島求方，觀世音甘泉活樹	23 唐三藏逐去孫行者
	第二十七回　屍魔三戲唐三藏，聖僧恨逐美猴王	
56 唐三藏師徒被難	第二十八回　花果山群猴聚義，黑松林三藏逢魔	24 唐三藏師徒被難
57 豬八戒請行者救師	第二十九回　脫難江流來國土，承恩八戒轉山林	25 豬八戒請行者救師
	第三十回　邪魔侵正法，意馬憶心猿	
58 孫悟空收妖救師	第三十一回　豬八戒義激猴王，孫行者智降妖怪	26 孫悟空收妖救師
59 唐三藏師徒被妖捉	第三十二回　平頂山功曹傳信，蓮花洞木母逢災	27 唐三藏師徒被妖捉
	第三十三回　外道迷真性，元神助本心	
60 孫行者收伏妖魔	第三十四回　魔王巧算困心猿，大聖騰那騙寶貝	28 孫行者收伏妖魔
	第三十五回　外道施威欺正性，心猿獲寶伏邪魔	
	第三十六回　心猿正處諸緣伏，劈破傍門見月明	29 唐三藏夢鬼訴冤
	第三十七回　鬼王夜謁唐三藏，悟空神化引嬰兒	
	第三十八回　嬰兒問母知邪正，金木參玄見假真	30 孫行者收伏青獅精
	第三十九回　一粒金丹天上得，三年故主世間生	
	第四十回　嬰兒戲化禪心亂，猿馬刀圭木母空	
	第四十一回　心猿遭火敗，木母被魔擒	
61 唐三藏收妖過黑河	第四十二回　大聖殷勤拜南海，觀音慈善縛紅孩	31 唐三藏收妖過黑河
	第四十三回　黑河妖孽擒僧去，西洋龍子捉鼉回	

	第四十四回 法身元運逢車力,心正妖 邪度脊關	
	第四十五回 三清觀大聖留名,車遲國 猴王顯法	32 唐三藏收妖過通天河
	第四十六回 外道弄強欺正法,心猿顯 聖滅諸邪	
	第四十七回 聖僧夜阻通天河,金木垂 慈救小童	
	第四十八回 魔弄寒風飄大雪,僧思拜 佛履層冰	
	第四十九回 三藏有災沉水宅,觀音救 難現魚籃	
	第五十回 情亂性從因愛欲,神昏心動 遇魔頭	33 觀音老君收伏妖魔
	第五十一回 心猿空用千般計,水火無 功難煉魔	
62 觀音老君收伏妖魔	第五十二回 悟空大鬧金兜洞,如來暗 示主人公	
	第五十三回 禪主吞餐懷鬼孕,黃婆運 水解邪胎	
	第五十四回 法性西來逢女國,心猿定 計脫煙花	34 昴日星官收蠍精
	第五十五回 色邪淫戲唐三藏,性正修 持不壞身	
	第五十六回 神狂誅草寇,道昧放心猿	
	第五十七回 眞行者落伽山訴苦,假猴 王水簾洞謄文	35 孫行者被弭猴紊亂
	第五十八回 二心攪亂大乾坤,一體難 修眞寂滅	
63 孫行者被弭猴紊亂	第五十九回 唐三藏路阻火焰山,孫行 者一調芭蕉扇	
	第六十回 牛魔王罷戰赴華筵,孫行者 二調芭蕉扇	
	第六十一回 豬八戒助力破魔王,孫行 者三調芭蕉扇	
	第六十二回 滌垢洗心惟掃塔,縛魔歸 正乃修身	36 題聖印彌勒佛收妖
	第六十三回 二僧蕩怪鬧龍宮,群聖除 邪獲寶貝	
	第六十四回 荊棘嶺悟能努力,木仙庵 三藏談詩	
	第六十五回 妖邪假設小雷音,四眾皆 遭大厄難	
	第六十六回 諸神遭毒手,彌勒縛妖魔	

	第六十七回　拯救駝羅禪性穩，脫離穢汙道心清	
	第六十八回　朱紫國唐僧論前世，孫行者施為三折肱	
	第六十九回　心主夜間修藥物，君王筵上論妖邪	
	第七十回　妖魔寶放煙沙火，悟空計盜紫金鈴	
	第七十一回　行者假名降怪犼，觀音現像伏妖王	
64 三藏過朱紫獅駝二國	第七十二回　盤絲洞七情迷本，濯垢泉八戒忘形	37 三藏過朱紫獅駝二國
	第七十三回　情因舊恨生災毒，心主遭魔幸破光	
	第七十四回　長庚傳報魔頭狠，行者施為變化能	
	第七十五回　心猿鑽透陰陽竅，魔主還歸大道眞	
	第七十六回　心神居舍魔歸性，木母同降怪體眞	
	第七十七回　群魔欺本性，一體拜眞如	
65 三藏歷經諸難已滿	第七十八回　比丘憐子遣陰神，金殿識魔談道德	38 三藏歷盡諸難已滿
	第七十九回　尋洞求妖逢老壽，當朝正主救嬰兒	
	第八十回　姹女育陽求配偶，心猿護主識妖邪	
	第八十一回　鎭海寺心猿知怪，黑松林三眾尋師	
	第八十二回　姹女求陽，元神護道	
	第八十三回　心猿識得丹頭，姹女還歸本性	
	第八十四回　難滅伽持圓大覺，法王成正體天然	
	第八十五回　心猿妒木母，魔主計吞禪	
	第八十六回　木母助威征怪物，金公施法滅妖邪	
	第八十七回　鳳仙郡冒天致旱，孫大聖勸善施霖	

	第八十八回 禪到玉華施法會，心猿木土授門人	
	第八十九回 黃獅精虛設釘鈀會，金木土計鬧豹頭山	
	第九十回 師獅授受同歸一，<u>盜道纏禪淨九靈</u>	
	第九十一回 金平府元夜觀燈，玄英洞唐僧供狀	
	第九十二回 三僧大戰青龍山，四星挾捉犀牛怪	
	第九十三回 給孤園問古談因，天竺國朝王遇偶	
	第九十四回 四僧宴樂御花園，一怪空懷情慾喜	
	第九十五回 假合形骸擒玉兔，眞陰歸正會靈元	
	第九十六回 寇員外喜待高僧，唐長老不貪富貴	
	第九十七回 金酬外護遭魔毒，聖顯幽魂救本原	
66 三藏見佛求經	第九十八回 猿熟馬馴方脫殼，功成行滿見眞如	39 三藏見佛求經
67 唐三藏取經團圓	第九十九回 九九數完魔刬盡，三三行滿道歸根 第一百回 徑回東土，五聖成眞	40 三藏取經團圓

表格體例說明：

1. 左欄位爲朱本、中間欄位是百回本、右欄位是陽本，比較同一故事的回目異同。

2. 文字加底線者，如<u>觀音赴會問原因</u>，表示朱本與世德堂本的回目相同。

3. 文字加框者，如 第八十七回 鳳仙郡冒天致旱，孫大聖勸善施霖 ，表示朱本與陽本皆無此回故事。

4. 文字加框者加網底者，如 48 觀音收伏黑妖 ，表示兩本回目相同，值得注意。

附錄表五　小說史與文學史評介清刊本《西遊記》內容表

編／作者	書名／出版年	評介內容／頁碼
魯迅	中國小說史略	……或云勸學，或云談禪，或云講道，皆闡明理法，文辭甚繁。然作者皆儒生，此書則實出于遊戲，亦非語道，故全書僅偶見五行生剋之常談，尤未學佛，故末回至有荒唐無稽之經目，特緣混同之教，流行來久，故其著作，乃亦釋家與老君同流，眞性與元神雜出，<u>使三教之徒，皆得隨宜附會而已</u>。（頁148）
	中國小說的歷史的變遷	至於說到這書的宗旨，則是有人說是勸學；有人說是談禪；有人說是講道；議論很紛紛。但據我看來，實不過出於作者之遊戲，只因他受了三教同源的影響，所以釋迦，老君，觀音，眞性，元神之類，無所不有，使無論什麼教徒，皆可隨宜附會而已。（頁534）
胡適	《西遊記考證》／1923	這種詼諧裡含有一種<u>尖刻的玩世主</u>義。《西遊記》的文學價值正在這裡。 《西遊記》被這三百年來的無數道士、和尚、秀才弄壞了。道士說，這部書是一部金丹妙訣。和尚說，這是禪門心法。秀才說，這部書是一部正心誠意的理學書。這些解說都是《西遊記》的大仇敵。現在我們把那些什麼悟一子和什麼悟元子等等的「眞詮」「原旨」一概刪去了，<u>還他一個本來面目</u>。（頁75）
鄭振鐸	繪圖本《中國文學史》／1932	<u>吳氏</u>依據大典本以成其骨骼，更雜以詼諧，間以刺諷，或有意的用以說說道理，談談玄解。於是後之解說便多。或以爲作者是以此闡佛的，或以爲作者是講修鍊的，或以爲作者是用以討論儒家的明心見性之學的。總之，<u>他們是無一是處</u>。作者難免故弄滑稽，談談久已深入民間及文人的哲學中的五行的相生相剋等等之說，然<u>決不是有意的處處如此佈置的</u>。（頁912）
	《中國文學研究》	那些《眞詮》、《原旨》、《正旨》以及《證道書》等，以《易》、以《大學》、以仙道來解釋《西遊記》的書都是<u>帶上了一副著色眼鏡</u>，在大白天說夢話。

王夢鷗等	《中國文學的發展概述》／1982	吳承恩生長在儒釋道三教思想雜揉的時代，《西遊記》似乎有意運用五行思想為敘事的架構，其中還有義理和道教煉丹的詞彙，將單純的佛教徒取經故事演繹成別有寓意的小說，明清的批評家常依個人對三教的偏向而作出符合各別教義的解說。（頁 291）
胡雲翼	《中國文學史》／1982	（吳承恩）評著他天縱的英才，把許多材料很適合的組織起來，又加上取多新的想像創造成分，用一枝生花妙筆，把那許多唐三藏孫行者等西行取經，歷經八十一難的神怪故事，竟寫成一部極有藝術意味的大著作。……內容雖專講神魔佛法，卻也沒有什麼精微的深意，不是宣傳什麼宗教的道理，作者只以奇幻思想作詼諧有趣的小說，故能成為一部三百年來極受一般社會歡迎的大傑作。（頁 178）
譚正璧	《中國小說發達史》／1978	承恩依據大典本以為骨格，更雜以詼諧，間以刺諷，或有意的用以說說道理，談談玄解。於是引起後來的種種解說：或以為作者是以此闡明佛理的，或以為作者是講修鍊的，或以為作者是用以討論儒家的明心見性的學問的。總之，仁者見仁，智者見者，反弄得一無是處。我們為什麼定要扭著儒釋道三教的妄測之談而不當它一部偉大的浪漫故事看呢？（頁 325）
柳存仁	《中國文學史》／1979	……但作者的想像力極大，寫三藏取經途中遇到種種妖魔的危害，和三徒弟們的保護，歷盡八十一難的苦楚，皆非最偉大的神話小說家不能寫出，何況作者更描寫渲染得極藝術之能事呢。（頁 243）
游國恩等主編	《中國文學史》／1986	案：作者是吳承恩。（1）透過創作把宣揚佛教精神、歌誦虔誠佛教徒為主的故事，改造為具有鮮明的民主傾向和時代特徵的神話小說。（2）體現人民理想的孫悟空卻成為全書最突出的中心人物。（3）把許多人所熟雙的神話人物、神話故事有機的組織到取經題材之中，賦予他們心的意義和新的生命。（4）以諷刺、幽默的筆調，渲染有關取經故事的神話傳說，賦予作品以獨特的藝術風格。（第四冊，頁90）
齊裕焜主編	《中國古代小說演變史》／1990	案：作者是吳承恩。作者除指出《西遊記》的神話性與奇幻性，也從三個部分談《西遊記》的藝術特徵，分別是：以幻想的形式表現真實的內容，以具體的描繪象徵抽象的哲理，以美醜的外形對應醜美的內質，以詼諧的筆調寄寓嚴肅的諷刺。（頁 308 至頁 316）
謝謙主編	《中國文學》／1999	案：將《西遊記》歸入「神魔小說」類，並解釋：「由於神魔小說充滿幻想，情節離奇，給讀者以巨大的想像空間，也容易作出附會的解釋。其實神魔小說多是為了有趣好玩，並沒有嚴肅的思考或深刻的寓意。」（頁 212）其後輯錄有尤侗《西遊真詮序》、劉一明《西遊原旨序》、魯迅《中國小說史略》及胡適《西遊記考證》等資料。

李修生、趙義山	《中國分體文學史・小說卷》／2001	案：將《西遊記》定位爲「神魔小說」。主要從表意層、寓意層、哲理層看《西遊記》的成書含意。又從孫悟空的形象內涵及《西遊記》的形象塑造等，評論藝術特徵。（頁279至頁293）
楊義	《中國古典白話小說史論》／1995	這種三教歸一，借發掘自我的生命根性去體誤天地玄奧眞諦的文化思路，也是《西遊記》作者汲取當時文化思潮而創造神話世界的基本思路。……可以把西行取經的艱難歷程，當作是對人的信仰、意志和心性的挑戰，以及應戰和昇華的歷程來解讀。這個紐結是整部神話小說的隱喻所在。（頁167）

附錄表六　《西遊原旨》韻文保留統計表

世德堂本	西遊原旨		兩本差		山水景物		人物情狀		宴會佳餚		風沙爭鬥		聯句歌吟		兵器物品		卷末詩		開卷詩		其他	
	註	未註			原本	保留	原本	保留	原本	保留	原本	保留	原本	保留	原本	保留	原本	保留	原本	保留	原本	保留
1	19	5	1	-13	0.3	7	0	8	3	1	0	0	0	1	1	0	0	1	1	1	1	0	0
2	9	7	1	-1	0.9	2	1	3	3	0	0	0	0	3	3	0	0	1	1	0	0	0	0
3	2	1	0	-1	0.5	0	0	0	0	0	0	1	0	0	0	0	0	1	1	0	0	0	0
4	7	1	1	-5	0.3	1	1	2	0	0	0	2	0	0	0	1	0	1	1	0	0	0	0
5	7	0	2	-5	0.3	1	1	1	0	1	1	3	0	0	0	0	0	1	0	0	0	0	0
6	4	0	0	-4	-	0	0	1	0	0	0	2	0	0	0	0	0	1	0	0	0	0	0
7	16	6	1	-9	0.4	0	0	6	5	3	0	1	0	3	2	0	0	2	0	1	0	0	0
8	16	3	1	-12	0.3	1	0	9	3	0	0	2	0	3	0	0	0	0	0	1	1	0	0
13	11	2	0	-9	0.2	4	0	4	1	0	0	1	0	0	0	0	0	0	0	1	0	1	1
14	4	1	1	-2	0.5	2	0	1	1	0	0	0	0	0	0	0	0	0	0	1	1	0	0
15	5	0	1	-4	0.2	2	1	1	0	0	0	1	0	0	0	1	0	0	0	0	0	0	0
16	9	1	0	-8	0.1	2	0	4	1	0	0	1	0	0	0	1	0	1	0	0	0	0	0
17	12	2	2	-8	0.3	5	1	4	3	0	0	2	0	0	0	0	0	0	0	0	0	0	0
18	4	1	1	-2	0.5	1	0	2	1	0	0	0	0	0	0	0	0	0	0	0	0	0	0
19	8	5	0	-3	0.6	1	0	3	3	0	0	1	0	0	0	1	1	1	0	0	0	1	1
20	9	2	1	-6	0.3	3	0	2	1	0	0	2	0	0	0	0	0	1	1	1	1	0	0
21	10	3	1	-6	0.4	2	1	3	0	0	0	3	1	0	0	0	0	0	0	0	0	2	2
22	8	5	0	-3	0.6	0	0	3	3	0	0	3	1	0	0	1	1	0	0	0	0	0	0
23	12	5	4	-3	0.8	0	0	6	6	0	0	3	2	0	0	1	1	1	1	1	1	1	1
24	6	2	0	-4	0.3	4	1	2	1	0	0	1	0	0	0	0	0	0	0	0	0	0	0
25	4	1	0	-3	0.3	0	0	3	1	0	0	1	0	0	0	0	0	0	0	0	0	0	0
26	13	4	1	-8	0.4	3	0	8	4	0	0	0	0	0	0	0	0	1	0	1	1	0	0
27	6	0	2	-4	0.3	1	0	5	2	0	0	0	0	0	0	0	0	0	0	0	0	0	0
28	9	1	0	-8	0.1	3	0	3	1	0	0	3	0	0	0	0	0	0	0	0	0	0	0
29	4	2	1	-1	0.8	1	0	1	1	0	0	1	1	0	0	0	0	0	0	1	1	0	0
30	8	1	4	-3	0.6	1	0	6	5	0	0	1	0	0	0	0	0	0	0	0	0	0	0

31	3	2	0	-1	0.7	0	0	0	0	0	0	1	0	0	0	0	0	1	1	1	1	0	0
32	9	0	1	-8	0.1	2	0	5	1	0	0	0	0	0	0	1	0	1	0	0	0	0	0
33	3	0	0	-3	-	0	0	2	0	0	0	1	0	0	0	0	0	0	0	0	0	0	0
34	4	1	0	-3	0.3	0	0	2	0	0	0	1	0	0	0	0	0	1	1	0	0	0	0
35	8	3	1	-4	0.5	0	0	3	0	0	0	3	2	0	0	0	0	1	1	1	0	0	0
36	12	5	1	-6	0.5	3	0	3	1	0	0	0	0	4	4	1	0	1	1	0	0	0	0
37	6	2	0	-4	0.3	0	0	3	1	0	0	2	0	0	0	1	1	0	0	0	0	0	0
38	4	4	0	0	1.0	2	2	1	1	0	0	0	0	0	0	0	0	0	0	1	1	0	0
39	6	2	0	-4	0.3	1	0	3	2	0	0	1	0	0	0	0	0	1	0	0	0	0	0
40	5	2	0	-3	0.4	2	0	1	1	0	0	1	0	0	0	0	0	1	1	0	0	0	0
41	10	3	1	-6	0.4	1	0	4	2	0	0	4	1	0	0	0	0	0	0	1	1	0	0
42	4	1	0	-3	0.3	0	0	3	0	0	0	0	0	0	0	0	0	1	1	0	0	0	0
43	8	1	1	-6	0.3	1	0	3	1	0	0	3	0	0	0	0	0	1	1	0	0	0	0
44	7	0	2	-5	0.3	1	0	5	2	0	0	0	0	0	0	0	0	0	1	1	0	0	0
45	9	2	0	-7	0.2	0	0	5	1	0	0	1	0	0	0	0	0	1	1	0	0	2	0
46	5	4	1	0	1.0	0	0	4	4	0	0	0	0	0	0	0	0	1	1	0	0	0	0
47	5	1	2	-2	0.6	2	1	3	2	0	0	0	0	0	0	0	0	0	0	0	0	0	0
48	7	1	0	-6	0.1	3	0	2	0	0	0	0	0	0	0	1	0	1	1	0	0	0	0
49	9	3	0	-6	0.3	0	0	4	2	0	0	1	1	0	0	3	0	1	0	0	0	0	0
50	8	3	0	-5	0.4	2	0	3	1	0	0	1	0	0	0	0	0	1	1	1	1	0	0
51	9	2	0	-7	0.2	0	0	3	1	0	0	4	0	1	0	0	0	1	1	0	0	0	0
52	5	0	0	-5	-	1	0	2	0	0	0	2	0	0	0	0	0	0	0	0	0	0	0
53	11	2	0	-9	0.2	4	0	3	1	0	0	2	0	0	0	0	0	1	1	1	0	0	0
54	7	2	3	-2	0.7	1	1	5	3	0	0	0	0	0	0	0	0	1	1	0	0	0	0
55	6	1	0	-5	0.2	0	0	4	0	0	0	1	0	0	0	0	0	1	1	0	0	0	0
56	7	3	0	-4	0.4	3	0	1	0	0	0	0	0	0	0	0	0	1	1	1	1	1	1
57	4	2	0	-2	0.5	1	0	2	1	0	0	0	0	0	0	0	0	1	1	0	0	0	0
58	5	4	0	-1	0.8	0	0	0	0	0	0	2	1	0	0	0	0	1	1	0	0	2	2
59	8	2	0	-6	0.3	2	0	2	0	0	0	1	0	1	0	0	0	1	1	1	1	0	0
60	9	0	1	-8	0.1	3	0	4	0	0	0	1	0	0	0	1	0	0	0	0	0	0	0
61	9	5	0	-4	0.6	0	0	2	2	0	0	6	2	0	0	0	0	1	1	0	0	0	0
62	8	3	1	-4	0.5	5	1	1	1	0	0	0	0	0	0	0	0	1	1	1	1	0	0
63	6	1	0	-5	0.2	0	0	3	0	0	0	2	0	0	0	0	0	1	1	0	0	0	0
64	26	2	17	-7	0.7	4	2	6	5	0	0	0	0	16	12	0	0	0	0	0	0	0	0
65	9	2	0	-7	0.2	3	0	4	1	0	0	1	0	0	0	0	0	1	1	0	0	0	0
66	10	1	2	-7	0.3	3	0	4	0	0	0	2	0	0	0	0	0	1	1	0	0	0	0
67	7	3	1	-3	0.6	0	0	5	3	0	0	1	0	0	0	0	0	1	1	0	0	0	0
68	6	4	1	-1	0.8	2	1	2	2	0	0	0	0	0	0	0	0	1	1	1	1	0	0
69	7	5	0	-2	0.7	0	0	1	0	1	0	0	0	0	0	4	4	1	1	0	0	0	0
70	12	2	3	-7	0.4	1	0	7	4	0	0	3	0	0	0	0	0	1	1	0	0	0	0
71	10	5	2	-3	0.7	1	0	4	3	0	0	1	0	0	0	2	2	1	1	1	1	0	0
72	11	2	2	-7	0.4	4	1	7	3	0	0	0	0	0	0	0	0	0	0	0	0	0	0
73	10	3	0	-7	0.3	2	1	5	0	0	0	1	0	0	0	1	1	1	1	0	0	0	0
74	3	1	0	-2	0.3	1	0	0	0	0	0	0	0	0	0	0	0	1	0	1	1	0	0
75	10	1	0	-9	0.1	1	0	7	1	0	0	1	0	0	0	1	0	0	0	0	0	0	0
76	3	0	0	-3	-	0	0	0	0	0	0	2	0	0	0	0	0	1	0	0	0	0	0

回	世德堂本	西遊原旨 註	西遊原旨 未註	兩本差		山水景物 世	山水景物 原	人物情狀 世	人物情狀 原	宴會佳餚 世	宴會佳餚 原	風沙爭鬥 世	風沙爭鬥 原	聯句歌吟 世	聯句歌吟 原	兵器物品 世	兵器物品 原	卷末詩 世	卷末詩 原	開卷詩 世	開卷詩 原	其他 世	其他 原
77	4	2	0	-2	0.5	0	0	2	1	0	0	1	0	0	0	0	0	1	1	0	0	0	0
78	11	3	1	-7	0.4	2	1	5	2	0	0	2	0	0	0	0	0	1	1	1	0	0	0
79	9	2	2	-5	0.4	2	1	3	2	1	0	2	0	0	0	0	0	1	1	0	0	0	0
80	10	0	3	-7	0.3	3	1	4	0	0	0	0	0	2	1	0	0	1	1	0	0	0	0
81	8	1	0	-7	0.1	2	0	3	0	0	0	2	0	0	0	0	0	0	0	0	0	1	1
82	7	1	1	-5	0.3	1	0	4	1	1	0	0	0	0	0	0	0	0	0	1	0	0	0
83	4	2	0	-2	0.5	1	0	1	0	0	0	0	1	1	0	0	0	1	0	0	0	0	0
84	7	1	2	-4	0.4	2	0	3	2	0	0	0	0	0	1	0	0	1	1	0	0	0	0
85	8	1	1	-6	0.3	1	0	3	0	0	0	0	0	0	0	0	0	1	1	0	0	1	1
86	8	0	0	-8	-	2	0	2	0	1	0	1	0	0	0	0	0	1	1	0	0	0	0
87	7	2	1	-4	0.4	0	0	2	1	0	0	3	0	0	0	0	0	1	1	1	0	0	0
88	8	3	1	-4	0.5	3	0	2	2	1	0	0	0	0	0	1	1	1	0	0	0	0	0
89	6	1	0	-5	0.2	1	0	2	0	0	0	2	0	0	0	0	0	1	1	0	0	0	0
90	6	2	0	-4	0.3	2	0	1	1	0	0	2	0	0	0	0	0	1	1	0	0	0	0
91	10	1	1	-8	0.2	3	0	2	0	0	0	1	0	0	0	2	1	1	0	1	1	0	0
92	5	0	0	-5	-	0	0	3	0	0	0	0	0	0	0	0	0	1	0	0	0	0	0
93	8	3	3	-2	0.8	3	2	2	2	0	0	0	1	1	0	0	0	1	0	1	1	0	0
94	18	0	9	-9	0.5	3	1	1	0	1	0	0	0	12	8	0	0	0	0	0	0	0	0
95	9	2	1	-6	0.3	2	1	3	0	0	0	0	0	0	0	1	1	1	0	0	0	0	0
96	10	2	1	-7	0.3	4	0	2	1	2	0	0	0	0	0	0	0	1	1	1	1	0	0
97	7	2	3	-2	0.7	1	1	4	2	0	0	0	0	0	0	1	1	1	0	0	0	0	0
98	12	7	4	-1	0.9	7	6	3	1	1	0	0	0	0	0	0	0	1	1	0	0	0	0
99	6	4	0	-2	0.7	1	0	3	3	0	0	0	0	0	0	0	0	1	1	0	0	0	0
100	6	1	4	-1	0.8	2	1	4	4	0	0	0	0	0	0	0	0	0	0	0	0	0	0
	766	202	107	-457		160	34	297	131	14	2	108	11	48	32	27	14	73	53	27	22	12	10
		0.65	0.35	0.40																			
						0.21		0.44		0.14		0.10		0.67		0.52		0.73		0.81		0.83	

回	世德堂本	西遊原旨 註	西遊原旨 未註	兩本差		山水景物 世	山水景物 原	人物情狀 世	人物情狀 原	宴會佳餚 世	宴會佳餚 原	風沙爭鬥 世	風沙爭鬥 原	聯句歌吟 世	聯句歌吟 原	兵器物品 世	兵器物品 原	卷末詩 世	卷末詩 原	開卷詩 世	開卷詩 原	其他 世	其他 原
9	21	0	0	-21	-	1	0	3	0	0	0	0	0	14	0	0	0	0	0	1	0	2	0
10	11	0	5	-6	0.5	5	1	5	0	0	0	0	0	0	2	0	0	0	0	0	0	1	2
11	10	1	3	-6	0.4	0	2	7	0	0	0	0	0	0	0	0	0	0	0	1	1	2	1
12	15	1	3	-11	0.3	3	0	6	0	0	0	0	0	0	0	3	2	0	0	1	0	2	2
	57	2	11	-44		9	3	21	0	0	0	0	0	14	2	3	2	0	0	3	1	7	5
		0.15	0.85	0.23																			
						6		21		0		0		12		1		0		2		2	
						0.33		0.00		0.00		0.00		0.14		0.67		0.00		0.33		0.71	

表格體例說明：

1. 以粗黑線爲界，左欄是世德堂本與《原旨》每個回目韻文的數量比較；右欄則是將韻文分類後，《原旨》保留韻文的種類統計。
2. 統計後帶有小數點的數字，都是百分比。例如 0.33，即代表 33%。

附錄表七　《西遊原旨》韻文註解分析表

	世德堂本	西遊原旨		兩本差		山水景物		人物情狀		宴會佳餚		風沙爭鬥		聯句歌吟		兵器物品		卷末詩		開卷詩		其他	
		註	未註			保留	註	保留	註	保留	註	保留	註	保留	註	保留	註	保留	註	保留	註	保留	註
1	19	5	1	-13	0.3	0	0	3	3丹	0	0	0	0	1	x	0	0	1	丹	1	總論	0	0
2	9	7	1	-1	0.9	1	丹	3	2丹.x	0	0	0	0	3	3丹	0	0	1	丹	0	0	0	0
3	2	1	0	-1	0.5	0	0	0	0	0	0	0	0	0	0	0	0	1	丹	0	0	0	0
4	7	1	1	-5	0.3	1	x	0	0	0	0	0	0	0	0	0	0	1	丹	0	0	0	0
5	7	0	2	-5	0.3	1	x	0	0	1	x	0	0	0	0	0	0	0	0	0	0	0	0
6	4	0	0	-4	-	0	0	0	0	0	0	0	0	0	0	0	0	0	0	0	0	0	0
7	16	6	1	-9	0.4	0	0	5	4丹.x	0	0	0	0	2	2丹	0	0	0	0	0	0	0	0
8	16	3	1	-12	0.3	0	0	3	2丹.x	0	0	0	0	0	0	0	0	0	0	1	丹	0	0
13	11	2	0	-9	0.2	0	0	1	丹	0	0	0	0	0	0	0	0	0	0	0	0	1	丹
14	4	1	1	-2	0.5	0	0	1	x	0	0	0	0	0	0	0	0	0	0	1	丹	0	0
15	5	0	1	-4	0.2	1	x	0	0	0	0	0	0	0	0	0	0	0	0	0	0	0	0
16	9	1	0	-8	0.1	0	0	1	丹	0	0	0	0	0	0	0	0	0	0	0	0	0	0
17	12	2	2	-8	0.3	1	x	3	2丹.x	0	0	0	0	0	0	0	0	0	0	0	0	0	0
18	4	1	1	-2	0.5	2	1丹.x	0	0	0	0	0	0	0	0	0	0	0	0	0	0	0	0
19	8	5	0	-3	0.6	0	0	3	3丹	0	0	0	0	0	0	0	0	1	丹	0	0	1	論
20	9	2	1	-6	0.3	0	0	1	x	0	0	0	0	0	0	0	0	1	丹	1	丹	0	0
21	10	3	1	-6	0.4	1	丹	0	0	0	0	1	x	0	0	0	0	0	0	0	0	2	2丹
22	8	5	0	-3	0.6	0	0	3	3丹	0	0	1	丹	0	0	1	丹	0	0	0	0	0	0

回																							
23	12	5	4	-3	0.8	0	0	6	2丹 .4 .x	0	0	0	0	0	0	0	0	1	丹	1	丹	1	丹
24	6	2	0	-4	0.3	1	丹	1	丹	0	0	0	0	0	0	0	0	0	0	0	0	0	0
25	4	1	0	-3	0.3	0	0	1	丹	0	0	0	0	0	0	0	0	0	0	0	0	0	0
26	13	4	1	-8	0.4	0	0	4	3丹 .x	0	0	0	0	0	0	0	0	1	總論	0	0	0	0
27	6	0	2	-4	0.3	0	0	2	2x	0	0	0	0	0	0	0	0	0	0	0	0	0	0
28	9	1	0	-8	0.1	0	0	1	丹	0	0	0	0	0	0	0	0	0	0	0	0	0	0
29	4	2	1	-1	0.8	0	0	1	x	0	0	1	丹	0	0	0	0	1	丹	0	0	0	0
30	8	1	4	-3	0.6	0	0	5	丹 .4 .x	0	0	0	0	0	0	0	0	0	0	0	0	0	0
31	3	2	0	-1	0.7	0	0	0	0	0	0	0	0	0	0	0	0	1	丹	1	丹	0	0
32	9	0	1	-8	0.1	0	0	1	x	0	0	0	0	0	0	0	0	0	0	0	0	0	0
33	3	0	0	-3	-	0	0	0	0	0	0	0	0	0	0	0	0	0	0	0	0	0	0
34	4	1	0	-3	0.3	0	0	0	0	0	0	0	0	0	0	0	0	1	丹	0	0	0	0
35	8	3	1	-4	0.5	0	0	0	0	2	丹 .x	0	0	0	0	0	0	1	丹	1	丹	0	0
36	12	5	1	-6	0.5	0	0	1	旁門	0	0	0	0	4	4丹	0	0	1	x	0	0	0	0
37	6	2	0	-4	0.3	0	0	1	丹	0	0	0	0	0	0	0	0	1	丹	0	0	0	0
38	4	4	0	0	1.0	2	2丹	1	丹	0	0	0	0	0	0	0	0	1	丹	0	0	0	0
39	6	2	0	-4	0.3	0	0	2	2丹	0	0	0	0	0	0	0	0	0	0	0	0	0	0
40	5	2	0	-3	0.4	0	0	1	丹	0	0	0	0	0	0	0	0	1	丹	0	0	0	0
41	10	3	1	-6	0.4	0	0	2	丹 .x	0	0	1	丹	0	0	0	0	1	丹	0	0	0	0
42	4	1	0	-3	0.3	0	0	0	0	0	0	0	0	0	0	0	0	1	慈善	0	0	0	0
43	8	1	1	-6	0.3	0	0	1	x	0	0	0	0	0	0	0	0	1	丹	0	0	0	0
44	7	0	2	-5	0.3	0	0	2	x	0	0	0	0	0	0	0	0	0	0	0	0	0	0
45	9	2	0	-7	0.2	0	0	1	丹	0	0	0	0	0	0	0	0	1	丹	0	0	0	0
46	5	4	1	0	1.0	0	0	4	2丹 1旁 .x	0	0	0	0	0	0	0	0	1	旁門	0	0	0	0
47	5	1	2	-2	0.6	1	x	2	丹 .x	0	0	0	0	0	0	0	0	0	0	0	0	0	0
48	7	1	0	-6	0.1	0	0	0	0	0	0	0	0	0	0	0	0	1	丹	0	0	0	0
49	9	3	0	-6	0.3	0	0	2	2丹	0	0	1	丹	0	0	0	0	0	0	0	0	0	0
50	8	3	0	-5	0.4	0	0	1	丹	0	0	0	0	0	0	0	0	1	丹	1	丹	0	0
51	9	2	0	-7	0.2	0	0	1	丹	0	0	0	0	0	0	0	0	1	丹	0	0	0	0
52	5	0	0	-5	-	0	0	0	0	0	0	0	0	0	0	0	0	0	0	0	0	0	0
53	11	2	0	-9	0.2	0	0	1	丹	0	0	0	0	0	0	0	0	1	丹	0	0	0	0

#	A	B	C	D	E	F1	G1	F2	G2	F3	G3	F4	G4	F5	G5	F6	G6	F7	G7	F8	G8	F9	G9
54	7	2	3	-2	0.7	1	x	3	丹.2.x	0	0	0	0	0	0	0	0	1	丹	0	0	0	0
55	6	1	0	-5	0.2	0	0	0	0	0	0	0	0	0	0	0	0	1	丹	0	0	0	0
56	7	3	0	-4	0.4	0	0	0	0	0	0	0	0	0	0	0	0	1	丹	1	收心	1	丹
57	4	2	0	-2	0.5	0	0	1	丹	0	0	0	0	0	0	0	0	1	丹	0	0	0	0
58	5	4	0	-1	0.8	0	0	0	0	0	0	1	丹	0	0	0	0	1	丹	0	0	2	2丹
59	8	2	0	-6	0.3	0	0	0	0	0	0	0	0	0	0	0	0	1	丹	1	丹	0	0
60	9	0	1	-8	0.1	0	0	1	x	0	0	0	0	0	0	0	0	0	0	0	0	0	0
61	9	5	0	-4	0.6	0	0	2	2丹	0	0	2	2丹	0	0	0	0	1	丹	0	0	1	丹
62	8	3	1	-4	0.5	1	x	1	丹	0	0	0	0	0	0	0	0	1	丹	1	丹	0	0
63	6	1	0	-5	0.2	0	0	0	0	0	0	0	0	0	0	0	0	1	除邪	0	0	0	0
64	26	2	17	-7	0.7	2	丹.x	5	丹.4.x	0	0	0	0	12	x	0	0	0	0	0	0	0	0
65	9	2	0	-7	0.2	0	0	1	旁門	0	0	0	0	0	0	0	0	1	丹	0	0	0	0
66	10	1	2	-7	0.3	0	0	2	2x	0	0	0	0	0	0	0	0	1	丹	0	0	0	0
67	7	3	1	-3	0.6	0	0	3	2旁.x	0	0	0	0	0	0	0	0	1	丹	0	0	0	0
68	6	4	1	-1	0.8	1	x	2	2丹	0	0	0	0	0	0	0	0	1	丹	1	丹	0	0
69	7	5	0	-2	0.7	0	0	0	0	0	0	0	0	0	0	4	4丹藥	1	丹	0	0	0	0
70	12	2	3	-7	0.4	0	0	4	丹.3.x	0	0	0	0	0	0	0	0	1	丹	0	0	0	0
71	10	5	2	-3	0.7	0	0	3	丹.2.x	0	0	0	0	0	0	2	2丹	1	丹	1	丹	0	0
72	11	2	2	-7	0.4	1	濯垢	3	旁.2.x	0	0	0	0	0	0	0	0	0	0	0	0	0	0
73	10	3	0	-7	0.3	1	旁門	0	0	0	0	0	0	0	0	0	0	1	旁	1	丹	0	0
74	3	1	0	-2	0.3	0	0	0	0	0	0	0	0	0	0	0	0	1	斷慾	0	0	0	0
75	10	1	0	-9	0.1	0	0	1	丹	0	0	0	0	0	0	0	0	0	0	0	0	0	0
76	3	0	0	-3	-	0	0	0	0	0	0	0	0	0	0	0	0	0	0	0	0	0	0
77	4	2	0	-2	0.5	0	0	1	旁門	0	0	0	0	0	0	0	0	1	旁門	0	0	0	0
78	11	3	1	-7	0.4	1	x	2	2丹	0	0	0	0	0	0	0	0	1	丹	0	0	0	0
79	9	2	2	-5	0.4	1	x	2	旁.x	0	0	0	0	0	0	0	0	1	旁門	0	0	0	0
80	10	0	3	-7	0.3	1	x	0	0	0	0	0	0	1	x	0	0	1	x	0	0	0	0
81	8	1	0	-7	0.1	0	0	0	0	0	0	0	0	0	0	0	0	0	0	0	0	1	罪行

回	世德堂本	西遊原旨 保留	西遊原旨 註	兩本差	比率	山水景物 保	山水景物 註	人物情狀 保	人物情狀 註	宴會佳餚 保	宴會佳餚 註	風沙爭鬥 保	風沙爭鬥 註	聯句歌吟 保	聯句歌吟 註	兵器物品 保	兵器物品 註	卷末詩 保	卷末詩 註	開卷詩 保	開卷詩 註	其他 保	其他 註
82	7	1	1	-5	0.3	0	0	1	x	0	0	0	0	0	0	0	0	0	0	1	思患	0	0
83	4	2	0	-2	0.5	0	0	0	0	0	0	1	丹	0	0	0	0	0	0	1	丹	0	0
84	7	1	2	-4	0.4	0	0	2	丹.x	0	0	0	0	0	0	0	0	0	0	1	x	0	0
85	8	1	1	-6	0.3	0	0	0	0	0	0	0	0	0	0	0	0	0	0	1	x	1	修心
86	8	0	0	-8	-	0	0	0	0	0	0	0	0	0	0	0	0	0	0	0	0	0	0
87	7	2	1	-4	0.4	0	0	1	x	0	0	0	0	0	0	0	0	0	0	1	積恩	1	丹
88	8	3	1	-4	0.5	0	0	2	丹.x	0	0	0	0	0	0	0	0	1	丹	1	竊取	0	0
89	6	1	0	-5	0.2	0	0	0	0	0	0	0	0	0	0	0	0	0	0	1	自謹	0	0
90	6	2	0	-4	0.3	0	0	1	窮理	0	0	0	0	0	0	0	0	0	0	1	性命	0	0
91	10	1	1	-8	0.2	0	0	0	0	0	0	0	0	0	0	1	x	0	0	1	除妄	0	0
92	5	0	0	-5	-	0	0	0	0	0	0	0	0	0	0	0	0	0	0	0	0	0	0
93	8	3	3	-2	0.8	2	真空.x	2	丹.x	0	0	0	0	0	0	1	x	0	0	1	斷念	0	0
94	18	0	9	-9	0.5	1	x	0	0	0	0	0	0	0	0	8	8x	0	0	0	0	0	0
95	9	2	1	-6	0.3	1	x	0	0	0	0	0	0	0	0	0	0	1	丹	1	真空	0	0
96	10	1	1	-7	0.3	0	0	1	x	0	0	0	0	0	0	0	0	0	0	1	謹行	1	破空
97	7	2	3	-2	0.7	1	x	2	丹.x	0	0	0	0	0	0	0	0	1	x	1	腳力	0	0
98	12	7	4	-1	0.9	6	3丹.3.x	3	3丹	1	x	0	0	0	0	0	0	0	0	1	完成	0	0
99	6	4	0	-2	0.7	0	0	3	3丹	0	0	0	0	0	0	0	0	0	0	1	丹	0	0
100	6	1	4	-1	0.8	1	總論	4	x	0	0	0	0	0	0	0	0	0	0	0	0	0	0
	766	202	107	-457		34	14	131	77	2	0	11	9	32	9	14	12	53	49	22	22	10	10
		0.65	0.35	0.40																			
						0.41		0.59		0.00		0.82		0.28		0.86		0.92		1.00		1.00	

回	世德堂本	西遊原旨 保留	西遊原旨 註	兩本差	比率	山水景物 保留	山水景物 註	人物情狀 保留	人物情狀 註	宴會佳餚 保留	宴會佳餚 註	風沙爭鬥 保留	風沙爭鬥 註	聯句歌吟 保留	聯句歌吟 註	兵器物品 保留	兵器物品 註	卷末詩 保留	卷末詩 註	開卷詩 保留	開卷詩 註	其他 保留	其他 註
9	21	0	0	-21	-	0	0	0	0	0	0	0	0	0	0	0	0	0	0	0	0	0	0
10	11	0	5	-6	0.5	1	x	0	0	0	0	0	0	2	x	0	0	0	0	0	0	2	x
11	10	1	3	-6	0.4	2	x	0	0	0	0	0	0	0	0	0	0	0	0	1	積德	1	x
12	15	1	3	-11	0.3	0	0	0	0	0	0	0	0	2	x	0	0	0	0	0	0	2	丹.x

表格體例說明：

1. 以粗黑線爲界，左邊欄位是世德堂本與《原旨》各回目韻文的總數量比較；
   右邊欄位則將《原旨》保留的韻文分類，並分析註解內容。

2. 「X」代表未註解。如第七回「人物情狀類」，保留欄位爲「5」，意即《原旨》
   保留 5 篇韻文。註解欄爲「4 丹.x」，意即保留的 5 篇韻文中，4 篇註解與內
   丹有關，1 篇沒有註解。

3. 統計後帶有小數點的數字，都是百分比。

附錄表八　世德堂本與《西遊原旨》字數暨韻文刪註比例表

回目	字　數　比				韻　文　比				
	世德堂本	西遊原旨	兩本差		世德堂本	西遊原旨		兩本差	
						註	未註		
1	5717	3973	1744	0.69	19	5	1	-13	0.3
2	5668	4421	1247	0.78	9	7	1	-1	0.9
3	5731	4764	967	0.83	2	1	0	-1	0.5
4	6513	3969	2544	0.61	7	1	1	-5	0.3
5	5376	4068	1308	0.76	7	0	2	-5	0.3
6	5484	3969	1515	0.72	4	0	0	-4	-
7	4012	3177	835	0.79	16	6	1	-9	0.4
8	5197	3899	1298	0.75	16	3	1	-12	0.3
13	5209	2864	2345	0.55	11	2	0	-9	0.2
14	6895	5636	1259	0.82	4	1	1	-2	0.5
15	5249	3594	1655	0.68	5	0	1	-4	0.2
16	6234	3601	2633	0.58	9	1	0	-8	0.1
17	6802	3457	3345	0.51	12	2	2	-8	0.3
18	4737	2895	1842	0.61	4	1	1	-2	0.5
19	5523	3540	1983	0.64	8	5	0	-3	0.6
20	5666	3152	2514	0.56	9	2	1	-6	0.3
21	5708	3779	1929	0.66	10	3	1	-6	0.4
22	5467	3677	1790	0.67	8	5	0	-3	0.6

23	5935	4866	1069	0.82	12	5	4	-3	0.8
24	5917	3864	2053	0.65	6	2	0	-4	0.3
25	6120	4102	2018	0.67	4	1	0	-3	0.3
26	5334	3101	2233	0.58	13	4	1	-8	0.4
27	5775	3998	1777	0.69	6	0	2	-4	0.3
28	5227	2787	2440	0.53	9	1	0	-8	0.1
29	5150	3285	1865	0.64	4	2	1	-1	0.8
30	6653	4722	1931	0.71	8	1	4	-3	0.6
31	7140	4844	2296	0.68	3	2	0	-1	0.7
32	6467	4007	2460	0.62	9	0	1	-8	0.1
33	6329	3767	2562	0.60	3	0	0	-3	-
34	6536	4026	2510	0.62	4	1	0	-3	0.3
35	5628	2785	2843	0.49	8	3	1	-4	0.5
36	5824	3127	2697	0.54	12	5	1	-6	0.5
37	6494	4152	2342	0.64	6	2	0	-4	0.3
38	6005	3786	2219	0.63	4	4	0	0	1.0
39	6376	3121	3255	0.49	6	2	0	-4	0.3
40	6265	4205	2060	0.67	5	2	0	-3	0.4
41	6073	3934	2139	0.65	10	3	1	-6	0.4
42	6613	4205	2408	0.64	4	1	0	-3	0.3
43	6447	3666	2781	0.57	8	1	1	-6	0.3
44	6446	4628	1818	0.72	7	0	2	-5	0.3
45	5811	4287	1524	0.74	9	2	0	-7	0.2
46	6278	5005	1273	0.80	5	4	1	0	1.0
47	5918	3887	2031	0.66	5	1	2	-2	0.6
48	5257	3471	1786	0.66	7	1	0	-6	0.1
49	6084	4275	1809	0.70	9	3	0	-6	0.3
50	5399	3811	1588	0.71	8	3	0	-5	0.4
51	5682	3234	2448	0.57	9	2	0	-7	0.2
52	6230	3905	2325	0.63	5	0	0	-5	-
53	6421	4433	1988	0.69	11	2	0	-9	0.2
54	6007	4706	1301	0.78	7	2	3	-2	0.7
55	6106	3892	2214	0.64	6	1	0	-5	0.2
56	6116	4395	1721	0.72	7	3	0	-4	0.4
57	5530	3506	2024	0.63	4	2	0	-2	0.5
58	5370	3866	1504	0.72	5	4	0	-1	0.8
59	6052	4468	1584	0.74	8	2	0	-6	0.3

60	5731	4312	1419	0.75	9	0	1	-8	0.1
61	6315	4571	1744	0.72	9	5	0	-4	0.6
62	5543	3787	1756	0.68	8	3	1	-4	0.5
63	5692	3552	2140	0.62	6	1	0	-5	0.2
64	5600	4344	1256	0.78	26	2	17	-7	0.7
65	5627	3934	1693	0.70	9	2	0	-7	0.2
66	5371	3017	2354	0.56	10	1	2	-7	0.3
67	5693	4540	1153	0.80	7	3	1	-3	0.6
68	5604	4309	1295	0.77	6	4	1	-1	0.8
69	5929	4281	1648	0.72	7	5	0	-2	0.7
70	6367	4897	1470	0.77	12	2	3	-7	0.4
71	6665	4474	2191	0.67	10	5	2	-3	0.7
72	6353	4151	2202	0.65	11	2	2	-7	0.4
73	6568	4672	1896	0.71	10	3	0	-7	0.3
74	5853	4085	1768	0.70	3	1	0	-2	0.3
75	6192	4010	2182	0.65	10	1	0	-9	0.1
76	6533	4634	1899	0.71	3	0	0	-3	-
77	6560	4613	1947	0.70	4	2	0	-2	0.5
78	5113	4200	913	0.82	11	3	1	-7	0.4
79	5210	3544	1666	0.68	9	2	2	-5	0.4
80	5641	3417	2224	0.61	10	0	3	-7	0.3
81	5863	4246	1617	0.72	8	1	0	-7	0.1
82	6144	4212	1932	0.69	7	1	1	-5	0.3
83	5641	4088	1553	0.72	4	2	0	-2	0.5
84	6147	5003	1144	0.81	7	1	2	-4	0.4
85	6080	4632	1448	0.76	8	1	1	-6	0.3
86	6259	3640	2619	0.58	8	0	0	-8	-
87	4880	3432	1448	0.70	7	2	1	-4	0.4
88	5379	3919	1460	0.73	8	3	1	-4	0.5
89	5185	3782	1403	0.73	6	1	0	-5	0.2
90	5556	4179	1377	0.75	6	2	0	-4	0.3
91	5639	3526	2113	0.63	10	1	1	-8	0.2
92	5926	3785	2141	0.64	5	0	0	-5	-
93	5317	4580	737	0.86	8	3	3	-2	0.8
94	4640	3496	1144	0.75	18	0	9	-9	0.5
95	5333	3806	1527	0.71	9	2	1	-6	0.3
96	4965	3242	1723	0.65	10	2	1	-7	0.3

97	7134	6020	1114	0.84	7	2	3	-2	0.7
98	6015	5468	547	0.91	12	7	4	-1	0.9
99	3902	3397	505	0.87	6	4	0	-2	0.7
100	4901	4786	115	0.98	6	1	4	-1	0.8
	559269	385137	174132	0.69	766	202	107	-457	
						0.65	0.35	0.40	

回目	字　　數　　比			韻　　文　　比			
	世德堂本	西遊原旨	兩本差	世德堂本	西遊原旨		兩本差
					註	未註	
9		5774					
	4652	2831	1821	0.61	21	0	0	-21	-
10	5021	3883	1138	0.77	11	0	5	-6	0.5
11	5656	4166	1490	0.74	10	1	3	-6	0.4
12	4753	3362	1391	0.71	15	1	3	-11	0.3
	20082	20016	66	1.00					

表格體例說明

1. 字數的計算方式，是藉刻本行款字數固定的特色，以每頁的行數，乘以每行的字數。韻文與不成行部分，則另外加計。例如世德堂本的版式是每頁 12 行，每行 24 字。第一回第一頁的右半頁，因為有卷目、校正者與書坊署名、回目，共佔去 5 行，此部分不採計。韻文部分從「詩曰：混沌未分天地亂……」開始計算，共 56+2 字，2 代表「詩曰」。散文則從「蓋天地之數有……」開始計算，為 3 整行，所以是 3*24=72 字。由此，第一回第一頁的右半頁字數是 56+2+72，共 128 字。以此類推。

2. 若有缺頁，世德堂本補以楊閩齋本，《原旨》補以《真詮》本。

3. 因為是以行款字數相乘所得結果，可能會與實際數字略有差距。

4. 統計後帶有小數點的數字，都是百分比。

附錄表九 《西遊原旨》總論與分說 配合表

第1回	靈根育孕源流出 心性修持大道生	石猴勘破世事而求神仙之道，知得所謂靈根者，乃先天虛無之一氣，即返還心之本然。西遊故事借石猴名姓，配合金丹之道，使人借此悟彼，追求靈根之實跡耳。(勘破世事、積德修行、煉己築基)
第9回	陳光蕊赴任逢災 江流僧復讎報本	此回教人在父母生身之初，溯其源推其本，棄妄而歸眞也。
第10回	老龍王拙計犯天條 魏丞相遺書托冥吏	世事如棋，富貴盡假，若不勘破，仙道難期。故極寫人生之假，使人從假處悟眞耳。
第11回	遊地府太宗還魂 進瓜果劉全續配	寫地獄之苦，是叫人知死後報應，先作根本之善因。性命雙修爲唯一證眞之道。
第12回	玄奘秉誠建大會 觀音顯像化金蟬	內外二丹之體用，已言之精詳矣。使知人道而及幽冥，自東土而上西天，以演無上至眞之妙道也。
第13回	陷虎穴金星解厄 雙叉嶺伯欽留僧	去獸心而修人道，人道已盡，則仙道可修。
第14回	心猿歸正 六賊無蹤	先天眞一之氣來復，爲修命之本，倘立志不專，火功不力，則懦弱無能，終不能一往直前
第15回	蛇盤山諸神暗佑 鷹愁澗意馬收韁	修道者當有眞腳力，任重道遠，竭力修持。
第87回	鳳仙郡冒天致旱 孫大聖勸善施霖	提出金丹爲至尊至貴之物，叫人急須積德，以爲輔道之資。
第2回	悟徹菩提眞妙理 斷魔歸本合元神	急求師訣，既劈破傍門，亦可格物致知、窮理盡性，以求金丹返本還元之道。(盡心窮理、訪求眞師)
第8回	我佛造經傳極樂 觀音奉旨上長安	使人身體力行，腳踏實地。並求師訣破，窮理盡性至命，以歸正果。

第24回	萬壽山大仙留故友 五莊觀行者竊人參	無知者或著於頑空小乘，或流於御女閨丹，或疑為爐火燒
第25回	鎮元仙趕捉取經僧 孫行者大鬧五莊觀	煉，不但無助性命，而且有害根本。故力批其妄，使人於 真金處還其元，於五行中復其本也。學道者當虛心下氣，
第26回	孫悟空三島求方 觀世音甘泉活樹	屈己求人，務得還元之訣。
第36回	心猿正處諸緣伏 劈破傍門見月明	批旁門之妄，直承先天之學。
第37回	鬼王夜謁唐三藏 悟空神化引嬰兒	
第38回	嬰兒問母知邪正 金木參玄見假真	發明道之順逆，使人溯本窮源，於生身處推究真假，從心 修持，依世法而修道法也
第39回	一粒金丹天上得 三年故主世間生	
第44回	法身元運逢車力 心正妖邪度脊關	
第45回	三清觀大聖留名 車遲國猴王顯法	批邪行誤在色身中用力、寂滅頑空之偽，與卜算數學之 假，使學者知有警戒，急求明師與三教一家之理，歸於大 道以保性命耳。
第46回	外道弄強欺正法 心猿顯聖滅諸邪	
第47回	聖僧夜阻通天河 金木垂慈救小童	提出三教一家之旨，使學者急求明師，討問出個真正不死 之方。
第48回	魔弄寒風飄大雪 僧思拜佛履層冰	寫其急躁之害，使學者剛柔相當，知所警戒耳
第53回	神主吞餐懷鬼孕 黃婆運水解邪胎	
第54回	法性西來逢女國 心猿定計脫煙花	借假寫真，破迷指正，以見金丹乃先天之氣凝結而成，非 可求之於人者也。女人不可避，而是逢之而正性以過之， 不得因女色亂其性。
第55回	色邪淫戲唐三藏 性正修持不壞身	
第58回	二心攪亂大乾坤 一體難修真寂滅	力批二心之妄，拈出至真之道，示人以訣中之訣，竅中之 竅，而不使有落於執相頑空之小乘也。
第64回	荊棘嶺悟能努力 木仙庵三藏談詩	隱居仍著空，著作已著相，總非非色非空之大道。故直示 人以隱居之不真，著作之為假也。
第65回	妖邪假設小雷音 四眾皆遭大厄難	力批著空之害，使學者求三教一家之理，保性命而課實 功，棄小乘而歸大覺也。
第66回	諸神遭毒手 彌勒縛妖魔	
第67回	拯救駝羅禪性穩 脫離穢汙道心清	去其舊染之汙，打徹道路，盡性至命，完成大道耳。

第68回	朱紫國唐僧論前世 孫行者施爲三折肱	示人以大作大用，使學者在塵出塵，居世出世也；盡心知性，以爲造命起腳之根本耳。
第69回	心主夜間修藥物 君王筵上論妖邪	
第72回	盤絲洞七情迷本 濯垢泉八戒忘形	在色欲中作功夫，不特敗壞聖教，而且自促性命。故指出「迷本忘形」，批邪救正，大震聾瞶耳。
第73回	情因舊恨生災毒 心主遭魔幸破光	批燒煉之術，終落空亡。
第74回	長庚傳報魔頭狠 行者施爲變化能	使學者早求明師口訣，識破一切旁門外道，去假修眞，以歸妙覺也
第75回	心猿鑽透陰陽竅 魔主還歸大道眞	
第76回	心神居舍魔歸性 木母同降怪體眞	
第77回	群魔欺本性 一體拜眞如	
第78回	比丘憐子遣陰神 金殿識魔談道德	深批採取、寂滅之假，使學者改邪歸正，積德修道
第79回	尋洞求妖逢老壽 當朝正主救嬰兒	
第80回	姹女育陽求配偶 心猿護主識妖邪	
第81回	鎮海寺心猿知怪 黑松林三眾尋師	對景忘情，遇境不移，內外皆空，絕無一點妄念，方爲極功。否則，僅能離去外之色欲，而不能斷去內之色欲，而無可救矣。故細演內色爲害之烈，使學者防危慮險，謹愼火候，去假救眞，復還當年絕無色欲之本性耳。
第82回	姹女求陽 元神護道	
第83回	心猿識得丹頭 姹女還歸本性	
第88回	禪到玉華施法會 心猿木土授門人	皆明師徒接受之邪正，使爲師者，不得妄泄天機，失之匪人；求師者，不得妄貪天寶，誤入旁門，須宜謹愼，以免禍患也。
第89回	黃獅精虛設釘鈀會 金木土計鬧豹頭山	
第90回	師獅授受同歸一 盜道纏禪淨九靈	
第99回	九九數完魔剗盡 三三行滿道歸根	回叫學者急訪明師，究明全始全終之下手歸著，防危慮險，沐浴溫養，方可完成大化神聖之妙道也。
第3回	四海千山皆拱伏 九幽十類盡除名	發明還丹要旨，細演作用之神通。使知攢簇五行，和合四象，還丹成就，根本已固。
第23回	三藏不忘本 四聖試禪心	大本已立，本立道生，再加向上功夫，防危慮險，戒愼恐懼，須要將此「本」修成一個永久不壞之本，方無得而復失之患。

第 32 回	平頂山功曹傳信 蓮花洞木母逢災	
第 33 回	外道迷真性 元神助本心	俱明藥物、火候、五行真假，並實寫火候之變化，使人身體力行，腳踏實地。
第 34 回	魔王巧算困心猿 大聖騰那騙寶貝	
第 35 回	外道施威欺正性 心猿獲寶伏邪魔	
第 56 回	神狂誅草寇 道昧放心猿	神狂則意不定，意不定則雜念生，念念不息，縱放心猿勢所必然。有心為害之端，叫學者自解悟。
第 57 回	真行者落伽山訴苦 假猴王水簾洞謄文	無心之受害，使人分別其真假，不得以空空無物為事也。有心有有心之害，無心有無心之害。
第 70 回	妖魔寶放煙沙火 悟空計盜紫金鈴	言金丹下手之功，使學者鑽研火候之奧妙。
第 84 回	難滅伽持圓大覺 法王成正體天然	指出混俗和光之大作用，使學者默會心識，在本來法身上修持耳。
第 85 回	心猿妒木母 魔主計吞禪	教人在根本上下功，使金木和同，陰陽共濟。不隱不瞞，豁然貫通，道法並行，而吾心之全體大用，無不明。
第 86 回	木母助威征怪物 金公施法滅妖邪	
第 91 回	金平府元夜觀燈 玄英洞唐僧供狀	出修性之偏，貪閑之患，使學者自醒自悟，時刻加功，火候不差，完全大道耳。
第 92 回	三僧大戰青龍山 四星挾捉犀牛怪	
第 4 回	官封弼馬心何足 名注齊天意未寧	示人以火候次第(陽火)，運用之竅妙，使循序而進，歸於大丹純陽無陰之處，壽與天齊。
第 27 回	屍魔三戲唐三藏 聖僧恨逐美猴王	
第 28 回	花果山群猴聚義 黑松林三藏逢魔	
第 29 回	脫難江流來國土 承恩八戒轉山林	丹還以後，急須空幻身而保法身，以期超脫，方為了當。否則，隨其假像，不能明心見性，是非莫辨。故俱演幻身陷真之害，使學者急求真金，明心見性，棄假以救真耳。
第 30 回	邪魔侵正法 意馬憶心猿	
第 31 回	豬八戒義釋猴王 孫行者智降妖怪	
第 5 回	亂蟠桃大聖偷丹 反天宮諸神捉怪	細演陰符妙用。反天、逆天而不順天，皆在一「遜」之妙。
第 49 回	三藏有災沉水宅 觀音救難現魚籃	脫胎火候之妙。

第 96 回	寇員外喜待高僧 唐長老不貪富貴	大道雖成，未離塵世，猶有幻身為患，若不知韜晦隱跡，未免招是惹非，為世所欺。故此極形人心難測，使修行者見幾而作，用大腳力，鎮壓群迷，以防不測之患也。
第 97 回	金酬外護遭魔毒 聖顯幽魂救本原	
第 6 回	**觀音赴會問原因** **小聖施威降大聖**	**作佛成仙，惟在能觀其天道耳。故教人究明陰陽消息，隨時而運用之。**
第 16 回	觀音院僧謀寶貝 黑風山怪竊袈裟	若不知陰陽配合，則孤陰不生，獨陽不長，大道難成。故先寫執心之害，其假陰假陽相合之假，以明真陰非心。復言守腎為禍，以見真陽不繫於腎也。
第 17 回	孫行者大鬧黑風山 觀世音收伏熊羆怪	
第 18 回	觀音院唐僧脫難 高老莊大聖降魔	金與木乃真陰真陽，為丹道之正理。若不得火候之實，真陰未可收。故指示收伏火候之真，使陰陽和通。
第 19 回	雲棧洞悟空收八戒 浮屠山玄奘受心經	
第 20 回	黃風嶺唐僧有難 半山中八戒爭先	心之倡狂，須借戒行而除去；意之疑慮，當依靈明而剿滅。故此教人除去假土之害，捨妄以求真也。
第 21 回	護法設莊留大聖 須彌靈吉定風魔	
第 22 回	八戒大戰流沙河 木叉奉法收悟淨	收伏沙僧，即得真土，和合四象，攢簇五行之妙。
第 40 回	嬰兒戲化禪心亂 猿馬刀圭木母空	極寫氣質火性之妄動，五行受傷。學者當靜觀密察，賴清淨之觀而歸正果。
第 41 回	心猿遭火敗 木母被魔擒	
第 42 回	大聖殷勤拜南海 觀音慈善縛紅孩	
第 43 回	黑河妖孽擒僧去 西洋龍子捉鼉回	降火性之後，急須降水性。
第 50 回	情亂性從因愛欲 神昏心動遇魔頭	舉其最易動心亂性者，提醒學人。
第 51 回	心猿空用千般計 水火無功難煉魔	
第 52 回	悟空大鬧金峴洞 如來暗示主人公	
第 59 回	唐三藏路阻火焰山 孫行者一調芭蕉扇	性之盡者，即命之至，緊接上回而言了命之旨。先以復真陽而調假陰之功，次言藥物採取勾取真陰之妙，三言火候煆煉之妙。
第 60 回	牛魔王罷戰赴華筵 孫行者二調芭蕉扇	
第 61 回	豬八戒助力破魔王 孫行者三調芭蕉扇	

第 7 回	八卦爐中逃大聖 五行山下定心猿	此回專言眞火煅煉，金丹成熟之後，自有爲而入無爲，以成無上至眞之妙道也。
第 62 回	滌垢洗心惟掃塔 縛魔歸正乃修身	修命而不知修性，則大道而猶未能成。故言修性之道，使人知性命雙修，並寫出邪正結果，提醒學人。
第 63 回	二僧蕩怪鬧龍宮 群聖除邪獲寶貝	
第 71 回	行者假名降怪犼 觀音現像伏妖王	自有爲而入無爲，由勉強而歸自然也。
第 93 回	給孤園問古談因 天竺國朝王遇偶	大露天機，指出成仙作佛密秘，爲聖爲賢根苗，學者急宜於天竺國打透消息，得師一訣，完成大道，是不難耳。
第 94 回	四僧宴樂御花園 一怪空懷情慾喜	
第 95 回	假合形骸擒玉兔 眞陰歸正會靈元	
第 98 回	猿熟馬馴方脫殼 功成行滿見眞如	道成之後，須要韜明隱跡，以待脫化矣。然當脫化之時，苟以幻身爲重，不肯截然放下，猶非仙佛形神俱妙，與道合眞之妙旨。故末後一著，教修行人大解大脫，期入於無生無滅之地也。
第 100 回	徑回東土 五聖成眞	總收全部精神，指出金丹要旨，流傳後世，爲萬代學人指南，欲人人成仙，個個作佛耳。

附錄表十 《西遊原旨》轉譯方法統計表

回	取字音	取字義	取字形	取五行	取卦象	取寓意	文字直譯
1		1.東「勝神」洲 2.「石」猴 3.菩提心	1.斜月三星洞	1.「東」勝神洲 2.「花果山」 3.石「猴」	1.順小路向南 2.無人跡，摘松子喫 3.祖師端作台上，兩邊有三十個小仙	1.鐵板橋 2.猴子學道	1.靈根 2.心性修持 3.丹成
2				4.北直坎源山水臟府 5.混世魔王形象	4.七次飽桃 2.打「三下」——四	3.將中門關上，撇下大眾 4.顯密圓通 5.明月 6.回花果山	4.師說三乘教 5.三百六十旁門 6.精氣神
3		4.赭黃袍		6.東海龍宮 7.四海龍王送配件 8.一千三百五十號	6.龍宮取兵器	7.悟空勾死人	
4					7.龍馬 8.兩個獨角鬼王→齊天大聖名號→托塔天王出兵		
5					9.蟠桃園 10.鬧天宮	8.權管	
6		5.觀音			11.觀音惠岸赴會 12.惠岸下界遇悟空 13.二郎神悟空交戰		7.一點靈光 8.道體配人心 9.圓陀陀、光灼灼

7				14.八卦爐巽位	9.跳出丹爐 10.中柱 11.猿主動，佛主靜	10.本來面目
8		6.一領錦襴袈裟 7.錫杖 8.捲簾	2.一柄釘鈀	9.流沙河 10.西海龍王之子	15.九環	
9	1.「殷」溫嬌 2.玄「奘」	9.貞觀 10.陳「光蕊」 11.殷「溫嬌」 12.「玄」奘	3.「陳」光蕊		12.金色鯉魚 13.小姐棄子	
10				11.涇河龍剋點數	14.袁守誠 15.魏徵酣睡 16.魏徵稍書崔判官	
11				12.貞觀三十三年	17.水陸大會 18.李翠蓮與劉全	
12		13.雷音寺	4.天竺	13.西天		
13		14.貞觀十三年 15.劉伯「欽」 16.雙（峻）嶺	5.熊山君 6.「鎮」山太保	14.特處士	16.南山白額王	19.劉伯欽之孝行
14		17.悟空 18.綿布直裰、崁金花帽	7.姓陳	15.腰繫虎皮	17.雷公模樣	20.六字金帖 21.六盜賊	11.無心訣
15		19.護駕伽藍		16.五方揭諦	18.六丁六甲 19.玉龍三太子	22.四時功曹	
16			8.羊脂玉盤兒，三個法藍茶鍾	17.是個什麼「東西」 18.白銅壺 19.黑風山黑風怪	20.老僧癡長二百七十歲	23.觀音禪院 24.孫外公 25.廣智廣謀	
17			9.小妖左脅夾著匣	20.熊羆黑漢等道人			12.仙丹詩
18			10.「好」人家之信	21.八戒懼悟空		26.烏斯藏國界 27.門內黑洞洞 28.男變女相	
19		20.二百兩散碎金銀		22.老豬不能敵 23.悟空回高老莊 24.釘鈀詩	21.一主一賓		13.八戒手段詩 14.偕八戒回高老莊詩 15.修真之總徑

20		21.戀家鬼		25.莊南情形 26.黃風大王前鋒		29.三藏驚於猛虎	
21		22.黃風老妖低頭不語，默思計策		27.直南靈吉住處		30.黃毛「貂鼠」 31.莊院燈火 32.三花丸子膏	
22				28.沙僧形象 29.八戒與之爭戰		33.葫蘆	16.五行匹配、煉己立基
23					22.莊院形象 23.寡婦誇女 24.三藏立志 25.行者拒絕 26.悟淨陳志		17.木母金公、黃婆赤子
24	3.人參果	23.草還丹 24.混元道果	11.鎮元子		27.清風明月看家	34.四眾至雷音寺的時間別 35.萬壽山五莊觀 36.唐僧不識人參果	
25						37.花柳之姿 38.扎油鍋	
26			12.三星、圍棋	30.東華帝君 31.三兄弟扶樹	28.老君、觀音	39.悟空求方、觀音活樹 40.九老	18.無垢、甘露 19.每人吃一人參果
27						41.白骨精三戲唐僧 42.唐僧逐行者	
28		25.斑竹簾	13.黃「袍」	32.「黃」袍怪	29.黃袍怪打扮	43.唐僧停馬化齋	
29				33.八戒敗走，沙僧被捉	30.百花羞公主 31.救離妖洞 32.八戒變八九丈長 33.八戒獸話	44.十三年	20.妄想、真如
30				34.老怪與沙僧對質		45.老妖變化文人 46.小龍在天上所見	21.意馬心猿金公木母
31	4.經乃修行之總徑			34.八戒激將法 35.行者變三頭六臂		47.三契、五行 48.行者下海淨身 49.黃袍怪兩兒 50.仁義禮智信	22.心猿木母合丹元

32		26.金角銀角		35.三春景候 36.兩魔之寶 37.一年常發七八百個昏		51.四值功曹傳信 52.四眾為先天，兩魔為後天	
33				38.紫金紅葫蘆、羊脂玉淨瓶	36.行者丟解數	53.行者欲打土地 54.行者驚訝「當值」二字	
34	5.行者變作蒼蠅			39.壓龍洞老狐 40.巴山虎、倚海龍		55.葫蘆姓孫	
35				41.悟空與老魔爭戰	37.真假葫蘆之來歷	56.行者真葫蘆，妖怪假葫蘆	23.本性圓明道自空
36				42.寶林寺		57.紅輪西墜 58.僧官聲勢 59.唐僧小解吟詩	24.採得歸來爐裡煉 25.土母配如然
37					38.烏雞國國王形象 39.國王被推下井 40.太子儲君、白玉圭為記 41.紅金漆匣	60.問教國母	
38				43.白玉圭遞與娘娘	42.八戒駝出、行者醫治	61.娘娘作夢記忘各半 62.行者歎花園 63.八戒築芭蕉	
39					43.魔王逃往東北	64.八戒哭訴 65.國王服丹	26.金木和同 27.轉法界，辨假真
40		27.紅百萬 28.枯松澗火雲洞 29.聖嬰大王		44.善內生機 45.七歲赤條小兒	44.三斤十來兩 45.打出一夥窮神 46.六百里鑽頭山 47.牛魔王羅剎女之子	66.四眾圍護唐僧 67.唐僧失陷	
41		30.銷金包		46.五輛小車 47.行者暴火難禁		68.龍王假水 69.行者怕煙 70.按摩禪法 71.妖精假變觀音	28.三昧火詩

42		31.妖自稱愚男			48.假魔王吃雷齋	72.觀音淨瓶降妖 73.妖摩頂受戒	
43		32.黑水滔天 33.不正氣				74.紅孩兒反悔 75.三藏聞水聲動心 76.黑水河養身修性	
44						77.和尚推車 78.和尚皆得毫毛 79.三力大王 80.三人變三清	
45	6.真姓真性	34.聖水金丹			48.龍王	81.三僧溺尿三力嘗呷 82.祈雨鬥法	
46		35. 油鍋、「棗」核釘	14.棗「核釘」	49.七吋長蜈蚣		83.與三力賭鬥 84.三藏、八戒祝文 85.五雷法	29.煉丹、驅神咒水術 30.點金煉汞
47		36.通天河 37.元「會」縣	15.「元」會縣			86.人家住處四五百家 87.齋僧 88.一秤金、關保 89.悟空、八戒變身	
48		38.靈感大王之神廟				90.八戒欲往陳家 91.先吃童女再吃童男 92.鱖婆獻計	
49				50.三人同妖爭鬥 51.白黿載四眾過河		93.三人同入水中 94.行者施手段 95.行者等候菩薩 96.菩薩唸七遍頌子	
50		39.哈巴狗 40.三件「背心」				97.唐僧飢寒 98.骨骸骷髏 99.「三件」背心	31.晝夜綿綿息
51	7.道者盜也	41.「麻」蒼蠅					32.無主杖 33.水火無功
52	8.「左」胳膊套圈	42.促織兒 43.左胳膊套「圈」	16.十八羅漢	52.黃皮虼蚤 53.青牛怪	49.睡七日	100.聖魔互奪兵器 101.只好有三更時分 102.金丹成砂 103.尋太上老君	

53		44.解陽山破兒洞一眼泉		54.「正南」解陽山	50.井水一口 51.將如意折爲六段	104.悟空供食 105.行李馬匹上船 106.「落胎」泉 107.悟空無禮求水 108.沙僧協助取水	34.真鉛、真水、壬水
54		45.「逢」女國				109.八戒使舊模樣 110.女王招三藏	
55		46.毒敵山 47.丫環頂著「梆鈴」	17.倒馬毒「椿」	55.「倒馬」毒椿		111.女王與妖不同 112.昴星官除妖	
56		48.緊箍咒唸有十餘遍		56.放馬奔西 57.把穿黃的割了頭		113.長老跌馬 114.行者變小僧 115.三藏八戒之祝 116.三藏老者對話	35.靈臺、猿馬牢收
57		49.殺生取義			52.沙僧將假沙僧劈死	117.假行者之來 118.回花果山辨假真	36.有爐無火怎燒丹
58		50.如來				119.真假大聖 120.六耳彌猴	37.六識除去丹自成
59		51.三秋時 52.火焰山		58.朝三暮二	53.鐵扇仙 54.牛魔王 55.芭蕉洞口見毛女 56.悟空被搧落在小須彌山，菩薩給定風丸 57.行者噙定風丸 58.變蟭嘹蟲潛入 59.土地叫吃齋	121.悟空借扇 122.假扇煽火	38.安放丹爐內煉
60	9.「左」手大「指」頭			59.大力王 60.牛魔王前後不同 61.第七縷紅絲	60.積雷山摩雲洞 61.璧水金睛獸 62.牛魔王赴宴 63.悟空假扮牛魔王 64.杏葉兒大小	123.亂石碧波 124.羅刹女罵悟空	

61				62.八戒助行者	65.行者扛扇而行		125.「三調」芭蕉扇	
					66.牛魔王假扮八戒		126.牛王與眾神賭鬥	
					67.行者八戒與牛王爭戰			
62		53.「臨」江仙		63.寶塔十三層			127.「臨江」仙	
		54.秋末多初					128.三藏沐浴掃塔	
		55.祭賽國金光寺					129.盤碗壺	
		56.萬聖老龍					130.行者捉住妖賊	
63		57.月「牙鏟」	18.「月」牙鏟				131.滿朝文武禮拜	
							130.與九頭蟲爭戰	
							133.二郎神協助	
64		58.古廟					134.荊棘針刺	39.拂雲之詩
							135.老者、赤身鬼	
							136.木仙菴	
65		59.雷音		64.行者受困金鈸			137.諸神又被裝吊	
66					68.草菴熟瓜		138.彌勒	
							139.儒釋道三家一	
67	10.姓與性同	60.七絕		65.老者姓「李」			140.妖怪眼大	
	11.稀柿衕	61.紅蟒大蛇					141.行者跑進蛇內	
	12.駝羅							
68	13.鄭家	62.「朱紫」國		66.不曾看見東西	69.往西轉角鼓樓		142.朱紫國王之病、在相貌上著心	40.人間蝴蝶夢
		63.「懸絲」診脈		67.八戒行者同出門	70.行者將人群吹散		143.油鹽醬醋皆無	
					71.行者揭榜文		144.望聞問切	
							145.三條絲線	
69		64.馬兜鈴		68.調和藥物	72.端陽節		146.雙鳥失群症	
		65.辦豸洞		69.六物湯			147.用藥隨便加減	
							148.麒麟山	
70	14.渾身生了「針」刺		19.黃金寶「串」	70.擔著黃旗	73.金聖宮被攝		149.五彩仙衣	41.行者「天為鼎，地為爐……」等語
					74.剝皮亭		150.有來有去	
							151.戰書揣在袖裡	
							152.行者用計，娘娘配合	

71	15. 鈴兒者，靈兒			71.妖王將三鈴兒遞給假春嬌	75.金聖宮伏在案上滴淚 76.娘娘之哭 77.順其所欲 78.行者門口叫戰	153.行者將鈴歸還菩薩	42.二三如六循環寶
72	16.盤「絲」	66.「盤」絲 67.「麻」蒼蠅				154.三藏入女家 155.金烏 156.變鷹叼去衣服	
73		68.繡花針兒	20. 破紙包兒、三個紅丸子	72.南方毘羅婆		157.黃花觀 158.畜生撞禍豈不知	43.黃芽白雪神仙府
74	17.「獅」駝嶺 18.「帽」子、蒼「蠅」	69.獅「駝」嶺、洞		73.李長庚	79.變燒火小妖	169.行者變俊 160.三妖形象	
75	19.這瓶子空 20.我的兒搜					161.陰陽瓶 162.大聖在妖腹中發酒瘋	
76		70.行者變「蠆蟧」			80.二魔領小妖 81.八戒行者至池塘	163.孫外公 164.以心栓心 165.行者爭戰，八戒不幫	
77		71.錦香亭、鐵櫃裡				166.行者徐緩而解 167.行者要如來鬆箍	
78	21.行者飛下唐僧「帽」來在耳邊道					168.老軍在向陽牆下偎風而睡	44.三藏應國丈言
79						169.僅一個黑心 170.柳枝坡清華洞妖邪所居處 171.玉面狐狸	
80		72.「勉強」辭別			82.女子(金鼻白毛老鼠精)綁在樹上 83.鎮海寺一口銅鐘扎在地下	172.三藏思鄉之念 173.三藏誦念多心經	

81	22.「左」腳下灑了一「粒米」	73.點起「琉璃燈」 74.「花鞋」之計				174.陷空山無底洞	
82					84.八戒見女妖打水 85.玲瓏剔透山	175.行者飛入喜花 176.行者跳入妖肚	
83	23.右者，又也。	75.李「天」王		74.金字牌寫李天王位、哪吒位	86.行者舉棒，妖持兩劍爭戰 87.行者告御狀 88.玉帝命金星宣托塔天王 89.東南黑角落小洞		
84			21.「趙」寡婦		90.老母攛孩兒	177.喬裝兄弟進城 178.店裡「三樣」待客 179.散去剃頭	
85						180.改滅法為欽法 181.三藏精神不寧 182.行者懶惰 183.八戒變和尚 184.梅花分瓣計	45.靈山莫遠求
86				75.變水老鼠、飛螞蟻		185.折嶽連環洞 186.行者拔毫毛變成本身模樣	
87		76.大德		76.降雨三尺零四十二點		187.世德與天德 188.郡侯引罪自責，又召集大小念佛	
88		77.玉華州 78.暴紗亭	22.天竺國	77.龍虎即豬猴	91.八戒展武藝 92.沙僧展武藝	189.行者何功之有 190.三徒貌醜心良 191.行者展武藝 192.武器重量 193.傳口訣	46.金木施威盈法界，刀圭輾轉合圓通
89	24.黃獅精	79.豹頭山虎口洞 80.「萬靈」竹節山 81.「九曲」盤桓洞	23.「青臉」紅毛妖	78.青臉「紅毛」妖		194.行者八戒變小妖，沙僧變販子 195.	

90		82.師獅授受 83.道盜禪纏		79.「東極」妙巖宮		196.七獅前後護衛一九頭獅 197.三徒與群獅爭戰 198.東極「妙巖宮」太乙天尊收妖 199.新造武器重量	
91		84.慈雲寺			93.金燈橋三盞金燈 94.元夜燈	200.金平府 201.行者與三妖叫戰	
92		85.火焰蟲 86.犀牛		80.四木禽星 81.三妖見四木禽星就伏 82.西海龍王太子協助捉妖	95.向東北艮地上 96.上西天與太白星君等人講話 97.四木禽星「佈陣」	202.不知真假好歹 203.追拿逃往西洋大海的三妖	
93		87.「會同」 88.拋打「繡」球	24.天竺			204.行者與三藏論多心經 205.話不虛傳 206.園中聽見悲切聲 207.拋打繡「球」 208.行者與三藏同行辨真假 209.唐僧誤接繡球 210.寡人、二十、求偶	47.「大丹不漏」一詩
94	25.取繡「墩」請坐	89.陛下問「來因」 90.取「繡」墩請坐	25.行者見師父「侍立」不「坐」 26.宜配「婚姻」	83.初八戊申日	98.十二日王子	211.女夫為貴人 212.行者用計護唐僧 213.唐僧公主合巹宴	
95		91.毛「穎」山	27.此時有「申」時 28.「毛」穎山 29.鎮華閣	84.妖向西門逃去 85.廣寒宮 86.妖逃往正南山洞 87.行者捉妖，八戒沙僧護唐僧	99.妖精為月中玉兔 100.心尚不足破真陽 101.妖所拿短棍 102.西方有兩大石 103.太陰星君來 104.玉兔與素娥之仇	214.行者使法身拿妖 215.與妖半空賭鬥 216.國王問尋真公主 217.五環福地	

96		92.銅臺府「地靈」縣 93.「寇」員外，名洪，字大寬。			218.不知不知、事不關心 219.寇員外留宿	
97		94.此處無「狗」			220.寇員外之死 221.四更以後打探 222.伸下一隻腳 223.員外被一腳踢死	
98	26.三藏眞「經」				224.金頂大仙 225.凌雲渡獨木橋無底船 226.死屍漂流 227.五千零四十八卷	48.猿熟馬馴方脫殼
99					228.揭諦趕上金剛附耳低語 229.通天河西岸一難 230.大白黿拋下河 231.行者護經	
100			88.敘三徒來歷		232.一陣香風送至東土 233.「經卷原因配五行」一詩	

表格體例說明：

1. 轉譯統計是將劉一明詮解《西遊記》的方法分類，然後逐回整理。

2. 表格中的數字，代表的是使用的次數。例如「88.敘三徒來歷」，即代表《原旨》將《西遊記》一百回中有關三徒來歷的敘述，用「取五行」的方式解釋，是「取五行」方法在《原旨》中第88次出現。

附錄圖十一　丹房寶鑑之圖

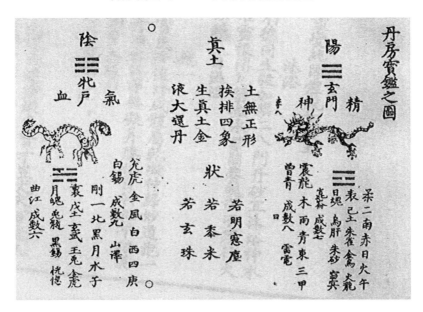

丹房寶鑑之圖

陽 ䷀ 玄門
精 ䷂
采二南赤日火午
表巳土朱雀禽火龍
神 ䷝
震龍 日魂 成數七
木 烏肝 朱砂 賓
雨青東三甲
當青 成數八
口 雷電

真土
土無正形
挨排四象
生真土金
流大還丹
狀 若明窗塵
若奉米
若玄珠

陰 ䷁ 牝戶
氣
血
兌虎 金風白西四庚
白錫 成數九 山澤
剛一北黑月水子
裏戊巳玄武玉兔虎
䷜月晚兔巔黑鶴悅憶
曲江成數六

汞
參妻 臣 水銀 流珠 玉液 神水
姹女 妻 木液 白雪 碧眼胡兒 青衣女子
東海青龍 交梨 浮 陰火白 賓客 民子
天兔 丹基 黑龜精 陽中真陰 下弦銀半斤
已上汞之異名

名
鈆
金丹 肉丹 還丹 神丹 真鉛 大藥 嬰兒 谷神 聖胎
刀圭 七返 玉靈丹 紫靈丹 絳靈 赤龍金丹 龍虎大藥
金液還丹 玉液還丹 九轉丹 紫金霜 真陰陽 真玄牝
真父母 真龍虎 真親子 真主人 宇宙主 若
河車 金公 金翁 陽丹 壬癸金砂 神符白雪 太一含真氣
白馬牙 水中金 黍粟金砂 龜精鳳髓 烏肝
日兔月晚 壺寅日月 先天地精
李八 黃芽 三五一 羨金花

商夫君 金液 金華 華池
嬰兒 黃男 金精 黃芽 玉池
西山白虎 火棗 沉 黃芽鉛 主人 父母
地魄 丹母 赤鳳髓 陰中真陽 上弦金八兩
已上鉛之異名